THEA LICHTENSTEIN

Maliande

Das Geheimnis der Elben

Buch

Mit dem Ruf des Drachens ist ein neues Zeitalter in Rokals Lande angebrochen. Die alten Verbände, die einst das Geheimnis um das rätselhafte Maliande, einen magischen Stoff, behüteten, haben sich aufgelöst. Aber mit den Orkclans, die ihr eigenes Schicksal in die Hand genommen haben, scheint der Wandel noch lange nicht vollzogen. Ein erbitterter Kampf um das Maliande ist ausgebrochen und bringt Unruhe über alle Völker, Menschen wie Elben. Als der Elbe Aelaris nach einer Schlacht in den Kerkern von Achaten zu sich kommt, kann er nur durch eine List der Drachenreiterin Lalevil wieder entfliehen. Doch plötzlich ist alles anders. Die lebendigen Zeichen, die jeder Elbe als Ausdruck seiner Gefühle und seines Ranges auf seiner Haut trägt, haben sich bei ihm verändert. Die Mitglieder seines Volkes können sich nicht länger in Gedanken mit ihm austauschen. Es scheint, als wäre Aelaris plötzlich keiner der Ihren mehr. Könnte dies ein erstes Zeichen für den langsamen Untergang der Elben sein? Aelaris wird sein Volk verlassen müssen, um die Wahrheit herauszufinden. Aber auch bei Nahim und Lehen ist nichts mehr so, wie es war. Sie stehen vor den Trümmern ihrer Liebe, als Nahim das Tal verlässt, um Lalevil nach Achaten zu begleiten. Eine Entscheidung, die nicht nur für ihn gefährliche Konsequenzen haben wird …

Autorin

Thea Lichtenstein schreibt ihre Fantasy-Romane unter Pseudonym. Sie lebt mit ihrer Familie in Norddeutschland und arbeitet derzeit am abschließenden Teil ihrer Maliande-Trilogie.
Mehr unter www.Thea-Lichtenstein.de

Von Thea Lichtenstein außerdem bei Goldmann erschienen:

Maliande – Der Ruf des Drachen. Roman (46711)

Thea Lichtenstein

Maliande

Das Geheimnis der Elben

Roman

GOLDMANN

FSC
Mix
Produktgruppe aus vorbildlich
bewirtschafteten Wäldern und
anderen kontrollierten Herkünften

Zert.-Nr. SGS-COC-1940
www.fsc.org

Verlagsgruppe Random House FSC-DEU-0100
Das FSC-zertifizierte Papier *Super Snowbright* für dieses Buch
liefert Hellefoss AS, Hokksund, Norwegen

1. Auflage
Originalausgabe Juli 2009

Dieses Werk wurde vermittelt durch die
Literarische Agentur Thomas Schlück GmbH,
30827 Garbsen.
Umschlaggestaltung: UNO Werbeagentur, München
Umschlagcollage: Anne Stokes/Uwe Luserke und Schlück
Redaktion: Kerstin von Dobschütz
Karte: Andreas Hancock
NG · Herstellung: Str.
Satz: DTP Service Apel, Hannover
Druck und Bindung: GGP Media GmbH, Pößneck
Printed in Germany
ISBN: 978-3-442-46732-7

www.goldmann-verlag.de

Für Siegrun – mit Liebe

Buch II

ROKALS LANDE
EIN GRENZGEBIET DER SÜDLICHEN ACHSE
ACHATE
HANDELSROUTE TALEMIS
MONTERA
SAHILA

Ehemaliges Territorium des Verbunds von Olomin
Westgebirge
Iskenland
Tal unter Trevorims Pforte
Breve
Kohemis' Haus
Inselring
Njordeneis
Previs Wall
Handelsroute Balevi
Ozean
Hancock

Mein Ruin ist was mir bleibt,
Wenn alles andere sich zerstäubt.
Tocotronic

Prolog

Heftig riss Aelaris die Zügel nach rechts, verlagerte das Gleichgewicht und hoffte dabei inständig, dass ihn der Schwung nicht aus dem Sattel reißen möge. Mit einem Surren sauste die Lanze knapp an seiner Schulter vorbei, und aus den Augenwinkeln konnte der Elbe noch einen Blick auf die roten Zierbänder erhaschen, die hinter ihr herflatterten.

Die Stute tänzelte um ihre eigene Achse, die Hufe warfen Schlamm auf. Aelaris konnte spüren, dass das Tier kurz davor war durchzugehen. Obwohl um ihn herum Chaos herrschte und er es sich kaum leisten konnte, seine Aufmerksamkeit vom Kampfgeschehen abzuwenden, atmete Aelaris tief durch und sammelte sich. Er würde sich nicht von einem scheuenden Pferd abwerfen lassen und wie ein gewöhnlicher Fußsoldat im Dreck herumkriechen. Behutsam legte er dem Tier eine Hand auf den nass geschwitzten, bebenden Hals, konzentrierte sich und spürte schon einen Moment später, wie die Stute sich entspannte.

»Mhm, meine Schöne. Ganz ruhig.« In seine ansonsten klare, fast schon schneidende Stimme stahl sich eine Weichheit, die selbst in Aelaris' Ohren fremd klang.

Das Tier schüttelte sich kurz, als wolle es die Furcht wie eine lästige Fliege abschütteln, dann stand es still. Ein Lächeln schlich sich auf Aelaris' Gesicht. Es war eine anspruchsvolle Kunst, auf einem tosenden Schlachtfeld eine innere Ruhe aufzubauen, die Lärm und Schreie vergessen machte. Für einen Augenblick befanden sich Reiter und Pferd in einer Sphäre fern von diesem Tumult. Ein Blick auf den Handrücken bewies dem Elben, dass sich die Muster unter seiner Haut glasklar abzeichneten. Langsam, seinem ruhigen Herzschlag entsprechend, bahnten sie sich ihren Weg.

Auch wenn Aelaris in den Augen der anderen Stammesmitglieder noch jung und unerfahren sein mochte, er verspürte – hier, mitten im Kampf – eine Stärke, die schier unbändig war. Zu viel Unbesonnenheit und falscher Stolz, hatte sein alter Lehrer Akalande ihm stets vorgeworfen und vor Wut über seine Unbelehrbarkeit manchen mentalen Peitschenhieb ausgeteilt. Aber Akalande hatte immer etwas zu bemängeln gehabt.

Derartig in Überlegungen versunken, traf Aelaris der Schlag gegen seine Beinschiene vollkommen unvermittelt. Es war mehr Glück als Können, dass er den schlecht gerüsteten Angreifer mit einem Tritt gegen den Schädel und einem nachgesetzten Schwerthieb niederstrecken konnte, bevor dieser ihn ernsthaft verletzte.

Plötzlich sah Aelaris einen berittenen Krieger auf sich zukommen. Dessen Brustharnisch wies eine deutliche Delle auf, und die Körperhaltung des Mannes verriet, dass er Schwierigkeiten beim Atmen hatte. Wahrscheinlich hielt er Aelaris nach dem eben nur knapp abgewehrten Angriff für leichte Beute. Ansonsten hätte er sich wohl, verletzt wie er war, auf das Niederschlagen von Fußvolk beschränkt.

Gewiss wäre Aelaris in Bedrängnis geraten, hätte in der Talsohle nicht solch ein Gedränge geherrscht: Orkmeuten, deren kümmerlicher Verstand einem Blutrausch zum Opfer gefallen war, hieben mit ihren plumpen, doch erschreckend wirkungsvollen Waffen querfeldein, gleichgültig, ob sie dabei Freund oder Feind trafen. Hochgewachsene Elben, die in diesem Durcheinander geschickt die strategisch vorteilhaftesten Positionen eingenommen hatten und die zurückweichenden

Krieger aus Achaten niedermetzelten, so dass sie bereits ein rot gefärbter Wall aus Gefallenen umgab. Reiterlose Pferde, welche die Menschen auf dieses Schlachtfeld geführt hatten, ohne sie in diesem Kessel kontrollieren zu können, jagten wahnsinnig vor Entsetzen die Kriegerscharen und begruben nicht selten Leiber unter sich. Übertönt wurde das Gemetzel vom Dröhnen der Katapulte.

So scheute auch das Pferd des Kriegers, der allen Widerständen zum Trotz auf Aelaris zuhielt, im entscheidenden Moment vor einem der Wurfgeschosse, das weiter oberhalb der Talsohle aufschlug und Klumpen von flammenzüngelndem Teer umherspritzen ließ. Als der Krieger sich wieder gefangen hatte, hatte Aelaris sich bereits positioniert und blockte den vorhersehbaren Schlag mühelos mit dem Schild ab.

Ob dieses Missgeschicks stieß der Krieger seinem Pferd die Fersen in die Flanken, ohne auf Kämpfende und Verletzte zu achten. Doch das Tier tat nur ein paar unsichere Schritte, als wisse es nicht recht, wohin es seine Hufe setzen sollte. Da schloss Aelaris auf und rammte dem Krieger, als er auf gleicher Höhe war, den Schwertknauf gegen die Brust. Trotz des allgemeinen Lärms konnte Aelaris hören, wie die Luft aus den Lungen des Mannes gedrückt wurde. Dann stürzte der Krieger rücklings herunter und wurde für einen Moment von dem Durcheinander der umhereilenden Beine verschluckt. Gerade als Aelaris sein Pferd wenden wollte, um seinen Gegner endgültig zu stellen, sah er, wie ein Ork sich spinnengleich auf den Mann hockte und ihm flink die Kehle durchschnitt. Einen Augenblick lang überlegte Aelaris, den Ork zu erschlagen. Es fiel ihm schwer zu akzeptieren, dass ein so geringes Wesen ihm seinen sicheren Triumph abspenstig gemacht hatte. Aber noch während er sein Pferd zu einer scharfen Wendung anspornte, erblickte er eine viel lohnenswertere Trophäe.

Obwohl er sich nicht sicher sein konnte, ob ihm die Erinnerung vielleicht einen Streich spielte, und trotz der Strecke voller Kämpfender, die es zu überwinden galt, trieb er sofort sein Pferd an. Er verschwendete keinen Gedanken mehr an den Plan der Schlachtaufstellung, der zuvor akribisch ausgearbeitet worden war. Die Verlockung war zu groß, als dass er sich weiter darum scherte, diese Seite der Talsohle gemeinsam mit zwei anderen Elben abzusichern. Vorsorglich schirmte er seine mentalen Pforten gegen die beiden Mitstreiter ab, denn er verspürte nur wenig Verlangen, ihre Verwirrung und Wut auf sich niederprasseln zu lassen. Trotzdem konnte er ihre Gedanken über sein Manöver wie eine Horde wütender Hornissen spüren, die im vollen Flug gegen eine Wand prallten.

Aelaris trieb auf den Hang zu, bis er unmittelbar unterhalb der Kriegerin zum Stehen kam. Instinktiv sorgte er dafür, dass ihm keiner der Fußsoldaten zu nahe kam, und sah ihr beim Kämpfen zu. Zu Aelaris' großem Vergnügen plagte sie sich mit zwei Orks ab, die sie hartnäckig attackierten. Der eine von ihnen hatte sich auf einer Anhöhe eingerichtet und hielt die Kriegerin mit einer Peitsche in Schach, während sie immer wieder versuchte, den mickerigen, dennoch flinken Ork in ihrem Rücken endlich niederzustrecken. Doch kaum griff sie den Kleinen an, musste sie zur Seite springen, um einem Peitschenknall auszuweichen.

Während sich die beiden Orks bestens amüsierten, bemerkte Aelaris, wie der Zorn der Kriegerin die Luft zum Flirren brachte: Überall wurden heldenhafte Kämpfe ausgefochten, und ausgerechnet sie musste sich mit diesem Abschaum herumärgern. Gequält von der Furcht, einer ihrer Kameraden könnte das würdelose Spiel beobachten. Sie hatte ihren langen, bestickten Mantel achtlos zu Boden geworfen, und Aelaris entging nicht, dass der eine Ärmel ihres Hemdes aufgerissen und mit Blut beschmiert war. Hose und Hemdrücken zeigten Schlammspuren, und schwarze Strähnen hatten sich aus den hochgesteckten Zöpfen gelöst und klebten ihr im Gesicht.

Aelaris erkannte, dass sie erschöpft war. Aber da war noch etwas anderes. Diese Frau war wie eine in die Ecke gedrängte Katze. Wenn man sich nicht vorsah, sprang sie einem ins Gesicht. Inmitten der Schreie von Sterbenden und dem ohrenbetäubenden Waffenklirren fand ein Lachen den Weg über seine Lippen.

Mit einem wütenden Knurren bekam die Kriegerin schließlich das zischende Ende der Peitsche zu fassen und riss daran. Noch ehe das Grinsen des Orks einem überraschten Gesichtsausdruck wich, landete er vor ihren Stiefelspitzen auf dem Boden. Während sie dem Gestürzten eine Messerklinge zwischen die Rippen stieß, wendete sie sich bereits seinem Kumpan zu. Mit kräftigen, kurzen Schwertschlägen attackierte sie den wütend kreischenden Ork, der, seiner Deckung beraubt, nur einige Hiebe abwehren konnte, bevor die Klinge seine Kehle zerfetzte.

Die Kriegerin machte einen unsicheren Schritt zurück, fuhr sich mit dem Hemdsärmel übers Gesicht und ließ das Schwert sinken, als sei sein Gewicht plötzlich untragbar. Dann erblickte sie Aelaris, der nur wenige Längen von ihr entfernt stand und sie unverhohlen anstierte. Sofort sprang sie die kleine Anhöhe empor, von der aus sie eben noch der Ork attackiert hatte, und ging in Stellung.

Doch die eine Sekunde, in der sie einander fixiert hatten, hatte Aelaris die Sicherheit gegeben, dass auch sie ihn wiedererkannt hatte. Eine erstaunliche Leistung, wenn man bedachte, wie sehr die Elben von Rokals Lande einander glichen: hochgewachsen mit schlanken Gliedern, metallisch glänzendem Silberhaar und Augen, die an die schwarz-rote Glut in den Tiefen des Westgebirges erinnerten. Diese Verbindung aus

Schönheit und Gleichheit rief bei den Menschen Unbehagen hervor, hingegen die Menschen sich in Aelaris' Augen zuallererst durch ihre einzigartigen Unzulänglichkeiten voneinander unterschieden. Allein die verschiedenen Körpersilhouetten und Farbgebungen von Haut und Haaren verliehen den Menschen den Anstrich wild wuchernden Unkrauts.

Wie hatte es nur dazu kommen können, dass diese degenerierten Geschöpfe die Macht des Westgebirges an sich gerissen hatten? Immer noch rief dieser Umstand mehr Verwunderung als Wut bei Aelaris hervor. Doch er ging nicht so weit, den Menschen für diese Machtübernahme Respekt zu zollen. Nein, davon war er weit entfernt. Für ihn stellten sie eine grassierende Krankheit dar, für die ein Gegenmittel ersonnen werden musste. Dass sein Stamm sich in dieser heutigen Schlacht als das erfolgreiche Gegenmittel herausstellen würde, darüber musste Aelaris nicht nachdenken. Für ihn war es so selbstverständlich wie seine eigene Unverwundbarkeit.

Dennoch fand er sich nun zu Füßen eines Vorsprungs wieder, eine erschöpfte Menschenkriegerin beobachtend, während um sie herum die Schlacht tobte. Für Aelaris existierte in diesem Moment nur noch diese Frau, die mit beiden Händen ihr Schwert anhob und ihn herausfordernd anlächelte. Kühl und abschätzend – aber da war noch etwas, das an Aelaris zerrte, als wolle es in seinem Innersten alle Wände einreißen. Auf eine ernst zu nehmende Gegnerin trifft man nicht oft in seinem Leben, erklärte er sich die eigene Gebanntheit. Und während er das Pferd antrieb, um die letzte Distanz zu überwinden, wurde ihm bewusst, dass es nicht nur ihre Kampfeskünste waren, die ihn anzogen. Er hatte mit dieser Frau noch eine Rechnung zu begleichen.

In dem Moment, in dem er das Schwert ausrichtete, um den bevorstehenden Angriff der Kriegerin abzuwehren und um dann möglichst rasch ihre Beine attackieren zu können, strömte die Erinnerung auf ihn ein. In den letzten Wochen hatte er nur an sie und die eigentümliche Sehnsucht gedacht, die sie bei ihm auszulösen vermocht hatte.

Mit einem Mal verschwand Aelaris' Lächeln. Er presste die Lippen hart aufeinander und erwiderte den ersten Streich der Kriegerin mit solch einer Besessenheit, dass sie beinahe das Gleichgewicht verloren hätte und vom Vorsprung herabgestürzt wäre. Mit einem Wutschrei setzte Aelaris nach, und es gelang ihm, sie zurückstraucheln zu lassen. Den Rücken an die Felswand gepresst, bemühte sie sich mit zitternden Armen, das Schwert erneut auszurichten, während Aelaris das vor Anspannung tänzelnde Pferd beruhigte. Obwohl der Körper der Kriegerin längst nicht mehr in der Lage war, ihm tatkräftigen Widerstand zu leisten, verrieten ihre Augen weder Furcht noch Resignation.

Vollkommen fasziniert vergaß Aelaris einen Moment lang, die mentalen Schutzwälle aufrechtzuerhalten. Die zornigen Anklagen seiner Mitstreiter schlugen auf ihn ein und ließen ihn fast die Zügel herumreißen und zu seiner ursprünglichen Stellung zurückkehren. Doch der Anblick der erschöpften Kriegerin war stärker als die dringliche Forderung seines Stammes. Mit einer enormen Willensanstrengung drängte Aelaris die Stimmen hinaus und verrammelte erneut die inneren Barrieren. Dann konzentrierte er sich auf die Bezwingung dieser Frau.

Doch ehe er zu einem Angriff ansetzen konnte, um ihr endgültig das Schwert aus den Händen zu schlagen, verharrte er ein weiteres Mal. Das Kampfgetöse, das in den letzten Stunden in seinen Ohren gedröhnt hatte, so dass er es schon gar nicht mehr richtig wahrgenommen hatte, war verstummt. Oder vielmehr hinfortgewischt von einer Druckwelle, die ihm silberne Haarsträhnen ins Gesicht trieb und ihn im Sattel so weit zur Seite presste, dass er beinahe heruntergefallen wäre. Rasch beugte sich Aelaris nach vorne und umklammerte den Hals des Pferdes, das plötzlich regungslos dastand und den Atem angehalten hatte. Einen Augenblick lang befürchtete er, das Tier könne samt seiner Last einfach zur Seite kippen, als wäre es vom Blitz getroffen worden. Aber da strich die Druckwelle bereits über sie hinweg.

Aelaris richtete sich auf und blinzelte das Haar aus den Augen. So etwas hatte er noch nie zuvor erlebt. Es war wie ein Schrei gewesen, der jedoch nicht für Elbenohren bestimmt gewesen war. Immer noch spürte er das Nachhallen in jeder Faser seines Körpers. In seinen Ohren erklang ein feines Summen, während der Rest der Welt in Stille gefangen war. Nur mit Mühe konnte er dem Drang widerstehen, den Kopf zu schütteln. Den anderen Kämpfenden erging es nicht besser: Wie erstarrt standen sie da, die Münder weit aufgerissen, die Gesichtszüge von Verwirrung gezeichnet. Einige Orks lagen kreischend auf dem Boden und hielten sich mit den Klauen die Ohren zu. Keiner ihrer Gegner nutzte die Gelegenheit, um ihnen eine Klinge in den Körper zu jagen.

Das gesamte Schlachtgeschehen war mit einem Schlag zum Stillstand gekommen.

Wie unter Zwang wanderte Aelaris' Blick zum Felsvorsprung zurück, obwohl ihm nicht entging, dass alle anderen Augenpaare gen Himmel gerichtet waren. Was immer dort oben die Aufmerksamkeit auf sich zog, es vermochte den Elben nicht in seinen Bann zu ziehen.

Voller Erstaunen beobachtete Aelaris, wie die Kriegerin ihn forsch anlächelte und das Schwert zurück in die am Gürtel hängende Scheide steckte. Als er vor lauter Verblüffung die Mundwinkel nach unten verzog, zuckte sie kurz mit den Schultern. Dann drehte sie sich mit dem Gesicht zur Felswand und kauerte sich zusammen. Aelaris glaubte sogar gesehen zu haben, wie sie sich die Hände vor die Augen schlug.

Bevor der Elbe sie anschreien konnte, gefälligst wieder in Kampfstellung zu gehen, umhüllte ihn ein strahlend grünes Licht. Undurchdringlich, die Welt mit sich reißend. Das Summen in seinen Ohren verdichtete sich zu einem glockenhellen Klang. Sein Körper wurde so taub, als läge er schon seit einer Ewigkeit unter Wasser im NjordenEis – dann spürte er ihn gar nicht mehr. Für einen Atemzug fühlte Aelaris sich vollkommen von sich selbst losgelöst. Ein wahrer Moment der Freiheit. Dann versenkte ein körperloses Feuer seine geistigen Lungen und stieß ihn in eine Flammenwelt, die alles verschlang.

TEIL I

Kapitel 1

Vor der Schlacht

Aelaris war bei den von Efeu umschlungenen Säulen stehen geblieben, deren einzige Aufgabe darin bestand, den Himmel zu halten. Die Hallen von Plemaris waren in diesem Teil des Westgebirges einer der seltenen Orte, von denen aus man die Weite des Himmels erahnen konnte. Für gewöhnlich war man eingekeilt von Gebirgsmassen, die sich so hoch emporschraubten, dass sie immer im Blickfeld waren, ganz gleich, wie sehr man sich den Hals verrenkte.

Dieses Kleinod im Herzen des Steinozeans von Rokals Lande war kühnes Aufbegehren und Form gewordenes Sehnen zugleich: Obwohl der Stamm der Gahariren, der hier lebte, ein Volk der Weite und der Freiheit war, hatte er sich vor Jahrhunderten der Macht des Maliandes gebeugt. Und nirgendwo sonst im Westgebirge war Maliande von solcher Reinheit zu schöpfen, wie in den Tiefen dieser Gegend. So spielte sich ein Großteil des Lebens der Gahariren in schattigen Schluchten und unter Tage ab, während ihr ganzes Sinnen auf den unerreichbaren Himmel ausgerichtet war.

Plemaris' Hallen waren kunstvoll geschaffene Plateaus inmitten des kargen Gebirges, die einer Kaskade glichen. Sanfte Auen, auf denen Farne und Heidelbeeren wuchsen, eingerahmt von schmalen Bächen, die über geschichtete Steine verliefen und dabei mal fröhlich gluckten, mal beruhigend rauschten.

Aelaris ließ die Weite der Hallen auf sich wirken und atmete voller Genuss die klare Luft ein. Dann erst öffnete er sich der Anwesenheit seines Lehrers Akalande, der sich auf eine Steinbank neben einem kleinen Wasserfall gesetzt hatte. Obwohl nichts an Akalandes Körperhaltung verriet, dass er die Anwesenheit seines Schülers erahnte, wusste Aelaris es besser: Die Augen mochten auf das geschmeidige Fließen des Wassers gerichtet sein, das seinen Weg über eine Vielzahl von Kieseln suchte, aber die Gedanken waren ganz und gar auf ihn gerichtet. Akalande machte nicht einmal den Versuch, dies zu verbergen. Er hatte seine mentalen Fühler in dem Moment ausgestreckt, als Aelaris das Plateau betreten hatte.

Aelaris zögerte noch einen Augenblick, bevor er sich seinem Lehrer näherte. Wahrscheinlich verschaffte ihm diese ungewöhnliche Zurückhaltung sogar einen Vorteil, da Akalande doch nicht müde wurde, den Hochmut seines Schülers zu beklagen. Eine Herabsetzung, die Aelaris herzlich wenig scherte. Allerdings hatte er sich so manches Mal gewundert, warum Akalande seine Ausbildung nicht jemand anderem überlassen hatte, obwohl sie beide einander so wenig abgewinnen konnten. Schließlich gab es in diesen Tagen mehr Lehrer als Schüler unter den Gahariren.

Jedenfalls verharrte Aelaris in diesem Moment nicht, weil er sich Sorgen um die Entscheidung der Vorangehenden seines Stammes machte – für ihn war von Anfang an klar gewesen, dass man sich für ihn entscheiden würde. Allein dieser Mangel an Demut hatte Akalande stets die Verzweiflung ins Gesicht getrieben, während er sich darum bemühte, seinem Schützling die eigentliche Bedeutung der Weihe nahezubringen. Doch sie hatten nur aneinander vorbeigeredet, unzugänglich für die Sichtweise des anderen – da vermochte auch die mentale Verbundenheit zwischen Lehrer und Schüler nichts auszurichten. Daran würde auch die Weihe nichts ändern, dessen war sich Aelaris sicher. Denn obwohl die Elben seines Stammes durch die Magie des Maliandes vereint wurden, so blieben sich einige von ihnen im tiefsten Inneren fremd. All die Jahrhunderte, in denen die Elben der einzelnen Stämme immer mehr miteinander verschmolzen waren, hatten dies nicht abändern können.

Nein, Aelaris verharrte, um die letzten Augenblicke auf sich wirken zu lassen, bevor er eine höhere Ebene innerhalb des Stammes erklimmen würde. Er würde das Gefühl der Ausgegrenztheit, das ihm der Rang als Schüler vermittelt hatte, nicht vergessen. Auch die lange und demütigende Abhängigkeit vom Wohlwollen seines Lehrers würde ihm eine mahnende Erinnerung bleiben. Ein Elbe mochte der fügsame Teil eines Ganzen sein, dennoch würde er diese Gefühle stets bewahren. Das Wohl des Stammes mochte immer an erster Stelle stehen, aber er würde sein eigenes darüber nicht vergessen.

Aelaris spürte, wie Akalande ihn mit wachsender Ungeduld bedrängte, die mentalen Tore zu öffnen und ihn endlich einzulassen. Dabei blieb der Blick seines Lehrers weiterhin auf den Wasserlauf gerichtet – kein Willkommen, nicht einmal eine freundliche Geste.

Einen aufsteigenden Schmerz unterdrückend, blickte Aelaris den Elben an, an dessen Seite er so viele Jahre als ungeliebter Schüler verbracht hatte. Das metallisch schimmernde Haar lag in einem komplizierten Flechtwerk auf Akalandes Rücken, der trotz der vielen Lebensjahre von Biegsamkeit und Ausdauer kündete. Die schmalen Hände glitten unablässig an einem Strang von geschliffenen Bergkristallen auf und ab, die dem Elben ein Lied vorsangen. Der Ärmel der Tunika war zurückgefallen, und die schwach durch die Wolkentürme brechende Sonne brachte die marmorne Haut zum Schimmern.

Aelaris stach ins Auge, was auf der weißen Haut seines Lehrers nicht zu sehen war: Die schwarzen Muster, die den Elben auf so vielfältige Weise voneinander erzählten, hatten sich unter die Kleidung zurückgezogen. Keine wuchernde Ranke verriet Akalandes Gemütslage, kein verwobenes Netz von Arabesken fing Aelaris' Auge ein und erzählte ihm von den Gedanken seines Gegenübers. Einzig die Muster, die Akalandes Rang und Aufgabenbereich innerhalb des Stammes beschrieben, waren gut sichtbar. Einen größeren Beweis seiner Abneigung hätte er auf der letzten gemeinsamen Strecke nicht erbringen können: Nicht einmal Elben anderer Stämme trat man mit solch einer nichtssagenden Haut entgegen.

Aelaris' Zeichen hingegen schlängelten sich um jeden einzelnen Finger und bildeten verworrene Knäuel auf den Handrücken, als wollten sie seinem Lehrer geradewegs ins Gesicht springen. Er betrachtete die Linien noch einen Augenblick, dann ließ er seine Hände in den weiten Ärmeln verschwinden.

Einen Moment lang sammelte sich Aelaris noch, ehe er die mentalen Schranken für seinen Lehrer niederließ. Wie immer verursachte ihm die Berührung eines anderen Geistes Unbehagen. Obwohl Akalande auf dieses Zaudern stets voll Skepsis reagiert hatte, war es Aelaris nie gelungen, seinen Widerwillen abzulegen. Für Akalande war dieses Unvermögen ein weiterer Beweis, dass sein Schüler noch längst nicht ausreichend von der verbindenden Macht des Maliandes durchdrungen war, um ein vollwertiges Mitglied des Stammes zu werden. Allerdings vermutete Aelaris wohl zu Recht, dass er nach Akalandes alleiniger Einschätzung auch nach weiteren hundert Jahren nicht ausreichend vorbereitet gewesen wäre. Glücklicherweise konnte der Rat der Vorangehenden auf derlei Feinheiten im Augenblick keine Rücksicht nehmen: Wie auch allen anderen Elbenstämmen mangelte es den Gahariren an Nachkommen.

Sosehr die Stärke der Elben auch auf dem Maliande beruhte, seine Zaubermacht forderte einen hohen Preis. Dass der Preis vielleicht zu hoch gewesen sein mochte, war ein Gedanke, dem die Elben nur unwillig nachgingen. Die mentale Verwobenheit, aus der sie ihre Macht zogen, kostete sie zugleich das Vergnügen aneinander. Lange Zeit war diese erzwungene Keuschheit als weiterer Beweis für die Überlegenheit des Elbenvolkes angesehen worden: Sie vergeudeten weder ihre Kraft noch ihren Gestaltungswillen mit Liebeleien, sondern bauten stattdessen zielstrebig ihre Reiche im Herzen des Westgebirges aus.

Allerdings hatte das strikte Stammesdenken der Elben auch dazu geführt, dass der Verbund von Olomin zerfallen war. Zu viel Tatkraft war darauf verwendet worden, einander im Auge zu behalten und Ränke zu schmieden, um die Entwicklung der Nachbarn einzudämmen. Verstrickt in ein seit Jahrhunderten währendes Machtspiel, war es den alten, von der Magie des Westgebirges berührten Völkern entgangen, dass aus der menschlichen Besiedlung am Fuß des Gebirges ein ernst zu nehmender Rivale erwachsen könnte. Als erste Bedenken im Verbund von Olomin auftauchten, stand Achaten, die Burgfeste, bereits unverrückbar da und scheute das Kräftemessen nicht.

Nun war die Zeit, in der sich die Elben Fehler erlauben durften, vorbei.

Aelaris blieb ein Stück neben seinem Lehrer stehen und hängte die Daumen in den schmalen Gürtel, der um seine Hüften hing. Akalande hielt seinen Geist immer noch umfangen, länger als es sich schickte, doch er ertrug die intime Berührung gelassen. Sollte Akalande seine Macht ruhig noch einen Moment lang auskosten, gleich würde er jegliches Recht verlieren, ungebeten so tief in sein Inneres einzudringen.

Akalande stieß ein widerwilliges Schnauben durch die

Nase aus und zog sich dann so unerwartet schnell aus Aelaris zurück, dass dieser merklich zusammenzuckte, weil es seinem Geist nicht schnell genug gelang, die verwaiste Stelle zu füllen. Sogar diese unnötige Grausamkeit ließ Aelaris schweigend über sich ergehen.

»Es hat wohl wenig Sinn, feierliche Worte an dich zu verschwenden, da du ohnehin davon überzeugt bist, dass alles nach deinem Willen verlaufen ist«, läutete Akalande mit ausdrucksloser Stimme diesen einzigartigen Moment im Leben eines Elben ein. »Und obwohl es mich nicht froh stimmt, kann ich dir mitteilen, dass du damit sogar recht behältst: Der Rat der Vorangehenden hat deiner Aufnahme zugestimmt. Du kannst dich also zurückziehen und auf die Zeremonie vorbereiten. Bei Sonnenaufgang wird das Maliande den letzten Zugang in dir öffnen, so dass du ein vollwertiges Mitglied dieses Stammes sein wirst. Hoffentlich wirst du dich als die erhoffte Bereicherung erweisen und nicht als eine Verschwendung von Maliande, so wie ich es vermute.«

Obwohl in Aelaris der sehnliche Wunsch aufflammte, seinem alten Lehrer eine passende Antwort entgegenzuschleudern, besann er sich eines Besseren. Der Elbe, der ihm in vielerlei Äußerlichkeiten so sehr ähnelte, war gerade Bestandteil einer ungeliebten Vergangenheit geworden.

Aelaris' Mundwinkel deuteten ein stolzes Lächeln an, das seiner Verbeugung einen ironischen Anstrich gab.

Als Lehrmeister würde Akalande im Stamm ganze Welten von Aelaris entfernt sein, den es danach drängte, dorthin zu gelangen, wo die wahren Entscheidungen getroffen wurden.

Akalande deutete ebenfalls eine Verbeugung mit dem Kopf an, wie es sich unter Gleichgestellten gehörte. Doch er gab sich nicht die Mühe, vor Aelaris' Geist zu verbergen, dass er ihn keineswegs für gleichgestellt befand.

Kapitel 2

»Es gibt wirklich keinen Grund, derartig nervös zu sein. Schließlich steht es schon so gut wie fest, dass es auf einen Krieg hinauslaufen wird. Diese Zusammenkunft ist doch bloß diplomatisches Geplänkel. Deine maßlosen Versagensängste sind also vollkommen verschwendete Lebenskraft.« Obwohl Aelaris sich bemühte, seine Stimme nach Zuwendung und Verständnis klingen zu lassen, konnte er den angewiderten Unterton nicht vollends überspielen. Ein sinnloses Unterfangen.

Bevor Sorien zu einer Entgegnung ansetzen konnte, tauchte Aelaris den Kopf in das steinerne Bassin, vor dem er stand. Das eiskalte Wasser ließ ihn für einen Augenblick die Enge der Kammer vergessen. Die Haut auf seinen Wangen prickelte, und hinter den Lidern tanzten helle Lichter. Doch kaum hatte er sich wieder aufgerichtet und nach einem Handtuch gegriffen, tauchte Soriens aufgelöstes Gesicht in seinem Blickfeld auf. Der flehende Ausdruck in den vor Furcht geweiteten Augen weckte in Aelaris den Wunsch, den Elben zu packen und mehrmals kopfüber ins Wasser einzutunken.

»Für dich ist das vielleicht alles so einfach …«, begann Sorien mit bebender Stimme und brach den Satz dann kraftlos ab.

Falls er auch nur ansatzweise versuchen sollte, mich mental zu streifen und mir sein Lampenfieber aufzuhalsen, werde ich ihm einen handfesten Grund zum Zittern geben, verdammt!, schwor Aelaris sich. Ohne an sich hinabzublicken, wusste er, dass sich genau in diesem Augenblick unterhalb seines Solarplexus ein Liniengewirr abzeichnete, das seine Stimmung verriet. Rasch griff er nach seiner Tunika, ehe Sorien einen Blick auf das verräterische Muster werfen konnte.

Nicht, dass Sorien im Moment solche Feinheiten wahrgenommen hätte. Die Muster an seinem bloßen Hals zirkulierten wild und weckten den Eindruck, als wären sie wie eine Herde panischen Damwilds auf der Flucht. Immer wieder fuhren die Hände des Elben über den grauen Stoff seiner Tunika und betasteten den bestickten Saum.

Gerade noch rechtzeitig ertappte Aelaris sich dabei, wie er die Hand ausstrecken wollte, um dem angespannten Elben einen Klaps auf die Finger zu geben. Himmel, ächzte Aelaris in Gedanken, sorgfältig darauf bedacht, Sorien seine Gereiztheit nicht spüren zu lassen. Dieses hasenfüßige Benehmen lag ihm ganz und gar nicht.

Natürlich war Sorien seine aufflammende Gereiztheit nicht entgangen, und der Elbe hob abwehrend die Hände, während sich sein Atem zu überschlagen drohte.

»Du wirst doch nicht …?«

Für einen Augenblick versagte Aelaris' Selbstbeherrschung, und er kam nicht umhin, mit der flachen Hand auf den Wasserspiegel des Bassins zu schlagen, so dass sie beide mit dicken Tropfen besprenkelt wurden. Dann zwang er den Blick fort von Soriens rastlosen Händen. Stattdessen betrachtete er die Kammer, die ihnen beiden seit dem vorherigen Tag als Gästezimmer diente. Durch das halbrunde Fenster sickerte das weiche Licht des Nachmittags, überall gab es Schalen mit üppigen Sträußen von Wiesenblumen, und auf dem kleinen, reichlich mit Schnitzereien verzierten Tisch stand eine Etagere mit Leckereien.

Allerdings waren es die Szenen, die in die polierten Steinwände der Kammer gemeißelt worden waren, die Aelaris'

Aufmerksamkeit erregten. Sie stellten den Alltag in diesem schmalen Landstrich des Westgebirges dar: Reigen tanzende und singende Elben, Elben beim Beerenpflücken, beim Weben, Sticken und sonstigem Handwerk. Elben beim Betrachten des Mondes und im vertraulichen Gespräch.

Nachdenklich strich sich Aelaris übers Kinn. Allein die Auswahl der Motive zeigte, wie sehr sich der Stamm der Weißen Celistiden von Aelaris' Stamm der Gahariren unterschied. Bei den Gahariren hätten die Wände von Gipfelstürmern erzählt, die nicht davor zurückschreckten, in die tiefsten Schluchten herabzusteigen, die niemals vom Sonnenlicht berührt wurden. Krieger, deren Gesicht gen Himmel gerichtet war, auch wenn ihr Herz im steinernen Grund des Westgebirges schlug.

Der Elbenstamm der Weißen Celistiden, der als Gastgeber für die bevorstehende Zusammenkunft diente, lebte nah am Fuß des Gebirges. In den Jahren nach dem Zerfall des Verbunds von Olomin hatten sie sich zwangsläufig mit dem benachbarten Achaten arrangiert, ohne sich jedoch selbst als Elbenstamm aufzugeben. Achaten hatte sich auf diesen Pakt eingelassen, denn das Land der Weißen Celistiden war wertlos, da es über keine nennenswerten Wege verfügte, die in das Innere des Gebirges hineinführten. Entsprechend schwach war der Stamm auch aufgestellt, obwohl sie für Elben über eine ungewöhnlich große Nachkommenschaft verfügten. Es gingen sogar zahlreiche Gerüchte um, dass schon so manches Neugeborene die Merkmale von Menschen aufwies.

Aelaris' Mund verzog sich zu einem harten Lächeln. Sich mit dem übermächtigen Gegner zu paaren, war nicht die dümmste Idee, wenn man überleben wollte. Dass die Weißen Celistiden wussten, wie man sich einschmeichelte, bewies schließlich auch die Kunst ihrer Gastfreundschaft. Aber, dachte Aelaris angeekelt, zu einem Herrschenden wird man dadurch nicht. Man taugt nur noch dazu, rasch die Beine zu spreizen, bevor der Überlegene es lautstark einfordern kann, und muss dabei auch noch einladend lächeln.

Das kaum hörbare Tapsen von Soriens nackten Fußsohlen unterbrach seine Überlegungen. Der Elbe hatte in seiner Nervosität begonnen, in der Kammer auf und ab zu gehen, als wolle er seinen Kompagnon absichtlich in Rage versetzen. Ganz gleich, wie feinfühlig Sorien veranlagt sein mochte, taktisch erwies er sich als Niete. Bei dieser Feststellung wurde Aelaris bewusst, dass es klüger wäre, Soriens Furcht als eine Herausforderung zu betrachten, statt ihn für seine Schwäche zu verachten.

Sorien erwiderte Aelaris' interessierten Blick schüchtern und presste beide Hände gegen die Brust. »Ich kann kaum atmen«, erklärte er leise. »Mein Brustkorb brennt, als hätte mir jemand einen Schlag versetzt.«

Aelaris nickte träge.

Sorien und er waren als zwei von vier Vertretern ausgewählt worden, um ihren Stamm bei den Verhandlungen mit Achaten zu repräsentieren. Dabei kam Sorien die Aufgabe zu, Stimmungen und Gesten der anderen Repräsentanten einzufangen, da er über eine außergewöhnliche Sensibilität verfügte. Wenn man in einem Raum mit lauter Parteien saß, die einander das Schlimmste zutrauten und nur die eigenen Interessen im Hinterkopf hatten, konnte eine solche Fähigkeit von entscheidender Bedeutung sein: Wer von dieser verlogenen Bande könnte tatsächlich als Bündnispartner wertvoll sein? Täuschte der Gegner nur an? Handelte es sich bei der Berichterstattung um eine Lüge? Obwohl sich Aelaris dagegen sträubte, so war er sich trotz der schwelenden Abneigung durchaus bewusst, dass man auf Soriens Fähigkeit nicht verzichten konnte.

Unklar war Aelaris unterdessen immer noch, welche Aufgabe eigentlich ihm in diesem Quartett zukam, denn der strategische Part war mit Esiles bereits besetzt. Die blinde Elbin war berühmt-berüchtigt für ihre raffinierten Gedankengänge, dank derer sie sich seit Jahrhunderten als ungeschlagene Schachspielerin unter den Gahariren behauptete. Ihrem Geschick war es maßgeblich zu verdanken, dass der Stamm nach der Zerschlagung des Verbunds von Olomin seine Gebiete hatte wahren können. Bei dieser Zusammenkunft nun würde sie mitbestimmen, wie diese Gebietshoheit weiterhin erhalten werden konnte.

Obwohl die wichtigsten Positionen besetzt waren, hatte sich Diwian, die ihre Delegation anführte und die endgültige Entscheidungsgewalt innehatte, ausdrücklich für ihn verbürgt. Am meisten hatte Aelaris daran irritiert, dass Diwian eine enge Vertraute seines ehemaligen Lehrers Akalande war, mit dem er sich seit seiner Weihe nicht mehr ausgetauscht hatte. Er würde folglich weder Diwian noch sich selbst einen herausragenden Dienst erweisen, wenn er sich von seinem Temperament dazu verleiten ließ, Soriens Unwohlsein weiterhin zu schüren, anstatt es zu zerstreuen.

Damit Sorien nicht noch ein weiteres Mal den Raum mit hastigen Schritten durchqueren konnte, umfasste Aelaris von hinten dessen Schultern. Mit einem sanften Ruck zog er den erschrocken aufkeuchenden Elben an sich heran, so dass ihre beiden Körper dicht an dicht standen.

»Nein, lass mich!« Soriens Stimme überschlug sich vor Anspannung.

Doch Aelaris öffnete Soriens innere Schranken und ließ die eigene Zuversicht zusammen mit einem Gefühl von Überlegenheit in ihn hineinströmen. Sorien stöhnte leise auf, nahm das Geschenk aber bereitwillig an. Als der Elbe sich merklich zu entspannen begann, löste Aelaris die Verbindung wieder und ging wortlos zum Fenster. Hinter ihm ließ sich Sorien auf den mit Teppichen ausgelegten Boden sinken und atmete hörbar erleichtert aus.

Während Aelaris vorgab, die sich seicht neigende Heuwiese draußen vor der Kammer zu betrachten, fühlte er beklommen in sein Inneres hinein. Außer der zu erwartenden Erschöpfung, die ein solches Geschenk zur Folge hatte, spürte er auch etwas Unbekanntes, das sich wie ein Schleier über seine Wahrnehmung legte und sie dadurch entfremdete. Voller Widerwillen betastete er diese neue Empfindung, als wäre sie ein Stachel im Fleisch. Obwohl es eigentlich nicht sein konnte, hatte Sorien offensichtlich einen Samen in Aelaris' Geist hinterlassen, als sie einander berührt hatten. Nun sprang dieser Samen zu Aelaris' Entsetzen auf und verlieh ihm eine ungekannte Empfindsamkeit. Er fühlte sich auf eine beschämende Art offen, verwundbar. Und obwohl er sich noch so konzentrierte, es wollte ihm einfach nicht gelingen, das durch Sorien geöffnete Tor wieder zu schließen.

Aelaris war nicht sonderlich geübt darin, seine Gefühle wandern zu lassen. Aber dass er tatsächlich so schlecht in dieser Fertigkeit war und es Sorien gelungen war, in ihn einzudringen, machte ihm zu schaffen. Deshalb würde er es tunlichst vermeiden, Sorien auch nur das Geringste bemerken zu lassen.

Der flatterige Elbe war ohnehin damit beschäftigt, das ungewohnte Maß an Selbstvertrauen zu verarbeiten. »Danke«, sagte er leise, immer noch auf dem Boden kauernd. Dabei klang er schon deutlich gefasster. »Aber ich bin mir nicht sicher, ob sich das als klug herausstellen wird. Eigentlich benötige ich diese kräftezehrende Nervosität, um die Vielschichtigkeit einer Verhandlung auf mich einwirken zu lassen.«

»Fühlst du dich besser?«, fragte Aelaris tonlos.

»Ja, schon …«

Aelaris verschränkte die Arme vor der Brust, als könne er

sich dadurch gegen das anwachsende Gefühl von Verwundbarkeit wehren. »Dann weiß ich nicht, worüber du dich beschwerst.«

Bevor Sorien zu einer Antwort ansetzen konnte, spürten sie beide den Aufruf, den Diwian ihnen über einen mentalen Faden zusendete: Die Zusammenkunft wurde eröffnet.

Die Zusammenkunft ehemaliger Mitglieder des Verbunds von Olomin und Vertreter Achatens und seiner angrenzenden Siedlungen fand in einer ovalen Halle statt, deren Dach eine mit Metallsträngen überspannte Öffnung zierte.

Sehnsüchtig glitt Aelaris' Blick zum dämmerigen Himmel, und er genoss den Anblick einer vorbeiziehenden Wolke. Die letzten beiden Tage hatten sie in den ihnen zugewiesenen Räumlichkeiten ausgeharrt, bis auch die letzten Nachzügler in der Gemeinde der Weißen Celistiden eingetroffen waren. Während dieser Zeit hatte es lediglich einige Besuche von Gleichgesinnten gegeben, ein vorsichtiges Abtasten von Interessen und Plänen. Ansonsten waren die Delegationen lieber für sich geblieben, so wie es dem traditionellen Misstrauen in diesen Breitengraden von Rokals Lande entsprach.

Aelaris hatte unter der Enge der Kammer gelitten, genau wie die übrigen Vertreter seines Stammes. Die Gahariren liebten die Weite des Himmels, die ihnen so oft versagt wurde, denn ihre Macht ruhte in den Tiefen des Gebirges: verborgene, mythenumrankte Wege, die in Höhlen führten, in denen das Erdinnere wie ein Meer aus flüssigem Gestein wogte. Orte, an denen die Magie die Luft verdichtete. Orte, auf denen die Macht und der Stolz der Gahariren beruhten und nach denen Achaten, die Burgfeste, seine gierigen Finger ausstreckte.

Als Aelaris nun an der Seite der drei anderen Vertreter seines Stammes durch die offen stehenden Metalltore in die ovale Halle trat, brachte die Anzahl der bereits Anwesenden seine Sinne zum Vibrieren. Eine Vielzahl von Erwartungen, Hoffnungen und Ängsten umschlich das sorgfältig verbarrikadierte Haus seines Geistes, kratzte an Türen und Fenstern und presste sich gegen das Mauerwerk, das mit einem Mal erbärmlich fadenscheinig wirkte. Aelaris betete, dass die bebenden Wände nicht einstürzen mögen.

Plötzlich packte Sorien ihn am Handgelenk und warf ihm einen wissenden Blick zu. Augenblicklich ließ der Ansturm nach, und Aelaris schloss vor Erleichterung die Augen. Er konnte nur hoffen, dass Soriens unbeabsichtigtes Geschenk mit diesem Höhepunkt seine Magie verloren hatte. Er wünschte es inständig, denn er verspürte wenig Verlangen, sich mit dieser leidigen Gabe auf lange Sicht anfreunden zu müssen.

Um sich abzulenken, ließ er den Blick durch die Halle gleiten: An den Längsseiten des Ovals waren erhöhte Tribünen aufgebaut worden, die beiden Verjüngungen hingegen wurden von schlichten Stuhlreihen gesäumt. Dahinter durfte sich, dicht gedrängt, das zugelassene Fußvolk tummeln: Diener und Adjutanten, neutrale Beobachter, Protokollanten und Gestalten, von denen niemand so recht wusste, was sie eigentlich bei dieser Zusammenkunft zu suchen hatten. In der Mitte der Halle stand ein ovaler Holztisch, in den ein steinernes Bassin eingelassen war.

Während Aelaris eine entspannt wirkende Diwian zu ihrem Platz begleitete, glaubte er kurz den silbrigen Rücken eines Fisches im Wasser aufblitzen zu sehen.

»Vielen Dank«, sagte Diwian mit ihrer unvergleichlichen heiseren Stimme, als Aelaris den Stuhl für sie zurechtrückte. »Diese Zusammenkunft heute dürfte sich als eine gute Lehrstunde für dich herausstellen, Aelaris. Du solltest dir diesen ganzen Zirkus hier genau einprägen, denn es wird über die

Zukunft von Rokals Lande entschieden: Gelingt es Achaten, sein Recht auf die tiefsten Stollen auszuweiten und damit die Hoheit über das Maliande zu erlangen? Oder werden wir, der ehrwürdige Stamm der Gahariren, die unangemessene Habgier der Burgfeste vorzeitig in die Schranken weisen?«

Obwohl Diwians Gestalt für eine Elbin ausgesprochen rundlich war, ähnelte ihre Persönlichkeit eher einer erhobenen Lanze. Und Diwian wusste die Wirkung, die ihre offenkundige Selbstsicherheit auf ihre Gegner hatte, nur allzu gut einzusetzen. Außer ihrer Klugheit war ihre erstaunliche Gefestigtheit der ausschlaggebende Grund gewesen, warum der Rat der Vorangehenden ihr die Vertretung überlassen hatte.

»Die Frage stellt sich mir gar nicht erst«, erwiderte Aelaris. Sein ebenmäßiges Gesicht verriet keinerlei Regung. »Ich kann mir beim besten Willen nicht vorstellen, welche List Achaten einsetzen könnte, um einen Fuß auf unser Land zu setzen.«

Diwian lachte leise, und Aelaris befürchtete einen Augenblick lang, dass sie seine Lässigkeit durchschaut hatte. Mit einer höflichen Geste berührte er noch ein Mal ihr mentales Netz, und zu seiner Überraschung sendete sie ihm eine Welle reinster Willenskraft zurück. Bis in die Fingerspitzen hinein verspürte Aelaris das Kribbeln ihrer Macht.

Mit einem kaum merklichen Lächeln lehnte Diwian sich auf ihrem Stuhl zurück, während Aelaris sie immer noch erstaunt anblickte. Weder passte eine solche Gabe zu der reservierten Elbin, noch gehörten sie beide zu jenen gewöhnlichen Stammesmitgliedern, die ihre Gefühle nicht voreinander abschirmen konnten. Normalerweise hätte Diwian die Verunsicherung, von der Aelaris plötzlich heimgesucht wurde, gar nicht bemerken dürfen. Und wenn doch, so hätte sie ihr eher eine Zurechtweisung entlocken müssen.

In Gedanken versunken ging Aelaris zur Tribüne, wo er sich zu Sorien und Esiles setzte. Der Platz, der für sie vorgesehen gewesen war, erwies sich als ausgezeichnet: Von der leichten Erhöhung aus ließen sich die meisten wichtigen Vertreter am Verhandlungstisch und auf der gegenüberliegenden Seite beobachten. Die Stuhlreihen in den Verjüngungen verdienten sowieso keine Beachtung.

Aelaris lehnte sich zurück und schlug die langen Beine übereinander, ohne sich darum zu scheren, dass er dabei den Nacken seines Vordermanns streifte. Noch immer wärmte er sich an dem Gefühl von Stärke, das Diwian ihm mit auf den Weg gegeben hatte. Als sich Esiles zu ihm beugte und ihn mit ihren toten Augen anstarrte, brummte er lediglich zustimmend und ließ sie in sein Inneres ein, damit sie durch seine Augen auf die Welt sehen konnte.

Obwohl Esiles ein äußerst zurückhaltender Gast war, hatte Aelaris die mentale Anwesenheit der zerbrechlichen Elbin bei anderen Anlässen stets nur widerwillig ertragen, weshalb sie sich für gewöhnlich auch lieber an Sorien wandte. Doch in diesem Moment war Aelaris mit sich im Reinen, und als sie ihm die Namen der verschiedenen Stellvertreter nannte, suchte er hilfsbereit die Reihen nach den passenden Gesichtern ab, bis Esiles sich ein Bild von der Sitzordnung gemacht hatte.

Als sie sich wieder zurückziehen wollte, warf Aelaris kurzerhand einen Fanghaken in ihre Richtung aus und lud sie zum Bleiben ein. Esiles' Verblüfftheit über so viel unvermutete Freundlichkeit zeichnete sich augenblicklich als schwarzer Blitz ab, der über eine ihrer Schläfen wanderte. Fast fühlte Aelaris sich versucht, das Angebot zurückzuziehen, doch dann entspannte er sich.

Heute Abend würde er nicht darüber grübeln, warum seine einzige Aufgabe bei dieser Zusammenkunft darin bestand, den anderen dreien zu Diensten zu sein. Er würde seine Rolle einfach akzeptieren und nicht länger versuchen, sie vor lauter Widerwillen zu unterlaufen. So klein seine Rolle auch sein mochte, zumindest spielte er eine. Seinem alten Lehrer würden die feinen Augenbrauen in die Höhe schießen, wenn er ihn jetzt sehen könnte: der unbeugsame Aelaris – ein wertvolles Stammesmitglied, das sich ganz dem Wohl der Seinen unterordnete.

Der Vertreter der Weißen Celistiden hatte sich erhoben, um die Eröffnungsworte zu sprechen. Eine gedrungene Gestalt mit verhältnismäßig groben Gesichtszügen, welche für die hier lebenden Elben typisch war. Das Haar dieses Volkes erinnerte an angelaufenes Silber und wellte sich leicht, wenn es offen über den Rücken hing. Ihnen ging außer der Eleganz, mit der das Elbengeschlecht eigentlich reichlich beschenkt war, auch etwas von der an Überheblichkeit grenzenden Selbstsicherheit ab.

Belustigt studierte Aelaris all diese Unterschiede, wohl wissend, dass nur Elben sie wahrnahmen. Für die anderen Völker sahen die Elben alle gleich aus, sie unterschieden sie höchstens anhand von Kleidung und Stimmen – die stets sichtbaren Zeichen auf Händen und Gesicht, die von der Stammeszugehörigkeit und dem Rang kündeten, verstanden nur Elben zu lesen. Er hatte sogar einmal gehört, dass die Menschen Schwierigkeiten hatten, die Geschlechter auseinanderzuhalten. Nicht, dass es bei den Elben darauf angekommen wäre …

»… deshalb ist es im Interesse aller hier Anwesenden, dass diese Fragen im gegenseitigen Einverständnis gelöst werden.« Die Stimme des Vertreters der Weißen Celistiden war weich und eine Spur zu hoch. Trotzdem wurde sie dank der hervorragenden Akustik des Raums mühelos getragen.

»Niemand profitiert davon, wenn die gewaltsamen Ausschreitungen erneut aufflammen. Es ist vielmehr an der Zeit, das jahrhundertealte Territorialdenken zu überwinden, das uns ungebührlich lange an überholte Regeln gefesselt und eingeengt hat. Wir sollten die Gelegenheit dieser Zusammenkunft nutzen, um uns den Möglichkeiten des Westgebirges zu öffnen. Damit öffnen wir uns auch einer größeren Welt, für die wir bislang blind gewesen sind. Das Maliande gewährt uns die Gunst, Rokals Lande mit neuen Augen zu erblicken. Wer sich davor verschließt, wird im Gestern zurückbleiben.«

»Das ist doch wohl kaum sein Ernst«, schnaubte Esiles abfällig und ließ Aelaris' Augen die Reihen entlangwandern. Viele der anderen Vertreter blickten ebenso ungläubig drein, aber einige kräuselten auch nachdenklich die Stirn, während wieder andere zustimmend applaudierten.

»Das ist eine sehr schöne Idee, mit der unser Gastgeber diese Zusammenkunft eröffnet hat.« Diwian hatte sich als Erste erhoben und das Wort ergriffen. Sie neigte höflich den Kopf in Richtung des Vertreters der Weißen Celistiden, bevor sie ihren eindringlichen Blick durch die Halle streifen ließ. »Das Gestern überwinden und das Morgen beherrschen – welcher Stamm, welcher Clan, welcher Orden würde sich das nicht wünschen? Wir mögen alle von derselben Frage getrieben sein, aber beantworten müssen wir sie uns alle allein. Mein Stamm der Gahariren verspürt momentan nicht den Wunsch, seine Landesgrenzen auszudehnen. Noch weniger verspüren wir das Interesse, Übergriffe auf unser Land zu gestatten. Wer sich im Recht glaubt, seine Hände nach unserem Hab und Gut auszustrecken, dem werden wir sie mit dem Schwert abhacken.«

Diwians Worte gingen in einem Schwall aus Applaus und Gelächter unter, während Aelaris seine Augen für Esiles auf dem Stellvertreter der Prälatin von Achaten ruhen ließ.

»Bolivian scheint nicht sehr beeindruckt von Diwians Worten zu sein«, brachte Sorien es auf den Punkt.

»Nein«, erwiderte Esiles nachdenklich. »Aber das war vorauszusehen. Dass die Prälatin nicht persönlich erschienen ist, bedeutet nichts anderes, als dass sie das Ergebnis dieser Zusammenkunft genauso einschätzt wie wir: Es wird zum Kampf zwischen Achaten, der Burgfeste, und dem Reich der Gahariren kommen, womit die Schlacht um den Zugang ins Herz des Westgebirges erst eröffnet wäre. Das Einzige, was hier verhandelt wird, ist, wer wo steht. Und letztendlich wird sich auch das erst auf dem Schlachtfeld entscheiden. Der Verbund von Olomin war zu schwach, um sein ureigenes Interesse gegen einen Haufen Menschen zu verteidigen. Wie sollte dieses klägliche Überbleibsel nun plötzlich über ausreichend Vernunft verfügen, um ein Bündnis gegen das gierige Achaten zu schmieden? Ihr habt den Vertreter der Weißen Celistiden doch gehört – die ersten Abtrünnigen haben sich bereits ins vermeintliche Siegerlager geschlagen.«

Aelaris lächelte grimmig. Daran, dass die Gahariren einen Kampf gegen Achaten auf eigenem Boden gewinnen würden, bestand kein Zweifel. Dieses Mal würde es von Mensch zu Elbe entschieden werden. Nun ja, einige der unseligen Orks würden ebenfalls mit von der Partie sein … Kein Verrat, keine hinterhältige Ränkeschmiederei würde sich dieses Mal als Falle erweisen. Achaten konnte auf seine neu errungene Vormachtstellung im Westgebirge pochen, bis es schwarz wurde. Aber in die Stollen der Gahariren würde dieses sterbliche Geschmeiß keinen Fuß setzen. Und wenn Achaten seine Niederlage akzeptiert hatte, würde mit den Verrätern in seinem Schatten aufgeräumt werden. Dann wären die Tage der salbungsvollen Reden vorbei.

Nachdem der Tumult über Diwians provozierende Rede erloschen war, hatte ein zäher Schlagabtausch begonnen, bei dem die verschiedenen Parteien sich umkreisten wie Faustkämpfer in der Arena. Es wurde angeschnitten und herausgefordert, verhöhnt und gelockt. Die Stunden schwanden in einem Sog von Reden und Gegenreden dahin, während die Sterne langsam aufgingen und über ihre Bahn am Himmel wanderten.

Obwohl Aelaris sich darum bemühte, seine Konzentration nicht schwinden zu lassen, ertappte er sich immer häufiger dabei, wie seine Gedanken abdrifteten. Aufgeregt umkreiste er die Aussicht auf den bevorstehenden Kampf. Vor seinem geistigen Auge kreierte er verschiedene Schlachtaufstellungen und spielte komplizierte Taktiken durch. Als er sich bei der Überlegung ertappte, von welchem sicheren Platz aus er das Schlachtgeschehen am besten überblicken könnte, zuckte er bestürzt zusammen. Das waren gar nicht seine eigenen Gedanken gewesen … Beim Himmel, bei einer Schlacht interessierte ihn einzig und allein, dass er sich mitten im Geschehen befand!

Ein rasches Abtasten von Esiles' mentaler Ausrichtung verriet ihm, dass es ihre Träume waren, die sich unbemerkt bei ihm eingeschlichen hatten. Mit knapper Not konnte Aelaris ein kummervolles Stöhnen unterdrücken. Soriens Geschenk hielt sich also immer noch hartnäckig in seinem Inneren auf und trieb dort seltsame Blüten.

Als hätte er Aelaris' plötzliches Missbehagen gespürt, legte Sorien ihm eine Hand auf die Schulter. »Ein heilloses Durcheinander, nicht wahr? Es könnte einen glatt um den Verstand bringen.« Mit der freien Hand deutete er auf den hitzigen Schlagabtausch, den sich der Gesandte eines Dämonenbeschwörers mit einer Elbin lieferte. Da Aelaris ihn jedoch vorwurfsvoll anschaute, zog er die Hand rasch zurück, als habe er sich verbrannt.

Wenn es nach Aelaris ging, konnte Sorien sich seine Empfindsamkeit sonst wohin stecken. War sie bislang doch alles andere als hilfreich gewesen. In der Hoffnung, seine Aufmerksamkeit auf etwas Nützliches zu lenken, ließ er den Blick durch die Halle wandern. Dabei streifte er auch die Verjüngungen des Ovals, die er bisher vernachlässigt hatte. Nun betrachtete er die Gesichter des namenlosen Pulks, der sich hinter seinen gleichfalls unwichtigen Herrschaften herumdrückte. Bei den meisten von ihnen handelte es sich um Menschen. Sie waren nicht abstoßend wie Orks, gewiss nicht. Aber ihnen haftete etwas Lebloses an, so als fänden sie in der kurzen Spanne ihres Lebens nicht die Gelegenheit, zur vollen Pracht aufzublühen. Wieder einmal sah er sich in seiner Meinung bestätigt, dass die Menschen keines zweiten Blicks würdig waren.

Dann blieb sein Blick an einer Frau haften – gebannt, unfähig, auch nur mit den Lidern zu zucken. Warum, vermochte er kaum zu sagen. Sie war auf eine eigentümliche Art eine schöne Frau, auch wenn sie im Vergleich zu einer Elbin nur verlieren konnte. Zwar hob sie sich aufgrund der seltsamen Kleidung, ihrer mandelförmigen Augen und des kaum zu bändigenden schwarzen Haarschopfs ab, aber in dem Haufen von Menschen gab es viele andere Absonderlichkeiten, welche seine Aufmerksamkeit hätten fesseln können.

Zu seinem eigenen Entsetzen musste Aelaris sich eingestehen, dass er die Frau regelrecht anstierte. Und gerade als er sich seiner Rolle als Vertreter seines Stammes wieder bewusst wurde, erwiderte sie den Blick. Schwarze, vor Lebendigkeit sprühende Augen. Nur für den Flügelschlag eines Adlers sahen sie einander an, doch Aelaris glaubte sich in Brand gesetzt. Die Pforte, die Soriens Empfindsamkeit aufgestoßen hatte, wurde mit aller Macht bestürmt, niedergerissen, regelrecht gesprengt. Ein kaum bezwingbares Drängen, sofort aufzuspringen und auf die Frau zuzustürmen, stand im Widerspruch zu der Unfähigkeit, normal zu atmen.

Aelaris fühlte sich wie im Auge eines Sturms. Er streckte den Arm aus und griff nach Gedanken und Gefühlen, die mit brachialer Gewalt umhergewirbelt wurden in der Hoffnung auf einen Ankerpunkt. Doch ganz gleich, wonach er auch fasste, nichts erschien ihm bekannt. Alles war mit einem Mal neu und fremd, als wäre er nicht mehr derselbe wie noch vor einem Augenblick.

Aelaris hörte Esiles neben sich aufstöhnen, und mit größter Kraftanstrengung gelang es ihm schließlich, ihr einen Blick aus den Augenwinkeln zuzuwerfen. Ihr Mund hatte sich zu einem erstaunten O geformt, und ihre Arme waren vorgestreckt, als wolle sie jemanden Unsichtbares auf Distanz halten.

»Was …?«, fragte sie, dann brach ihr die Stimme weg.

Beschämt erkannte Aelaris, dass Esiles das emotionale Unwetter, das ihn heimgesucht hatte, nicht verborgen geblieben war. Er wollte gerade etwas Beschwichtigendes sagen, als Esiles mit einem Ruck die Verbindung zwischen ihnen beiden kappte. Der Schnitt war so hart, dass es ihn wie ein Peitschenhieb schmerzte. Doch er wagte es nicht einmal aufzukeuchen, denn die Muster auf Esiles' Gesicht kündeten lebhaft davon, dass sie sich von seinen ungebührlichen Gefühlen regelrecht beschmutzt fühlte. Entsprechend rückte sie so weit wie möglich von ihm ab, bis sie mit dem Vertreter eines befreundeten Stammes zusammenstieß. Trotzdem ruhten ihre toten Augen auf Aelaris, als wäre er ein Fremder. Oder schlimmer noch: ein Ausgestoßener.

»Was hast du ihr angetan?«, fragte Sorien mit einer Mischung aus Neugierde und Verachtung. Dabei achtete auch er peinlich darauf, den größtmöglichen Abstand zu Aelaris einzuhalten. Konnte er ebenfalls etwas von dem absurden Orkan mitbekommen haben?

Aelaris presste seine Kiefer aufeinander und wünschte sich,

dass ihm eine passende Entgegnung auf Soriens Frage einfallen möge. Allein schon, um das äußere Bild eines Unantastbaren zu wahren. Doch er war noch viel zu aufgewühlt von dem befremdenden Erlebnis, und seine Gedanken versuchten fortwährend, zu der Frau in der Menge zurückzukehren. Allerdings krampfte sich sein Brustkorb bei der Vorstellung, jemals wieder in den Bann dieser Unbekannten zu geraten, so schmerzhaft zusammen, dass er ein Aufkeuchen nicht unterdrücken konnte. Er spürte ein seltsames Ziehen und brauchte einen Moment, um den richtigen Begriff dafür zu finden: Sehnsucht. So etwas verspürte ein Elbe vielleicht bei dem Gedanken an das ferne Himmelsdach, aber gewiss nicht beim Anblick einer Menschenfrau.

Bevor er Sorien vor lauter Frustration und Verwirrung bei den Schultern packen und durchschütteln konnte, schickte Diwian ihnen die mentale Anweisung zu, alle Aufmerksamkeit auf den Vertreter von Achaten zu lenken.

Und tatsächlich erhob sich der massive Bolivian, dessen Gesichtszüge von einem Rauschebart verdeckt wurden und dessen niedrigen Haaransatz direkt mit den Augenbrauen zu verschmelzen drohte, einen Augenblick später schwerfällig von seinem Stuhl, während ein Zwergenanführer immer noch eine wütende Rede schwang. Mit einem knarzenden Räuspern unterbrach er den Zwerg, der ungläubig innehielt. Aber da der Vertreter der Weißen Celistiden, der die Runde leitete, keinerlei Absicht zu hegen schien, seine Partei zu ergreifen, setzte der Zwerg sich schließlich mit beleidigter Miene nieder.

Es war kurz vor Morgengrauen, als mit einem Schlag wieder Leben in die müden Gesichter der versammelten Gäste trat. Ganz unvermittelt kündigte sich ein Finale an, wo eben noch kleinliches Durcheinander geherrscht hatte. Offensichtlich verlor Bolivian allmählich die Geduld und hatte deshalb beschlossen, das Ganze zu Ende zu bringen, bevor das Frühstück aufgetragen wurde.

»All die Reden, die hier heute Nacht gehalten worden sind, können nicht verbergen, dass Achaten zur größten und einflussreichsten Macht im Westgebirge geworden ist.« Die dumpfe, kurzatmige Stimme echote in der Stille der Halle, während Bolivian beim Sprechen eine Faust gegen die breite Brust presste, als wolle er sein Herz daran hindern, einfach hinauszuspringen. Dann holte er tief Luft, bis sich seine Wangen rot aufblähten. Dieser Mann war nicht nervös, er wollte nur die Worte, deretwegen er diesen mühsamen Weg auf sich genommen hatte, unmissverständlich vortragen. Niemand sollte auch nur den geringsten Zweifel anmelden können. »Die ehemaligen Mitglieder des Verbunds von Olomin mögen noch unter ihrer Niederlage leiden, aber das ändert wenig an der Tatsache, dass die Entscheidungen, wohin das Westgebirge zu gehen hat, auf der Burgfeste getroffen werden. Und unser Interesse – und somit auch das Interesse des Westgebirges – beruht auf dem Maliande. Wenn der Stamm der Gahariren also weiterhin darauf bestehen sollte, dass die Stollen in den brennenden Tiefen auf ihrem Gebiet ausschließlich ihnen zustehen, dann kann Achaten nur mit Krieg antworten.«

Diwian nickte Bolivian zu, während sich ein atemloses Schweigen in der Halle ausbreitete. Nun war das ausgesprochen, was alle vermutet hatten: Nach den wenigen Jahren, in denen ein brüchiger Waffenstillstand geherrscht hatte, würden nun die Kämpfe wieder aufgenommen werden, um die Landkarte des Westgebirges ein weiteres Mal neu zu zeichnen.

Aelaris konnte keine Spur von Zweifel auf Diwians Gesicht entdecken – sie glaubte den Kampf schon gewonnen. Für einen kurzen Augenblick vergaß auch er die quälenden Gefühle, die in ihm tobten. Er vergaß die Frau, in deren Richtung er unentwegt schauen wollte. Seine Hände umschlossen die Kante der Bank, auf der er saß, und er glaubte fast, den Griff seines Schwertes zu spüren. Die bevorstehende Schlacht würde eine reinigende Wirkung haben. Sie würde dem heillosen Durcheinander, das mit den Menschen Einzug gehalten hatte, ein Ende setzen.

Kapitel 3

Aelaris lehnte sich gegen den Felsen zurück und ignorierte die scharfen Kanten, die sich durch den Stoff seiner Tunika drückten. Er hatte die Arme im Nacken verschränkt und kaute auf einem Strohhalm herum. Hoch über ihm kämpfte ein zorniges Dunkelrot, das mit blauen Adern durchwirkt war, mit dem Grau der Dämmerung.

Obwohl die Aussicht für das Westgebirge erstaunlich gut war, konnte Aelaris sie nicht richtig genießen. Für seinen Geschmack war der Himmel zu weit entfernt, außerdem wollte es ihm nicht gelingen, den widerlichen Gestank der Orks auszublenden, deren Lager sich auf die weiter unten liegenden Plateaus zerstreute. Dort kauerten diese Kanaillen unter grob geschusterten Verschlägen und jammerten darüber, dass man sich in diesem verfluchten Tal nirgendwo anständig verkriechen konnte. Kebalus, ein Dämonenbeschwörer, hatte den Gahariren zur Unterstützung einige seiner riesenhaften Orks geschickt. Nun hockten sie so reglos in der Gegend herum, dass man sie glatt mit Findlingen verwechselt hätte, wenn sie nicht wie Jauchegruben stinken würden.

Nilis, der unweit von Aelaris auf einem Felsen saß und bislang summend vor und zurück geschaukelt war, erging es offensichtlich nicht besser. »Dieser beißende Gestank zerfrisst mir langsam die Nebenhöhlen. Wir können von Glück sagen, dass die Schlacht fast vorüber ist. Die Vorangehenden werden diese Monster doch wohl wieder zu ihrem Herrn zurückschicken?«

Aelaris ließ lediglich ein zustimmendes Brummen vernehmen.

Die meisten Gahariren betrachteten diese andersartigen Orks immer noch voller Verblüffung. Schienen die Geheimnisse des Maliandes doch schon seit einer halben Ewigkeit aufgedeckt und unter den Mitgliedern des Verbunds von Olomin verteilt und wohlbehütet. Obwohl die Dämonenbeschwörer die riesigen Orks als ihre eigene Leistung ausgaben, war Aelaris sich nicht sicher, ob sich hinter dieser seltsamen Veränderung nicht ein ganz anderes Geheimnis verbarg.

»Es ist beruhigend zu wissen, dass es dir keine Sorgen bereitet, wenn sich einst verblödete, kümmerliche Orks plötzlich in Kampfmaschinen verwandeln«, stichelte Nilis in der Hoffnung, Aelaris aus seiner Selbstversunkenheit zu reißen.

Der Tag heute war für die Gahariren Erfolg versprechend verlaufen, auch wenn der Rat für diesen Abend Ruhe und Wachsamkeit angeordnet hatte. Trotzdem verspürte selbst der zur Ausgeglichenheit neigende Nilis ein Kribbeln in der Magengegend. Nur allzu gern hätte er sich ein Wortgefecht mit Aelaris geliefert, doch der zeigte sich ungewöhnlich abweisend.

»Ja, es ist tatsächlich besorgniserregend«, nuschelte dieser als Antwort, ohne den Blick vom Himmel zu nehmen.

Nilis wartete einen Augenblick, aber da Aelaris nichts weiter zu sagen gedachte, spann er seinen eigenen Gedanken weiter. »Ich meine, wer konnte schon ahnen, was für Experimente ein Dämonenbeschwörer veranstalten würde, wenn er viel zu lange nur von versklavten Orks und seinen selbst geschaffenen Illusionen umgeben war? Diese mutierten Orks sind das Ergebnis von Wahnsinn und Einsamkeit, wenn du mich fragst.«

Erneut brummte Aelaris nur, so dass Nilis mit einem Seufzen seinen Unterhaltungsversuch aufgab. Wahrscheinlich war

Aelaris erschöpft, sagte er sich, während er wieder zu summen begann. Die letzten vier Tage, in denen ein verbissenes Gefecht zwischen dem Heer von Achaten und dem Stamm der Gahariren und ihren Verbündeten getobt hatte, war Aelaris zu wahren Höchstleistungen aufgelaufen. Der Kampf schien seinem aufrechten Wesen zu entsprechen: Hier war der Wille zum Handeln gefragt, nachgedacht werden konnte später. Gedankenvoll wiegte Nilis den Kopf. Wie konnten Elben nur so unterschiedlich sein, wo sie sich doch zugleich so ähnelten?

Wahrscheinlich hätte Nilis sehr gestaunt, wenn Aelaris ihn einen Blick in sein Inneres hätte werfen lassen: Dort kreisten die Gedanken unentwegt um die Frage, was man bislang wohl noch nicht über das Maliande wusste. Die Menschen hatten das jahrhundertelang währende Gleichgewicht durcheinandergebracht, und bislang vermochte keiner der Gelehrten abzuwägen, was Magie in ihren Händen bewirken konnte. Früher waren diese Sterblichen nichts weiter als leicht zu zerbrechende Hüllen gewesen, denn mithilfe des Maliandes war es den Elben möglich gewesen, nicht nur in deren Gedanken einzudringen, sondern sie sogar zu leiten – bis ein sagenumwobener Orden der Menschen herausgefunden hatte, wie man ebenjenen magischen Stoff einsetzen konnte, um eine Barriere gegen den Elbenzauber zu errichten. Ohne diese Entdeckung wäre Achaten niemals errichtet worden.

Aelaris hatte seit seinem Erlebnis während der Zusammenkunft seine ganz persönliche Meinung zu dieser Frage entwickelt. Nicht, dass er sie mit irgendjemandem geteilt hätte. Einzugestehen, dass er selbst zum Opfer dieser Veränderungen geworden war? Lieber hätte er sich die Zunge abgebissen. Auch hatte es ihn einiges gekostet, Soriens Neugierde nach dem Vorfall zu zerstreuen und Esiles darauf hinzuweisen, dass es nicht von Vorteil für sie wäre, mit der Geschichte hausieren zu gehen. Zu seinem Glück zeigte sich Esiles nicht sonderlich erpicht darauf, einen Gedanken an Aelaris' Gefühlschaos zu verschwenden. Vielmehr mied sie ihn so offensichtlich, dass es schon an Beleidigung grenzte. Doch Aelaris konnte es ihr nicht verübeln. Schließlich wollte es ihm selbst nicht gelingen, die Erinnerung an dieses eigentümliche Erlebnis abzuschütteln. Unwillkürlich spürte er jedes Mal den Blick seines Lehrers Akalande auf sich ruhen, und die Schamesröte stieg ihm ins Gesicht. Ein anderes Wesen, und dazu noch einen Menschen, auf eine solche Weise wahrzunehmen, widersprach allem, was einen Elben ausmachte. Etwas hatte ihn verdorben, da war er sich sicher.

Mit einem Ruck setzte er sich auf. »Wir sollten uns nicht zu viele Gedanken machen«, erklärte Aelaris, während er rasch die Arme vor der Brust verschränkte, damit die Zeichen auf den Handrücken sein unbekümmertes Auftreten nicht Lügen strafen konnten. »Morgen werden wir diesen kümmerlichen Haufen von Menschen schlagen, und dann kann Achaten seinen Ehrgeiz begraben. Es wird einfach nicht an genügend Maliande gelangen, um seine hochfliegenden Pläne durchführen zu können. Nach und nach wird das alte Gleichgewicht wiederhergestellt werden. Alles wird wie früher sein.«

Nilis schaute ihn nachdenklich an, und Aelaris befürchtete einen Moment lang, zu hoffnungsvoll geklungen zu haben. Aber dann breitete sich ein breites Lächeln auf Nilis' Gesicht aus. »Wir werden sie, verdammt noch mal, zum Fuß des Gebirges hinabjagen, wo sie auch hingehören. Diese überheblichen Tagesfliegen! Dass sie sich überhaupt so weit hinaufgewagt haben, wundert mich ernsthaft. Und noch mehr wundert mich allerdings, dass sie nach vier demütigenden Tagen immer noch da sind. Als würden sie auf ein Wunder hoffen.«

Zuerst fiel es Aelaris nicht leicht, Nilis' siegestrunkenes Lachen zu erwidern. Der Gedanke, dass Achaten nicht nur ungebührlich versessen war, sondern tatsächlich einen Trumpf im Ärmel haben könnte, versetzte ihm einen Stich. Doch dann steckte ihn Nilis mit seiner Vorfreude an.

»Esiles und die Vorangehenden hatten sich solche Sorgen gemacht, dass die Überläufer die Flachlandratten von Achaten in die Taktiken eingeweiht haben, wie man in einem Talkessel kämpft«, sagte Aelaris, während er sich die Lachtränen aus den Augen wischte. »Nach dem, was Achaten uns die letzten Tage geboten hat, könnte man meinen, die Überläufer hätten nur eine andere Strategie gewählt, um den Menschen den Garaus zu machen. Dieses ganze Gerät, das sie den halben Berg hochgeschleppt haben. Was hätten sie hier oben damit anfangen wollen? Haben sie damit gerechnet, auf Schutzwälle und Festungen zu stoßen? Als ob wir so heruntergekommen wären wie die Weißen Celistiden, die sich Behausungen nach Menschenart bauen. Himmel, als sie sich im Tal gesammelt haben, dachte ich zuerst, meinen Augen nicht trauen zu können. Sie haben sich von uns einkreisen lassen wie Damwild.«

»Ja, man fragt sich, aus welchen Löchern diese ganzen Menschen mit einem Mal kriechen. Es grenzt an Irrsinn, dass diese Plage dem Verbund von Olomin erst ins Auge gestochen ist, als es schon zu spät war.« Nilis presste bekümmert die Lippen aufeinander, als er den wunden Punkt der Elben ansprach: Wenn man so überlegen war, wie hatte man dann verlieren können?

»Nun, wenn wir Achaten morgen zeigen, dass es vielleicht die bedeutungslosen Stämme und Clans des Westgebirges unterdrücken und bestechen kann, aber dass das Herz des Westgebirges ihm niemals gehören wird, dann ist doch wieder alles zurechtgerückt«, entgegnete Aelaris hochmütig.

Plötzlich wirkte die Zukunft wie eine erhellte, gerade Straße, der er nur zu folgen brauchte. Was immer ihn in den letzten Wochen gequält hatte, nachdem er in diese seltsamen Augen der Fremden geblickt hatte, morgen würde er es auslöschen. Und danach würde er die Pforte in seinem Inneren versiegeln, damit sie nie wieder aufgestoßen werden konnte.

Kapitel 4

Die Schlacht war geschlagen.

Das wusste Aelaris, der in einem Kerker tief unter der Erde gefangen war und auf den Folterknecht wartete. Der Felsen, in den seine Ketten geschlagen waren, schimmerte wie ein glühendes Kohlestück, pulsierte tief im Inneren.

Die Schlacht war geschlagen, und Aelaris war es gleichgültig, wie sie ausgegangen war. Er hatte kaum eine klare Erinnerung an die Geschehnisse in der Talsohle. Nur vage erinnerte er sich an das überragende Gefühl, als sein Geist von Körper und Stammesbindungen losgerissen wurde, um im nächsten Augenblick von einem grün schimmernden Feuer verzehrt zu werden. Das Wort »Drachenangriff« war selbst bis zu seiner Kerkerzelle durchgedrungen, doch er wusste kaum etwas damit anzufangen. Er war zu jung für einen Elben, um sich an diese magischen Geschöpfe des Westgebirges erinnern zu können. Vor zu langer Zeit waren die Drachen ins NjordenEis abgewandert und mieden seitdem ihre Geburtsstätte.

Vorsichtig stieß Aelaris sich von der Wand ab, die ihm die bloße Haut am Rücken zu verbrennen drohte. Der pochende Schmerz, den die Bewegung auslöste, mahnte ihn an den geprellten Rippenbogen. Dabei wusste er nicht, ob diese Verletzung dem Sturz vom Pferd oder dem beiläufigen Sadismus eines Wächters zuzuschreiben war. Im dämmerigen Licht der Zelle konnte er erkennen, dass sein Oberkörper auf der rechten Seite mit Blutergüssen übersät war, die sich im Verlauf der letzten Stunden immer dunkler verfärbt hatten. Oder vielleicht der letzten Tage? Er konnte es nicht sagen.

Und noch etwas anderes bahnte sich seinen Weg unter Aelaris' weiße Haut. Es war, als offenbarte sich eine Landkarte in einem blutigen Schwarz. Geheimnisvolle Muster, zitternde, filigrane Gebilde verschmolzen mit den gewöhnlichen Prellungen.

Ein Vertrauter der Prälatin hatte Stunden mit dem Versuch verbracht, sie zu entziffern. Mit einem gekrümmten Zeigefinger, dessen von der Gicht befallene Knöchel knotig hervorstachen, hatte er die Linien immer wieder nachgezeichnet. Dabei hatte er durchweg ein unverständliches Getuschel von sich gegeben, ohne jemals das Wort direkt an Aelaris zu richten. Doch selbst wenn dieser verwelkte Mann versucht hätte, Aelaris ein Wort zu entlocken, er hätte nur Schweigen als Antwort erhalten.

Nachdem Aelaris wieder zu sich gekommen war, war er zunächst vollkommen orientierungslos gewesen. Wie ein Neugeborenes, das angesichts der Welt nur staunen konnte. Es wollte ihm einfach nicht einfallen, wer er war und was er an diesem dunklen Ort verloren hatte. Ganz langsam war dann die Erinnerung zurückgekehrt und hatte ihm vor Augen geführt, dass er ein Gefangener von Achaten war. Ein Gefangener, den man in die unterirdischen Kerker unter der Burgfeste verschleppt hatte. Nahe bei den Erdspalten, in denen die Menschen das Maliande einfingen: Der Fels schimmerte glühend, und seine Oberfläche war unangenehm warm, fast lebendig.

Die kleine Kammer, in der Aelaris untergebracht war, glich dem Kerker in seinem Inneren, in dem er seit dem Erlebnis auf dem Schlachtfeld eingeschlossen war: dürftig und karg, verrammelt mit einem Eisentor. Was ihn auch während der Schlacht das Bewusstsein gekostet hatte, es hielt nach wie vor sämtliche seiner Sinne mit einem nachhallenden Klang in Bann. Ganz gleich, in welche Richtung Aelaris sich vorantastete, sofort traf er auf eine mentale Grenzmarke, die ihn zurückweichen ließ.

Er ließ seine Zungenspitze über die aufgesprungenen Lippen gleiten und bemühte sich, einen klaren Gedanken zu fassen. Er wurde gefangen gehalten, und sein Körper fühlte sich an, als sei er von einem Felsen überrollt worden. Das Atmen bereitete ihm ernsthafte Probleme, als hätte er die flimmernde Luft eines Feuers eingeatmet. Zumindest schien nichts gebrochen zu sein. Noch nicht, korrigierte er sich. Als einer der Wächter ihm Wasser zu trinken gebracht hatte und die schwere Eisentür einen Spaltbreit offen geblieben war, hatte Aelaris einen Schrei gehört. Der Schrei hatte sich schneidend vom sonstigen Wimmern abgehoben, das zu einem immerwährenden Rauschen in Aelaris' Ohren geworden war. Es war Diwian gewesen. Ein spitzer, hoher Schrei.

In diesem Moment begriff Aelaris, dass sie verloren hatten.

Er versuchte, Diwians Geist zu erreichen, doch all sein Streben und Sehnen schien in einer Nebelwand verloren zu gehen. Obwohl Diwian nur einige Kammern von ihm entfernt sein musste, konnte er ihren Geist nicht erreichen. Ja, nicht einmal erahnen. Wie konnte das nur sein?

Es war den Menschen immer schwergefallen, Elben zu foltern. Nicht, dass es ihnen an Fantasie mangelte, die ausgelieferten Körper zu quälen. Die kurze gemeinsame Geschichte hatte die Elben durchaus gelehrt, dass die Techniken der Menschen den ihren in nichts nachstanden. Und trotzdem hatte die Folter den Menschen nicht den gewünschten Erfolg gebracht, denn Elben waren in der Lage, sich in ihr Inneres zurückzuziehen. Wenn sie alle Brücken sprengten, blieb nur ein nutzloser Körper zurück, und die gewünschten Informationen waren so unerreichbar wie die höchsten Gipfel des Westgebirges.

Doch Diwians Schrei erzählte eine andere Geschichte: Sie war in größter Not und offensichtlich nicht in der Lage, sich in ihren Geist zurückzuziehen.

Unwillkürlich musste Aelaris an das grüne Licht denken, das zu seinem Sturz in der Schlacht geführt hatte. Das Maliande, das die Menschen dem Westgebirge entrissen, hatte ihnen allem Anschein nach mehr Geheimnisse offenbart, als der Verbund von Olomin je erwartet hatte.

Als sich die Tür zu seinem Kerker ein weiteres Mal öffnete, hob Aelaris gar nicht erst den Kopf. Es gab kein Entkommen, und er würde das Bevorstehende ertragen, so gut er nur konnte. Jemand stieß gegen die Kette, an der seine eisernen Fesseln befestigt waren. Der Stoß ließ ihn die Augen aufreißen, denn das Metall rieb über seine aufgeschrammten Handgelenke, und das Blut schoss wieder in die tauben Arme, die schmerzhaft weit über seinem Kopf gebunden hingen.

Langsam blickte Aelaris auf, und als er seinen Peiniger erkannte, konnte er die Überraschung kaum überspielen. Die schwarzhaarige Kriegerin, die nur einen Schritt entfernt vor ihm stand, nickte ihm leicht zu und kniff dann die Lippen fest aufeinander, ganz so, als hätte sie ebenfalls Schwierigkeiten, ihre Gesichtszüge unter Kontrolle zu halten. Er versuchte, ihr einen Namen zu geben, doch sie entzog sich ihm, überwältigte ihn.

»Wir haben nicht viel Zeit«, sagte sie leise, und er verspürte beim Klang ihrer Stimme einen Schauder. Er war viel heller, als er gedacht hatte, weit entfernt von dem Wutgebrüll, das sie den Orks auf dem Schlachtfeld entgegengeschleudert hatte.

Nun stand sie vor ihm, und er wurde von Scham übermannt: Scham über seinen geschundenen Körper, Scham darüber, ausgeliefert zu sein. Obwohl sie nicht in der Lage sein konnte, die Zeichen auf seiner Haut zu lesen, die so freimütig von seinen Gefühlen kündeten, quälte ihn diese Entblößung am meisten. Er senkte den Blick.

Anstatt ihm Fragen zu stellen, zu drohen oder zu schlagen, streiften ihre Fingerspitzen vorsichtig sein Haar. Die Berührung war so sanft, dass Aelaris sie dem Zufall zugeschrieben hätte, wäre die Situation nicht so eindeutig gewesen.

Plötzlich schien die Luft mit Gewalt aus seinen Lungen gepresst zu werden, und er konnte es nicht verhindern, dass das Aufbäumen seiner Brust ihn verriet. Sie war nur noch eine Handbreit von ihm entfernt, und er spürte ihren Atem auf seinem Hals, fühlte ihre Lippen auf seiner Wange. Ihrer Haut haftete ein fremdartiger Duft an: herb und kräftig mit einer gefährlichen Note nach verbranntem Laub.

»Es tut mir so leid«, flüsterte sie, während ihre Hände über seine fixierten Arme glitten, seine Seiten streichelten und schließlich auf seinen Hüften zum Ruhen kamen. Dann trat sie einen Schritt zurück und streifte sich selbst Mantel und Hemd ab.

Aelaris versuchte zu begreifen, was hier eigentlich vor sich ging, doch er war viel zu verzaubert, um einen klaren Gedanken fassen zu können. In einem Anflug von Ehrlichkeit gestand er sich ein, dass er es auch gar nicht begreifen wollte. Viel zu aufregend und neu waren die Empfindungen, die auf ihn einströmten. Nichtsdestotrotz schrie sein Verstand auf ihn ein, doch nach wie vor schluckte der dichte Nebel jedes einzelne Wort. Aelaris war nicht einmal imstande, eine Bezeichnung für das überwältigende Bedürfnis zu finden, das alle Regeln mit einem Streich außer Kraft setzte. Es war Begehren, das ihn an den Eisenringen zerren ließ, ohne die Schmerzen zu beachten, als sie sich an ihn presste und ihre Haut miteinander verschmolz. Schon gleich darauf löste sie sich wieder ein Stück von ihm, um die Kette aufzuschließen.

Für einen Augenblick sah Aelaris den Schlüssel in ihrer Hand schimmern, und eine Frage drängte sich ihm auf. Doch bevor sie den Weg über seine Lippen fand, hatte er sie bereits wieder vergessen. Denn die Frau glitt geschmeidig zwischen seine gefesselten Arme, und sofort schoss der Schmerz durch die tauben Glieder und raubte ihm fast das Bewusstsein. Aber er konnte den körperlichen Schmerz nicht mehr von dem inneren Tosen trennen. Er wurde mitgerissen, alle Sinneseindrücke gerieten durcheinander, bis er sich ergab und es einfach geschehen ließ.

Schließlich griff die Kriegerin nach ihrer Kleidung. Auf ihrem Schulterblatt zeichnete sich eine Tätowierung ab, eine billige Kopie der Muster, die sich lebendig unter seiner Haut schlängelten. Mit einem Schlag stieg Verachtung in Aelaris auf. Die Verachtung, die sein Stamm den Menschen entgegenbrachte – für deren Kurzlebigkeit, für deren Schlichtheit. Allerdings schmeckte diese Verachtung plötzlich wie eine schale Lüge. Sein Stamm mochte weiterhin so empfinden, aber er konnte es nicht länger. Eine Entfremdung von seinesgleichen, die ihn zu einem Ausgestoßenen machte. Und er sah keine Möglichkeit, der Veränderung Einhalt zu gebieten.

Die Kriegerin warf ihm gerade einen prüfenden Blick über die bloße Schulter zu, als plötzlich ein Fanfarenstoß durch die Eisentür drang. Panisch wirbelte sie herum und schien mit einem Satz auf die Tür zuspringen zu wollen. Doch dann besann sie sich eines Besseren.

»Badramur kommt. Du weißt, was das bedeutet?«, fragte sie und musterte ihn dabei eindringlich.

Unsicher starrte Aelaris sie an, wie sie einen Schritt auf ihn zukam, und er glaubte einen Anflug von Mitleid in ihren Augen erkennen zu können. Er ahnte, worum es ging. Aber dass sich die Prälatin selbst in die Verliese begeben würde, um Zeugin zu werden, wie einem Gefangenen Informationen abgerungen wurde, erschien ihm kaum möglich. Unwillkürlich musste er an Diwians Schmerzensschrei denken, und noch ehe er die Überlegung in Worte fassen konnte, nickte sie ihm zu.

»Die Folterknechte haben längst, was sie besorgen sollten. Es ist ihnen gelungen, den Widerstand der Elbin zu brechen. Aber Badramur wird es sich von dir bestätigen lassen. Warum auch nicht? Wozu wärst du sonst wohl gut? Dein einziger Wert besteht in einem Nicken, wenn sie dir die entscheidende Frage stellt.«

»Was immer sie will, ich werde es ihr nicht geben«, erwiderte Aelaris, wobei seine Stimme nicht halb so fest klang, wie er es sich wünschte.

Sie schaute ihm in die Augen, und Aelaris' Fingerkuppen fingen augenblicklich an zu kribbeln. Er wollte die Hand ausstrecken und eine Strähne ihres widerspenstigen Haares berühren, das an ihrem Mundwinkel hängen geblieben war. Doch der ernste Ausdruck auf ihrem Gesicht hielt ihn davon ab.

»Mit deinem Schweigen würdest du dem Foltermeister den größten Gefallen erweisen. Wann hat er schon Gelegenheit, seiner Herrin die Virtuosität seines Könnens zu beweisen? Er wird dich brechen, Elbe, und deine Kadaverreste zu den anderen deines Volkes werfen.«

Da Aelaris nicht reagierte, umfasste sie mit unerwarteter Heftigkeit seine Oberarme. Doch was hätte er schon erwidern können? Der Weg war vorgezeichnet, und er würde ihn bis zum Ende gehen müssen.

Drängend blickte sie ihn an. »Badramur hasst den Kerker, die Folter. Es beschmutzt sie. Himmel, alles was sie will, ist die Losung für den untersten Stollen der Turiden-Öfen. Nur für den untersten Stollen! Alles andere ist längst in unserer Hand. Begreift du denn nicht?«

Aelaris schüttelte kaum merklich den Kopf. Nein, er begriff nicht. Er konnte keine Brücke zu dem Gehörten schlagen. Ihre Worte prallten wirkungslos an ihm ab.

»Euer Land ist jetzt unser«, erklärte sie mit einem flehenden Ton in der Stimme. »Wir haben die Losungen für sämtliche Stollen. Nur für den untersten, den geringsten, fehlt sie uns noch. Verrat sie mir, und ich werde mit Badramur um dich verhandeln. Wenn die Prälatin die Gewissheit hat, dass die Losung stimmt, bist du wertlos. Sie kann dich dann getrost mir überlassen, anstatt dich im Kerker verrotten zu lassen. Und falls du es noch nicht begriffen haben solltest: Da draußen wartet niemand auf dich. Dein Stamm ist heimatlos geworden, übers Westgebirge zerstreut. Verrat mir die Losung, bitte!«

Doch Aelaris war wie versteinert. Er wusste, dass Schmerz, Furcht und Erniedrigung ihn verstummen lassen würden, auch wenn die Folterknechte von Achaten einen Weg gefunden haben sollten, den Willen eines Elben zu brechen. Einen kurzen Augenblick erinnerte er sich an das glühende Gefühl, ihre Haut auf seiner zu spüren. Das mitreißende Echo ihres Atems. Ein solches Geschenk, bevor sich die Hölle auftat, um ihn zu verschlingen …

Stimmen drangen durch die Eisentür, während sie ihre Stirn gegen die seine lehnte. Aelaris trat trunken einen Schritt vor und drängte seinen Körper dicht gegen den ihren. Sie gab nicht nach, und so standen sie einige Atemzüge wie vereinigt da.

»*Alamets Freunde kennen den Weg.*« Schockiert lauschte Aelaris seiner eigenen Stimme, die ihm hohl in den Ohren klang.

Kaum waren die Worte ausgesprochen, da sprang sie zurück und verpasste ihm einen Faustschlag in den Magen. Aelaris war derart überrascht, dass er gar nicht spürte, wie er zu Boden ging.

Im gleichen Moment schwang die Tür auf, und eine Schar trat ein. Die voranschreitende Leibwache teilte sich, und eine androgyne Frau mit kurzem weißem Haar trat hervor. Obwohl ihr Körper klein und gedrungen war, strahlte er eine Würde aus, die einem nur durch jahrelangen Machterhalt verliehen wird. Trotz der Hitze hatte sie sich ein breites Wolltuch um den Körper geschlungen, als könne sie auf diese Art den Kerker auf Distanz halten. Mit einem ungeduldigen Gesichtsausdruck starrte sie zuerst Aelaris, dann die Frau an, die sich breitbeinig vor ihm aufgebaut hatte, als wäre er ihre Beute.

»Nun, Lalevil, was verrät mir dieses Schauspiel?« Die Stimme der Prälatin klang rau, und sie neigte dazu, jedes einzelne Wort nachdrücklich zu betonen. Was Badramur sagte, das hatte Gewicht – daran sollte kein Zweifel aufkommen.

Aelaris, der sich immer noch keuchend die Körpermitte hielt, schnappte den Namen der Frau auf, die ihm in einem Moment noch so unfassbar nah und im nächsten so fern gewesen war, und sprach ihn einige Male lautlos nach.

Lalevil deutete eine leichte Verbeugung an. »Ich kenne die Losung, Prälatin.« Dann trat sie, ohne weitere Zeit zu verlieren, auf die deutlich kleinere Frau zu und flüsterte sie ihr ins Ohr.

Ein Lächeln breitete sich auf dem Gesicht der alten Regentin aus.

»Nun, wer hätte es für möglich gehalten? Die Elben sind ja über alle Maßen auf ihre eigene glorreiche Geschichte bedacht. Dass man einfach eine der ältesten Losungen verwenden würde, hätte ich mir eigentlich selbst denken können. Dann wäre diese Posse hier auch überflüssig gewesen.« Mit einem Wink befahl sie einen massigen Wächter herbei und fügte hinzu: »Nimm unser Vögelchen in Verwahrung. Ich denke, die Vorangehenden der Gahariren werden nun über die Freilassung meines Heerführers verhandeln wollen. Mit dem Burschen habe ich nämlich noch ein Hühnchen zu rupfen.«

Bevor die Prälatin sich abwenden konnte, gelang es Lalevil, die Aufmerksamkeit mit einem Räuspern auf sich zu ziehen.

»Nun, Mädchen, was willst du noch hinzufügen?«, fragte Badramur gereizt.

Die junge Frau hob beschwichtigend beide Hände. »Prälatin, ich habe diesen Elben während der Schlacht geborgen. So gesehen ist er mein Kriegsgefangener.« Lalevil zögerte, als wisse sie selbst nicht recht, was sie eigentlich sagen wollte. »Die Elbin in der anderen Zelle dürfte doch auch von Wert für Euch sein.«

»Ich habe sie mir angesehen, und ich glaube nicht, dass sie noch Handelswert besitzt.« Badramur machte eine vage Handbewegung. Dann geriet etwas Listiges in ihren Blick, das Lalevil merklich zusammenzucken ließ. »Für was könnte dieser Verräter wohl noch gut sein? Vielleicht hilfst du mir auf die Sprünge, Mädchen? Dann überlasse ich ihn dir vielleicht wirklich und vergesse meinen Heeresführer.«

Doch Lalevil schüttelte nur stumm den Kopf. Aelaris versuchte, ihren Blick einzufangen, doch sie sah stur in eine andere Richtung.

»Nun, dann werde ich ihn behalten.« Badramur wandte sich zum Gehen ab. »Als Auslöse ist er wenigstens mir noch von Nutzen.« Mit diesen Worten schritt die Prälatin von Achaten zur Tür hinaus, wobei ihr die Leibwächter folgten.

Der Wächter, den Badramur beauftragt hatte, sich um Aelaris zu kümmern, stand inmitten des Raumes. Offensichtlich hatte er beschlossen, die Situation auszusitzen, denn er steckte die Daumen in den breiten Ledergürtel und setzte eine stoische Miene auf.

Lalevil brauchte nicht lange, um eine Entscheidung zu treffen: Nachdem sie eingehend ihre Stiefelspitzen begutachtet hatte, setzte sie sich plötzlich wie auf Kommando in Bewegung. Mit langen Schritten hastete sie aus dem Verlies.

Instinktiv stemmte Aelaris sich empor, ohne allerdings Widerstand zu leisten, als der Wächter ihn augenblicklich gegen die Wand schleuderte. Während er wieder angekettet wurde, reifte allmählich die Erkenntnis, dass er blindlings in eine Falle getappt war. Diwian hatte die Losung unter der Folter nicht gestanden, selbst als man sie zerbrochen hatte. Aber er hatte sie verraten, den Zugang zu dem geringsten aller Stollen auf dem Territorium seines Stammes. Alle anderen Losungen hatte man ja angeblich schon, was bedeutete da noch diese eine?

Mit einem Ruck ließ Aelaris sich mit dem ganzen Gewicht seines Körpers nach unten fallen, aber der schreiende Schmerz in seinen Schultern reichte in diesem Moment des Verstehens nicht aus: Er war nicht annähernd so erbarmungslos und vernichtend. Darum schlug der Elbe so hart mit dem Hinterkopf gegen die Felswand, bis er den bitteren Geschmack von Blut im Mund wahrnahm und es grelle Funken hinter den Augenlidern schlug.

Doch all der Schmerz konnte den Gedanken nicht tilgen, dass er vor lauter Dummheit in ein offenes Messer gelaufen war. In Windeseile setzten sich vor seinem geistigen Auge die verschiedenen Bestandteile der List wie ein Puzzle zusammen. All die Teile, die sein benebelter Verstand in Gegenwart dieser Frau nicht umzusetzen vermocht hatte.

Dieses gichtschiefe Männlein mit seinen krummen Fingern hatte die Zeichen auf seiner Haut lesen können. Mindestens so viel, um zu begreifen, dass Aelaris in die geheimen Losungen seines Stammes eingeweiht war. Offensichtlich hatte diese Frau namens Lalevil dann wegen seines desolaten Zustandes beschlossen, ihm das Geheimnis mit einem kleinen Trick zu entlocken. Einem Trick, mit dem kein Elbe rechnen konnte, verdammt!

Wie auch immer die Schlacht ausgegangen sein mochte, Achaten war es lediglich gelungen, den untersten Stollen der Turiden-Öfen zu annektieren. Und er hatte den Menschen die Losung verraten, so dass sie nun die magisch verriegelten Pforten öffnen und in das Innere des Westgebirges eindringen konnten. Er war tatsächlich dafür verantwortlich, dass diese Plagegeister den Boden entweihen und ausbeuten konnten, der seit jeher dem mächtigsten Stamm des Elbengeschlechts gehört hatte. Verraten für … ja, für was eigentlich? Aelaris konnte es nicht sagen.

In seinem Inneren breitete sich eine Kälte aus, die jede Gefühlsregung einfror. Wenn man ihn hier unten verrotten ließe, dachte er verbittert, wäre das noch viel zu zuvorkommend. Er wünschte sich vielmehr, Badramur möge ihn rasch austauschen, damit er in den Augen der Gahariren sehen konnte, was er für sich selbst empfand: Verachtung.

TEIL II

Kapitel 5

Der Morgen brach gemächlich an. Obwohl es noch dunkel und diesig war, lärmten bereits einige Krähen, und vom Stall her erklang emsiges Rascheln und Blöken. Die Feuchtigkeit der letzten Herbstnacht hatte einen bleichen Film über Gräser und Bäume gelegt. Sie war unter die niedrigen Büsche gekrochen, wo sie sich mit dem bemoosten Boden zu einer kristallinen Schicht verband, und hing als zähe Nebeldecke über dem geharkten Kies des Hofes.

Die Bilder hinter Nahims Augenlidern bewegten sich immer schneller, überschlugen sich. Sie vermischten sich zu einem wilden Tanz, wirbelten seine Sinne durcheinander und ließen ihn im Schlaf aufstöhnen. Mit einem Mal zerstob das Durcheinander, und zurück blieb eine gleißende Leere.

Mit geschlossenen Augen wartete Nahim ab, wie sich sein rasender Atem beruhigte. Das unangenehme Gefühl, das die Bruchstücke des Traums zurückgelassen hatten, klebte hingegen so hartnäckig fest wie der schale Geschmack, der ihm den Rachen runterkroch. Das Kissen drohte seinen Kopf in die weiche Tiefe hinabzuziehen und ihn zwischen den Federn zu ersticken. Sein halb offener Mund haftete am Leinenbezug fest. Auch das Oberbett war plötzlich viel zu schwer und verwandelte sich ins Innere eines glühenden Ofens. Trotzdem verweigerten seine Glieder die geringste Bewegung. Sein Körper war wie betäubt, bleischwer grub er sich mit dem Bauch voran in die Matratze. Verführerisch lockte die sanfte Dunkelheit ihn wieder in den Schlaf.

Aber Nahim war vorerst bedient: Bilder des brennenden Monteras, ein nackter Damir, der sich eine Drachenmaske aufsetzte und Lehens lockende Stimme, die nicht ihm galt, waren mehr als genug verrückte Eindrücke für eine Nacht. Mit einem unterdrückten Stöhnen drehte er sich auf den Rücken und zwang die Augen auf. So blieb er eine Zeit lang liegen, alle viere von sich gestreckt, und lauschte den gleichmäßigen Atemzügen neben sich.

Obwohl es in der Schlafkammer noch dunkel war und sich allenfalls Schemen erkennen ließen, wandte Nahim sein Gesicht zur Seite und betrachtete Lehens Umrisse, die sich eine Armeslänge von ihm entfernt abzeichneten. Der warme Duft ihres Körpers stieg ihm in die Nase, weckte das Bedürfnis, eine Hand zu ihr wandern zu lassen. Aber er unterdrückte das Verlangen, Lehens Wange oder ihr Haar zu berühren. Er würde sie nicht wecken, sondern den friedlichen Augenblick in ihrer Nähe genießen.

So blieb Nahim liegen, bis sich die leidige Erinnerung an den letzten Abend ihren Weg in die Stille bahnte, obwohl er sie unter großer Anstrengung zu verdrängen versuchte. Er verspürte wenig Verlangen, sich diesen Morgen frühzeitig zu verderben. Deshalb arbeitete er sich unter der Decke hervor, griff nach seinem Kleidungshaufen neben dem Bett und schlüpfte auf bloßen Füßen lautlos in den Wohnraum.

Vor dem heruntergebrannten Kaminfeuer, in dem nur noch eine schwache Glut das Zimmer erhellte, schlief Borif. Als Nahim sich dicht neben seiner Schnauze auf das am Boden liegende Schaffell stellte, um in seine Hosen zu steigen, nutzte der Hund die Gelegenheit, die Zunge rasch zwei Mal hintereinander um den nackten Fußknöchel schnellen zu lassen. Nahim konnte ein angeekeltes »Brrr« nur schwer unterdrücken und funkelte Borif zornig an. Doch Borif ließ sich von derlei Zimperlichkeiten nicht beeindrucken. Er wedelte halbherzig als Versöhnungsangebot mit dem Schwanz und döste wieder ein.

Nachdem er sich noch mit Hemd und einem grob gestrickten Pullover gegen die klamme Kälte gewappnet hatte, fütterte er die Glut mit neuen Holzscheiten, bis das Feuer wieder loderte. Dann setzte er sich im Schneidersitz hin, nicht ohne vorher den eisernen Wasserkessel aufgehängt zu haben, und beobachtete andächtig das Spiel der Flammen.

Als von der Schlafkammer her Geräusche zu ihm drangen, rutschte er ein wenig nervös auf dem Hosenboden herum, verfiel beim Knarren der Tür aber sofort in eine Starre.

»Guten Morgen«, erklang es vorsichtig hinter ihm, und Nahim nuschelte ein kaum hörbares »Morgen« zurück.

Lehen blieb einen Schritt hinter ihm stehen und zog das Wolltuch fester um die Schultern. Ihr lag eine scharfe Bemerkung auf der Zunge, aber das schlechte Gewissen ließ sie schweigen. Stattdessen blieb ihr Blick an Nahims offenem Haar hängen, dessen dunkle Farbe weich im Feuerschein schimmerte. Wie eine Einladung fielen einige in sich gedrehte Strähnen bis in die Kuhle zwischen den Schulterblättern. Lehen liebte diesen Anblick. Das Verlangen, die Finger über die geschmeidige Lockenpracht gleiten zu lassen, brachte unvermeidlich ihre Fingerspitzen zum Kribbeln. Doch sie konnte unmöglich ihren Arm ausstrecken und hineingreifen, so schwer ihr die Zurückhaltung auch fiel. Sie schluckte beherrscht und wandte sich ab.

Während sie Teeblätter in die Kanne streute, suchte sie krampfhaft nach Worten, mit denen sie ihre Entschuldigung einleiten konnte. Dass Nahim immer noch regungslos dasaß und ihr nicht einen einzigen Blick aus den Augenwinkeln schenkte, machte es nicht einfacher. Zu gern hätte sie sich für ein wenig Entgegenkommen von seiner Seite dankbar gezeigt, aber er bot ihr nur seine Rückansicht und beharrliches Schweigen an.

Nicht einmal der verdammte Köter hatte sie begrüßt, gerade so, als wären die beiden Herren einen Bund gegen sie eingegangen. Dann erinnerte Lehen sich an den Clog, den sie am gestrigen Abend nach Borif geworfen hatte.

Der Streit mit Nahim hatte sich gerade einem lautstarken Höhepunkt genähert, als der Hund bei der Eingangstür zu heulen angefangen hatte. Kein verzweifeltes Winseln, sondern die entrüstete Forderung, ihn umgehend hinauszulassen. Dorthin, wo Lehens überdrehte Stimme nicht mehr zu hören war. Ein prüfender Blick auf Nahims Gesicht hatte Lehen als Beweis gereicht, dass er sich ebenfalls woandershin wünschte. Hauptsache weit weg von seiner hysterischen Frau.

Da war der Clog einfach in Borifs Richtung geflogen und um Haaresbreite neben ihm gegen die Tür geknallt. Augenblicklich hatte der Hund vor Schreck das Heulen eingestellt und versucht, seinen wuchtigen Körper unter der Sitzbank in Sicherheit zu bringen. Bei dem Anblick hatte Lehen ein verzweifeltes Lachen ausgestoßen, das jedoch sogleich auf den Lippen erstarb, als sie Nahims abfälliges Schnaufen gehört hatte, die Miene kühl und unnahbar. So hatte er sie in der letzten Zeit schon häufiger angesehen … entzaubert, mutlos.

Wie ein glühender Schürhaken fuhr Lehen die Erinnerung an diesem Morgen in den Magen, ließ sie innerhalb eines Atemzugs dunkelrot anlaufen. Dabei war einfach nur ihr Temperament mit ihr durchgegangen. Allerdings musste sie sich eingestehen, dass es in der letzten Zeit häufig mit ihr durchging. Unter der mühsam aufrechterhaltenen Fassade einer beherrschten Lehen brodelte es nämlich unentwegt, und mit jedem Tag fiel es ihr schwerer, den Zorn und die mit ihm verbundene Hilflosigkeit zu bändigen. Diese Wutattacken entfremdeten sie sich selbst immer mehr, brachten das Bild von ihrer Person in eine Schräglage. Aber es war ihr nicht möglich, den Grund für die ganze Wut zu ergründen. Wenn sie alle Sinne beisammen hatte, mied sie dieses sumpfige Gebiet deshalb auch nach Kräften und nahm sich stattdessen vor, sich künftig noch strenger am Riemen zu reißen. Was ihr jedoch selten gelang. Nahim war ihr bei diesen Stimmungsschwankungen keine große Hilfe: Anfangs hatte er versucht, ihr mit Vernunft zu kommen, dann hatte er ebenfalls zu brüllen angefangen, und mittlerweile schwieg er und bedachte sie mit diesem kalten Blick, in dem Lehen zu ihrem Entsetzen auch etwas wie Verachtung aufblitzen zu sehen glaubte. Dass Nahim sich so kampflos von ihr zurückzog, verletzte sie sehr, und diese Demütigung brachte dann noch mehr böse Worte hervor. Mittlerweile ließ Nahim sie sogar einfach stehen, wenn ihm wieder einmal ihr Ton nicht gefiel. »Ihr kläffender Ton«, wie er ihn genannt hatte. Normalerweise wäre bei diesem Gedanken abermals Wut hochgekocht, aber heute Morgen blieb sie aus. Lehen musste zusehen, wie sie mit ihrem schlechten Gewissen und der Scham über ihre eigene Ungerechtigkeit zurechtkam.

Mit einem Schlag wurde ihr bewusst, wie unerklärlich lange sie schon die Teekanne in ihren Händen anstarrte. Mit gespieltem Elan zündete sie einige Kerzen an und klapperte lautstark mit Geschirr und Marmeladentöpfen herum, bevor sie sich in die Nähe des dampfenden Wasserkessels wagte. Ein verhuschter Blick auf Nahim zeigte ihr, dass er die Beine angewinkelt hatte und das Kinn zwischen den beiden Knien eingekeilt lag. Der gebogene Rücken berührte sie auf unerklärliche Weise. Ehe sie selbst wusste, was sie tat, hockte sie neben ihm, schlang die Arme um seinen Hals und vergrub das glühende Gesicht in seinem Schopf.

»Es tut mir leid«, flüsterte sie kaum hörbar.

Vollkommen verblüfft, brauchte Nahim einen Moment, ehe er reagieren konnte. Ein Moment, der Lehen unerträglich lang vorkam. Gekränkte Eitelkeit wollte sie schon dazu verführen, den Versöhnungsversuch abzubrechen, da erwiderte er die Umarmung. Nicht so stürmisch, wie Lehen es sich gewünscht hätte – dafür war er immer noch zu verletzt –, dennoch liebevoll genug, dass sie ein »sehr leid« hinzufügen konnte.

Nahim spürte ihren vor Anspannung bebenden Körper, ihn kitzelte die Mischung aus ihrem Duft und Jasminöl in der Nase, und in diesem Moment hätte er Lehen alles verzeihen können. Mittlerweile war er sich nicht mehr so ganz sicher, ob seine Bereitschaft, ihr zu verzeihen, eine Gabe oder eine Schwäche war. Der Streit war einer von vielen gewesen, und Nahim bemühte sich längst nicht mehr, nach dem Auslöser zu forschen. Er war das ständige Gezanke, all das Beleidigtsein und die stumme Wut so leid, dass er Lehen mit einem eindringlichen »Sch« zum Schweigen brachte, als sie zu einer Erklärung ansetzen wollte.

Er genoss den Moment, mit ihr im Arm vor dem Feuer zu sitzen. Er genoss die Ruhe und wie seine Lippen an ihrer pochenden Schläfe lagen. Er fühlte sich wie ein alter Krieger im wohlverdienten Ruhestand. Nicht einmal der Gedanke an eine leidenschaftliche Versöhnung, mit der sie für gewöhnlich ihre Streitereien beendeten, konnte ihn an diesem Morgen reizen. Und so saßen sie eng umschlungen da, während der Wasserkessel unbeirrt klapperte und Borif im Traum jaulte und mit den Pfoten strampelte.

Anisa hatte eigentlich nicht damit gerechnet, die beiden Mädchen schweigsam und auf Zehenspitzen trappelnd bis vor die Tür zu bekommen. Normalerweise wäre Fleur beim Anblick des Hauses in Kreischen ausgebrochen und losgestürmt, Alliv wie ein treuer Schatten dicht auf den Fersen folgend.

Seit wann üben sich die beiden Mädchen denn in vornehmer Zurückhaltung, fragte Anisa sich belustigt und versuchte, Fleur die Wollmütze tiefer in die Stirn zu ziehen. Doch das Mädchen schob sie sofort wieder in den Nacken und tauschte ein albernes Grinsen mit Alliv aus. Dann beobachteten sie beide gespannt, wie Anisa einen Fensterladen zur Seite schob, um ins Innere des Hauses zu linsen. Als sie nickte und »vorm Kamin« flüsterte, brach aus Alliv ein begeistertes Quieken heraus, aber sie hielt sofort die Hand vor den Mund, so dass nur noch ein leises Kichern zu hören war.

»Schön nebeneinanderstellen und ganz mucksmäuschenstill sein, bis ich das Zeichen gebe«, ordnete Anisa an. Nun hatte sie die volle Aufmerksamkeit der beiden Kinder. Einen Augenblick lang genoss Anisa diese Machthoheit, die ihr der Alltag ansonsten selten gewährte, dann riss sie mit Schwung die Haustür auf.

»Guten Morgen, guten Morgen« brüllend, stürmten sie alle drei ins Haus hinein.

Anisa steuerte gleich auf den Esstisch zu und stellte den Korb mit dem Hefezopf ab, während Nahims und Lehens überraschte Gesichter die Mädchen für ihre Mühe und Zurückhaltung bestens entlohnten. Sie kletterten ihnen, aufgeregt schwatzend und kichernd, auf den Schoß, während Borif zumindest so viel Energie aufbringen konnte, ein paar Mal zu kläffen.

»Du solltest dem Hund nicht so viel Fijenholz zu fressen geben, Lehen. Der kann ja kaum noch aus den Augen schauen«, sagte Anisa belustigt, als Lehen sich neben sie an den Tisch setzte.

Lehen zuckte schuldbewusst zusammen. »Das war unser letzter Vorrat. Du weißt ja, wie verrückt Borif nach dem Zeug ist. Da fällt es schwer, nein zu sagen.«

Obwohl Anisa gerade damit beschäftigt war, das halbe Glas Pflaumenkompott auf ihrem Stück Hefezopf zu verteilen, entging ihr Nahims zynisches Lächeln nicht. Dieser Ausdruck war ihr neu, und er wollte so gar nicht zu dem liebenswürdigen Wesen ihres Bruders passen.

Als Nahim bewusst wurde, dass Anisa ihn beobachtete, zuckte er beschämt mit den Schultern. Dann schnappte er sich einen von Allivs Zöpfen und kitzelte das Mädchen damit an der Nasenspitze.

Das gemeinsame Frühstück machte dank des ausdauernden Gezirpes der Mädchen einen fröhlichen Eindruck. Trotzdem schnürten Anisas Beobachtungen ihr die Kehle zu: Lehens Gesichtszüge wirkten abgekämpft, und die fahrigen Gesten nahmen zu, je häufiger Nahim ihren Blick mied. Um den Eindruck, den ihr Bruder machte, war es auch nicht besser bestellt – die steile Falte, die sich zwischen den Brauen eingenistet hatte, wollte überhaupt nicht mehr verschwinden. Die herabhängenden Schultern versetzten Anisa einen Stich, genau wie die Lustlosigkeit, mit der er das Gebäck auf dem Teller umherschob, um es schließlich unterm Tisch an Borif zu verfüttern. Normalerweise liebte Nahim alles, was sie aus dem Backofen hervorholte, und überschüttete sie mit Komplimenten. Bislang hatte er jedoch nicht einen vernünftigen Satz herausgebracht. Anisa ertappte sich selbst dabei, wie sie kaum die Zähne auseinanderbrachte, um mit Belanglosigkeiten die Unterhaltung am Laufen zu halten.

Dieses Frühstück entwickelte sich zu einem sonderbaren Schauspiel, in dem die drei Erwachsenen sorgsam alle möglichen Klippen, die das Beisammensein bereithielt, umschifften. Abwesend saßen sie da und gaben vor, den Unsinn zu belächeln, den die Mädchen anstellten. Gerade versuchte Alliv, unauffällig ihre mit Marmelade verschmierten Finger an Nahims Pullover abzuwischen. Lehen bemerkte die kleine Frechheit, und es stahl sich tatsächlich ein Lächeln auf ihr Gesicht. Anisa nutzte die Chance und erwiderte es.

»Wir sehen uns in der letzten Zeit viel zu selten«, sagte Anisa mit einer betont freundlichen Stimme. Sie wollte Lehen keine Vorlage liefern, um sie schroff abzuweisen. »Ich vermisse die gemeinsamen Abende vorm Kamin, wenn Balam angeheitert genug ist, um Nahim allein in seinen Weinkeller hinunterzulassen.«

Lehens Lächeln bekam einen Einschlag ins Traurige, aber auch eine Spur von Vorsicht. »Ja, mein Vater gluckt auf seinen Vorräten wie ein Zwerg auf seinem Schatz. Ich vermisse diese Abende auch«, sagte sie vage.

Derart ermutigt, wagte Anisa den nächsten Schritt. »Allehe wird nur noch ein paar Tage auf dem Trubur Hof bleiben. Du solltest uns besuchen kommen und dich wieder mit ihr vertragen.«

Unvermittelt stand Lehen auf, griff Fleur unter die Arme und zog sie schwungvoll in die Höhe. Die dunklen Locken des Mädchens flogen wild durch die Luft, als Lehen mit ihr im Kreis herumwirbelte. Erst als den beiden schwindelig war, hielt sie inne und lachte.

Während sie sich einen Schal um den Hals schlang, sagte sie leichthin: »Ich werde euch sicherlich bald besuchen kommen, aber jetzt gehen die zwei jungen Damen und ich erst einmal nachschauen, was aus unserem Staudamm vom letzten Besuch geworden ist.«

»Sie vermisst dich … wir vermissen dich«, sagte Anisa, aber Lehen hatte ihr schon den Rücken zugedreht und war zur Tür hinaus.

Anisa wollte gerade das Wort an Nahim richten, doch auch ihr Bruder war bereits aufgestanden, um seinen Mantel überzuziehen. Anisa packte einen seiner Arme und drückte fest zu. Er versuchte, sie abzuschütteln, aber das ließ sie nicht zu.

»Ich muss raus und das Vieh füttern«, sagte Nahim mit einer erschreckend ausdruckslosen Stimme. Doch Anisa konnte auch eine Spur von Verzweiflung heraushören.

»Später«, erwiderte Anisa, hängte den Mantel zurück und führte ihren Bruder, der jeglichen Widerstand aufgegeben hatte und wieder die Schultern hängen ließ, zur Sitzbank.

Eine Zeit lang taxierten sie einander. Zu ihrer eigenen Verwunderung hielt Anisa dem störrischen Blick, mit dem Nahim sie anfunkelte, ohne zu blinzeln stand. Schließlich rieb er sich mit beiden Händen das Gesicht, als wolle er die Starre fortwischen. Dann verschränkte er die Arme hinterm Nacken und schaute zum Fenster hinaus.

»Ich weiß nicht, was ich sagen soll«, erklärte er leise.

Ein Schweigen breitete sich aus, aber es war keineswegs unangenehm. Nahim brauchte einen Moment, um die Gedanken zu sammeln, und Anisa gestand ihm den gern zu. Solange er nicht erneut fortlief oder eine undurchdringliche Maske aufsetzte, war sie zufrieden.

Nachdenklich kaute Nahim auf seiner Unterlippe herum, eine alte Angewohnheit, deren er sich gar nicht bewusst war. Schließlich schluckte er laut, und sein Blick wanderte zu Anisa hinüber, dann begann er stockend zu sprechen: »Es ist, als wären Lehen und ich in einem Strudel gefangen und würden immer weiter in die Tiefe gezogen. Ich weiß einfach nicht, woran ich mich festhalten soll, und jedes Mal, wenn ich nach Lehen greife, tritt sie nur nach mir. Ich habe wirklich versucht, ihre Wutausbrüche zu ergründen, aber es gelingt mir nicht. Diese vorgeschobenen Gründe, dieses angriffslustige Verhalten ... Das passt alles überhaupt nicht zu ihr. So kenne ich sie nicht. Allerdings bin ich mir mittlerweile auch nicht mehr sicher, ob ich sie wirklich kenne ... Wir treiben auseinander, und ich weiß nicht, was ich dagegen tun kann.«

Abwehrend hielt Nahim beide Hände vor die Brust, obwohl Anisa gar nicht vorhatte, zu einer Gegenrede anzusetzen.

Anscheinend war er es nicht mehr gewohnt, mehrere aneinanderhängende Sätze zu sprechen, ohne unwirsch unterbrochen zu werden. Als Anisa weiterhin schwieg, fielen Nahims Hände erst leblos in seinen Schoß, dann krallten sie sich um die Tischkante.

»Ich behaupte ja nicht, dass unser Leben rundum wunderbar sei«, fuhr er nachdenklich fort. »Lehens Verantwortungsgefühl den Westendlern gegenüber treibt sie an die Grenzen ihrer Kraft, während ich mich irgendwie nutzlos fühle. Wir haben jetzt zwar unseren eigenen kleinen Hof, und auch auf dem Trubur Hof gibt es mehr als genug für mich zu tun, aber irgendwie kommt es mir nicht mehr so vor, als würde uns dieses Leben gemeinsam gehören. Versteh mich nicht falsch, Anisa: Ich liebe das Tal. Doch in meinem tiefsten Herzen weiß ich, dass ich wegen Lehen hier bin. Und wenn sie sich von mir abwendet, dann hat das alles keinen Sinn mehr.«

Nahims Lippen schlossen sich zu einer harten Linie, und er rieb sich erneut mit beiden Händen übers Gesicht. Dabei ging er so grob vor, dass Anisa fast die Hand ausgestreckt hätte, um ihn davon abzuhalten. Aber da ließ er auch schon die Arme sinken. Zum Vorschein kam ein Gesicht, das viel mehr von den verletzten Gefühlen und unausgesprochenen Ängsten verriet als alle Worte zusammen.

Unwillkürlich zuckte Anisa zusammen, denn der Anblick traf sie wie ein Schlag. Ihr Bruder, dem sie sich so verbunden fühlte, sah erschreckend jung und verletzlich aus. Sein Bild vermischte sich mit einer Erinnerung an das Kind, das Nahim gewesen war, als sie ihre Mutter beerdigt hatten. Er hatte damals geglaubt, etwas zu verlieren, das ihm so wichtig wie die Luft zum Atmen war, und er hatte nicht gewusst, was er dagegen tun konnte.

Anisas Gedanken überschlugen sich bei dem verzweifelten Versuch, ihm einen Rettungsanker anbieten zu können.

»Vielleicht, wenn ihr beiden ein Kind bekommen würdet …«, war das Erste, was Anisa durch den Kopf ging. Kaum hatte sie es ausgesprochen, tat es ihr leid.

Nahim legte den Kopf schief und lächelte bitter. »Ach ja, das habe ich in meiner Beschreibung unseres wunderbaren Lebens vergessen: Wie es aussieht, werden Lehen und ich uns damit abfinden müssen, dass wir keine gemeinsamen Kinder kriegen können.«

Anisa konnte sich gerade noch rechtzeitig zurückhalten, ihrem Bruder nicht vorzuhalten, warum er nie ein Wort über den unerfüllten Kinderwunsch verloren hatte. Nahim war auch so schon gepeinigt genug, er brauchte gewiss nicht noch eine Schwester, die sich über mangelndes Vertrauen ereiferte. »Ist sich Lehen als Heilkundlerin da sicher?«, fragte Anisa stattdessen mit brüchiger Stimme.

»Nein, ist sie nicht!«, zischte Nahim. »Aber wir sind nun schon über drei Jahre zusammen, und die haben wir gewiss nicht voller Zurückhaltung verbracht. Nicht bei diesen langen Winterabenden! Wahrscheinlich ist es wie bei Vennis und Mia, vielleicht liegt es in der Familie …«

»Du gibst dir die Schuld daran?«

Da war er wieder, dieser zynische Ausdruck auf Nahims Gesicht, der ihn für Anisa in einen Fremden verwandelte. »Wie es aussieht, hat sich Lehen einen Mann angelacht, der bestenfalls als Hofverwalter für zwei Ziegen und eine Heuwiese taugt. Ich reiche ihr nicht als Lebensgefährte und scheine unfähig, eine Familie zu gründen. Und der Glanz, der mich damals als fremder Wanderer umgeben hat, ist mittlerweile wohl auch verblasst.«

»Was du da sagst, kannst du unmöglich wirklich glauben«, sagte Anisa heiser.

»Vielleicht hast du da recht, Anisa. Könnte gut sein, denn, ehrlich gesagt, habe ich nicht die geringste Ahnung, was eigentlich los ist – wie so oft in meinem Leben. Aber Lehen entfernt sich immer weiter von mir, und es gibt nichts, was ich dagegen tun kann.«

Nahim schaute seine Schwester vergrämt an. Er hatte nicht einmal mehr die Kraft, seine Verbitterung abzuschwächen, geschweige denn, sie zu überspielen. Zwar quälte ihn der Kummer in Anisas Augen, aber er war es leid, den Menschen, denen er vertraute, weiterhin ein verlogenes Schauspiel vorzuführen. Lehen und er standen vor einem Scheideweg, und er hatte das Gefühl, dass sie bereits enteilte, während er noch wie ein Idiot von einem Fuß auf den anderen trat.

Kapitel 6

Seit die Bedrohung durch die vagabundierenden Orkscharen vor drei Jahren abgewendet worden war, war wieder Ruhe im Westend eingekehrt. Obwohl sich die Dörfler unbeirrt die Geschichten jener Tage voller Gefahr erzählten und manche Familie noch unter den Verlusten litt, schienen die Geschehnisse weit weg. Das Westend hatte sich erholt, die Mägen und Speicher waren voll, und das Leben folgte erneut dem gleichen Trott wie schon zu Großvaters Zeiten.

Einige der Ostler, die unter dem Befehl des Schmiedes Damir Rog als Söldner gedient hatten, waren nach dem Überfall der Orks geblieben. Wer eine ordentliche Anstellung fand, der holte so rasch wie nur irgend möglich seine Familie nach, der Rest musste sich mit Aushilfstätigkeiten begnügen und die paar Münzen, die übrig blieben, einem der Boten anvertrauen, die nun regelmäßig zwischen dem Westend und dem östlichen Minja-Stieg verkehrten.

Begegneten die Westendler den zurückhaltenden Männern zunächst mit einer gewissen Skepsis, so waren die verschiedenartigen Bedenken, die bei weinseligen Runden im *Roten Haus* ausgetauscht worden waren, mittlerweile vergessen. Das Westend gedieh, so dass es für jede helfende Hand dankbar sein konnte. Selbst Balam hatte sich nach anfänglichem Zaudern dazu entschieden, einen der Ostler auf seinem Hof aufzunehmen: Einen hageren Mann namens Fehan, der seinen Aufgaben so unauffällig nachging, dass man leicht vergessen konnte, dass er überhaupt auf dem Hof lebte.

Nachdem Lehen und Nahim eine alte Scheune weiter oberhalb des Hangs mit tatkräftiger Unterstützung aus dem Dorf zu einem gemütlichen Heim umgebaut und den Brunnen vertieft hatten, war Anisa mit ihrer Tochter bei Balam eingezogen. Obgleich Nahims Schwester keine Ahnung davon gehabt hatte, wie man einen Hof auf einem Hang bewirtschaftet, hatte sie sich bald zu einer unverzichtbaren Hilfe gemausert. Zu Balams Freude entwickelte Anisa ein besonderes Händchen für Weinreben.

Der Knecht Sverde, der ursprünglich nur in Tevils' Abwesenheit einspringen sollte, gehörte inzwischen zur Familie und hatte sich gemeinsam mit Fehan häuslich im ehemaligen Verschlag eingerichtet. Auf dieses liebevoll ausstaffierte Eckchen war Balam oftmals neidisch, denn die beiden Knechte konnten sich jederzeit – ohne eine Ausrede bemühen zu müssen – dorthin zurückziehen, wenn das Drunter und Drüber im Haupthaus an den Nerven zu zerren begann.

Für dieses lautstarke Durcheinander war maßgeblich Bienem verantwortlich, die den Hof häufiger als je zuvor mit ihrer Anwesenheit beehrte: Die ehemals so ruhigen vier Wände waren nun stets mit Leben gefüllt, denn neben Anisa und der quirligen Fleur waren auch Allehe und ihre Tochter Alliv oft und gern gesehene Gäste. Bienem genoss ihr Leben in vollen Zügen, zeigte sich das erste Mal über längere Zeit ausgeglichen und sonnte sich im Ansehen, das ihren beiden Töchtern im Westend seit jenem Orküberfall zuteilwurde. Der arme Tevils hingegen wurde für einen Rumtreiber gehalten, denn vor lauter Aufregung hatte keiner der Westendler etwas von seinem kühnen Drachenritt bemerkt. Bei seinem letzten Besuch im Sommer hatte der Junge sich ausgiebig darüber beschwert, dass er statt Lobpreisungen nur scheele Blicke im *Roten Haus* erntete und die Mädchen ihn nicht gebührend anhimmelten.

Nachdem Allehe ihre Schwermütigkeit überwunden hatte, flammte ihr verloren geglaubtes Temperament wieder wie ein Drachenfeuer am Nachthimmel auf. Mit unermüdlichem Tatendrang stürzte sie sich auf die Geschäftsangelegenheiten ihres Mannes, denn Damir hatte seine Reisen durch das Tal nach wie vor nicht aufgegeben. Während der Schmied in seinem eigenen Haus ein seltener Gast geworden war, hatte Allehe Geschmack daran gefunden, das Beste aus der Schmiede herauszuholen. Wurde sie anfangs noch ob ihres Alters, ihres Geschlechts oder ob des Mangels an Handwerkswissen belächelt, umwehte sie mittlerweile das Renommee einer hervorragenden Händlerin. Sich den Fängen der geschäftstüchtigen Allehe entziehen zu wollen, erwies sich als mindestens so schwierig, wie der mit den Augen klimpernden Allehe etwas abzuschlagen.

Lehen hatte den an Verbissenheit grenzenden Ehrgeiz anfangs voller Sorge betrachtet, denn sie befürchtete, dass Allehes Schwermut nur in das andere Extrem umgeschlagen sein könnte. Doch die Monate verstrichen ohne Anzeichen eines Rückfalls. Vielmehr strahlte Allehe eine Selbstzufriedenheit aus, von der ihre ältere Schwester meilenweit entfernt war.

Lehen genoss zwar das allgemeine Vertrauen der Westendler, seit sie sich als Zeugin und Verkünderin eines Wunders hervorgetan hatte. Ohne sich dessen selbst bewusst zu sein, hatte sie fast nahtlos die Rolle der alten Frau Witt eingenommen: Man rief sie als Heilkundlerin, obwohl ihre Kenntnisse auf diesem Gebiet bestenfalls durchschnittlich waren, und holte auch sonst bei jeder Gelegenheit ihren Rat ein – ein Dienst, der ihr wesentlich besser lag, schließlich war sie es seit ihrer Kindheit gewohnt, Verantwortung zu übernehmen und Entscheidungen zu treffen. Doch im Gegensatz zu ihrer jüngeren Schwester verspürte Lehen angesichts ihrer neuen Stellung im Westend nicht einen Hauch von Zufriedenheit. Vielmehr zerfraßen sie zunehmend Selbstzweifel – und die Furcht, dass ihr Leben jeden Augenblick wie ein Kartenhaus zusammenbrechen konnte, nahm mit jedem Tag zu.

Nach einem Mittagessen, das Nahim und Lehen schweigend eingenommen hatten, war sie aufgebrochen, um die Abdeckung der Blumenbeete auszubessern. In der letzten Nacht hatte es gestürmt, und sie wollte kein Risiko eingehen, dass die Rosen beim ersten Frost des Jahres erfrieren könnten. Wenigstens hatte der Sturm die Wolkendecke, die seit Tagen wie ein schwarzes Tuch über dem Westend lag, aufgerissen.

Nachdem sie den Hof hinter sich gelassen hatte, hielt Lehen inne und gönnte sich einen Moment der Ruhe, in dem sie einfach nur dastand und sich von den milchigen Sonnenstrahlen das Gesicht wärmen ließ. Doch rasch holte sie der Eindruck des ungeselligen Mittagessens wieder ein, und sie beeilte sich, die kleine Mulde hangabwärts zu erreichen, in der sie ihren Blumengarten angelegt hatte.

An dieser wettergeschützten Stelle hatte Nahim ihr im vorherigen Jahr eine kunstvoll gemeißelte Steinbank hingestellt, an der er gemeinsam mit Fehan die Wintermonate über gearbeitet hatte. Sie liebte diese Bank aus ungewöhnlichem honigfarbenem Stein, den Balam in Brennburg erworben hatte. Alle Blumenbeete waren auf diese Bank hin ausgerichtet worden, sie war das Herz dieser kleinen Oase, um die herum jedes andere Stück Land entweder von der wilden Natur beherrscht wurde oder der Landwirtschaft unterworfen war.

Doch als Lehen die Bank an diesem Nachmittag betrachtete, stellte sich nicht wie gewohnt der überbordende Besitzerstolz ein. Sie setzte sich und vergrub das Gesicht in den behandschuhten Händen. Eine Zeit lang gab sie sich ihrem Kummer hin und bemerkte nicht die Schritte, unter denen das vom Sturm heruntergerissene Geäst knackte.

Eine in dicke Wolltücher gehüllte Allehe blieb am äußersten Rand der Blumenbeete stehen und beobachtete ihre Schwester. Für einen Augenblick war sie versucht, ihre ganze Wut zu vergessen und einfach Trost zu spenden. Doch dann riss sie sich zusammen und verschaffte sich durch ein mehrmaliges und lautstarkes Hüsteln Aufmerksamkeit.

Als Lehen zu ihrer Schwester schaute, flackerte in ihren Augen kurz etwas wie Hoffnung auf, das jedoch sofort wieder verlosch.

»Du hast wohl jemand anderen erwartet«, sagte Allehe mit beherrschtem Ton, während sie sich neben Lehen auf die Bank setzte. Sofort kroch die Kälte durch ihre Röcke, und sie fragte sich, wie lange ihre Schwester wohl schon hier draußen ausharrte.

»Gibt es nicht irgendetwas Dringliches, um das du dich kümmern kannst? Die Auslastung der Schmiede, die Anzahl der Goldstücke unterm Bett?« Trotz der bissigen Worte klang Lehens Stimme erschreckend tonlos. Nicht eine Spur von echter Kampfeslust – das hatte Allehe nicht erwartet.

»Bin gerade dabei, mich um etwas Dringliches zu kümmern«, erwiderte sie, wobei ihre Gedanken wild durcheinanderrasten. Dann entschied sie sich – entgegen ihrem ursprünglichen Plan –, der Stimmung ihrer Schwester auf den Grund zu gehen. »Was ist denn nun schon wieder zwischen dir und Nahim vorgefallen?«

Lehen steckte beide Hände zwischen die Oberschenkel und starrte eine Weile vor sich hin. »Das Gleiche wie zwischen uns: Vorwürfe, Gezanke, Beleidigungen. Immer dasselbe, irgendwie dreht sich alles im Kreis.«

»Du weiß schon, dass dein ganzes Elend hausgemacht ist, nicht wahr?« Prompt spürte Allehe wieder eine Welle heißen Zorns hochspülen, da konnte nicht einmal Lehens offensichtliche Niedergeschlagenheit Einhalt gebieten. »Du führst dich auf wie ein herrischer Feldwebel: Jeder hat nach deiner Pfeife zu tanzen, ansonsten gibt es gleich Theater. Das artet mehr und mehr aus, Lehen! Ich komme zum Beispiel auch ausgesprochen gut ohne dein Kommando zurecht. Aber ist dir das jemals auch nur eine lobende Silbe wert gewesen?« Sie beantwortete die Frage selbst mit einem abfälligen Schnaufen. »Nur Gemeckere und noch mehr Gemeckere. Und Nahim … der mag zwar ein gutmütiger Kerl sein, aber auch für ihn gibt es Grenzen. Und die hast du wohl kräftig überschritten, nach allem, was man so hört. Du scheinst einfach nicht zu begreifen, dass er dein Gefährte und nicht ein hirnloser Knecht ist, den du nach Herzenslust schikanieren kannst. Und Anisa …«

An dieser Stelle hob Lehen unvermutet die Hand zum Einspruch. »Mit Anisa bin ich nicht ein einziges Mal aneinandergeraten.«

Allehe schürzte ungeduldig die Lippen. »Das wollte ich ja auch gar nicht behaupten. Jedenfalls meinte Anisa, dass du es allem Anschein nach nicht einmal mehr mit dir selbst aushältst. Und so, wie ich dich hier eben kauernd vorgefunden habe, scheint sie da durchaus richtigzuliegen.«

»Das hat Anisa wirklich gesagt?«, fragte Lehen ungläubig.

»Jawohl.« Allehe nickte so heftig, dass ihre blonden Locken aufgeregt zu wippen begannen. »Wenn selbst Anisa sich zu solch einem deutlichen Kommentar hinreißen lässt, dann muss wohl etwas dran sein. Darum habe ich auch – entgegen meiner Überzeugung – meinen Stolz überwunden und bin hierhergekommen. Obwohl es eigentlich an dir gewesen wäre, eine Entschuldigung für deine letzten Ausfälle über meine Geschäftswut vorzubringen. Aber ich kenne dich ja gut genug, um zu wissen, dass du lieber deine Zunge verschluckst, als auch nur ein einziges Mal zurückzurudern.«

Abwägend sah Lehen ihre Schwester an, die nur mühsam

ihren Redefluss unterbrochen hatte. Überrascht stellte sie fest, dass sie tatsächlich mit dem Gedanken spielte, sich zu offenbaren. Die Vorstellung, die Last auf ihren Schultern nach so langer Zeit mit jemandem zu teilen, war wunderbar verführerisch. Allehe würde ihre Angst, Nahim zu verlieren, verstehen können.

Doch im letzten Moment hielt Lehen sich zurück: Der Auslöser für ihre aufzehrende Unruhe war schließlich nicht bei Nahim zu suchen. Obwohl er am meisten unter ihren Wutausbrüchen und steter Unausgeglichenheit zu leiden hatte, so konnte er doch nichts dagegen ausrichten – ganz gleich, ob er sich nun verständnisvoll oder am Ende seiner Geduld zeigte.

In den wenigen ehrlichen Momenten, die Lehen zuließ, wurde nämlich rasch deutlich, welcher Stachel sie unablässig quälte und ihr ganzes Leben vergiftete. Aber wie sollte sie ihrer Schwester erklären, dass ausgerechnet deren Mann die Grundfesten ihres Wesens erschüttert hatte? Dass das dringende Bedürfnis, alles kontrollieren zu wollen, der Erfahrung entsprang, immer wieder Damirs Willkür ausgeliefert gewesen zu sein? Sogar in diesem Moment schwebten die Geschehnisse im Schmiedshaus wie ein Richtschwert über ihrem Kopf, das sich jeder Zeit herabsenken konnte. Ein unbedachter Moment – und alles würde zusammenbrechen, davon war Lehen zutiefst überzeugt. Sie lebte mit einem Geheimnis, das sie aufzufressen drohte und das ihr die Macht über das eigene Leben raubte. Trotzdem sah sie einfach keinen Ausweg.

Auch wenn sie Nahim nach wie vor liebte und seine zurückhaltende Art eigentlich schätzte – im Augenblick brauchte sie jemanden mit einem unbeugsamen Wesen, der dagegenhalten konnte und sie zwang, einen Schritt weiterzugehen und sich nicht vor den Konsequenzen zu fürchten. Unsicher betrachtete Lehen das Gesicht ihrer Schwester. Allehe strahlte solch eine Stärke aus, dass Lehen sich am liebsten an ihre Seite gekuschelt hätte.

Als Allehe den prüfenden Blick ihrer Schwester bemerkte, presste sie kurz die Lippen aufeinander. »Übrigens ist Damir vor zwei Tagen von weiß der Teufel woher zurückgekehrt, aber wenn mich nicht alles täuscht, kommt seine Anwesenheit wieder nur einem Anstandsbesuch gleich. Auch deshalb wollte ich gern mit dir reden, und zwar nicht nur als Schwester, sondern auch als Heilerin.« Obwohl Allehes Gesicht von der Herbstfrische bereits rot angelaufen war, gesellte sich nun ein noch tieferer Rotton hinzu. Erneut presste sie die Lippen aufeinander, als weigerten sich diese, die richtigen Worte hinauszulassen. »Wo er schon einmal da ist … Denkst du, ich könnte ein weiteres Kind austragen?«

Lehen bemerkte, wie ihr die Kontrolle über die Gesichtszüge entglitt. Für einen Augenblick starrte sie ihre Schwester ungläubig an, im nächsten unterdrückte sie die Lust, Allehe eine schallende Ohrfeige zu verpassen. Stattdessen nahm sie all ihre Kraft zusammen, um sich möglichst gerade aufzurichten und ihre Gedanken von Vernunft und nicht von Zorn und Verzweiflung leiten zu lassen.

»In den letzten Jahren ist Damir kaum im Westend gewesen«, begann sie mit heiserer Stimme zu sprechen. »Ich weiß, dass es dir gegenüber noch niemand so deutlich ausgedrückt hat – aber, Allehe, du hast doch nicht die geringste Ahnung davon, in welchen Betten er sich seitdem vergnügt hat. Oder willst du mir erzählen, dass er sich stets für sein treues Weib daheim aufgehoben hat? Das kann dir doch unmöglich gleichgültig sein.«

Allehe rutschte unruhig auf der eiskalten Bank herum, bevor sie plötzlich aufsprang und ein paar Schritte auf und ab lief. »Warum denn nicht? Jeder von uns geht seinen eigenen Weg«, erwiderte sie schließlich, wobei ihre Stimme abgehetzt klang. »Seit diesem Winter, in dem es mir so schlecht ging und er mich gemieden hat, als sei ich lediglich ein kaputtes Spielzeug …« Allehes Hände strichen unablässig über die Wolltücher, während sie um die richtigen Worte rang.

Da schau mal an, dachte Lehen verbittert, auch die tatkräftige Allehe kämpft seitdem mit Erinnerungen, die alles zu überschatten drohen. Hoffnungslosigkeit stieg in ihr auf, und sie fühlte sich mit einem Mal unendlich müde. Ihre Schwester war direkt vor ihr zum Stehen gekommen, weigerte sich aber trotzdem, ihren Blick zu erwidern. Als führe kein Weg zueinander.

»Eigentlich ist Damir mir gleich, aber er schuldet mir noch etwas. Das kannst du doch verstehen, nicht wahr?«, fragte Allehe so leise, als traue sie ihrer eigenen Stimme nicht über den Weg.

Behutsam griff Lehen nach dem Unterarm ihrer Schwester und zog sie zu sich hinab. Überraschend willig ließ Allehe sich in die Arme schließen und tröstend wiegen. Während sie einander umarmend dasaßen, hätte Lehen am liebsten laut aufgelacht. Ein trauriges, verzweifeltes Lachen. Da waren sie beide auf der einen Seite so grundverschieden und litten andererseits doch unter den gleichen Umständen: Ihnen beiden blieb die Liebe ihrer Männer verwehrt. Doch im Gegensatz zu ihr konnte Allehe zumindest ein Kind bekommen. Sie brauchte Damir nur auf die richtige Art zu locken, denn verführerisch schillernden Dingen hatte der Schmied noch nie widerstehen können.

»Du kannst die Vergangenheit nicht verändern«, flüsterte Lehen. »Daran solltest du denken, bevor du Damir tatsächlich in dein Bett einlädst. Manchmal ist es vielleicht besser zu akzeptieren, dass etwas für immer verloren ist.«

»Stellst du dir zurzeit vielleicht dieselbe Frage?« Allehe schniefte und kramte in der Manteltasche nach einem Tuch, so dass sie nicht bemerkte, wie ihre Schwester sich am ganzen Leib versteifte. »Spielst du auch mit dem Gedanken, ob es nicht an der Zeit ist, einen Schnitt zu machen und sich der Wahrheit zu stellen?«

Kapitel 7

Eine Möwe glitt dicht über der schäumenden Brandung und ließ sich, bevor die auslaufenden Wellen über den Strand leckten, vom Wind hinauftreiben, um knapp über der Kante der Steilwand hinwegzufliegen. Dann zog sie einen weiten Bogen über der Dünenlandschaft, die an vielen Stellen von mannshohen Findlingen durchbrochen wurde. Bauschig anmutendes Buschwerk aus Sanddorn und Seelavendel verlieh dem flachen Land den Anschein von Weichheit. Die wenigen Wege aus Muschelkalk liefen allesamt auf das einsame Haus am Rand der Klippe zu, die einzige menschliche Behausung im Umkreis von vielen Meilen.

Die Möwe flog einige Kreise über dem weitläufigen Steinhaus, dessen rote Dachschindeln weithin sichtbar waren. Einige Male schrie der Seevogel heiser, bevor er zum Sinkflug ansetzte, um sich eine frühe Mahlzeit im Wasser zu suchen. Dabei hätte er fast einen Mann gestreift, der in diesem Moment die Steintreppen erklomm: das Cape fest um den schmalen Körper geschlungen, die Bewegungen voller Anmut. Doch er würdigte das Tier keines Blickes. Die Möwe taumelte kurz, krächzte beleidigt, dann setzte sie ihren Flug hinaus aufs Meer fort.

Trübes Morgenlicht stahl sich durch die in Eile nachlässig zugezogenen Vorhänge und suchte sich einen Weg über allerlei Kleidungsstücke, die verstreut auf dem Boden lagen. Als das Licht schließlich das Bett erreichte, brauchte es einen Augenblick, um über die Bettkante zu springen, über die ein nackter Arm hing. Kaum hatte der Sonnenstrahl diese Distanz überwunden, tanzte er auf einer Nasenspitze, die zwischen zerwühlten Kissen hervorschaute.

Tevils verspürte ein Kribbeln und zog die Nase kraus. Dann wälzte er sich auf die Seite und verhedderte sich bei dem Versuch, eine angenehme Position zu finden, im Bettzeug. Neben ihm stöhnte jemand auf und zog die Decke mit einem Ruck zu sich. Schlagartig wurde Tevils' Körper von eisiger Morgenfrische umhüllt, jede Spur von Behaglichkeit weggewischt, so dass an Schlaf nicht mehr zu denken war. Er rieb sich das Gesicht und warf einen Blick auf das schlafende Mädchen neben sich, das sich so eigensüchtig in die Decke gewickelt hatte, als gäbe es ihn gar nicht. Nur die dunkle Fülle ihrer Haare war noch zu sehen.

Für einen Augenblick ließ Tevils den Blick über ihre weibliche Silhouette gleiten, die sich unter der Decke abzeichnete. Dann wurde ihm bewusst, dass er dem Haarschopf und den Rundungen keinen Namen zuordnen konnte. Myrte, Birte, etwas in der Art … Er sollte wohl besser zusehen, dass er aus dem Zimmer kam, bevor auch sie aufwachte.

Gerade als Tevils sich lautlos aus dem Bett stehlen wollte, erscholl ein kurz angebundenes Klopfen an der Zimmertür. Neben ihm zuckte Myrte-Birte merklich zusammen. Als die Tür einen Atemzug später aufflog, stieß die junge Frau einen spitzen Schrei aus, und Tevils nahm aus den Augenwinkeln wahr, wie sie sich die Decke über den Kopf zog. Vielen Dank auch, dachte Tevils empört über so viel Rücksichtslosigkeit, sich der eigenen Blöße unangenehm bewusst.

Längst hatte Kohemis im Stechschritt den Raum betreten, nur um abrupt und mit abfällig herabhängenden Mundwinkeln vor der Kleiderspur stehen zu bleiben, die aufs Bett zuführte. Mit seinem kunstvoll verzierten Spazierstock hob er einen von Myrte-Birtes Unterröcken an, nur um ihn flugs wieder fallen zu lassen. Dieser Unterrock, sagte Kohemis' verächtliche Miene, war nur ein weiterer deprimierender Beweis für Tevils' Geschmacksverirrung.

»Jemanden warten zu lassen ist eine bäuerische Unart«, erklärte Kohemis mit seiner präzise akzentuierten Stimme. »Und ich habe gewartet«, fügte er nach einer Kunstpause hinzu – unnötigerweise, wie Tevils fand.

»Schon so spät?«

Statt einer Antwort begann Kohemis, im raschen Takt den Spazierstock auf den Boden klacken zu lassen. Neben Tevils, der immer noch verlegen auf der Bettkante hockte, quiekte der Deckenhaufen hysterisch.

»Könntest du bitte vor der Tür warten?« Kaum waren die Worte über den Lippen, wusste Tevils, dass er einen Fehler begangen hatte.

»Warten? Auf dich?«, zischte Kohemis ihn durch zusammengebissene Zähne an.

Die nächsten Momente, in denen Kohemis ihn mit wüsten Schimpftiraden überschüttete, während er versuchte, in seine Kleider zu schlüpfen und das Heulen des Mädchens zu ignorieren, hätte Tevils gern an sich abprallen lassen. Diese Erniedrigung wollte er um Himmels willen nicht Teil seiner Erinnerung werden lassen – dort waren schon genügend peinliche Situationen verwurzelt, an denen Kohemis irritierend oft Anteil hatte. Doch je mehr Tevils sich bemühte, sich zu entspannen, desto mehr verhedderte er sich in der Kleidung und handelte sich fürs unanständige Fluchen auch noch eine Zurechtweisung ein. Kohemis beherrschte einfach formvollendet die Kunst, mit wenigen Worten und Blicken aus einem stürmischen Liebhaber einen jämmerlichen Tropf zu machen.

Tevils' Ohren glühten nach wie vor rot, als der halbe Vormittag schon längst vorbei war und er immer noch auf dem

Übungsplatz nahe der Brandung stand. Schilf umwuchs das Oval des Sandplatzes, und er strich mit einem Seufzen über die niedrige Mauer, die ein Stück weiter die Düne hinauf in eine Steintreppe überging. Oben im Haus herrschte um diese Tageszeit emsiges Durcheinander, und für gewöhnlich genoss Tevils es, durch Küche und Gesindestube zu streifen, auf der Suche nach Leckerbissen und Unterhaltung. Von beidem trennten ihn an diesem dunstigen Vormittag Welten, und darüber war er alles andere als glücklich.

Obwohl der Übungsplatz von dem mannshohen Schilfkranz geschützt wurde, wehte vom Meer her ein eisiger Wind. Trotzdem klebte Tevils das Hemd nass geschwitzt am Rücken. Seine Oberschenkelmuskulatur schmerzte vor Erschöpfung, weil Kohemis ihn immer wieder in die Grundstellung zwang. Verbissen kniff Tevils die Lippen aufeinander, als ihm das Gewicht des Übungsschwertes ein Reißen im Nacken einbrachte.

Doch wie es aussah, war so bald keine Gnade von Kohemis zu erwarten. Mit kerzengerader Haltung und einem dicken, lavendelfarbenen Tuch um Hals und Kopf geschlungen stolzierte er um Tevils herum und korrigierte dessen Körperhaltung mit dem Spazierstock. Dabei fand er in einem fort etwas, das es zu bemängeln gab. Tevils kannte dieses Spielchen mittlerweile zur Genüge, und obwohl er wusste, wie sehr Kohemis' strenge Hand seiner Schwertführung zugutekam, war er kurz davor, die Waffe auf den Boden zu schleudern und wie ein trotziges Kind aufzustampfen.

Aber einen Durchgang würde er noch durchhalten! Nach der morgendlichen Demütigung in seinem Schlafzimmer wollte er dem alten Gockel nicht auch noch die Genugtuung zuteilwerden lassen, bei ein paar Übungen zusammenzubrechen. Nein, es würde keine weitere Gelegenheit geben, ihn einen Versager und Taugenichts zu schimpfen. Einen verdammten Durchgang noch, dann verbeuge ich mich höflich und spaziere von dannen, ganz gleich, was dieser eitle Vogel mir an den Kopf werfen mag.

Aber als Kohemis mit der Stockspitze unsanft seine Fersenstellung korrigierte, schlug Tevils doch mit der Spitze der Übungswaffe auf den Boden, dass der Sand wie eine Fontäne aufspritzte und ihn mit einer feinen Schicht bedeckte.

»Das war zu viel! Wenn du mich noch ein Mal mit diesem verfluchten Stock antickst, vergesse ich mich«, brüllte Tevils und übertönte mit seiner kräftigen Stimme Kohemis' beleidigtes Schnaufen. »Ich werde hier keinen Augenblick länger stehen und mich von dir schikanieren lassen. Ich bin erschöpft. Außerdem habe ich einen Mordshunger. Du hast mir nicht einmal ein Frühstück gegönnt!«

Kohemis fixierte ihn mit zu Schlitzen verengten Augen. »Wenn du nicht die halbe Nacht mein Dienstpersonal durchs Bett jagen würdest, dann wärst du jetzt nicht erschöpft und auch nicht hungrig und ich nicht erzürnt, weil du mich hast warten lassen. Also unterlass gefälligst dieses ungehobelte Benehmen, du Bauer.«

Sofort suchte Tevils das schlechte Gewissen heim, und bevor er sich's versah, hatte er schon wieder die Grundstellung eingenommen und befolgte Kohemis' knapp vorgetragene Anweisungen, während ihn der Sand in den Augen kratzte.

So trainierten sie eine ganze Zeit lang weiter: Der junge Mann hin- und hergerissen zwischen dem Bemühen, sich auf die Übungsabläufe zu konzentrieren und das Magenknurren zu ignorieren. Der alte Mann zwischen Kritiksucht und gut verborgenem Stolz auf seinen Schüler.

»Ein wenig mehr Eleganz sollte doch wirklich nicht zu viel verlangt sein«, bemäkelte Kohemis die Schwertführung des keuchenden Tevils. Dabei fuchtelte er herausfordernd mit dem Stock in der Luft herum.

Tevils, dem der Schweiß in die Augen lief, hielt inne und wischte sich mit dem Ärmel über das Gesicht. Trotz der sauertöpfischen Miene, die Kohemis zur Schau trug, glaubte er mittlerweile, dass der alte Mann die gemeinsamen Übungen genoss. Schon aus dem Grund, weil er ihn nach Herzenslust herumkommandieren konnte – und nichts tat Kohemis lieber, da konnte man sich sicher sein. Gewiss aber auch, weil die Übungen durchaus auf fruchtbaren Boden fielen. In den letzten drei Jahren hatte er sich zu einem ansehnlichen Krieger entwickelt.

In dieser Gewissheit erwiderte er leicht überheblich: »Bislang hat sich noch keiner meiner Gegner beschwert, dass ich ihn mit einem uneleganten Streich niedergestreckt habe.«

»Bei diesen paar degenerierten Orks, auf die man dich bislang losgelassen hat, mag die Haudraufmethode funktioniert haben. Aber wir hoffen ja, Narren die wir sind, dich eines Tages auch auf ernst zu nehmende Gegner ansetzen zu können.«

»Degenerierte Orks?«

Vor lauter Wut pumpte Tevils so viel Luft in seine Lungen, dass er zu explodieren drohte. Unzählige Beleidigungen schossen ihm durch den Kopf, und alle hätten sie Kohemis die Zurechtweisung zuteilwerden lassen, die er für seine Geringschätzung verdiente. Nur leider fand nicht eine einzige dieser Bitterkeiten den Weg aus seinem offen stehenden Mund. Dafür brachte er seinem Lehrer dann doch zu viel Respekt entgegen. »Degenerierte Orks?«, wiederholte er deshalb lediglich ein wenig kraftlos. Dabei klang er selbst wie der pikierte Kohemis, als der ihn vor ein paar Tagen mit dem Scheuermädchen in seinen privaten Saunaräumen erwischt hatte – ungläubig und verschnupft zugleich.

»Wer so …«, Kohemis hielt den Stock mit beiden Händen umfasst und hieb wie ein dumpfer Berserker in die Luft,

»... mit einem Schwert umspringt, den werden die Orks eines Tages mit einem ihrer Kumpanen verwechseln.«

»Nun kämpfe ich also auch schon wie ein Ork!«, erwiderte Tevils fassungslos und versuchte, den Stock zu fangen, um dieser unwürdigen Karikatur seiner selbst Einhalt zu gebieten.

»Pfoten weg«, zischte Kohemis, als er die Stockspitze zu fassen bekam. Sie rangelten einen Moment lang miteinander, wobei Tevils nicht schlecht über die Kraft staunte, die in Kohemis' dünnen Armen steckte.

Ein volles, tiefes Lachen ließ die beiden Streithähne innehalten. »Wenn ich diese Nummer hier in Previs Wall zum Besten gebe, kann ich meinen Hintern darauf verwetten, dass mir kein Mensch auch nur ein Wort glauben wird. Vollkommen gleich, wie betrunken alle sein werden. Was ist bloß in euch zwei Kerle gefahren?«

Wie auf Kommando schnellten die beiden Männer auseinander und starrten eine breit grinsende Lalevil an, die sich auf eine der Bänke am Rande des Übungsplatzes gesetzt hatte. Zwischen ihren Beinen hatte sie ihr Schwert in der Scheide aufgestellt und die behandschuhten, aufeinanderruhenden Hände oben auf den Knauf gelegt. Der Wind peitschte ihr zu Zöpfen geflochtenes, schwarzes Haar in die Höhe und hatte ihr eine tiefe Röte auf die Wangen gezaubert.

Mit einem Freudenschrei stürmte Tevils auf die Drachenreiterin zu. Er packte sie bei den Schultern, hievte sie in die Höhe und schloss sie stürmisch in die Arme. Das Schwert kippte unbeachtet in den Sand, während Lalevil dem Jungen zuerst den Rücken tätschelte und sich dann bemühte, ein wenig Abstand zwischen ihre beiden Körper zu bringen.

»Aber keine Küsse«, rief sie atemlos, als Tevils sie erneut an sich zog. »Wie ich höre, ist dir in dieser Hinsicht längst nicht mehr über den Weg zu trauen. Obwohl ich sagen muss, dass du gut riechst. Richtig nach Mann.«

Eine letzte Spur von kindlicher Unschuld ließ Tevils bei diesen Worten zusammenzucken. Das Blut schoss ihm ins Gesicht. Dann löste er sich von der lachenden Frau, wenn auch nur widerwillig. Obwohl seine Gedanken wild kreisten, wollte ihm keinerlei angemessene Entgegnung einfallen. Stattdessen zwickte er Lalevil nur in den Hintern, bevor er zur Seite trat, um Kohemis vorzulassen.

Rasch schenkte ihm Lalevil noch ein belustigtes Zwinkern.

»Wo hast du denn die fliegende Brut gelassen, meine Liebe?«, fragte Kohemis, nachdem er Lalevil auf beide Wangen geküsst hatte. »Ist Präae im Innenhof gelandet und schaut gerade einmal nach, wie unser Brunnen von innen aussieht? Das wäre ausgesprochen traurig, denn es hat viel Zeit und Mühe gekostet, ihn nach dem letzten kleinen Drachenexperiment wieder aufzubauen.«

Lalevil druckste einen Moment lang verlegen herum, dann setzte sie erneut ein Lächeln auf, das sich durch diese einzigartige Mischung aus Herbheit und Siegessicherheit auszeichnete.

Bei diesem Anblick schloss Tevils betört die Augen und unterdrückte den Impuls, seine Hand nach diesem Lächeln auszustrecken. Stattdessen schlang er die Arme schützend um sich, da der Schweißfilm auf seiner Haut sich allmählich in eine Eisschicht zu verwandeln drohte. Trotzdem wollte er nicht zum Rest seiner Kleidung hinübergehen, der lediglich ein paar Schritte entfernt lag. Denn genauso überraschend, wie Lalevil auftauchte, pflegte sie für gewöhnlich auch wieder zu verschwinden. Und er hatte vor, jeden einzelnen Atemzug in ihrer Gegenwart zu genießen.

»Es sind im Augenblick keine weiteren Drachenanschläge zu befürchten.« Mit einer ruhigen Bewegung hob Lalevil ihr Schwert auf und steckte es in den Gürtel, der den reich bestickten Mantel in der Taille zusammenhielt. Trotzdem war nicht zu übersehen, dass Lalevil Zeit schinden wollte, um einen Anflug von Unbehagen zu überspielen. »Präae sehnte sich nach dem NjordenEis, so dass ich allein von Previs Wall hergekommen bin. Soll sie sich ruhig mal eine Zeit lang austoben. Nach ihrem wenig vorteilhaften Auftritt bei der Schlacht gegen die Gahariren ist es ohnehin besser, wenn sie nicht andauernd so präsent ist. In Achaten zerbrechen sie sich nämlich den Kopf darüber, ob es wirklich nur ein dummer Zufall gewesen ist, dass Präae das Schlachtgeschehen überraschend gewendet hat oder ob sich dahinter vielleicht ein Geheimnis verbirgt.« Als mache ihr die Trennung von ihrem Drachen nichts weiter aus, zuckte Lalevil mit den Schultern, aber keinem der beiden Männer entging der sehnsüchtige Zug um ihre Augen. »Präae hat in der letzten Zeit etwas zu oft die Gegenwart von Menschen ertragen müssen. Sie ist ein Drache, sie muss ihren eigenen Weg gehen – wie ich es auch tue.«

Kohemis fuchtelte ein wenig gereizt mit der Hand in der Luft umher. »Ich kann mir kaum vorstellen, dass in Präae eine sensible Seele schlummert. Wir alle haben Verpflichtungen und müssen unseren Aufgaben nachgehen. Und einige von uns tun dies sogar noch im hohen Alter, obwohl sie sich eigentlich längst zurückgezogen haben sollten, um die traute Zweisamkeit zu genießen.«

»Maherind lässt dir übrigens seine allerbesten Wünsche übermitteln sowie das Versprechen, dass er schon bald in euer Haus zurückzukehren gedenkt. Du sollst dir keine Sorgen machen, er tut es auch nicht.«

Kohemis ließ ein »so, so« vernehmen und beobachtete konzentriert, wie sein Spazierstock hin und her schwang. Um den Anflug eines Lächelns zu unterdrücken, hüstelte er in die hohle Hand. Doch es war zu spät, um den plötzlichen Stimmungswandel überspielen zu wollen. Während Lalevil lediglich vergnügt mit der Zunge schnalzte, ließ Tevils sich dazu hinreißen, Kohemis kameradschaftlich die Schulter zu tätscheln. Für diese Gedankenlosigkeit bohrte sich sofort der Knauf des Spazierstocks zwischen seine Rippen.

»Wir unterhalten uns in der Halle vorm Feuer weiter«, erklärte Kohemis mit erhobenem Haupt. »Dieser junge Schwachkopf hier braucht dringend trockene Kleidung, bevor er sich noch eine Erkältung einfängt und dann, im Bett liegend, sämtliche meiner Dienstmädchen auf Trab hält. Solch ein Vergnügen gönne ich ihm schlicht und ergreifend nicht.«

Wie ein Wirbelwind hatte Tevils sich gewaschen und frische Kleidung angezogen. Dann war er die breite Steintreppe, die von den privaten Räumlichkeiten in die unten gelegenen Hallen führte, in solch einem Tempo hinabgesprungen, dass er von Glück sagen konnte, sich nicht alle Knochen gebrochen zu haben. Ehe er jedoch durch die schwere Eibentür mit ihren Eisenbeschlägen trat, atmete er noch einige Male tief durch, zog den Bauch ein und streckte die Brust raus. Schließlich schlenderte er hinein.

Die Halle war auf einem Vorsprung der Klippe erbaut worden, so dass es den Anschein erweckte, auf einem schwebenden Eiland weit über dem Meeresspiegel zu thronen. Unerreichbar und fern. Die hohen Fenster der Halle wiesen in Richtung Osten, hinaus aufs ewig tobende Meer. Dort draußen verschmolz das dunkle Blau der Wogen mit dem Wintergrau des Himmels. Nur der Flug einiger Möwen durchkreuzte gelegentlich das Bild der verschmolzenen Elemente.

Die Halle wiederholte das Gefühl der Weite. Trotz ihrer Geräumigkeit gab es lediglich einen robusten Holztisch, der Platz für annähernd zwanzig Leute bot, sowie einige bequeme Sessel, die um das offene Feuer gruppiert standen. Auf dem

Rand des kupfernen Abzugs, der frei über der Feuerstelle hing, standen bauchige Keramikgefäße. Sie waren Mitbringsel von Maherinds Reisen. Wenn man ihre Deckel lüftete, verströmten die erwärmten Öle wunderbare Düfte.

Doch im Augenblick stieg Tevils lediglich der verlockende Duft von gebratenem Speck und Rühreiern in die Nase. Kohemis hatte für ihn am Tisch eindecken lassen, aber er schnappte sich die Schale, steckte sich zwei Scheiben Brot in den Mund und hetzte zum Feuer, wo es sich die beiden anderen bereits gemütlich gemacht hatten.

Kohemis warf Tevils einen entrüsteten Blick zu, als dieser den beladenen Teller auf den Knien zu balancieren versuchte und prompt fettiges Eigelb auf den Sessel kleckerte. Aber er unterbrach Lalevils Ausführungen nicht für eine Zurechtweisung, was Tevils zwangsläufig aufhorchen ließ.

Lalevil saß leicht hinabgerutscht in einem der Sessel, die Beine in den hohen Stiefeln von sich gestreckt, die Arme locker über den Lehnen baumelnd. Obwohl sie dicht beim Feuer saß, hatte sie den Mantel nicht ausgezogen. Wie schon so oft fragte Tevils sich, ob sie die Hitze vielleicht genauso wenig wahrnahm wie die Kälte. Allerdings hatte sie die Lederhandschuhe abgestreift, und zwischen den Fingern glühte einer dieser stinkenden Zigarillos, die sie mit niemandem zu teilen bereit war.

»Es fällt Narcassia ausgesprochen schwer, Osanir an der kurzen Leine zu halten. Brill ist dabei keine besonders große Hilfe, wenn du mich fragst. Denn im Grunde glaubt er – genau wie Osanir – nicht an das, was Maherind und Vennis für den richtigen Weg halten. Dieses ewige Ringen um einen Ausgleich, die Suche nach einem vertretbaren Kompromiss … Du kennst Brill: Er bringt nicht einmal genug Geduld für die Puzzlespiele seiner Kinder auf. Für ihn ist die am nächsten liegende Lösung immer die beste. Ratzfatz muss alles gehen! Ein ausgemachter Hitzkopf. Es ist gut, dass Vennis bislang darauf verzichtet hatte, Tevils mit nach Previs Wall zu nehmen.«

»Ein Zustand, an dem man eigentlich nicht rütteln darf, wenn du mich fragst.« Kohemis guckte bekümmert drein, ein Ausdruck, der sich aufs Wunderbarste mit seinen vornehmen Gesichtszügen verband. »Es ist wohl dem Trubel der letzten Wochen geschuldet, dass Vennis keinen Gedanken daran verschwendet hat, ob Previs Wall auch der richtige Ort für unseren Wildfang hier ist. Schließlich ist Tevils kaum Herr seiner Sinne – von seinen Trieben einmal ganz abgesehen.«

»He! Ich bin anwesend, vergesst das bitte nicht.« Tevils gestikulierte wild mit der Gabel umher. »Habt ihr etwa über mich geredet, bevor ich zu euch gestoßen bin? Wenn Vennis eine Nachricht für mich mitgegeben hat, würde ich das gerne wissen.« Aber ein scharfer Blick von Kohemis brachte ihn unverzüglich zum Schweigen.

»Es ist schon verständlich, dass Vennis den Jungen zu sich holen will«, führte Lalevil an, als hätte es Tevils' Einwurf gar nicht gegeben. »Ich glaube, ehrlich gesagt, dass Vennis sich trotz der vielen Menschen ein wenig einsam fühlt in Previs Wall. Wenn du mich fragst, hat er es immer noch nicht ganz verwunden, dass Nahim sich für ein Leben in diesem abgelegenen Tal entschieden hat.« Das Wort »Tal« betonte die Drachenreiterin so, als spräche sie von einem seltsamen Gemüse, das sich auf ihren Teller verirrt hatte.

»Aber dass er gerade auf die Idee verfallen musste, ausgerechnet Brill in die Betreuung unseres lieben Tevils mit einbeziehen zu wollen, halte ich für ausgesprochen blauäugig. Wahrscheinlich werden die beiden Kerle als Erstes den Weinkeller erkunden und nach unzähligen Verbrüderungen und Treueschwüren schwankend Brills Frau Saris in die Hände fallen, die sie lauthals schimpfend über den Hof jagen wird.«

Lalevil und Kohemis wechselten einen amüsierten Blick, als tauschten sie vergnügliche Erinnerungen aus und machten sich nicht über den entrüsteten Tevils lustig, dessen Blick sie beide beharrlich mieden.

»Ich sehe es lebhaft vor mir: Neben den Streichen von Tevils und Brill verkommen der bevorstehende Krieg und das Kräftemessen mit dem aufmüpfigen NjordenEis zu Belanglosigkeiten. Sobald Tevils erst einmal in Previs Wall angekommen ist, werden alle damit beschäftigt sein, sich hinter vorgehaltener Hand vom wilden Treiben der beiden Kerle zu erzählen. Wen kümmert da noch die Politik – das Ganze ist ein Geniestreich von Vennis.«

»Wie meinst du das?«, fragte Tevils mit vollem Mund und versprühte dabei einige Eierflocken.

Aber Lalevil schenkte ihm lediglich einen betont ausdruckslosen Blick, während Kohemis ein »Brill und Tevils – was für ein Albtraum« in die dampfende Teetasse hineinnuschelte.

»Nun«, fuhr Lalevil fort, nachdem sie den Zigarillostumpen ins Feuer geschnipst hatte. »Obwohl der Zugang zu dem untersten der Turiden-Öfen vor Monaten erobert und geöffnet wurde, ist die Menge und Qualität des Maliandes, das man an Previs Wall abtritt, kaum angestiegen. Osanir tobt, er will es nicht länger hinnehmen, von Achaten übervorteilt zu werden. Da kann Narcassia noch so begütigende Reden schwingen, auf die Dauer wird es ihr nicht gelingen, ihren Kompagnon an der kurzen Leine zu halten. Und wer kann Osanir seine Rachegelüste auch verdenken? Die Prälatin gibt sich nicht einmal die Mühe, den Betrug zu vertuschen. Es ist, als würde sie der Doppelspitze von Previs Wall den Fehdehandschuh direkt ins Gesicht schleudern.«

»Badramur hat noch nie eine Auseinandersetzung gescheut, wenn sie sich einen Vorteil daraus versprach«, sagte Kohemis, während er nachdenklich mit der Fingerspitze am Tassenrand entlangstrich. »Zumindest ist auf ihre Art zu denken Verlass: Sie schreitet zielstrebig eine Etappe nach der nächsten ab. Der Verbund von Olomin ist zerschlagen, und die einzelnen Stämme sind so sehr geschwächt, dass sie die nur noch wie reife Früchte zu pflücken braucht. Die Gahariren mögen ihr eine Schlappe erteilt haben, aber auf lange Sicht wird auch dieser Elbenstamm wackeln. Warum sich also nicht der nächsten Herausforderung zuwenden? Wenn Previs Wall bislang geglaubt hat, dass seine Vorherrschaft über die Handelsroute Belavi das Machtverhältnis im Gleichgewicht hält, dann war das ein Irrtum, für das es nun zahlen wird.«

Während er sprach, war sein Gesicht vollkommen ausdruckslos, und sein Blick richtete sich ins Leere. Die Hände lagen still auf den Knien, der Rücken war kerzengerade durchgestreckt. In den letzten Jahren, in denen Tevils immer wieder einmal zu Besuch im Klippenhaus gewesen war, hatte er gelernt, in solchen Momenten zuzuhören und jeglichen Kommentar zu unterdrücken.

Wenn Kohemis einen Blick in die Zukunft warf, blieb einem auch nichts anderes übrig.

»Warum sollte Badramur Previs Wall als ebenbürtiges Gegenüber akzeptieren, wenn sie es beherrschen kann?«, fuhr Kohemis fort. »Als Alleinherrscherin in Achaten übersteigt diplomatisches Miteinander ihre Geduld. Sie wird immer ihre Hand nach glänzenden Dingen ausstrecken, sie war schon als kleines Mädchen eine wahre Elster. Ich musste unentwegt einen Heidenaufwand betreiben, um meine Schätze vor meiner lieben Schwester in Sicherheit zu bringen.« Kohemis strich sich nachdenklich über das Kinn. »Gleichzeitig ist Badramur so schrecklich praktisch veranlagt. Ich fand immer, dass ihr dieser Charakterzug etwas Tantenhaftes verleiht. Die gebundenen Atlanten gehören hierhin und die Loseblattsammlung, die du als wertvoll deklarierst, nach da unten, wo nie jemand hinschaut.« Mit gespitzten Lippen sortierte Kohemis ein fiktives Buchregal ein. »Aber wem wäre es wohl sonst gelungen, einen Haufen Steine in eine der bedeutendsten Städte von Rokals Lande zu verwandeln? Und das, obwohl die Menschen das Westgebirge seit alters her weiträumig gemieden haben. Wer Badramur kennt, dem war von Anfang an klar, dass sie Previs Wall herausfordern würde. Dieser Umweg, um an den Goldenen Staub zu gelangen, konnte für sie nur eine Übergangslösung sein. Wenn sie nun anfängt, der Doppelspitze von Previs Wall ins Gesicht zu spucken, dann heißt das nichts anderes, als dass die Kriegsvorbereitungen in Achaten in vollem Gang sind.«

Lalevil nickte nachdenklich. »Mit den Schiffsladungen aus dem Westen kommen auch die Gerüchte, dass die Truppen am Fuß der Burgfeste zusammengezogen werden. Es ist lediglich eine Frage der Zeit, bis von Previs Wall aus keine Schiffe mehr nach Sahila aufbrechen werden. Die Doppelspitze Narcassia und Osanir wird ausprobieren wollen, ob Achaten dadurch in die Knie zu zwingen ist, indem die Schiffsladungen mit Nahrung und Goldenem Staub ausbleiben.«

»Ich befürchte, dass Achaten sich für eine kurze Durststrecke durchaus gerüstet zeigen wird. Was die Verpflegung anbelangt, wird Badramur gewiss vorgesorgt haben. Was Vennis über Montera zu berichten wusste, bevor Faliminir ihn mit Landesverbot belegt hat, war doch ausgesprochen eindeutig«, entgegnete Kohemis prompt. »Als wesentlich interessanter dürfte sich die Frage herausstellen, wie Achaten in Zeiten eines Krieges mit Previs Wall an Goldenen Staub herankommen will. Denn ohne andauernden Nachschub wird es seine Vormachtstellung im Westgebirge nicht halten können. Der Verbund von Olomin mag endgültig zerbrochen sein, aber seine ehemaligen Mitglieder riechen Schwäche wie Haie Blut.

Sie werden sich nicht vornehm zurückhalten, wenn Achaten nicht länger mit der Macht des Maliandes auftrumpfen kann.« Kohemis hielt einen Moment inne, doch es kam kein Zweifel auf, dass er die Schlussfolgerung längst getroffen hatte. »Wenn du mich fragst, wird auch diese Schlacht nicht durch Waffen entschieden werden, sondern durch das Maliande. Genau wie bei dem Zerfall des Verbunds von Olomin. Wer es besitzt und richtig einzusetzen weiß, wird als Sieger hervorgehen. Obwohl ich mir nicht ganz sicher bin, wie Rokals Lande nach diesem Krieg aussehen wird.«

Lalevil schaute einen Augenblick lang zur Seite, als müsse sie sich sammeln. Die Worte waren von so erschreckender Klarheit, dass nicht einmal die Drachenreiterin an ihrer steten Gelassenheit festhalten konnte. Dann zog sie die Knie unters Kinn, ohne auf Kohemis' gequälten Gesichtsausdruck zu achten, als ihre dreckigen Stiefel den Sesselbezug beschmutzten.

»Badramur vertraut mir … Außerdem steht sie in meiner Schuld.« Während die Drachenreiterin sprach, mied sie den Blick der beiden Männer und redete so schnell, dass niemand sie unterbrechen konnte. Aber Kohemis war so sehr in Gedanken versunken, dass er dieses ungewöhnliche Verhalten gar nicht bemerkte. Im Gegensatz zu Tevils, bei dem es ein Kribbeln im Nacken auslöste. »Allerdings hütet sie sich davor, mit mir über das Maliande zu sprechen. Wie Maherind vermutet hat, zeigt sie sich dem Orden gegenüber schon lange nicht mehr so freimütig wie damals, als sie ihn noch für ihre Zwecke einspannen konnte. Für sie sind wir nicht mehr das entscheidende Zünglein an der Waage, keine Vermittler zwischen ebenbürtigen Partnern, die für die Sache der Menschen in Rokals Lande eintreten. Ich befürchte, wenn ich dieses Mal nach Achaten gehe, wird Badramur mir ein Angebot machen, um den Orden zu prüfen. Sie wird von uns erwarten, dass wir Stellung beziehen, dass wir uns auf ihre Seite schlagen.«

In Kohemis' grauen Augen glitzerte es, während seine Gedanken über Wege wanderten, die in die Zukunft wiesen. »Davon wird Badramur ausgehen. Sie glaubt, dass ihre Stärke und die Geheimnisse, die sie in den letzten Jahren erforscht und nicht mit uns geteilt hat, Anreiz genug sein sollten. Sie hat die eigentliche Aufgabe des Ordens nie wirklich begriffen. Das Maliande ist mehr als ein Machtinstrument. Wenn Achaten und Previs Wall auf der Magie des Westgebirges spielen werden, werden sie es erfahren.«

»Sie fehlt dir, nicht wahr?« Tevils balancierte auf dem Mauersims, während Lalevil einfach nur dastand und aufs Meer hinausstarrte.

»Wer?«

»Ach, komm schon. Wen meine ich wohl? Hat zwei Schwingen, mit denen sie die Flut vorantreiben kann, und mindestens so einen Dickschädel wie du.«

Lalevil legte den Kopf schief und grinste Tevils an. »Präae ist eine grauenhafte Nervensäge, aber ja: Ich vermisse sie. Scheint mir alles ein wenig dröge ohne sie. Obwohl ich wohl froh sein sollte, dass sie mich nicht hierher begleitet hat – Kohemis ist derartig nachtragend, wenn es um diesen alten Schuppen von einem Haus geht. Sein ständig beleidigtes Gesicht und die giftigen Seitenhiebe sind noch schwerer zu ertragen als die Abwesenheit einer gewissen Drachendame.«

»Ist doch ganz natürlich, dass man jemanden vermisst.« Tevils bemühte sich darum, gelassen zu klingen, aber der plötzlich heisere Unterton verriet ihn. »Mit der Zeit gewöhnt man sich dran. Na ja, fast …«

Lalevil nickte zustimmend und unterdrückte den Impuls, die Stimmung mit einer Zote aufzulockern. Stattdessen ging sie in die Hocke und versuchte, im Windschatten ihres Mantels Funken zu schlagen, um einen ihrer Zigarillos anzustecken. Tevils sprang von der Mauer und leistete Hilfestellung. Als die Spitze des Zigarillos rot aufglühte, setzten sie sich beide mit den Rücken an die Wand und schwiegen eine Zeit lang.

Für Tevils war dies ein perfekter Moment: die salzige Meeresluft, die sich mit dem brennenden Geruch des Zigarillos vermischte. Die schräge Rauchsäule, die Lalevil ausstieß, und die sofort vom Wind zerstäubt wurde. Lalevils Nähe, die Tevils so vertraut und aufregend zugleich erschien. Ihr Ellbogen, der immer wieder seinen Unterarm streifte, wenn sie einen weiteren Zug vom Zigarillo nahm. So könnte es immer weitergehen, dachte er träge.

»Wie war dein letzter Besuch im Tal?«, unterbrach Lalevil schließlich seine Träumerei, so dass er leicht zusammenzuckte. Zugleich wunderte er sich darüber, wie auffallend gleichgültig sie klang, gerade so, als habe sie etwas zu verbergen.

»Ich war letzten Sommer da, wie verabredet«, setzte Tevils stockend an. »Allerdings nicht, um auf den Hof zurückzukehren, sondern um zwei weitere Jahre Auszeit von meinen Pflichten zu erbitten. Zuerst dachte ich, dass ich ganz schön schlechte Karten habe, aber dann stellte sich heraus, dass auf dem Hof auch ohne meine Hilfe alles bestens läuft. Nahim und seine Schwester Anisa sind wohl ein echter Zugewinn für den guten Balam. Und dann gibt es da auch zwei neue Knechte. Na ja, Balam hat ein wenig lamentiert, aber Lehen und meine Mutter haben ihn dann recht schnell überreden können.«

»Nahim und Anisa haben sich also gut eingelebt?«, unterbrach Lalevil ihn, ehe er weiter auf das komplizierte Machtverhältnis in seiner Familie eingehen konnte. Tevils warf ihr einen fragenden Blick aus den Augenwinkeln zu, doch die Drachenreiterin war vollauf damit beschäftigt, Schmutzflecken von ihren Stiefelspitzen zu kratzen.

»Ja, denke schon«, erwiderte er abwägend. »Ist ja auch nicht schlecht, so ein Leben im Tal. Anisa fühlt sich richtig wohl, hat – wenn man dem Tratsch Glauben schenken darf – sogar eine Liebesbeziehung mit einem der Knechte, einem schweigsamen Ostler. Und Nahim … dem geht es vielleicht ein wenig wie mir: Ist irgendwie noch nicht ganz angekommen in seinem neuen Leben. Aber das wird wohl auch noch … meint Vennis jedenfalls, und der kennt Nahim ja am besten von uns allen.«

Da Lalevil keinerlei Reaktion zeigte, verstummte er für einen Moment und fragte sich, was eigentlich die Stimmung hatte umkippen lassen. Eben hatten sie noch beide in aller Freundschaft miteinander geplaudert, und plötzlich hatte sich ein Wall zwischen ihnen aufgetürmt, obwohl Lalevils Ellbogen ihn immer noch piekste.

Angestrengt dachte der junge Mann nach, womit er wieder dieses magische Grinsen auf Lalevils Gesicht zaubern konnte. »Jedenfalls hat meine Mutter darauf bestanden, mir einen ordentlichen Haarschnitt zu verpassen – und da fragen sich immer alle, wo Lehen bloß ihre verflixte Sturheit herhat. Bienem hat mich in einem fort belagert, einfach unglaublich! Mit den langen Zotteln sähe ich wie ein heruntergekommener Landstreicher aus – und das war so ziemlich das Netteste, was über ihre Lippen kam. Mann, ich hätte mich niemals von ihr überreden lassen dürfen! Aber ich Holzkopf dachte mir, das bisschen Haar wäre doch den Frieden wert. Eigentlich sollte ich meine Mutter besser kennen: Kaum bot sich die Chance, hat sie einfach alles abgesäbelt, was sie zu greifen bekam. Ich sehe noch jetzt, Monate später, wie ein Trottel aus.«

Mit einer theatralischen Geste griff Tevils sich in das dunkle Haar, dessen störrische Strähnen längst wieder seine Nasenspitze berührten und den Nacken bedeckten.

»Ich habe mich, ehrlich gesagt, schon gewundert«, sagte

Lalevil trocken, auch wenn eindeutig eine vergnügliche Note mitschwang.

Tevils nickte langsam und machte ein betrübtes Gesicht. »Wenn Bienem schon mal etwas in die Hand nimmt, dann ist sie ausgesprochen gründlich. Wahrscheinlich hat sie geahnt, dass ich in den nächsten Jahren keine Schere in die Nähe meines Kopfes lassen werde, und dachte sich: wenn schon, denn schon.«

Obwohl Lalevil die Lippen hart aufeinanderpresste, konnte sie ein glucksendes Lachen nicht unterdrücken. Tevils gestattete sich ebenfalls ein Grinsen und rutschte ein Stück mit dem Rücken an der Mauer hinab. Als er sich wieder aufrichtete, saß er wesentlich näher an Lalevils Seite als zuvor, was der jedoch nicht weiter auffiel. Das Leben war wieder schön, und den Preis, dass sie sich auf seine Kosten amüsierte, zahlte er nur allzu gern.

Mit einem Mal stieß Lalevil Tevils an, und als er zu ihr schaute, blies sie zwei Rauchringe in die Luft, die sogleich vom gierigen Wind gefressen wurden. Dann formte sie noch einen weiteren Ring mit ihren sinnlichen Lippen, und dieses Mal gelang es Tevils, ihn mit der Hand einzufangen, bevor er sich in Luft auflöste. »Der gehört mir«, sagte er und zeigte Lalevil die geschlossene Faust. »Mehr bekomme ich von deinen Zigarillos schließlich nicht ab. Ganz schön geizig, Drachenreiterin.«

»Du kannst gern die Asche haben, wenn du willst.«

»Nicht nur geizig, sondern auch bösartig.«

»Kann sein«, erwiderte Lalevil kühl. »Wahrscheinlich ist deshalb auch dieser verfluchte Achaten-Job von allen im Orden an mir hängen geblieben. An mir, der herzlosen Kreatur, die weder Skrupel noch Mitleid kennt.« Lalevil brach in ein wildes Gelächter aus, in das Tevils, eine Spur verunsichert, einstimmte. Fragend sahen seine Augen in ihre Miene, und er hatte das Gefühl, als würde ihm etwas Wesentliches entgehen.

»Drachenmist, ich hasse dieses verrottete Westgebirge!«, schimpfte Lalevil und schabte dabei mit der Stiefelspitze über den steinigen Boden. »Das habe ich Maherind auch gesagt. Nicht, dass ihn meine Meinung sonderlich interessieren würde. Dieser Drecksfelsen von Achaten raubt mir die Luft zum Atmen, und Badramur, diese machtgeile alte Hexe, sieht mich an, als wäre ich eine Art Spiegelbild, eine jüngere Ausgabe ihrer selbst. Badramur will mich, hat Maherind gesagt, er brauche ihr erst gar nicht jemand anderen zu schicken. Aber ich bin nicht so wie Badramur, ich habe ein Herz.«

Lalevil warf Tevils einen brennenden Blick zu, so dass er unwillkürlich zu nicken begann. Doch schon im nächsten Moment grinste sie wieder breit, und ihre Augen funkelten hinterlistig. Sie verpasste dem jungen Mann einen festen Schlag gegen die Schulter und schüttelte den Kopf, als könne sie nicht glauben, dass er den Auftritt eben ernst genommen hatte.

»Nun mach dir nicht gleich in die Hosen, du gutgläubige Seele«, sagte sie abwiegelnd. »So ein kleiner dramatischer Ausbruch von Zeit zu Zeit muss einfach mal sein. Die Nummer habe ich auch Maherind vorgeführt, hat ihn allerdings weitaus weniger beeindruckt als dich. Unser alter Herr und Meister hat sich nicht einmal die Mühe gemacht, von seinem Bra-Spiel aufzublicken, während er mich abgefertigt hat. Ich solle nicht jammern, sondern tun, was die Stunde gebietet, hat er gesagt. Ein echter Menschenfreund.«

Tevils versuchte sich an einem lockeren Grinsen. »Klingt irgendwie nach Kohemis.«

»Ja, die beiden sind wahre Brüder im Geiste. Kein Verständnis für uns zarte Seelen.«

Lalevil legte sich die Hand auf die Brust und heuchelte

Empörung, woraufhin Tevils ihr ebenfalls heuchlerisch das Knie tätschelte, bis sie es mit einem genervten Stöhnen wegzog. Trotzdem konnte er sich des Eindrucks nicht erwehren, dass sich hinter all dem Lachen und Schauspielern ein Fünkchen Wahrheit verbarg, obwohl er sich nicht erklären konnte, was einer Frau wie Lalevil zu schaffen machen konnte. Undenkbar, dass es jemandem gelingen sollte, an diesem undurchdringlichen Panzer aus Selbstsicherheit zu kratzen.

»Warte mal, ich habe eine Idee«, unterbrach Lalevil seinen Gedankengang, um dann selbst in nachdenklichem Schweigen zu versinken. Sie schaute ihn durchdringend an, und er konnte sehen, wie ihre Zungenspitze vor lauter Konzentration den unteren Rand ihrer sinnlich aufgeworfenen Lippe entlangfuhr.

Für einen kurzen Moment wurde Tevils in einen Sog gerissen, den er in den letzten Monaten eigentlich unter Kontrolle geglaubt hatte. Wie aus großer Entfernung bemerkte er, wie sein Mund aufklappte und einen sehnsüchtigen Seufzer entließ. Augenblicklich gesellte sich eine tief empfundene Scham hinzu, die sich auf eigentümliche Weise mit der Erregung vermischte. Als Tevils sich wieder einigermaßen im Griff hatte, stellte er erleichtert fest, dass Lalevil offensichtlich nichts von dem Moment purer Triebhaftigkeit mitbekommen hatte. Obwohl der Blick direkt auf ihn gerichtet war, starrte sie durch ihn hindurch, was Tevils in seiner Männlichkeit kränkte. Da verzehrte er sich unübersehbar nach ihr – genauer gesagt, nach ihren vollen Lippen –, und sie bekam nichts von all dem mit.

Stattdessen spann Lalevil den aufgenommenen Faden weiter: »Ich würde Präae gern noch einmal sehen, bevor ich allein ins Westgebirge reise. Könnte mir gut einen kleinen gemeinsamen Ausflug vorstellen, bevor ich für die nächsten Monate in dieser verfluchten Burgfeste hocke und versuche,

Badramur zu besänftigen und gleichzeitig auszuhorchen, nur unterbrochen von Momenten, in denen ich mich mit degenerierten Elben herumschlagen muss. Falls du also eine dringende Nachricht für deine Familie hättest, könnten die Drachendame und ich das Tal besuchen. Würde ich gern für dich machen. Da hat Maherind sicherlich Verständnis für.«

Tevils zog verwirrt die Stirn kraus. »Nun ja, eigentlich bin ich ja gerade erst im Westend gewesen …«

Lalevil verdrehte die Augen und schnipste Tevils gegen die Stirn, so dass er für einen Augenblick Sterne aufleuchten sah. »Na, dann bringe ich deiner Familie halt einen Strauß aus Heidekraut zusammen mit deinen besten Grüßen vorbei und berichte ihnen, dass du den Winter über an Vennis' Seite in Previs Wall verbringen wirst. Sie werden gewiss stolz sein, wenn sie hören, dass du dich in den nächsten Monaten in hoher Diplomatie üben darfst. Damit hat bei dir altem Berserker bestimmt niemand gerechnet, was?« Als der Junge immer noch keine Anstalten machte, auf ihr Angebot einzugehen, griff Lalevil sich eine Handvoll von Tevils widerspenstigem Haar und rüttelte fest daran, bis dieser aufjammerte. »Und wenn du den Norden von Rokals Lande besuchst, vergiss ja nicht, das NjordenEis, meine alte Heimat, von mir zu grüßen, du Schafskopf! Die Frauen dort werden dir gefallen, die wissen, wie man sich inmitten eines Eissturms warm hält.«

Kapitel 8

In den frühen Morgenstunden hatte der Wind gedreht und jagte nun eine weitere Woge von Frost aus dem Njorden-Eis herüber. Als Maherind durch die von Fackellicht spärlich beleuchteten Gänge schritt, bereute er es bereits, das warme Bett verlassen zu haben. Diese schneidende Kälte und die immer gegenwärtige Zugluft auf der Nordseite der Residenz von Previs Wall waren einfach nichts mehr für seine alten Knochen.

Trotzdem konnte Maherind ein Lächeln nicht unterdrücken. Ja, seine Knochen mochten allmählich morsch werden, aber sein Geist hatte sich in den letzten Monaten so jung und begierig gefühlt wie schon seit einer Ewigkeit nicht mehr. Die Geschichte von Rokals Lande mochte gerade auf den Kopf gestellt werden, und um ihn herum herrschte eine Phalanx der kummervollen Gesichter, doch ihn belebte das Durcheinander. Da mochte das Haus an der Steilküste noch so mit Frieden und Ruhe locken, augenblicklich hätte er seine Seele dafür gegeben, weiterhin im Zentrum des Geschehens zu stehen.

Ein Anflug von schlechtem Gewissen suchte Maherind heim, als seine Gedanken das Haus am Meer streiften. Für einen Augenblick trübten sich all die komplizierten Pläne und Ideen ein, die ihm ansonsten den ganzen Tag lang durch den Kopf gingen. Du bist ein alter Kerl, der unfähig ist loszulassen, flüsterte das schlechte Gewissen. Ein alter halb blinder Bursche, der einfach nicht erkennen will, dass es an der Zeit ist, die Bühne zu verlassen und nach Hause zu gehen.

Doch wie so oft hielt das schlechte Gewissen nicht lange an: Maherind schüttelte sich kurz und richtete sich wieder zur vollen Größe auf. Na, dann würde man ihn halt von der Bühne heruntertragen müssen. Und solange sich seiner Aufgabe niemand anderes aus dem Orden gewachsen fühlte, war seine Zeit noch nicht abgelaufen. Außerdem würde Kohemis auch morgen noch mit schlechter Laune durch das Haus an der Klippe stolzieren.

Obwohl ihm der Wind mit eisigen Klauen die Kapuze vom Kopf zu reißen drohte und den weiten Mantel aufblähte wie ein Segel, huschte er über die Außenbalustrade, bis er die Nordterrasse der Residenz erreichte. Dort suchte er sich eine geschützte Ecke und blickte in Richtung Norden.

Die Residenz, die über der Hafenstadt thronte und die von der Stadtbevölkerung gewählte Doppelspitze beherbergte, war ein uraltes Gemäuer mitten auf der einzigen Bergspitze, die aus den abgeflachten Ausläufern des Gebirges hoheitlich herausragte. Anhand der Residenz ließ sich die abwechslungsreiche und lange Geschichte von Previs Wall ablesen: Unzählige Generationen hatten den Räumen, Innenhöfen, den Balkonen und Schutzwällen den jeweils eigenen Stempel aufgedrückt, ohne jedoch die Spuren ihrer Vorgänger auszulöschen. In Previs Wall war man stolz auf seine Geschichte – auf eine Geschichte voller Einigkeit und Stärke. Außerdem hatten sich damals in dieser breiten Bucht die ersten über den östlichen Ozean kommenden Menschen angesiedelt. Man brüstete sich gern damit, dass die Geschichte der Menschen in Rokals Lande hier ihren Anfang genommen hatte. Dabei vergaß man nur allzu geflissentlich, dass das Volk der Njordener schon lange Zeit davor, mit Harpunen bewaffnet, auf Schollenbullen Jagd gemacht hatte. Aber die Njordener unbeachtet zu lassen war in Previs Wall ohnehin schon längst zu einer gepflegten Tradition geworden.

Der Horizont bestach an diesem Morgen mit einer fast schneidenden Klarheit. Die Sonne war bereits so hoch aufgestiegen, dass sie die Gebirgsausläufer und die dahinter liegenden Weiten des NjordenEises mit rosafarbenem Licht überflutete. Überwältigt von diesem Anblick stand Maherind noch da, als das einschmeichelnde Licht sich längst in ein Gleißen verwandelt hatte, das die Augen zum Tränen brachte.

»Guten Morgen, mein Freund. Da hast du dir aber ein lauschiges Plätzchen für deine erste Pfeife des Tages ausgesucht.«

Maherind mühte sich gerade ab, den Tabak im Pfeifenkopf anzustecken, als Vennis sich zu ihm gesellte. Zwischen seinen in Wollhandschuhen verpackten Händen hielt dieser einen dampfenden Tonbecher.

»Heißer Met?«, fragte Maherind hoffnungsfroh. Seine Nase war so kalt, dass er den verströmenden Duft des Getränks nicht auf Anhieb erraten konnte.

Unter Vennis' dichten Bartflechten zeichnete sich ein Lächeln ab. »Ich muss dich enttäuschen: Es ist nur Holunderbeersaft. Möchtest du trotzdem einen Schluck, um dich aufzuwärmen?«

Doch für dieses Angebot hatte Maherind lediglich ein Schnaufen übrig und zündelte lieber weiterhin am Pfeifenkopf herum. Kaum glühte der Tabak, zog er einige Male eifrig an der Pfeife. Erleichtert atmete Maherind aus. Dann schielte er zu Vennis hinüber, der ruhig neben ihm stand und die Aussicht genoss.

In den letzten Jahren hatten sich unzählige graue Strähnen durch das einst dunkelbraune Haar gezogen, und auch um die Augen herum hatten die Falten an Schärfe gewonnen. Doch im Gegensatz zu vielen anderen Männern seines Alters hatte Vennis' Erscheinung nichts an Kraft eingebüßt. Nur in seinem

Blick verbarg sich eine Müdigkeit, die die lebenslange Sehnsucht nach Ruhe verriet.

Maherind kannte Vennis seit dieser ein Kind gewesen war, hatte ihn selbst ausgebildet und ihn später auch als Freund schätzen gelernt. Deshalb wusste er vielleicht besser als jeder andere, wie sehr Vennis unter dem sich abzeichnenden Krieg zwischen den beiden bedeutendsten menschlichen Bastionen von Rokals Lande litt. Eigentlich hätte er ein einträchtiges Leben in Montera führen sollen. Aber seine Familiengeschichte und das ausgeprägte Verantwortungsgefühl hatten ihn einen anderen Lebensweg beschreiten lassen. In den letzten Jahren war Vennis' ganze Hoffung darauf ausgerichtet gewesen, dass die Menschen von Rokals Lande sich zu einer blühenden Gemeinschaft entwickeln würden, wenn die Vorherrschaft des Verbunds von Olomin erst einmal gesprengt wäre. Dass die Scherereien damit erst einen Anfang nehmen würden, war nicht vorherzusehen gewesen.

Vennis hatte den leeren Becher vor seinen Füßen abgestellt und die Hände in den Manteltaschen verschwinden lassen. Nun ärgerte sich Maherind doch ein wenig darüber, dass er das Angebot, einen Schluck zu nehmen, abgelehnt hatte – die Kälte hatte seine Füße und Hände bereits fest im Griff und drohte, sich nun auf den restlichen Körper auszubreiten.

Vennis bemerkte Maherinds Unwohlsein und legte abwägend die Stirn in Falten. Dann entschloss er sich, den Grund für den morgendlichen Spaziergang seines alten Lehrmeisters aufzudecken: »Verbirgt sich ein Geheimnis dahinter, dass du ausgerechnet auf dieser stürmischen Seite der Residenz ausharrst oder willst du dich schon einmal auf den Disput mit der Botschafterin aus dem NjordenEis einstellen?«

»Was weißt du über das NjordenEis?«

Vennis warf Maherind einen Blick aus den Augenwinkeln zu, als wolle er sichergehen, dass die Frage auch wirklich ernst gemeint war. Doch Maherind schaute ihn so offen und neugierig an, als wäre er tatsächlich auf die Antwort gespannt. Trotzdem seufzte Vennis missmutig, bevor er zu einer Antwort ansetzte.

»Ewiges Eis, das sich, je weiter man in Richtung Norden vordringt, zu immer höheren Schichten auftürmt, so dass man schon fast von Berghängen sprechen könnte. Das NjordenEis ist eine Schneewüste, karg und unwirtlich.« Nachdenklich hielt er einen Moment inne. Der Norden des Landes berührte ihn nach wie vor auf unvergleichliche Weise: Vor langer Zeit hatte sich seine Mutter mit ihrer Familie auf den Weg vom NjordenEis in den Süden nach Montera aufgemacht. Der Grund, weshalb sich seine Familie damals entschlossen hatte, fortzugehen, hatte niemals die Lippen seiner Mutter passiert. Obwohl sich Vennis stets dem Heimatland seines Vaters – Montera – verbunden gefühlt hatte, löste das NjordenEis einen seltsamen Schauer aus, der ihm verwirrend fremd und wunderschön zugleich erschien.

Als er vor einigen Jahren mit Nahim von einer Reise durch den Norden in der Residenz eingekehrt war, hatte Nahim ihm vor dem heruntergebrannten Kaminfeuer mit leiser Stimme gestanden, dass allein der Anblick des irisierenden Eises einen Ton in ihm zum Klingen gebracht hatte, den er kaum zu beschreiben vermochte. Vennis hatte den Versuchen des jungen Mannes gelauscht, ohne einzugestehen, dass er ähnlich empfand.

Betreten fuhr Vennis sich mit der Zunge über die Lippen, die im Nu von Raureif überzogen wurden. »Ehrlich gesagt, habe ich mich stets darüber gewundert, dass sich das ganze Volk der Njordener nicht schon vor Urzeiten auf die Suche nach wärmeren Gefilden begeben hat. In diesem Landstrich auszuharren und solch ein entbehrungsreiches und gefährliches Leben zu führen, wo doch Rokals Lande milde Ge-

genden wie Montera zu bieten hat … Und das einzig Besondere, was das ewige Eis hergibt, ist für das Volk der Njordener doch vollkommen wertlos: Goldenen Staub kann man nicht essen, und er wärmt einen auch nicht. Man ist so machtlos und unbedeutend, dass man für den Goldenen Staub nicht einmal einen Tropfen Maliande als Gegenwert einfordern kann.«

»Ich habe bei meinen Reisen ins NjordenEis nie das Gefühl gehabt, die Menschen dort würden ihr Leben als entbehrungsreich betrachten«, wendete Maherind ein. »Wenn man ihren Sagen Glauben schenken darf, dann hat das Eis die Njordener selbst erschaffen. Kein Wunder, dass die Siedler aus dem Osten lange Zeit behauptet haben, die Njordener gehören nicht wirklich dem Menschengeschlecht an, sondern seien Eissplitter, denen die Magie von Rokals Lande Leben eingehaucht habe.«

An diesem Punkt unterbrach Maherind seine Überlegungen, da sie Vennis merklich unangenehm waren. Obwohl das Blut der Njordener in seinen Adern schon verwässert war, konnte Vennis Andeutungen, nicht dem Menschengeschlecht anzugehören, nur schwer ertragen. Im Gegensatz zu seiner verstorbenen Schwester Negrit hatte er sich von Kindheit an in Montera heimisch gefühlt und die Magie, die Rokals Lande zu bieten hatte, wie die meisten Menschen mit Argwohn betrachtet.

Maherind hielt sich beide Hände wie einen Trichter vors Gesicht und blies kräftig hinein. Die warme Luft kribbelte auf der ausgekühlten Haut seiner Wangen. Als die Kälte einen Atemzug später umso beißender zurückkehren wollte, zog er die Kapuze kurzerhand noch tiefer ins Gesicht, auch wenn er dadurch nichts mehr sehen konnte. Aber seine Sicht war ohnehin bestenfalls trübe, und er wollte noch nicht ins warme Innere der Residenz zurückkehren.

»Weißt du, was ich mich frage, wenn ich ans Njorden-

Eis denke, Vennis?« Die Stimme des alten Mannes klang mit einem Mal fast entrückt. »Warum sich die Drachen in diesen Teil von Rokals Lande zurückgezogen haben. Von allen Wesen sind die Drachen doch am ehesten diejenigen, die im Westgebirge heimisch sein dürften. Denn niemand anderes ist der alten Magie, die dort tief im Inneren schlummert, anverwandter.«

»Drachen«, stöhnte Vennis gequält. Er hatte Maherinds Leidenschaft für diese fliegende Plage nie wirklich nachvollziehen können. Natürlich wusste er – wie jeder andere auch – ihre atemberaubende Schönheit zu schätzen. Und er war auch dankbar dafür, dass solch erhabene Geschöpfe existierten, selbst wenn sie mit ihrer Neugier und überschäumenden Magie weder vor Menschen noch vor deren Werken zurückschreckten. Im Gegensatz zu seinem Lehrmeister sah Vennis in den Drachen eine Macht, die sich jeglicher Kontrolle entzog. »Du denkst also über Drachen nach«, hakte Vennis nach und versuchte, einen Blick auf Maherinds Gesicht zu erhaschen. Doch die tief heruntergezogene Kapuze versperrte ihm die Sicht.

»Eigentlich denke ich über die Magie von Rokals Lande nach«, erwiderte Maherind und zupfte sich gedankenversunken am Bart. »Darüber, dass die Magie nicht das willige Werkzeug ist, für das sie immer gehalten wird. Wie die Dinge momentan liegen, wäre es albern zu leugnen, dass das Maliande in Menschenhand eine Wandlung herbeiführt, die eine Auswirkung auf das ganze Land hat. Aber ich weiß nicht, woran es liegt und wohin es führen könnte. Orks denken, Drachen lauschen, Menschen wandeln … Wohin will das Maliande Rokals Lande führen?«

»Das klingt beinahe so, als wäre das Maliande eine Person mit einem eigenen Willen, die Pläne schmiedet.« Eigentlich hatte Vennis spöttisch klingen wollen, doch die Worte kamen fragend über seine Lippen.

Ehe Maherind etwas erwidern konnte, riefen die Fanfaren zur Zusammenkunft am Vormittag auf. Die beiden Männer zuckten zusammen, derartig vertieft waren sie in ihr Gespräch gewesen. Maherind hatte sich als Erster wieder in der Gewalt, tätschelte dem jüngeren Mann die Schulter und wandte sich zum Gehen.

»Es ist auch wirklich an der Zeit, ins Warme zurückzukehren«, nuschelte er in seinen Bart hinein, der von glitzernden, gefrorenen Wassertropfen durchwirkt war. »Meine Finger sind so taub vor Kälte, dass es mir kaum gelingen dürfte, die Pfeife zu stopfen. Außerdem muss ich unbedingt noch der Küche einen Besuch abstatten, bevor ich mich einer lautstarken Kontroverse zwischen der Doppelspitze und der NjordenEis-Botschafterin aussetze.«

An diesem Vormittag traf man sich in einem der kleineren Säle der Residenz, dessen Herzstück ein wuchtiger Marmortisch war. Bei seinem Anblick bekam Vennis eine Gänsehaut, denn die Kälte des Steins biss erfahrungsgemäß selbst durch dicht gewebten Stoff. Notfalls würde er während der gesamten Verhandlung mit verschränkten Armen dasitzen und hoffen, dass diese Körperhaltung nicht als Unhöflichkeit abgeurteilt wurde.

Ansonsten verwöhnte der Saal die Augen seiner Gäste im Übermaß: Die hohen Steinwände waren mit dunkelroter Seide ausgeschlagen, in die goldene Schriftzüge gestickt waren. Vennis kannte die Schrift zwar nicht, aber ihre klare, großzügige Weise sagte ihm zu. Auf der einen Seite des Raums hingen dicht an dicht Gemälde, die Schiffe auf See oder schlicht das offene Meer zeigten. Auf Fenstersimsen, Tischchen und Kommoden waren Zeugnisse des weitreichenden Einflusses der Hafenstadt Previs Wall angeordnet. Alles wirkte ganz ohne Hintergedanken arrangiert, als wisse man einfach nicht, wo man die Fülle an fremdländischen Schätzen ansonsten unterbringen sollte. Doch Vennis wusste es besser: Hier in der Residenz war man durchaus darauf bedacht, seine Macht und seine Verbindungen bei jeder sich bietenden Gelegenheit zu demonstrieren. Besonders in letzter Zeit, wo Achaten sich zu einem ernst zu nehmenden Herausforderer aufschwang, hatten derlei Selbstversicherungen in einem fast schon lächerlichen Maße zugenommen.

Zu seiner Erleichterung hatte Vennis den Saal als Erster betreten – nur drei zurückhaltende Bedienstete standen neben dem Büfett. Doch hinter sich hörte er bereits den Widerhall von Stiefeln. Hastig positionierte er sich vor einem Beistelltisch und gab vor, ein Kaleidoskop aus Messing zu bewundern, in dem sich unzählige Edelsteine zu immer neuen Mustern zusammensetzten.

In seinem Rücken füllte sich bereits der Raum, als sich plötzlich jemand zu ihm gesellte und schweigend verharrte. Gezwungen, seine Selbstversunkenheit aufzugeben, räusperte sich Vennis.

»Ein schönes Stück, gewiss aus Übersee«, sagte Kijalan leichthin.

Die Botschafterin aus dem NjordenEis bemühte sich stets darum, den leichten Plauderton, der in der Residenz vorherrschte, zu imitieren. Doch er passte weder zu ihrer rauchigen Stimme noch zu dem angespannten Ausdruck, der stets auf ihrem Gesicht lag. Sie wirkte immer so, als beschäftige sie sich mit etwas viel Dringlicherem. Und wahrscheinlich war dem auch so.

Mit einem zustimmenden Brummen reichte Vennis ihr das Kaleidoskop, und sie blickte eine Zeit lang hindurch.

»Man muss hieran drehen«, erklärte Vennis schließlich und führte Kijalans Finger an die richtige Stelle. Ihre Haut fühlte sich rau und kühl an. Er zog seine Hand so rasch zurück, als habe er sich verbrannt. Von allen Teilnehmern dieser Versammlung war Kijalan die Person, mit der er am wenigsten zu tun haben wollte.

»Ah, ich sehe. Das Bild verändert sich. Wirklich sehr schön.«

Sie schenkte ihm ein Lächeln, das Vennis nicht erwiderte. Stattdessen musterte er ihre hageren Gesichtszüge, die von einem feinen Spinnennetz aus Falten überzogen waren. Ihr schwarzes Haar war zu einem buschigen Zopf geflochten, und die mandelförmigen Augen schlossen sich beim Lächeln fast. Bevor Vennis sich's versah, hatte sich das Gesicht seiner Mutter Whelis vor sein geistiges Auge geschoben, und seine Lippen verzogen sich so unvermittelt zu einem warmen Lächeln, dass er nicht dagegen ankam.

Als hätte sie auf dieses Zeichen gewartet, legte Kijalan ihm eine Hand auf den Unterarm und sagte: »Wir Njordener können doch wohl davon ausgehen, dass der Orden unsere Rechte genauso sorgfältig im Auge behält wie die von Previs Wall? Unser Rat war sehr beunruhigt darüber, dass Lalevil gerade in solch unruhigen Zeiten nach Achaten geschickt worden ist. Wir befürchten – wohl nicht zu Unrecht – noch weiter ins Abseits gedrängt zu werden.«

Vennis hörte, wie sein Kiefer knackte. Bestimmt konnte er Kijalans Bedenken verstehen, aber sie schien im Gegenzug seine Aufgabe als Ordensmitglied nicht zu begreifen. Nur weil seine Mutter ihm die Gesichtszüge der Njordener mit auf den Lebensweg gegeben hatte, machte ihn das nicht zu ihrem Fürsprecher. Und genau diese Rolle versuchte Kijalan, ihm bei jedem Zusammentreffen überzustülpen.

»Ich glaube nicht, dass Lalevil es als ihre Aufgabe angesehen hätte, hier als zweite Botschafterin von NjordenEis aufzutreten«, sagte Vennis schärfer als beabsichtigt.

Langsam zog Kijalan ihre Hand von seinem Arm zurück.

Für einen Augenblick blitzte die erfahrene Demütigung in ihren Augen auf, und Vennis bereute sogleich seine Grobheit. Aber in Kijalans Gegenwart fühlte er sich wie ein Junge, der sich mit aller Gewalt dagegen stemmte, wie einer behandelt zu werden.

Wie so oft in der letzten Zeit wünschte Vennis sich, dass Nahim da wäre. Ein Freund, mit dem man sich in einer ruhigen Ecke austauschen konnte. Ein Sohn, der die Aufgaben übernahm, für die es einem selbst allmählich an Kraft und Glauben mangelte. Die Erinnerungen an seinen letzten Besuch im Tal waren noch frisch genug, um ihm zuzusetzen: Nahim hatte einen verlorenen Eindruck gemacht, während die Frau, für die er sein bisheriges Leben aufgegeben hatte, sich schlichtweg unnahbar und in raren Momenten dann doch wieder sehr hingewandt gezeigt hatte. Dabei hatte er Lehen als alles andere als unausgeglichen in Erinnerung gehabt. Es war gerade so, als wisse sie einfach nicht, ob sie Nahims Nähe überhaupt ertrug. Wenn Vennis es richtig sah, waren die Wunden, die sie ihrem Liebsten zugefügt hatte, mittlerweile zu tief, als dass sie leicht zu heilen wären. Doch als Vennis Nahim beiseitegenommen hatte, um der Sache auf den Grund zu gehen, hatte der junge Mann nur abgewiegelt und ein störrisches Gesicht aufgesetzt. Diesen Gesichtsausdruck hatte Nahim dann auch bis zu Vennis' Abreise nicht mehr abgelegt.

Die Erinnerung daran ließ Vennis kurz die Augen zusammenpressen, als habe er einen schmerzenden Stich erfahren. Es sah ganz so aus, als ob Nahim und er beide in eine Lage geraten waren, die an ihrer Substanz zehrte. Der Gedanke, dass Tevils jeden Tag in Previs Wall erwartet wurde, machte dieses Sehnen nur bedingt erträglicher, auch wenn er den Jungen wegen seiner Unbeschwertheit gern um sich hatte.

Bevor Kijalan sich ob seines ungebührlichen Schweigens abwenden und zur Runde am Marmortisch gesellen konnte, griff Vennis sie am Ellbogen. Zu seiner Überraschung blickte sie ihn geradewegs an.

»Aus Sicht des Ordens ist das NjordenEis weder unbedeutend noch erwarten wir, dass sich die Njordener der Willkür von Previs Walls unterwerfen«, sagte Vennis mit einer Ruhe, die er noch vor einigen Momenten für unmöglich gehalten hätte. »Der Orden steht seit jeher für ein gleichberechtigtes Miteinander unter den Menschen ein, aber wir sind darauf angewiesen, dass man uns anhört. Sollte sich die Doppelspitze unseren Anmerkungen verschließen, bleiben uns kaum Möglichkeiten der Einflussnahme. Unsere Aufgabe ist mindestens so schwierig wie die deine, Kijalan.«

Die Botschafterin musterte Vennis eindringlich, dann nickte sie kaum merklich. »Ich weiß«, sagte sie mit ihrer tiefen Stimme, und obwohl sie leise sprach, klang es, als würden zwei Eisschollen aufeinanderprallen. Eine fremde Stimme in den Mauern der Residenz, in der rauschende Feste gefeiert wurden und ein Hofstaat beheimatet war, dessen komplexes Regelwerk das Miteinander in der größten Hafenstadt von Rokals Lande repräsentierte. Obgleich man von den Balustraden der Residenz aus das NjordenEis sehen konnte, war man doch weit entfernt vom ewigen Eis.

Das feine Klingen eines Gongs brachte die allgemeine Unterhaltung im Saal zum Erliegen.

»Wir wollen uns heute mit der Frage auseinandersetzen, inwiefern ein Handelsembargo gegen Achaten von Interesse wäre«, eröffnete Narcassia die Versammlung, an der nur eine ausgewählte Gruppe von Repräsentanten teilnahm.

Während Vennis zu seinem Platz eilte, stellte er mit einem Lächeln fest, dass eine imposante Erscheinung fehlte, und er fragte sich, ob es wohl viele Schwierigkeiten bereitet hatte, den Repräsentanten von Achaten anderweitig zu beschäftigen. Vor wenigen Tagen war Bolivian mit einer schmalen Ladung Maliande eingetroffen und hatte sich gar nicht erst die Mühe gemacht, den offenkundigen Betrug zu beschönigen. Allein dass Badramur ihn geschickt hatte, zeigte, dass die Auseinandersetzung zwischen Achaten und Previs Wall zügig vorangetrieben werden sollte.

Als er sich setzte, fiel Vennis auf, dass noch ein weiterer Platz verwaist blieb: Osanir, der andere Part der von der Bürgerschaft gewählten Doppelspitze, hatte sich offensichtlich entschuldigen lassen. Allerdings hatte Vennis bereits am Frühstückstisch das Gerücht gehört, dass es zur späten Stunde noch zu einer Auseinandersetzung zwischen den beiden ungleichen Machtinhabern Narcassia und Osanir gekommen sei. Nur allzu gern hätte Vennis hierzu Maherind befragt, doch dieser hatte anscheinend seinen Streifzug durch die Küche noch nicht abgeschlossen.

Mit einer konzentrierten Geste strich sich Narcassia das kupferfarbene Haar hinter die Ohren. Dann stemmte sie sich mit den Fingerknöcheln auf dem Marmortisch ab und ließ ihren Blick über die Anwesenden wandern. Obwohl sie für ihre Position recht jung war und dies durch ihren zierlichen Körperbau betont wurde, verfügte sie über Charisma, so dass selbst alte Haudegen andächtig an ihren Lippen hingen. Anders wäre die erfolgreiche Zusammenarbeit mit einem Hitzkopf wie Osanir wohl auch kaum möglich gewesen.

»Nun«, setzte Narcassia schließlich ihre Rede fort. »Es wird mir wohl jeder in diesem Saal hier zustimmen, dass es an der Zeit ist zu handeln. Es braucht wohl keinen weiteren Beweis, dass Achaten entschlossen ist, unsere Grenzen auszutesten. Manche von uns mögen sagen, sie seien bereits überschritten. Wahrscheinlich haben sie damit Recht. Aber Osanir und ich haben uns trotzdem darauf geeinigt, Achaten zunächst auf politischem Wege vor Augen zu führen, wie es seine Position in Rokals Lande einzuschätzen hat: Wir werden die Ausfuhr von Goldenem Staub so lange unterbinden, bis Achaten das uns schuldige Maliande nachgeliefert hat. Außerdem werden wir den gesamten Seehandel mit Sahila so lange einschränken, bis der Süden verbindlich Stellung zu uns bezogen hat. Leider war der Botschafter von Sahila vor einigen Tagen aus privaten Gründen gezwungen, übereilt nach Hause abzureisen, so dass eine Stellungsnahme Sahilas offensichtlich erst einmal auf sich warten lassen wird.«

Die kleine Sprechpause, die Narcassia kunstvoll einlegte, verdeutlichte überaus klar, wie sie diese Abreise des Botschafters einschätzte: Sahila – und mit ihm Montera, wie Vennis bekümmert dachte – würde versuchen, auf Zeit zu spielen, und die Doppelspitze von Previs Wall war nur bedingt gewillt, dieses Verhalten zu tolerieren.

Mit einer bedächtigen Bewegung führte Narcassia einen Silberpokal an die Lippen, und die angespannte Atmosphäre im Saal breitete sich merklich aus. Während sie einige Schlucke nahm, heftete sich ihr Blick auf Kijalan, deren Unruhe mit jedem gefallenen Wort gestiegen war. Trotzdem zögerte die Botschafterin nicht, den Blick zu erwidern. »Bleibt uns also die Frage, ob das Volk des NjordenEises mit unseren Plänen übereinstimmt.«

Kijalan gab gar nicht erst vor, über diese unverblümt gestellte Frage lange nachdenken zu müssen. »Kommt darauf an, wie Previs Wall uns die Ausfälle entlohnen will. In den letzten Jahren ist der Handel mit dem Goldenen Staub für unser Volk von großer Wichtigkeit geworden. Viele Familien haben sich deshalb niedergelassen – so etwas hat es in der Geschichte unseres Volkes zuvor noch nie gegeben, denn wir sind ein Nomadenvolk. Das Eis zwingt uns dazu. Schon bald wird erneut die Dunkelheit anbrechen und wenn sich die Familien dann nicht auf das Eis zurückziehen, sind sie auf die Güter aus Previs Wall angewiesen. Bislang war das ja kein Problem. Wenn aber der Erlös des Goldenen Staubs ausbleibt, werden diese Familien in große Bedrängnis geraten. Die Frage ist also: Wie steht Previs Wall zu dieser Verantwortung?«

Der leblose Ausdruck, der Narcassias feine Züge beherrschte, grenzte fast an eine willentliche Zurückweisung, so wenig schien sie dieses Thema zu berühren. »Was die Versorgung des Teils deines Volkes anbelangt, das sesshaft geworden ist, um Goldenen Staub zu bergen, so sehe ich da eigentlich kein Problem. Ich denke, wenn sich die Njordener zu einigen Zugeständnissen bereit erklären würden, ließe sich hier eine Lösung finden.«

»Was meinst du mit Zugeständnissen?«, fragte Kijalan. Dabei verriet die Art, wie sie sich angriffslustig über den Marmortisch lehnte, dass sie sich sehr gut denken konnte, wovon Narcassia sprach. Offensichtlich kamen sie endlich an den Punkt, den die Botschafterin befürchtet hatte.

Narcassia gab sich überrascht. »Die Gespräche, dass Previs Wall gern an den Schürfrechten beteiligt wäre, führen wir doch schon länger. Und angesichts Achatens ausufernden Machthungers wäre es das Klügste, wenn sich das NjordenEis unter unser Banner stellen würde.«

»Du schlägst uns doch nicht ernsthaft vor, unsere Selbstständigkeit aufzugeben, damit Previs Wall sich zur stärksten Macht in Rokals Lande aufschwingen kann?«

»Kijalan, wir wissen beide sehr genau, dass dein Volk auf uns als Handelspartner angewiesen ist. Was bringt euch der ganze Goldene Staub, wenn ihr niemanden findet, der ihn euch abnimmt?« Narcassia wirkte so kalt, dass Vennis nicht umhinkonnte, sie verblüfft anzusehen. Gewiss war die junge Würdenträgerin dafür bekannt, sich nicht sonderlich für die Rechte des NjordenEises zu interessieren, wenn es um ihren eigenen Vorteil ging. Aber mit dieser unterschwelligen Drohung überspannte sie den Bogen deutlich.

Bevor Kijalan zu einer Antwort ansetzen konnte, flog die Tür auf, und Maherind schlüpfte an einem wild gestikulierenden Bediensteten vorbei. Mit forschen Schritten hielt er auf seinen Platz in der Runde zu.

»Ich muss mich entschuldigen«, sagte Maherind, in dessen Bart sich Soßentropfen verfangen hatten, die er nachlässig mit einer Serviette bearbeitete. »Hoffentlich habe ich nichts verpasst?« Dann wanderte sein Blick in Richtung Kijalan, deren Wangen vor Zorn mit roten Flecken übersät waren. »Nein«, sagte er trocken. »Offensichtlich ist hier alles so abgelaufen, wie ich es erwartet habe.«

Kapitel 9

Der Wind war schneidend, durchsetzt mit winzigen Eiskristallen, die sich in Aelaris' bloße Haut bohrten und sie mit einer kristallinen Schicht überzogen. Doch er scherte sich nicht um die Taubheit, die mit der Kälte einherging, genauso wenig wie um seine aufgepeitschten Haarsträhnen, die immer noch nach Kerker stanken und die sich in den Wimpern verfingen und ihm die Sicht raubten. Warum sollte es auch?

Die Übergabe fand auf einem Plateau im Grenzgebiet zwischen den Weißen Celistiden und den Gahariren statt, zerklüftetes Niemandsland ohne jeden Wert. Trotzdem bot es ein Stück Himmel. Doch obwohl Aelaris den Himmel seit Wochen nicht gesehen hatte, unternahm er nicht die leiseste Anstrengung, den Kopf in den Nacken zu legen, um hinaufzuschauen.

Einer der Wächter – ein dickwanstiger Kerl, der beißend nach Schweiß stank – hatte die Duldsamkeit seines Gefangenen mit Unterwerfung verwechselt. Wie oft geschah es schon im Leben eines einfachen Wächters, dass ein Elbe dem eigenen Wohlwollen ausgeliefert war? Diese hochgewachsenen, feingliedrigen Wesen, denen in ihrer Schönheit etwas Unwirkliches anhaftete? Man konnte sie dafür bewundern oder verachten – der grobschlächtige Wächter zog Letzteres vor. Zu Anfang hatte er sich lediglich einen Spaß daraus gemacht, Aelaris durch die Kette, die an seinen Handschellen befestigt war, stolpern zu lassen. Doch der Elbe hatte jedes Ziehen und Reißen mit eleganter Leichtigkeit ausgeglichen.

Als sie nach einer anstrengenden Wanderung, während der die Unzufriedenheit des Wächters wuchs, schließlich am vereinbarten Treffpunkt angekommen waren, hatte sich die dreiköpfige Delegation der Gahariren mit ihrem Unterpfand bereits eingefunden gehabt.

In sicherer Entfernung hatte der Wächter Aelaris mit der Lanze in die Kniekehlen geschlagen, so dass dieser keuchend auf alle viere gegangen war. Der Anführer ihrer Delegation bekam von dieser überflüssigen Gemeinheit nichts mit, denn er ging bereits auf seinen elbischen Verhandlungspartner zu.

Während Aelaris noch damit kämpfte, den Schmerz in seinen Beinen zu beherrschen, begann der Wächter, ruppig an dem Umhang zu zerren, in den der Gefangene notdürftig gehüllt war. Kaum hielt er ihn in den Händen, schleuderte er ihn den Abhang herunter, wo er von einer Windböe erfasst und wie ein aufgebauschter Schleier fortgetragen wurde.

»Den brauchst du nicht«, erklärte der Wächter mit seiner schnarrenden Stimme. Er hatte in Aelaris' Haarschopf hineingegriffen und den Kopf in den Nacken gezerrt, damit der Elbe seinen Blick erwidern musste. »Deine Brut möchte ja schließlich erkennen, dass du es auch wirklich bist. Wundert mich, dass sie dich zurückhaben wollen. Dass sie überhaupt bemerkt haben, dass du in der Schlacht verloren gegangen bist. Ihr dreckiges Pack gleicht euch ja wie ein Ei dem anderen.«

Sie starrten einander noch einen Moment lang an – Aelaris' Augen ausdruckslos und kalt, die des Wächters lauernd und auch eine Spur verstört –, dann löste der Mann ruckartig den Griff aus Aelaris' Haar und trat schnaufend einen Schritt zur Seite. An seinen schwieligen Händen hatten sich einige silberne Haare verfangen, und er steckte sie hastig in seine Tasche, als habe er ein Kleinod geraubt.

Im Nachhinein hätte Aelaris nicht sagen können, wie lange er auf dem kahlen Boden kauern musste, bis man ihn zu seinen Stammesmitgliedern hinübergeschubst hatte. Er konnte sich nur an den neugierigen Blick des Mannes erinnern, gegen den er ausgetauscht wurde. Als würde der Mann, der immer noch in den Resten seiner Schlachtrüstung steckte, sich fragen, für wen dieser ausgezehrte, geschundene Elbe überhaupt von Bedeutung sein konnte. Aelaris wusste es selbst nicht.

Alles glitt an ihm ab, als hätte sich die dünne Eisschicht auf seiner Haut wie durch Magie in einen undurchdringbaren Panzer verwandelt. Aber wenn er sich zwang nachzudenken, musste er sich unweigerlich eingestehen, dass dieser Panzer ihn schon viel länger begleitete. Das erste Mal hatte er ihn gespürt, als Badramurs Worte sein Schicksal als Verräter besiegelt hatten und die Frau, die sich auf unerklärliche Weise in seinen Geist geschlichen und ihn verdorben hatte, abgewandt hatte. In diesem Augenblick war etwas in Aelaris verrutscht.

Die Elben seines Stammes nahmen ihn schweigend in ihre Mitte und hielten ihm Kleidung hin. Er ließ seinen Blick an ihnen vorbei ins Leere gleiten, wollte keines ihrer Gesichter erkennen. Die schüchternen Versuche einer mentalen Begrüßung ließ er augenblicklich ersterben.

Als er später seine alte Schlafstätte betrat, deren offene Bogenfenster auf eine imposante Gebirgszinne wiesen, ließ er sich rücklings auf sein Lager sinken und starrte die mit Reliefs verzierte Decke an.

Da die Gahariren alles Offene liebten, waren ihre Unterkünfte lose über eine Felswand verteilt, die zum einen windgeschützt war und zum anderen eine berauschende Aussicht auf den sagenumwobenen Saum bot, wo Gebirge und Himmel miteinander verschmolzen. Die einzelnen Kammern waren kleine Höhlen, die durch schmale Wege oder geknüpfte

Leitern und Brücken miteinander verbunden waren. Auch wenn jede Kammer einzigartig war, so verband sie doch die Eigenheit, dass Türen und Fenster immer offen standen – noch nie hatte sich ein Gaharire gefragt, ob man lediglich dem Himmel näher sein oder nur die anderen Stammesmitglieder um keinen Preis ausgrenzen wollte. Allerdings hielten sie sich nur selten hier auf, meistens gingen sie ihren Angelegenheiten in den Tiefen des Westgebirges nach oder gönnten sich eine Wanderung zu den Gipfeln.

Aelaris hörte, wie jemand seine Kammer betrat, aber er machte sich nicht die Mühe, den Kopf zu heben und den schweigenden Eindringling in Augenschein zu nehmen. Er strebte sogar wieder der hallenden Leere in seinem Inneren entgegen, fest entschlossen, jeden Störenfried zu ignorieren, als ein vertrautes mentales Anpochen ihn die Augen aufreißen ließ. Es lediglich ein Anpochen zu nennen, war gewiss untertrieben. Es war ein Befehl, eine kaum verhohlene Drohung, dass die Barrieren mit Gewalt niedergerissen würden, wenn er sich nicht beugte.

Bevor Aelaris sich's versah, saß er kerzengerade auf dem Lager und verspürte das dringende Bedürfnis, sich die Seele aus dem Leib zu schreien. Stattdessen knurrte er jedoch ein kaum hörbares »Raus hier!«.

Akalande zog empört die Augenbrauen hoch, und seine Lippen machten sich schon bereit, eine Zurechtweisung auszustoßen, als er sich eines Besseren besann. Als hätte es die missglückte Begrüßung nicht gegeben, ging er einige Schritte in der Kammer auf und ab, die Hände hinterm Rücken verschränkt, das Kinn erhoben. Mitten in einer Drehung hielt er inne und kniff sich in die Nasenwurzel.

»Du solltest ein Bad nehmen. Du stinkst wie verrottetes Stroh. Außerdem haftet dir dieser brennende Gestank nach menschlichen Körperflüssigkeiten an.«

»Bist du tatsächlich hierhergekommen, um mich über Reinlichkeit zu belehren?« Aelaris hätte in diesem Augenblick gern viele andere Dinge zu seinem ehemaligen Lehrer gesagt, aber sie wollten ihm einfach nicht über die Zunge gehen. Um den anwachsenden Druck loszuwerden, schloss er die Augen und krallte seine Finger in die Decken – eine Geste, die Akalande nicht entging.

Doch Akalande sah noch mehr als den spärlich unterdrückten Zorn seines einstigen Schülers. Sorgfältig überprüfte er ein weiteres Mal das Gesehene, verglich es mit den Aussagen der Elben, die Aelaris zurückbegleitet hatten. Wie konnte das nur sein?, fragte er sich.

Aelaris, der das Schweigen seines Gegenübers für reine Überheblichkeit hielt, wollte sich gerade wieder auf den Rücken sinken lassen, als Akalande das Wort ergriff.

»Was haben sie dir in den Kerkern der Burgfeste angetan?«

Es kostete den jungen Elben ein erstaunliches Maß an Willenskraft, die Lippen zu öffnen, so angespannt war sein Kiefer vor lauter unterdrücktem Zorn. »Willst du irgendwelche dreckigen Details hören, damit du dich an meinem Anblick noch ein wenig weiden kannst? Reicht es dir nicht, dass ich in jeder Hinsicht versagt habe, genau so, wie du es immer vorausgesagt hast?«

Akalande schloss betroffen die Augen, als Aelaris schwer keuchend innehielt – er war selbst überrascht über diesen Ausbruch. Sein Inneres hatte einer ausgebrannten Feuerstelle geglichen, seit er in den Kerkern von Achaten eine Explosion von Gefühlen erfahren hatte, die sich trotz all der Zeit, die inzwischen vergangen war, beharrlich seinem Begriffsvermögen entzog. Zitternd stützte er die Ellbogen auf die Oberschenkel und vergrub sein Gesicht in den Händen. Es war ihm gleich, ob Akalande ihn für diesen weiteren Beweis von Schwäche verachtete. Akalande war ihm gleich, sein Stamm war ihm gleich. Er war sich selbst über.

Als Akalande sich neben den gramgebeugten Elben aufs Lager setzte und eine von dessen Händen auf seinen Schoß zog, erfuhr er keinen Widerstand. Nur sein Versuch, eine Welle des Trostes zu ihm fließen zu lassen, versandete ohne Widerhall. So saßen sie eine Zeit lang schweigend da, bis Akalande sich schließlich dazu durchringen konnte, dem geschundenen Elben etwas zu sagen, das diesem offensichtlich noch nicht aufgefallen war. Dabei bemühte er sich um einen ruhigen Ton, doch er konnte nicht verhindern, dass seine Stimme zitterte.

»Aelaris, die Zeichen auf deiner Haut ... Ich kann sie nicht mehr lesen.«

Einige Atemzüge lang saß Aelaris einfach nur da, als hätten ihn die Worte nicht erreicht, dann verengten sich die Augen zu Schlitzen. »Dann schau doch richtig hin, verdammt«, stieß er atemlos aus.

Akalande schüttelte vorsichtig den Kopf. Er versuchte, das Mitleid, das sich in Stimme und Gesicht drängte, beiseitezuschieben. Doch es wollte ihm nicht gelingen. »Es tut mir leid. Ich kann sie nicht lesen. Keiner von uns kann es. Was haben sie mit dir gemacht?«

Mit einem Satz war Aelaris auf den Beinen und drehte sich um die eigene Achse, als wisse er nicht, welche Richtung er einschlagen soll. Akalande setzte ihm nach, legte ihm eine Hand auf die Schulter, die Aelaris jedoch sofort mit einem wütenden Schrei fortstieß. »Du lügst!« schrie er, während er einige Schritte zurücktaumelte. »Du lügst, gib es zu!«

Doch die Zeichen in Akalandes Gesicht und Händen sprachen eine andere Sprache: Aelaris verstand sie nicht. Sie waren lediglich eine sich windende, pulsierende Ansammlung schwarzer Linien auf weißem Grund.

Aelaris spürte, wie er mit den Schulterblättern gegen die Wand prallte. Trotzdem schlug er noch mit dem Hinterkopf dagegen, als könne der Schmerz die Erkenntnis ausmerzen. Langsam sank er in sich zusammen. Seine Hände glitten leblos auf den Boden, seine aufragenden Knie versperrten ihm den Blick nach vorn. So blieb er sitzen, unfähig etwas anderes zu tun, als zu atmen.

Kapitel 10

»Das kann doch wohl nicht wahr sein«, schimpfte Nahim vor sich hin, während die lose Dachschindel außer Reichweite glitt.

Schon seit einigen Tagen hatte es im Haus gezogen, und die Wärme des Ofens war stets wie durch Zauberhand verschwunden. Trotzdem hatte er sich nicht dazu durchringen können, auf den Dachboden zu klettern und nach dem Rechten zu sehen.

Dabei gab es im Augenblick wahrlich nichts Gescheites auf dem Hof zu tun. Das blasse Tageslicht zeigte sich nur für einige Stunden, und der Winter hatte den Hang mit einer undurchdringlichen Schneedecke eingehüllt. Eigentlich musste Nahim bloß zusehen, dass der schmale Pfad zum Stall nicht verwehte, so dass er das Vieh füttern konnte. Den Rest des Tages konnte er die Füße vor dem Ofen hochlegen und ein Buch lesen – ein ungewöhnlicher Zustand für einen Hangbauern. Doch anstatt die freie Zeit zu genießen, starrte er lediglich erschöpft in die weiße Pracht hinaus oder verkroch sich unter den Bettdecken, als könne er nicht genug Schlaf bekommen.

Lehen war, bevor der Schnee den Hof vom Rest der Welt abzuschneiden drohte, in Begleitung von Borif zum Hof ihrer Familie hinabgewandert. Ohne einen Hinweis, wann sie zurückzukehren gedachte, und Nahim war zu stolz gewesen, um nachzufragen. Sie hatte nur eine Anspielung auf die unzähligen Aufgaben fallen lassen, die sie erwarten würden – er hatte geistesabwesend genickt. Wenn Lehen gelegentlich von ihren Besuchen im Westend erzählte, klang das für ihn wie Geschichten aus einer fremden Welt, zu der er einfach keinen Zugang bekam. Lehen hatte auch nicht auf dem Thema beharrt, und nun war sie fort, kein Zeichen, keine Nachricht.

Während ihrer letzten gemeinsamen Tage war es sehr still im Haus gewesen. Lehen war so in sich gekehrt gewesen, dass Nahim es kaum gewagt hatte, in ihrer Gegenwart zu atmen. Nie im Leben hätte er gedacht, dass ihr Schweigen ihm mehr zusetzen könnte als ihre ständigen Wutausbrüche. Deshalb hatte er, kaum war sie aus dem Haus gewesen, erst einmal eine Flasche Wein geöffnet und so lange auf den Frieden in den vier Wänden angestoßen, bis er den leeren Boden der Flasche doppelt gesehen hatte. Doch die Katerstimmung am nächsten Morgen hatte nicht mehr weichen wollen, und nun, Tage später, war sie immer noch da. Als die eisige Zugluft auch noch Stunde um Stunde zunahm, konnte Nahim die Starre nicht länger aufrechterhalten. Wahrscheinlich war es ohnehin klüger, endlich zu handeln, als nur abzuwarten, dass sich von selbst alles zum Besten wenden mochte, gestand er sich widerwillig ein.

Als Nahim die Luke zum Dachboden aufstieß, glaubte er seinen Augen nicht trauen zu können: Das klare Licht der Mittagsstunde hatte sich durch das Loch im Dach gestohlen und eine feine Schneeschicht zum Glitzern gebracht, mit der Balken, Kisten und die Holzdielen des Bodens gepudert waren. Der geheime Ort in einem Kindermärchen, ein Ort, an dem jemand einen Elbenzauber durchgeführt hatte.

Nun hockte Nahim vor Kälte bibbernd auf dem Dach, das er unter Mühen vom Schnee befreit hatte, um sich einen Eindruck vom Ausmaß des Schadens zu machen. Es ließ sich nicht leugnen: Hätte er seine Beine früher in Bewegung gesetzt, wäre ihm einiges an Schinderei erspart geblieben. Unter dem Gewicht der Schneemassen hatte eine lockere Schindel viele andere ins Rutschen gebracht, und danach hatte es nicht viel gebraucht, um die Füllung aus Lehm und Stroh auf der Innenseite des Daches einzudrücken, bis sie brüchig geworden war.

Erschöpft lehnte er sich zurück und presste seine vor Kälte brennende Wange gegen die Schulter. Es kostete ihn viel Kraft, nicht einfach durch das Loch im Dach zurückzuklettern und sich unter einem Stapel Decken zu verkriechen, bis das Frühjahr an die Tür klopfte. Oder Lehen, der plötzlich wieder eingefallen war, dass er ganz allein in dieser elenden Wildnis festsaß. Hätte er doch bloß Balams Angebot im Herbst angenommen, die Tiere bei ihm im Stall überwintern zu lassen. Dann könnte er sich auch einfach auf den Weg machen, wohin auch immer.

Erneut visierte Nahim die Schindel an, die außer Reichweite geschliddert war. Dorthin, wo sich eine rutschige Eisschicht gebildet hatte. Zwar gab es hinter dem Haus noch einen Stapel an Ersatzschindeln, aber diesen Gedanken verwarf er sofort wieder. Denn an dieser Stelle lag der Schnee mindestens hüfthoch, und für diesen Tag hatte er bereits eindeutig genug geschippt: Trotz der Wollhandschuhe war die Haut an seinen Händen krebsrot und brannte höllisch. Er würde sich diese letzte Schindel jetzt schnappen – koste es, was es wolle – und sich dann an den warmen Stein des Kamins schmiegen, bis er wieder Herr über seine zitternden Gliedmaßen war.

Behutsam rutschte Nahim auf seinem Hintern ein Stück abwärts, bis plötzlich einer der Stiefel auf dem Eis ausglitt, so dass er das Gleichgewicht verlor. Instinktiv ließ er sich auf den Rücken fallen und breitete die Arme aus. Trotzdem gerieten die Schindeln unter ihm langsam in Bewegung. Keuchend hielt er inne und versuchte, die Schlittenfahrt in den Abgrund auszubremsen, indem er den Körperschwerpunkt auf die Schultern verlagerte. Doch die Schindeln glitten weiter abwärts. Nahim sah sich schon schreiend und mit den Armen rudernd über die Dachrinne fliegen, als seine Finger im letzten Moment Halt fanden.

Nachdem er sich vergewissert hatte, dass die Schindeln wirklich wieder zur Ruhe gekommen waren, richtete er sich vorsichtig auf und ließ den Blick umherwandern. Die eine Schindel lag immer noch außer Reichweite, und bei seinem vereitelten Sturz hatte er dem Dach weiteren Schaden zugefügt. Nahim fluchte lautlos, aber er widerstand dem Wunsch, mit der Faust aufs Dach einzuprügeln. Die Reparatur würde auch so elendig viel Zeit in Anspruch nehmen, da musste er es nicht noch schlimmer machen, nur weil er sein Temperament nicht im Zaum halten konnte.

Hätte er sich doch bloß fallen gelassen! Dann wäre der Aufprall gewiss von den Schneemassen aufgefangen worden, die er zuvor eigenhändig vom Dach auf den Innenhof gekehrt hatte. Nahim seufzte. Was für ein alberner Gedanke. Als Unglücksrabe, der er nun einmal war, hätte er sich gewiss mindestens den Arm gebrochen. Und was wäre dann gewesen? Schließlich war die beliebteste Heilerin des Westends für ihn im Augenblick mindestens so unerreichbar wie der Kuss einer Meerjungfrau. Selbst wenn Lehen überraschend wieder zurückkehrte – wahrscheinlich wäre sie viel zu sehr damit beschäftigt, sich lautstark über das ruinierte Dach aufzuregen, als sich um seine Verletzungen zu kümmern. Also war es folglich das Beste, alle trüben Hirngespinste beiseitezuschieben und sich an die Arbeit zu machen.

Nachdem sich Nahims Atemzüge wieder beruhigt hatten, streifte er die Wollhandschuhe ab und legte sich laut schniefend auf den Bauch. Er streckte seine Arme so weit wie möglich vor, und tatsächlich gelang es ihm beinahe, die Schindel mit den Fingerspitzen zu berühren. Vorsichtig robbte er bäuchlings noch ein Stück tiefer hinunter, wobei es unter ihm bedrohlich zu knacken begann. Doch es fehlte nicht mehr viel, und dann wäre er dieser widerspenstigen Schindel endlich habhaft geworden.

Als Nahim sich erneut von Kopf bis Fuß streckte, fiel auf einmal ein Schatten auf ihn. Zuerst bemerkte er ihn kaum, bis seine prickelnden Finger meldeten, dass es gerade um einige Grade kälter geworden war. Leicht hob Nahim den Kopf an und stellte fest, dass unten im Hof weiterhin Sonnenstrahlen auf dem Schnee tanzten.

Auf jede einzelne Bewegung bedacht, drehte Nahim sich auf den Rücken und blickte auf den schillernd weißen Bauch eines Drachens, der einige Meter über ihm bewegungslos in der Luft schwebte. Die Pranken mit ihren silbern schimmernden Krallen hingen vollkommen entspannt herunter, während die weit aufgespannten Schwingen leicht wie Schmetterlingsflügel vibrierten. Seitlich des Halses tauchte plötzlich ein mit Tüchern vermummtes Gesicht auf. Nahim sah lediglich ein kohlschwarzes Augenpaar aufblitzen.

»Können wir dir vielleicht helfen, Bergbauer?«

Obwohl die Stimme fast vollständig von den Tüchern verschluckt wurde, konnte Nahim den amüsierten Ton heraushören. Bevor er jedoch etwas erwidern konnte, senkte sich der riesige Drachenleib herunter, ohne dabei den geringsten Windstoß zu erzeugen, und eine Pranke zielte auf Nahims Körpermitte.

»Wag es ja nicht«, zischte Nahim und zog instinktiv die Beine an.

Das hätte er besser sein lassen: Sofort gerieten die Schindeln in seinem Rücken in Bewegung, und das Erste, woran Nahim sich festhalten konnte, war die Dachrinne. Doch da rutschte der Rest seines Körpers bereits mit Schwung hinterher, und er überschlug sich kurzerhand.

Für einen Moment war Nahim so überrascht von der Schnelligkeit seines Sturzes, dass er fast die Dachrinne losgelassen hätte. Er fühlte sich schwerelos und wusste nicht recht, wo eigentlich oben und unten war. Nur als sein Körper ihn – den Gesetzen der Schwerkraft folgend – mit aller Macht in die Tiefe reißen wollte, besann er sich mit einem Schlag wieder und griff beherzt zu. So hing er einige Atemzüge lang baumelnd an der Dachrinne, bis diese sich mit einem ohrenbetäubenden Quietschen durchzubiegen begann.

»Bist du dir auch wirklich sicher, dass du alles unter Kontrolle hast? Ein Wort und wir reichen dir eine helfende Pranke«, bot Lalevil hörbar belustigt an.

Nahim schaute nach oben und sah Präae, die nur eine Armeslänge von ihm entfernt war. Der Drache hatte seinen schlanken Hals gebogen, so dass er den herabhängenden Mann besser beobachten konnte. In seinen Augen spiegelte sich reine Neugierde, und Nahim wäre nicht überrascht gewesen, wenn Präae in Versuchung geraten wäre, ihn mit einer Kralle unter der Achsel zu kitzeln.

»Ach, was soll's«, sagte Nahim und ließ die Dachrinne los.

Nachdem der Drache Lalevil im Innenhof abgesetzt hatte, war er – mit der Schnauze voran – ins Schneegestöber eingetaucht. Nun aalte sich Präae genüsslich in einer besonders hohen Verwehung und stieß dabei glockenklare Seufzer aus, die die Eiszapfen an den Fensterrahmen klirrend zerspringen ließen und die Luft mit kristallinem Staub durchsetzten. Schwerelos und träge trieben die feinen Splitter umher, als habe Präae sie zu einem Tänzchen aufgefordert. Unberührt von den Naturgesetzen glitzerten sie im blassen Sonnenlicht.

Unterdessen hatte Lalevil sich zu Nahim durchgeschlagen, der sich immer noch damit abplagte, dem Schneehaufen zu entkommen. Dank seinem Sturz war er bis zur Brust darin versunken, und seine Beine steckten fest. Bei seinen unbeherrschten Versuchen, sich rasch zu befreien, hatte er sich noch tiefer in das kalte Weiß eingegraben. Lalevil, die sich mit dem gefrorenen Element deutlich besser auskannte, packte ihn unter den Achseln, verlagerte gekonnt das Gewicht und hebelte ihn hinaus. Schnaufend kletterten sie zurück auf den geräumten Pfad im Innenhof.

Während sie sich halbherzig den Schnee von den Kleidern klopften, heftete Nahim seinen Blick auf Präae, die vollends in ihr Spiel versunken war. Sie lag ausgestreckt auf dem Rücken wie Borif in einer glücklichen Stunde, wobei die Spitze des Drachenschwanzes unablässig gegen die Stallwand drosch. Den mächtigen Schädel hatte sie zur Seite gedreht und bewunderte die Schlierenmuster, welche die von der Magie berührten Eissplitter zogen.

»Für was hält Präae sich, für einen verdammten Schneehasen?«, maulte Nahim, der sich bei seinem Sturz schmerzhaft den Steiß geprellt hatte. Es kostete ihn viel Selbstbeherrschung, um nicht zu jammern und zu humpeln. Aber er konnte sich lebhaft Lalevils Kommentare ausspinnen, wenn sie mitbekommen würde, auf welchem empfindlichen Körperteil er gelandet war.

»Sieht dieses schillernde Weiß ihres Schuppenkleides nicht prächtig aus? Ehrlich gesagt, beneide ich Präae darum, dass sie ihre Farbe nach Lust und Laune wechseln kann. Dieser Drache hat einfach Sinn für den richtigen Auftritt.«

»Eigensinniges Vieh.«

Lalevil runzelte die Stirn. »Na, wir sind aber ganz schön launig nach unserem kleinen Sturz.«

Nahim verkniff sich eine passende Antwort. Er stieß die Haustür auf und streckte einladend den Arm aus. Eilends wollte Lalevil an ihm vorbeischlüpfen, doch er hielt sie am Arm fest. »Bitte ablegen«, sagte er förmlich. Da die Drachenreiterin ihn lediglich ansah, als habe er einen lahmen Witz gemacht, fügte er hinzu: »Hausregel Nummer eins lautet: Keine Waffen im Haus. Wenn ich also bitten dürfte?«

»Was soll denn dieser Blödsinn? Du glaubst doch wohl nicht ernsthaft, dass ich mein Schwert hier draußen lasse. Bist du zufällig mit dem Kopf zuerst aufgeschlagen?«

»Das ist Lehens Regel, und falls sie jemals wieder hier vorbeischauen sollte, kannst du dich gerne mit ihr darüber auseinandersetzen. Ein ordentliches Streitgespräch über ihr Regelwerk wäre sicherlich ein willkommenes Gastgeschenk.«

»Sie ist also nicht hier?«

Als Antwort schüttelte Nahim lediglich den Kopf, das Gesicht zu einer undurchdringlichen Maske erstarrt.

Einen Augenblick sahen die beiden sich abwägend an, dann seufzte Lalevil ergeben und nahm den Schwertgurt ab, an dem die Waffe hing. Nachdem sie sich vergewissert hatte, dass der Platz unter dem Dachverschlag tatsächlich trocken war, verstaute sie die Schwertscheide samt Waffe und band sich den Gürtel wieder um die Taille.

All dies ging ungewöhnlich langsam vonstatten, aber es kostete Lalevil ernsthafte Überwindung, ihre Waffe abzulegen. Sie konnte sich schlicht nicht entsinnen, wann sie als erwachsene Frau das letzte Mal nicht ihr Schwert in Griffweite gehabt hatte. Ganz gleich, wie sehr sie nachdachte, ihr fiel keine Gelegenheit ein.

Das Innere des Hauses überraschte sie, obwohl es sich im Groben nicht von den vielen kleineren Höfen unterschied, bei denen sie schon zu Gast gewesen war. Die Eingangstür führte zunächst in einen Windverschlag, in dem an allerlei Haken Winterkleidung hing und in dessen Ecken sich Schuhwerk und Körbe türmten. Der Wohnraum selbst strahlte eine Gemütlichkeit aus, die sie seltsam berührte. Die Wände waren bis auf Schulterhöhe mit Holzplanken verkleidet, darüber war die Steinwand mit einem hellen Blau getüncht. Obwohl das Mobiliar eher schlicht war, erkannte Lalevil auf den ersten Blick, wie liebevoll es gearbeitet war. Auf sämtlichen Abstellflächen stapelten sich Keramiktöpfe, Kerzen und Bücher. Es gab Sammlungen von Steinen und merkwürdig verdrehten Zweigen, geflochtene Körbe mit Nüssen und getrockneten Beeren. Auf dem Fenstersims standen Tonschalen mit den Köpfen von Strohblumen, und darüber waren Girlanden mit gepresstem Herbstlaub gespannt.

Lalevils Blick glitt über Nahim, der sich leise stöhnend im Windfang ausgezogen hatte und nun auf besockten Füßen zum Kamin stakste. Während er sich am Feuer zu schaffen machte, dachte sie über den Pullover nach, den er trug. Jemand hatte die gefärbte Wolle so ausgesucht, dass sie mit seinem dunkelbraunen Haar harmonierte.

Lalevil atmete tief ein, und es fühlte sich an, als habe ihr jemand einen Stich versetzt. Nur mit Mühe konnte sie ein Stöhnen unterdrücken.

Hier lebte Nahim nun also, in diesem ruhigen Tal, in diesem liebevoll eingerichteten Heim. So hatte sie ihn noch nie gesehen. Ein Mann, der angekommen war, der ein Zuhause hatte. Wenn sie zuvor gewusst hätte, was sie hier erwartete, wäre sie gewiss nicht gekommen. Das Ganze war lächerlich, sie war sich noch nie so fehl an einem Platz vorgekommen wie in diesem kleinen Haus. Ohne sich dessen bewusst zu sein, wanderte ihre Hand zum Hals, als bekäme sie keine Luft.

Nachdem das Feuer wieder in Gang gekommen war, drehte Nahim sich um und schaute Lalevil verwundert an. »Was ist denn los? Möchtest du dich nicht setzen und es dir gemütlich machen? Wenn dir der Hintern auf Präaes Rücken abgestorben ist, kannst du dich auch gern stehend an den Ofen lehnen.«

Augenblicklich streckte Lalevil angriffslustig das Kinn hervor. »Von Gemütlichkeit kann wohl kaum die Rede sein. Hier drinnen zieht es wie Hechtsuppe.«

Nahim zuckte unbeeindruckt mit der Schulter. »Meinetwegen kann sich Präae gern schützend aufs ramponierte Dach legen, wenn du seit Neuestem so kälteempfindlich geworden bist.«

»Fällt dir denn nichts Besseres ein, um mich ein wenig aufzuwärmen?«, fragte Lalevil neckisch. Dabei schlug ihr das Herz bis zum Hals, und sie ertappte sich dabei, dass ihre Mundwinkel beim Lächeln zitterten.

Noch vor einigen Jahren hätte sie Nahim mit frivolen Anspielungen überhäuft, bis sich sein Gesicht rot verfärbt hätte. Doch heute gelang es ihr einfach nicht, die dazu notwendige Leichtigkeit aufzubringen. Und auch Nahim reagierte nicht wie gewohnt mit einem verlegenen Lachen und einem seiner vorhersehbaren Ausweichmanöver, die sie nur allzu gern als Vorlage für den nächsten Angriff verwendete. Stattdessen blickte er sie so nachdenklich an, dass er ihr für einen Moment unberührbar erschien. Als würde es ihr nie wieder gelingen, ihm nah zu sein und sein Lachen auf sich zu ziehen. Plötzlich hatte Lalevil das dringende Gefühl, aus diesem liebevollen Heim fliehen zu müssen, das einer Unbekannten gehörte, mit allem, was sich dort drinnen befand.

Doch ehe Lalevil auf dem Absatz kehrtmachen konnte, wandte Nahim den Kopf ab und sagte: »Ich hole uns etwas zu trinken, und dann erzählst du mir, was sich in der Welt dort draußen so alles getan hat, während ich hier ein Eremitendasein friste.«

Kapitel 11

Mit einem unterdrückten Schmerzensschrei ließ Lehen die heiße Marone auf ihren Schoß fallen und pustete gegen die Fingerspitzen.

»Warum bist du auch so gierig und wartest nicht, bis sie ein wenig abgekühlt sind?«, fragte Anisa mit einer Mischung aus Belustigung und Tadel.

Die beiden Frauen hatten es sich auf der Sitzbank gemütlich gemacht. Auf dem Tisch standen dampfende Becher mit Milch und Honig, Haselnussplätzchen und ein Tongefäß, in dem, eingeschlagen in ein Leinentuch, heiße Maronen lagen.

Folgte man dem Weg am Fluss talabwärts, so standen dort einige Bäume, die diese pelzigen Früchte trugen. Jeden Herbst sammelten die Kinder des Westends sie ein, um sie später im Jahr zusammen mit Eicheln und gewöhnlichen Kastanien an die Schweine zu verfüttern. Auf die Idee, die Maronen zu dämpfen und selbst zu verköstigen, war im Tal noch niemand gekommen. Dieses Wissen hatte Anisa aus Montera mitgebracht, wo man noch allerlei anderes mit Maronen anzustellen wusste.

Lehen hatte eine Schwäche für diese Nascherei entwickelt, obwohl sich die Maronen im Magen innerhalb kürzester Zeit in einen zähen Brei verwandelten, so dass es sich wie ein verschluckter Stein anfühlte. Aber dem konnte man ja mit einem Birnenschnaps Abhilfe leisten, versicherte sie sich und griff nach einer weiteren heißen Marone, nur um die Hand abermals mit einem schmerzerfüllten Keuchen zurückzuziehen.

Draußen dämmerte es bereits, das Tagewerk war längst abgeleistet, und die beiden Mädchen waren in Begleitung von Bienem und einem ausgelassenen, kläffenden Borif am Vortag ins Tal gewandert, um Allehe eine Zeit lang mit ihrer Anwesenheit zu beehren. Die Männer würden sich von der anbrechenden Dunkelheit nicht davon abhalten lassen, weiterhin am Verschlag im Stall herumzuwerkeln, den Sverde gemeinsam mit Fehan, dem neuen Knecht vom Minja-Stieg, bewohnte. Obwohl Lehen in den letzten Tagen, die sie auf dem Trubur Hof verbracht hatte, zunehmend den Eindruck gewann, dass Fehan die Nächte eher selten neben einem schnarchenden Sverde verbrachte …

Anisa hatte Lehens ehemaliges Zimmer übernommen, während Fleur samt ihrer unzertrennlichen Freundin Alliv Tevils' alte Schlafstätte in Beschlag nahm. Während ihres Besuchs schlief Lehen bei Anisa mit im Bett. Obwohl der besonnenen Frau noch keine Andeutung herausgerutscht war, war Lehen mittlerweile der festen Überzeugung, dass Anisa es durchaus gewohnt war, das Bett mit jemandem zu teilen. Ganz gleich, wie verwirrt und müde sie sich in der letzten Zeit gefühlt hatte, das Miteinander zwischen Anisa und Fehan zu beobachten, zauberte ihr jedes Mal ein Lächeln aufs Gesicht.

Fehan war einer der Ostler, die Damir als Söldner angeworben hatte. Da er von dem doppelten Spiel des Müllers nichts gewusst hatte, war er nach dem Orküberfall geblieben. Er hatte im Schmiedshaus gedient, und Lehen war ihm damals wohl einige Male über den Weg gelaufen, aber sie konnte sich nicht an sein Gesicht erinnern. Doch das war nicht weiter ungewöhnlich, denn Fehan war ein Mann, den man leicht übersah. Er war von durchschnittlicher Statur, mehr knochig als kräftig, mit einer gedämpften Stimme, die sich in geselligen Runden nur selten Gehör verschaffen konnte. Obwohl Fehans Gesicht von tiefen Falten durchzogen war und das eichenfarbene Haar an den Schläfen bereits ergraute, zählte er einige Lebensjahre weniger als Anisa. Aber das Leben am Minja-Stieg forderte den Menschen offensichtlich vieles ab.

Balam hatte Lehen von einem Sommerabend erzählt, an dem viel Wein geflossen war. Je mehr Fehan getrunken hatte, desto ruhiger war er geworden, was jedoch in Gegenwart einer angetrunkenen Bienem, die die Unterhaltung an sich gerissen hatte, nicht weiter aufgefallen war. Als man nach jemandem suchte, auf den noch nicht angestoßen worden war, der es aber ganz gewiss verdient hatte, hatte sich ein wankender Fehan hingestellt und seinen Becher hochgehalten.

»Auf Jarila, die ich sehr geliebt habe. Möge es da, wo du nun bist, besser sein.« Danach hatte er sich schwerfällig wieder hingesetzt, als habe er nichts gesagt, das die weinselige Gesellschaft zum Verstummen gebracht hatte.

Balam meinte, ein jeder in der kleinen Runde habe sich so seine Gedanken über diesen Trinkspruch gemacht. Aber niemand habe es gewagt, Fehan nach der Geschichte zu fragen, die sich dahinter verbarg. Auch wenn Fehan ein zurückhaltender Mann war, von dem niemals eine angriffslustige Note ausging, so hatte man doch Respekt vor ihm. Und je länger man ihn kannte, desto ausgeprägter wurde der Eindruck, es mit einem feinen Menschen zu tun zu haben, dem das Leben übel mitgespielt hatte.

Lehen konnte gut nachvollziehen, was Anisa in Fehan sah, wovon sie sich angezogen fühlte. Obwohl die Beziehung zwischen den beiden gewiss schon recht weit gediehen war, war ihr Miteinander von viel Geduld und Vorsicht geprägt. Es fiel ihr schwer, dieses achtungsvolle Miteinander zu beobachten und dann daran zu denken, wie sie und Nahim seit einiger Zeit miteinander umgingen. Dabei musste sie sich eingestehen, dass sie den rauen Ton eingebracht hatte, der in den letzten Monaten jedes Gespräch zwischen ihnen bestimmt hatte.

Doch jedes Mal, wenn sich ihre Gedanken zu Nahim schlichen, schob Lehen einen Riegel vor. Sie war auf den Hof ihrer Familie eingekehrt, um zur Ruhe zu kommen. Denn je mehr sie versucht hatte zu begreifen, was sie derartig gegen Nahim und ihr gemeinsames Leben aufbrachte, desto wütender war sie geworden. Nun genoss sie einfach die ruhigen Wintertage und hoffte darauf, dass Nahim es ebenfalls tat.

Anisa hatte eine der Maronen geschält und hielt Lehen den Kern hin. »Siehst du, es geht auch, ohne sich die Finger zu verbrennen.«

Zuerst wollte Lehen zu einer schnippischen Antwort ansetzen, aber dann warf sie einen Blick auf die kleine Brandblase, die sich an ihrem Zeigefinger gebildet hatte. Also nahm sie die Marone entgegen und schloss die Augen, als ihre Zähne sich in die mehlige Kugel gruben.

Anisa machte sich bereits an einer weiteren Marone zu schaffen, als sie plötzlich innehielt und hinausblickte. Wie lavendelfarbener Nebel senkte sich die anbrechende Dunkelheit auf den mit Schnee bedeckten Hof. In der letzten Nacht hatte der Winter ein weiteres Mal unter Beweis gestellt, dass es ihm in diesem Jahr ungewöhnlich ernst war: Am Morgen hatte Balam sich gezwungen gesehen, durch das Küchenfenster ins Freie zu klettern, sonst wäre mit dem Öffnen der Haustür ein satter Schwall an Neuschnee in die Stube geweht.

»Als ich das Tal zum ersten Mal betreten habe, bin ich gleich vom Schnee begrüßt worden«, erzählte Anisa, während ihre Finger die Maronenschale aufsprengten. »Damals war es mir schlicht unbegreiflich gewesen, wie man gut eine Hälfte des Jahres inmitten dieser Eiseskälte verbringen konnte. Das Einzige, was ich wahrnahm, waren meine tauben Füße, und dass meine rotgefrorene Nase unablässig tropfte.«

»Daran hat sich eigentlich nichts geändert, wenn ich mir dich so ansehe«, sagte Lehen neckend, und Anisa schnipste ihr zur Strafe ein Stück Schale in den Ausschnitt ihrer Strickjacke.

»Und nun, nur ein paar Jahre später, kann ich es mir gar nicht mehr anders vorstellen. Es ist, als hätte ich erst jetzt meine wirkliche Heimat gefunden.«

Lehen nickte zustimmend, dann ließ sie diesen beschaulichen Augenblick auf sich einwirken. Bei Anisa zu sitzen hatte eine heilende Wirkung auf sie. Nahims Schwester verfügte über jene innere Ausgeglichenheit, die sie zurzeit bei ihrem Gefährten so sehr vermisste.

»Weißt du, Anisa«, setzte Lehen ein wenig verträumt an. »Eigentlich fühlt sich das Leben auf dem Trubur Hof erst richtig an, seitdem du mit deiner Tochter eingezogen bist. Als wärt ihr das Teil, von dem niemand gewusst hatte, dass es fehlt.« Unwillkürlich stockte sie, als ihr bewusst wurde, dass sie Nahim bei diesen Worten ausgeschlossen hatte.

Doch Anisa war das nicht aufgefallen. Sie schaute wieder zum Fenster hinaus und lächelte versonnen. Dann zuckte sie mit einem Mal zusammen und deutete mit dem Finger in die Dunkelheit. »Da kommt jemand. Ich kann ein Laternenlicht sehen.«

»Weiter oben vom Hang?«, fragte Lehen und beeilte sich, sich mit den Knien auf die Bank zu stemmen, so dass sie ebenfalls in die Richtung schauen konnte, in die Anisa zeigte.

Eine steile Falte nistete sich zwischen Lehens Augenbrauen ein, als sie den gelblichen Lichtkreis erblickte, der sich vom Fluss aus dem Haus näherte. Auf und ab tanzte das Licht, und schließlich zeichnete sich in seinem Schein der Umriss eines Reiters ab, der die Laterne an einem Stab gesenkt hielt, um den Boden im Auge behalten zu können. Der Reiter hatte sich in einen Umhang gehüllt und die Kapuze tief ins Gesicht gezogen, um sich vor der klirrenden Kälte zu schützen. Als er dicht am Haus vorbeiritt, hob er leicht den Kopf an, doch sein Gesicht lag weiterhin im Schatten. Die beiden Frauen hinter dem erleuchteten Fenster blickten ihn neugierig an. Dort, wo der Schein der Laterne auf den Umhang traf, verfingen sich vereinzelte Schneeflocken in den Falten. Das Pferd verlangsamte seinen Schritt, und der Reiter hob kurz seine Hand zum Gruß, dann hielt er auf die Stallungen zu.

»Wer aus dem Westend könnte das wohl sein?«, fragte Anisa. Sie wirkte verlegen, als wisse sie nicht recht, was sie von der Situation halten sollte. Mit einer fahrigen Geste strich sie sich eine dunkle Locke hinter das Ohr, die sich schon vor Stunden aus dem geflochtenen Zopf gelöst hatte. »Doch wohl kein geheimer Verehrer von dir, der ausnutzen will, dass Nahim oben auf dem Hof festsitzt?« Kaum waren die Worte draußen, verdrehte Anisa die Augen, als wolle sie wie ein kleines Mädchen verdeutlichen, dass sie den Scherz selbst für dumm hielt. Als ihr Blick Lehens Miene streifte, verflog augenblicklich auch die letzte Spur von Übermut.

»Das ist Damirs Pferd gewesen«, erklärte Lehen mit einer Stimme, die so schneidend war, dass Anisa ein Stück zurückwich. Dann ließ Lehen sich zurücksinken, so dass sie wieder mit dem Rücken gegen die Bank lehnte, und legte den Kopf in den Nacken.

Anisa blieb neben ihr sitzen, unschlüssig, was nun zu tun sei. Sie verspürte einerseits den Drang, aufzuspringen und etwas im hinteren Bereich der Wohnstube zu erledigen. Andererseits wollte sie Lehen mit ihrer plötzlichen Unruhe nicht unnötig reizen. Und dass der Zorn, der in den letzten Tagen so wundersam gebändigt worden war, neuerlich aufflammte, konnte sie an Lehens Gesichtszügen erkennen. Die Haut war aschfahl, und die angespannte Kiefermuskulatur zeichnete sich scharf darunter ab. Zwar waren die Lider geschlossen, aber Anisa konnte sich nur allzu gut vorstellen, dass Lehens Augen Funken schlagen würden, sobald der Reiter das Haus betreten würde.

Nur, wie das plötzliche Aufwallen von Wut zu verstehen war, dass wusste Anisa nicht. Sie hatte Lehen nie gefragt, was sich damals im Schmiedshaus zwischen ihrer Schwägerin und Damir abgespielt hatte. Außerdem war Anisa auch niemals zu einem Entschluss gekommen, was sie eigentlich glauben sollte. Nach dem Überfall hatten sich Lehen und Nahim mit einer Leidenschaft aufeinandergestürzt, die jede Grübelei überflüssig erscheinen ließ.

Von draußen erklang Balams aufgeregt polternde Stimme, und schon im nächsten Moment schwang die Eingangstür auf. Ein eisiger Windzug fegte durch die Stube, vertrieb den heimeligen Duft aus Kaminfeuer, Milch mit Honig und warmer Haut. Anisa blinzelte, als wären ihr Schneeflocken in die Augen geflogen. Dann schlug die Tür mit einem Knall zu.

»Väterchen Frost kann sich kaum beherrschen, möchte man meinen.« Balam lachte vergnügt, während er sich die Wollmütze vom Kopf streifte und sie achtlos in eine Ecke warf. »Es ist ein Wunder, dass du überhaupt hinaufgekommen bist.«

»Im Westend liegt noch nicht annähernd so viel Schnee wie hier oben«, erklärte die tiefe Stimme des Reiters, der gerade seine Kapuze zurückschlug. »Und der Weg war einigermaßen reitbar dank dem dichten Astwerk der Allee.« Mit einer sicheren Geste hängte der Mann den Umhang auf einen der Haken seitlich der Tür, dann drehte er sich um. Obwohl er lächelte, blickten seine Augen abwägend zu den beiden Frauen hinüber. »Guten Abend«, sagte er mit einem Nicken, dann hockte er sich hin, um seine Stiefel aufzuschnüren.

Schweigend betrachtete Lehen ihren Schwager, der sich mit Balam plaudernd zu ihnen an den Tisch gesetzt hatte. Sie hatte Damir seit dem Orküberfall kaum zu Gesicht bekommen und noch weniger Worte mit ihm gewechselt. Nicht, dass das weiter aufgefallen wäre: Damir hielt sich seltener im Westend auf als manch fahrender Händler auf der Durchreise.

Das honigblonde Haar war in den letzten Jahren ein wenig länger geworden, und auch die Gesichtszüge hatten an Schärfe gewonnen, wodurch Damirs männliche Schönheit noch mehr betont wurde. Jede seiner Bewegungen sprach von Eleganz und Selbstsicherheit, und wie nebenbei befriedigte er Balams Bedürfnis nach gegenseitiger Bestätigung, dass man einander nach wie vor wohlgesinnt war.

Damirs natürliches Selbstverständnis, seine Umgangsformen und das betörende Erscheinungsbild – all das hatte Lehen früher zuerst verzaubert und dann mit Ekel erfüllt. Als sie ihn nun betrachtete, verspürte sie eine unbekannte Kälte. Doch unter dieser erstarrten Oberfläche bewegte sich etwas so schnell, dass sie es nicht erfassen konnte. Was auch immer sie Damir gegenüber wirklich empfand, es wollte ihr nicht gelingen, es zu begreifen.

Sie war so vertieft in ihre Beobachtung, dass sie gar nicht bemerkte, wie Anisa aufstand und in Richtung Küche fortschlich. Erst als eine Kupferschale mit lautem Scheppern auf dem Boden landete, wurde sie aus der Erstarrung gerissen. Als sie jedoch aufstehen und zu ihrer Freundin gehen wollte, um ihr zu helfen, winkte Anisa ab.

Gut, dachte sich Lehen, dann stürze ich mich eben hier in die Schlacht. Sie streckte den Rücken durch und leckte sich die Lippen. »Was willst du hier eigentlich?«, fragte sie laut und deutlich an Damir gewandt. Dabei scherte sie sich nicht weiter darum, Balam mitten in einer Schwärmerei über die eingekellerten Kartoffeln zu unterbrechen.

»Muss Damir denn irgendetwas wollen, nur um hier vorbeizuschauen?«, schnauzte Balam deshalb auch zurück, ehe

Damir zu einer Antwort ansetzen konnte. »Schließlich gehört er zur Familie. Und als er früher alle naslang hier war, hat dich das schließlich auch nie gestört.«

»Mag sein, aber damals war er auch nur hier, weil er etwas wollte. Ohne eine Absicht zu verfolgen, würde Damir nicht einmal seinem Nachbarn die Hand zum Gruße reichen.« Bei den letzten Worten drohte sich Lehens Stimme leicht zu überschlagen, und das gefiel ihr nicht. Damir gegenüber Unsicherheit zu zeigen war genauso gefährlich, wie vor einem hungrigen Bären davonzulaufen. Deshalb hielt sie ununterbrochen den Blick auf Damirs Gesicht gerichtet – voller Herausforderung, wie sie hoffte. Allerdings schien er von dieser kleinen Machtdemonstration eher belustigt als abgeschreckt zu sein. Nur sein zuckender Kiefer verriet eine Spur von Missvergnügen, so dass Lehen ihre Taktik nicht aufgab.

»Nach wie vor die launische Katze, die zwischen Schnurren und Fauchen schwankt … Schön, dass sich manche Dinge niemals ändern.« Damirs Ton war leicht und verspielt.

Lehen schluckte unwillkürlich – Damir hatte sich zu einem echten Meister entwickelt, was seine Deckung anbelangte. Bloß an der Fassade zu kratzen würde ihn gewiss nicht ins Schwanken bringen. Doch genau darauf zielte sie ab. Sie hätte zu gern Damirs selbstgefällige Maske heruntergerissen in der Hoffnung, dahinter wenigstens einen Anflug von Respekt ihr gegenüber zu entdecken. »Nein, manche Dinge ändern sich nicht. Darum will ich ja auch wissen, warum du heute Nachmittag durch den Schnee geritten bist. Dir wird im Schmiedshaus wohl kaum die Decke auf den Kopf gefallen sein, schließlich …«

»Nun reicht es aber, Lehen!« Balam fuchtelte mit den Händen in der Luft umher. »Damir ist ein Gast in diesem Hause genau wie du. Also benimm dich bitte entsprechend. Keine

Verhöre, keine Anspielungen und damit basta.« Und nach diesem Temperamentsausbruch nahm Balam seinen Bericht über den Zustand der Kartoffeln im Keller wieder nahtlos auf.

Damir verschränkte die Hände hinterm Nacken und starrte Lehen unverschämt grinsend an, während er Balam mit einem gelegentlichen zustimmenden Brummen bei Laune hielt. Doch Lehen dachte immer noch nicht daran zurückzuweichen. Vielmehr bemühte sie sich darum, es dem Schmied mit gleicher Münze heimzuzahlen, auch wenn ihr dabei das Herz bis zur Kehle schlug.

Als Anisa ein Tablett mit belegten Broten auf dem Tisch abstellte und sich dabei vornüberbeugte, legte Damir demonstrativ den Kopf schief und begutachtete ungeniert Anisas rundliches Hinterteil. Anschließend glitt sein Blick träge zu Lehen zurück, als wolle er sich vergewissern, dass sie sein schamloses Verhalten auch genau registriert hatte. Ohne etwas dagegen tun zu können, grub sich die Zornesfalte noch tiefer zwischen ihre Brauen, und sie spitzte abschätzig die Lippen. Damir blinzelte ihr zu, dann griff er sich eins der Brote. Doch zuvor formte er mit den Lippen noch die lautlosen Worte »zum Anbeißen«.

Anisa zog sich früh am Abend aufs Zimmer zurück, und als Lehen ihr schließlich folgte – leicht benommen von Balams nicht enden wollendem Monolog über den Hof –, hatte sie sich schlafend gestellt.

Einen Augenblick lang fühlte Lehen sich versucht, Anisa zaghaft an die Schulter zu tippen und ein Gespräch zu suchen. Doch was sollte sie sagen? Dass sie Damir nach wie vor nicht gewachsen war? Dass sie sich immer mehr als elende Versagerin entpuppte? Leise schlüpfte sie unter die Decke, bemüht, Anisa nicht mit ihren kalten Füßen zu streifen.

Sobald das erste helle Schimmern durch die Fensterläden

drang, verließ Lehen auch schon wieder auf Zehenspitzen die Kammer. Sie hatte die halbe Nacht lang wach gelegen und gegrübelt, doch sie war lediglich zu dem Eingeständnis gelangt, dass sie es mit Damir unter einem Dach keinen Moment länger aushalten würde.

Umso größer war ihr Entsetzen, als sie den Schmied unter einigen Decken auf der Bank nahe der Eingangstür schlafend vorfand. Bevor sie einen Schritt zurücktun konnte, setzte er sich auf und rieb sich die Augen. Lehen zögerte, dann durchquerte sie den Raum. Während sie in ihre Winterstiefel stieg, nahm sie wahr, dass Damir sich ebenfalls in Bewegung setzte. Eine panische Stimme erinnerte sie daran, dass Balam und Anisa hinter verschlossenen Türen schliefen und sie Damir, ausgerechnet Damir, gerade den Rücken zugedreht hatte. Hastig wirbelte sie um die eigene Achse, nur um ihn dabei zu beobachten, wie er gleichfalls seine Stiefel anzog. Er warf Lehen einen mürrischen Blick zu und streifte sich seinen Umhang über.

»Ich werde dich begleiten«, erklärte er schlaftrunken. Die Augen waren verquollen, und der ungewohnte Bartschatten schimmerte seidig. Damir am Morgen war ein Anblick, mit dem Lehen eigentlich nie hatte konfrontiert werden wollen.

»Das wirst du nicht.«

Ihre Stimme war lediglich ein Zischen, und sie versetzte Damirs Arm einen harten Schlag, als dieser nach einem Schal greifen wollte. Mehr überrascht als verletzt zuckte er zusammen, dann rutschten seine Augenbrauen in die Höhe. Mit solch einem drastischen Einspruch hatte er wohl nicht gerechnet.

Ohne ein weiteres Wort zu verschwenden, drängelte Lehen sich an ihm vorbei, griff rasch noch nach Mantel und Tuch und schlug im nächsten Moment die Tür hinter sich zu. Ihr schmales Gepäck würde sie einfach zurücklassen, das konnte ihretwegen bis zum Frühjahr hier liegen bleiben. Nach derlei Nebensächlichkeiten stand ihr einfach nicht der Sinn.

Im diesigen Zwielicht des Morgens präsentierte sich die volle Pracht des Neuschnees, doch dafür hatte sie heute keinen zweiten Blick übrig. Während sie in die Winterkleidung schlüpfte, ersann sie ihre Route durch den Wald hinauf zu ihrem Hof. Das Dach aus Ästen und Tannennadeln würde den Schneemengen schon ausreichend Widerstand geleistet haben.

Neben der Eingangstür standen aus Weidezweigen geflochtene Unterzieher, die über das Schuhwerk hinausreichten und einem den Gang bei Schnee erleichterten. Hastig streifte Lehen sich ein Paar über, denn sie hörte verdächtiges Rascheln hinter der Tür. Die restlichen Unterzieher schleuderte sie, so weit sie nur konnte, fort. Wer heute Lust auf einen Spaziergang bekommen sollte, musste sich zunächst einmal durch aufgetürmte Schneehaufen kämpfen.

Mit einem Lächeln griff Lehen nach einem Wanderstab und machte sich auf den Weg. Gerade als sie den Hof hinter sich gelassen hatte, hörte sie Damir zwei Mal lautstark ihren Namen rufen. Dabei klang er, als würde er einen Fluch ausstoßen. Lehen beschleunigte ihren Gang und verschwand zwischen den Bäumen.

Der Hof, den Lehen und Nahim bewohnten, war eigentlich nur eine großzügig geschnittene Hütte mit groben Steinmauern, an deren Seite sich Stall und Holzschuppen schmiegten. Das Häuschen stand auf einem der wenigen Flecken droben am Hang, die einigermaßen eben verliefen. Umrundet wurde es auf der einen Seite von den Ausläufern des Waldes, während sich auf der anderen Seite geschwungene Heuwiesen und Felsmassiv den Boden teilten.

Eigentlich gehörte dieser Flecken Erde nicht der Familie

Trubur, denn für die Landwirtschaft war er denkbar ungeeignet. Früher hatten hier Ziegenhirten einen Brunnen ausgehoben, da der Fluss einen halben Tag Fußmarsch weit entfernt war. Sie hatten auch die erste windschiefe Hütte gebaut, lediglich ein Unterschlupf. Doch die Truburs hatten etwas mit diesem Stückchen Land anfangen können: Auf dieser Höhe des Hangs fand man wunderbare Beeren, Pilze und Fijenholz, Lehens Bienenkörbe hatten hier ihr Zuhause gefunden, und es war nur einen Spaziergang von Balams Weinhängen entfernt, die für den Unterhalt zunehmend wichtiger wurden. Aus diesem Grund hatte Balam sich im Laufe der letzten Jahre immer wieder einmal an der Hütte zu schaffen gemacht, bis sie seinen Ansprüchen als Zweitheim genügt hatte. Unter Lehens und Nahims fleißigen Händen war es schließlich zu einem wahren Schmuckstück geworden.

Lehen liebte den Anblick ihres Hauses, es erfüllte sie mit Stolz und schenkte ihr ein Gefühl von Zugehörigkeit. Es war eine geschlossene Welt, die nur Nahim und ihr gehörte. Als sie zwischen den Bäumen hervortrat und einen ersten Blick aufs Dach erhaschte, breitete sich ein wärmendes Glücksgefühl in ihrer Brust aus, das sie so lange vermisst hatte. Vielleicht musste man immer wieder einmal fortgehen, um wirklich nach Hause kommen zu können.

Nahim würde Augen machen, wenn sie ganz plötzlich zur Tür hereinschneite!

Wie angewurzelt blieb Lehen stehen und rupfte sich hektisch die Mütze vom Kopf. Er würde bei ihrem Anblick tatsächlich Augen machen – so überstürzt wie sie den Trubur Hof verlassen hatte. Notdürftig versuchte Lehen, mit den Fingern das Haar zu ordnen, rückte ihre Kleider zurecht und schnappte sich eine Handvoll Schnee, mit der sie sich das Gesicht abrieb. Dann atmete sie tief durch und machte sich an die letzte Etappe.

Obwohl es schon Vormittag war, lag der Hof wie ausgestorben da. Nur einige leise Geräusche aus dem Stall und verwehte Fußspuren, die hin und wieder zurück zum Haus führten, kündeten davon, dass sich nicht alles Leben in einen Winterschlaf zurückgezogen hatte.

Einen Augenblick lang hielt Lehen auf dem kleinen Platz vorm Haus inne und ließ den seltsamen Zauber auf sich wirken, den das Lichtspiel auf der mit Eiskristallen überzogenen Schneedecke heraufbeschwor. Sie spürte eine seltsame Berührung in ihrem Innersten, als habe sie jemand ganz leicht mit einer kalten Fingerspitze auf die bloße Haut über ihrem Bauch angetippt. Wie der Nachhall eines glockenklaren Lachens. Ein gutes Zeichen, dachte sie, während sie nach der Türklinke griff. Zurückzukehren war die richtige Entscheidung gewesen.

Mucksmäuschenstill schlüpfte sie hinein und legte ihre Oberkleidung ab. In der Wohnstube war es dunkel und kalt. Ein ungewohnter Duft lag in der Luft, herb und verbrannt. Doch schon einen Moment später wurde er von dem säuerlichen Geruch von abgestandenem Wein überlagert, der ihr in die Nase kroch. Ein Blick auf die leeren Weinflaschen in der Spülschale, die sich zwischen benutzten Näpfen und Bechern türmten, bewies, dass Nahim die Einsamkeit nicht sonderlich gut bekam.

Das schlechte Gewissen kratzte an Lehens Vorfreude, und sie entschied, dass sie Nahim für die einsamen Tage und Nächte fürstlich entschädigen würde. Sie dachte darüber nach, die Fensterläden aufzustoßen und das erloschene Feuer wieder anzufachen. Doch die geschlossene Tür zum Schlafzimmer zog sie magisch an.

Die Pflichten konnten warten – Lehen war erstaunt, wie leicht es ihr auf einmal fiel, die leidlichen Pflichten beiseitezuschieben. Ein Neuanfang, sagte sie sich und schloss die Augen, als habe sie eine warme Brise gestreift.

Behutsam öffnete sie die Schlafzimmertür und schob sich durch den schmalen Spalt. Aber noch bevor sie die Kammer richtig betreten hatte, suchte sie ein beklemmendes Gefühl heim. Die Luft war eisig und unbewegt. Obwohl auch in diesem Zimmer trübes Dämmerlicht herrschte, wusste sie sogleich, dass sich unter den Daunendecken kein atmender Körper befand. Nahim war nicht da.

Einen Augenblick lang stand sie unschlüssig da und versuchte, das diffuse Gefühl von Enttäuschung zu überwinden. Dann ging sie zum Fenster, öffnete es und stieß die Fensterläden auf. Das Bettzeug war nachlässig aufgeschüttelt und mit einem Überzug abgedeckt worden. Die Wasserkaraffe vom Nachttisch war verschwunden und das dazugehörige Glas umgedreht worden. Lehen starrte so lange auf dieses Detail, bis ihr schwindelig zu werden drohte. Als sie sich endlich davon losreißen konnte, eilte sie zur Kleidertruhe, nur um mit ein paar routinierten Handgriffen festzustellen, dass ein Teil von Nahims Winterkleidung fehlte.

Der Schwindel nahm zu, als sie in die Wohnstube zurückkehrte und noch mehr Beweise für Nahims Abwesenheit entdeckte: Jemand hatte Wasser über die Glut im Kamin geschüttet und sämtliche Vorräte in den Keller geschleppt, damit sie nicht verdarben.

Wahrscheinlich hat er es hier oben einfach nicht länger allein ausgehalten, überlegte Lehen. Sie hatte sich ihren Mantel wieder übergestreift und war, nachdem sie sich überzeugt hatte, dass das Kleinvieh im Stall mit Unmengen an Futter versorgt war, reglos auf einem der Stühle im Haus zusammengesunken. Er muss heute Morgen aufgebrochen sein, gewiss haben wir uns im Wald verpasst. Die Bäume stehen dicht an dicht, da kann das leicht passieren. Und wo sind dann die Fußspuren, die vom Hof in den Wald führen? Lehen schüttelte unwillkürlich den Kopf.

Damir erreichte den Hof zur späten Mittagsstunde und fand Lehen in sich zusammengesunken auf einem Stuhl vor. Bei seinem Anblick richtete sie sich auf und warf ihm einen zornigen Blick zu, brachte aber nicht die nötige Energie auf, ihn des Hauses zu verweisen.

Während er den Ofen auskehrte und mit frischem Brennholz füllte, schaute er sich um, denn er war noch nie zu Gast in diesem Haus gewesen. Er durchstöberte die Regale und verschwand schließlich kurz im Vorratskeller, um mit einer Flasche von Balams Bestem zurückzukehren. Den Wein leerte er zusammen mit einem halben Glas Zucker in den Kessel aus und hängte diesen über die Feuerstelle. Als er Lehen einen dampfenden Becher hinhielt, wandte sie stumm das Gesicht ab. Damir stellte den Becher auf den Tisch und setzte sich ihr gegenüber hin. Er nahm einige Schlucke und wartete, bis die Wärme Wirkung zeigte. Dann rutschte er ein wenig tiefer in seinen Stuhl und schaute Lehen prüfend an.

»Nahim ist fort, und er wird in diesem Winter wohl auch nicht mehr zurückkehren«, erklärte er nüchtern.

Lehen nickte langsam. »Ich weiß, sein Schwert ist weg.«

»Überrascht mich nicht.« Was immer auch Damir sagen wollte, er hielt inne und dachte einen Moment lang nach. Dabei strichen seine Fingerspitzen unablässig über die Bartstoppeln an seinem Kinn. »Kurz nachdem du weggelaufen bist, ist er auf dem Hof eingetroffen. Ich hatte gerade die Überzieher aus der Schneewehe befreit und wollte dir hinterher, als Nahim bei den Stallungen fast in mich hineingelaufen ist. Hatte es ganz schön eilig.« Damir lachte heiser. »Zuerst stand er nur verlegen rum, als ich ihm erklärte, dass du nicht da bist. Hat ihn wohl etwas aus dem Konzept gebracht, oder vielleicht lag es auch an dem Wein, den er mit jeder Pore verströmte. Dann sagte er nur, er würde jetzt gehen, das Vieh sei versorgt, aber um das Dach müsse sich jemand kümmern, das habe er nur notdürftig repariert. Darum bin ich hier: Ich flicke das Dach, und wenn du willst, helfe ich dir, das Vieh zu Balam auf den Hof zu treiben.«

»Hat er dir gesagt, wo er hingeht?«, fragte Lehen. Ihre Stimme war tonlos, trotzdem hallte sie ihr in den Ohren.

»Nein, kein Wort. Es ging alles sehr schnell. Ehe ich mich's versah, hatte er mir den Rücken zugedreht und ist in den Wald zurückgekehrt. Vielleicht nimmt er ja den Weg, der ihn vor Jahren schon einmal hierher verschlagen hat. Wäre gewiss nicht die schlechteste Idee.« Damir legte den Kopf schief. Aus verengten Augen musterte er Lehen eindringlich, was diese jedoch nicht bemerkte. »Allerdings … Nahim ist heute Morgen zwar allein zum Trubur Hof gekommen, aber ich könnte schwören, eine Drachenschwinge zwischen den Bäumen gesehen zu haben. Eine Idee, was das bedeuten könnte?«

Mit klammen Fingerspitzen betastete Lehen ihre Lippen: Sie waren taub, wie tot. So, wie sich alles in ihr anfühlte.

TEIL III

Kapitel 12

Die letzten Tage oder Wochen – Aelaris konnte sich nicht genau erinnern – hatte der Elbe in seiner Kammer verbracht, unfähig, sich von seinem Lager zu erheben. Zu Beginn seiner selbst erwählten Isolation hatten ihn noch einige Stammesmitglieder aufgesucht und sich darum bemüht, die Barriere zu überwinden. Allerdings konnten weder Worte noch zurückhaltende Berührungen und erst recht keine mentalen Botschaften ihn dazu bewegen, den Blick von der Steinwand abzuwenden und wieder in das Leben seines Stammes einzutauchen.

Was für ein Leben sollte das auch sein, nun, da der magische Gleichklang mit den Seinen gestört war? Wie sollte Aelaris unter ihnen leben, wo er doch nicht einmal zu der einfachsten mentalen Verbindung imstande war? Ihm war seine Zugehörigkeit geraubt worden, alles, worauf sein unbändiger Stolz aufgebaut gewesen war. Nun bedeuteten die Zeichen unter seiner Haut nicht mehr als die nutzlosen Schmierereien, die die Menschen sich mit Farbe ins Fleisch ritzten. Trotzdem zogen die schwarzen Zeichen unablässig ihre Bahnen unter seiner Haut, als wollten sie ihn verspotten. Was einst seinen hohen Rang versinnbildlicht hatte, war nun ein Makel, der unauslöschbare Beweis seiner Ausgestoßenheit.

Nein, Aelaris hatte nicht vor, sich von seinem Lager zu erheben und der Demütigung ins Auge zu sehen, zu der sein Leben unleugbar geworden war. Selbst Akalande, der ihm immer wieder seine Aufwartung machte, vermochte an dieser

Weigerung nichts zu ändern. Und seit der Versuch, Aelaris' Zustand mit einer ungewöhnlich hohen Menge von Maliande zu heilen, erfolglos verlaufen war, hatte er die Kammer seines ehemaligen Schülers gemieden.

Das einzige, bittere Vergnügen in dieser Zeit hatte darin bestanden, dem einfühlsamen Sorien auf sein zaghaftes mentales Anklopfen hin die innere Tür zu öffnen. Konfrontiert mit dem fremden Wesen, das einmal ein Mitglied der Gahariren gewesen war, machte Sorien gleich an der Türschwelle kehrt und stolperte mit verzerrtem Gesicht davon.

Allerdings entpuppte sich diese kleine Bosheit umgehend als Wiedergänger. Denn nicht nur Sorien wurde in diesem Moment die Veränderung vor Augen geführt, die er erlitten hatte. Nachdem Aelaris so viel Mühe darauf verwendet hatte, jede Regung seines Geistes zu unterdrücken, kehrte diese Erkenntnis mit grausamer Klarheit zurück. Die entscheidende Begabung, die für einen Elben den Sinn seines Wesens ausmachte und zu der er durch das Maliande befähigt wurde, war ihm abhandengekommen: Er war ein Fremder unter seinesgleichen, unvermögend, sie wahrhaft zu berühren.

Kaum war Sorien geflüchtet, setzte Aelaris sich trotz der protestierenden Gliedmaßen mit Schwung auf und sah zu, dass er auf den pochenden Beinen zum Stehen kam. Auf dem Weg zur Tür griff er sich eine Handvoll getrockneter Beeren, die jemand Wohlwollendes auf die Fensterbank gestellt hatte. Obwohl die Mittagssonne hinter einem grauen Schleier verborgen lag, musste er unwillkürlich blinzeln, als er ins Freie trat. Instinktiv richtete er das Gesicht in Richtung Sonne und blieb regungslos stehen. Für einen Augenblick war er ganz bei sich selbst, ein Elbe, der das Tageslicht genoss.

»Es tut gut, sie zu spüren – ganz gleich, wie schwach ihre Strahlen sein mögen.«

Nilis war so dicht neben ihn getreten, dass sein Ellbogen

leicht Aelaris' Arm streifte. Trotzdem verharrte Aelaris weiterhin in dieser Haltung, auch wenn die Anspannung in seinen Schultern verriet, dass die kurze Spanne der Gelöstheit vorbei war.

Nilis hatte ihn seit seiner Wiederkehr gelegentlich aufgesucht, wobei er stets auf einem Stuhl gesessen und belangloses Zeug geplaudert hatte. Seine Besuche waren Aelaris genauso gleichgültig gewesen wie alle anderen, denn die Elben seines Stammes kamen ihm alle gleichermaßen fremd vor. Was machte es da für einen Unterschied, ob sie ihm ihr Mitleid aussprachen oder vom geselligen Beisammensein am letzten Abend berichteten?

Nun sprach Nilis immer noch in demselben Ton wie vor Tagen in der Kammer: freundlich und ein wenig überschäumend, aber keine Spur von dem befremdlichen Unterton der anderen. »Was möchtest du heute unternehmen? Wir könnten ja Vallir aufsuchen und uns ihre neuesten Werke anschauen. Oder ich könnte frisches Brot besorgen, und wir lassen einfach den Tag verstreichen und dösen ein wenig im Freien.«

»Verschwinde einfach.«

Die Worte kamen über seine Lippen, bevor Aelaris sich dessen richtig bewusst war. Widerwillig öffnete er die Augen und blickte Nilis an. Der Elbe blinzelte noch verwirrt, als habe er eben ganz unvermittelt eine Ohrfeige hinnehmen müssen. Dennoch machte er keine Anstalten, zu gehen oder es Aelaris mit gleicher Münze heimzuzahlen.

Aelaris spürte, wie sich rankenhafte Zeichen auf seiner Wange verdichteten und von dem Schamgefühl erzählten, das sein Benehmen in ihm hervorrief. Früher hätte er sich schnell eine Hand auf die Wange gelegt, vielleicht hätte er so getan, als würde es ihn an genau dieser Stelle plötzlich jucken. Doch nun blieb sein Arm leblos neben seinem Körper hängen, denn Nilis würde es weder gelingen, das Zeichen zu lesen, noch würde er über einen mentalen Faden erkunden können, was in ihm vorging.

Es ist so demütigend, als würde man nackt unter lauter wohl gekleideten Leuten gehen, dachte Aelaris.

Zu seiner Verwunderung wurden Nilis' Züge wieder weicher, als habe er doch etwas von den schmerzlichen Gedanken seines Gegenübers einfangen können. »Für eine Wanderung ist es noch nicht zu spät. Wir könnten gemeinsam diesen Wasserfall besuchen, der sich mit so viel Übermut über die Felsenkante hinunterstürzt, dass man vor lauter Dunst nicht sieht, wo die Flut aufschlägt«, zwitscherte er, als hätte es die barsche Zurückweisung nie gegeben.

Zur Antwort gab Aelaris lediglich ein erschöpftes Nicken und folgte Nilis, der sich summend auf den Weg machte.

Eine Wanderung zu unternehmen stellte sich als die richtige Entscheidung heraus. Der Weg führte steil bergauf. Immer wieder boten nur einige zerklüftete Vorsprünge in der Felswand die Möglichkeit, sich mit Fingern und Füßen abzustützen. Doch mehr brauchte Aelaris an diesem Nachmittag nicht, um den kräftezehrenden Aufstieg zu meistern. Er ging ganz auf in dem Zusammenspiel seines Körpers beim Klettern: das stete Ausbalancieren des Gleichgewichts, das Ziehen in den Muskeln, wenn er sein Gewicht in die Höhe hievte, das Kribbeln im Nacken, wenn unter dem Fuß das Gestein in Bewegung geriet und das beschwingte Gefühl im Magen, wenn eine weitere Etappe bewältigt war.

Nilis, der von seinen Bewegungen her deutlich leichtfüßiger als Aelaris war, kletterte voraus und warf ihm gelegentlich ein aufmunterndes Zwinkern über die Schulter zu. Einige silbrige Fäden des Haarschopfs, die dem Flechtwerk entkommen waren, reichten bis zur Taille. Je länger Aelaris sie beobachtete, wie sie eine Armeslänge vor ihm auf und ab tanzten, desto stärker wurde der Eindruck, dass sie sich wellen wollten. Doch das konnte nicht sein, denn Elbenhaar war wie gesponnenes Silber: von einer inneren Spannkraft, aber gerade herabfallend.

Obwohl es Aelaris reizte, den anderen Elben auf seine Beobachtung anzusprechen, sagte er nichts. Selbst Nilis würde seine Zurückhaltung aufgeben, wenn ihm unterstellt würde, nicht bis ins letzte Detail dem Elbenbild von Rokals Lande zu entsprechen. Wahrscheinlich bilde ich mir das auch nur ein, dachte sich Aelaris, während er über einen einigermaßen ebenen Pfad hinter Nilis herschritt. Gewiss hängt das mit dem Wunsch zusammen, nicht der einzige Abtrünnige unter den Gahariren zu sein.

Auf dieser Höhe des Westgebirges wurde der Fels nur noch an wenigen Stellen von Heidekraut und kümmerlichen Farnen bedeckt. In den Spalten, die von den Sonnenstrahlen nicht erreicht wurden, lag eine feine Schneeschicht von grauer Farbe, wie Staub, der sich in einer Ecke verfangen hatte und nicht mehr weichen wollte. Trotzdem zeichnete sich diese Gegend durch eine ganz eigene Schönheit aus, denn die vom Wetter gegerbte Oberfläche des Gesteins fesselte das Auge stets aufs Neue mit ihren unendlich variierenden Mustern, wobei das Licht- und Schattenspiel dem Ganzen eine wunderbare Note verlieh. Vor allem liebte Aelaris die Luft auf diesen Höhen, die so vollkommen rein war. Ganz anders als am Fuße des Gebirges, wo viel zu viele Lungen gierig nach ihr schnappten, von all den anderen Gerüchen ganz zu schweigen.

Seit geraumer Zeit verfolgte sie bereits das tiefe Dröhnen des Wasserfalls, so dass sie immer schneller ausschritten, um seiner endlich ansichtig zu werden. Wenn Aelaris durch den Mund einatmete, glaubte er den leicht metallenen Geschmack des Wassers bereits auf seiner Zunge schmecken zu können. Zu seiner eigenen Überraschung stellte er fest, dass er tatsächlich lächelte. In diesem Moment blickte Nilis ein weiteres Mal über die Schulter und ließ ein vergnügtes Lachen hören, dann setzte der Elbe zu einem leichten Lauf an. Für einen Moment hielt Aelaris inne, bevor er ebenfalls loslief, um die letzte Wegstrecke zum Wasserfall zu überwinden.

Am Ziel angekommen, ließen die beiden ihre Beine über den Abgrund baumeln und kauten an Besal-Stücken, die Nilis in dem Lederbeutel gefunden hatte, der stets am Gürtel um seine Hüften hing. Obwohl sie aus reinem Vergnügen Speisen zu sich nahmen, war dieses geschmackvolle Früchtebrot mehr als willkommen.

Zu ihrer Linken ergoss sich von einem höher liegenden Vorsprung der Wasserfall, der seinen Ursprung in einem recht schmalen Gebirgsfluss fand. Doch einer Laune der Natur folgend, schoss dieser Strahl im hohen Bogen in die Luft, beschrieb einen eleganten Bogen, um sich dann kopfüber mit einem ohrenbetäubenden Knall in die Tiefe zu stürzen. Die Kraft, mit der das Wasser auf den Stein schlug, verwandelte es in einen feinen Nebel, der die Schlucht ausfüllte und sie somit in einen geheimnisvollen Ort verwandelte.

»Bist du schon einmal dort unten gewesen?«, fragte Nilis, der das Besal zwischen zwei Fingerspitzen zu einer kleinen Kugel geformt hatte.

Aelaris nickte bejahend. Für einen Augenblick war er versucht, Nilis ein Bild vom Grund der Schlucht hinüberzuschicken. Doch dann erinnerte er sich, dass er nicht wissen konnte, wie er durch Nilis' Tür eintreten sollte, so dass dieser ihn auch erkannte. Ehe eine weitere Woge an Selbstmitleid über seinem Kopf zusammenschlagen konnte, räusperte Aelaris sich. »Es ist ein Heidenaufwand hinunterzusteigen. Ein Nebengang des Refal-Stollens mündet zwar auf halber Höhe der Schlucht, trotzdem dauert es eine Ewigkeit, bis man hinuntergeklettert ist. Die Wände sind elendig glatt, und der ganze Kessel ist voller Wasserdunst, der an dir klebt wie eine zweite Haut und dir die Sicht raubt. Das Wasser schlägt in ein kleines Becken, das es wahrscheinlich selbst geschaffen hat. Jedenfalls verschwindet der Fluss umgehend wieder im Gebirge. Von hier oben sieht alles sehr viel eindrucksvoller aus, wenn du mich fragst. Es lohnt sich nicht immer, den Dingen auf den Grund zu gehen.«

»Aber du hast dich heute wieder einmal auf den Weg gemacht, um dir den Wasserfall anzuschauen«, sagte Nilis und klang dabei, als würde er mit sich selbst sprechen. »Es liegt ein Unterschied darin, was etwas ist und wie wir es wahrnehmen. Hier oben ist der Wasserfall ein magischer Ort, zu dessen Füßen ein Geheimnis bewahrt wird. Er lädt zum Träumen ein … jedenfalls empfinde ich das so. Dass die Schlucht in Wirklichkeit nur ein nebeliger, kalter Fleck ist, ändert daran nichts.«

Stirnrunzelnd betrachtete Aelaris den Elben neben sich. Versuchte Nilis ihm zwischen den Worten etwas mitzuteilen? Oder war er mittlerweile so verdorben, dass er alles stets auf seine absurde Situation anwendete? Vorsichtshalber brummte er zustimmend.

Der Abstieg im rasch schwächer werdenden Tageslicht verlief in angenehmer Schweigsamkeit, und als sich die Wege der beiden Elben bei den Unterkünften trennten, winkte Nilis zum Abschied, bevor er sich summend abwendete. Als Aelaris seine Kammer betrat, die bereits im Dämmerlicht lag, wäre er fast in Akalande hineingelaufen, der auf ihn wartete.

»Es freut mich zu sehen, dass du bereit bist, dein altes Leben wieder aufzunehmen. Ich sah mich schon gezwungen, mit Gewalt auf dich einzuwirken.« Zwar lag Akalandes Gesicht im Schatten, doch seine Stimme verriet eine gewisse Vorfreude, die er mit einem fürsorglichen Ton zu übertünchen versuchte.

Aelaris erwiderte knapp die Begrüßungsgeste und drehte

dem Elben dann den Rücken zu, um nach einer Kerze zu suchen. Während er die Laden einer Kommode durchwühlte, drehten sich seine Gedanken um die Frage, was Akalandes Besuch wohl zu bedeuten hatte.

Schließlich fand Aelaris einen Kerzenstummel. Als er ihn entzündete, verspürte er vollkommen unerwartet ein heftiges Bedrängen seiner inneren Barriere. Es war das pure Anstürmen einer mentalen Präsenz, die Aelaris ächzend einen Schritt nach vorn taumeln ließ. Die brennende Kerze fiel zu Boden und erlosch, und Aelaris suchte mit beiden Händen an der Kommode nach Halt.

Hätte er es nicht besser gewusst, so hätte er wahrscheinlich gedacht, dass ein fremder Elbe ihn bedrängte. Doch es war sein alter Lehrer, der Zugang zu ihm suchte.

Dieses Bedrängen kannte Aelaris noch aus den Anfängen seiner Lehrjahre, und es war ihm in grauenhafter Erinnerung geblieben: Wenn sie das erste Mal der verbindenden Wirkung des Maliandes ausgesetzt werden, werden die inneren Barrieren unerfahrener Elben Stück für Stück von ihren Lehrern geöffnet, damit es dem Geist des Schülers gelingt, sich mit dem Stamm zu vereinigen.

Angeblich empfanden die meisten Elben diese Erfahrung als beglückend, so als würde man nach langer Kälte und Dunkelheit endlich das Flackern eines Feuerscheins in der Ferne erblicken. Aelaris verband andere Erinnerungen mit seinem Einstieg in das Stammeswesen: Sie waren voller Gewalttätigkeit und Demütigung.

Aus reinem Selbstschutz richtete er dasselbe Drängen auf Akalande, mit dem dieser ihn bestürmte. Sein alter Lehrer keuchte auf und griff sich an die Brust, als habe Aelaris ihm ohne Vorwarnung einen Dolch hineingestoßen. Augenblicklich zog Akalande sich zurück. Sobald die beiden Elben sich wieder einigermaßen unter Kontrolle hatten, standen sie voreinander wie zwei Gegner. Und so verharrten sie lange in der Dunkelheit, lauschten dem Atem des anderen und spürten seine zornerfüllte Präsenz.

Akalande ergriff als Erster wieder das Wort: »Ich begreife ja, dass du nicht darüber sprechen willst, was dir in Achaten angetan worden ist. Wahrscheinlich ist die Scham zu groß, und ich akzeptiere das. Aber du wirst dich damit abfinden müssen, dass dir das Wissen, wie wir Elben die Magie des Maliandes richtig einsetzen, abhandengekommen ist. Im Augenblick bist du wieder da angelangt, wo wir zu Beginn unseres Unterrichts waren, Aelaris. Du vermagst weder deine Stammeszeichen zu formen, noch gelingt es dir, andere Elben in dein mentales Haus eintreten zu lassen oder sie selbst aufzusuchen. Wenn du Teil dieses Stammes sein willst, wirst du dich damit abfinden müssen, dich mir ein weiteres Mal anzuvertrauen. Nur werde ich dir dieses Mal deinen übergroßen Widerwillen, dich zu öffnen, nicht nachsehen.«

Es entstand eine Pause, die Aelaris allerdings nicht gewillt war, mit Worten zu füllen.

»Du wirst dich entscheiden müssen«, fuhr Akalande schließlich fort, »ob du meine Lehren in Anspruch nehmen oder ob du lieber ein Fremder im Schoße deines eigenen Stammes bleiben willst. Letztendlich wissen wir doch beide, dass es nur einen Weg geben kann: den Weg der Gahariren.«

Da war sie wieder, diese schlecht verhüllte Vorfreude in Akalandes Stimme, die Aelaris den kalten Schweiß zwischen den Schulterblättern ausbrechen ließ. Instinktiv wich er weiter in die Dunkelheit des Raumes zurück. Obwohl er kaum Akalandes Silhouette ausmachen konnte, glaubte er zu sehen, wie dieser gierig die Arme in seine Richtung ausstreckte.

Seit dem Zusammenstoß mit Akalande vor einigen Tagen hielt Aelaris es kaum noch in der Enge seiner Kammer aus.

Wie ein Getriebener hastete er durch all die Orte, an denen sich die Elben seines Stammes aufzuhalten pflegten – ob nun in den Stollen des Westgebirges, den weitläufigen Gemeinschaftshallen oder auf den unzähligen Wegen, auf denen sein Volk lustwandelte.

Einem inneren Drang folgend, suchte Aelaris die Nähe der Seinen, die ihm mit einem Mal so entfremdet waren, nun, da er ihnen nicht länger auf die altvertraute Weise entgegentreten konnte. Zugleich aber wandte er den Blick ab, wenn sie ihm zu nahezutreten drohten. Trotzdem bemerkte er ihre unausgesprochene Abneigung gegen ihn, gemischt mit einer Spur von Neugier.

Aelaris war, so erschien es ihm von Tag zu Tag deutlicher, zu einem Sonderling geworden. Hätten die Gahariren eine Kinderschar ihr Eigen genannt, wären sie ihm wahrscheinlich mit einem Sicherheitsabstand gefolgt, um ihn zu beobachten und ihm gelegentlich Streiche zu spielen. Schau nur, da ist wieder dieser seltsame Kauz, dessen Zeichen vom Irrsinn befallen sind und der dir bestenfalls einen mentalen Fußtritt verpassen kann. Pass auf, dass du seinen Weg nicht kreuzt, denn vielleicht ist sein Wahnsinn ja ansteckend.

Ein bitteres Lächeln breitete sich auf Aelaris' ebenmäßigen Zügen aus, die ihm schon im nächsten Augenblick entglitten. Nicht mehr lange und er würde anfangen, lautstarke Selbstgespräche zu führen und sich die Wangen mit Asche zu beschmieren, traurige Nachahmungen der Stammeszeichen. Auch wenn er es bislang erfolgreich vermieden hatte, so würde er bald über Akalandes Angebot entscheiden müssen. Doch allein bei dem Gedanken, abermals dem Willen seines Lehrers unterworfen zu sein, zogen sich sämtliche Fasern in seinem Leib schmerzhaft zusammen, und die schwarz-roten Zeichen sprengten über seine Haut wie Blitze über den Nachthimmel.

Erschöpft hielt Aelaris inne und stellte fest, dass seine Füße ihn zu den Hallen von Plemaris getragen hatten. Die weitläufigen Plateaus waren an diesem Wintertag in eine Schneedecke gehüllt, die dann und wann von einem Gebirgsbach durchkreuzt wurde. Eine strahlend blaue Eisschicht bedeckte die sich windenden Läufe, die gelegentlich zerborsten waren und den Blick auf glitzerndes, flink dahinfließendes Wasser offenbarten. Der Wind hatte einen Großteil des Schnees von den efeuumrankten Säulen geweht, so dass das gepuderte Grün der Blätter sich vom Eisblau des Himmels abhob.

Als Aelaris das letzte Mal diese Kaskadenlandschaft besucht hatte, war er Akalandes Ruf gefolgt. Hier, an diesem Ort der Besinnung, hatte sein alter Lehrer ihm die Botschaft überbracht, dass er endlich, nach all den Jahren unter Akalandes drakonischer Aufsicht, frei sein würde. Welche Ironie, dass ausgerechnet die Vorstellung, erneut der Willkür dieses Elben ausgeliefert zu sein, ihn heute hierher geführt hatte.

Kaum sichtbare Spuren hinterlassend, durchschritt Aelaris das unterste Plateau, bis er zu einer Steinbank kam, die von einem dicken Schneemantel bedeckt war. Ohne sich die Mühe zu machen, den Schnee beiseitezuschieben, setzte er sich. Kälte machte den Elben ebenso wenig zu schaffen wie die lodernde Glut in den Tiefen des Westgebirges – eine der wenigen Gemeinsamkeiten der magisch veranlagten Völker von Rokals Lande.

Eine Weile saß er wie betäubt da und beobachtete einen schmalen Gebirgsfluss, der plätschernd gegen einen Findling im Flussbett strömte. An dieser Stelle war das Wasser so kräftig in Bewegung, dass es dem Eis nicht gelungen war, sich vollständig über dem Lauf auszubreiten. Wie ein Fenster in eine andere Welt klaffte die klirrend blaue Hülle um den Findling herum auf.

Aelaris' Blick blieb an einem breiten Zacken aus Eis hängen, der an den Rändern überstand. Bevor er sich's versah, kniete er am Ufer und brach den Zacken ab. Unschlüssig wendete er seinen Schatz in den Händen, streifte mit dem Daumen über die milchige Oberfläche. Dabei fiel sein Blick auf den eigenen Handrücken.

Er zuckte derart heftig zusammen, dass der Eissplitter auf das gefrorene Flussufer schlug und zerbarst. Ehe er sich mit einem weiteren Blick beweisen konnte, dass er sich getäuscht haben musste, hatte ein aufgeregtes Gewusel von schwarzen Kringeln den Handrücken gefärbt. Hastig ließ Aelaris beide Hände in den Ärmeln seiner Tunika verschwinden und kehrte dem Flusslauf den Rücken zu. Ohne Halt zu machen, stürmte er bis in seine Kammer, wo er hinter verschlossenen Fenstern auf den Einbruch der Dunkelheit wartete. Es brauchte mehrere Anläufe, bis er genug Mut aufbrachte, um eine Kerze zu entzünden und beide Handrücken zu studieren.

Zu seinem Entsetzen waren sie immer noch da und befanden sich an beiden Händen an genau denselben Stellen: feine, hellbraune Härchen, kaum zu sehen, knapp oberhalb der Handknöchel.

Aelaris spürte, wie ihm die Tränen in die Augen stiegen wie eine versengende Glut. Doch er riss sich zusammen, atmete tief durch und rollte langsam den Ärmel der Tunika hoch. Die ganze Oberseite seines Unterarms war mit diesem braun schimmernden Flaum überzogen, der sich deutlich von der weißen Haut abzeichnete. Dazwischen schlängelten sich schwarze Linien, die niemand außer ihm zu lesen vermochte. Sie erzählten von dem Unglück und der Scham, die er empfand.

Es war also nicht bei den Veränderungen der Zeichen und seines mentalen Hauses geblieben … Der Prozess, der ihn Stück für Stück in eine fremde Kreatur verwandelte, war offensichtlich noch längst nicht abgeschlossen.

Seine Finger zitterten so heftig, dass er einige Anläufe benötigte, die Scheibe aus Silberglas auf die Kommode zu hieven und die Kerze vor ihr zu platzieren. Doch als endlich alles bereit war, brauchte Aelaris noch eine ganze Weile, bis er sich dazu durchringen konnte, den Blick auf sein Spiegelbild zu richten.

Zuerst erschien ihm alles wie immer: das Gesicht eines Gahariren. Er zwang sich, genauer hinzusehen, und glaubte eine Abweichung bei den Gesichtszügen zu bemerken. War seine Nase nicht markanter als sonst, waren dafür die Lippen schmaler? Trat der Kieferknochen für einen Elben nicht untypisch deutlich hervor? Zwischen den Augenbrauen nistete sich eine tiefe, senkrecht verlaufende Falte ein. Zwischen den dunkel schimmernden Augenbrauen …

Unwillkürlich stieß Aelaris ein heiseres Keuchen aus. Es musste am Lichtspiel zwischen der Kerze und dem Silberglas liegen, bemühte er sich zu versichern. Doch er wusste es besser. Langsam hob er beide Arme über den Kopf. Immer hastiger entwirrten seine Finger das verworrene Netz an Zöpfen, zu dem sein Haarschopf zusammengefasst war. Als er damit fertig war, griff er sich eine Handvoll des metallisch glänzenden Haares und hielt es seitlich des Kopfes in die Höhe.

Dieses Mal keuchte Aelaris nicht vor Entsetzen auf. Er wendete sogar leicht den Kopf, um das Farbspiel genauer beobachten zu können. Es sah so aus, als habe jemand von der Wurzel aus unregelmäßig lange, bronzefarbene Streifen in sein Silberhaar gezogen.

Er ließ die Strähne los und ging einen Moment in sich. Dann öffnete er eine der Laden und holte ein Messer mit breiter Klinge hervor. Erneut griff er sich eine der Strähnen und begann, das Silber herauszuschneiden. Als er zufällig den Blick seines Spiegelbildes streifte, war er nicht weiter verwundert festzustellen, dass das schwarz glühende Leuchten der Iris von einem leuchtenden Grün eingekreist war.

Nilis lag bäuchlings auf seinem Lager und betrachtete die in eine Silberplatte geschnitzte Miniatur eines Kiefernbaumes, als er Aelaris seinen Namen rufen hörte. Instinktiv sendete er dem Elben ein Willkommen, besann sich dann aber eines Besseren und sagte schlicht: »Komm doch herein.«

Aelaris brachte von draußen den klaren Duft von Schnee und Frost ins Innere der Kammer. Er setzte sich neben Nilis auf das Lager und schwieg. Nilis ließ sich längs auf die Seite fallen und hielt dem Freund die Miniatur hin. »Von Vallir – ist sie nicht wunderschön?«

Als Antwort ließ Aelaris ein Brummen hören, dem so ein warmer Ton innewohnte, dass Nilis umständlich den Kopf zur Seite drehte, um sein Gesicht sehen zu können. Augenblicklich froren ihm sämtliche Bewegungen ein, nur seine Lippen formten sich zu einem lautlosen O.

Neben ihm saß ein Geschöpf, das er nicht zuordnen konnte. Körperbau und Gesichtszüge ließen auf einen Elben schließen, doch der Kopf wurde von einem Kranz bronzefarbenen Haares umgeben, und wo einen normalerweise zwei glühende Kohlestücke anblickten, war ein von dunklen Wimpern bekränztes Augenpaar, in dem die Iris so grün funkelte wie junge Tannenspitzen. Auch die Gesichtszüge wirkten vertraut und fremd zugleich: Sie waren zu markant für einen Elben, unter den Wangenknochen zeichneten sich sogar leichte Schatten ab.

Nilis schloss die Augen und zwang sich, tief einzuatmen. Zu gern wäre er ein Stück abgerückt, gar aus der Kammer geflüchtet, aber er wusste, dass ihm diese Möglichkeit nicht offenstand. Unter den Gahariren war er weder als besonders mutig noch als geistreich bekannt. Er war einfach nur ein

Elbe, der die Tage verstreichen ließ und sich dem Willen des Stammes beugte. Doch in diesem Augenblick bezwang er seine Furcht und stellte sich dem Unbekannten.

»Was ist nur geschehen, Aelaris?«, fragte Nilis mit bebender Stimme. »Du hättest dir das Haar nicht abschneiden sollen. Jetzt werden alle sofort sehen, wie sehr du dich verändert hast. Bisher glaubten sie lediglich, dass deine Verwandlung an den neu ersonnenen Foltermethoden von Achaten liegt. Aber wenn sie dich so sehen, werden sie dich fortjagen.«

»Das brauchen sie nicht«, erwiderte Aelaris und lächelte herausfordernd. »Ich werde ihnen die Aufregung ersparen und noch heute Nacht gehen. Aber Nilis, du solltest wissen, dass ich nicht lange allein bleiben werde. Etwas ist in Bewegung geraten, das Maliande fügt sich nicht länger dem Willen der Elben.« Aelaris hielt inne und fuhr sich mit der Hand über den Nacken. Er zuckte kurz zusammen, als er ohne Probleme die bloße Haut berühren konnte. Lediglich einige Haarspitzen streiften seine Finger. Für einen Moment kochte die Beklemmung wieder hoch, von seinem Stamm getrennt zu sein. Doch dieses Mal hielt er nicht daran fest. »Lass mich dir einen Rat geben, Nilis: Stell dich auf Veränderungen ein, sie werden nicht an dir vorbeigehen.«

Bei dieser Vorstellung verzog Nilis entsetzt das Gesicht, bemühte sich jedoch sofort darum, den Ausdruck zu glätten, da er Aelaris nicht verletzen wollte. »Wenn du nicht mehr Teil des Stammes der Gahariren bist und auch ansonsten nicht mehr wie ein Elbe des Westgebirges aussiehst … Was wirst du tun?«

»Ich bin viel zu lange dem Weg der Gahariren gefolgt, obwohl sich etwas in mir immer dagegen gewehrt hat. Vielleicht ist es an der Zeit, dass ich meinen eigenen Weg suche.«

»Aber ohne das Maliande und ohne den Stamm, was bist du dann?«

Aelaris zog die Augenbrauen hoch, als wollte er sagen: »Wer weiß?«. Doch er lachte nur und klang dabei seltsam befreit. Nicht froh und zufrieden, sondern wie jemand, der eine Gefangenschaft hinter sich gebracht hatte und der Zukunft entgegensah, auch wenn diese nicht Gutes zu bieten hatte.

Mit einem festen Griff drückte Aelaris Nilis kurz die Schulter, dann stand er auf und schritt rasch in die Dunkelheit hinaus.

Nilis blieb noch eine Zeit lang wie erstarrt liegen. Als er wieder zu sich kam, verfluchte er sich dafür, Aelaris kein Glück gewünscht zu haben. Ein brennendes Gefühl breitete sich in seiner Brust aus, von dem er nicht so recht wusste, was es ausgelöst haben mochte. Es war ihm, als hätte er soeben etwas verloren, das er gerade erst gewonnen hatte. Aber Freundschaft gab es unter den Elben genauso wenig wie Liebe. Schließlich gab es den Stamm. Doch diese Empfindung, die Nilis verspürte, würde er mit keinem der anderen Gahariren teilen wollen. Zumindest mit keinem der hier lebenden.

Kapitel 13

Vennis hatte Tevils vor einigen Tagen auf halber Strecke zwischen Kohemis' Haus und Previs Wall in Empfang genommen. Als sie an einem Abend in einer Taverne über dem Abendessen saßen, drängte sich Tevils allmählich die Erkenntnis auf, dass Vennis ihm zwar zumutete, seinen Weg durch eine einsame Heidelandschaft zu finden. Aber sobald er sich dem belebten Gürtel der Hafenstadt näherte, hielt Vennis es offensichtlich für das Klügste, ihn keine Sekunde lang aus den Augen zu lassen. Wie es schien, teilte Vennis Kohemis' Verdacht, dass er sich nicht in der Hand hatte, sobald sich ihm ein wenig Vergnügen in Aussicht stellte.

»Du hättest mir nicht entgegenreiten müssen, da doch in Previs Wall die Erde brennt, wie du sagst«, schnitt Tevils das Thema für seine Verhältnisse ausgesprochen diplomatisch an. Dabei belauerte er Vennis' Gesichtsausdruck, um die Bestätigung zu bekommen, dass sein Mentor ihn schlicht und ergreifend immer noch für einen Tunichtgut hielt.

Doch Vennis blickte kaum von seinem Hirschbraten auf, dessen Stücke er heißhungrig mit einer Zinkgabel attackierte. Er stellte lediglich den Weinbecher ab, um Tevils mit der freien Hand die Schulter zu tätscheln. »Ehrlich gesagt, bin ich ganz froh, mal für ein paar Tage aus dem Irrenhaus raus zu sein, das Previs Wall im Augenblick ist«, brachte er kauend hervor. »Hinter jeder Tür findet ein geheimes Treffen statt, ständig versucht jemand, einen in eine stille Ecke zu ziehen, die Gerüchte schwirren durch die Gänge, dass einem die Ohren klirren … Es wird geschachert, gelogen und aufgeschnitten, was das Zeug hält.« Ohne im Reden innezuhalten, zog Vennis eine Schale mit dampfenden Ofenkartoffeln heran und häufte sie sich großzügig auf den Teller. »Zu viele Parteien, die sich das größte Stück vom Filet unter den Nagel reißen wollen, ungeachtet der Tatsache, dass an jedem Zipfelchen noch ein anderer reißt und zieht. Die Tage vor einer Auseinandersetzung entfalten stets ihre ganz eigene Magie, und mir persönlich schlagen sie auf den Magen.«

»Merkt man gar nicht«, sagte Tevils leise, während Vennis erneut nach dem Weinbecher griff und ihn in einem Zug leerte, um sich von einem Tablett einen Krug Bier zu schnappen.

Vennis hatte den Seitenhieb trotzdem gehört und lachte lautstark. »Ich bin wirklich froh, dich wiederzuhaben! Du trägst dein Herz auf der Zunge. Ich hatte schon fast vergessen, wie es ist, nicht erst um fünf Ecken denken zu müssen, bis man endlich den Mund aufmachen kann. Diese ganzen feinzüngigen Höflinge werden staunen, wenn sie erst einmal einem unverdorbenen Naturburschen wie dir gegenüberstehen.«

Notgedrungen stimmte Tevils in das Lachen ein. Allerdings war er unsicher, ob eine scharfe Replik nicht eher in seinem Sinne gewesen wäre. Doch Vennis war augenscheinlich wirklich sehr glücklich, neben ihm an einem schlichten Taverrnentisch zu sitzen, so dass er seinen verletzten Stolz hinunterschluckte.

Als Tevils nämlich die vereinbarte Kreuzung erreicht hatte, hatte Vennis im Windschatten eines Findlings gehockt und in einem Buch gelesen. Das Gesicht seines Mentors hatte unter der Hutkrempe hohlwangig und erschöpft ausgesehen, aber in den letzten Tagen war wieder Leben in Vennis' Gesichtszüge eingekehrt, und Tevils bildete sich ein, dass dieser Wandel nicht allein dem Wein zuzuschreiben war. Zunächst war Vennis ungewöhnlich wortkarg gewesen, so dass Tevils ihm den Lagebericht regelrecht aus der Nase hatte ziehen müssen. Nachdem er ihn allerdings mit ein paar Anekdoten auf Kohemis' Kosten zum Lachen gebracht hatte, war er glücklicherweise schon bald wieder der Alte gewesen.

Nun saßen die beiden Männer Seite an Seite in einem Schankraum, dessen niedrige Decke und das leicht nach außen gewölbte Mauerwerk den Eindruck erweckten, im Bauch eines Wals zu sitzen. Um sie herum wogte eine Melange aus reisenden Händlern, Seeleuten und dem einen oder anderen Söldner, der die Zeit totschlug, bis seine Dienste gefragt waren. Das bunte Stimmengewirr und der Gesang prallten von den rußbeschmierten Wänden ab. Die Kerzen flackerten unstet, während ihre Körper zu einer weiteren blasigen Schicht auf den Wachstürmen zerflossen, mit denen die Tische übersät waren. Grauer Pfeifenrauch vermischte sich mit dem Dampf der Speisen und vernebelte den Gästen die Sicht.

Tevils atmete tief ein und genoss den Trubel. Der Wein hatte ihm bereits ordentlich eingeheizt, und er spielte mit dem Gedanken, aus den Stiefeln zu schlüpfen. Da ihm das dann doch zu mühselig war, schälte er sich kurzerhand aus seinem Mantel, den er achtlos hinter sich zu Boden fallen ließ, und streifte den Schal ebenfalls ab. Eine Sekunde später fiel ihm wieder ein, warum er den Schal eigentlich um keinen Preis hatte ablegen wollen, aber da war es schon zu spät: Vennis grinste anzüglich. Trotzdem legte Tevils die Hand auf den münzgroßen Bluterguss an seinem Hals.

»Ein Abschiedsgeschenk«, erklärte er würdevoll.

Vennis starrte bemüht die Reste seines Bratens an, aber das Grinsen wollte und wollte nicht weichen. »Du bist wirklich der einzige Kerl, dem es unter Kohemis' Dach gelingt, sich zu vergnügen. Normalerweise reicht ein Blick von diesem strengen Herrn, und man möchte tagelang nur die Hände falten und vornehm dreinblicken.«

»Du vergisst, dass ich unter Lehens Fuchtel groß geworden bin. Wenn es um Vernunft und Anstand geht, dann kann Kohemis bei ihr noch in die Schule gehen.« Tevils nahm einen tiefen Schluck Wein und knöpfte sich unbekümmert das Hemd ein Stück auf. Automatisch suchten seine Finger die feine Ranke, die Kohemis ihm vor seiner Abreise unter den linken Brustansatz gestochen hatte. Zwar hatte Tevils zuerst darauf gedrängt, sein Zeichen genau wie Nahim am Unterarm zu tragen, doch Kohemis hatte ihn mit einem unwirschen »Papperlapapp« unterbrochen.

»Die Zeichen kommen dahin, wo ich sie sehe, und keine Diskussion«, hatte der alte Mann ihm mit erhobenem Zeigefinger erklärt. »Du kannst dich glücklich schätzen, dass ich mich dazu habe überreden lassen, dich jetzt schon zu zeichnen. Wenn man es genau nimmt, dürfte da bestenfalls ›Beglücker von Dienstmägden‹ stehen. Denn, soweit ich das beurteilen kann, ist das dein einziges herausragendes Talent.«

Zwar hatte Tevils eine Erwiderung auf der Zunge gelegen, aber er hatte sie mühsam hinuntergeschluckt. Er brannte darauf, ein Zeichen zu erhalten, und wollte Kohemis um keinen Preis eine Vorlage liefern, dieses Ritual auf ein anderes Mal zu verschieben.

Während er nun die verschorfte Haut betastete, wanderten seine Gedanken zu einem anderen Zeichen, das er vor langer Zeit einmal bewundert hatte. »Lalevil ist nicht sehr glücklich darüber, dass Maherind sie wieder nach Achaten geschickt hat. Ich glaube, sie fühlt sich dort einsam.«

Vennis' Zungenspitze fuhr über den Schurrbart, in dem sich Bierschaum verfangen hatte. »Wen überrascht das? Zwar mag Präae ihre Lalevil abgöttisch lieben, aber sie ist halt ein Drache, und die Drachen von Rokals Lande meiden das Westgebirge mit derselben Leidenschaft, mit der du einen weiten Bogen um das Meer machst.« Einen Augenblick lang hielt

Vennis inne und musterte Tevils, der ihn erwartungsfroh anschaute. Dann erst fuhr er fort: »Und nach dem, was im letzten Herbst passiert ist, wird Lalevil wohl dafür gesorgt haben, dass Präae keine weiteren Ausflüge mehr unternimmt. Maherind ist diesbezüglich außergewöhnlich deutlich gewesen. Die momentane Situation ist kompliziert genug, auch ohne dass sich Badramur die Nächte um die Ohren schlägt, weil sie über die Macht der Drachen nachdenkt.«

»Präae hat eben gespürt, dass Lalevil sich in ernster Bedrängnis befand!«

Tevils funkelte Vennis angriffslustig an. Er hatte diese Diskussion bereits mehrfach mit Kohemis geführt, und er ärgerte sich nach wie vor darüber, dass Präaes Heldentat dadurch geschmälert wurde, weil sie damit Fragen politischer Natur aufgeworfen hatte. Nachdem Lalevil bei ihrem Besuch im Klippenhaus von dem erstaunlichen Ausgang der Schlacht zwischen Achaten und dem Elbenstamm der Gahariren berichtet hatte, war Kohemis dermaßen außer sich gewesen, dass er den ganzen Abend lang lediglich ein »Tse« nach dem nächsten herausbrachte. Dass Lalevil Präae bei diesem Besuch im NjordenEis zurückgelassen hatte, stellte sich im Nachhinein als wahrer Glücksfall heraus. Denn so aufgebracht, wie Kohemis gewesen war, hätte nichts und niemand ihn daran hindern können, den Drachen an eine Kette zu legen.

»Die Geister von Präae und Lalevil sind auf magische Weise miteinander vereint, nicht wahr?«, setzte Tevils zu der gleichen Erklärung an, die er auch Kohemis vorgetragen hatte – allerdings mit wenig Erfolg. Präaes Verteidigung hatte ihm nur eine Flut an Zurechtweisungen und Beschimpfungen eingebracht. Zu guter Letzt drohte Kohemis sogar, noch wütender auf den beharrlichen Tevils als auf die reisefreudige Drachendame zu sein. Doch Tevils hatte sich nicht von seiner Haltung abbringen lassen, selbst dann nicht, als Kohemis ihn mit verschränkten Armen und zusammengepressten Lippen verabschiedet hatte.

»Ich begreife ja, dass ein verschrobener alter Kerl wie Kohemis sich nicht von einem eigensinnigen Drachen sein kompliziert aufgebautes Schachspiel über die Zukunft von Rokals Lande durcheinanderwirbeln lassen will. Aber wenn es in dieser Welt nach Kohemis' Gusto ginge, würde jeder sofort tot umfallen, der nicht in seine Pläne passt.« Mit diesem Satz gelang es Tevils tatsächlich, Vennis ein trockenes Lachen zu entlocken.

Ermutigt fuhr er fort: »Und du kannst doch nicht ernsthaft behaupten wollen, dass Lalevil besser tot als von Präae gerettet wäre?« Dabei schnaufte er demonstrativ. »Der ganze Orden starrt wie gebannt nach Achaten und glaubt, dass die Prälatin sich mit einem Mal für Drachen interessiert, nur weil ihr mal einer unter die Augen gekommen ist. Was soll daran denn bitteschön so Besonderes sein? Gut, mit Präaes Auftauchen wurde die kriegerische Auseinandersetzung beigelegt. Aber sie wollte halt zu ihrer Lalevil, genau wie in den Märchen. Jedes Kind weiß doch, dass die Drachen mit dem Volk von NjordenEis verbunden sind. Da gibt es also nichts, worüber Badramur sich den Kopf zerbrechen müsste.«

Vennis brummte sanft und drehte den Bierkrug zwischen seinen Händen. Eigentlich hatte Tevils mit einer wortreichen Entgegnung oder zumindest mit einer Zurechtweisung gerechnet. Stattdessen war Vennis ganz in Gedanken versunken und zeigte keinerlei Ansinnen, sich auf einen Disput einzulassen. Zunächst trommelte Tevils erregt mit den Fingern auf der Tischplatte herum und legte sich weitere Argumente zurecht, mit denen er Vennis bei der erstbesten Gelegenheit beeindrucken würde. Da dieser jedoch weiterhin beharrlich schwieg, schweifte Tevils Blick schließlich zu einem Tisch, an dem Karten gespielt wurden. Bevor er sich's versah, hatte das mit Gegröle unterlegte Spiel seine Aufmerksamkeit gefesselt, und er versuchte, sich zu entsinnen, wie viele Münzen er bei sich trug. Gerade als er aufstehen und hinübergehen wollte, begann Vennis doch noch zu sprechen, die Stimme leise und ernst.

»Dass Präae ein Schlachtgeschick gewendet hat, indem sie die Sinne der Elben verwirrte, mag für Badramur eine seltsame Begebenheit bleiben, solange sie nicht von der Orkvertreibung in eurem kleinen Tal erfährt. Denn ganz gleich, wie unheimlich die Drachen Badramur erscheinen mögen, sie würde keinen Augenblick lang zögern, sie für ihre eigenen Belange einzusetzen. Aber wie dem auch sei, Lalevil hat sich durch ihren Ehrgeiz selbst an Achaten gebunden. Sich jetzt zu beklagen oder gar einen Rückzieher machen zu wollen ist, ehrlich gesagt, kindisch.«

Tevils rutschte verunsichert mit dem Hintern auf der Bank herum. Vennis' Worte tauchten die Erregtheit, die Lalevil bei ihrem letzten Treffen an den Tag gelegt hatte, in ein klareres Licht. Offensichtlich war sie in eine Falle getappt, die sie sich selbst gestellt hatte.

»Was hat sie denn getan?« Es fiel Tevils merkwürdig schwer, diese Frage zu stellen. Lalevil bedeutete ihm sehr viel, denn sie war nicht nur eine beeindruckende Kämpferin und die aufregendste Frau, der er jemals begegnet war. Sie war ihm ebenfalls ein Vorbild, auch wenn Tevils sich das niemals eingestanden hätte. Sie war eine durch und durch standhafte Person, die von ihren Fähigkeiten überzeugt und ausgesprochen hartnäckig darin war, ihren Platz in der Welt zu behaupten. Lalevil neigte dazu, sich einfach zu nehmen, was sie wollte. Bislang hatte Tevils an dem Wert dieser Handhabung niemals gezweifelt, denn den Willensstarken gehörte die Welt. Als er nun an das verzweifelte Auffunkeln in Lalevils Augen dachte, das sie mit ihrem herben Charme überspielt hatte, war er sich da nicht mehr so sicher.

Vennis nickte bedächtig, als könne er Tevils' Gedanken lesen. »Lalevil hat sich dazu entschlossen, Badramur einen Dienst zu erweisen. Einen Dienst, der weit über die Aufgaben des Ordens hinausreicht. Du kennst Lalevil: Sie ist ehrgeizig. Es hat ihr nicht länger gereicht, an Brills Seite die zweite Geige in Previs Wall zu spielen. Als Valena im letzten Jahr von einem Ork erschlagen worden ist, hat Lalevil Maherind sofort gebeten, ihren Posten in Achaten übernehmen zu dürfen. Unglücklicherweise habe ich diesen Wunsch unterstützt, weil ich dachte, es würde ihr guttun, eine Zeit lang von Präae getrennt zu sein. Maherind jedoch war dagegen. Er glaubte, dass Badramur nicht der rechte Umgang für unsere stolze Lalevil sei. Aber damals war der Orden gerade ein unerwünschter Gast auf der Burgfeste gewesen. Ich dachte nicht, dass es ihr gelingen würde, so nah an die Prälatin heranzukommen – ich habe unsere Drachenreiterin unterschätzt. Sie ist ohne Zögern einen Handel eingegangen, um ihre Position zu stärken. Welchen Preis sie dafür allerdings zahlen wird, kann dir keiner sagen.«

Ohne sich dessen bewusst zu sein, begann Tevils sich wieder den Schal um den Hals zu wickeln. Die Lust auf Karten und Wein war ihm mit einem Schlag gründlich vergangen. In diesem Augenblick fiel es ihm leicht, Vennis' von Sorgen zerfurchtes Gesicht zu verstehen. Vielleicht war es doch gar nicht so schlecht, mit einem schlichten Gemüt geschlagen zu sein. Dann fiel es einem zumindest leichter, in einer Welt voller Kalkül und Machtgier zu bestehen.

»So habe ich mir das Leben außerhalb des Tals bestimmt nicht vorgestellt«, klagte Tevils und stellte beschämt fest, dass er mehrmals hintereinander schlucken musste, weil seine Kehle wie zugeschnürt war. »Ich bin zwar kein kleines Kind mehr, aber auf Abenteuer hoffe ich trotzdem noch. Was ist so falsch daran, ein Held sein zu wollen?«

Vennis widerstand dem Bedürfnis, Tevils väterlich den Arm um die Schultern zu legen, dennoch lag in seinem Blick viel Verständnis und Wärme. Für einen Moment musste er an Nahim denken, der als Junge ebenfalls so ungestüm und zugleich so verträumt gewesen war. Und was war aus ihm geworden, nachdem er all seine Wünsche einem ruhigen Leben geopfert hatte?

»Ganz gleich, bei welchem Spiel man mitmachen will, es gilt immer einen Einsatz zu zahlen. Ein Mann zu sein bedeutet, den Preis zu kennen und zu wissen, ob man auch wirklich zu zahlen bereit ist.« Als Tevils betrübt den Kopf hängen ließ, verspürte Vennis eine seltsame Mischung aus Stolz und Wehmut. »Armer Junge, du warst viel zu lange mit mürrischen alten Kerlen zusammen, die alles zerreden müssen und ernsthaft glauben, der Lauf der Welt liege in ihren Händen. Wenn wir in Previs Wall sind, kannst du dich erst einmal austoben. Glaub mir, die Hafenstadt ist der richtige Ort dafür.«

Nachdem Vennis und Tevils den Gasthof am nächsten Morgen verlassen hatten, ritten sie stundenlang auf einer gut ausgebauten, stetig breiter werdenden Straße entlang. In immer kürzeren Abständen tauchten Höfe auf, bis die Häuser schließlich zu beiden Seiten des Weges dicht an dicht standen und um einige Stockwerke angewachsen waren.

Roter Backstein zwischen kunstvoll geschnitztem Balkenwerk, weiß getünchte Fensterrahmen und Türen – solide Baukunst, die vom Wohlstand der Stadt kündete. Und von dem Einfallsreichtum und der allgegenwärtigen Eitelkeit der Previs Waller: Über ihren Köpfen konkurrierten gusseiserne Balkons, Türmchen und jede Menge Schilder miteinander, so dass kaum noch ein Blick auf den Himmel zu erhaschen war. Inmitten dieser hoch aufragenden Bauwerke sah Tevils gelegentlich eine versteckte Gasse, an deren Ende sich ein Patz mit einem Springbrunnen auftat oder ein offen stehendes Tor, das einen winterlichen Garten darbot. Geheimnisvolle Kleinode inmitten dieses ohrenbetäubenden Trubels.

Wo man auch hinblickte, waren Menschen unterwegs: Sie eilten, mit Körben und Paketen beladen, den Gehweg entlang, saßen auf Pferden und Kutschböcken, kamen aus Wohnhäusern und kippten Unrat in die Gosse, verschwanden lachend in den üppig ausstaffierten Läden und Gasthäusern, sie hockten am Straßenrand und boten einfache Dienste an und drohten den tobenden Kindern mit dem Zeigefinger.

Alle seine Sinne zerrten zugleich an Tevils und forderten seine Aufmerksamkeit. Irritierend blinkendes Lichterwerk, Handwagen mit dampfenden Bottichen, ein Kunststücke vorführendes Pelzknäuel und der betörende Duft einer Dame, die sich auf den zweiten Blick als Herr herausstellte. In diesem Moment wünschte sich Tevils Scheuklappen, so wie sie die Kutscherpferde trugen. Auf zu vielen Bühnen wurde gleichzeitig das Theaterstück vom Lebensalltag in Previs Wall aufgeführt. Ihm schwirrte der Kopf. Dabei hatten sie die Stadt von einem ihrer Seitenarme aus betreten und das eigentliche Herz, den Hafen, noch gar nicht gesehen. Sahila, die größte Hafenstadt des Südens, von wo aus man nach Montera reisen oder die Handelsroute Talemis ins Westgebirge nach Achaten nehmen konnte, war schon beeindruckend gewesen. Aber verglichen mit dieser Stadt war es lediglich ein schaler Abklatsch.

Eine seltsame Erregung suchte Tevils heim, während er hinter Vennis herritt, der sich umsichtig einen Weg durch die Menge bahnte. Zum einen schreckten ihn die pure Masse an Menschen und aufgeschichtetem Mauerwerk. Er konnte sich nicht vorstellen, was all die Leute bloß trieben, oder warum sie diesen lärmenden Vogelschlag tatsächlich ihr Zuhause nannten. Zum anderen zauberte ihm der unerschöpfliche Quell an Möglichkeiten, der sich vor seinen Augen auftat, ein

Leuchten in die Augen: Previs Wall war ein Ort, an dem Geschichte gemacht wurde, an dem hinter jeder Mauerecke ein Abenteuer lauerte.

Dieser berauschende Eindruck wurde durch die Residenz der Doppelspitze, zu der Vennis ihn schließlich brachte, noch um ein Vielfaches bestärkt. Das pompöse Gebäude, das sich über der Stadt erhob, zeichnete sich durch eine solche Pracht aus, dass Tevils nicht wusste, wohin er den Blick zuerst richten sollte. Anders als die meisten Stadthäuser war die Residenz aus einem blütenweißen Stein erbaut worden und saß wie eine Schneekrone auf dem Hügel, auf dem sie errichtet war. Und sie war eine Krone, ohne Zweifel. Mit ihrer facettenreichen Fassade und dem vielfältig gezackten Dachsaum. Unzählige hohe Fenster blickten mit ihren blauen Augen aufs Meer hinaus. In leichten Serpentinen führte ein breiter Weg hinauf, zu beiden Seiten von einer weißen Mauer begrenzt. Allerdings gab es auch einige weniger auffällige Wege, die für Lieferanten und Bedienstete gedacht waren.

Nachdem sie über die Zugbrücke in den Innenhof der Residenz geritten waren, mussten sie erst einige Gassen und Plätze passieren, bis sie schließlich bei den Ställen angekommen waren. Zu diesem Zeitpunkt war Tevils vollends von den Eindrücken erschlagen: Die Residenz war eine eigenständige Stadt über der Stadt, deren Ausmaße er sich nicht einmal auszumalen vermochte.

Während sie durch prachtvoll eingerichtete Gänge und Hallen eilten, winkte Tevils lediglich stumm ab, als Vennis ihn zu einem Besuch im Speisesaal überreden wollte. Auch wenn er es selbst kaum glauben konnte, er sehnte sich tatsächlich nach einer stillen Kammer, in der er wieder zu sich kommen konnte. Er würde die vielen Eindrücke erst verarbeiten müssen, bevor er bereit war, sich Previs Wall in seiner ganzen Herrlichkeit zu stellen.

Nun, zwei Tage später, war er immer noch nicht bereit, die Stadt im Sturm zu erobern. Vennis hatte nach ihrer Ankunft einige Dinge zu erledigen gehabt, doch Tevils hatte seine freie Zeit kaum zu nutzen gewusst. Die Residenz glich einem Bienenkorb: Stimmengewirr und Fußgetrappel waren die stete Geräuschkulisse. Immerzu hatte jemand etwas zu erledigen oder schlenderte plaudernd durch die Gänge. Nach ein paar zögerlichen Erkundungstouren hatte ihm gehörig der Kopf gebrummt.

Obwohl Tevils begeistert davon war, an einem belebten Ort wie diesem zu sein, hemmte ihn etwas, in das Leben einzutauchen. Anstelle seines jugendlichen Eroberungsdrangs verspürte er das Bedürfnis, sich in einer Ecke zu verkriechen und die Ohren zuzuhalten. Die meiste Zeit verbrachte er deshalb am Fenster in seiner Kammer und beobachtete das bunte Treiben am Fuße der Residenz. Dabei ärgerte er sich maßlos darüber, dass er nicht aus seiner Haut konnte und sich wie ein ungehobeltes Landei aufführte.

Am Abend nahm Vennis ihn mit in den Speisesaal, der Tevils von der Größe und vom Ansturm der Menschen her an die Festwiese im Westend während des Sommerfestes erinnerte. An einem der langen Tische saß Brill – das wusste Tevils sofort, denn seine markante Stimme übertönte mühelos den Lärm im Saal. Wie erwartet saß Brill, von einem Schwarm eifriger Zuhörer und Familienmitglieder in allen Größen umgeben, über einer Portion Spanferkel, die er mit Unmengen von Bier herunterspülte. Zwischen den einzelnen Bissen spuckte er Anekdoten und derbe Witze aus.

Brill sah genauso aus, wie Tevils ihn in Erinnerung behalten hatte: kurzes kupferfarbenes Haar und eine bullige Statur, die im Laufe der Jahre noch an Präsenz dazugewonnen hatte. Brill war ein Mann, den man auf keinen Fall übersehen konnte.

»Ach, sieh an! Vennis, mein Freund«, tönte er sofort, als dieser ihm eine Hand auf die Schulter legte. »Und du hast den kleinen Bauernlümmel aus diesem Tal am Ende der Welt mitgebracht. Hätte ich auf keinen Fall wiedererkannt. Wo willst du hinwachsen, Kerl? Hör mal, du solltest deinen Schützling rasch ein wenig aufmöbeln. Mit diesem Haarschnitt und der biederen Kleidung sieht er aus, als ob er dieses hinterwäldlerische Tal niemals verlassen hätte.« Brill lachte und rammte Tevils seinen Ellbogen in die Seite. »Na los, setzt euch und trinkt was.«

Vennis entschuldigte sich kurz, um sich mit einem aufwendig gekleideten Mann mit Leidensmiene zu unterhalten, während Tevils die Einladung mit brennend roten Wangen annahm. Doch Brill hatte den verlegenen Jungen schon vergessen und widmete sich bereits wieder der Aufgabe, seinen einzigartigen Charme zu versprühen. Tevils wartete verzweifelt auf den richtigen Moment, um sich in Erinnerung zu bringen. Doch keine der Geschichten schien ihm einen Einstieg zu bieten. So saß er da, einen klebrigen Becher zwischen den Händen haltend, und krächzte gelegentlich, anstatt zu lachen.

Was auch immer Kohemis und Lalevil befürchtet hatten, das bei einem Treffen von Brill und ihm passieren könnte, war offenkundig zu viel der Ehre gewesen. Tevils gelang es nicht einmal, sich an diesem Abend ordentlich zu betrinken. Denn eines von Brills Kindern, die unter dem Tisch spielten, kokelte frech grinsend eines seiner Hosenbeine an. Nachdem er dann doch Aufmerksamkeit erheischte, weil er einen unangenehmen Geruch nach versengtem Leder verströmte, zog er sich hastig in seine Kammer zurück.

Am folgenden Morgen hatte Vennis ihn schließlich beim Hofschneider abgeliefert, der sich um eine entsprechende Garderobe für ihn kümmern sollte. Zwar war Tevils von Kohemis für die Reise ausgestattet worden, doch entsprachen die Vorstellungen des Bewohners eines einsamen Küstenhauses wohl nur bedingt dem geselligen Leben der Hafenstadt des Nordens, wie Brill am Abend zuvor unmissverständlich angedeutet hatte. Einen Coiffeur aufzusuchen hatte Tevils allerdings schlichtweg abgelehnt: Niemand sollte sich so rasch wieder an seinem Haar zu schaffen machen, das war er sich selbst schuldig.

Angesichts der Beflissenheit, mit der der Schneider sie umschwärmte, hatte sich Vennis kurzfristig dazu entschlossen, das Gasthaus um die Ecke aufzusuchen, in dem viele Diplomaten und Vertreter der Händler- und Schifffahrtsgilde zu verkehren pflegten – was mehr als verdächtig war. Denn Vennis neigte dazu, in der wenigen freien Zeit, die ihm in diesen Tagen zur Verfügung stand, einen weiten Bogen um Leute zu machen, die kein anderes Thema als die Auseinandersetzung zwischen Achaten und Previs Wall kannten.

Unwillkürlich zuckte Tevils zurück, als er hörte, wie die Nadel durch den Stoff drang. Neben seiner linken Schulter erklang erneut dieses gekünstelte Gehüstel, mit dem mehr schlecht als recht ein Lachen überspielt werden sollte. Gereizt schob er das Kinn nach vorn, doch die Geste verpuffte wirkungslos, da der Schneider seine ganze Aufmerksamkeit auf den abzusteckenden Hemdkragen richtete.

Tevils hatte sich verraten gefühlt, als er sich vor diesem dürren Männlein mit dem bläulich gefärbten Haarkranz entkleiden musste und vermessen wurde. Offensichtlich hatte Previs Wall für ihn nichts als Demütigungen zu bieten.

Nun war er gezwungen, die feuchten Innenflächen seiner Hände seitlich gegen die Oberschenkel zu pressen, während die flinken Finger des Schneiders über seine Brust tanzten, um das Hemd abzustecken. Haltung annehmen und bewahren, hatte dieser Wicht von einem Nadelkünstler zu ihm gesagt. Tevils hätte ihn am liebsten angeknurrt. Doch stattdessen tat er, wie ihm gesagt wurde, und wand sich innerlich jedes Mal, wenn ihm der süßliche Duft des Männchens in die Nase stieg.

Mittlerweile fühlte sich das Leder seiner Hose aufgeschwemmt an, und Tevils war sich sicher, dass er gleich wie ein Idiot mit zwei Handabdrücken auf den Hosen dastehen würde. Als wäre der unangenehme Geruch, der ihm seit dem Anschlag von Brills Blagen anhaftete, nicht schon schlimm genug. Auch wenn es schier unmöglich schien, so drohte dieser Tag tatsächlich alle anderen an Schmach und Herabsetzung noch zu übertreffen. Eine Welle von Selbstmitleid schlug über Tevils zusammen. Er würde einen Teufel tun und Vennis in diesem Gasthof aufsuchen, sondern direkt über einen der Lieferantenwege auf sein Zimmer in der Residenz zurückkehren, versprach er sich.

Während er mit Leidensmiene die Absteckprozedur über sich ergehen ließ, klingelte im Verkaufsraum immer wieder das Glöckchen über der Tür, und die dezent zurückhaltenden Stimmen des Personals fiepten Komplimente und nannten noch leiser die Preise für die Waren. Der Raum war angefüllt mit einem blumigen Duft, und auf Tischen lagen drapierte Stoffproben aus, während an einigen geflochtenen Strohtorsi aufwendige Kostüme vorgeführt wurden.

Auf all das hatte Tevils einen staunenden Blick geworfen, bevor man ihn in eines der Hinterzimmer geführt hatte. Für gewöhnlich hätte er sich wohl in Träumereien geflüchtet, in denen eine junge Frau den Laden betreten hätte, um in einem der Hinterzimmer das fließende, raffiniert ausgeschnittene Gewand anzuprobieren, das Tevils bestaunt hatte. Doch im Augenblick war er ganz gefangen von seiner Außenseiterrolle in dieser Stadt, die so gar nicht zu seinem Naturell passen wollte. Er sehnte sich tatsächlich nach Kohemis und dessen ruhigem Haus an der Klippe, und das wollte schon etwas heißen.

Plötzlich wurde die emsige Geschäftigkeit im Verkaufsraum von einer schneidend klaren Stimme gebannt, die ihn aus seiner Lethargie riss. Unwillkürlich drehte sich sein Kopf in Richtung Vorhang, und im nächsten Moment spürte er ein Brennen unterm Schlüsselbein, als habe eine der Katzen vom Trubur Hof ihm die Krallen unter die Haut gejagt.

Der Schneider sah ihn verlegen an, und bevor Tevils reagieren konnte, machte der kleine Mann einen Satz zurück und erklärte: »Wir machen jetzt eine Pause.« Beim letzten Wort war er schon durch den Vorhang verschwunden.

»Nein, so geht das nicht. Das ist vollkommen inakzeptabel«, tönte es laut und deutlich zu Tevils.

Ein Lächeln stahl sich auf sein Gesicht, als er den Zungenschlag erkannte: Wer immer sich da gerade ereiferte, er klang genau wie Lalevil. Neugierig trat Tevils auf den schmalen Flur hinaus, der zum Verkaufsraum führte, und linste um die Ecke. Er sah die Kehrseite einer Frau, deren widerspenstiges Haar bis auf ihre Schultern reichte. Das tiefe Schwarz, das er schon so oft an Lalevil bewundert hatte, war von grauen Strähnen durchzogen. Zwei Angestellte redeten auf sie ein, aber sie brachte sie mit einer resoluten Handbewegung zum Schweigen.

»Nein«, erklärte sie. »Keine Ausreden.«

Gerade als Tevils den Verkaufsraum betreten wollte, um diese Frau von vorne zu betrachten, kribbelte ihn ein bekannter herber Duft in der Nase. Ohne zu zögern, folgte er der feinen Rauchspur durch den Flur, an dessen Ende er eine Tür aufstieß und sich in einem kleinen Hinterhof wiederfand.

An die Wand gelehnt, stand ein junger Mann, vielleicht ein wenig älter als er selbst. Auch er hatte das schwarze Haar der Njordener, das ihm bis zum Kinn reichte und den Nacken bedeckte. Das Gesicht war trotz der geschwungenen Wangenknochen schmal geschnitten, die Hautfarbe zart und hell. Seine Gestalt war hager, doch seine Bewegungen verrieten eine ungewöhnliche Geschmeidigkeit. Er warf Tevils einen neugierigen Blick aus den kohlschwarzen Augen zu. In der Hand brannte einer jener Zigarillos, ohne die es Lalevil keine Stunde lang aushielt.

»Hey«, grüßte der junge Mann. »Bist du vor Kijalans Wutanfall oder vor einem blutrünstigen Schneider geflohen?« Mit der glühenden Zigarillospitze wies er auf Tevils' Brust.

Verblüfft blickte dieser an sich herunter, denn er hatte das kleine Malheur beim Abstecken längst vergessen. Auf dem cremefarbenen Stoff des Hemdes hatte sich ein länglicher Blutfleck abgezeichnet, und Tevils fuhr mit einer Fingerspitze darüber.

»Ach, das …«, er grinste und lehnte sich gegen den offenen Türrahmen, »… ist nicht der Rede wert.«

Der Junge grinste zurück, und neben seinen Mundwinkeln zeigten sich tiefe Grübchen. »Dafür, dass du so furchtlos bist, hat dich aber ganz schön was zum Schwitzen gebracht.«

Tevils dachte an die Abdrücke, die seine feuchten Hände offensichtlich wirklich auf den Lederhosen hinterlassen hatten, aber er beherrschte sich und blickte nicht weiter an sich hinunter. »Und du versteckst dich hier, bis die Wut von dieser Frau im Vorraum verpufft ist?«, fragte er unschuldig zurück.

Sein Gegenüber zog an dem Zigarillo, ohne den Blick von Tevils' Gesicht zu nehmen. Er nahm sich die Zeit, den Rauch gemächlich auszupusten, bevor er antwortete. »Kijalan hasst den Gestank von diesen Dingern. Ich nutze eigentlich nur die Gelegenheit zu rauchen, während sie damit beschäftigt ist, diesen Schwachköpfen von Schneidern zu erklären, wie irgend so eine Zierborte korrekt angebracht werden muss.«

Tevils schlang die Arme um den Oberkörper. Obwohl die

Winter in Previs Wall nicht mit denen im Gebirge zu vergleichen waren, so war es doch kalt und feucht, und er trug lediglich Hemd und Hosen. Dem jungen Mann hingegen schien die Kälte wenig auszumachen: Sein schmal geschnittener Mantel stand offen und zeigte ein leicht transparent schimmerndes Hemd. Er trug nicht einmal ein Tuch um den Hals. Neidisch dachte Tevils an Lalevil, die der Kälte gegenüber ebenfalls unempfindlich war.

»Eine Freundin von mir ist auch völlig verrückt nach diesen qualmenden Dingern«, erklärte er sehnsüchtig. »Man kann betteln, so viel man will, freiwillig rückt sie keines davon raus.«

»Tatsächlich?« Die Grübchen verdoppelten sich. Der Junge griff in seine Manteltasche, um ein Holzrohr hervorzuholen, das sich in der Mitte auseinanderziehen ließ. Innen war es mit Samt ausgeschlagen, und darin verbargen sich mehrere Zigarillos, deutlich kürzer als Lalevils zu sein pflegten. Höflich bot er Tevils einen an.

Tevils musste nicht zweimal überlegen, um zuzugreifen. Der Junge hielt ihm seinen brennenden Zigarillo hin, und es gelang Tevils schon beim zweiten Anlauf, den Tabak zum Brennen zu bringen. Mit einem rasanten Flug fraß sich der Rauch durch seine Atemwege. Zwar hatte er einige Male Pfeife geraucht, aber die Intensität war nicht mit dem Geschmack dieses gerollten Blattwerks zu vergleichen. Allerdings auch nicht mit der Wirkung: Mit einem Schlag wurde ihm schummerig, und sein Magen machte einen überraschenden Hüpfer. Bei dem Versuch, sich abermals gegen den Türrahmen zu lehnen, rutschte er ab, und sein Gegenüber stützte ihn lachend.

»Vielleicht hättest du deiner Freundin besser vertrauen sollen.«

Tevils blickte mit tränenden Augen auf die aufsteigende

Rauchsäule, und allein bei dem Gedanken, diesen Qualm abermals in seinen Lungenflügeln zu spüren, wurde ihm übel. »Ich dachte immer, Lalevil wäre einfach nur geizig.«

»Du kennst also Lalevil? Dann gehörst du wohl zu diesen Ordensleuten …«

Obwohl der Ton ausdruckslos klang, glaubte Tevil Gefühle mitschwingen zu hören, die er nicht zuordnen konnte. Er nickte, dann hielt er dem Jungen den Zigarillo hin, da dieser seinen Stumpen gerade mit dem Stiefel ausgetreten hatte. Grinsend nahm der Njordener ihn entgegen, und ein Funkeln in seinen Augen verriet, dass er nur schwerlich eine feixende Bemerkung über Tevils' grünlich angelaufenes Gesicht zurückhalten konnte.

»Der Orden also, die grauen Eminenzen im Hintergrund … Aber deinen Namen darfst du mir schon verraten, oder?«

»Ich heiße Tevils Trubur und stamme aus dem Westend, dem Tal unter Trevorims Pforte.« Er blickte sein Gegenüber prüfend an. Als sich auf dessen Gesicht nur Unverständnis spiegelte, seufzte er. »Na ja, es ist halt ein kleines Tal, ungefähr auf der Höhe der Steinhäfen, die allerdings auch niemand zu kennen scheint. Und wer bist du?«

Der junge Mann legte sich eine Hand auf die Brust und deutete eine leichte Verbeugung an. »Jules aus dem Njorden-Eis, Novize der Botschafterin Kijalan in Previs Wall – zu Eurer Verfügung. Magst du Wein oder verträgst du den genauso gut wie die Zigarillos?«

Kapitel 14

Im Hafen von Previs Wall war der tanghaltige Geruch am ausgeprägtesten, und der Wind fand Gelegenheit, Gesichter zu streifen und Kleidung aufzublähen. Weiter oben in der Stadt musste er durch zu viele Gassen streichen, so dass er deutlich an Temperament einbüßte. Ein wahrer Jammer, wie viele Previs Waller fanden, denn sie alle liebten das Meer und waren stolz auf ihre ausgedehnte Hafenanlage, die ihnen solch großen Wohlstand einbrachte.

Obwohl die Stadt sich aus einer Vielzahl aufregender, belebter Viertel zusammensetzte, war der Hafen der unangefochtene Mittelpunkt: Am Kai herrschte ein enges Gedränge von Menschen, Lasten und Tieren. Gruppen von Seeleuten hielten singend auf die Wirtshäuser zu und drängten sich gut gelaunt zwischen Arbeiterheeren hindurch, die alle erdenklichen Waren verluden – rauf aufs Schiff, runter vom Schiff. Feilschende Kaufleute übertrumpften sich an Geschrei bei Auktionen, warfen sich gegenseitig Übles an den Kopf oder hasteten flinken Schrittes zu ihren Läden zurück, um die erworbene Ware auszulegen. Überall erscholl das hohle Klackern, wenn geschäftige Füße über Planken und Verladestege schritten. Wie weiße Punkte hockten die uniformierten Buchführer an ihren tragbaren Stehpulten in der Menschenmenge, kratzten sich hinter dem Ohr, hakten endlose Listen ab und kassierten Gebühren ein. Rotwangige Lotsen, denen vor Aufregung der Schweiß über den Rücken lief, brüllten auf betrunkene oder halb taube Kapitäne ein, deren falsch angelegter Kahn den mühevoll erstellten Lageplan umwarf oder gar die Fahrrinne blockierte.

An Decks von Kuttern wurden fangfrischer Fisch und allerlei Meeresfrüchte mit lautem Geschrei angeboten und fanden ihren Weg in Körbe und Handwagen. Spielende Kinder sprangen von Deck zu Deck, duckten sich unter Wäscheleinen hinweg und entgingen immer nur um Haaresbreite dem Sturz ins eisige, brackige Hafenwasser. Gelegentlich wetteten an der Kaimauer lungernde Bettler darauf, ob der besonders forsche Rotschopf aus der Kindermeute wohl dem bösartigen Köter vom Fischkutter des Alten Osel entkommen konnte oder das Vieh ihn beim Hosenboden packen würde, wie schon so viele andere übermütige Blagen zuvor. Auf dem Kai patrouillierten schneidig gekleidete Soldaten Schulter an Schulter und setzten, wenn nötig, die Pike ein, um sich ausreichend Platz zu verschaffen. Vor den Kneipen saßen Seemänner auf Landgang, die noch der Kater der letzten Nacht quälte.

Aber auch anderes Volk mischte sich unter die vertrauten Gesichter des Hafens: Söldner aus aller Herren Länder schlugen die Zeit tot, bis endlich auch ihre Dienste gefragt wurden. Ganz Previs Wall war von ihnen befallen wie von einer Plage, und aus dem Umland fanden wüste Geschichten ihren Weg über dieses Gesindel, das seine Langweile mit Bösartigkeit zu bekämpfen pflegte.

In diesen Tagen war der Hafen von Previs Wall bis auf die letzte Bootsstelle belegt: Die Schiffe lagen dicht an dicht an den Docks oder warteten hintereinander aufgereiht darauf, endlich aufrücken zu können, so dass von der Bucht kaum etwas zu sehen war. Trotzdem dauerte es eine Zeit lang, bis Tevils sich mit dem Anblick des Hafens angefreundet hatte. Das offene Meer mochte zwar nicht zu sehen sein, doch das leise Unbehagen, das die stets schaukelnden Schiffe und Boote auslösten, konnte er nicht vollends verbannen.

Allerdings trieb sich Jules mit Vorliebe in dieser Gegend herum, und es fiel ihm auch immer wieder aufs Neue ein Lockmittel ein, um Tevils seine Bedenken vergessen zu lassen. Im Gegensatz zu seinem Freund genoss Jules den Anblick der Schiffe, ihr stetes Kommen und Gehen. Er mochte den Geruch von verrotteten Algen und Salz, nassem Holz und arbeitenden Menschen. Stundenlang konnte der junge Njordener am Kai entlangstromern oder einfach nur auf einem Haufen alter Seile sitzen und das ganze Treiben an sich vorbeiziehen lassen, die Lider halb geschlossen, als würde er tagträumen.

Doch Tevils wusste es mittlerweile besser, obwohl ihm das träge Ausharren dadurch nicht erträglicher wurde. Jules hatte eine Schwäche für die belebten Knotenpunkte der Stadt, und ihm entging nicht das kleinste Detail. Jeden Gesprächsfetzen saugte er in sich auf. Er wusste ganz genau, welche Schiffe besonders rasch gelöscht wurden, denn er bemerkte stets, wenn einige Münzen den Besitzer wechselten. Mit kenntnisreichen Kommentaren erläuterte er Tevils, welcher bekannte Kaufmann zu Verhandlungen ins Bordell einlud und wer Schmuggelware beim Zollamt anschwärzte, nachdem er den Zuschlag nicht bekommen hatte. Er wusste, in welchen Salons man sich traf, um ein vertrauliches Gespräch zu führen, und welche man zu bevorzugen hatte, wenn man dabei gesehen werden wollte.

Zwar war der Njordener erst seit letztem Winter an Botschafterin Kijalans Seite, aber es konnte kein Zweifel daran aufkommen, dass er die Stadt mit all den Menschen, die in ihr lebten und nach Herzenslust schacherten, besser kannte als manch Einheimischer. Außerdem empfand er eine große Befriedigung dabei, sein Wissen an Tevils haarklein weiterzugeben, so dass Vennis nach anfänglichem Zögern erlaubt hatte, dass die beiden jungen Männer sich gemeinsam herumtrieben, wenn es ihnen die Zeit erlaubte.

Obwohl Vennis sich für Tevils einen anderen Gefährten gewünscht hätte als ausgerechnet den Novizen der NjordenEis-Botschafterin, so bestand doch bei Jules' unterhaltsamer Art die höchste Wahrscheinlichkeit, dass Tevils etwas von der Stadt und den mannigfachen Verbindungen, auf der ihre Macht aufbaute, begriff.

Maherind hatte Vennis in diesem Entschluss nachhaltig zu überzeugen gewusst: »Wer weiß, vielleicht färbt am Ende sogar noch etwas von Jules' Gewandtheit auf unseren kleinen Bauerntrampel ab. Wäre gewiss nicht zu seinem Schaden. Brills Bierkrüge schleppen kann er immer noch zur Genüge, wenn Botschafterin Kijalan vor lauter Enttäuschung über die unnachgiebige Haltung der Doppelspitze in den Norden zurückkehrt. Soll Tevils sich doch bis dahin an Jules' Lebensart und Wortwitz laben.« Nachdenklich hatte Maherind einige Male an seiner Pfeife gezogen und schließlich einen Blick in die Glut geworfen, als hoffe er dort auf ein Zeichen zu stoßen. »Ich denke, ich sollte mich tatsächlich hinsetzen und einen Brief schreiben. Kohemis wird vor Begeisterung in die Hände klatschen, wenn er von dieser Freundschaft erfährt. Schließlich jammert er immerzu herum, wie schwer es ist, unserem Jungen Schliff zu verpassen.«

Vennis hatte ergeben genickt und einem vor Aufregung übermütigen Tevils mitgeteilt, dass nichts gegen eine Freundschaft mit Jules einzuwenden sei, solange er sich über Angelegenheiten des Ordens ausschwieg. Obwohl Kijalan ihren jungen Novizen normalerweise streng in die Pflicht nahm, ließ sie ebenfalls Großmut walten und entband Jules von einigen seiner vielen Pflichten.

An Jules' Seite verlor Tevils seine Schüchternheit gegenüber der beeindruckenden Stadt mit einem Schlag, und er verschwendete auch keinen Gedanken mehr an die einsamen Stunden in der Kammer. Stattdessen führte er sich auf, als würde er schon von Kindesbeinen an durch die belebten Straßen schlendern, geradezu als wäre er ein Teil davon. Diese plötzlich wiedererwachte Lebensfreude lag ganz und gar an der Anziehungskraft seines neuen Gefährten.

In vielerlei Hinsicht erinnerte Jules ihn an Lalevil, und zwar nicht nur was Äußerlichkeiten anbelangte. Jules legte eine an Unverschämtheit grenzende Selbstsicherheit an den Tag, über die seine zur Zurückhaltung neigende Mentorin von früh bis spät den Kopf schüttelte. Zwar hielt sie große Stücke auf ihren Novizen, aber zugleich gelang es niemand anderem so ausdauernd, ihre Geduld zu strapazieren.

Genau wie Tevils gingen Jules niemals Ausdauer und Unternehmungslust zur Neige, und er nahm alles mit einer spielerischen Leichtigkeit, die ihm einen Hauch von Unwiderstehlichkeit verlieh.

Zwischen den beiden jungen Männern herrschte von Beginn an eine Vertrautheit, die zwischen Tevils und Lalevil so nie möglich gewesen war: Denn beide hegten sie ein reges Interesse am anderen Geschlecht. Allerdings scheiterte der ältere und auch erfahrenere Jules daran, Tevils von der Idee zu überzeugen, dass es nicht unbedingt darauf ankam, lediglich sein Ziel zu erreichen, sondern dass der Weg dorthin die eigentliche Herausforderung sei. Nach einigen Besuchen von Theatern, Tanzlokalen und anderen Etablissements war Tevils recht bald zu der Überzeugung gelangt, dass Jules ruhig allein hochnäsigen Diplomatentöchtern hinterherjagen sollte. Er hielt sich lieber an Tänzerinnen und Bardamen, die ihn nicht erst mit spitzfindigen Bemerkungen über seine Herkunft quälten, bevor sie ihn in die Nähe ihres Busens ließen.

Kurzum, Previs Wall war der passende Ort für die beiden Freunde, und die sich zuspitzende Auseinandersetzung zwischen der großen Hafenstadt und Achaten sorgte für die rechte Stimmung: Die ganze Stadt war wie von einem Fieber erhitzt, vibrierte vor Geschäftigkeit, aber auch vor Lebenslust. Die Wirtshäuser waren brechend voll, die Gerüchteküche brodelte unablässig, und jeder war bereit, sich in ein Abenteuer zu stürzen.

Am späten Nachmittag ließ Kijalan die Kutsche am Räteplatz halten und kommandierte Jules samt Tevils mit einer knappen Handbewegung zur Tür hinaus. Offensichtlich war sie es leid, Jules' eingeschnappte Miene auch nur einen Augenblick länger ertragen zu müssen. Ihr Novize hatte es ihr in den letzten Stunden schwer gemacht, und es hatte Tevils' gesamte Dickfelligkeit gekostet, um sich von der aufgeladenen Stimmung nicht einschüchtern zu lassen.

Dabei hatte Jules sämtliche Register gezogen, um seine Mentorin zur Einsicht zu zwingen. Die Botschafterin wollte sich nämlich im *Grünen Specht*, dem vornehmsten Gasthaus der Stadt, mit dem Meister der Handelsgilde treffen – ein Gespräch unter vier Augen. Jules hatte den ganzen Tag lang auf Kijalan eingeredet, weil er nicht einsehen konnte, warum er bei diesem diffizilen Gespräch, bei dem es um so viel ging, nicht dabei sein sollte. Doch es war verabredet worden, bei diesem Treffen mit offenen Karten zu spielen, und da waren keine Zeugen erwünscht, ganz gleich, wie sehr man auf ihre Verschwiegenheit und Loyalität vertrauen konnte.

In der Habgier des Gildemeisters bestand Kijalans letzte Hoffung, dem Embargo gegen Achaten doch noch zu entgehen. Schließlich würden die Kaufleute und Händler von Previs Wall ebenfalls darunter leiden, wenn keine Schiffe mehr in Richtung Süden ausliefen. Wenn man ein gemeinsames Bündnis schmiedete und sogar das Wohlwollen des Ordens genoss, könnte man die Doppelspitze vielleicht noch umstimmen. Dieses Gespräch war die letzte Karte, die Kijalan auszuspielen vermochte. Falls der Gildemeister sich nicht überzeugen lassen würde, wären die gesamten diplomatischen Bemühungen der letzten Wochen umsonst gewesen, und einem Teil ihres Volkes würde – trotz aller Versprechen der Doppelspitze auf Unterstützung – eine harte Zeit bevorstehen.

Der Räteplatz war einer der ältesten und damit auch wichtigsten Knotenpunkte der Stadt. Doch anders als in dem verworrenen Geflecht der Hafengassen herrschte hier eine vornehme Ruhe, die selbst die umhereilenden, herausgeputzten Bediensteten ausstrahlten.

Nur allzu gern wäre Tevils durch die verschwenderisch geschmückten Straßen gewandert in der Hoffnung, durch ein versehentlich offen gelassenes Tor den Blick auf einen versteckten Garten zu werfen. Diese verborgenen Kleinode berührten Tevils nach wie vor auf wundersame Weise. Aber es gelang ihm nicht, Jules diese Faszination begreiflich zu machen. Deshalb ließ er es auch zu, dass der Freund ihn in Richtung Hafen zerrte.

An diesem Nachmittag war Jules ohnehin viel zu aufgewühlt, um nach geheimnisvollen Schätzen zu jagen. Er brauchte die Reibung, wenn er sich durch Menschenmengen zwängte, das Stimmengewirr und die Hektik, die die Nerven zum Klingen brachten. Unentwegt schimpfte er lautlos vor sich hin, während sein Blick umherglitt, ohne tatsächlich etwas wahrzunehmen. Immer wieder setzte er den Ellbogen ein, um sich seinen Weg durch die Menge zu bahnen, und stieg Leuten auf die Füße, ohne sich weiter darum zu scheren. Die meisten zu Schaden Gekommenen verkniffen sich jeglichen Kommentar, da Jules' vibrierende Ausstrahlung verriet, dass hier keine Entschuldigung zu erwarten war und eine Auseinandersetzung vermutlich ungünstig ausgehen würde.

Unterdessen hatte Tevils seine liebe Not, mit dem aufgebrachten Novizen Schritt zu halten, geschweige denn, zu ihm vorzudringen. Die Dämmerung brach bereits an, und obwohl er mehrere Male darauf hingewiesen hatte, dass sie um diese Stunde wieder in der Residenz erwartet wurden, rannte sein Freund unbeirrt weiter durch die Straßen.

Nachdem sie eine Zeit lang durch die engen Gassen beim Hafen gestrichen waren, bis die Nacht mit einem sternenlosen Himmel eingebrochen war, ließ Jules sich endlich davon überzeugen, eine Pause einzulegen. Am Kai drängten sie sich an einen der Stände, an denen heißer Met ausgeschenkt wurde.

Tevils hielt den Tonbecher zwischen beiden Händen, über die er die Mantelärmel gezogen hatte. Die feuchte Kälte war ihm in die Glieder gekrochen, und die salzige Luft brannte auf seinen Lippen. In die Ohrmuscheln kniff der Nordwind wie eine strafende Mutter, und Tevils schalt sich, vor lauter Eitelkeit die Mütze in der Kammer zurückgelassen zu haben.

Im diesigen Licht der Öllampen stieg Dampf auf, wobei Tevils sich unsicher war, ob er von den vielen Leibern stammte oder ob Nebel vom Meer hochzog. Er blinzelte träge, als die Anspannung der wilden Hatz von ihm abfiel und sich Benommenheit ausbreitete. Im Gegensatz zu seinem Gefährten gelang es ihm spielend, die Lage zu vergessen, in der Previs Wall sich augenblicklich befand. Wenn man ihn nicht fortwährend mit der Nase darauf stoßen würde, hätte es ihn ohnehin kaum gekümmert, wie es um den Frieden in Rokals Lande bestellt war.

Jules rauchte einen seiner Zigarillos und wippte unablässig auf den Stiefelabsätzen vor und zurück. Der Mantel stand wie immer nachlässig offen, und Tevils fragte sich, ob sein Freund dieses Kleidungsstück vielleicht nur trug, weil es ihm so ausgezeichnet stand. Denn als Schutz vor der Kälte brauchte er es eindeutig nicht. Ihm lag schon eine passende Bemerkung über diese Geckenhaftigkeit auf der Zunge, als Jules den halb gerauchten Zigarillo in die Gasse schnipste und in der Sprache der Njordener fluchte.

»Du ärgerst dich also immer noch darüber, dass Kijalan dich bei diesem Treffen mit dem Gildemeister nicht dabeihaben wollte.« Es war mehr eine Feststellung als eine Frage. Darum erstaunte es ihn auch nicht, als sein Freund lediglich brummte und den Blick wieder über den Kai streifen ließ.

»Sich mit dieser bis zum Anschlag vollgefressenen Kreatur zu treffen ist doch reine Zeitverschwendung! Kijalan ist hoffnungslos naiv, wenn sie glaubt, dass die Handelsgilde wegen eines Ausfalls von Achaten-Münzen vergisst, auf wessen Unterdrückung ihr eigentlicher Reichtum gründet.« In Jules' ansonsten so angenehm klingende Stimme hatte sich ein herber Ton geschlichen, und seine Lippen waren blass vor Zorn. »Das NjordenEis-Volk als Bündnispartner anzuerkennen würde für Previs Wall wie auch für die Handelsgilde schließlich bedeuten, dass man uns als gleichwertig akzeptiert. Und das würde wiederum nichts anderes bedeuten, als die Vorherrschaft über die Handelsroute Belavi aufzugeben und mein Volk an dem Handel mit dem Goldenen Staub zu beteiligen, anstatt es nur auszubeuten. Das würde diesen elenden Geldsäcken doch im Traum nicht einfallen! Sie werden das Embargo zähneknirschend unterstützen, der Doppelspitze einige Zugeständnisse als Gegenleistung abringen und hintenrum ein Vermögen mit dem Schleichhandel an Achaten verdienen. Einzig mein Volk wird leiden und steht in diesem unseligen Machtspiel von Beginn an als Verlierer fest.«

Tevils wand sich unter Jules' herausforderndem Blick. Es war nur allzu klar, dass der Novize einen Kommentar erwartete – ob nun in seinem Sinne oder dagegen war dabei gleich. Er wollte die angestaute Wut loswerden, indem er debattierte und gelegentlich einen Passanten mit angriffslustiger Miene musterte.

Aber Tevils wusste aus leidlicher Erfahrung, dass er bei einem Disput mit Jules nur schlecht abschneiden konnte. Im Laufe ihrer Freundschaft hatte er zwar einiges über die angespannte Lage zwischen dem NjordenEis und Previs Wall erfahren, aber seine Haltung hierzu war eher schwammiger Natur. Wenn es nach ihm ginge, würde das NjordenEis einfach der Doppelspitze die Handelsangelegenheiten mit dem Goldenen Staub überlassen und kein Kräftemessen heraufbeschwören. Schließlich war im Augenblick ohnehin alles kompliziert genug. Doch wenn er es wagen sollte, diesen Gedanken auch nur anzudeuten, würde Jules ihn in Grund und Boden reden. Oder vielleicht noch etwas ganz anderes mit ihm anstellen … aufgebracht genug war der Njordener an diesem Abend gewiss.

Tevils hatte Jules zwar noch nie bei einer Rauferei oder bei Kampfübungen beobachtet, aber er zweifelte nicht daran, dass sein Freund die Fäuste genauso wirkungsvoll einzusetzen vermochte wie sein Mundwerk. Allein die Tatsache, dass Jules darauf verzichtete, eine Waffe zu tragen, sagte viel über ihn aus. Denn er ging trotzdem in jede heruntergekommene Spelunke.

»Wir sollten zusehen, dass wir zurück zur Residenz kommen«, sagte Tevils schließlich ausweichend. Augenblicklich stieg ihm das Blut in die gefrorenen Wangen und begann dort, unangenehm zu pulsieren. »Kijalan erwartet dich schon seit Stunden zurück.«

Jules stöhnte auf, fuhr sich mit den Händen durchs Haar und presste die Augen so fest aufeinander, als litte er unter Schmerzen. So verharrte er einige Atemzüge lang, dann ließ er die Arme sinken. Mit einem Mal schien alle Energie aus seinem Körper zu entweichen. Als er endlich wieder die Augen aufschlug, bemerkte Tevils zu seinem eigenen Erstaunen, dass er vor Anspannung die Luft angehalten hatte.

»Hast du überhaupt eine Vorstellung davon, was mich erwartet, wenn ich heute Nacht in die Residenz zurückkehre?«

Mit einem Anflug von Erleichterung winkte Tevils mit der Hand ab. »So schlimm wird es schon nicht sein. Kijalan wird dich schimpfen, weil du zu spät kommst. Aber sie hat im Augenblick so viel um die Ohren, dass sie ihre Wut rasch wieder vergessen wird. So ist es mit Vennis auch immer: Gerade noch denkt er darüber nach, wie er mir am besten den Kopf zurechtrückt, und – zack – grübelt er über irgendeine Angelegenheit des Ordens nach, und ich bin vergessen.«

Die Grübchen vertieften sich bei Jules' Lächeln, und Tevils erwiderte es bereits, als er feststellte, dass es sich um ein trauriges Lächeln handelte.

»Du bist wirklich der ahnungsloseste Bursche, den man sich vorstellen kann, mein Freund.« Jules' Blick wanderte wieder über den Pulk um sie herum. »Das ganze Theater, das seit Wochen die Residenz in Atem hält, perlt an dir ab wie Wasser an einer Robbe. Ich bin mir, ehrlich gesagt, nicht sicher, ob du einfach gute Nerven hast oder ein ausgemachter Kindskopf bist.«

Getroffen von diesen Worten, presste Tevils die Luft aus den Lungen, doch der zischende Laut entging Jules, der bereits zum Steg schlenderte. Tevils unterdrückte den Wunsch, ihm hinterherzulaufen. Obwohl er sich eingestehen musste, dass Jules mit seinem Tadel recht hatte, so war doch sein Stolz verletzt worden.

»Selbstgerechter Angeber«, nuschelte er und bemühte sich, das Brennen in den Augen fortzublinzeln. Wie zum Schutz schlang er beide Arme um sich und drehte einem alten Seebär den Rücken zu, der ihn fragend ansah.

Wahrscheinlich hätte Tevils es kommen sehen müssen – auch wenn sie einander zugetan waren, so trennten Jules und ihn doch Welten. Der Novize brannte für seine Aufgabe, ging ganz in ihr auf. Tevils hingegen war nach all den Jahren an Vennis' Seite immer noch nicht gänzlich klar geworden, um was es dem Orden eigentlich ging. Und wenn er ehrlich war, interessierte er sich nur für Schwertkampf und Frauengeschichten.

Ihm war, als hätten sich sämtliche Vorwürfe, die Kohemis jemals ausgespien hatte, plötzlich durch Jules' Worte bewahrheitet: Er war ein ahnungsloser Bauernlümmel aus einem unbedeutenden Tal, und nichts und niemand würde jemals daran etwas ändern können. Schwerfällig setzte er sich in Bewegung, denn trotz allem konnte er sich nicht dazu durchringen, dem Hafen und damit seinem Freund den Rücken zu kehren. Aber er wäre ohnehin nicht weit gekommen: Mit einem harten Griff packte Jules ihn an der Schulter und zog ihn zu sich heran. »Es tut mir leid«, sagte der Njordener gepresst, das Gesicht vor Anspannung gezeichnet. »Das war nicht fair.«

Tevils schüttelte den Kopf, unfähig, dem Freund in die Augen zu schauen. »Nein, lass nur. Du hast ja recht.«

»Es geht doch gar nicht ums Rechthaben!« Jules umfasste Tevils' Oberarme, als befürchte er, dass dieser ihm ansonsten entgleiten könnte. Als Tevils seinem Blick weiterhin auswich, schüttelte er ihn kurz entschlossen durch. »In Wirklichkeit war ich gar nicht wütend auf dich, sondern ...« Er stockte und rang um die passenden Worte – ein für ihn ungewöhnlicher Zustand, der Tevils aufhorchen ließ. »Ich könnte schwören, dass das Gespräch zwischen Kijalan und diesem Gildemeister gescheitert ist. Kijalan setzt auf Vernunft, dabei müsste man diesem hemmungslosen Gierhals eine Klinge an die Kehle halten und damit drohen, dass das NjordenEis im Falle einer Blockade seinerseits den Handel einfriert! Aber mein Volk zieht es nun einmal vor, sich zu verstecken, anstatt das Schicksal in die eigene Hand zu nehmen.«

Jules' Züge wurden von Bitterkeit überzogen, und einen Augenblick lang sah es so aus, als würde der Zorn abermals aus ihm herausbrechen.

»Deshalb ist es auch nur noch eine Frage der Zeit, bis das Embargo gegen Achaten ausgerufen wird. Wenn es so weit ist, wird Kijalan mich zurückschicken, ins NjordenEis, dorthin, wo sich nichts bewegen lässt. Ich werde Monate, vielleicht sogar Jahre zwischen Eisschollen festhocken, und nichts wird sich ändern. Hast du auch nur die leiseste Ahnung, was das für mich bedeutet?«

»Die Diplomatentöchter werden dich vermissen«, sagte Tevils. Als Jules zusammenzuckte, als hätte er eine Ohrfeige hinnehmen müssen, genoss Tevils noch einen süßen Moment lang seine Rache, dann zwang er sich zu einem Lächeln. »Kijalan hält große Stücke auf dich, sie wird dich gewiss zurückholen, sobald die Lage sich wieder entspannt hat. Du bist doch wie geschaffen für diese Aufgabe.«

Jules schüttelte langsam den Kopf, ohne Tevils aus den Augen zu lassen. »Mein Clan wollte mich nie gehen lassen. Wenn ich nun zurückkehre, weil Previs Wall sich genau als das Rattennest herausgestellt hat, für das die Meinen es immer schon gehalten haben, werden sie mich an das Eis binden. Mein Volk lebt nicht außerhalb des NjordenEises – nur Halunken und Mörder stromern fern ihrer Heimat umher. Laut den Mythen ruhen unsere Seelen tief im Eis, als seien wir ein Teil des Landes. Wir Njordener sind anders als ihr Menschen, die über den Ozean nach Rokals Lande gekommen seid, Tevils. Für euch gelten andere Gesetze.«

Auf Jules' Wangen breiteten sich tatsächlich rote Flecken aus – offensichtlich berührte ihn der Glaube seines eigenen Volkes unangenehm. Wahrscheinlich verlangte dieser Mythos ihm mehr ab, als er zuzugeben bereit war. Tevils erschauderte. Der wortgewandte, elegante Jules, der für sein Leben gern durch überfüllte Gassen und Schenken streifte, dazu verdammt, sein Dasein beim Eisfischen auf einer einsamen Scholle zu fristen … unvorstellbar.

»Kijalan und ich sind hier in Previs Wall, weil wir etwas für unser Volk erreichen wollen«, erklärte Jules mit einem kaum merklichen Beben in der Stimme. »Der Wohlstand, den der Handel mit dem Goldenen Staub mit sich bringt, soll nicht länger an uns vorbeigehen. Leider stehen wir mit dieser Haltung so ziemlich allein da: Die Zeiten wandeln sich, aber meine Landsleute wollen das nicht akzeptieren, obwohl ihre Lebensgewohnheiten sich schon längst verändert haben. Wenn uns Previs Wall jetzt aber signalisiert, dass es uns keinesfalls die Hand zu reichen gedenkt, dann wird es aus Sicht meines Clans keine Berechtigung mehr dafür geben, das Eis zu verlassen. Verstehst du das?«

Tevils schluckte einige Male hart hintereinander, denn er wollte auf keinen Fall etwas Falsches sagen. »Wenn du das NjordenEis verlässt, dann lässt du einen Teil von dir zurück?«

Die Flecken auf Jules' Wangen breiteten sich hektisch aus, während der junge Mann eine vage Geste mit der Hand machte. »Das sind Mythen … so was in der Art. Das mit der Seele im Eis ist eine Geschichte, die man den Kindern erzählt, damit sie brav beim Clan bleiben und keinen dummen Ideen nachgehen. Damit man weiß, wo der eigene Platz ist.« Er biss sich auf die Unterlippe. »Gewiss ist da auch etwas dran, schließlich lässt man immer etwas von sich zurück, wenn man geht.«

Doch diese halbherzig vorgetragenen Ausflüchte stießen bei Tevils auf taube Ohren. »Du meinst, Lalevil hat auf ihre Seele verzichtet, um sich dem Orden anschließen zu können?« Es gelang ihm nicht, die Verwirrung und den Schmerz in seiner Stimme zu verbergen.

Sorgfältig presste Jules die Lippen aufeinander, um ein Lächeln zu unterdrücken. »Deine verehrte Lalevil gehört zu einem Drachen. Seelenverwandtschaft – so heißt es schließlich nicht umsonst. Sie ist frei. Auch wenn ihr Clan sie vermutlich mit fremden Augen ansieht, seit sie dem Ruf des Drachen gefolgt ist. Schön für sie, würde ich sagen.«

Tevils schwirrte der Kopf, während er versuchte, die vielschichtigen Worte seines Freundes im vollen Ausmaß zu begreifen. Mit einem Mal schämte er sich maßlos, mit geschlossenen Augen durch Rokals Lande gelaufen zu sein und sich in seiner Unwissenheit auch noch wohlgefühlt zu haben. Nun wünschte er sich nur noch, alles mit einem Schlag zu verstehen und auch die richtigen Worte zu finden, um seinem Freund beistehen zu können. Stattdessen dröhnte es hinter seinen Schläfen, und sein Kiefer war so angespannt, dass er kaum schlucken konnte.

Während er stumme Qualen ausstand, wurden Jules' Gesichtszüge zunehmend weicher, und schließlich lehnte er kurz mit der Stirn gegen die Schulter seines Freundes – eine ganz und gar unerwartete Geste. Hinter den schwarzen Haarsträhnen ertönte ein leises Lachen, und Tevils überlegte einen Moment, ob er gerade wieder verspottet wurde. Doch dann tauchten Jules' funkelnde Augen auch schon wieder unter dem Haarvorhang auf.

»Ich bin wirklich froh darüber, dass du mir über den Weg gelaufen bist, Tevils. Ansonsten wäre mein Leben ein sinnloses Trauerspiel ohne Trost und guten Rat. Aber wir sollten jetzt wirklich aufbrechen, sonst überrascht uns noch die Morgendämmerung.«

Als Tevils keinerlei Reaktion zeigte, rempelte Jules den Freund kurz an und deutete mit dem Kopf in Richtung Residenz. Aber Tevils verharrte. Das Stimmengewirr um sie herum hatte zugenommen, und als er zu den Anlegeplätzen der großen Handelsschiffe blickte, sah er im Nebel einen Menschenaufmarsch und jede Menge Lampen. Befehle wurden gebellt, mit Kisten beladene Träger angespornt, und eine ungewöhnliche Anzahl von Soldaten der Residenz hatte sich am Kai eingefunden. Er traute seinen Augen kaum: Offensichtlich waren Jules und er so sehr in ihre Auseinandersetzung vertieft gewesen, dass sie den plötzlichen Aufruhr um diese späte Stunde gar nicht bemerkt hatten.

Nun folgte Jules seinem Blick, spannte mit einem Schlag alle Muskeln an und sprintete einen Augenblick später los. Als die beiden in Reichweite des beleuchteten Docks kamen, sahen sie gerade noch, wie die letzten Taue gekappt und ein prächtiger Dreimaster aus seinem Liegeplatz geleitet wurde.

»Warum läuft um diese Nachtzeit ein Schiff aus?«, fragte Tevils atemlos, als er neben Jules zum Stehen kam.

»Das ist die *Hellenwind*, die Galeone des Botschafters von Achaten«, erklärte Jules tonlos. Und er wickelte den stets offenen Mantel um den Leib, als habe er soeben zum ersten Mal Kälte verspürt. »Wenn sie ausläuft, ist Bolivian mit an Bord. Was nichts anderes bedeutet, als dass das Embargo heute Nacht ausgerufen worden ist. Die *Hellenwind* wird das letzte Schiff sein, das den Hafen von Previs Wall verlassen darf, um in Richtung Süden zu segeln.«

Kapitel 15

Erneut hob Maherind die zierliche Phiole auf Augenhöhe, verbarg sie aber sogleich wieder mit einem Seufzen zwischen den Händen. Einen Moment lang verharrte er so, als bekämpfe er den Drang, dem Reiz der Phiole zu erliegen. Dann öffnete er die schützenden Hände einen Spalt und blähte die Nasenflügel auf, als er einen schwachen Duft von Schnee wahrzunehmen glaubte.

Der alte Mann saß tief versunken in einem Lehnsessel, die mit Pantinen versehenen Füße von sich gestreckt auf einem Schemel liegend. Die weiten Ärmel seines Gewandes waren bis zu den Ellbogen herabgerutscht und gaben den Blick auf das edle Tuch des Hemds frei, für das Maherind sich – mit einigem Widerwillen – angesichts der Bedeutung der letzten Stunden entschieden hatte.

Zu guter Letzt war es dem auffahrenden Osanir doch gelungen, Narcassias Bedenken zu zerschlagen und ein Bündnis mit den Gilden von Previs Wall zu knüpfen. Die Blockade stand, bevor Kijalan überhaupt die Gelegenheit bekommen hatte, dem Gildemeister ihre Überlegungen vorzutragen. Bei einer hastig anberaumten Versammlung war das NjordenEis-Volk kurzerhand überstimmt worden, während der Orden gar nicht erst die Chance bekam, um als Zünglein an der Waage zu fungieren. Vermutlich hatten einige wohl platzierte Kommentare von Bolivian ihr Ziel nicht verfehlt, mutmaßte Maherind. Schließlich war es nicht die Aufgabe des Botschafters gewesen, Previs Wall zu beschwichtigen, sondern herauszufordern. Schon lange waren sich die beiden Städte nicht mehr so einig gewesen wie bei dem Wunsch, das Kräftemessen endlich auszutragen.

Nicht, dass Maherind in den letzten Monaten daran gezweifelt hatte, dass es auf eine Blockade hinauslaufen würde. Dafür war Achatens Auftreten seit Langem schon zu verachtend gewesen, und zu viele führende Köpfe lechzten in Previs Wall nach einer Gelegenheit, die eigene Vormachtstellung unter Beweis zu stellen. Die beiden größten Städte der Menschen in Rokals Lande führten sich auf wie zwei halbwüchsige Damhirsche, denen das Revier zu klein zu werden drohte. Weder Vernunft noch gute Worte würden sie davon abbringen können, ihre Geweihe ineinander zu verkeilen.

Maherind kannte die Prälatin schon sein halbes Leben lang und wusste nur allzu gut, dass Badramur sich noch nie vor einer Machtprobe gefürchtet hatte. Offensichtlich glaubte sie sich nach der Eroberung des geringsten Stollens der Gahariren ausreichend mit Maliande gerüstet, um eine Blockade auszusitzen.

Vielmehr interessierte Maherind die Frage, wie weit die Prälatin zu gehen bereit war. Reichte es ihr aus, Previs Wall auf seinen Platz zu verweisen und es zu demütigen, so wie es die Hafenstadt seit langer Zeit mit dem NjordenEis-Volk zu tun pflegte? Oder zielte sie darauf, Previs Wall vollständig zu unterwerfen? Obwohl Letzteres eher unwahrscheinlich war, so wurde er den Verdacht nicht los, dass dieser Weg am besten zu der Prälatin passen würde.

Kohemis, dem im einsamen Haus an der Klippe nichts entging, hatte sich diese Frage ebenfalls gestellt und bereits eine Antwort darauf gefunden. Mitten in der Nacht war ein Bote in der Residenz eingetroffen, und das schmale Kästchen, das er dem ältesten Ordensmitglied überreicht hatte, löste bei Maherind eine unendlich viel größere Beklemmung aus als die gerade erst mit vor Stolz geschwellter Brust verkündete Blockade.

Maherinds andächtig gegeneinander gelegte Handteller öffneten sich einen Deut mehr, gerade weit genug, damit Kerzenschein auf die goldene Essenz in der Phiole fallen konnte. Es war nur noch ein schmaler Rest vorhanden, doch der bewegte sich unentwegt mit bedächtigem Tempo entlang der geschliffenen Glaswände, benetzte sie mit einer seidigen Schicht, so dass sich die Menge des Inhalts nur schwer ablesen ließ.

Es waren Bilder des Krieges gewesen, die Kohemis Maherind geschickt hatte. Szenen einer Vernichtung, zu der eigentlich keine Menschenhand imstande sein sollte. Auch wenn die Vorhersage Maherind wie ein Albtraum erschien, der einem überspannten Geist entsprang, so gelang es ihm nicht, sie einfach aus seiner Erinnerung zu tilgen. Schließlich hatte er noch nie an Kohemis' Gabe gezweifelt, das Wissen von der Gegenwart zu einer Zukunftsvision zusammenzufügen. Sein Gefährte verfügte über eine ganz eigene Art von Magie – nein, diese Fähigkeit stand außer Frage. Kohemis' Vision eines Krieges hatte aus Splittern bestanden, aus brennenden grünen Splittern.

Ein knappes Klopfen an der Tür riss Maherind aus den Bildern, die ihm das Maliande verraten hatte. Sorgsam legte er die Phiole auf der Sessellehne ab und brummte ein »Herein«. Dabei rieb er sich die vor Übermüdung geröteten Augen und widerstand dem Bedürfnis, die schweren Lider gar nicht erst wieder zu öffnen.

Vennis trat in den Raum, das Gesicht deutlich von Anspannung und Enttäuschung gezeichnet. Kurz nickte er Maherind zu, ging dann zu einem Regal, in dem außer unzähligen Schriftrollen, Landkarten und allerlei Krimskrams auch eine Karaffe mit Portwein stand. Er warf Maherind einen fragenden Blick zu, doch der alte Mann nuschelte lediglich »Für mich bitte nicht«. Zwangsläufig gruben sich die Sorgenfalten in Vennis' Gesicht noch tiefer ein.

Nachdem er zwei Gläser getrunken und sich mit einem gefüllten auf dem Schemel niedergelassen hatte, hingen Vennis' Augen zunächst an der Phiole auf der Sessellehne fest. Die Kunde von einem abgehetzten Boten des Klippenhauses hatte ihn zügig erreicht, obwohl er sich in einen der ruhigeren Salons zurückgezogen hatte, da Brills lautes Geprahle zu sehr an seinen Nerven gezerrt hatte. Dass genau an diesem entscheidenden Tag ein Bote von Kohemis eintraf, unterfütterte die Mythen über das in Abgeschiedenheit lebende Ordensmitglied.

»Narcassia stirbt vor Neugierde, was Kohemis dir übermittelt hat.« Vennis lachte verhalten. »Der Diener, den sie mir geschickt hat, um mich über das Eintreffen des Boten zu unterrichten, wäre mir am liebsten auf dem Fuße in deine Kammer gefolgt. Wahrscheinlich klebt der Bursche gerade mit dem Ohr an der Tür, weil er es nicht wagt, seiner Herrin ohne die gewünschten Neuigkeiten unter die Augen zu treten. Dabei hätte, was auch immer Kohemis über die Auswirkungen der Blockade denkt, nichts an der Entscheidung ändern können. Zu viele Narren sind hungrig darauf, den größten Zacken aus der Beute zu schlagen.«

Maherind nickte zustimmend, doch der Bewegung haftete etwas Routiniertes an, als wäre er in Wirklichkeit mit den Überlegungen schon viel weiter, als wäre er Vennis schon längst enteilt. Außerdem gefiel es dem jüngeren Mann gar nicht, seinen Herrn so in Gedanken vertieft dasitzen zu sehen. Der Elan, den Maherind in den letzten Monaten versprüht hatte, war plötzlich verraucht. Vielleicht lag es an der Überanstrengung, die auch Vennis merklich in den Knochen saß. Oder an der Enttäuschung, dass der Orden trotz aller Bemühungen das Steuer nicht hatte herumreißen können.

Mit dem Kopf deutete Maherind in Richtung der Phiole, doch Vennis hob unverzüglich abwehrend beide Hände in die Höhe. Sein Verhältnis zu der Form gewordenen Magie, nach der die Herrschenden von Rokals Lande dürsteten, war äußerst angespannt. Er misstraute dem Maliande schon deshalb, weil es zur Währung der Macht geworden war. Natürlich verstand er, dass es von großem Nutzen sein konnte, aber damit in Berührung kommen wollte er nicht. Außerdem hatte er am eigenen Leib erfahren, wie erschütternd es war, mithilfe des Maliandes zum Zeugen von Kohemis' Visionen zu werden. Dieses Erlebnis rangierte auf der Liste von den Dingen, die Vennis nach Leibeskräften vermied, direkt nach dem Wandeln – ganz gleich, wie bedeutend diese beiden magischen Fähigkeiten für die Arbeit des Ordens auch sein mochten.

»Stell dich doch nicht so an«, forderte Maherind ihn gereizt auf und klackerte mit den Fingernägeln gegen die Phiole. Offensichtlich verspürte der alte Mann wenig Verlangen, die Zukunftsvision für Vennis in Worte zu fassen, denn normalerweise akzeptierte er dessen Zurückhaltung.

»Nein«, presste Vennis hervor, wobei ihm die Kehle so eng war, als hätte ihm jemand ein Schlinge umgelegt und zugezogen. »Du weißt doch, wie sehr ich die bloße Berührung verabscheue. Das Maliande bleibt haften, als wolle es mit einem verschmelzen. Ich bin im Lauf der Jahre zu vielen Mitgliedern des Verbunds von Olomin begegnet, um das Maliande nicht zu fürchten. Wenn man sich der Magie hingibt, wacht man eines Tages auf, und alles, was man ist, wird von dieser goldenen Essenz bestimmt. Ich akzeptiere durchaus, dass die Menschen auf die Macht der Magie angewiesen sind, um sich gegen die Übermacht des Westgebirges zu behaupten. Aber durchwirkt von seiner Berührung sollten sie nicht sein, sie sollten Menschen bleiben.«

»Mit dieser Zimperlichkeit erweist du dich als echter Njordener, mein Freund – Kijalan wäre stolz auf dich.«

Während Vennis sich darum bemühte, diese Anspielung zu ignorieren, zupfte Maherind an seinen Bartflechten, die ihm bis zum Brustbein gingen. Dabei zitterten seine Finger ungewöhnlich stark. Dann seufzte er und schnappte sich mit raschem Griff Vennis' Portweinglas und leerte es in einem Zug. »Kohemis hat einen Krieg gesehen oder besser ausgedrückt: den Zerfall von Rokals Lande. Als wäre es ein Stück Eis, das auf den Boden schlägt und zerspringt.« Er hielt einen Augenblick lang inne. »Und er hat noch etwas anderes gesehen: Drachenfeuer.«

Beinahe wäre Vennis aufgesprungen, nur Maherinds beruhigendes Brummen hielt ihn auf dem Schemel fest.

»Du weißt«, erklärte Maherind betont ruhig, »wie das bei Kohemis' Visionen ist: Sie sind orakelhafter Natur, man kann sie nicht wie eine Nachricht lesen. Außerdem lässt sich nicht sagen, wann dieser Krieg eintreten wird. Wahrscheinlich heißt es nichts anderes, als dass Achaten eines Tages über genug Maliande verfügen wird, um sich erst die Drachen gefügig zu machen und dann anschließend die Kontrolle über sie zu verlieren. Aber davon sind wir gewiss noch Jahrzehnte entfernt. Genug Zeit für unseren Orden, um der Prälatin auf die Finger zu schauen.«

Maherinds Lächeln konnte nicht darüber hinwegtäuschen, dass er seinen eigenen Worten kaum Glauben schenkte. Als Vennis jedoch zu einer Entgegnung ansetzen wollte, bat der alte Mann ihn mit einer Handbewegung darum, ihn fortfahren zu lassen. »Ich weiß, wir werden darüber noch ausführlich sprechen müssen, aber im Augenblick ist nicht die Zeit dafür. Außer der Phiole brachte der Bote auch die Nachricht, dass Kohemis mich unverzüglich zu sehen wünscht. Diese schreckliche Vision hat den alten Knaben offensichtlich erschüttert, denn eine solch unmissverständliche Aufforderung hat er mir noch nie zukommen lassen. Ich werde also abreisen, sobald die Sonne aufgeht. In Previs Wall wird in der nächsten Zeit ohnehin nichts passieren, schließlich dauert es eine Weile, bis Bolivian die Nachricht der Prälatin überbracht haben wird. Es dürfte dir also nicht allzu schwerfallen, die Stellung hier allein zu halten.«

Geflissentlich übersah Maherind die unwillige Miene seines Gegenübers und erhob sich unter viel Gestöhne aus dem Lehnsessel, um mit steifen Gliedern zur Karaffe zu staksen. »Noch etwas«, sagte er, während er sich großzügig einschenkte. »Kohemis will den Jungen von hier forthaben.«

»Was soll das?«, schimpfte Vennis unverzüglich. »Ich weiß, wie viel Kohemis an Tevils liegt, aber ich bin für ihn verantwortlich und nicht er!«

»Da du für Tevils verantwortlich bist, solltest du Kohemis' Worte auch nicht leichtfertig in den Wind schlagen. Aber bevor du dich weiter ereiferst, habe ich einen Vorschlag: Kijalan wird ihren Novizen mit den schlechten Nachrichten ins NjordenEis schicken. Warum sollte Tevils ihn nicht begleiten, quasi seine erste Handlung als Ordensmitglied? Der Junge ist alt genug, um Verantwortung zu übernehmen – kann ihm nur guttun. Damit wäre Kohemis' Wunsch gedient, und Tevils lernt vielleicht noch etwas dabei. Außerdem kann Jules in diesen Tagen gewiss einen Freund an seiner Seite gebrauchen, nicht wahr?«

Mit sichtlichem Widerstreben nickte Vennis. Der Gedanke, erneut auf Tevils' Gesellschaft verzichten zu müssen, gefiel ihm nicht. Dennoch verriet ihm sein Instinkt, dass dies die beste Lösung war.

Kapitel 16

Lalevil öffnete ein weiteres Mal die Augen, doch die Welt um sie herum explodierte noch immer: Feine Funken stoben in alle Richtungen davon, während Fontänen aus Goldregen einen Bogen beschrieben, der von dicken schwarzen Löchern durchsiebt wurde. Der Hintergrund dieses Feuerwerks war ein waberndes Rot, stets in Bewegung, so dass ihr zunehmend schummerig wurde.

Mit einem Stöhnen schloss sie die Augen, doch das Feuerwerk setzte sein Treiben fort, nur dass sich das Rot in ein beunruhigendes Schwarz verwandelte. Nein, das war nicht gut. Das war gar nicht gut.

»Hey«, erscholl eine Stimme in ihrem Ohr. Sie klang seltsam verzerrt, und das Wort wurde unnatürlich in die Länge gezogen. Lalevil versuchte, ihren Kopf zu schütteln, um das »Hey« endlich aus ihrem Gehörgang zu bekommen, doch es wollte ihr nicht gelingen. Bei der ruckartigen Bewegung nahm die Anzahl der Explosionen lediglich zu. Sie hörte ein dumpfes Keuchen und brauchte einen Moment, bis sie begriff, dass es ihrem eigenen Mund entflohen war.

»Bist du wieder bei dir?«

Lalevil zwang sich, erneut die Augen zu öffnen. Rot. Eindeutig zu viel Rot. Ihr ganzer nutzloser Körper fühlte sich an, als wäre er von einer Schicht aus Glut eingehüllt, die sie langsam röstete.

»Na los, Drachenreiterin! So schlimm war es nun auch wieder nicht.«

Aus dem Dröhnen schälte sich allmählich eine vertraute Stimme heraus. Irgendwo in ihrer Nähe befand sich Nahim, und er machte sich über sie lustig. Diese Erkenntnis reichte Lalevil, um sich augenblicklich am Riemen zu reißen. Schwerfällig wälzte sie sich auf den Bauch und stemmte sich auf alle viere. Da die Welt in diesem Moment nicht in ihre Einzelteile zerfiel, sondern das Feuerwerk sogar an Intensität einbüßte, wagte sie es, sich auf die Fersen zu hocken. So blieb sie mit gekrümmtem Rücken sitzen, bis das wallende Rot langsam die Gestalt einer Felswand annahm. Sie wartete noch eine Weile, doch das rötliche Schimmern tief im Inneren des Gesteins wollte nicht vollständig weichen.

»Wo sind wir?«, fragte sie. Ihre Stimme klang unangenehm hoch und kratzte an ihrem Trommelfell.

Nahim kauerte eine Armeslänge von ihr entfernt auf dem nackten Steinboden und wischte sich gerade mit dem Ärmel seines Mantels über den Mund. Seine Augen schimmerten feucht, und trotz des rötlichen Lichtes, von dem der Raum erhellt wurde, sah seine Gesichtsfarbe ungesund blass aus. »Sag du es mir.«

Lalevil blickte sich um, darauf bedacht, den Kopf nur langsam zu bewegen, denn ihr war immer noch schwindelig. Aber es brauchte nicht viel, und sie wusste, wo sie sich befanden. Erbost knirschte sie mit den Zähnen. »Das werden wir nie wieder tun!«

»Nichts lieber als das.« Nahim lachte zittrig, weigerte sich aber noch immer, den Ärmel vom Mund fortzuziehen. »Also, wo, verdammt noch mal, sind wir in Achaten gelandet? Oder nein – warte – lass es mich so sagen: Wohin hast du uns verschleppt, Lalevil? Ich dachte, du wolltest an deine Kammer in der Burgfeste denken. Das hier wird sie doch wohl kaum sein.« Mit dem freien Arm wies er auf die Eisenringe, die in die Wand geschlagen waren und von denen Ketten hingen.

Die junge Frau zögerte kurz, dann zogen sich ihre Augenbrauen zusammen. »Auf diese Kunst zu wandeln kannst du dir wirklich nichts einbilden, mein Freund! Ist dir etwa von deinem eigenen Kunststück übel geworden?« Die barsche Geste, mit der Nahim sie bedachte, entrang ihr ein kurzes Lachen. Dann entschied sie sich dazu, den Tatsachen ins Auge zu sehen. »Wir sind in einem der Kerker unter der Feste eingeschlossen.«

Zuerst blickte Nahim so verblüfft drein, dass Lalevil erneut auflachte. Doch sein anschließendes Fluchen ließ sie verstummen. Sie saß da und wartete ab, bis er sich wieder beruhigte. Dabei bemühte sie sich darum, gelassen, vielleicht sogar eine Spur gelangweilt dreinzublicken, damit der aufgebrachte Mann gar nicht erst auf die Idee kam, dass sie angesichts ihrer Lage verunsichert sein könnte.

Schließlich schloss Nahim die Augen und atmete betont tief durch. Dann lockerte er die Schultern, legte den Kopf leicht in den Nacken. Als er wieder zu Lalevil schaute und mit ruhiger, eindringlicher Stimme sprach, funkelte dennoch Wut in seinen Augen. »Ich habe dir doch erklärt, wie das Wandeln funktioniert, Lalevil. Ich habe dir die Führung überlassen, weil du diejenige bist, die dringend an diesen Ort zurückzukehren wünschte. Du wusstest also Bescheid. Und von all den unzähligen Orten, die die Burgfeste zu bieten hat, denkst du im entscheidenden Moment ausgerechnet an den Kerker? Würdest du mir bitte erklären, was sich dahinter verbirgt?«

Lalevil verdrehte demonstrativ die Augen. »Nun tu doch nicht so. Schließlich warst du dir nicht einmal sicher, ob du mich überhaupt mitnehmen kannst. Du kennst dich doch gar nicht richtig aus mit dieser Fähigkeit zu wandeln. Vennis und du, ihr tut so, als handle es sich dabei um einen Fluch und nicht um ein Geschenk. Ihr beide macht nicht die geringsten Anstalten, das Wandeln zu erforschen. Vielleicht sind wir ja an jenem Ort gelandet, an dem ich am wenigsten sein wollte. Das könnte doch sein, nicht wahr?«

Nahim sah nicht sehr überzeugt aus. »Wenn du mit deinem Geheimnis nicht herausrücken willst – gut. Aber du weißt genau wie ich, dass Vennis' und meine Fähigkeit zu wandeln ein streng gehütetes Geheimnis des Ordens ist. Was sollen wir Badramur erzählen, wenn sie uns auf den Zahn fühlt, wie wir in ihren Kerker geraten sind? Ich kenne sie zufällig und weiß daher auch, wie es ist, sich unter ihrem Blick zu winden.«

Einen spannungsgeladenen Moment lang herrschte Schweigen, dann zuckte Lalevil lässig mit den Schultern. »Reg dich nicht auf. Wir schieben einfach Präae die Schuld zu. Wer kennt sich denn schon mit Drachen aus? Badramur ganz bestimmt nicht! Nach Präaes kleinem Auftritt bei der Schlacht gegen die Gahariren hat es tagelang unter ihrem rechten Auge gezuckt. Es braucht schon einiges, um die Prälatin aus der Fassung zu bringen. Badramur erkennt die Macht der Drachen, aber noch mehr fürchtet sie deren Willkür. Ein magisches Wesen, das sich jeglicher Kontrolle entzieht – das ist Badramurs wahr gewordener Albtraum.«

Lalevil lachte, doch Nahim stimmte nicht mit ein. Er bedauerte es bereits, das Reich der Prälatin betreten zu haben. Zu viele Geheimnisse trug er mit sich, Geheimnisse, die Badramur ihm mit Gewalt entreißen würde, wenn sie auch nur eine Spur von ihnen zu wittern bekam.

Mehrmals hatte sich Nahim den Schal um den Hals geschlungen und das Gesicht bis zur Nase in diesem Wollwust vergraben. Zwischen den einzelnen Schlingen lugten Haarlocken hervor, doch Lalevil unterstand sich, daran zu ziehen. Er hatte die Hände tief in die Manteltaschen gesteckt, und das Schwert schlug im Takt gegen seinen Rücken, während er mit langen Schritten den Pfad entlangeilte.

Sie konnten beide von Glück sagen, dass sie ihre Waffen noch ihr Eigen nannten … wie auch sämtliche Gliedmaßen und ihre Köpfe.

Einen Moment lang achtete Lalevil auf die Reibung ihres Schwertes seitlich des Oberschenkels. Der Rhythmus war ihr in den letzten Jahren in Fleisch und Blut übergegangen. Von allen Ordensmitgliedern war sie das wehrhafteste, legte den größten Wert auf ihre Waffen. Maherind hingegen vertraute auf seinen Instinkt und Vennis auf seinen Verstand. Auf Nahims Rücken machte das Schwert eher den Anschein eines Erbstücks, das er aus lauter Sentimentalität mit sich trug, und nicht etwa, weil er jederzeit bereit war, sich einer Auseinandersetzung zu stellen. Keiner von den Männern war so sehr darauf bedacht, sich zu messen wie die junge Frau aus dem NjordenEis. Wahrscheinlich hatte es Lalevil auch genau aus diesem Grund nach Achaten verschlagen: Mitten hinein in die Schlangengrube – ob sie lediglich Fraß war oder doch das Zeug zur Tierbändigerin hatte, würde sich schon bald herausstellen.

Ein Glanz legte sich auf Lalevils Wangen, als sie daran dachte, wie sie gerade erst ihr Schwert blankgezogen hatte. Ohne die Waffen wären sie im Kerker mit hoher Wahrscheinlichkeit den verblüfften Wärtern zum Opfer gefallen, als diese die Zellentür aufstießen, um einen grölenden, in Ketten gelegten Ork hineinzuschleppen.

Nicht, dass die Wärter angesichts der gezückten Waffen zweier unbekannter Gefangener plötzlich ihre Angriffslust vergessen hätten. Vielmehr war es innerhalb kürzester Zeit zu einem wahren Ansturm gekommen. Glücklicherweise bot das Verlies nicht genügend Platz für die Wärter, die es im Getümmel kaum wagten, ihre Kurzschwerter zu ziehen oder mit den Piken zu hantieren.

Schließlich war der Krawall von vier hünenhaften Leibwächtern beendet worden. Schalkan, einer der Vertrauten der Prälatin, hatte sich gerade zu einem Verhör im Verlies eingefunden gehabt und kurzerhand einen Blick auf den seltsamen Besuch geworfen. »Ach, sieh an: Ordensmitglied Lalevil«, grüßte er mit einer hellen Stimme, die so gar nicht zu dem verhutzelten Gesicht des Adlaten passen wollte. »Freut mich, Euch wieder in Achaten begrüßen zu dürfen. Die Prälatin wird sicherlich begeistert sein, dass Ihr ihrer Einladung unverzüglich nachgekommen seid. Und sicherlich wird sie auch sehr gespannt sein zu erfahren, auf welchem Weg Ihr in unseren Kerker geraten seid.« Schalkan machte eine fahrige Geste mit der Hand und deutete wie zufällig auf die Ketten, die in der Wand verankert waren. »Ich hörte schon, dass Euch eine besonders angenehme Erinnerung mit diesem Verlies verbindet. Haben wir Euch vielleicht beim Pflegen von Vergnügungen ganz persönlicher Natur überrascht? Erklärt das etwa Eure Anwesenheit hier? Oder kann eventuell Herr Nahim hierzu etwas Erhellendes beitragen?«

Anstelle einer Antwort warf Nahim dem vorwitzigen Schalkan einen Blick zu, der dem Adlaten ein beleidigtes Schnaufen entlockte. Zwangsläufig fragte sich Lalevil, ob Nahim innerhalb von ein paar Jahren in diesem vergessenen Tal all das verlernt hatte, was Vennis ihm so mühsam über die Etikette bei Hof beigebracht hatte. Trotzdem verspürte sie ein seltsames Ziehen in der Magengegend, als Nahim wortlos an Schalkan vorbeiging und dieser ihr einen entrüsteten Blick zuwarf, als hätte ihr schlecht erzogener Hund gerade ein Bein an seinem Gewand gehoben.

Es war Nahim immer schon schwergefallen, zu schauspielern und zu taktieren. Allerdings schien er mittlerweile jene Unsicherheit überwunden zu haben, mit der er sich früher aus Konfrontationen herauszuwinden versucht hatte. Er hatte Schalkan und seine spitzfindigen Andeutungen noch nie ausstehen können, und nun scherte er sich nicht mehr darum, seine Abneigung zu verbergen.

Mit einem großen Schritt war Lalevil bei Schalkan und hakte sich bei ihm unter, was dem kleineren Mann sichtlich missfiel. Zumindest sanken seine Mundwinkel tief in das Gewirr aus Falten hinein. »Seid gegrüßt, mein Guter«, zwitscherte sie ihm mit übertriebener Freundlichkeit zu. Während sie gemeinsam durch die murrende Wächtermenge gingen, zog Lalevil ihren muskulösen Arm ein wenig in die Höhe, so dass Schalkan gezwungen war, auf Zehenspitzen neben ihr herzutippeln. Kaum hatten sie das eiserne Gatter am Eingang des Verlieses erreicht, befreite sich Schalkan aus ihrem Griff.

Vorsichtig betastete er seine Achsel, dann wischte er sich mit einem Tuch über die Stirn. Während er das Tuch auf umständliche Weise wieder in seinem samtenen Überwurf verschwinden ließ und den Blick stur geradeaus richtete, sagte er: »Ihr kennt ja den Weg zur Burgfeste. Raslan wird Euch begleiten.« Er deutete auf einen der Leibwächter, die in ihren ledernen Brustharnischen alle gleich aussahen. »Und mein Gehilfe Solup hier …« – neben Schalkan tauchte mit einem Mal ein schmächtiger Bursche auf, der ohne Weiteres als die junge Ausgabe Schalkans bestehen konnte – »… wird dem Hofmeister der Prälatin erklären, auf welchem Weg Ihr Euch eingefunden habt. Schließlich habe ich hier unten noch zu tun. Ein interessantes Intermezzo, muss ich schon sagen.«

Mit diesen Worten wandte Schalkan sich ab, und das Eisengatter wurde von einer unsichtbaren Mechanik hinaufgezogen. Sobald sie den Stollen hinter sich gelassen hatten, wurden sie vom beißenden Nordwind begrüßt, der ihnen gnadenlos in die erhitzten Gesichter blies. Solup hüpfte voran und warf der wartenden Kutsche einen sehnsüchtigen Blick zu, mit der er gewiss gekommen war. Zumindest verrieten seine dünnen Lederschuhe und die Samtjacke, dass er nicht auf einen

Marsch zur Burgfeste eingestellt war. Wahrscheinlich würde sich Schalkan in den nächsten Tagen damit abfinden müssen, dass sein Gehilfe unentwegt nieste und mit seiner Schnupfennase zugange war.

Auf Nahims Stirn zeigte sich eine senkrechte Falte, und er grübelte unentwegt vor sich hin. Offensichtlich bereute er bereits, sich im betrunkenen Zustand auf dieses Abenteuer eingelassen zu haben.

Wie gebannt hatte er bis zum Morgengrauen an Lalevils Lippen gehangen und jede Geschichte in sich aufgesogen. Obwohl er recht einsilbig gewesen war, wenn es um sein eigenes Leben ging, so war Lalevil doch schnell dahintergekommen, dass Nahim den gesamten Winter allein auf dem Hof verbringen sollte. Eine Aussicht, die ihm wenig zu schmecken schien. Deshalb hatte sie ihm gut zugeredet, als er auf die Idee kam, sie zu begleiten. Bevor Nahim es sich mit seinem weinumnebelten Gehirn noch einmal überlegen konnte, hatte sie schon die Phiole mit Maliande gezückt, die sie seit einer Ewigkeit mit sich führte. Ein Geschenk der Prälatin für einen wertvollen Dienst …

Und nun sah Nahim so aus, als denke er darüber nach, wie er möglichst rasch an eine weitere Phiole gelangen konnte, um postwendend in dieses verfluchte Tal zurückzukehren. Einige Male hätte Lalevil fast zu einer bissigen Bemerkung angesetzt, doch angesichts des Leibwächters und Freund Solup, der gewiss die Ohren spitzte, hielt sie sich zurück.

Das Gebirge zeigt sich in dieser Gegend schroff, kaum bezwingbar. Ein einziger befestigter Weg verlief vom Verlies zur Burgfeste, und zwar entlang der Innenseite einer schmalen, aber tiefen Schlucht. Allerdings vermutete Lalevil, dass es so manchen Geheimgang zwischen Verlies und Feste gab – schließlich war das Berginnere an dieser Stelle durchlöchert wie ein Schwamm.

Entlang des Weges waren in regelmäßigen Abständen halbrunde Verschläge in die Felswand gesprengt worden, in denen Wachen rund um die Uhr Posten bezogen. Auf der Außenseite des Pfades war ein schmiedeeisernes Geländer angebracht, an dem Fackeln befestigt waren.

Achaten war eine Stadt, die im ewigen Schatten des Westgebirges lag. Und wie ein Nachtgewächs hatte sie sich unbeachtet in dieser Schlucht ausgebreitet, zäh und eifrig auf Wachstum bedacht.

Während sich Lalevil noch über Nahim ärgerte, machte die Schlucht eine Biegung, und mit einem Mal tauchte Achaten vor ihren Augen auf: eine gigantische, in den Fels gemeißelte Fassade, deren Dach von einer Felszinne gebildet wurde. Emporragende Säulen hielten den Querbalken des doppelflügeligen Tores aus schimmerndem Granit. Es türmten sich Fensterreihen über Fensterreihen – hinter manchen verbarg sich lediglich nackter Stein, hinter anderen ein Festsaal. Detailverliebt gemeißelte Statuen standen auf Vorsprüngen und hielten steinerne Schriftrollen. Wasserspeier verharrten an den Seiten der Fassade und spuckten auf die Köpfe der Neuankömmlinge.

Wer dieses graue, im ewigen Zwielicht liegende Gebäude in seiner Ganzheit erfassen wollte, war gezwungen, den Kopf in den Nacken zu legen und sich somit seiner Bedeutungslosigkeit angesichts dieses monumentalen Menschenwerks bewusst zu werden. Denn die Schlucht und die dicht gegenüberliegende Felsenwand gestanden dem Betrachter nicht zu, der Burgfeste auf Augenhöhe ansichtig zu werden. Unnahbar reckte sie sich dem Himmel entgegen und nötigte jedem Ankömmling Respekt ab.

Die eigentliche Stadt befand sich hinter dieser steinernen Stirnseite. Sie war in einem komplexen Höhlensystem untergebracht, das – im Gegensatz zu der Fassade – nicht von

Menschenhand erschaffen worden war. An diesem Ort hatten vor Urzeiten Drachen gelebt und mit ihrem verzehrenden Feuer ein Netz aus Höhlen geschaffen. Manche davon waren groß wie ein Weizenfeld und benötigten trotzdem keine Säulen, um die Decke zu halten. Andere waren kugelig und klein, mit spiegelglatten Wänden. Durch wieder andere verliefen unterirdische Gebirgsflüsse, die duftendes Wasser mit sich führten. Es gab fensterartige Öffnungen, durch die Tageslicht auf glitzernde Stalaktiten fiel, und Höhlen, in denen sich Dünste aus Erdspalten sammelten, die einem das Gehirn vernebelten.

Wenn man den Geschichten von Rokals Lande Glauben schenken durfte, dann hatten die Drachen hier nicht nur ihrem Spieltrieb freien Lauf gelassen, sondern auch gebrütet. Doch ein noch größeres Geheimnis beschäftigte sich mit der Frage, warum es keinen Zugang zu jenen Tiefen gab, wo sich das Gestein von Rokals Lande verflüssigte und das sagenumwobene Maliande freisetzte. Nichts anderes war den magisch begabten Völkern des Westgebirges von solch großer Bedeutung wie Zugänge zu ebendiesen Regionen. Doch gerade die mächtigsten Wesen hatten seit Menschengedenken rätselhafterweise das Interesse daran verloren. Vielmehr hatten die Drachen das Westgebirge verlassen und eine neue Heimat im NjordenEis gefunden.

Obwohl sie sich selbst dafür schalt, sah Lalevil ein weiteres Mal zu Nahim, der gerade den Anblick der machtvollen Fassade auf sich wirken ließ. Es dämmerte bereits. Der Wind hatte gedreht und trieb vom Osten einen feinen Nieselregen heran. In den überdachten Eisenkörben entlang der Fassade wurden Feuer entzündet, und der Rauch breitete sich wie Nebel aus. Nahim stand mit verschränkten Armen und hochgezogenen Schultern da, als würde ihn der Gedanke, diesen Ort betreten zu müssen, schaudern lassen.

»Ich habe die Burgfeste noch nie ausstehen können«, sagte er leise, als habe er Lalevils Blick auf sich ruhen gefühlt. »Ganz gleich, welche süßen Geheimnisse sich im Inneren des Berges befinden mögen, von außen sieht sie aus wie ein Grabmal. Ich weiß, dass Badramur mit dieser Fassade die Macht der Menschen – oder genauer gesagt: ihre eigene Macht – versinnbildlichen wollte. Aber ich finde, sie hat nur einen Beweis unserer Sterblichkeit erschaffen. Raffgierige Wichte, die im Schatten des Westgebirges ihren Träumen nachhängen. Wir können zwar ein Monument in den Stein meißeln, aber zusehen, wie Wind und Frost unser Werk aufzehren, können wir im Gegensatz zu den alten Völkern von Rokals Lande nicht.«

Behutsam streckte Lalevil eine Hand nach Nahim aus und berührte seine Schulter. »Lass uns hineingehen.«

Kapitel 17

Der Abend zog sich gnadenlos in die Länge. Doch der Lakai, der neben dem Portal des Audienzsaals postiert war, kannte es nicht anders. Fast jeden Abend empfing die Prälatin Gäste, nachdem sie den Tag mit ihren Beratern und dem Aushorchen von Botschaftern aller Couleur verbracht hatte. Eigentlich setzte die Prälatin hier nur in Gesellschaft fort, was sie ansonsten im kleinen Kreis zu tun pflegte: ganz Rokals Lande auf seine Befindlichkeit hin abzuklopfen und zu überlegen, was all dies für Achaten zu bedeuten hatte.

Badramur war die unumstrittene Alleinherrscherin der Burgfeste. Unter ihrem Willen hatte sich eine Stadt in der menschenfeindlichen Gebirgswelt erhoben und sich erfolgreich gegen den Verbund von Olomin behauptet. Keiner der Vertrauten, die an ihrer Seite überlebt hatten, konnte ihre Position gefährden. Und die möglichen jüngeren Anwärter hielten sich angesichts des zu stemmenden Konflikts mit Previs Wall vornehm zurück. Diese Schlacht würden sie die alte Herrscherin schlagen lassen, danach war immer noch Zeit, um über ihr Erbe zu verhandeln.

All dies kümmerte den Lakaien herzlich wenig. Während er sich die Beine in den Bauch stand, vertrieb er sich die Zeit, indem er diejenigen beobachtete, die darauf warteten, dass die Prälatin endlich das Wort an sie richtete. So manches Gesicht tauchte an mehreren Abenden hintereinander im Audienzsaal auf, ohne dass es nur eines flüchtigen Nickens von der Herrscherin gewürdigt wurde. Spätestens bei der dritten anberaumten Audienz, die ohne Aufruf verstrich, waren diese Gesichter von einem Schweißfilm überzogen, und unter der angespannten Haut zuckte es sichtbar. Wer schließlich derartig aufgelöst von der Prälatin ins Kreuzfeuer genommen wurde, hatte in der Regel wenig entgegenzusetzen, ganz gleich, mit welchen Vorsätzen er den Saal betreten haben mochte.

Am heutigen Abend stach dem Lakai ein sonderbares Paar ins Auge, das wenig von der allgemein vorherrschenden Nervosität aufwies. Es schien vielmehr mit seinen eigenen Belangen beschäftigt zu sein: Er rieb sich geistesabwesend immer wieder über das Gesicht, während sie damit beschäftigt war, ihn zu beobachten und sich insgeheim über seine Zurückgezogenheit zu ärgern. Kein einziges Mal wanderte ihr Blick zur Prälatin, um zu überprüfen, ob diese ihnen vielleicht ein wohlgesinntes Blinzeln schenkte.

Die Frau mit den mandelförmigen Augen, die so schwarz wie der Nachthimmel glänzten, kannte der Lakai bereits vom Sehen. Ihr außergewöhnliches Äußeres hob sie von den gewöhnlichen Gästen ab, deren Vorfahren alle aus dem Osten der Südlichen Achse zugewandert waren. Sie war so außergewöhnlich, dass er sich sogar dazu hatte hinreißen lassen, einen anderen Wächter nach ihr zu fragen. »NjordenEis«, hatte der Mann ihm zugeraunt. »Seltsames Volk.« Ja, das hatte der Lakai auch schon gehört … Nur zu sehen bekam man die Njordener in diesen Breitengraden selten. Es hieß, sie mieden das Gebirge, weil ihnen die Ansammlung von Gestein missfiele.

Normalerweise pflegte die Frau aus dem NjordenEis in der unmittelbaren Nähe der Prälatin zu sitzen und, Zigarillos rauchend, den Gesprächen zuzuhören. Allerdings war sie einige Zeit abwesend gewesen und musste sich nun wahrscheinlich erst wieder ihren Platz in der vordersten Reihe des Hofes erkämpfen.

Der junge Mann, der eine gewisse Ähnlichkeit mit ihr aufwies, schien sich seiner Umgebung gar nicht recht bewusst zu sein. Auch für seine Gefährtin, die ihn keine Sekunde lang aus den Augen ließ, hatte er nicht mehr als ein Brummen übrig. Seine ganze Aufmerksamkeit war mittlerweile auf ein Lederband an seinem Handgelenk gerichtet, an dem er unentwegt herumspielte. Kurz blinkte etwas Helles auf, doch sogleich lagen wieder die Finger des Mannes darauf.

Mehr und mehr spürte der Lakai, wie sich eine Welle des Unmuts im Saal ausbreitete. Es dauerte einen Moment, bis er den Auslöser dafür gefunden hatte: Die Prälatin war mit dem mangelnden Respekt, den ihr die beiden Gäste auf der Wartebank entgegenbrachten, unzufrieden. Wie eine Epidemie hatte diese Empfindung alle anderen in ihrem Dunstkreis erfasst, denn die Untergebenen reagierten empfindlich auf den Stimmungswechsel ihrer Herrscherin. Selbst der Lakai fingerte plötzlich an seinem Kragen herum, als bekäme er zu wenig Luft.

Gerade hatte sich die Schwarzhaarige entschlossen, ihrem Gefährten die Leviten zu lesen: Sie beugte sich zu ihm und flüsterte ihm mit versteinertem Gesicht etwas ins Ohr. Mit einem harten Griff riss sie seine Hand von dem Lederband fort, und der Lakai glaubte tatsächlich ein feines Glöckchen läuten zu hören. Der Mann zog den Kopf zurück und schaute sie entgeistert an. Wütend, wie die Njordenerin war, setzte sie noch einmal nach, bis seine Augenbrauen in die Höhe schossen.

Diesen Augenblick nutzte die Prälatin, um die Aufmerksamkeit des Paares auf sich zu ziehen. Ihr Ausrufer schlug zwei Mal mit dem eisenbeschlagenen Zeremoniestock auf den Boden und verkündete mit würdevoller Stimme: »Ordensmitglied Lalevil und ihre Begleitung dürfen nun vortreten und die Prälatin von Achaten begrüßen.«

Das Paar kam widerwillig auf die Beine, die Augen immer noch in dem stillen Zweikampf verwoben, bis der Mann sich kopfschüttelnd losriss und einen nicht minder zornigen Blick in Richtung Badramur abschoss. Obwohl sich kaum etwas im Gesicht der Prälatin regte, so begriff mancher Kenner doch, dass die Herrin dieser Hallen über dieses Benehmen erstaunt war.

Badramurs Mundwinkel hoben sich an, und sie nickte Lalevil zu, die ihrerseits eine leichte Verbeugung andeutete. Nahim kam dem Prozedere hölzern nach und blieb protokollgemäß hinter der ranghöheren Drachenreiterin stehen.

Trotzdem richtete Badramur das Wort zuerst an ihn: »Nahim aus Montera – und ich dachte, dass dein Temperament beim Eintritt ins Mannesalter verloren gegangen sei. Wie auch immer, nach deinem letzten Besuch in meinem Audienzsaal hätte ich nicht erwartet, dich jemals wiederzusehen. Sahst damals ein wenig angeschlagen aus … Maherind hatte deine anschließende hastige Abreise damit erklärt, dass dir das Gebirge aufs Gemüt schlagen würde. Ein Erbe des NjordenEis-Blutes, das durch deine Adern fließt?« Die Prälatin machte eine Pause, sprach jedoch weiter, als Nahim keinerlei Anzeichen machte, darauf einzugehen. »Wenn mich mein Gedächtnis nicht täuscht, ruht dein Amt beim Orden zurzeit. Zumindest wusste man das im Hause Faliminir zu berichten, das du wohl recht übereilt verlassen hast.«

Nahim verbeugte sich erneut etwas hölzern. »Prälatin.«

»Überraschende Abtritte und noch überraschendere Auftritte, wenn ich dem Bericht des guten Schalkan Glauben schenken darf.«

Einen Moment lang herrschte Stille, die Lalevil mit einem Räuspern unterbrach. Die plötzliche Versteifung von Badramurs Körperhaltung verriet, dass sie von der Einmischung nicht gerade begeistert war. Lalevil schien von derlei Feinheiten unberührt zu bleiben. Mit hinter dem Rücken verschränkten Händen und erhobenem Kinn blickte sie die Herrscherin von Achaten an. »Ich befürchte, dass diese gewissermaßen unglückliche Ankunft mir zuzuschreiben ist. Präae, der Drache, mit dem ich verbunden bin, hielt es wohl für amüsant, uns mitten im Bergmassiv abzusetzen. Dass es sich dabei um eine Kerkerzelle handelte, war ihr gewiss nicht bewusst. Sie wollte das Westgebirge nur schnellstmöglich wieder verlassen.«

»Ich hege nicht den geringsten Zweifel daran, dass *dein* Drache …« – bei der Betonung des Wortes »dein« zuckte Lalevil unwillkürlich zusammen – »… zu den spektakulärsten Dingen fähig ist. Aber zwei Menschen unbemerkt in meinem bewachten Verlies abzusetzen, ohne die geringste Aufmerksamkeit zu erregen? Ich habe schon einige Geschichten über die wundersamen Taten von Drachen gehört, aber dass sie sich einfach von einem Ort an einen anderen versetzen können, ist mir neu. In ganz Rokals Lande dürfte dieses Talent als neu gelten, nicht wahr?«

Lalevil zog einen Zigarillo aus dem Mantelärmel hervor und klemmte ihn zwischen die Zähne. Aus den Augenwinkeln konnte sie Nahim grinsen sehen, ein diebisches Lächeln, das von einem Ohr bis zum anderen reichte. Offensichtlich gefiel es ihm, wenn Lalevil der Prälatin Paroli bot. Ich habe ihm tatsächlich eine Reaktion entlocken können!, jauchzte Lalevil innerlich auf. Dabei fiel es ihr schwer, den Frohsinn, der sich plötzlich in ihr ausbreitete, zu verbergen. »Ach, Drachen … die sind immer für eine Überraschung gut.«

»Da haben sie ja etwas mit unserem Freund Nahim gemeinsam«, erwiderte Badramur scheinbar ungerührt angesichts von so viel Dreistigkeit. Lediglich ein leises Seufzen verriet, wie sehr ihr Lalevils Schmierentheater auf den Magen schlug. »Wir werden uns ein anderes Mal mit den Geheimnissen der Magie und des Ordens beschäftigen. Heute steht ein anderes wichtiges Thema auf dem Plan: Previs Wall hat den Fehdehandschuh in seinem Gesicht nicht länger ignorieren können und zur Blockade aufgerufen – weder Nahrung noch Güter noch Goldener Staub werden den Nordhafen mehr in Richtung Süden verlassen, bis Achaten eine Anzahl von Forderungen zugunsten von Previs Wall anerkennt. Was denkst du darüber, Ordensmitglied Lalevil?«

Lalevil blinzelte. Das würde noch eine lange Nacht werden, und Badramur hatte offensichtlich nicht vor, ihr einen Platz anzubieten. Nicht, dass sie eine solche Höflichkeit von der alten Herrscherin erwartet hätte – dafür war der Fehdehandschuh, den sie Badramur entgegengeschleudert hatte, zu offensichtlich gewesen.

Kapitel 18

Blattwerk und Tannenharz. Ein Zweig von getrocknetem Rosmarin und Seife. Und darunter … ein Geruch, als ob die Luft über der frisch geschürten Glut flimmerte, schwer, doch vibrierend zugleich – so roch Damir.

Sein Duft stieg Lehen in die Nase, als er den Kopf zur Seite neigte und ein Stück Haut zwischen Mantel und Halstuch freigab. Sie kannte diesen Geruch, kannte ihn nur allzu gut. Ganz gleich, wie wunderbar Damir eigentlich riechen mochte, bei ihr löste er Übelkeit aus.

Dennoch nutzte sich der Instinkt, um sich zu schlagen und zu schreien, allmählich ab. Heute war der fünfte Tag, seit Nahim sie verlassen hatte. Nein, so durfte sie nicht rechnen, es verletzte sie zu sehr. Heute war der vierte Tag ihrer gemeinsamen Reise, und zu oft hatte Damir sie im Laufe dieser Zeit aus Zufall gestreift, ihr ins Gesicht geschaut und ein paar Worte mit ihr gewechselt, so dass die Nerven in ihrem Körper nicht mehr vor Anspannung zu klingen begannen. Aber seine unmittelbare Nähe, das unvermeidliche Empfinden seiner Körperwärme… vereint mit diesem Geruch nach Glut … Lehen konnte den Reflex zu keuchen nicht unterdrücken. Zugleich presste sie beide Hände gegen Damirs Rücken, um ihn auf Abstand zu halten. Ein seltsames Unterfangen, da sie hinter ihm hoch zu Pferd saß und sich eigentlich an ihm festhalten sollte.

Mit einem Zungenschnalzen brachte Damir den Wallach zum Stehen und blickte über die Schulter. »Ist dir wieder schlecht?«

Lehen nickte schwach und ließ sich vom Rücken des Tieres hinabgleiten. Nachdem sie ein paar Schritte zur Seite getorkelt war, stützte sie sich mit gekrümmtem Oberkörper auf den Oberschenkeln auf und wartete ab, bis sich ihr Magen wieder beruhigt hatte.

Unterdessen fütterte Damir sein Pferd mit einem der schrumpeligen Äpfel, die der Lastesel außer vielen anderen Dingen trug. Gelegentlich schaute er zu der Frau, die mit ihrem bebenden Rücken und den zittrigen Beinen solch ein armseliges Bild abgab. Weite Männerhosen über Stiefeln, eine kastanienfarbene Wolljacke, die in der Hüfte mit einem ungewöhnlich breiten Ledergürtel zusammengehalten wurde, ein Schlapphut, der das Haar verbarg. Jedes Mal blickte er rasch wieder fort, und sein Gesicht verriet nicht das Geringste über seine Gedanken, die ihm beim Anblick seiner ungewöhnlichen Reisebegleitung durch den Kopf gingen.

»Kalim hätte uns ohnehin nicht länger beide tragen können«, erklärte er, nachdem Lehen sich wieder aufgerichtet hatte. »Am besten werde ich mich wohl einfach damit abfinden, dass du weder selbst reiten kannst, noch es allzu lange auf einem Pferd aushältst. Was soll's. Wahrscheinlich würde Kalim bald zu lahmen beginnen, wenn wir ihn weiterhin so belasten. Dann laufen wir halt.«

All das klang durchaus vernünftig, und eigentlich sollte Lehen so etwas wie Dankbarkeit gegenüber Damir empfinden. Schließlich hatte er sich bereit erklärt, sie auf diese Reise mitzunehmen – der Grund für sein Entgegenkommen gab ihr zwar nach wie vor Rätsel auf, doch sie wurde ja nicht einmal aus sich selber schlau. Hatte sie den Hang über dem Westend Hals über Kopf verlassen, weil sie sich dem Verlust ihres Liebsten nicht stellen wollte oder war diese gemeinsame Reise mit Damir eine Art Selbstbestrafung, weil sie sich für Nahims Fortgehen verantwortlich glaubte? Vielleicht war sie nun, da sie alles verloren hatte, endlich bereit, sich der Wurzel ihrer Albträume zu stellen, die ihre Liebe so lange belastet hatten, bis sie zerbrochen war.

Wie auch immer, sie hatte sich nicht gerade als ideale Wegbegleitung herausgestellt – von ihrer Unfähigkeit, längere Zeit auf einem Pferderücken zu sitzen, einmal ganz abgesehen. Auch wenn sie sich jeden Gedanken an Nahim verbot, so schwankte sie zwischen Trübsinn und Gereiztheit. Zwar tyrannisierte sie Damir nicht mit den kleinen Bosheiten, die ihr ständig durch den Kopf stoben. Aber sie wehrte jeden seiner Versuche, ein Gespräch zu beginnen, rigoros ab und stierte ihn lediglich an, als wolle sie ihm im nächsten Augenblick die Kehle durchschneiden.

Über Letzteres hatte Lehen tatsächlich schon nachgedacht. Jedes Mal, wenn die Erinnerung an das Schmiedshaus zu lebendig wurde. Das Selbstverständnis, mit dem Damir sie gedemütigt hatte, und das grauenhafte Gefühl von Hilflosigkeit hatten zu tiefe Spuren hinterlassen. Doch zu ihrer Überraschung hatte die Intensität dieser Bilder während der Reise nachgelassen. Obwohl sie es sich nicht eingestehen mochte: Dieser zurückhaltende Reisende, zu dem Damir geworden war, schien nur noch die äußere Erscheinung mit dem einst machtverliebten Schmied gemeinsam zu haben. Allerdings hatte sie sich schon ein Mal in ihm getäuscht.

Vielleicht, dachte Lehen sich, ist es gar nicht Damir, der sich verändert hat. Ich bin jetzt eine erwachsene Frau, die ihm in der Vergangenheit erfolgreich Paroli geboten hat. Eine Frau, die im Westend respektiert wird … und die nun auf der Flucht vor sich selbst ist, nachdem ihr Liebster sie ohne ein Abschiedswort verlassen hat. Ein Teil von ihr wünschte sich tatsächlich sehnlichst, dass Damir zudringlich wurde und ihr somit eine Reibungsfläche bot. Denn es würde ihr unendlich leichter fallen, sich mit dem verhassten Schwager herumzuschlagen, als sich mit ihrem Kummer auseinanderzusetzen. Wie sehr war ihr Leben bloß aus den Fugen geraten.

An dem Nachmittag, als Damir von Nahims überstürzter Abreise berichtet und damit Lehens schlimmste Befürchtungen bestätigt hatte, war etwas in ihr eingerastet wie bei einem Uhrwerk, das jemand mit Gewalt zum Stillstand gezwungen hat. Gemeinsam mit dem Schmied hatte sie die Ziegen zum Trubur Hof gebracht, und als Damir sich verabschieden wollte, hatte sie ihm kurzerhand mitgeteilt, dass sie ihn begleiten würde. Wohin war ihr gleichgültig gewesen, solange sein Weg bloß aus dem Westend führte.

Als Lehen nun am Wegesrand stand und sich darum bemühte, die Gewalthoheit über den Magen und die brennende Abneigung gegen Damir zu erlangen, stellte sie fest, dass ihr nur Erinnerungsfetzen an den Tag nach Nahims Weggang geblieben waren. Damir hatte geredet, dann hatte Balam vor Aufregung noch viel mehr geredet, und Anisa hatte schreckensbleich daneben gesessen. Eine vage Vorstellung, wie Lehen die Freundin mit ausgestrecktem Arm auf Abstand gehalten hatte, als diese sie hatte umarmen wollen, tauchte unverhofft wieder auf. Wie Anisa die Augen gesenkt hatte und zur Seite getreten war.

Vor lauter Schuldgefühl spannte sich jede einzelne Faser in Lehens Körper zum Zerreißen an. Es war ganz bestimmt nicht ihre Absicht gewesen, Anisa zurückzuweisen. Aber das dunkle Lockenhaar, die schön geschwungenen Wangenknochen – all das hatte sie in diesem Augenblick zu sehr an Nahim erinnert. Mehr als sie ertragen konnte.

Der Neumond der letzten Nacht hatte einen Wetterwechsel mit sich gebracht, und die ungewöhnlich milde Luft hatte die Schneedecke im Tal schmelzen lassen. Obwohl ihnen die Reise dadurch erheblich vereinfacht wurde, vermisste Lehen das strahlende Weiß, das selbst bei einem wolkenverhangenen

Himmel wenig an seiner Leuchtkraft eingebüßt hatte. Nun war alles trübe und dreckig, der Schneematsch haftete an ihren Stiefelsohlen und spritzte ihr auf die Kleidung. Sie kam sich verloren und schäbig vor.

Immer noch zitternd ließ Lehen zum ersten Mal auf dieser Reise den Blick umherschweifen. Obwohl sie nur langsam vorangekommen waren, war ihr die Gegend fremd. Nachdem sie die Talsohle erreicht hatten, hatten sie einen Weg in Richtung Osten eingeschlagen. Das Land war stetig angestiegen, und es war bereits absehbar, dass jeder weitere Schritt mit Kraxelei verbunden sein würde. Wie eine massive graue Wand baute sich der Minja-Stieg vor ihnen auf: nacktes Gestein, das von einem Netz von Gebirgsflüssen durchzogen war. Bestenfalls in den Spalten und Nischen der Felsenwüste nistete ein wenig Grün – Kräuterbüschel und kümmerliche Nadelbäume. Vereinzelte Rauchsäulen verrieten, dass Menschen in dieser steinigen Einöde ein Zuhause gefunden hatten. Es war Lehen unverständlich, dass der Minja-Stieg tatsächlich ein Nachbar des fruchtbaren Westends sein sollte.

»Wenn wir uns beeilen, schaffen wir es heute noch bis zu dem einzigen Gasthof hier in der Gegend. Auch wenn es im Moment verhältnismäßig mild ist, verspüre ich nur wenig Verlangen, eine weitere Nacht in einem Heuschober zu verbringen.«

Beim Klang von Damirs Stimme drehte Lehen sich hastig um und fand ihn immer noch neben seinem Pferd stehend, anstatt direkt hinter sich, wie sie befürchtet hatte. Er blickte sie prüfend an, aber bevor er auf die Idee kommen konnte, auf sie zuzugehen, setzte sie sich – wenn auch nur zögerlich – in Bewegung.

Sie musste Damir recht geben: Auch sie war die Nächte in zugigen Scheunen leid, in denen sie sich beide in verschiedene Ecken verkrochen, jeder still für sich allein frierend. Mit einem Schlag sehnte Lehen sich nach Wärme und einem Bad wie noch nie zuvor in ihrem Leben. Obwohl ihre Knie weiterhin zitterten, schritt sie aufrechten Gangs an Damir vorbei, bis sein leises Lachen sie innehalten ließ.

»Wir sollten uns jetzt besser rechts halten, wenn wir zum Gasthof wollen. Aber wenn du darauf bestehen solltest, den Kurs vorzugeben …«

Unvermittelt machte Lehen einen Schritt auf Damir zu, so dass sie vor ihm zum Stehen kam. Als sie ihm die geballte Faust gegen die Brust drückte, brach sein Lachen abrupt ab. »Keine Spielchen«, sagte sie kaum hörbar, doch der Ausdruck in ihren Augen unterstrich jede einzelne Silbe. »Wenn du anfangen solltest, mich mit Bemerkungen in die Ecke zu drängen, dann werde ich dir gehörig auf die Füße treten, Damir.«

»Es war nur eine dahingesagte Bemerkung und nicht mehr.« Damirs Gesichtszüge waren ausdruckslos und zeigten allenfalls eine Spur von Verärgerung. »Vielleicht solltest du einmal bedenken, dass du dich mir angeschlossen hast und nicht andersherum. Ein wenig mehr Entgegenkommen dürfte nicht zu viel verlangt sein.«

»Und worin könnte dieses Entgegenkommen deiner Meinung nach bestehen?«

Damir zuckte zur Antwort nur leicht mit den Schultern, dann wandte er sich schnell ab und führte sein Pferd hinter sich her. Trotzdem glaubte Lehen, den Anflug eines Lächelns auf seinem Gesicht beobachtet zu haben. Für einige Atemzüge stand sie wie versteinert da, dann schob sie den Eindruck beiseite und folgte Damir.

Der Baderaum war klein und nur dürftig beheizt. Genau wie dem Rest der Herberge haftete ihm etwas Betrübliches an: Die Kacheln an Boden und Wänden waren mit einem feinen Netz aus Sprüngen übersät, durch die blank gescheuerte Emaille des Badebottichs schimmerte das Eisen durch, und das schmale Holzbündel neben dem Ofen in der Ecke verriet, dass hier nur selten geheizt wurde. Zum Minja-Stieg verschlug es wohl nur solche Gäste, die sich kein Bad leisten konnten. Jeder Gegenstand in diesem Haus war alt und verbraucht. Dabei stach das Elend noch mehr ins Auge, weil die Besitzer das Wenige, das sie besaßen, aufopfernd pflegten und wertschätzten. Zur Beklommenheit angesichts dieser schlichten Lebensverhältnisse mischte sich Heimweh, als Lehen ins warme Wasser glitt. Die Wanne war so eng, dass sie die Beine anziehen musste, doch das störte sie nicht weiter. Sie saß einfach nur da und beobachtete den feinen Wasserdampf, der ihre Knie umspielte. Seltsamerweise war sie froh darüber, an diesem kargen Ort endlich die Muße zu finden, in sich hineinzuhorchen. Zum ersten Mal ließ sie die Traurigkeit zu, die seit Tagen auf eine Gelegenheit lauerte, und zu ihrer eigenen Verblüffung ertränkte sie das Gefühl nicht. Die Wellen schlugen nicht über ihr zusammen. Stattdessen wallte die Traurigkeit sanft auf wie eine ruhig ansteigende Flut, die sie trug und nicht fortriss. Schließlich gelang es ihr sogar, die Tränen fließen zu lassen. Kein Schluchzen, keine Schmerzen in der Brust, nur diese Wärme, die zurückblieb, als das Badewasser längst erkaltet war.

Erschöpft und mit der angenehmen Empfindung, eine Reinigung überstanden zu haben, kehrte Lehen auf ihr Zimmer zurück. Auf dem Bett sitzend, rieb sie das Haar mit einem Tuch trocken, dann griff sie nach dem Kamm in ihrem Reisebeutel und begann es zu entwirren.

Seit ihrem Zwist am Vormittag war Damir ungewöhnlich in sich gekehrt gewesen, und Lehen war sich wie ein ungeliebter Hund vorgekommen, der seinem Herrn hinterherhastete, damit dieser sich nicht einfach aus dem Staub machen konnte. Es hätte sie nicht sonderlich überrascht, wenn er einfach auf seinen Wallach gestiegen und fortgeritten wäre, so unnahbar war seine Ausstrahlung gewesen.

Im Gasthof hatte Damir sich dann mit einem Brummen für den Abend verabschiedet, nachdem die Wirtin, eine wortkarge Frau mit grauem Haarwust, ihnen die Zimmer zugewiesen hatte. Man könne auf den Zimmern oder unten in der Stube essen, ganz wie man wünsche.

Er würde sein Essen auf dem Zimmer nehmen, hatte Damir noch über die Schulter hinweg gesagt, bevor er die Tür einen Hauch zu heftig hinter sich zuschlug.

Die Wirtin und Lehen hatten einen Augenblick lang gemeinsam die geschlossene Tür angestarrt, dann hatte Lehen sich geräuspert und so würdevoll wie möglich erklärt, dass sie sich zu diesem Zeitpunkt noch nicht entscheiden könne.

Nun, da ihr der Magen hörbar knurrte, war sie immer noch unsicher, ob sie es wagen sollte, allein in der Stube zu speisen. Gewiss, sie hatte schon das *Rote Haus* im Westend besucht. Aber dort kannte sie jedes Gesicht und die dazugehörige Familiengeschichte seit mindestens vier Generationen. In einem anderen Gasthof war sie noch nie zuvor gewesen, aber nach dem Bad fühlte sie sich befreit und aufgeräumt. Da dieses Hochgefühl vermutlich nicht lange anhalten würde, wollte sie es so gut wie möglich ausnutzen.

Über der Stuhllehne hingen ein paar Röcke und ein Hemd – die restliche Kleidung hatte sie dem Stubenmädchen, das eine jüngere Ausgabe der Wirtin war, zur Reinigung anvertraut, denn sie würden einige Tage bleiben. Falls sie Damirs genuschelte Worte richtig verstanden hatte … Nachdem sie in die Kleider geschlüpft war, zog sie den groben Vorhang zur Seite und betrachtete ihr Spiegelbild in den nachtschwarzen Fensterscheiben. In einem verspielten Anflug griff sie nach dem breiten Ledergürtel, mit dem sie Balams Winterjacke zusammenhielt, und schlang ihn um ihre Taille. Die Silhouette veränderte sich auffallend und verführte sie dazu, sich einige Male vor dem Fenster zu drehen. Dann griff sie sich noch ein paar Nadeln und steckte das klamme Haar hoch. Lächelnd stieg sie die abgenutzten Treppenstufen hinunter.

Was immer sie von der Stube des Gasthauses erwartet haben mochte, es erfüllte sich nicht. Bereits wenige Schritte vor dem Eingang vermisste sie das Lachen und Grölen, von denen das *Rote Haus* im Westend stets umgeben war. Die Stube war ein ordentlicher, schmuckloser Raum mit ein paar Tischen und Stühlen. Nahe beim Kamin saß eine Gruppe von Männern, die ihr zunickte, bevor sie sich wieder auf ihr Kartenspiel besann. Neben der Holztür, von der Lehen glaubte, dass sie zur Küche führte, saß eine Greisin und stützte ihr Kinn auf einen Stock. Sie winkte der alten Frau zaghaft zu, doch die reagierte lediglich mit einem Grummeln. Unschlüssig blieb Lehen bei der Eingangstür stehen und ärgerte sich darüber, dass sie nicht wusste, wohin mit ihren Händen.

So albern es auch war, es ließ sich nun einmal nicht leugnen: Sie sehnte sich nach Gesellschaft. Dabei hätte es ihr schon vollkommen gereicht, an einem der freien Tische zu sitzen und dem Geplauder im Hintergrund zu lauschen. Gewiss würde sich auch niemand beschweren, wenn sie sich einfach hinsetzte. Wahrscheinlich würde sie nicht einmal mit anzüglichen Sprüchen und Blicken belästigt werden. Sie kannte die zurückhaltende Art der Ostler inzwischen, so dass sie sich sicher war, dass man sie in Ruhe lassen würde. Man würde weder ihren Blick noch ihr Lächeln erwidern. Da konnte sie auch gleich wieder auf ihr Zimmer zurückkehren.

Die Tür schwang auf, und die Wirtin kam mit einem Tablett voller Teller und einer dampfenden Schüssel mit Bratkartoffeln und Spiegeleiern herein. Bei Lehens Anblick verzog sie keine Miene, deutete lediglich kurz mit dem Kinn an, dass sie gleich zu ihr kommen würde. Lehen begann, den Oberrock zu raffen und zwischen den Händen zu knautschen. Eine törichte Geste, wie sie gelegentlich bei Mädchen zu beobachten ist. Doch im Augenblick konnte sie sich nicht beherrschen. Was war nur los mit ihr?

Nachdem die Wirtin das Tablett geleert und ein paar Sätze mit den Männern gewechselt hatte, trat sie auf die entmutigt dreinblickende Lehen zu. Diese setzte zu einer Belanglosigkeit an, hielt jedoch im letzten Augenblick inne. Der Gesichtsausdruck der Wirtin lud nicht gerade zu einem Plausch ein. »Ich würde gerne zu Abend essen«, sagte sie und konnte sich des Gefühls nicht erwehren, dass selbst diese wenigen Worte zu viel gewesen waren. Sie glaubte sogar ein leises Nachhallen zu hören. »Allerdings war es mir auf dem Zimmer etwas zu einsam, deshalb …« Sie machte eine nichtssagende Bewegung mit der Hand, weil sie nicht recht wusste, wie sie den Satz zu Ende bringen sollte.

Die Wirtin nickte, wobei allerdings nicht klar wurde, ob sie Verständnis für Lehens Situation aufbrachte oder ob sie lediglich in kein Gespräch verwickelt werden wollte. Mit wehenden Röcken verschwand sie durch die Küchentür.

Gerade als Lehen sich ausreichend eine dumme Gans gescholten hatte und sich an einen der Tische setzen wollte, schwang die Tür wieder auf. Das riesige Tablett, das die Wirtin mit stolzer Haltung trug, war unter Schalen mit Bratkartoffeln, eingelegten Pilzen und Schinkenwürfeln verborgen. Aufgeschnittenes Brot lag in einem Korb neben einem Napf mit getrockneten Apfelscheiben. Seitlich drängten sich zwei Becher und ein randvoller Krug mit Bier, während in der Mitte eine brennende Kerze flackerte.

»Möchten Sie das Essen selbst mit aufs Zimmer nehmen?« Obwohl es wie eine Frage formuliert war, verbarg sich dahinter doch eine klare Aufforderung.

Lehen starrte das Tablett ungläubig an. Zum einen war sie sich nicht sicher, ob sie das Gewicht die Treppe hochschleppen konnte. Zum anderen gefiel ihr die Tatsache nicht, dass die Wirtin sie kurzerhand abschieben wollte. Als wäre sie eine verliebte Göre, die eine Ausrede brauchte, um sich auf das Zimmer eines Mannes zu wagen. Sie setzte schon zu einer scharfen Erwiderung an, da drückte die Wirtin ihr das Tablett in die Hände und sagte: »Sonst wird's kalt, und der Herr war doch schon verärgert genug. Getrennte Zimmer, kein gutes Zeichen.«

Lehen stieß einen leisen Schrei aus, als das Gewicht sie in die Knie zwang. Mit einer Hand öffnete die Wirtin die Tür, die andere umfasste Lehens Schulter und schob sie in Richtung Treppe. Wahrscheinlich, dachte Lehen bitter, während sie die Treppe hinaufstampfte, glaubt diese Frau auch noch, mir einen Gefallen getan zu haben.

Erst beim zweiten Versuch gelang es ihr, die Türklinke herunterzudrücken, ohne dass die Kerze auf den Brotkorb stürzte oder die Flamme vom überschwappenden Bier gelöscht wurde. Damir saß gegen das Kopfteil des Bettes gelehnt da und schaute von einem Buch auf. Er zögerte einen Augenblick, dann stand er auf und nahm Lehen das Tablett ab.

»Ein Missverständnis«, sagte Lehen betont gleichgültig und suchte herausfordernd seinen Blick.

Doch Damir inspizierte bereits die Leckereien. Mit dem Fuß beförderte er einen Hocker vor das Kaminfeuer, auf dem er das Abendessen abstellte. Dann deutete er auf einen Holzstuhl und setzte sich selbst wieder aufs Bett.

Lehen knabberte nervös an ihrer Oberlippe. Selbst wenn sie den Stuhl in die entfernteste Ecke stellte, wäre sie ihm immer noch zu nah für ihren Geschmack. Damir trug lediglich ein Hemd, das ihm über die Hosen hing. Das nasse Haar hatte er zurückgestreift, und obwohl es schon spät am Abend war, hatte er sich die Mühe gemacht, die Bartstoppeln zu rasieren. Mit ihm nun gemeinsam zu Abend zu essen, sprach von einer Normalität, die zwischen ihnen wegen der Vergangenheit niemals wieder herrschen konnte. Doch genau deshalb weigerte sie sich auch, klein beizugeben und die Flucht anzutreten. Mit stolzer Miene rückte sie den Stuhl zurecht und nahm den Becher mit Bier entgegen, den Damir ihr hinhielt.

Schweigend aßen sie, wobei Lehen ihn die meiste Zeit über aus den Augenwinkeln beobachtete, nur um festzustellen, dass er sie nicht im Geringsten beachtete. Allmählich entspannte sie sich, lehnte sich zurück und spielte mit einem getrockneten Apfelring, der sich zu einem länglichen Oval dehnen ließ, bevor er in zwei Teile zerriss. »Was genau willst du eigentlich am Minja-Stieg?«, fragte sie gedehnt.

»Das habe ich dir doch schon erzählt: ein Handel.« Die Stimme klang ungeduldig, vielleicht sogar eine Spur drohend.

Lehen begann an dem ramponierten Apfelring zu kauen. Das mochte schon sein. Aber selbst wenn Damir ihr einen Vortrag über seine Geschäfte im Osten des Tals gehalten hatte, dann konnte sie sich nicht daran erinnern. In den letzten Tagen hatte sie alle Energie darauf verwendet, den Schmerz betäubt zu halten. Für Worte, gar belanglose Erklärungen, war da einfach kein Platz gewesen.

»Du bringst nichts her, und du nimmst auch nichts wieder mit, wenn ich das richtig sehe.«

Damir legte den Kopf schief und sah sie abschätzend an. »Jap«, sagte er schlicht.

Das Schweigen breitete sich erneut aus, doch es schüchterte Lehen nicht ein. »Ein Handel sagst du … Nun ja, eine Geliebte wird gewiss nicht der Grund für eine beschwerliche Reise mitten im Winter sein«, dachte sie laut nach.

»Eine Geliebte.« Damir lachte spöttisch. »Dann hätte ich

wohl kaum zugelassen, dass du mitkommst. Dein mürrisches Gesicht ist nicht gerade der richtige Umgang für einen Mann auf Freiersfüßen.«

»Ich dachte eigentlich eher, dass du viel zu berechnend für solch eine törichte Tat wärst. Es fällt mir nur schwer zu verstehen, welchen Handel man an einem Ort wie diesem betreiben kann.«

Bislang hatte Damir auf der Bettkante gehockt. Nun lehnte er sich zurück und stützte sich dabei auf den Ellbogen auf. Dabei spannte sich das Hemd über seiner Brust und gab den Blick auf ein Stück Haut frei.

Widerwillig zog Lehen die Nase kraus, aber sie zwang sich, den Kopf nicht abzuwenden. Sie war sich nicht sicher, ob er sie provozieren wollte oder es sich lediglich gemütlich machte. Seine seltsam ausdruckslosen Augen waren auf das heruntergebrannte Feuer gerichtet. In diesem Ausdruck hatte Lehen als Mädchen allerhand Schöngeistiges hineinzulesen gewusst. Geist und Poesie hatte sie darin verborgen geglaubt. Dann hatte Damir sie eines Besseren belehrt.

»Wo hast du dich in den letzten drei Jahren eigentlich herumgetrieben, Damir?«

Damir ließ sich aufs Bett sinken, die Hände hinter dem Kopf verschränkt. Ein Lächeln breitete sich auf seinem Gesicht aus, und es kostete Lehen unendlich viel Kraft, um nicht überstürzt aus dem Zimmer zu fliehen. In ihrer Panik spielte sie kurz mit dem Gedanken, das Brotmesser an sich zu nehmen, aber sie riss sich zusammen.

»Du bist doch ein schlaues Mädchen, nicht wahr, Lehen?« Die Stimme war freundlich, dennoch schwang ein Ton mit, der Lehen eine Gänsehaut verursachte. Damir war in Spielerlaune. Allerdings ging es ihm dieses Mal nicht darum, sie in eine Ecke zu drängen und ihr unter die Röcke zu fassen. Wenn sie nicht aufpasste, dann würde er sie dieses Mal in eine Ecke drängen und ihr die Seele aus der Brust reißen, dessen war sie sich sicher. »Was könnte einen Menschen wie mich wohl antreiben? Was bereitet mir mehr Freude als das beeindruckendste Haus und die schönste Frau im Westend? Was treibt mich mehr an als die Ergebenheit einer Handvoll Dörfler?«

Lehen brauchte diese Fragen nicht zu beantworten, denn sie kannten beide die Antwort. Langsam stand sie auf, doch bevor sie sich zum Gehen abwandte, fiel ihr Blick erneut auf den ausgestreckten Damir, dessen dreist präsentierte Selbstgewissheit mit einem Mal an ihr nagte. Sie schlenderte am Bett vorbei und hoffte, dass ihr rascher Atem sie nicht verriet. Aber der Schmied machte keinerlei Anstalten, nach ihr zu greifen. Nein, leichte Beute hatte ihn noch nie sonderlich interessiert. Sie nahm sich das Buch, das aufgeklappt auf dem Kopfkissen lag, und blätterte darin herum.

»*Der wundersame Aufstieg Achatens: Versuch einer Erklärung* – interessante Lektüre. Etwas dagegen, wenn ich es mir ausleihe?«

Ehe Damir reagieren konnte, schlüpfte Lehen an ihm vorbei und hielt hastig auf die Tür zu. Als sie auf den dunklen Flur trat, hörte sie sein Lachen. Ein volles Lachen, das nach tränenden Augen und einem schmerzenden Bauch klang. Unwillkürlich stimmte Lehen mit ein, allerdings leise und wirr, und sie war froh, als es endlich verebbte.

Kapitel 19

Die warme Luftströmung aus dem Osten, die über die Weiten des Meeres gekommen war, hatte zwar ein wenig an Wirkung eingebüßt, trotzdem war das Wetter weiterhin ungewöhnlich mild. Im Laufe der Nacht hatte sich eine Eisschicht über den aufgeschwemmten Boden und sämtliches Astwerk gelegt und somit der Landschaft einen edlen Anstrich verliehen.

Lehen sang vor sich hin, während sie gemächlich einem Pfad abseits des Gasthofs folgte. Die tröstliche Melodie eines Kinderliedes, dessen Reime sie nur noch bruchstückhaft zusammensetzen konnte. Die weißen Atemwolken hoben sich vom gräulichen Licht des Vormittags ab. Sie hatte einen abgebrochenen Ast aufgeklaubt, der mit stachligen Wachsblättern und roten Beeren besetzt war. Der Busch, von dem der Ast stammte, war ihr unbekannt. Spielerisch ließ sie ihn vor sich auf und ab tanzen.

Zwar wirkte die Gegend am Fuße des Minja-Stiegs verödet, aber es hätte sie nicht überrascht, wenn sich hier im Sommer manches Heilkraut finden ließe. Oftmals bargen die unscheinbarsten Gewächse wertvolle Kräfte in sich, während Pflanzen, die um Aufmerksamkeit rangen, dies nicht ohne Hintergedanken taten – diese Weisheit hatte sie von der alten Frau Witt gelernt. Deshalb probierte sie auch keine der roten Beeren vom Zweig. Die kräftige Farbe erschien ihr doch etwas zu verführerisch.

Vielleicht war die Idee gar nicht so verkehrt, eine Zeit lang hier am Minja-Stieg zu verweilen. In dieser kargen Gegend, die Neues versprach, ohne sie zu erdrücken, würde es gewiss leichter fallen, ihr zerbrochenes Leben wieder zusammenzusetzen. Sie könnte das Zimmer im Gasthof behalten, so dass sie niemandem Rechenschaft schuldig war, wenn sie die Tage nutzlos verstreichen ließ. Früher oder später würde bestimmt ein Händler vorbeikommen, dem man ein paar Bücher abkaufen konnte. Mehr brauchte sie im Augenblick nicht.

Während Lehen gedankenversunken in der Winterkälte umherstreifte, wärmte ihr die Vorstellung von einem Leben, in dem sie nur für sich selbst verantwortlich war, Herz und Füße. Sie merkte gar nicht, wie weit sie sich bereits vom Gasthof entfernt hatte, als sich vor der Wolkendecke ein dunkler Fleck abzeichnete. Ihre Augen verfolgten eine ganze Zeit lang seinen Flug vom Minja-Stieg hinab ins Tal, bevor sie tatsächlich begriff, was sie da eigentlich beobachtete.

Seit der Rabenmann bei dem vereitelten Überfall auf das Westend sein Dasein in einem Verschlag außerhalb des Dorfes fristete, wurden seine Vögel nur noch selten gesichtet. Zwei oder drei dieser knopfäugigen Viecher trieben sich zwar stets in der Nähe des Verschlags herum und mussten es sich gefallen lassen, von den Westendlern mit Steinen beworfen zu werden. Aber ihre tollkühnen Flüge, mit denen sie die Gegend ausgekundschaftet hatten, hatten sie eingestellt.

Als dieser Rabe nun zielstrebig auf den Gasthof zusteuerte, schleuderte Lehen den Zweig beiseite, machte kehrt und hastete den Weg zurück. Rabenflüge im Tal hatten etwas zu bedeuten, so viel hatte sie aus den vergangenen Geschehnissen gelernt. Die Pläne für die Zukunft waren mit einem Schlag vergessen.

Als sie den Gasthof betrat, war von dem gefiederten Geschöpf keine Spur zu entdecken. Trotzdem war Lehen sich sicher, dass der Rabe dieses Gebäude angesteuert hatte, denn ein anderes lohnenswertes Ziel, das einen solchen geradlinigen Flug erklärt hätte, gab es hier weit und breit nicht.

In der verlassenen Gaststube legte sie Jacke und Hut in eine Ecke und setzte sich an einen Tisch, von dem aus sie das Treppenhaus beobachten konnte. Die Wirtin eilte herein und blieb gerade lang genug stehen, damit Lehen sie um einen Becher Met und Suppe bitten konnte. Während sie aß, behielt sie die in die Tür eingesetzten Butzengläser im Auge. Als sich schließlich ein Schatten abzeichnete, wollte sie schon aufspringen und nach ihren Sachen greifen, doch in diesem Moment schwang die Tür auf, und Damir trat ein.

»Hey«, sagte er und nickte ihr zu. Er musterte prüfend ihr Gesicht, und sie bemühte sich, mürrisch und zugleich ahnungslos dreinzuschauen. »Ich hatte es schon auf deinem Zimmer versucht.«

Lehen murmelte etwas Unverständliches und klapperte mit dem Löffel in der leeren Suppenschale herum. »Wolltest du dir das Buch zurückholen?«

Kurz blickte Damir verwirrt drein, dann winkte er ab. »Behalt es ruhig, wo du es dir so tapfer erkämpft hast. Ich wollte dir nur Bescheid geben, dass ich für einige Wochen fort sein werde. Du wirst dich hier schon wohlfühlen und falls dir die Decke auf den Kopf fallen sollte, kannst du ja ein paar Kräuter sammeln gehen.« Da sie keine Anstalten machte, auf diese Frechheit einzugehen, fuhr er ein wenig enttäuscht fort: »Allerdings wäre es schön, wenn du dich während meiner Abwesenheit um Kalim und den Esel kümmern könntest. Die Wirtin ist zwar sehr bemüht, aber mit Pferden kennt sie sich einfach nicht aus. Ich vermute mal, dass Nahim dir etwas über diese Tiere beigebracht hat. Wenn ich mich recht erinnere, hat er sein Pferd ja sehr geliebt.«

Ein scharfer Schmerz durchfuhr Lehen. Tatsächlich hatte Nahim oft von seinem klugen und ungewöhnlich sanften

Hengst Eremis erzählt, den er zurückzulassen gezwungen gewesen war. Über die Umstände, unter denen er gemeinsam mit seiner Schwester und deren Tochter ihr Heimatland Montera verlassen und ins Tal zurückgekehrt war, hatte er sich allerdings verbissen ausgeschwiegen. Es war ihr nie gelungen herauszufinden, was er noch alles zurückgelassen hatte, um bei ihr sein zu können.

Lehen schlang die Arme um sich, als friere sie plötzlich. Ob Damir nun unwissend oder mit Kalkül auf diesen schmerzlichen Punkt anspielte, konnte sie nicht sagen. Jedenfalls brauchte sie einen Moment, bis sie sich wieder ausreichend in der Hand hatte. In der Zwischenzeit war Damir in die Küche entschwunden und kehrte nun mit einem Vorratsbeutel zurück.

Mit den Worten »Langweil dich nicht allzu sehr« wollte er schon hinauseilen, doch Lehen versperrte ihm den Weg. Ein Zeigefinger lag auf ihren Lippen, und sie kräuselte die Stirn, als wäre ihr ganz plötzlich etwas Dringendes eingefallen. Damirs Unmut darüber, dass sie ihn aufhielt, schien sie nicht zu bemerken.

»Es ist wirklich ein Elend, wie zerstreut ich bin, seit Nahim mich verlassen hat – oder besser gesagt, Hals über Kopf getürmt ist. Wahrscheinlich hast du es mir schon zigmal erzählt. Warum bist du noch mal an jenem Abend auf dem Trubur Hof eingetroffen? Es wird doch wohl alles zum Besten stehen mit Allehe und den Kindern? Oder hat sich Bienem irgendwohin zu Besuch abgesetzt und den Alten Rog allein mit den Kindern zurückgelassen, während deine Frau die Schmiede führt?«

Damir legte den Beutel auf einen der Tische ab und vergrub beide Hände in den Hosentaschen. Einen Moment lang starrte er zum Fenster hinaus, dann lachte er leise.

»Ach, das … hatte ich in der ganzen Aufregung schon fast

vergessen: Der Rabenmann ist entwischt. Scheint bereits ein paar Tage her zu sein. Jedenfalls hat er sich wohl einen Weg ins Freie gebuddelt wie ein Wiesel. Die Leute im Westend störte das nicht weiter. Man war es vielmehr leid, ihn durchfüttern zu müssen. Früher oder später hätte man den Burschen ja doch laufen lassen oder nach Brennburg ins Gefängnis bringen müssen. So ist es gewiss das Beste, dann muss sich niemand aus dem Westend mit einer Entscheidung belasten. Jedenfalls dachte ich mir, dass ihr dort oben auf dem Hang davon erfahren solltet. Schließlich sind Nahim und du für die Überführung des Rabenmanns verantwortlich gewesen. Der Bursche ist zwar nur ein schmaler Strick, aber er neigt zu Rachegelüsten. Nachdem Nahim nun fort ist, war es mir ganz recht, dass du ebenfalls erst einmal das Westend verlassen wolltest – darum habe ich auch stillgehalten, als du dich mir als verwirrte Reisebegleitung aufgezwängt hast.«

»So war das also.« Lehen tippte sich mit der flachen Hand gegen die Stirn. »Der Rabenmann treibt sich wieder in Freiheit herum – wer hätte das gedacht! Nun, dann werde ich wohl am besten hier am Kaminfeuer darauf warten, dass du zurückkehrst und wieder auf mich aufpasst.«

Damir sah sie fragend an, dann knöpfte er seinen Mantel zu und griff sich den Vorratsbeutel. »Vergiss Kalim bitte nicht, oder schreib es dir auf, wenn auf deine Erinnerung im Augenblick kein Verlass ist.«

»Ich glaube, das kann ich mir merken. Wenn Damir schon einmal für jemanden echte Zuneigung verspürt, dann vergisst man das nicht so leicht.«

Erbost legte Damir den Kopf schief, aber Lehen war bereits zum Kamin marschiert und blickte verträumt in die Flammen. Ohne ein weiteres Wort zu verlieren, verließ der Schmied die Stube. Kaum war das Schlagen der Eingangstür verklungen, stattete Lehen der Wirtin einen Besuch ab, um sich ebenfalls einen Beutel füllen zu lassen. Die Frau warf ihr zwar einige skeptische Blicke zu, sagte aber nichts. Stattdessen ließ sie sich einige Tipps von Lehen geben, mit denen Kalim sich bestechen lassen würde, wenn ihm in dem engen Verschlag zu langweilig wurde.

Als Lehen schließlich vor den Gasthof trat, war von Damir längst nichts mehr zu sehen. Doch das beunruhigte sie nicht weiter. Sie hatte gesehen, aus welcher Richtung der Rabe gekommen war. Leise pfeifend setzte Lehen sich in Bewegung.

Die Öde vor dem Minja-Stieg war Vorteil und Fluch zugleich: Das Land war so flach und kahl, als habe ein Drache sich hier vor Urzeiten mit seinem Feuer eine Landebahn geschaffen. Im Dunst des Nachmittags war Damirs Silhouette gut dabei zu beobachten, wie sie zielstrebig auf die Felswand zuhielt. Allerdings hätte er sich nur ein Mal umdrehen müssen, um Lehen zu entdecken. Denn nach einem Versteck suchte man hier vergebens.

Der Wind drehte allmählich in Richtung Nordwesten und frischte spürbar auf. Wahrscheinlich würde bereits in der Nacht wieder der Boden durchfrieren, und die schweren Wolken würden das Tal mit einer Schneeschicht überziehen. Bei dieser Vorstellung begann es, in Lehens Zehen zu kribbeln, denn sie sah weit und breit keinen Unterschlupf für die Nacht. Nicht einmal einen zugigen Heuschober, in den sie sich hätte zurückziehen können.

Je näher sie dem Minja-Stieg kamen, desto nachdenklicher wurde sie. Es war ihr schlicht ein Rätsel, wohin Damir eigentlich wollte. Er hatte sich inzwischen vom Minja-Stieg abgewandt und folgte einem schmalen Wasserlauf, zu dessen beiden Seiten sich ein breites, ausgetrocknetes Flussbett auftat. Damir steuerte geradewegs eine nackte Gebirgswand an, die wie ein Zacken ins Tal hineinragte – gerade so, als wolle sie den Ostlern den Blick auf den benachbarten Süden verwehren. Welcher Art von Handel konnte man in dieser menschenleeren Ödnis schon nachgehen, fragte sich Lehen zum wiederholten Male.

Während sie noch vor sich hin grübelte, war Damir plötzlich verschwunden. Verblüfft blinzelte Lehen einige Male, doch der zuvor gut sichtbare Mann war tatsächlich fort. Eben noch hatte er den Anschein erweckt, nach der geeignetsten Kletterroute zu suchen, so wie er am Fuß der steilen Gebirgswand umhergekraxelt war – und nun?

Lehen beschleunigte ihren Schritt, und als sie atemlos an der Stelle angekommen war, wo sie Damir zuletzt gesehen hatte, brauchte sie nicht lange, um das Rätsel zu lösen: Der schmale Fluss, dem Damir gefolgt war, entsprang weiter unten dem nackten Gestein. Vor langer Zeit, als er noch mehr Wasser getragen hatte, musste die Quelle wesentlich breiter gewesen sein. Aber ein Einsturz und jede Menge Geröll hatten den Auslauf verschüttet, so dass das Wasser jetzt mit Gewalt aus den engen Spalten hervorschoss. Allerdings hatte Damir weiter oben eine versteckte Öffnung gefunden, wie Lehen nun im letzten Licht des Tages entdeckte.

Mit pochendem Herzen zwängte sie sich durch den Spalt und musste in der rasch zunehmenden Finsternis auf allen vieren einen mit Geröll übersäten Boden entlangkrabbeln, bis dieser plötzlich steil abfiel. Einige Felsbrocken gerieten in Bewegung und klackerten – gefolgt von einem leisen Echo – davon. Augenblicklich hielt Lehen inne und vergaß vor lauter Anspannung fast zu atmen. Irgendwo da unten war Damir, und wenn er in diesen Stollen geklettert war, um ein Nachtlager aufzuschlagen, dann hatte er den Steinschlag gewiss gehört.

Sie verharrte, bis ihr die Glieder taub wurden, doch außer dem Pochen in ihren Schläfen und dem stetigen Rauschen des Wassers war kein anderes Geräusch zu hören. Schließlich nahm sie ihren ganzen Mut zusammen und tastete sich weiter den Gang entlang. Nach einiger Zeit wurde der Schacht breiter und fiel merklich steil bergab, bis er schließlich wieder eben wurde. Das Rauschen war nun so laut, dass Lehen glaubte, nur die Hand ausstrecken zu müssen, um das Wasser zu ertasten.

Sie hockte sich auf den kalten Boden und nahm den Beutel ab, den sie auf dem Rücken getragen hatte. Da es in der Höhle vollkommen finster war, brauchte sie eine Weile, um zwischen Wäschestücken und den Vorräten die in Leder eingeschlagene Kerze samt Zündstein zu finden. Ihre vor Kälte klammen Finger waren ihr dabei keine große Hilfe, genauso wenig wie die Befürchtung, dass Damir irgendwo in der Dunkelheit darauf lauerte, dass sie ihren Standort verriet.

Als die Kerze endlich brannte, erhellte ihr kleines Licht nur einen Bruchteil der riesigen Höhle. Ein unterirdischer See glitzerte ruhig im Kerzenschein. Sein Ausmaß vermochte Lehen nicht einzuschätzen, denn er verlor sich in der Dunkelheit. Einige schwarze Löcher klafften in den Wänden, und sie vermutete, dass durch sie früher Wasser geflossen war. Durch einen dieser Gänge musste Damir verschwunden sein.

Unschlüssig stand Lehen da. Auf ihrer Seite des Sees konnte sie drei dieser Gänge erreichen, ohne ins Wasser steigen zu müssen. Allerdings konnte sie sich beim besten Willen nicht vorstellen, dass der Schmied tatsächlich ein Bad in diesem eisigen Wasser auf sich genommen hätte, um in einen der hinteren Gänge zu gelangen. Selbst wenn er es getan haben sollte, so war sie nicht neugierig und schon gar nicht verrückt genug, um es ihm nachzutun. Nein, sie würde einen der drei Tunnel ausprobieren, die ohne Heldentat zugänglich waren.

Der hinterste grenzte Lehen zu nah am Saum des schwarzen Wassers. Etwas in ihr weigerte sich, zu dicht an den See heranzugehen, als könnte sich unter der seidigen Oberfläche etwas Grauenhaftes verbergen. Für einen Moment erschien ihr der See wie ein ausgebreitetes schwarzes Totentuch, das nur darauf wartete, ihren Leib zu bedecken.

Also hastete sie in den vordersten Tunnel, dessen Decke sich zu einem hohen Bogen spannte und der erfreulich dicht an der Außenseite der Felswand zu verlaufen schien. Vor allem führte er steil bergan, fort vom See.

Plötzlich wurde die Kerze von einem kräftigen Windzug gelöscht. Lehen tapste in der Finsternis einige Schritte weiter, bis ihr ganzer Körper von Kälte umschlossen war. Mit einem Lächeln auf dem Gesicht schnupperte sie: Die hereinströmende Luft sprach von Frost und Schneegestöber. Vorsichtig tastete sie sich weiter vor, jederzeit darauf gefasst, auf ein Hindernis oder einen Abgrund zu stoßen.

Mit einem Mal verengte sich der Tunnel erneut, und sie musste sich ducken, um nicht mit dem Kopf gegen die Decke zu stoßen. Doch die Kälte lockte sie, versprach ihr einen Weg hinaus aus dieser Unterwelt, die sich so unvermutet vor ihr aufgetan hatte. Damir und sein seltsamer Handel waren vergessen, sie sehnte sich nach der Weite des Himmels. Gestein war etwas, auf dem man laufen sollte, und nicht etwas, in dem man festsaß wie in einer Falle.

Lehen zwängte sich durch einen Spalt im Fels und fand sich tatsächlich im Freien wieder: Der eisige Wind stürmte auf sie zu und peitschte ihr Schneeflocken ins Gesicht. Ein Lachen fand seinen Weg über ihre Lippen, bevor diese gemeinsam mit Wangen und Nase vor Kälte zu kribbeln anfingen. Der Himmel war von einem schwarzen Wolkenband bedeckt, durch das kein Sternenlicht drang.

Ohne zu zögern tat Lehen einen Schritt nach vorne und wäre beinahe ins Leere gestürzt, wenn sie sich im letzten Moment nicht an der Felswand festgekrallt hätte. Sie spürte, wie ihre Fingernägel einrissen und eine hervorstehende Kante ihr die Handinnenfläche aufritzte. Sie taumelte zurück und verlor dabei fast das Gleichgewicht. Keuchend suchte sie mit dem Rücken an der Felswand Sicherheit und bemühte sich darum, ihren rasenden Atem wieder unter Kontrolle zu bekommen. Dann ertastete sie mit der Fußspitze den Grund, auf dem sie stand. Es handelte sich offensichtlich nicht um mehr als einen schmalen Vorsprung.

In diesem Augenblick riss die Wolkendecke auf, und der Halbmond tauchte das Tal zu Lehens Füßen in einen bleichen Schimmer. Durch den Schleier des Schneefalls sah alles unwirklich weit und klein aus. Der Tunnel hatte sie hoch auf den Gesteinszacken geführt, unter dem sie am Nachmittag noch gestanden und überlegt hatte, wie man diese Wand wohl bezwingen konnte. Der Vorsprung war nicht mehr als eine Laune der Natur, während der Rest der Wand glatt abfiel. Hätte sie sich nicht rechtzeitig zurückgezogen, wäre sie ins Bodenlose gestürzt, wie sie nun mit Grauen erkannte. Die sich auftuende Tiefe schien ihr entgegenzuspringen und löste dadurch ein Wirbeln in ihrem Kopf aus. Mit letzter Kraft ließ Lehen sich zurückfallen, schlug dabei mit dem Hinterkopf gegen den Fels und sank benommen in sich zusammen. Dabei glitt eines ihrer Beine über den Abgrund, und als sie sich dessen bewusst wurde, war sie vor Angst unfähig, es wieder heranzuziehen. Ihr Herz raste und drohte auszusetzen, als sich eine Wolke vor den Mond schob und alles erneut in Dunkelheit versank. Lehen konnte nicht sagen, wie lange sie dort so kauerte, doch es schien ihr wie eine Ewigkeit, bis sie endlich wieder die Macht über ihre Glieder zurückgewonnen hatte. Auf allen vieren kroch sie in den Tunnel zurück. Ihre Zähne schlugen hart aufeinander, und ihre Finger zitterten so sehr, dass sie gar nicht erst versuchte, die Kerze anzuzünden. Schließlich bot der Tunnel auch im Dunkeln Sicherheit. Mit unsicheren Schritten ging sie den Weg zurück, eine Hand suchend ausgestreckt, die andere an der Wand entlangtastend. Nur mit Not konnte sie ihr Schluchzen unterdrücken.

Als das Wasserrauschen wieder zunahm und Lehen das Ende des Tunnels erreichte, war sie zu erschöpft, um sich einen Rastplatz zu suchen. Der Schrecken des Abgrunds steckte ihr zwar noch in den Gliedern, aber in der Nähe des Wassers fühlte sie sich auch nicht sicher. Deshalb betrat sie den mittleren Tunnel, dessen Untergrund von Geröll bedeckt war.

Nachdem sie mehrmals gegen Felsen gestoßen war, entzündete sie die Kerze und blickte in einen Gang mit unregelmäßigen Wänden, der zu ihrer Erleichterung einigermaßen eben verlief. Für einen Augenblick spielte sie mit dem Gedanken, hier zu verweilen und am nächsten Tag den Weg zurück zum Gasthof anzutreten. Doch um sich diese Niederlage einzugestehen, war sie schlicht zu erschöpft. Nach all den Kraftanstrengungen mangelte es ihr an der notwendigen Entschlusskraft, den alten Plan aufzugeben und einen neuen zu ersinnen. Also stolperte sie mit bleiernen Gliedern und einem leeren Kopf den kurvenreichen Gang entlang, sich keine Gedanken darüber machend, was sie hier eigentlich wollte und was aus ihr werden würde, wenn sich dieser Tunnel als Labyrinth erweisen sollte oder keine Spur von Damir zu finden war. Als irgendwann ihre Füße den Dienst verweigerten, blies Lehen einfach nur die Kerze aus und sank an Ort und Stelle auf den Boden.

Kapitel 20

Ein bekannter Ton weckte Lehen aus ihrem Schlaf. Es war die Melodie eines Wanderliedes, das Balam oft vor sich hin summte, wenn er gedankenverloren zwischen seinen Weinreben umherstreifte. Doch dieses Mal wurde es gepfiffen und dazu noch recht gekonnt, soweit man das wegen des hohlen Echos überhaupt beurteilen konnte.

Trotzdem wollte Lehen nicht die Augen aufschlagen. Obwohl sie bislang nicht einen Finger gerührt hatte, wusste sie, dass ihre Glieder und der Nacken steif waren. Außerdem spürte sie ein dumpfes Pochen in den Schläfen, und die brennenden Lider verrieten ihr, dass sie nicht genug geschlafen hatte. Also drehte sie sich um, und anstatt in einem weichen Kissen zu versinken, schlug sie mit dem Wangenknochen gegen blanken Stein. Mit einem Ruck setzte sie sich auf und betastete ungläubig die geschundene Stelle.

Dann erst fiel ihr wieder ein, wo sie sich eigentlich befand und wer sich dem Pfeifen nach in ihrer unmittelbaren Nähe aufhielt.

Einige Schritte vor Lehens ungemütlichem Nachtlager klaffte ein Loch im Tunnelboden, durch das schwaches Licht drang. Offensichtlich hatte Damir doch den dritten Tunnel genommen, der so unheimlich nahe beim Wasser mündete.

Welchem glücklichen Stern war es nur zuzuschreiben, dass sie in diesem unterirdischen Labyrinth tatsächlich auf ihn gestoßen war, nachdem sie sich sage und schreibe zwei Mal für den falschen Tunnel entschieden hatte?

Lehen streckte sich hastig, um die Müdigkeit aus den Knochen zu vertreiben. Dann krabbelte sie auf den Rand der Bruchstelle zu, umsichtig darauf bedacht, keinen verräterischen Steinschlag auszulösen oder gar durch den spröden Boden zu stürzen. Zu ihrer Enttäuschung konnte sie keinen Blick auf Damir werfen, da der Durchbruch einen leicht diagonalen Schwung machte und somit die Sicht verwehrte. Nach einem Moment des Zögerns band sie sich den Vorratsbeutel um das Fußgelenk, dann legte sie sich bäuchlings auf den Boden und glitt in die Öffnung hinein, die sich als eng genug herausstellte, so dass sie sich an den Seitenwänden abstützen konnte.

Aber was ist, wenn ich plötzlich stecken bleibe? Der Gedanke schoss ihr durch den Kopf, und augenblicklich sammelte sich Schweiß zwischen ihren Schulterblättern, und das Herz schlug so wild gegen den Rippenbogen, dass ihr ganz schummerig wurde. Sollten ihre feuchten Hände den Halt verlieren, so wusste sie nicht, wie tief sie fallen würde. Damirs Pfeifen wurde zu sehr durch das Gestein verzerrt, als dass es für eine Abschätzung getaugt hätte.

Es brauchte einige Atemzüge, bis Lehen die lähmende Angst überwand. Vorsichtig robbte sie weiter voran, bis ihr ganzer Körper in der Spalte verschwunden war. Mit einem leisen Knirschen fiel auch der Vorratsbeutel über den Rand.

Als sie am Ende des Durchbruchs angekommen war und endlich einen Blick auf den unter ihr liegenden Tunnel werfen konnte, sah sie gerade noch Damirs Rücken, bevor er aus ihrem Blickwinkel verschwand. Er hatte das Gepäck geschultert und an einem Stab eine Öllampe vor sich hergetragen. Deren rasch schwächer werdenden Lichtschein nutzte Lehen nun, um sich aus dem Loch hinausgleiten zu lassen. Für einen Augenblick baumelte sie ein gutes Stück über einem Haufen Geröll, und erst als das letzte Licht gewichen war, ließ sie sich fallen.

Zu ihrer Erleichterung kam sie mit beiden Füßen zugleich auf und verursachte dabei nicht allzu viel Lärm. Nur der Vorratsbeutel brachte ein wenig Schutt ins Rollen, doch das Licht kehrte nicht wieder zurück. Offensichtlich hegte Damir keinen Verdacht, dass ihm jemand gefolgt sein könnte. Trotzdem zog Lehen widerwillig ihre Stiefel aus, knotete die Bänder zusammen und hängte sie sich um den Nacken. In den Tunneln war es zwar recht kühl, aber sie wollte das Risiko nicht eingehen, dass Damir ihre Schritte hörte.

Sie entzündete den Kerzenstummel, dann hastete sie Damir auf dicken Wollsocken hinterher. Es brauchte nicht lange, bis sie ihn eingeholt hatte. Vorsichtshalber löschte sie das Licht, auch wenn das bedeutete, streckenweise in Finsternis laufen zu müssen. So wanderten sie eine schier endlose Zeit durch den Berg, wobei Lehen schon lange jeglichen Orientierungs- und Zeitsinn verloren hatte. Ihr ganzes Sinnen war darauf ausgerichtet, sich auf Damirs Rhythmus zu konzentrieren und zugleich einen sicheren Abstand einzuhalten. Gelegentlich kreuzten andere Höhlengänge ihren Weg, und es tat sich auch noch so mancher heimtückische Spalt im Boden auf, so dass ihre Nerven bis zum Zerreißen angespannt waren. Dennoch tat ihr diese Jagd durch die Dunkelheit auf seltsame Weise gut: All ihre Sinne und Gedanken richteten sich allein auf die Aufgabe, Damir nicht zu verlieren, so dass für Zweifel, Trauer und Wut kein Raum war. Sie registrierte kaum, dass sich die Luft um sie herum verdichtete und einen metallischen Duft annahm. Sie kümmerte sich auch nicht um das Tröpfeln von Wasser oder das seltsame Leuchten im Gestein. Blühendes Moos, Kunstwerke aus Spinnweben, unzählige Augenpaare hinter einem Felsbrocken … Lehen sah nur den auf und ab hüpfenden Kegel von Damirs Lampe.

Wenn er eine Pause machte, tat sie es ihm gleich, hartnäckig darum bemüht, nicht allzu tief einzuschlafen. Doch als der schmaler werdende Vorratsbeutel verriet, dass sie beide mindestens schon seit drei Tagen durch diesen unterirdischen Irrgarten wanderten, verschlief Lehen schließlich doch den Moment, in dem Damir seine Öllampe anzündete und weiterging. Schon beim Erwachen war ihr klar, dass er fort war. Damir, dem die Wanderung gewiss nicht halb so viel abverlangte wie ihr, war mit einer kürzeren Verschnaufpause zurechtgekommen.

Blind tastete sich Lehen den Tunnel entlang, dessen Decke sich ganz allmählich senkte, so dass sie den Kopf einziehen musste. Je weiter sie voranging, desto stärker wurde ein süßlicher Duft, der an ihren Magenwänden zu ziehen begann. Die tastenden Hände hielt sie weit ausgestreckt, darauf gefasst, jederzeit auf einen Widerstand zu stoßen. Stattdessen trat sie nach einiger Zeit in eine Lache aus zähem Sekret. Hastig holte Lehen die Zündsteine heraus und betrachtete im Kerzenschein die verwesenden Reste von etwas, das vielleicht einmal der Hinterlauf eines Rehs gewesen sein mochte. Sie schloss die Augen und zwang sich dazu, nicht in angewidertes Geschrei auszubrechen. Allein bei der Vorstellung von zersetztem, Maden verseuchtem Gewebe auf ihrer Haut wurde ihr schlecht. Und sie hatte keine Lust nachzuschauen, was genau durch die Wolle bis zu ihren Zehen durchgedrungen war. Nachdem sich ihr Magen wieder beruhigt hatte, beeilte sie sich, den verdorbenen Socken vom Fuß zu ziehen, und schleuderte ihn so weit wie möglich von sich. Dann stieg sie in ihre Stiefel, da es höchst unwahrscheinlich war, dass Damir sich in der Nähe aufhielt und auf ihr Getrappel aufmerksam werden würde.

Den verbliebenen Kerzenstummel mit gerunzelter Stirn betrachtend, machte Lehen sich auf den Weg. Zwar musste sie das letzte Stück Weg im Dunkeln zurücklegen, nachdem die Kerze restlos aufgebraucht war, was ihr aufgeschlagene

Knie und zerkratzte Handballen einbrachte. Aber schließlich fand fahles Tageslicht den Weg in die Tunnelwelt und wies ihr den Ausgang.

Einen Augenblick lang glaubte sie, in der gleichen Ecke aus dem Berg herausgetreten zu sein, wo sie die unterirdische Reise begonnen hatte: nacktes verwittertes Gestein, das zu ihren Füßen schroff abfiel. Doch nachdem sich ihre Augen wieder an das Tageslicht gewöhnt hatten, bemerkte sie die eintönige Ebene südlich von sich, die sich bis zum Horizont erstreckte. Braun-gelbliches Land, vollkommen flach. Lehen blinzelte verwirrt, doch dann erinnerte sie sich an Nahims Beschreibung von der Heimat der Orks jenseits der Südlichen Höhe: Siskenland – Totenholz und Staub. Und dahinter … das sagenumwobene Achaten im Westgebirge, über das man sich im abseitigen Tal lediglich Geschichten zu erzählen wusste.

Um ihre Vermutung zu bestätigen, drehte sie sich um und betrachtete das aufsteigende Gebirge. Der Tunnel hatte sie unter der Gebirgskrone des Tals durchgeführt und sie östlich des Breiten Grats herausgelassen. In weiter Ferne konnte Lehen den Pass erahnen, über den man auf die Südliche Höhe und schließlich ins Westend gelangte. Offensichtlich hatte Damir einen Weg gefunden, ins Siskenland zu gelangen, ohne dass jemand in seinem Heimatort davon erfuhr. Aber was hatte dieses karge und menschenleere Land für einen Schmied zu bieten?

Am Fuße des Gebirges sah Lehen eine schmale Rauchsäule aufsteigen, allerdings war der Lagerplatz hinter einer Gruppe von Felsbrocken versteckt. Ohne einen weiteren Gedanken zu verschwenden, machte sie sich an den Abstieg.

Die winterliche Sonne stand im Zenit, als sie den steinernen Wall erreichte, hinter dem sie Damir vermutete. Der Wind trug Stimmfetzen zu ihr und den Geruch von wilden Tieren.

In beidem lag etwas Fremdes. Zum wiederholten Mal fragte sie sich, ob sie sich vielleicht irrte. Die Erinnerung an die riesigen Orks, die in dieser Ebene lebten, beschlich sie. Auch wenn Nahim vor Jahren mit dem Anführer einen Pakt eingegangen war, so hieß das noch lange nicht, dass man sie wie einen Gast behandeln würde, wenn man sie entdeckte. Nervös schaute Lehen sich nach einem geeigneten Platz um, von dem aus sie die Rauchsäule und die Umgebung im Auge behalten konnte. Doch bevor sie eine Entscheidung treffen konnte, sah sie in den Augenwinkeln etwas Schwarzes aufblitzen.

Mit beiden Händen schlug sie sich vor Schreck gegen die Brust. Dann lachte sie leise auf, was jedoch mehr einem inneren Zwang als dem Gefühl der Erleichterung geschuldet war. Auf einem Felsvorsprung war ein Rabe gelandet und betrachtete sie neugierig aus seinen glänzenden Knopfaugen. »Verschwinde«, sagte Lehen atemlos und wedelte mit der Hand fahrig in der Luft herum, was den Vogel jedoch nur dazu veranlasste, den Kopf schief zu legen. Angesichts solcher Unverfrorenheit verspürte sie einen Anflug von Zorn. Für was hielt dieses gefiederte Vieh sie? Für leichte Beute?

Sie bückte sich nach einem Stein, und gerade als sie ihn zum Vogel schleudern wollte, wurde ihr Arm mit einem brutalen Griff gepackt und sie um die eigene Achse gewirbelt. Bevor Lehen wusste, wie ihr geschah, traf sie ein Schlag ins Gesicht. Mehr vor Überraschung als vor Schmerz schrie sie auf. Jemand umfasste ihre Schulter, so dass sie nicht zurückweichen konnte, und schlug noch einige Male zu. Nicht kräftig genug, um sie zu verletzen, aber doch so sehr, dass es vor ihren Augen aufblitzte und sie zu keiner Gegenwehr ansetzen konnte. Schließlich wurden die Schläge eingestellt, und sie wurde mit eisernem Griff auf die Knie gezwungen und ihre Handgelenke hinterm Rücken zusammengebunden.

Lehen keuchte und verrenkte sich beinahe den Hals, als

sie über die Schulter spähte. Zwei zornige Augen funkelten sie an.

»Ich konnte neugierige Weiber noch nie ausstehen«, erklärte der Rabenmann, das Gesicht zu einer Fratze verzerrt. »Und wenn sie dann noch mit Steinen nach meinen Raben werfen, verspüre ich den dringenden Wunsch, ihnen die Kehle durchzuschneiden. Einfach so – ruck, zuck!«

TEIL IV

Kapitel 21

Schon kurz nach ihrer Ankunft in Achaten brachten Nahim und Lalevil in Erfahrung, dass die Gelehrten der Burgfeste die mithilfe des Maliandes möglich gewordene Gedankenübertragung hatten verfeinern können: Man teilte die mit einem Netz aus Goldenem Staub gewonnene Essenz auf zwei Phiolen auf, und auf unerklärliche Weise blieb der Inhalt – gleich auf welcher Distanz – immer derselbe. Wenn also Bolivian im fernen Previs Wall dem Maliande die Nachricht von der Blockade anvertraute, dann trug die Phiole der Prälatin genau diesen Gedanken in sich. Eine sensationelle Erkenntnis.

Eigentlich wäre es Lalevils Aufgabe gewesen, diese Neuigkeit sofort an die anderen Ordensmitglieder weiterzuleiten. Doch in dieser Hinsicht war die Prälatin sehr deutlich gewesen. Selbstverständlich billigte sie dem Orden die Kenntnis dieser neuen Errungenschaft zu, doch angesichts der gegenwärtigen Lage betrachtete sie es als unhaltbar, eine solche Nachricht mit einem gewöhnlichen Boten zu verschicken. Zu groß wäre das Risiko, dass es in falsche Hände geriet. Und Lalevil war im Augenblick unabkömmlich, weil die Prälatin in solchen Zeiten nicht auf ihren Rat verzichten wollte. Lalevil hatte mit grimmiger Miene zugestimmt, obwohl sie genau wusste, was sich hinter diesem schwachen Vorwand verbarg. Badramur gedachte den Vorteil, den ihr dieses gerade erst gelüftete Geheimnis des Maliandes gegenüber Previs Wall einbrachte, voll auszuschöpfen.

Allerdings war Lalevils Platz jetzt, da Achaten durch die Blockade auf sich selbst gestellt war, tatsächlich auf der Feste und nirgendwo anders. Denn obwohl alle Zeichen darauf hindeuteten, dass Achaten genau mit diesem Schachzug von Previs Wall gerechnet und entsprechende Vorbereitungen getroffen hatte, war der damit einhergehende Kraftakt enorm. Auch wenn die Nachricht erst in einigen Wochen die südliche Küste und schließlich das Westgebirge erreichen würde, so musste die Burgfeste doch schon Signale aussenden, die keinen Zweifel an der eigenen Stärke aufkommen ließen. Es galt, den ehemaligen Mitgliedern des Verbunds von Olomin zu verdeutlichen, dass ein Mangel an Goldenem Staub und somit an Maliande nicht zwangsläufig mit einem Mangel an Macht gleichzusetzen war. Außerdem durften den Verbündeten in der Hafenstadt Sahila und der Vorratskammer Montera keine Bedenken daran aufkommen, sich für die richtige Seite entschieden zu haben.

Kurzum, die Prälatin verließ in diesen Tagen kaum noch den Audienzsaal. Da sie ihrem Beraterstab dasselbe Engagement abverlangte, saß Lalevil ebenfalls Stunde um Stunde in dieser unerfreulichen Räumlichkeit fest – allerdings mit Nahim an ihrer Seite, was ihr die Zeit einigermaßen versüßte. So konnte sie ihm immer wieder mit bissigen Kommentaren, die sie ihm unter Badramurs strengem Blick ins Ohr flüsterte, ein schiefes Grinsen entlocken. Ansonsten hielt sich Nahim auffällig zurück, als wolle er auf keinen Fall den Verdacht aufkommen lassen, dass er im Auftrag des Ordens anwesend war.

Wie auch in den Nächten zuvor hatte die Prälatin sie erst zur späten Stunde aus ihren Fängen entlassen. Während Lalevil schon halb schlafend auf das Lager in ihrer Kammer fiel, konnte Nahim erneut kaum ein Auge zutun. Unentwegt schossen ihm die Gedanken kreuz und quer durch den Kopf, flackerten Erinnerungen auf, und das schlechte Gewissen quälte ihn. Außerdem erwies sich das Lager als zu schmal für sie beide: Nahim musste in seiner steten Unrast achtgeben, die fest schlafende Lalevil nicht aus Versehen über die Kante zu drängen.

Obwohl Lalevil über den seligen Schlaf eines Kindes verfügte und sich über Nahims Unruhe noch kein einziges Mal beschwert hatte, fürchtete er sich vor ihrer Bitte, endlich ein eigenes Gästequartier zu beziehen – was ihm der Hofmeister auch schon mehrmals und mit überheblich gespitzten Lippen vorgeschlagen hatte. Doch er wollte die Nächte nicht allein verbringen: Lalevils Nähe spendete ihm Trost, den er im Augenblick nicht missen mochte. Der stolzen Drachenreiterin schien es nicht anders zu ergehen, denn – obwohl sie es sich nicht eingestehen mochte – ihr fehlte ihre eigensinnige Drachendame sehr. Zumindest murmelte sie Präaes Namen oft im Schlaf.

Trotz Lalevils gleichmäßigen Atemzügen dicht an seiner Seite, gelang es Nahim nicht, zur Ruhe zu kommen. Die Ereignisse der letzten Tage kratzten unablässig an seinen Träumen und Gedanken. Schließlich gab er auf und lag mit offenen Augen da, während durch den Türspalt bereits vereinzelte Lichter vorbeihuschten und das Hallen von Schritten zu hören war. Die ersten Bewohner der Burgfeste gingen ihrem Tagewerk nach, schürten die über Nacht heruntergebrannten Feuer, schleppten Körbe voller Schmutzwäsche und tauschten den neusten Tratsch aus, während sie Frühstückstabletts auf die Zimmer ihrer Herrschaften trugen.

Ganz gleich, wie Nahim es drehte, er wusste nicht, was er von seiner übereilten Abreise aus dem Tal halten sollte. Ob es aus Langeweile, Verzweiflung oder Rachsucht gewesen war, konnte er einfach nicht entscheiden. Als er Lalevil betrunken zugestimmt hatte, sie für den Rest des Winters nach Achaten zu begleiten, war es ihm wie eine hervorragende Idee erschienen. Lehen würde schon sehen, wie es war, wenn sich der geliebte Mensch einem entzog! Warum sollte er auch nutzlos auf einem eingeschneiten Hof festsitzen, während seine Gefährtin ihren wichtigen Aufgaben nachging, die sie immer weiter von ihm forttrieben?

Als er dann jedoch den Trubur Hof betreten hatte, geschah dies halb in der Hoffnung, dort auf Lehen zu stoßen. Ob sie ihn wohl davon abgehalten hätte, die Drachenreiterin zu begleiten? Erneut beschwor Nahims Fantasie das Bild einer vor Verzweiflung aufgelösten Lehen herauf, die ihn in Anwesenheit aller Familienmitglieder zum Bleiben zu überreden versuchte. Der Kummer in ihren Augen bescherte ihm eine solche Genugtuung, dass er sich vor sich selbst schämte.

Mit einem Ächzen drehte er sich auf die Seite und stieß dabei mit der Nase gegen Lalevils Schulter. Funken stoben ihm in die Augen, während er sich zusammenriss, um nicht erneut aufzustöhnen. Lalevil gab lediglich ein schmatzendes Geräusch von sich und grub das Gesicht noch etwas tiefer ins Kissen.

Tastend suchte er sich einen Weg aus der Kammer, wobei der Handschutz seines eigenen Schwertes, das er nachlässig auf den Boden geworfen hatte, sich in seine nackte Fußsohle bohrte. Als er die Tür endlich hinter sich schloss, lehnte er sich erst einmal mit dem Rücken dagegen, um sich zu sammeln. Im Flur erklang jedoch ein fröhliches Lachen, das ihn dazu antrieb, den schwach beleuchteten Gang entlangzuhasten. Ohne nachzudenken, suchte er sich einen Weg in Richtung Osten, und als er auf die ersten Stufen einer verwaist aussehenden Treppe stieß, nahm er eine der Fackeln aus der Halterung und erklomm sie kurz entschlossen.

Unterschiedlich hohe wie breite Stufen schlängelten sich durchs Bergmassiv, ohne einen Sinn zu offenbaren. Gelegentlich verwandelte die Treppe sich in einen eben verlaufenden Tunnel, um im nächsten Moment wieder steil anzusteigen. Unablässig zog ein kalter Windhauch durch den Gang und verriet, dass er irgendwann mit der Außenfassade in Berührung kommen würde.

Nahim ließ sich treiben, und auch als der Weg sich in eine sich ins Unendliche drehende Wendeltreppe verwandelte, hielt er nicht inne. Der Gedanke erschien ihm absonderlich, dennoch erinnerte ihn die Treppe an sein Leben: Es schlängelte sich ohne einen Sinn dahin, mal hü, mal hott, ohne roten Faden und ohne Ziel in Sicht.

Während sich ein bitteres Lächeln auf sein Gesicht schlich, endete die Treppe schließlich in einer Kammer mit hohen, spitz zulaufenden Wänden. Die Zierde bestand in einem jener Fenster, die die Fassade der Burgfeste schmückten. Nahim stemmte sich auf den breiten Sims hinauf und blickte ins Freie. Der Wind wehte ihm frisch ins Gesicht und ließ ihn erschauern. Vor ihm breitete sich im diesigen Sonnenlicht die gegenüberliegende Steilwand aus, nur dass Nahim zum ersten Mal auf sie hinunterschauen konnte, da sie von niedrigerer Höhe als die Burgfeste war.

Wie mit einem Meißel geschlagen, so brach die Steilwand jäh ab und bildete eine uneinnehmbare Schutzmauer, an deren Fuße die Südliche Ebene strandete: leicht abfallendes Heideland, auf dem verwilderte Ziegen grasten. Wer nach Achaten wollte, musste den gut bewachten Weg über die Schlucht nehmen, ganz gleich, ob er vom Tal aus über die Ebene oder aus dem Süden von Rokals Lande über den breiten Handelsweg Talemis kam.

Nahim lehnte sich mit dem Rücken gegen den steinernen Fensterrahmen und raffte den Halsausschnitt seines Hemdes mit der Hand zusammen, da der Wind jede Möglichkeit nutzte, seine nackte Haut zu streifen. Obwohl er in Richtung

Südliche Höhe und Montera schauen konnte – zwei Heimatorte, die ihm beide fremd geworden waren –, war ihm diese Aussicht tausend Mal lieber als ein Blick auf das sich auftürmende Westgebirge, das einen mit seiner schieren Imposanz zu erschlagen drohte.

Trotzdem schlichen sich Nahims Gedanken genau dorthin, überflogen das Hoheitsgebiet von Achaten, streiften die weiten Elbenreiche, um schließlich jene Höhen des Westgebirges zu erklimmen, die nicht für Menschen geschaffen worden waren. Unwillkürlich schloss er die Augen und spürte, wie die Erinnerung an ihm zerrte, ihn hinabriss in einen Strudel, dessen Fluten jedoch nicht bläulich schimmerten, sondern von rot glühendem Gestein durchsetzt waren.

In all den letzten Jahren hatte Nahim die Erinnerung an die Hallen des Dämonenbeschwörers Resilir verdrängt. Und wenn es den Bildern doch einmal gelungen war hervorzubrechen, dann hatte er es mit allen Kräften vermieden, die Erlebnisse in Worte zu kleiden, ihnen eine Struktur zu verleihen. Sie sollten vage Bilder wie aus einem Albtraum bleiben, denn er wollte ihnen keinen festen Platz in seiner Vergangenheit einräumen. Doch die unmittelbare Präsenz des Westgebirges trieb ihre eigenen Blüten, und auch das beharrliche Drängen der Prälatin zeigte seine Wirkung. Ohne etwas dagegen unternehmen zu können, wanderten seine Gedanken in jene Zeit zurück, als er sich noch unter Vennis' Führung für die Anliegen des Ordens eingesetzt hatte.

Dem Orden war es damals nicht gelungen, die Herrin der Burgfeste von einem zufälligen Zusammenfallen von Nahims Fortgang und dem plötzlichen Verschwinden Resilirs zu überzeugen. Wahrscheinlich hätte Badramur sich niemals so lange in ihrer Position halten können, wenn sie nicht einen untrüglichen Instinkt für noch so geschickt verhüllte Zusammenhänge entwickelt hätte. Doch letztendlich hatte sie Maherinds Ausflüchte akzeptiert, da sie dem Orden zu großem Dank verpflichtet gewesen war: Welche Karte der Orden zu jener Zeit auch immer ausgespielt haben mochte, sie hatte den Verbund von Olomin zerfallen lassen, bevor er sich auf das gerade erblühte Achaten stürzen konnte. Resilir, dieses unergründliche Wesen, das die einander feindlich gesinnten Teile des Verbunds allein durch seinen puren Machtanspruch zusammengehalten hatte, hatte das Westgebirge verlassen, und niemandem war es seitdem gelungen, seinen Platz einzunehmen.

Damals war es Badramur zufrieden gewesen, doch nun, da sie weder die Völker des Westgebirges fürchtete noch dem Orden gegenüber eine Schuld empfand, hatte ihr der Zufall Nahim in die Hände gespielt. Dieser verschwiegene junge Mann war der Schlüssel zu einem Geheimnis, auf dem ihre Macht baute. Vielleicht ahnte sie, was sich hinter Nahims störrischer Miene verbarg, aber noch hatte sie nicht entschieden, wie sie es ihm entlocken sollte.

Seit der Ankunft in Achaten hatte Nahim jeden Abend an Lalevils Seite gesessen und den Debatten rund um die Prälatin gelauscht. Immer wieder hatte ihn dabei Badramurs kalter Blick gestreift, und jedes Mal hatte sein Herz zu rasen begonnen, während er darum bemüht war, sich seine Schwäche nicht anmerken zu lassen.

Im Nachhinein erschien es ihm nur richtig, den Orden verlassen zu haben, selbst wenn er es seinerzeit für ein gemeinsames Leben mit Lehen getan hatte, und nicht etwa, weil er sich den Aufgaben nicht gewachsen gefühlt hätte. Doch über kurz oder lang hätte er ohnehin ausscheiden müssen, das wurde ihm jetzt klar. Vielleicht hatte Maherind etwas Ähnliches vermutet, als er Nahim zugeraten hatte, sein Glück im Tal zu versuchen. Was nützte ein Ordensmitglied, dessen größte Fähigkeit ein Geheimnis war, das er vor aller Welt verbergen musste? Zwar vermochte auch Vennis zu wandeln, aber ihm gelang die Kunst nicht im gleichen Ausmaß wie Nahim. Er hätte es niemals in die Hallen des Dämonenbeschwörers geschafft.

Während ihm unablässig der kalte Wind ins Gesicht wehte, als wolle er ihn vom Fenster vertreiben, sah Nahim plötzlich die Chimäre des Dämonenbeschwörers vor sich wie das Aufleuchten eines Blitzes. Dieses Wesen, das von der Magie von Rokals Lande so durchdrungen war, dass es keinen eigenen Körper mehr besaß. Wie ein Flirren in der glühend heißen Luft war Resilir gewesen, obwohl er sich in ein fließendes Gewand gehüllt hatte. Sein Abbild hatte sich auf Nahims Netzhaut gebrannt und war noch Wochen später wie ein schlechtes Omen aufgeflackert. Der Dämonenbeschwörer war eine lebende Flamme gewesen, deren Gestalt nur noch ansatzweise an einen Elben oder vielleicht auch an einen Menschen erinnerte.

In diesem Augenblick hatte die Magie für Nahim ihre Unschuld verloren. Gewiss hatte er zuvor Drachen über dem NjordenEis fliegen sehen, aber ihre Künste waren verspielter Natur. Resilir hingegen war von Macht erfüllt gewesen, fähig, das ganze Land mithilfe der Magie seinem Willen zu unterwerfen. Trotz seiner Vielfältigkeit war das Maliande ein Instrument, der alles entscheidende Schlüssel zur Macht. Wer ihn am geschicktesten einsetzte, dem würde das Land gehören, das war Nahim bei Resilirs Anblick klar geworden. Drachenzauber und Elbenmagie waren schön und gut, aber das Maliande war inzwischen ein Mittel zur Währung der Macht – erst recht, seitdem die Menschen ihre Hand danach ausgestreckt hatten.

Als sich vor einigen Jahren abzeichnete, dass der schwelende Konflikt zwischen Achaten und dem Verbund von Olomin zu eskalieren drohte, hatte Kohemis seine Gedanken ins Maliande gebannt, und Maherind hatte einen Weg gefunden, die Phiole Resilir zuzuspielen. Der Orden hatte dem Dämonenbeschwörer einen Handel vorgeschlagen: Wenn man den Beweis erbringen könnte, dass das Menschengeschlecht ebenfalls zur Magie berufen ist, also eine eigene Fähigkeit hervorzubringen imstande war, dann würde Resilir das Recht der Menschen aufs Maliande anerkennen. Bis heute konnte Maherind nicht erklären, warum der Dämonenbeschwörer tatsächlich auf diesen Handel eingegangen war. Der alte Mann hatte lediglich auf seinen sagenumwobenen Instinkt vertraut.

Nach einigen fehlgeschlagenen Versuchen von Vennis, in den Hallen zu wandeln, war die Aufgabe Nahim übertragen worden, was dieser mit stolzgeschwellter Brust angenommen hatte. Alle Bedenken und guten Ratschläge seines Onkels waren spurlos an ihm abgeprallt. Als er sich später auf dem brennend heißen Boden hilflos zusammengekauert wiedergefunden hatte, war ihm jedoch jegliche Großmannssucht verloren gegangen.

In diesem Moment vollkommener Ausgeliefertheit hatte sich in Nahim eine Unsicherheit aufgetan, die er nicht mehr hatte abschütteln können. Das Wissen, dass die eigenen Entscheidungen einen direkt in die Hölle führen konnten, hatte ihn sein jugendliches Selbstvertrauen gekostet. Seitdem hatte jede Entscheidung, zu der er sich durchgerungen hatte, letztlich in eine weitere Hölle geführt. Zwar hatte Resilir ihn, ohne ihn ein Leid zuzufügen, ziehen lassen, aber etwas von Nahim war in den Hallen zurückgeblieben. Darauf hatten weder Vennis noch Maherind ihn vorbereiten können.

Nachdem die schmerzlichen Erinnerungen wieder abgeklungen waren, saß Nahim noch eine Weile da und blickte einfach nur zum Fenster hinaus. In weiter Höhe gelang es dem Wind, den feinen Wolkenschleier aufzureißen, und einige milchige Sonnenstrahlen trafen unvermittelt sein Gesicht.

Wie eine warme Berührung streifte das Licht über Wangen und Lippen und färbte die Landschaft mit einem Hauch von Gold ein. Langsam fuhr Nahim mit der Zungenspitze die Oberlippe entlang und glaubte ein Versprechen auf den Sommer darauf zu finden. Er hörte in sich hinein und nahm den Nachhall von Hundegebell wahr. Eine Frau lachte, glockenhell. Die Luft duftete nach Lorbeer und Zitrus, die Hügel des Landes waren so weich geschwungen wie die Linien einer Frau … seiner Frau … und er fuhr sie behutsam mit der Fingerspitze nach.

Trotz der Zugluft stieg ihm Hitze den Hals hoch, doch ihrem Brennen haftete etwas Verlockendes an, so dass alle Sorgen und Zweifel mit einem Schlag wie fortgewischt waren. Ohne den Grund dafür recht zu begreifen, heilte etwas in Nahim und gab ihm die Gewissheit, dass man seine Entscheidungen erst am Ende des Weges wirklich beurteilen konnte. Vielleicht hatte er in jenen schrecklichen Momenten in Resilirs Hallen keine Bestrafung, sondern ein Geschenk erhalten.

Mit einem Lächeln glitt er vom Fenstersims hinunter, ganz benommen von der überraschenden Wendung. Auf der obersten Treppenstufe hielt er noch einmal inne und warf einen Blick zurück über die Schulter. Erneut hatten die Wolken das Sonnenlicht gebannt, der Tag würde trotzdem freundlich werden. Dann machte er sich pfeifend an den Abstieg, mit den Gedanken schon bei einem späten Frühstück. Wahrscheinlich hatte Lalevil auf der Suche nach ihm schon die ganze Burgfeste auf den Kopf gestellt. Bei der Vorstellung, wie es vor lauter Ungeduld um Lalevils Augen zuckte, musste Nahim vergnügt auflachen, und er nahm die Stufen noch ein wenig hastiger.

Kapitel 22

Skeptisch beäugte Nahim den ovalen See, der im Licht des Morgens funkelte und glitzerte. Die Höhle, in der er lag, war weit entfernt von der steinernen Außenfassade der Burgfeste. Ihre östliche Wand war von schmalen Gängen durchsiebt wie ein Apfel vom Wurmfraß. Dadurch fand das Tageslicht seinen Weg bis in diese abgelegene Finsternis hinein und fiel auf eine spiegelblanke Wand, die das goldene Licht verteilte wie einen Sprühregen. Die ganze Höhle war von einem irisierenden Schimmern erfüllt, so dass man leicht vergaß, dass sich über den Köpfen eine Felsendecke und nicht das Himmelsgewölbe spannte.

»Badramur ließ einmal einen mageren Knaben in die Gänge krabbeln«, erklärte Lalevil, nachdem sie Nahim zu diesem Wunderwerk geführt hatte und er staunend den Quell des Lichtspiels zu ergründen versuchte. »Der Junge kam allerdings nicht besonders weit, weil die Gänge einige scharfe Biegungen machen und gelegentlich senkrecht nach oben führen. Das Gestein ist an manchen Stellen angeblich ebenso durchlöchert wie dort drüben die ganze Wand. Irgendwo da oben bei der Gebirgszinne fällt das Sonnenlicht in eine Bodenspalte und wird dann mithilfe unzähliger Spiegel nach hier unten geleitet. Ich weiß, du willst es nicht hören, aber Drachenmagie ist einfach das Großartigste, das Rokals Lande hervorgebracht hat.«

Dem Höhlenlabyrinth der Burgfeste gehörten allerlei Mysterien an – wie dieser unterirdische See –, und wahrscheinlich hatten die Menschen bislang auch nur einen Bruchteil von ihnen entdeckt. Allerdings zeigte die Prälatin nicht den ihr ansonsten so eigenen Ehrgeiz, wenn es um die Erforschung von Drachengeheimnissen ging. Das verwaiste Labyrinth mochte den Menschen inmitten der schroffen Gebirgswelt einen Hafen bieten, doch dem Zauber ausliefern wollte sie sich deshalb noch lange nicht. Darum war es auch nicht weiter verwunderlich, dass der unterirdische See trotz seiner atemberaubenden Schönheit verlassen dalag: In den letzten Jahrzehnten hatten die Bewohner der Burgfeste gelernt, dass es zum eigenen Besten war, sich auf das Urteil der Prälatin zu verlassen.

Beinahe der ganze Durchmesser der enormen Höhle war von dem See erfüllt, der zwar wie ein geheimnisvoller Spiegel wirkte, doch dem Betrachter auf mysteriöse Weise das eigene Spiegelbild verweigerte. Es war nicht zu erkennen, woher der See gespeist wurde oder wohin er floss. Am Ufer herrschte nur eine seichte Bewegung, beinahe zu geschmeidig für schlichtes Gebirgswasser. Der Oberfläche haftete etwas Unberührbares an, als befände sich darunter kein Wasser, sondern ein ganzes Zauberreich. Nahim brauchte nicht lange darüber nachzudenken, woran ihn der goldene Schimmer erinnerte: Maliande. Es muss an dem seltsamen Licht in der Höhle liegen, versuchte er sich zu beruhigen.

Er hatte sich ans Ufer gehockt und betrachtete mit krauser Stirn den Wasserspiegel. Obwohl er sich direkt darüber beugte, gelang es ihm nicht, den steinigen Grund zu erkennen oder sein eigenes Abbild zu entdecken. Zögerlich streckte er die Hand aus, und als seine Finger den seidigen Glanz teilten, kribbelten sie erwartungsvoll. Das Wasser war kühl und fühlte sich überraschend angenehm an.

Nachdem er die Hand wieder zurückgezogen hatte, betrachtete er einige Tropfen, die von den Fingerspitzen rannen.

Nur mühsam konnte er dem Drang widerstehen, sie abzulecken. Dabei war er sich nicht sicher, ob ihn das Wasser in seinen Bann schlug oder das goldene Licht, von dem eine unbeschreiblich einnehmende Wirkung ausging. Es war einladend, verführerisch …

Mit einer hastigen Bewegung richtete er sich auf und klemmte beide Hände unter die Achseln. »Erklär mir bitte noch einmal, warum du dir so sicher bist, dass unter der Oberfläche dieses Sees etwas Lohnenswertes verborgen liegt.«

»Was bist du nur für ein elender Angsthase!« Lalevil saß auf dem schmalen Steinsteg, der den See einrahmte, und bemühte sich nach Leibeskräften, aus den hohen Reiterstiefeln herauszukommen. »Mein Dracheninstinkt verrät mir das, verstehst du. Schließlich habe ich mehr als die Hälfte meines Lebens mit Präae verbracht. Es lohnt sich ganz bestimmt, in dieses Wasser einzutauchen. Für Drachen sind die Elemente wie Türen in andere Welten.«

Lalevil zögerte einen Augenblick, als sich die Falten auf Nahims Stirn bei ihren Worten noch tiefer gruben. Vor lauter Ungeduld hätte sie ihm zu gern eine Unflätigkeit an den Kopf geworfen, aber sie befürchtete, ihm damit lediglich eine Vorlage zu liefern, damit er sich einfach davonmachen konnte. Das war gewiss das Letzte, was sie an diesem vielversprechenden Morgen wollte. Also setzte sie ein Lächeln auf und blinzelte ihm zu.

»Ach, komm schon, Nahim! Du weißt doch, wie Drachen sind. Schließlich hat Präae dich oft genug mit ihren Marotten in den Wahnsinn getrieben: Drachen lieben Spielchen. Und dieser See hier ist doch offensichtlich eine Art Drachenspiel, hinter dem eine wunderbare Überraschung darauf wartet, endlich entdeckt zu werden.«

»Nun gehst du also davon aus, dass Drachen bei ihren Taten

von Vernunft und Schöpferdrang geleitet werden und nicht von einem Übermaß an Unbeschwertheit.« Nahims störrische Miene gab keinen Deut nach. »Du hättest gestern Abend wirklich nicht so viel Fijenholz rauchen sollen.«

Für einen Moment gefror Lalevils Lächeln zu einer Grimasse, aber dann hatte sie sich schnell wieder in der Hand. »Warum sonst haben die Drachen diese Höhle wohl ins Tageslicht getaucht? Hätten sie eine Buchhalterseele wie das Volk aus Montera, hätten sie vielleicht eine genaue Anweisung zur ordentlichen Verwendung des Sees in den Stein gemeißelt. Aber so wirst du dich entweder auf meinen Instinkt verlassen oder mit eingekniffenem Schwanz aufs Zimmer zurückschleichen müssen. Wobei mir Letzteres sicherlich viel Freude bereiten würde, da ich dich dann bis in alle Ewigkeit mit deiner Feigheit aufziehen kann.«

Endlich erwiderte Nahim Lalevils einladendes Lächeln. »Wenn du mich unbedingt an deiner Seite haben möchtest, brauchst du es nur zu sagen. Es ist gar nicht nötig, so tief in die Trickkiste zu greifen, meine Gute. Dieses Handwerk solltest du dir lieber für die Unterredung mit Badramur aufsparen. Wenn die anstehenden Kriegsvorbereitungen heute Abend auf dem Programm stehen, wirst du nämlich ein wahres Feuerwerk abfackeln müssen, um das Ohr der Prälatin überhaupt zu erreichen.«

Lalevil verzog das Gesicht, als habe sie in eine Limone gebissen. Dann rutschte sie auf dem Hintern herum und hielt Nahim den Stiefel hin. »Los, zieh endlich«, forderte sie ihn barsch auf. »Oder willst du weiterhin dabei zuschauen, wie ich mir den Rücken breche?«

Nachdem sie ihre Kleidung bis auf die Hemden abgelegt hatten, standen sie nebeneinander und blickten auf den See. Gerade als Nahim zu der Frage ansetzen wollte, wer sich als Erstes ins kühle Nass stürzen sollte, sprang Lalevil mit einem eleganten Bogen ins Wasser und glitt knapp unter der Oberfläche entlang.

Als sie wieder auftauchte und sich vergnügt das Wasser aus den Augen wischte, stand Nahim immer noch am Ufer. Enttäuscht stellte Lalevil fest, dass er ganz versunken ins Lichtspiel war, das sie mit ihrem Sprung ausgelöst hatte. Die kreisförmigen Wellen brachen nicht nur den Spiegel des Sees, sondern auch das Licht und warfen es wie ein geschliffener Diamant zurück. Die Luft schien von feinstem Goldstaub durchwirkt zu sein, und Nahim fühlte sich an den Schneezauber erinnert, den Präae vollführt hatte. Selbst der Wasserfilm auf Lalevils Gesicht schimmerte und verlieh ihrer hellen Haut einen Stich ins Goldene.

Lalevils ungeduldige Stimme riss ihn schließlich aus seinen Gedanken. »Himmel, nun zier dich doch nicht so, und setz endlich deinen Hintern in Bewegung!«

Mit einem Seufzen trat Nahim in das kühle Wasser und hielt die Luft an, als es ihm schon nach wenigen Schritten bis zur Brust reichte. Obwohl die schneidende Kälte seine Gliedmaßen mit Taubheit zu überziehen drohte, fühlte sich das Brennen anregend an. Es hatte direkt etwas von einer verführerischen Berührung … Er wollte schon etwas zu Lalevil darüber sagen, da stellte er überrascht fest, dass sie bereits wieder untergetaucht war. Nahim schluckte. Mit beiden Händen zog er den Saum seines hochgerutschten Hemdes herunter, weshalb er vor Eile fast vergaß, tief einzuatmen. Dann tauchte er ebenfalls in den See ein.

Die Sicht unter Wasser war gut: Die Lichtstrahlen durchbrachen mühelos den Wasserspiegel und setzten ihr funkelndes Werk fort. Der Grund des Sees erinnerte an einen geschwungenen Kessel, dessen Wände mit derselben Glattheit überzogen waren wie die Spiegelwand. Nur ganz unten in der Tiefe gab es einen wallenden Algenteppich. Eine Armeslänge von ihm entfernt glitt Lalevil schwerelos durchs Wasser, wobei sich ihr geflochtener Zopf unablässig wie der Schwanz einer lauernden Katze bewegte.

Plötzlich nahm er eine Regung aus den Augenwinkeln wahr, und als er schnell den Kopf drehte, verirrten sich seine eigenen umherwirbelnden Haarsträhnen in Augen und Wimpern. Mit unwirschen Bewegungen versuchte er, das Haar zu bändigen, und erzeugte dabei einen Strudel aus glitzernden Luftbläschen, die an die Oberfläche stiegen. Dahinter tauchte ein Schwarm kleiner, rötlich schimmernder Fische auf, die schnell abdrehten und in die Tiefe des Sees fortschwammen.

Ein Stück unter Nahim tauchte Lalevil währenddessen in Richtung Grund und warf ihm noch einen vergnügten Blick über die Schulter zu. Dann verschwand sie in einem hell schimmernden Fleck im Grund des Sees. Zuerst hielt Nahim es für eine optische Täuschung oder eine Spiegelfläche, die das Licht besonders kräftig reflektierte. Aber als Lalevil nicht wieder auftauchte, schnappte er noch ein Mal kurz nach Luft und folgte ihr mit kräftigen Zügen.

Der helle Fleck, in den Lalevil eingetaucht war, erwies sich tatsächlich als ein besonders kraftvoller Spiegel, in dessen Mitte jedoch ein schmaler Durchgang klaffte. Mühelos glitt er hindurch, wobei ihn eine günstige Strömung zu tragen schien. Bevor seine Lungen zu brennen begannen, öffnete sich der Tunnel, und er durchbrach die Wasseroberfläche. Er strich sich das Haar zurück und blinzelte das Wasser aus den Augen.

»Was für eine Überraschung«, sagte er mit gespielter Langeweile, wobei die Wände das Echo seiner Worte zurückwarfen. »Eine weitere Höhle. Und ich dachte immer, Drachen seien unberechenbar.«

Lalevil war bereits aus dem kleinen Becken geklettert und

beobachtete ihn nun dabei, wie er sich ebenfalls hochstemmte. Gelassen stand sie da, wobei ihr das Hemd wie eine zweite Haut am Körper klebte. Nahim gab sich alle Mühe, nicht weiter darauf zu achten, was sich unter dem dünnen Stoff abzeichnete. Schließlich war es vollkommen gleich, was das Hemd nur spärlich verbarg. Dort könnte genauso gut Vennis stehen, das würde nichts für mich ändern, beschwichtigte er sich selbst. Doch irgendwie haftete den Worten etwas Unwahres an.

Entschlossen richtete Nahim den Blick auf die vor ihnen liegende Höhle, deren poröse Wände von einem tiefroten Schimmer überzogen waren. Allerdings speiste sich der Lichtzauber hier anscheinend aus einer anderen Quelle, denn er konnte keinerlei Spiegel entdecken. Außerdem war es in dieser Höhle eher dämmerig, und kein einziges Lichtspiel fesselte das Auge, wie es beim See gewesen war.

Kaum hatte er das Wasser verlassen, da begann sein Körper vor Kälte zu zittern, und eine beinahe schmerzhafte Gänsehaut überzog Arme und Beine. Das nasse Hemd klebte an seinem Oberkörper und schien die Kühle noch zu verstärken. Er erwischte sich dabei, dass er mit dem Gedanken spielte, wieder in das Becken zurückzuklettern, obwohl doch der See für seine schlotternden Glieder verantwortlich war. Und er sehnte sich mit einem Schlag nach Wärme wie in all den eisigen Wintern im Tal nicht.

Als hätte sie seine Überlegung erraten, umfasste Lalevil resolut seinen Oberarm und zog ihn hinter sich her. »Die eigentliche Überraschung kommt noch«, erklärte sie schroff, während sie eine Anhöhe hinaufkletterten.

Man konnte nicht besonders weit sehen, gerade genug, um seinen Weg über den Steingrund zu finden. Dafür war nicht nur das schwache Schimmern verantwortlich, sondern auch ein salziger Dunst, der in der Luft lag und sich allmählich verdichtete. Verblüfft stellte Nahim fest, dass der Boden mit jedem weiteren Schritt bergauf an Wärme gewann und sich wohltuend in seine bloßen Fußsohlen schmiegte.

»Ich verstehe das nicht«, sagte er an Lalevils Rücken gerichtet. »Wir sind nicht annähernd tief genug, als dass der Felsen zu glühen beginnen könnte.«

»Ach, wirklich nicht? Allmählich solltest du eigentlich gelernt haben, Drachen nicht zu unterschätzen.«

Bevor er protestieren konnte, zog sie ihn neben sich auf einen Vorsprung und deutete auf die sich vor ihnen ausbreitende Kraterlandschaft, die in einem rötlichen Zwielicht lag. Wie bei einem Weinberg stiegen die steinernen Trassen an und beherbergten in ihrem Schoße Wasserbecken, von denen feiner Nebel aufstieg. An einigen Stellen quoll das Wasser gemächlich über den Rand des Beckens und floss in eines der daruntergelegenen.

Augenblicklich spürte Nahim, wie seine verspannten Schultern sich lockerten und das Bedürfnis, sich in eine der Mulden zu versenken, ihn lockte.

»Tätärätä«, sagte Lalevil leise in sein Ohr.

Ohne ein weiteres Wort glitt Nahim in das nächstliegende Becken. Das Wasser – daran hatte er keinen Moment lang Zweifel gehegt – war wunderbar warm und umfing seinen Körper wie eine fein gesponnene Decke. Er bettete seinen Kopf auf dem Steinrand, schloss die Augen und ließ sich treiben. Ein zartes Beben durchfuhr das Wasser, nur ein wenig kräftiger als der eigene Herzschlag. Das Rot hinter den geschlossenen Lidern lullte ihn ein, während Fetzen von Gesichtern, Stimmen und Gefühlen an ihm vorbeirauschten, ohne ein festes Bild zu ergeben.

»Was geht dir gerade durch den Kopf? Deine Gesichtszüge sind so entspannt wie die eines schlafenden Kindes«, hörte er Lalevils Stimme aus weiter Ferne fragen. Träge blinzelte er sie an. Dabei hätte er nicht einmal sagen können, wie lange er schon so versunken im Wasser lag. War er tatsächlich eingeschlafen?

»Ob es sich so anfühlt, wenn man noch geborgen im Mutterleib liegt?« Es klang, als würde Lalevil sich die Frage selbst stellen. Offensichtlich konnte sich nicht einmal die hartgesottene Drachenreiterin dem tröstlichen Zauber dieses Ortes entziehen.

Der Vorstellung vom Mutterleib haftete nach all den dunklen Wochen, die er einsam auf dem Hof verbracht hatte, etwas Wohltuendes an. Mit einem Seufzen stieß Nahim sich vom Rand ab und ließ sich in die Tiefe des Beckens hinabsinken. Als die rötliche Wärme ihn vollends umfing, wünschte er sich tatsächlich, sich zusammenzukugeln und sich einfach der Schwerelosigkeit zu überlassen. Es war unendlich heilsam, all die Zweifel und Sorgen loszulassen, nur noch diesem tiefen Pochen zu lauschen, ohne einen eigenen Willen zu entwickeln.

Bevor er jedoch in Versuchung geriet, das Wasser einzuatmen, kehrte die Vernunft zurück, und er tauchte auf. Er ließ sich an den Beckenrand neben Lalevil treiben, deren Umrisse rötlich glühten. Dort legte er seine verschränkten Unterarme auf dem Rand ab und bettete sein Gesicht darauf. Obwohl der Dunst die Luft mit einer angenehmen Wärme erfüllte, spannte sich der Stoff des Hemdes klamm über seinen Schultern. Er zog sich das Kleidungsstück über den Kopf, warf es achtlos zur Seite und schmiegte sich wieder an den pulsierenden Stein.

»Du hattest übrigens gar nicht so unrecht: Die Wärme stammt tatsächlich von tief unten aus dem geschmolzenen Gestein.«

Obwohl er Lalevils körperliche Nähe spürte, fühlte es sich so an, als befänden sie sich nicht einmal im selben Universum.

Einen Augenblick lang war Nahim sogar unentschieden, ob er Lalevil nahe bei sich oder weit fort wünschte. Dieser Gedanke raubte dem Becken ein Stück seiner Unschuld, und er rekelte sich voller Unruhe.

»Ich glaube, die Drachen haben einen Weg gefunden, die Hitze des Gesteins in diese Hölle hinaufsteigen zu lassen«, sprach Lalevil unterdessen weiter. »Wahrscheinlich ist ihnen die dabei mitbeförderte Magie ganz recht gewesen. Was glaubst du, wofür sie diesen Ort wohl genutzt haben?«

Vor einigen Augenblicken noch hätte Nahim es »einen heimeligen Hort für ihre Jungtiere« genannt, aber jetzt war er sich da nicht mehr so sicher. Das Vibrieren im Becken hatte leicht an Intensität dazugewonnen, obwohl er sich das vielleicht auch nur einbildete. Er riskierte einen Blick auf Lalevil, die sich in diesem Moment ebenfalls ihres Hemdes entledigte. Ihr Gesicht wirkte entspannt, als sie sich wieder dicht neben Nahim treiben ließ.

Nun wurde es ihm doch etwas zu heiß im Wasser, und was sich zuvor wie tiefe Geborgenheit angefühlt hatte, hinterließ nun ein forderndes Prickeln auf seiner Haut, mit dem er sich in Lalevils Gegenwart so ganz und gar nicht auseinandersetzen wollte. Doch um sich unauffällig zurückzuziehen, war es leider zu spät: Ein verkrampftes Greifen nach dem nassen Bündel Hemd oder der wortlose Wechsel in eins der anderen Becken hätten nur ihren Argwohn heraufbeschworen. Und wenn er etwas vermeiden wollte, dann waren das spitzfindige Fragen, während sich die Konturen ihrer Brüste unter dem Wasserspiegel abzeichneten.

Gepeinigt versenkte Nahim sein Gesicht in der Armbeuge. »Und du bist hier unten wirklich noch niemals zuvor gewesen?«, fragte er kraftlos.

Lalevil ließ einen Moment verstreichen, bevor sie antwortete. Fast hätte Nahim angenommen, dass sie eingedöst war. Dann durchschnitt ihr heiseres Lachen die Stille. »Wie kommst du denn darauf?«

Ein belustigter Ton hatte sich in ihre Stimme eingeschlichen, der Nahim aufhorchen ließ. Lalevils Blick verlor sich in den dunstigen Tiefen, aber um die Mundwinkel hatte sich ein amüsierter Zug gelegt. Er horchte in sich hinein und stieß auf einen Anflug von Wut. Lalevil war wirklich die Seelenverwandte eines Drachen! Alles war ein Spiel, pures Vergnügen, wobei die junge Frau sich offenbar gern auf seine Kosten amüsierte. So viel war ihm auf einen Schlag klar: Sie kannte diesen Ort, und bestimmt wusste sie auch um seine zwiespältige Wirkung. Sie würde ihn mit dieser Geschichte noch aufziehen, wenn er schon alt und grau war.

»Ganz wunderbar«, knurrte er und drehte sich so, dass er sich auf den Ellbogen ein Stück aus dem Wasser emporstemmen konnte. »Wo kann man sich hier denn wieder abkühlen?«

»Warum denn abkühlen?« Lalevil blickte überrascht drein.

»Lass es gut sein«, erwiderte Nahim gereizt. »Du hast deinen Spaß gehabt, und jetzt lass uns zum See zurückkehren.«

»Ich verstehe wirklich nicht …«, versuchte sie ihn zu beschwichtigen, doch Nahim machte bereits Anstalten, das Becken zu verlassen. Im letzten Moment erwischte sie noch seinen Oberschenkel und drückte ihn zurück unter das Wasser. Nahim funkelte sie wütend an, und sie befürchtete schon, er könne ihr eine Ohrfeige verabreichen. Hastig lenkte sie ein: »Gut, ich bin schon ein Mal hier gewesen. Aber ich dachte mir, dass es vergnüglicher wäre, diesen Ort gemeinsam zu entdecken. Die letzten Tage waren sehr anstrengend und für dich wohl auch recht verwirrend. Außerdem leide ich an dem schlechten Gewissen, weil ich dich aus lauter Eigennutz nach Achaten verschleppt habe. Was ja offensichtlich kein besonders großer Freundschaftsdienst war, wenn man bedenkt, mit welch gierigem Blick Badramur dich seitdem ansieht.«

Nahim ließ sich wieder ins Wasser zurückgleiten und brummte beschwichtigend. Doch Lalevil wollte sich nicht von ihrer Erklärung abbringen lassen.

»Ich weiß, dass dieser Ort irritierend sein kann, da steckt gewiss auch eine Absicht hinter. Die Verspieltheit der Drachen ist nicht immer unschuldiger Natur. Aber hier ist es wunderschön, und ich wollte, dass du von unserer gemeinsamen Zeit in Achaten nicht nur grauenhafte Wortduelle und die Mausoleumsfassade der Burgfeste in Erinnerung behältst.«

Nahim war wieder bis zu den Schultern ins Wasser eingetaucht und beobachtete, wie seine Zeigefinger Achten in die Wasseroberfläche schnitten. Es sah beinahe so aus, als setzte sich Dunst auf den Wellen ab, bevor sie wieder auseinanderglitten. Er neigte dazu, Lalevils Worten Glauben zu schenken. Er wollte es regelrecht. Trotzdem nagte ein Zweifel an ihm, der ihre langjährige Freundschaft zu beschmutzen drohte. »Ich weiß, wir haben es bislang tunlichst vermieden, darüber zu sprechen … Du weißt doch, dass du mir als Freundin wichtig bist? Nicht wahr, Lalevil? Außerdem weißt du, wer ich bin: Ein eher schlichter Mann, den man besser nicht allzu sehr in die Ecke drängt. Dass ich nicht mehr dem Orden angehöre, hat schließlich seine Gründe.«

»Du unterschätzt dich, das war schon immer so«, unterbrach ihn Lalevil hitzig, als könne sie es kaum ertragen, dass er ihre Beziehung in Worte fasste.

»Vielleicht. Aber im Augenblick habe ich das Gefühl, als ob du bei mir etwas suchst, das ich dir nicht geben kann … vielleicht auch nicht zu geben bereit bin.«

»Warum – fühlst du dich etwa von mir verführt?«

Nahim lachte, dann stemmte er sich aus dem Wasser und griff nach seinem Hemd. »Ich glaube, ein Mann muss sich entscheiden, ob er mit einer Frau Pferde stehlen oder ihrem Zauber erliegen will.«

»Und du meinst, man kann nicht beides haben? Wenn du das glaubst, dann bist du wirklich ein schlichter Geselle.«

Nahim schüttelte leicht den Kopf, während er sich das nasse Hemd überstreifte. »Du weißt doch, wie es ist: Letztendlich muss man sich immer entscheiden.«

Kapitel 23

Das Lager, das Lehen von Weitem beobachtet hatte, lag in einer flachen Mulde und war von Findlingen umgeben. Es bestand aus einigen zeltähnlichen Verschlägen, bei denen sich über bogenförmig geschwungenen Ruten gegerbte Tierhäute spannten. Da die bleichen Häute lediglich an wenigen Stellen Nähte aufwiesen, musste es sich bei den erlegten Tieren um außergewöhnlich große Exemplare gehandelt haben.

Zwischen zweien dieser Zelte standen dicht an dicht Hirsche, die jedoch bedeutend höher und breiter gebaut waren als die Tiere des Tals und eher an Pferde erinnerten. Außerdem war ihr in langen Flechten herabhängendes Fell schneeweiß. Das mächtige Schaufelgeweih des angepflockten Leitbullens war mit cremefarbenem Flaum besetzt, und die eisblaue Iris blitzte angriffslustig, als ein Rabe versuchte, darauf zu landen. Ansonsten standen die beeindruckenden Tiere nahezu unbeweglich da, von einem gelegentlichen Zucken ihrer Kiefer abgesehen.

In der Mitte des Lagers war eine Kuhle fürs Feuer ausgehoben worden, über dem an einem Spieß einige Hasen gebraten wurden. Neben der Feuerstelle hockten Männer und Frauen mit schwarzem Zottelhaar, entweder in ein geflüstertes Gespräch vertieft, oder sie stierten stumm vor sich hin. Ihre Kleidung bestand aus demselben hellen Leder wie die Zeltbespannung und wies denselben durchscheinenden Eindruck auf. Die kalte Jahreszeit machte diesem seltsamen Volk offensichtlich wenig zu schaffen.

Als der Rabenmann mit Lehen an seiner Seite das Lager betrat, richteten sich vereinzelte Augenpaare auf sie, auch wenn sich niemand anmerken lassen wollte, dass man sie bemerkt hatte. Auf Lehens eben noch finsterer Miene bereitete sich unverstellte Verwunderung aus: Ihr Mund formte ein O, und die Brauen rutschten nach oben, so dass sie einem Kind ähnelte, das gerade Zeuge eines Gauklerstücks geworden war.

Die Augen dieses fremdartigen Volkes leuchteten kohlschwarz in ihren hellen Gesichtern – genau wie bei Nahim. Waren diese Leute etwa aus dem südlichen Montera hergereist, vielleicht sogar Verwandte Nahims? Für einen Herzschlag fühlte Lehen sich wie eine junge Frau, die gerade ihren Schwiegereltern vorgestellt wurde. Doch schon im nächsten Moment zerschlug sich diese Vorstellung, denn aus einem der Zelte trat eine Frau hervor, schaute sie nachdenklich an und sagte dann zu ihren Kumpanen etwas in einer Sprache, die Lehen nicht verstand. Kein einziges Wort.

Diese Tatsache überraschte sie noch mehr als die Ähnlichkeit dieser Leute mit Nahim. Ganz gleich auf welche Menschen man in Rokals Lande traf, sie sprachen alle dieselbe Sprache, da ihre Vorfahren gemeinsam über den östlichen Ozean nach Rokals Lande eingewandert waren. Gewiss gab es unterschiedliche Färbungen und Wortspiele, doch es gelang eigentlich immer, sich zu verständigen. Der einzige Menschenschlag, der die Ausnahme bildete, lebte im NjordenEis. Ein uraltes, abgeschottet lebendes Volk, von dem sie allenfalls ein paar Gerüchte im *Roten Haus* gehört hatte. Dass es tatsächlich einige Angehörige dieses mystischen Volkes ins Siskenland verschlagen haben sollte, erschien ihr mindestens so wundersam wie damals, als Präae im Kastanienbaum auf dem Trubur Hof gelandet war.

Die Frau, die eben gesprochen hatte, blieb im Zelteingang stehen und musterte sie abwägend. Sie trug lediglich ein dünnes Hemd, das an den Seiten hoch eingeschnitten war und ihr bis zu den nackten Oberschenkeln reichte. Das schwarze Haar war im Nacken zusammengebunden, obgleich ihr einige Strähnen verschwitzt an den Schläfen klebten. Sie verschränkte die Arme vor der Brust, aber nicht etwa weil der kalte Wind ihr zu schaffen machte. Lehen hatte sogar den Verdacht, dass diese Frau den Frosthauch, der den Anbruch der Dämmerung ankündigte, gar nicht bemerkte. Tatsächlich machte sie den Eindruck, als hätte sie den Neuankömmling erwartet – nur dass Lehen irgendwie nicht ihren Vorstellungen entsprach.

Der Rabenmann zerrte sie in Richtung des Feuers, wo er sie stehen ließ und sich dem Braten am Spieß zuwandte. Nicht, dass sie seine Aufmerksamkeit vermisste: Nachdem er sie überwältigt hatte, hatte er noch eine Weile vor sich hin geschimpft, weil sie seinen Raben bedroht hatte, wofür er ihr eine nachträgliche Ohrfeige erteilte. Doch irgendwann hatte er sich wieder beruhigt und war schweigsam geworden. Nur ein gelegentliches Krächzen hatte er von sich gegeben, während er sie zum Lager scheuchte. Lehen war ganz froh über diese plötzliche Zurückhaltung gewesen, denn in ihrem Kopf waren die Gedanken dermaßen durcheinandergeschwirrt, dass sie kaum mitbekommen hatte, wohin sie ihren Fuß setzte.

Der Graukragenrabe beim Gasthof, Damirs seltsame Reise durch den Berg und der entflohene Regne, der nicht sonderlich überrascht gewirkt hatte, als sie plötzlich in dieser Einöde aufgetaucht war. Gerade Erlebtes setzte sich mit Vergangenem zusammen, bis sich nach und nach ein Bild herauskristallisierte, das sie eigentlich nicht für möglich gehalten hatte: Damir hatte hinter den Orküberfällen gesteckt, er war der kluge Kopf gewesen, der sich den perfiden Hinterhalt damals ausgedacht hatte, durch den ihm das ganze Westend in die Hände gefallen wäre. Nur war er klug genug gewesen, seine Spuren zu verdecken und den Müller, seinen engsten Freund, als Sündenbock zu opfern.

Als nun die Plane vor dem Zelt ein weiteres Mal gelüftet wurde und Damir neben die Frau trat, zeigte sich auf Lehens Gesicht keine Verblüfftheit.

Damir nickte ihr zu, dann schlüpfte er in seinen Mantel und trat zu ihr. Er schaute sie eine Zeit lang prüfend an, wobei er sich mit der Hand durchs zerzauste Haar fuhr. Lehen bemerkte seine erhitzten Wangen und die leichte Schwellung seiner Lippen.

»Also doch eine Geliebte«, sagte sie.

Damir lachte. »Von einer Liebesaffäre kann wohl kaum die Rede sein. Ich würde es eher eine Vertiefung der Handelsbeziehungen nennen.« Er tippte ihr gegen die Schulter, damit sie sich umdrehte und er ihre gefesselten Handgelenke begutachten konnte. »Der Rabenmann hat offensichtlich gute Arbeit geleistet: anständig verschnürt und lediglich ein wenig derangiert. Dabei war ich mir nicht sicher, ob er sich zusammenreißen könnte, wenn er dich erst einmal eingefangen hat.«

»Du wusstest also, dass ich dir folge?«

Hinter ihr ertönte ein zustimmendes Brummen. »Auf deine Eigensinnigkeit ist halt Verlass.«

»Wie gut du mich doch kennst.« Lehen bemühte sich darum, gelangweilt zu klingen, als wäre sie ein Kind, das das Interesse an einem Spiel verloren hat. Dabei erkannte sie nur allzu genau, dass ihre Lage aussichtslos war. Damir hatte sie in eine Falle tappen lassen. Dabei würde es ihm um mehr gehen als um schnöde Rache. Doch sie hatte nicht vor, sich von ihm zu schnell in die Ecke drängen zu lassen. »Nun nimm mir schon die Fesseln ab. Du hast dich bereits genug amüsiert für heute.«

Damir hielt einen Moment inne, als müsse er über ihre Forderung ernsthaft nachdenken. Dann drehte er sie wieder herum und grinste sie spöttisch an. »Vielleicht können wir darüber reden, wenn der Breite Grat außer Sichtweite ist und du dich bis dahin gut benommen hast. Obwohl ich ernsthafte Zweifel daran hege, ob du überhaupt eine Idee davon hast, was gutes Benehmen bedeutet. Schließlich bist du viel zu sehr daran gewöhnt, dass alle um dich herum nach deiner Pfeife tanzen … oder sich klammheimlich aus dem Staub machen.«

Bei dieser Anspielung zuckte Lehen nicht einmal zusammen. Sie verspürte einen solchen Zorn in sich, der über das Bedürfnis, zu schreien und zu schimpfen, weit hinausging. Wenn ihr jemand die Fesseln abgenommen und ihr ein Messer in die Hand gedrückt hätte, so hätte sie es Damir ohne Zögern in die Brust gerammt. Der deutete ihren Gesichtsausdruck offenbar ähnlich, denn er trat einen Schritt zurück und steckte die Hände in die Manteltaschen. Allerdings wischte er sich nicht das zufriedene Grinsen vom Gesicht und hielt sich auch nicht damit zurück, sie feixend anzublinzeln.

»Du solltest dich wirklich nicht beschweren«, sagte er. »Schließlich war es dein eigener Entschluss, mir hinterherzulaufen. Du könntest jetzt auch liebevoll umsorgt im Gasthof sitzen und deine verflossene Liebe betrauern. Es hat also keinen Sinn, sich hier so aufzuführen. Vielleicht stünde dir angesichts der Lage, die einzig und allein deiner Sturheit geschuldet ist, ein wenig Demut gut zu Gesicht.«

Lehen wusste, wie sauber der Rabenmann ihre Handgelenke verschnürt hatte, trotzdem zerrte sie an den Fesseln. Doch das Einzige, was ihr das einbrachte, war ein höhnischer Blick von Damir.

Mit einem Schlag war sie mit ihrer Geduld am Ende. »Wie konnte ich nur so blind sein und nicht erkennen, dass du damals mit dem Müller und dem Rabenmann gemeinsame Sache gemacht hast, um die Westendler auszubeuten. Rameus, der Orkbändiger – dass ich nicht lache! Dabei wusste doch niemand so gut wie ich, was für ein gieriger, machtbesessener Mensch du bist. Aber Rameus war einfach der perfekte Sündenbock, nicht wahr? Und der Rabenmann wusste genau, wenn er sich nicht verplapperte, würde er heil aus dieser Angelegenheit herauskommen. Was seid ihr doch für ein wunderbares Paar.«

Damir zuckte lediglich mit den Achseln. »Das alles ist doch schon Jahre her, Lehen. Viel interessanter ist, warum wir heute hier sind. Das haben wir nämlich dir zu verdanken. Hättest du damals nicht diesen kleinen Zaubertrick mit dem Drachen aufgeführt, wäre ich niemals auf die Idee gekommen, mein trautes Heim zu verlassen.« Er deutete eine schiefe Verbeugung an, und Lehen konnte sich nur mühsam davon abhalten, ihm das Knie ins Gesicht zu rammen. »Wen kümmert schon eine Horde dämlicher Orks und die Schätze einiger Dörfler, wenn es dort draußen Drachen gibt, die einem zu Willen sind?«

In seinen Augen glitzerte es verlangend, doch schon im nächsten Moment hatte er sich wieder in der Hand. Er umfasste Lehens Oberarm, bevor diese ausweichen konnte, und führte sie zum Feuer. Dort setzten sie sich zwischen die Njordener, die ihre Unterhaltung zwar nicht zu verfolgen schienen, Lehen allerdings mit gut verborgener Neugier beobachteten.

Obwohl sich ihre ganze Wut auf Damirs Dreistigkeit konzentrierte, versetzte es ihr einen Stich, dass diese Menschen offensichtlich tolerierten, dass Damir sie wie eine Gefangene behandelte. Sie war also erneut seiner Willkür ausgesetzt. In diesem Augenblick war sie dankbar für den Zorn, der sie mit einer lodernden Kraft ausstattete, so dass für Furcht kein

Raum mehr war. Außerdem erweckte Damir nicht unbedingt den Eindruck, als ob er sich an ihr vergehen wollte. Da gefiel es ihm schon besser, mit seiner Überlegenheit und seinen Zukunftsplänen zu prahlen.

Die Frau aus dem Zelt hatte sich eine Hose und eine Fellweste übergezogen und setzte sich seitlich von ihnen hin, so dass sie Damir und seine Gefangene beobachten konnte. Die Anwesenheit der Frau riss den Schmied kurz aus seinen Gedanken, und er deutete mit der offenen Hand auf sie: »Das ist Belars, die Anführerin dieser Karawane und meine Handelspartnerin. Sie versteht übrigens als Einzige von den Njordenern hier unsere Sprache, wenn auch nur leidlich. Ein echter Glücksfall. Und das hier ist meine vollkommen verrückte Schwägerin Lehen.« Er machte sich einen Spaß daraus, die beiden Frauen einander höflich vorzustellen, allerdings schien die Njordenerin den versteckten Spott nicht zu bemerken, oder sie ließ es sich zumindest nicht anmerken. »Ich habe Belars bereits von deinen Problemen erzählt. Es gefällt ihr zwar nicht, dass du uns nun auf unserer Reise begleiten wirst. Aber ich kann dich ja schlecht in deinem Zustand im Siskenland umherlaufen lassen. Am Ende wirst du noch von einem Ork gefressen, und das könnte ich mir nie verzeihen.«

Lehen begann vor Zorn zu zittern, denn sie fand keine andere Möglichkeit, die angestaute Anspannung irgendwie abzubauen. Wenn sie nun anfing, laut zu werden, würde sie mit dem Schreien bestimmt nicht wieder aufhören können. Und damit Damirs dreiste Erklärung nur untermauern. Darum schaute sie zu der Frau namens Belars und sagte mit gepresster Stimme: »Diese schwachsinnige Lüge kaufst du ihm ab?«

Zuerst machte es den Eindruck, als wolle die Njordenerin zu keiner Entgegnung ansetzen, aber dann verzogen sich ihre Gesichtszüge zu einer abfälligen Miene. »Liebeskranke, eifersüchtige Frau«, sagte sie gedehnt und nur schwer verständlich.

Dabei spuckte sie auf den Boden und hätte beinahe Lehens Füße getroffen.

Ungläubig blinzelte Lehen die Tränen aus ihren Augen und bemühte sich, Damirs Lachen zu überhören.

»Ja, für so viel Schwäche hat Belars nichts übrig. Frauen, die Männern nachlaufen, sind für eine stolze Njordenerin nicht ganz bei Trost«, erklärte er überflüssigerweise. »Nachdem wir nun geklärt haben, weshalb du im Siskenland herumstromerst, erzähle ich dir gern ein wenig darüber, was ich hier mache«, sagte er, nachdem er den Moment der Demütigung ausgekostet hatte. »Nachdem also meine Möglichkeiten im Westend wieder beschränkt waren, habe ich mich auf den Weg gemacht, um neue Pfründe auszukundschaften. Ich kam bis nach Previs Wall, der großen Stadt im Norden, wo ich auf Belars traf. Sie war nämlich zur gleichen Zeit aus dem NjordenEis aufgebrochen, da sie es leid war, dass die Doppelspitze den Preis für den Goldenen Staub diktiert und keinen wahren Handel mit diesem Gut zulässt. Das Volk des NjordenEises mag dieses einzigartige Material zwar bergen, aber der Handel liegt allein in der Hand von Previs Wall.«

Abwägend blickte Damir seine Schwägerin an, als sei er sich nicht sicher, ob sie überhaupt verstand, wovon er redete. Obwohl Nahim nur äußerst ungern von seinen Reisen durch Rokals Lande berichtete, so hatte Lehen doch genug Winterabende an seiner Seite verbracht, in denen er sich das eine oder andere Wort hatte entlocken lassen. Die Namen Previs Wall und NjordenEis waren ihr also nicht vollkommen fremd, auch wenn sie bestenfalls eine ungefähre Vorstellung von diesen Orten hatte – was sie Damir jedoch nicht auf die Nase binden wollte. Seine zur Schau gestellte Überheblichkeit war ihr schlicht zuwider.

Nachdem sie ungeduldig die Augenbrauen hochgezogen hatte, fuhr Damir mit seiner Erzählung fort. »Belars war also der Meinung, dass es sich lohnen würde, gegen die Regeln zu spielen. Besonders wenn als Belohnung vielleicht eine eigene Phiole mit Maliande herausspringt. Eigentlich lehnt das NjordenEis-Volk diese Form gewordene Magie ab, aber Belars hält sich – wie gesagt – nicht gern an Regeln. Du siehst, meine Handelspartnerin und ich passen sehr gut zusammen.«

Als Lehen ihm keine Antwort gab, griff er sich einen der Teller und schnitt mit einem kurzen Messer eine Keule ab. Dann holte er einige im Feuer garende Knollen hervor, lud sich Brot auf und langte nach dem Trinkschlauch. Kurz bot er Lehen den Schlauch an und nahm ihn sogleich mit einem belustigten Zug um den Mund zurück, als sie keine Reaktion zeigte. Eine Zeit lang kaute er schweigsam auf der Keule herum, doch rasch stellte er den Teller wieder beiseite. Die Lust daran, seine Geschichte erzählen zu können, ließ sich offenbar nur schwer unterdrücken.

»Zunächst spielten wir lediglich mit dem Gedanken, eine bestimmte Gruppe in Achaten mit unserem Schmuggelgut zu beliefern: Jene Untertanen, die zwar zu Reichtum gekommen sind, denen es aber an politischem Einfluss mangelt und denen deshalb das Maliande vorenthalten wird. Etwas so Seltenes und Kostbares wie das Maliande stellt immer auch einen Wert für sich dar, selbst wenn seine Eigentümer eigentlich nichts damit anzufangen wissen.«

Belars gab ein zustimmendes Schnaufen von sich, in dem eine Spur von Verachtung mitschwang. Die Lider hingen schwer über den Mandelaugen, und das Kinn hielt sie emporgereckt, als müsse sie sich stets ihrer Überlegenheit versichern. Ihr Körper wirkte hager, fast ausgezehrt. Doch die Geschmeidigkeit, mit der sie sich bewegte, verriet, dass Belars eine ernst zu nehmende Gegnerin war – auf so manchem Gebiet, wenn man dem listigen Funkeln in ihren Augen Glauben schenken durfte. Damir tauschte einen raschen Blick mit der aufmerksam lauschenden Frau aus, dann widmete er sich wieder Lehen.

»Wir machen uns also daran, einen Schmuggelpfad zu ersinnen – keine sonderlich einfache Aufgabe. Denn die Route vom NjordenEis übers Tal nach Achaten ist sehr viel anstrengender als die Schiffsreise von Previs Wall nach Sahila, auch wenn es schneller geht. Außerdem geht ein Großteil des zu erwartenden Gewinns – wenn man sich nicht an die Spielregeln hält – gleich zu Beginn der Reise drauf, weil sich die Handelsroute Balevi schlicht und ergreifend nicht umgehen lässt. Die Schmiergelder, welche die Grenzposten von Balevi einstreichen, treiben einem die Tränen in die Augen. Wenn diese Hürde genommen ist, wird der Goldene Staub auf ein Schiff in Richtung Steinhäfen verladen und anschließend von Belars' Karawane übernommen.«

Damir war leicht in sich zusammengesunken, den Blick auf das Flammenspiel gerichtet. Zwischen seinen Fingern zerbröselte ein Stück Brot, während er vor dem inneren Auge die Schmugglerroute abfuhr.

Lehen verstand nur die Hälfte von all dem – zu viele Orte und Namen kannte sie nur vom Hörensagen. Doch sie konnte sich zusammenreimen, dass es eine erstaunliche Leistung war, was Damir gemeinsam mit den Schmugglern aus dem NjordenEis zuwege gebracht hatte. Was von dieser Art Handel zu halten war, stand auf einem anderen Blatt. Sie wusste zu wenig vom Goldenen Staub und wer das Recht hatte, ihn sein Eigen zu nennen, um sich ein Urteil zu erlauben. Aber allein, dass er einen Weg vom Tal ins Siskenland gefunden hatte, bewies, wie hartnäckig der Schmied an seinen Zielen festhielt. Ein beunruhigender Gedanke. Darum unterdrückte Lehen auch das Verlangen, ihn mit spitzzüngigen Bemerkungen in die Schranken zu weisen. In ihrer Situation konnte es nur von Vorteil sein zu wissen, was er vorhatte.

Unterdessen setzte Damir seine Erzählung fort: »Eine zu bewältigende Route um das Tal herum nach Siskenland zu finden war eine echte Herausforderung. Die Gebirgskette zwischen Küste und Tal ist mindestens so widerspenstig wie du, Lehen.« Als er ihren Namen aussprach, zuckte sie kurz zusammen, doch er beachtete sie gar nicht weiter. »Regnes Raben sind uns eine große Hilfe dabei gewesen, einen Weg durch die unwegsame Ostküste ins Siskenland auszukundschaften, die abseits der alten Handelswege liegt. Ich brauche nur im Gasthof auf Nachricht zu warten und kann mich dann unbemerkt zur Karawane gesellen. Der Minja-Stieg ist ein zersiedeltes Land, und die Hälfte der Familien schuldet mir auf die eine oder andere Weise einen Gefallen. Was bedeutet da schon ein wertloses Geheimnis wie dieser Tunnel, durch den man das Siskenland erreichen kann, ohne die Neugierde der Westendler zu wecken?«

Er hielt inne, weil der Rabenmann sich zu ihm beugte und ihm etwas ins Ohr flüsterte. Einen Augenblick lang kaute er nachdenklich auf seinem Stück Braten, dann schlich sich wieder ein selbstgefälliges Lächeln auf sein Gesicht, und er klopfte dem Rabenmann auf die Schulter. »Regne ist der Auffassung, dass dich das alles nichts angeht. Aber er ist auch der Meinung, dass es das Beste wäre, deine Augen, Zunge und Ohren seinen Raben zu überlassen und dich im Herzen von Siskenland auszusetzen.« Als Lehen dem Rabenmann einen abfälligen Blick zuwarf, woraufhin dieser einen abgekauten Knochen nach ihr warf und sich wieder auf seinen Platz zurückzog, lachte Damir. »Du solltest ihm seinen Hass nicht übelnehmen. Es kann schließlich nicht jeder so leicht über deine Sucht nach Einmischung hinwegsehen wie ich.«

Belars, die den Schlagabtausch mit kühlem Interesse verfolgt hatte, sagte etwas in ihrer seltsamen Sprache, und Damir nickte ihr zu. »Die tapfere Njordenerin dort drüben teilt übrigens die Meinung des Rabenmannes. Sie hegt Verrückten gegenüber ein tiefes Misstrauen. Vermutlich befürchtet sie, du seist ansteckend oder von einem bösen Geist befallen. Die Njordener glauben so manches. Darum ist es auch meine Aufgabe, den Goldenen Staub in Achaten an den Mann zu bringen, da dieser ganze Trupp sich schlicht und ergreifend weigert, das Westgebirge zu betreten. Selbst die hartgesottene Belars hier glaubt, ihre Seele für immer zu verlieren, wenn sie einen Fuß auf den von Magie durchtränkten Boden setzt. Aberglaube.«

Er schnaufte verächtlich, aber der Blick, den Belars ihm zuwarf, brachte ihn augenblicklich wieder zur Räson. Wäre die Lage nicht so erdrückend gewesen, hätte Lehen sich wahrscheinlich zu einem amüsierten Schmunzeln hinreißen lassen: Offensichtlich hatte Damir sich für eine Handelspartnerin entschieden, die sich nicht so leicht in die Ecke drängen ließ.

Verlegen rieb der Schmied seine Hände an den Hosenbeinen sauber und räusperte sich: »Es fügte sich also alles bestens zusammen, und zur Krönung unserer Anstrengungen spielte uns schließlich auch noch der Lauf der Geschichte in die Hände, wenn man den Gerüchten Glauben schenken kann: Achaten sieht einem Embargo entgegen. Kein Goldener Staub – kein Maliande – keine Souveränität im Westgebirge. Künftig werden wir für unsere Ware nicht nur fürstlich entlohnt werden, sondern sprengen zugleich auch die Ketten des NjordenEis-Volkes, die ihnen das gierige Previs Wall angelegt hat. Könnte es noch besser sein?«

Er leckte sich über die Lippen, dann wandte er sich langsam Lehen zu. Bei dem Ausdruck, der sich auf seinem Gesicht verdichtete, wollte sie abwehrend die Arme nach vorne reißen. Doch die Fesseln hielten stand und rieben brennend über ihre wund gescheuerten Handgelenke. Trotzdem wich sie ein Stück zurück, wohl wissend, dass sie Damirs Jagdfieber damit herausforderte.

»Ich denke, ja«, beantwortete er sich selbst die Frage mit einer verschwörerischen Stimme. Bedächtig hob er den Arm und streichelte für einen Herzschlag lang über Lehens von einem Bluterguss verfärbte Wange. Dann packte er sie am Nacken und zog sie dicht an sich heran. Lehen rechnete fest damit, gleich seine Lippen auf ihrer Haut zu spüren, doch stattdessen flüsterte er ihr kaum hörbar ins Ohr: »Denn mit deiner Anwesenheit hier, Lehen, kehre ich zum Ursprung meiner kleinen Wanderung zurück: dem Geheimnis der Drachen. Aber darüber sprechen wir später unter vier Augen. Bis nach Achaten ist es noch ein weiter Weg, auch wenn die Hirsche aus dem NjordenEis ein schnelles Tempo anschlagen. Falls ich dir das Geheimnis bis dahin nicht entlocken konnte, gelingt es vielleicht der Prälatin der Burgfeste. Es heißt, in ihrem Kerker verführt man selbst Elben zum Verrat.«

Kapitel 24

Den folgenden Tag verbrachte Lehen damit, in düstere Gedanken zu versinken, während sie vor Damir auf einem der mannshohen Hirsche saß, die gefesselten Hände im borstigen Fell vergraben. Stunde um Stunde wurde es merklich wärmer und die Luft stickiger, durchtränkt von einem übel riechenden Dampf, der aus den zahlreichen Erdspalten stieg. Die ockerfarbene Ebene erwies sich als noch viel eintöniger als in Nahims Erzählungen. Man musste wirklich von Gier oder Verzweiflung getrieben sein, um eine Reise durch diese Einöde auf sich zu nehmen.

Wenn Damir der Ritt zu trist wurde und Belars gerade mit anderen Dingen beschäftigt war, beugte er sich leicht vor und schnupperte an ihren Haaren, oder seine Lippen suchten einen Weg durch ihr Tuch zu der bloßen Haut an ihrem Hals. Doch Lehen weigerte sich, auch nur die kleinste Reaktion auf diese Zudringlichkeiten zu zeigen. Sie wusste, dass Damir die Macht über sie genoss, nicht ihre körperliche Nähe. Trotzdem wurde er das Spiel nicht leid, so dass sie voller Erleichterung aufatmete, als man endlich mit der einbrechenden Dämmerung das Nachtlager aufschlug. Dann nämlich suchte Damir Belars' Zelt auf.

Während die Njordener an diesem Abend ihren Aufgaben nachgingen, steckten Damir, Belars und der Rabenmann ihre Köpfe zusammen und besprachen die nächste Tagesetappe. Außer an Orkstollen mussten sie auch an Wasserlöcher denken. Wie Lehen heraushören konnte, entspann sich eine hitzige Diskussion, ob Wasser oder Sicherheit vorgehen sollte. Der Rabenmann plädierte mit seiner zeternden Stimme dafür, einen weiten Bogen um die Orks zu schlagen, aber Belars verfluchte mit ihrer holperigen Sprache die stinkenden Tümpel auf der nördlichen Seite der Ebene. Ihre Hirsche litten unter der staubigen Hitze, man dürfe ihnen ausreichendes Nass nicht vorenthalten. Wozu füttere man schließlich die Raben durch, wenn sie nicht in der Lage waren, einen Orkstollen rechtzeitig auszumachen?

Damir, der mit verschränkten Armen dastand, unterbrach schließlich den hitzigen Wortwechsel. »Belars hat recht«, übertönte er den Rabenmann. »Wir brauchen die Hirsche, also sieh zu, dass wir dasselbe auch von deinen Raben behaupten können. Sonst brate ich sie persönlich über dem Feuer.«

Als Antwort hatte Regne lediglich ein beleidigtes Schnaufen parat, aber der Blick, den er der willensstarken Njordenerin zuwarf, kam Lehen bekannt vor. Vielleicht wagte es der verschlagene Kerl nicht, seinem Herrn Paroli zu bieten, doch dessen rechte Hand hatte er schon einmal abgehackt. Allerdings machte Belars nicht den Eindruck, als scheue sie eine Herausforderung.

Im Laufe des Tages hatten Regnes Raben immer wieder Kreise über ihren Köpfen gezogen, um dann wegzufliegen und den Weg auszukundschaften. Schon bald war es Lehen gelungen, die einzelnen Tiere zu unterscheiden: Der besonders große Vogel war gemeinsam mit einem zweiten mit gesprenkeltem Gefieder am Morgen aufgebrochen und nur zwei Mal zurückgekehrt – offensichtlich war das Paar für die Auskundschaftung weiterer Strecken zuständig. Eine kleine Schar von Raben stob auseinander und verteilte sich in der näheren Umgebung, sammelte sich im gleichmäßigen Takt jedoch wieder über der Karawane. Über Regnes Kopf schwebte unablässig das gerupfte Exemplar, mit dem sie bereits Bekanntschaft gemacht hatte. Wie ein Schatten folgte der Rabe seinem Herrn, der ihm dann und wann Brotkrumen zuwarf.

Für eine Weile blieb Lehen an der Stelle stehen, an der Damir sie vom Hirsch abgesetzt hatte, doch als er ihr keinerlei Beachtung schenkte, entfernte sie sich so weit, dass sie nicht Gefahr lief, seinen Argwohn zu wecken, und trotzdem Luft einatmen konnte, die nicht von seinem Geruch verunreinigt war. Zunächst ließ sie sich, erschöpft vom Reiten und der unablässigen Anspannung, einfach auf den nackten Boden fallen und rollte sich zusammen. Aber dann begann jemand, neben ihr eine flache Grube für das Feuer auszuheben, und sie setzte sich auf. Es war ein Junge, das einzige Kind in der Karawane. Als würde er von ihrem Blick angezogen, rutschte er näher an sie heran, ohne von seiner Arbeit aufzuschauen. Lehen musterte ihn nachdenklich. Nach ihrer ersten Freude beim Anblick des NjordenEis-Volkes verspürte sie nun eine Bitterkeit, da diese Fremden sich als willige Marionetten des machtverliebten Schmiedes herausgestellt hatten.

Der Junge, der mit einem breiten Holz Erde wegschaufelte, war von jener ungesunden Magerkeit, die bezeichnend für Kinder ist, die zu rasch wachsen und mit dem Essen einfach nicht nachkommen. Aufgrund der fremdartigen Züge fiel es ihr jedoch schwer, sein Alter einzuschätzen. Stehend würde er ihr vielleicht bis zum Schlüsselbein reichen, aber sein Körper strahlte trotz der fast beängstigenden Schmalheit eine Kraft aus, die sie kaum mit einem Knaben in Verbindung zu bringen vermochte. Sein Gesicht allerdings wies noch die zarten Rundungen des Kindesalters auf, wobei die mandelförmig geschnittenen Augen mit ihrer funkelnden Schwärze besonders hervorstachen. Die Wangenknochen waren noch nicht so ausgebildet wie bei den erwachsenen Njordenern, und der Mund war bestenfalls ein rosafarbener Strich. Das schwarze

Haar stand in struppigen Flechten vom Kopf ab und zeigte deutliche Spuren von Verwahrlosung. Lehen war sich sicher, dass es ihr nicht gelingen würde, mit den Fingern durch die verfilzten Strähnen zu fahren, die so lustig in alle Himmelsrichtungen abstanden. Hemd und Hose des Jungen waren schlicht geschnitten und zeigten die hervorspringenden Hand- und Fußgelenke. Obwohl er der Kleidung sichtlich entwachsen war, schlackerte der helle Stoff um seinen Körper. Zu ihrem Entsetzen bemerkte sie, dass das Kind barfuß herumlief. Zwar hatte sie sich bereits zusammenreimen können, dass die Njordener der Kälte gegenüber unempfindlich waren. Aber ein Kind mit nackten Füßen über Totenholz laufen zu lassen zeugte von einer Nachlässigkeit, die sie unerwartet heftig schmerzte.

Der Junge hockte sich gerade auf seine Fersen und betrachtete seine Arbeit, als Lehen sich zu ihm hinunterbeugte, um ihm mit einer flüchtigen Berührung Trost zu schenken. Doch bevor sie auch nur sein Hemd streifen konnte, wich er geschmeidig wie eine Katze aus und blickte sie mit krauser Stirn an, als wisse er nicht so recht, was davon zu halten sei.

»Ich wollte nur …«, setzte Lehen zu einer Erklärung an, brach dann jedoch ab, als sie sich eingestehen musste, dass sie selbst nicht genau wusste, was sie eigentlich gewollt hatte.

Der Junge knabberte kurz an seinem Daumennagel, dann ging er davon, um Totenholz für das Feuer aufzuklauben. Dabei zeugte keine seiner Bewegungen von Verlegenheit oder gar Männlichkeitsgehabe, gerade so, als habe die peinliche Szene eben gar nicht stattgefunden.

Damir, der das Ganze beobachtet hatte, kam zu Lehen herüber, ein verächtliches Lächeln auf dem Gesicht. »Bist du auf der Suche nach einem Verbündeten?«, fragte er, während er sich unmittelbar vor ihr auf die Knie niederließ. »Keine schlechte Taktik, sich mit dem schwächsten Glied in der Kette zu verbrüdern. Aber in diesem Fall verschenkte Liebesmüh. Der kleine Kerl hat nicht alle Sinne beisammen, wenn du mich fragst. Ein Schwachkopf. Aber er kann gut mit Tieren umgehen und verdingt sich durch niedere Arbeiten.«

Obwohl Lehen sich fest vorgenommen hatte, kein einziges Wort mehr mit Damir zu wechseln, konnte sie sich nicht zurückhalten. Zu sehr hatte sie der Anblick dieses verwahrlosten, doch so stark wirkenden Kindes berührt. »Wenn es um billige Arbeitskräfte geht, vergisst Belars offensichtlich ihren Argwohn ganz schnell. Seinen Eltern gehört jedenfalls kräftig die Meinung gesagt. Der arme Bursche braucht ein Zuhause und Fürsorge. Außerdem ist er noch viel zu jung, um Arbeiten für ein paar verwilderte Schmuggler zu verrichten.«

Damir sah ihr so fragend ins Gesicht, dass sie ihres am liebsten in den Händen verborgen hätte. Was immer er auch zu sehen bekam, es ging ihn nichts an. All die verletzten Gefühle, Sehnsucht und Trauer, die sich auf ihren Zügen spiegelten, waren nicht für ihn bestimmt, und es demütigte sie zutiefst, dass ausgerechnet der verhasste Schmied diese Seite von ihr kennenlernte.

»An dir ist wirklich eine liebevolle Mutter verloren gegangen«, sagte Damir, wobei sich eine gehässige Note in seine Worte einschlich. »Aber vielleicht hat Nahim es nur nicht richtig angestellt?«

Lehen stöhnte angewidert auf, widerstand aber dem Bedürfnis, den zudringlichen Mann in irgendeiner Form zu attackieren. Mit ihren gefesselten Handgelenken war ohnehin nichts Ernsthaftes auszurichten. Damir schürzte enttäuscht die Lippen, so dass sie sicher sein konnte, dass er jede ihrer Bewegungen ausgenutzt hätte, um sie zu sich auf den Schoß zu ziehen.

Doch so schnell gab er sich nicht geschlagen. Er beugte sich vor, als wolle er Lehens gefesselte Handgelenke im Rücken kontrollieren, und nutzte die Gelegenheit, ihre Kehrseite zu betatschen. Voller Wut biss Lehen ihn in die Schulter, wohl wissend, dass ihre Zähne kaum den Mantelstoff durchdringen konnten. Tatsächlich entlockte ihr Biss Damir lediglich ein trockenes Lachen. »Was hältst du davon, wenn ich dir später den Hintern versohle, da du dich wie ein ungezogenes Mädchen aufführst, Lehen?«, raunte er ihr mit einer Mischung aus Spott und Drohung zu, während seine Hände kraftvoller zupackten.

Obwohl ihr das Herz in der Kehle schlug, bemühte sie sich darum, sich möglichst behutsam aus seiner Umarmung zu lösen. Aber Damir hielt sie fest. Und als sie sich beherzter zu winden begann, kam sie rasch zu der Überzeugung, dass ihm die Reibung durchaus gefiel. Wütend funkelte sie ihn an. »Glaubst du denn, dass Belars Vergnügen daran finden könnte, uns dabei zuzusehen? Ich werde mir nämlich die Seele aus dem Leib schreien, wenn du mich weiter bedrängst.«

Damir schüttelte mit gespielter Empörung den Kopf. »Sag ich doch: ein ungezogenes Mädchen. Aber um Belars müssen wir uns keine Sorgen machen, das NjordenEis-Volk ist sehr großzügig in Liebesdingen. Wenn du mir also drohen willst, solltest du dir etwas Besseres einfallen lassen.«

Nur mit großer Mühe gelang es Lehen, seinem Blick standzuhalten. »Dann sollte ich vielleicht lieber mit ihr über Drachen sprechen, um mir ihre Aufmerksamkeit zu sichern. Soviel ich weiß, leben die Drachen in unserer Zeit im NjordenEis, das sich nur allzu gern gegen die Übermacht der beiden großen Städte von Rokals Lande auflehnen würde, wenn es die Mittel dazu hätte. Belars' Volk würde sicherlich viel dafür geben, die Drachen in ihrem Land für ihre Interessen begeistern zu können. Wer von euch beiden würde sich in einer Machtprobe um mich wohl durchsetzen?« Mit einem Schlag wich die Belustigung aus Damirs Gesicht. Mehr brauchte Lehen nicht. »Du lässt die Finger von mir, und ich behalte mein Geheimnis vorläufig für mich.«

»Wie auch immer«, entgegnete Damir ausweichend, entließ sie jedoch aus seiner Umarmung. Dann richtete er sich auf, klopfte sich den ockerfarbenen Staub von der Hose und sah sich unschlüssig um.

Neben ihnen arbeitete der Junge immer noch emsig an der auszuhebenden Kuhle, vollkommen ungerührt von ihrem Gerangel. Lehen rutschte zu ihm und schob die ausgehobene Erde beiseite, froh, etwas zu tun, das sie von Damirs Nähe ablenkte. Ohne sie anzuschauen, berührte ein dünner Arm ihre Seite, und es fühlte sich wie eine Welle des Trostes an.

Damir wirbelte mit seiner Stiefelspitze Staub vor Lehens Röcken auf. »Wenn du deine Zuneigung an den kleinen Burschen verschwenden möchtest, nur zu. Aber du wirst auf Granit beißen. Das NjordenEis-Volk ist keineswegs unzärtlich zu seinen Kindern, es hat also einen Grund, warum dieses hier herumläuft wie ein herrenloser Hund. Ein Kuckucksei, zu dem sich niemand bekennen will. Aber kümmere dich ruhig um ihn, wenn es dir die Zeit versüßt.«

»Als ob ich dafür deine Zustimmung benötigte«, erwiderte Lehen leise, als Damir schon fast außer Hörweite war. Der Schmied hielt kurz in der Bewegung inne, als spiele er mit dem Gedanken, sie für ihre Aufmüpfigkeit zu bestrafen. Doch dann ertönte Belars' wütende Stimme drüben bei der aus kleinen Säcken bestehenden Ladung, von denen gerade einer einen Riss erlitten hatte und nun seinen seidig schimmernden Inhalt auf den Boden ergoss.

Zu ihrer eigenen Beschämung atmete Lehen tief aus, als der Schmied seinen Gang fortsetzte. Nicht mehr lange und er würde herausfinden, dass sie lediglich bluffte und dass das Geheimnis, wie man einen Drachen rief, auf keinen Fall ihre Lippen passieren würde – das hatte sie Nahim versprochen.

Der Gedanke an die bevorstehenden Nächte, wenn Belars das Interesse an ihrem Gespielen verloren hatte und er ihr Schweigen nicht länger hinnehmen wollte, setzte ihr zu. Dieses Mal würde sie Damirs Übergriffen nicht so leicht entkommen können wie noch vor einigen Jahren im Tal.

Bekümmert blinzelte Lehen in den Nachthimmel, an dem die ersten Sterne milchig aufleuchteten. Als sie eine leichte Berührung an ihrer Schulter wahrnahm, hätte sie vor Panik fast laut aufgeschrien. Doch es war nur der Junge, der mit den Armen voller Brennholz zurückgekehrt war. Er huschte so nahe an ihr vorbei, als gäbe es um sie herum nicht ausreichend Platz.

Lehen stutzte. Er hat an mir geschnüffelt, stellte sie verblüfft fest und musste dann hinter vorgehaltener Hand lächeln. Wie Borif, der eine Chance ausnutzt. Es hat nur noch gefehlt, dass er mir verstohlen mit der Zunge über die Wange leckt.

Unterdessen schichtete der Junge die verschiedenen Hölzer ihrem Umfang nach zu einer Pyramide auf, wobei er äußerst sorgfältig vorging. Immer wieder beugte er sich leicht zurück, um sein Werk zu begutachten und gegebenenfalls zu korrigieren, was seinem Ermessen nach nicht richtig war. Selbst einige missmutige Zurufe der anderen Njordener, die Vorräte zum Zubereiten heranbrachten, konnten ihn nicht zur Eile antreiben. Er reagierte höchstens mit einem Stirnrunzeln, als könne er so viel Ungeduld angesichts solch einer schweren Aufgabe nicht recht begreifen.

Als die obersten feinen Hölzer in Flammen aufgingen, rutschte Lehen näher an das Feuer heran, so dass sie Arm an Arm mit dem Jungen dasaß. Der schien ihre Gegenwart nicht weiter zu bemerken, sondern schaute mit höchster Konzentration in die zischenden Flammen, denen Holz und trockenes Moos zum Opfer fielen.

Faszinierte beobachtete sie, wie das Glutrot des Feuers sich in den schwarzen Augen des Jungen spiegelte, und für einen beängstigenden Augenblick lang glaubte sie zu erkennen, dass es sich nicht um eine Spiegelung handelte, sondern dass das Feuer im Inneren des Kindes loderte und auszubrechen versuchte. Wie eine Klaue legte sich die Vorstellung um Lehens Kehle und drückte zu. Trotzdem wich sie nicht zurück. Ein Kind, sagte sie sich. Er ist nur ein Kind, das träumt.

Kapitel 25

Für einen Augenblick sah es so aus, als würde der Nebel sich lichten. Warmes Licht schimmerte durch das rauchige Violett und ließ umherwirbelnde Schlieren erkennen, als male ein Kind mit einem Zweig Muster in den Sand. Gedankenverlorene Kunstwerke, deren Bedeutung nicht einmal ihr Schöpfer kannte. Doch der Nebel setzte sich zur Wehr, nährte sich aus unerkennbaren Quellen und verdichtete sein fein gesponnenes Netz gegen den sonnengleichen Angreifer. Immer dichter und dunkler wurde das verschleierte Wogen und ließ in seinen Tiefen eine Bewegung erahnen, ein Winden und Drehen von qualvoller Langsamkeit. Ein stummer Versuch, die seidigen Bahnen aus Nebel zu zerreißen, die darin endeten, immer mehr in ihren Windungen gefangen zu sein.

Mit einer Kraftanstrengung, die sie beinahe zerbrach, öffnete Lehen langsam die Augen, während sich der Gestank von Ruß und versengtem Horn in ihre Nasenflügel fraß. Ich brenne lichterloh, dachte sie benommen und spürte, wie die Chimären erneut nach ihr griffen. Aber ein unangenehmes ratschendes Geräusch hielt sie in der Gegenwart fest. Plötzlich fiel ihr etwas in die halb geöffneten Augen, und sie blinzelte panisch. Aus dem Nirgendwo kamen ihre gefesselten Hände herbeigeflogen und griffen nach dem stechenden Etwas. Haare, schoss es Lehen durch den Kopf. Ich halte meine eigenen Haare in der Hand. Mit einem Ruck richtete sie sich auf und betastete eine dicke Strähne, die ihr schräg abgeschnitten über die Augen hing. Hinter dem Haarvorhang erblickte sie das Seitenprofil des Jungen aus dem NjordenEis, der im Schneidersitz vor dem Lagerfeuer hockte und mit einem vor Anspannung erstarrten Gesicht ihre Haarsträhne im Schein der Flammen betrachtete.

»Du!«, stieß sie in einem Anflug von Wut aus und erhob drohend den Zeigefinger. Aber der Junge reagierte nicht, sondern ließ die glänzende Strähne behutsam über seine Fingerknöchel streichen. Irritiert beobachtete sie, wie der Junge zwei einzelne Haare herauslöste und ins Feuer warf. Dabei legte er den Kopf zurück, als erwarte er eine Reaktion, die weit über das kurze Verbrennen hinausging. Schließlich zog er die Stirn kraus und widmete sich wieder dem Studium der Haarsträhne.

Mit einer fahrigen Handbewegung versuchte Lehen, die Haare hinter das Ohr zu streichen, doch sie waren zu kurz, fielen zurück und verfingen sich in ihren Wimpern. Genervt pustete sie gegen die Haarspitzen, aber als der freie Blick auf das hagere Gesicht des Rabenmanns fiel, bereute sie den Erfolg unverzüglich.

»Man könnte meinen, unser kleiner Freund hier hält sich für einen Dämonenbeschwörer aus dem Westgebirge«, sagte Regne, der sich ein Stück von Lehen entfernt ans Feuer gehockt hatte und sich nun nachdenklich über das Kinn strich.

Lehen lag der bissige Kommentar auf der Zunge, dass er sich erwiesenermaßen gut mit den gefährlichen Kreaturen auskenne, wie er an den Siskenland-Orks ja vorbildlich vorgeführt hatte. Doch jetzt, mitten in der Nacht, auf ihrer unfreiwilligen Reise in den Westen von Rokals Lande, erschien eine Geschichte über die magischen Wesen in diesen Breitengraden verführerisch – selbst wenn sie vom widerwärtigen Regne erzählt wurde. Darum erwiderte sie nur ein lockendes »Tatsächlich?«

Regne nickte gedankenverloren, den Blick unablässig auf das Flammenspiel gerichtet, während er sich die kaum vorhandenen Lippen leckte.

»Ja, man sollte nie einen Teil von sich in der Obhut eines Dämonenbeschwörers zurücklassen. Sie übergeben es der Glut des Westgebirges, die durchwirkt ist von der Magie. Manche Leute behaupten sogar, die Dämonenbeschwörer selbst wären dieser Glut entstiegen. Wer kann das schon sagen? Wenn sie also einen Teil von dir mit ihrer Magier verschmolzen haben, dann gehörst du ihnen – und es ist gleich, ob du lebst oder gestorben bist.« Er bleckte die Zähne, was wohl ein Lächeln sein sollte. »Die meisten Menschen in Achaten wissen über diese Nebensächlichkeit allerdings nicht Bescheid, sonst würden sie niemals auf ein Schlachtfeld ziehen, wenn ein Dämonenbeschwörer sich am Rande aufhält und auf seine große Stunde wartet.«

»Du meinst, diese geheimnisvollen Drahtzieher des Verbunds sind nichts weiter als Leichenfledderer?«

Sie rutschte näher zu dem Jungen, der immer noch mit ihrer abgeschnittenen Haarsträhne zugange war und sich nicht an der unheimlichen Geschichte des Rabenmannes störte – schließlich war er der gemeinsamen Sprache auch nicht mächtig, wenn sie Damir richtig verstanden hatte. Doch sie fühlte sich sicherer, als sie sich gegen das Kind neigte und seine Körperwärme spürte. Der Junge ließ sie gewähren, als wäre er sich ihrer Nähe gar nicht bewusst. Oder als wäre sie das Natürlichste auf der Welt.

Der Rabenmann lachte krächzend. »Ja, du kannst deine Abstammung aus diesem vergessenen Tal wirklich nicht leugnen. Du hast nicht die geringste Ahnung davon, was ein Dämonenbeschwörer ist. Dabei waren sie vor gar nicht allzu langer Zeit die ungekrönten Könige des Verbunds von Olomin, viel mächtiger als die Stämme der Elben. Denn die Elben sind noch darauf angewiesen, ihre Macht mithilfe des Maliandes zu beschwören, doch die Dämonenbeschwörer sind selbst zum Kelch der Magie geworden. Wahrscheinlich könnten nur die Drachen ihnen den Rang abspenstig machen, aber diese Viecher haben ja nicht mehr Verstand in ihrem Schädel als ein gemeiner Ork.«

»Was mich an diesen Geschichten immer irritiert hat, ist doch die Tatsache, dass diese ganzen mächtigen Kreaturen im Westgebirge geblieben sind, anstatt sich ganz Rokals Lande untertan zu machen«, warf Lehen ein. Nach wie vor erschienen ihr die Erzählungen aus dem Westgebirge wie Märchen, und auch die eine oder andere Anekdote, die Nahim und – sehr viel ausschweifender – Tevils zum Besten gegeben hatten, hatte daran nichts ändern können.

Regne winkte ab. »Das sagst du nur, weil du nicht die geringste Vorstellung davon hast, was das Maliande bedeutet. Das Universum existiert für ein magisches Wesen nur dort, wo auch das Maliande ist. Alles andere sind schwarze Löcher, in denen die Menschen umherirren wie Wasserflöhe in einem Bottich an einem lauen Sommerabend.«

»Wenn die magischen Wesen so sehr auf das Maliande angewiesen sind, warum haben die Drachen dann das Westgebirge verlassen?«

»Neunmalkluges Weib. Was habe ich gesagt? Drachen sind dumme Biester, die sich jedoch im Gegensatz zu den Orks einfach nicht lenken lassen wollen.« In Regnes Augen blitzte es tückisch auf. »Das heißt wohl – wenn man Damirs Fantastereien Glauben schenken darf – bislang nicht.«

Über diesen Punkt wollte Lehen ganz bestimmt nicht mit dem Rabenmann reden, deshalb beeilte sie sich, ihn auf eine andere Fährte zu locken. »Du sagst, die Dämonenbeschwörer waren die Könige des Verbunds – warum haben sie denn ihre Krone verloren? Soweit ich weiß, haben die Menschen dem Verbund zu diesem Zeitpunkt nur wenig entgegenzustellen gehabt.«

»Hat der große Geschichtenerzähler Nahim sich etwa auch über diesen Punkt ausgeschwiegen?«

Als Regne Nahims Namen aussprach, zuckte sie unwillkürlich zusammen, und auch durch den Jungen fuhr ein Schlag, als wäre er ein Teil ihres Körpers. Er warf ihr einen verständnisvollen Blick über die Schulter zu, dann kuschelte er sich wie zum Trost an sie, bevor er seine Aufmerksamkeit abermals dem Flammenspiel zuwandte. Lehen erfüllte diese Reaktion mit Staunen und einem Anflug von Entzücken. War dieser kleine Kerl doch nicht ganz so unzugänglich, wie er immerzu vorgab!

Dem Rabenmann waren solche Empfindsamkeiten gleichgültig, so dass er unbeirrt mit seiner Rede fortfuhr: »Niemand weiß Genaues darüber, aber in den Tagen, als dem Verbund von Olomin noch die Alleinherrschaft über das Westgebirge und seine geheimnisvollen Quellen der Magie oblag, waren die magischen Netze der Dämonenbeschwörer auf unheilvolle Art miteinander verwoben.«

Für einen Augenblick hielt er inne und krächzte, als hinge er einer freudlosen Erinnerung nach. Doch dann zupfte er an seinen Nasenflügeln und verzog den Mund zu einem hämischen Grinsen. »Sicherlich auch ein Grund dafür, dass die Dämonenbeschwörer so viel Aufwand damit betrieben, einander zu belauern, anstatt aus der Fülle der gemeinsamen Macht zu schöpfen. Der Mächtigste unter ihnen hieß Resilir, und kaum jemand hatte ihn je zu Gesicht bekommen, denn seine Hallen lagen zu tief unter dem Westgebirge. Wie auch immer, bevor der Verbund sich aufraffen konnte, sich der Plage Mensch an seinen Grenzgebieten anzunehmen, verschwand Resilir. Nun, er hat sich nicht fortgeschlichen wie ein Verräter bei Nacht, sondern hat mit einem Paukenschlag ebenjenes magische Netz durchschlagen und damit die Magie von Rokals Lande nachhaltig erschüttert. Danach war von dem Machtwillen des Verbunds nicht mehr übrig als von einer kopflosen Hydra: Mit Resilir war auch der verbindende Wille gegangen, und zurück blieb ein Haufen zerstrittener Elbenstämme, eigensinnige Zwergensippen und Dämonenbeschwörer ohne Weg und Ziel.«

»Was für eine Geschichte«, sagte Lehen und schenkte dem Jungen, der sie beim Klang ihrer Stimme erneut angeschaut hatte, ein liebevolles Blinzeln.

»Ja«, erwiderte der Rabenmann verdrießlich. »Und keine, deren Ende bereits geschrieben worden ist.«

Kapitel 26

Bibbernd krallte Tevils seine Finger durch den dicken Wollfilz seiner Fäustlinge um die Reling, als bestünde die Möglichkeit, dass jeden Augenblick der Sog eines vorbeifliegenden Drachen ihn von Bord reißen könnte.

Dabei war das Wasser an diesem Morgen ungewöhnlich ruhig, kaum Wellengang, lediglich ein sanftes Kräuseln war an einigen Stellen des silbrig-grauen Wassers zu sehen, das den von einer Wolkendecke bezogenen Himmel spiegelte. Gelegentlich schaukelten Eisschollen vorbei, auf denen eine Schneeschicht lag, doch die Njordener schienen derartige Hindernisse nicht sonderlich zu beeindrucken. Gelassen steuerten sie das Fährschiff durch die Bucht, wortlos und Zigarillos rauchend.

Normalerweise wäre ihm die allgegenwärtige Ruhe auf den Magen geschlagen, doch dieser war im Moment damit beschäftigt, das ungewöhnlich reichhaltige Frühstück bei sich zu behalten. Gekochte Hülsenfrüchte mit Rührei und gebratenem Speck, runtergespült mit Unmengen von Buttermilch. Fest presste Tevils die Lippen aufeinander, als könnten seine Innereien seine Entschlossenheit, nichts diese Lippen passieren zu lassen, verstehen. Die Seekrankheit quälte ihn so sehr, dass er nicht einmal seine vor Kälte tauben Gliedmaßen beachtete.

»Du sollst doch nicht auf das Wasser schauen, sondern auf den Horizont. Dann ist dir auch nicht so übel.«

Wagemutig stemmte Jules sich mit beiden Armen an der

Reling empor und schwang die Beine hinüber. Mit Mühe und Not hielt Tevils sich zurück, seinen Freund augenblicklich wieder an Bord zu ziehen, bevor das Schiff gegen eine Eisscholle stieß und Jules das Gleichgewicht verlor und ins eisige Wasser stürzte. Jules kräuselte die Nase, als ahne er, welche Ängste sein dick vermummter Freund ausstand. Aber anstatt klein beizugeben, ließ er übermütig die Beine baumeln und holte seine rundliche Schachtel mit den Zigarillos heraus.

»Ich wünschte, Präae könnte mich aufspüren und in ihren Bauchbeutel stecken. Das wäre mir tausendmal lieber als diese verfluchte Schifffahrt.«

Jules sah ihn durch den Zigarillorauch an. »Diese Drachendame wirst du wohl kaum zu sehen bekommen, solange wir uns im südlichen Part des NjordenEises aufhalten. Genau wie all die anderen Drachen, die sich hier heimisch fühlen. Die Dunkelheit zieht über diesen Teil des NjordenEises heran, und während dieser Zeit meiden die Drachen die Gegend. Tut mir leid.«

Diese schlechte Nachricht traf Tevils unerwartet hart, und um Jules seinen Kummer nicht sehen zu lassen, sah er auf das schäumende Wasser hinab, das sich an den Schiffsplanken brach. Ein Fehler, wie ihm sein rebellierender Magen sofort deutlich machte.

»Tevils, du sollst doch zum Horizont schauen.«

»Horizont? Das Einzige, was es zu sehen gibt, sind riesige weiße Gesteinsbrocken, die sich dicht an dicht aneinanderreihen. Wenig einladend, wenn du mich fragst. Ich habe nicht damit gerechnet, dass auf der Reise ins NjordenEis auch eine Schifffahrt anstehen würde. Ich dachte eher an Schlitten … Ansonsten wäre ich in Previs Wall geblieben und hätte mit Lele auf die ersten Boten des Frühlings gewartet. Sie liebt Ausritte bei Sonnenschein. Kennt ihr hier so etwas überhaupt?«

»Eher nicht«, erwiderte Jules und spielte mit den Enden des Tuches, das er sich um den Hals gewickelt hatte. Mehr aus Solidarität, denn aus Notwendigkeit, wie Tevils vermutete. »Das sind übrigens keine Gesteinsbrocken, auf die wir zusteuern, sondern Eisklippen. Dahinter erstreckt sich das NjordenEis.« In Jules' Stimme schwang eine bittere Note mit, aber auch eine Spur von Sehnsucht.

Verwirrt betrachtete Tevils die Eisklippen. Das Fährschiff war mittlerweile so nah herangefahren, dass er den Kopf leicht in den Nacken legen musste, um ihre sauber abgeschnittenen Zinnen zu sehen. In ihrer Massigkeit haftete ihnen etwas Unwirkliches an, genau wie ihrem weißen Ton mit dem Stich ins klare Blau. Auf ihrer Oberfläche waren unzählige waagerechte Linien eingezeichnet, als hätte jemand verschiedene Wasserstände markiert. Immer wieder gruben sich grellblaue Blitze in die Klippen. An manchen Stellen hatten diese Risse offensichtlich Eisbrocken abgesprengt, so dass einige Abschnitte aussahen, als handele es sich um in der Bewegung eingefrorene Wellen.

Ohne sich dessen bewusst zu sein, vergaß Tevils für einen Augenblick seine Seekrankheit. Die Vorstellung, einen Landstrich zu erkunden, der ausschließlich aus gefrorenem Meerwasser bestand, nahm ihn vollkommen gefangen.

Gewiss hatte er in Kohemis' Haus alles Wissenswerte über das NjordenEis erfahren, aber vieles war ihm auch zugleich wieder entfallen, weil der Gedanke an ein Nomadenvolk, das jeden Tag um sein Überleben ringen muss, nur wenig mit seinen Tagträumen gemeinsam hatte. Außerdem hatten die Beschreibungen, in denen Kohemis sich gern ausführlich erging, schlicht Tevils' Vorstellungsvermögen überstiegen. Bislang hatte er bestenfalls gefrorene Bachläufe und Seen kennengelernt, so dass er sich kein Bild von einer schier endlosen Eislandschaft hatte machen können. Wenn das Wort

NjordenEis fiel, hatte er an einen zugefrorenen Tümpel gedacht, den man wunderbar mit Kufen unter den Sohlen befahren konnte.

Mit einem Anflug von Unbehagen wandte er seinen Blick von den imposanten Eisklippen ab und betrachtete die Windungen des Rauchs, der von Jules' Zigarillo aufstieg. Sofort erinnerte sich sein Magen daran, das unverdaute Frühstück in Richtung Rachen hochzuschieben. Tevils würgte mitleiderregend. Mit einem entnervten Seufzen deutete Jules in Richtung der Klippen, aber Tevils winkte nur schwach ab.

Erschöpft sackte er in die Knie und presste die Stirn gegen die eisige Reling. Deshalb wurde er auch nicht Zeuge, wie der Fährmann das Schiff meisterlich in die Tiefen der Klippen lenkte, zwischen denen ein bläuliches Glitzern die Luft erfüllte. Er hörte nur das Knarren und Ächzen des Eises und glaubte fest daran, dass sich jeden Augenblick das Splittern von Holz hinzugesellen würde. Als schließlich ein Ruck durch das Schiff ging, stieß er einen gepeinigten Schrei aus.

»Anstatt herumzukrakeelen, solltest du lieber zusehen, dass du an Land kommst. Fester Boden unter den Füßen ist angeblich das beste Heilmittel gegen Seekrankheit.« Mit einer eleganten Bewegung glitt Jules von der Reling herunter und lachte leise, als Tevils ihn mit einer ordinären Handbewegung für seine Kaltschnäuzigkeit abstrafte.

»Deine Seele ist dir offensichtlich noch nicht wieder zugeflogen, du arroganter Schnösel. Oder ist dir vielleicht der Teil abgefroren, der für Verständnis verantwortlich ist?«, giftete er mit schwankender Stimme.

Ohne eine Miene zu verziehen, griff Jules nach den Beuteln, in denen sie ihr Hab und Gut verstaut hatten. »Wenn du schon wieder derartig wütend kläffen kannst, geht es dir gut, und du brauchst kein Mitleid.«

»Wehe, du beschwerst dich über mein mangelndes Mitgefühl, wenn dir beim Gedanken an deine Zukunft in dieser Eiswüste wieder einmal die Tränen in die Augen steigen.«

»Wuff, wuff«, machte Jules und klopfte Tevils kameradschaftlich auf die Schulter, wobei dieser sofort voller Zorn die Hand abschüttelte.

»Nun sei doch nicht so grantig, Tevils. Schließlich darfst du Zeuge werden, wie ich schon bald vom Leben auf die richtige Größe heruntergebrochen werde: kein gesellschaftliches Leben, keine abendlichen Vergnügungen, keine Herausforderungen diplomatischer Natur. Die einzige Unterhaltung, die das NjordenEis zu bieten hat, besteht in den unermüdlichen Hinweisen der Stammesältesten, dass Grünschnäbel wie wir in der Rangordnung ganz unten stehen. Deshalb geht uns auch die Zukunft des NjordenEis-Volkes einen feuchten Kehricht an. Es heißt also: schweigen, arbeiten und gepökeltes Seelöwenfleisch essen – falls welches da sein sollte.«

»Wenn sich die Überfahrt da mal nicht gelohnt hat, dann weiß ich auch nicht.« Tevils schulterte seinen Beutel und stieg mit pochendem Herzen hinter Jules über den Steg an Land. Nein, korrigierte er sich, auf gefrorenes Wasser. Im nächsten Moment wünschte er sich sehnlichst, diesen Gedanken niemals gehabt zu haben.

Dicht an dicht hatten die Njordener, die hier oben auf den Eisklippen lebten, ihre rundlichen Zelte nebeneinander aufgebaut und Verschläge aus blassem Holz für die Tiere geschreinert.

Gemeinsam mit Jules und einigen reisenden Händlern war Tevils vor einigen Tagen in diesem Lager eingetroffen, nachdem sie eine beschwerliche Wanderung über den unsteten Grund hinter sich gebracht hatten. Doch die Hunde hatten sie sicher an Schneeverwehungen, unter denen sich bodenlose

Spalten verbargen, vorbeigeführt und auch rechtzeitig wegen eines wandernden Bären angeschlagen, so dass man einen Bogen gemacht und Tevils das sagenumwobene Tier gar nicht erst zu Gesicht bekommen hatte.

Als sie das Lager erreicht hatten, hatten sich die Händler verabschiedet, um ihren eigenen Angelegenheiten nachzugehen. Tevils war von einem Fuß auf den anderen getreten, während Jules mit hängendem Kopf dagestanden hatte. Als er endlich wieder aufblickte, deutete er träge auf das Lager.

»Das ist also die größte Bastion des NjordenEis-Volkes. Von hier aus wird Jagd auf den Goldenen Staub gemacht. Überall auf der Eisklippe findest du Zeltlager, die Jahr für Jahr mehr befestigt werden …« Jules stockte und warf Tevils einen eindringlichen Blick zu. »Ich kann dir gar nicht sagen, wie sehr mich dieser Anblick deprimiert. Da wir seit Urzeiten ein ziehendes Volk sind, haben wir Njordener nicht die geringste Idee davon, wie man an einem Ort lebt. Wir kennen keine Häuser, keine Kanalisation …«

»Ach, komm schon, Jules. So schlimm sieht es hier doch gar nicht aus. Und merkwürdig riechen tut es auch nicht«, bemühte sich Tevils, seinen Freund aufzumuntern.

Aber Jules lachte nur bitter. »Du kannst von Glück reden, dass sich über das ganze Elend jede Nacht eine frische Schneedecke legt. So zu leben tut meinen Leuten nicht gut. Sie hocken nur hier herum und lauern auf Goldenen Staub. Wir machen uns zu Sklaven von Previs Wall, und was haben wir davon?«

Diese Schmährede hörte Tevils sich nicht zum ersten Mal an, trotzdem begriff er nach wie vor nicht, warum Jules eine solche Wut auf den Zustand des sesshaft gewordenen NjordenEis-Volkes hegte. Denn den nomadisierenden Familien, die der Helligkeit folgten, fühlte sich Jules doch noch weniger verbunden.

Unerklärlicherweise wurde das NjordenEis in einem bestimmten Rhythmus von einer wandernden Dunkelheit überzogen, so dass die Njordener gezwungen waren, umherzuziehen. Sie gingen immer dorthin, wo es noch etwas Licht und genug Nahrung gab. Wer also auf den Eisklippen blieb, während sich die Dunkelheit ausbreitete, machte sich von der Versorgung durch Previs Wall abhängig. Wenn nun das Einzige, was die Njordener zum Tausch anbieten konnten – nämlich Goldenen Staub – an Wert verlor, wurde die Lage bedrohlich.

Eine Gruppe kleiner Kinder, die in Tevils' Augen einander glichen wie ein Ei dem anderen, kam hinter einem der Verschläge hervor und beobachtete ihn neugierig.

»Und was schlägst du nun vor?«, fragte Tevils seinen Freund, während er den Kindern verschmitzt zuwinkte, was diese jedoch nicht erwiderten.

»Na, was wohl? Wir begrüßen die Stammesältesten, bitten um Gastfreundschaft, damit du dir ein Bild vom Lager, Handel und was weiß ich machen kannst. So war es doch mit Vennis abgesprochen: Das angehende Ordensmitglied lernt das NjordenEis kennen. Unsere Frauen werden dir gefallen.« Bei den letzten Worten brachte Jules tatsächlich ein schwaches Lächeln zustande.

Als Tevils nun einige Tage später nach draußen trat, um nach seinem Freund zu suchen, verschmolz das Lager im Dämmerlicht mit all seinen hellen Farben beinahe mit der Schneedecke. Es waren kaum sichtbare Spuren auszumachen, die darauf schließen ließen, dass hier eine Vielzahl von Menschen hauste. Der Wind führte ununterbrochen Schneeflocken mit sich, die innerhalb kürzester Zeit alles unter sich begruben.

So fiel es ihm auch nicht leicht, Jules zu finden. Schließlich führte ihn jedoch der Zigarilloduft auf die richtige Spur. Ich habe tatsächlich etwas von einem Hund, dachte Tevils, während er von Verschlag zu Verschlag huschte. Einem Hund, der darauf abgerichtet ist, stinkenden Rauchschwaden zu folgen, selbst wenn sie ihn aufs zugefrorene Meer führen.

Obwohl sie sich bereits eine Zeit lang im Lager aufhielten und er seitdem viel Beeindruckendes und Befremdliches zu sehen gekriegt hatte, hatte ihn der Gedanke, dass das NjordenEis seinen Namen zu Recht trug, nicht wieder losgelassen. Zwar fühlte er sich überraschenderweise zu dem Land und seinen Menschen hingezogen, aber in seiner Vorstellung brauchte nur ein leichter Ruck durch Rokals Lande zu gehen, und dieser riesige Brocken Eis würde zerbersten. Sie würden alle in die dunklen Meeresfluten stürzen und sofort erfrieren, sinnierte Tevils, dem die frostige Luft schmerzhaft in der Nase brannte.

Nein, nur ich werde im Wasser erfrieren, korrigierte er sich, als sein Blick schließlich auf einen schwarzen Haarschopf fiel. Offensichtlich hatte Jules die Unterredung, zu der Tevils nicht eingeladen gewesen war, so hastig verlassen, dass er seinen Mantel zurückgelassen hatte. Er trug lediglich eines seiner fein gewebten Hemden mit einer Weste darüber. Fröstelnd betrachtete Tevils die vereinzelten Flocken, die sich auf Jules' Schultern und Haar niedergelassen hatten. Der saß vornübergebeugt auf einem Schlitten, das Gesicht in den verschränkten Armen vergraben. Für einen Moment befürchtete Tevils, sein Freund könnte die Fassung verloren haben und in seine Armbeuge schluchzen, aber da schaute Jules auf. Auf seinem Gesicht lag nur eine Spur von Resignation – wie schon seit Tagen.

»Na«, begrüßte ihn Jules, wobei er sich die Ponysträhnen hinter die Ohren strich. »Bist du auf der Suche nach ein wenig Gesellschaft, die in der Lage ist, dich zu verstehen?«

Obwohl das Hauptlager verhältnismäßig nahe der Handelsroute Balevi lag und deshalb viele Händler auf die Eisklippen vordrangen, sprachen nur äußerst wenige Njordener die Alte Sprache, so dass Tevils darauf angewiesen war, die jungen und ausgesprochen zugänglichen Frauen allein mit seinem Charme zu unterhalten. Bislang hatte sich dies als wenig nachteilig erwiesen, und er fragte sich allmählich, warum Frauen in Liebesdingen ansonsten immer so viel Wert auf Worte legten. Offensichtlich kam es vielmehr auf den richtigen Blick in Verbindung mit einem Lächeln zur rechten Zeit an.

Beim zweiten Anlauf gelang es Tevils, sich trotz der klobigen und vielschichtigen Kleidung auf den Schlitten zu schwingen. »Ich kann mir beim besten Willen nicht erklären, warum du Trübsal bläst. Deine Leute sind nett zu dir, die Kälte macht dir nichts aus, und bei Tageslicht betrachtet ist hier doch alles ganz hübsch.«

»Hübsch?« Jules klang, als zweifle er ernsthaft am Verstand seines Freundes. »Dann tut es mir leid, dir mitteilen zu müssen, dass wir in ein paar Wochen ununterbrochen in der Dunkelheit sitzen werden.«

»Tatsächlich?«, fragte Tevils ungläubig, aber Jules grunzte zur Antwort nur schlecht gelaunt. Als sich das Schweigen ausdehnte, nutzte Tevils die Gelegenheit, sich auszumalen, wie eine Annäherung in völliger Dunkelheit ohne ein verbindendes Wort wohl ausfallen mochte. Das Ratschen des Feuersteins holte ihn wieder in die Gegenwart zurück.

Jules blies den Rauch aus und schaute zu, wie der Wind ihn zerfraß. »Wie auch immer, wir beide werden ohnehin nicht mehr lange hier im Lager bleiben. Meine Familie erwartet mich bereits, und du sollst schließlich noch etwas anderes vom NjordenEis kennenlernen als unsere leichtfertigen Frauen.«

Nur mit Mühe konnte Tevils ein Seufzen unterdrücken. Er wusste, dass Jules' Familie ein Nomadenleben führte, weit draußen auf dem Eis, irgendwo hinter den sich auftürmenden Klippen, wo sie Jagd auf die riesigen Meeresbewohner machten, die zum Luftholen die Eisdecke durchbrachen. Als er mit Jules entlang des Klippensaums zum Lager gewandert war, hatten sie ein Skelett am Grund einer Schlucht entdeckt, halb eingeschlossen vom Eis. Eine enorme Wirbelsäule und Rippenbogen wie gebogene Birkenstämme, kaum auszumachen gegen das Weiß der Schneedecke. Jungtiere verirrten sich gelegentlich in das Labyrinth der Klippen, hatte Jules achselzuckend erklärt. Allein bei der Vorstellung, welchen Gefahren sich Jules' Familie aussetzen musste, um an Fleisch, Häute und Algen zu gelangen, wurde ihm ganz mulmig. Wenn er den Spott seines Freundes nicht so sehr gefürchtet hätte, wäre er gewiss in Versuchung geraten, mit einer Ausrede sein Bleiben zu erschwindeln. Aber so würde ihm nichts anderes übrig bleiben, als sich neben Jules in einen dieser von Hirschen gezogenen Schlitten zu setzen und sich immer weiter vom festen Land zu entfernen.

Missmutig starrte Tevils in den gräulich-schwarzen Himmel, als mit einem Mal ein leuchtender Punkt erschien, der mit großer Geschwindigkeit in einem Bogen über das Firmament schoss. Hinter sich zog er einen goldenen Schweif nach, der sich nebelartig ausbreitete und den Himmel mit seinem Leuchten verfärbte.

Mit einem Schlag erklang hinter ihnen im Lager ein wildes Kläffen und Blöken, Zeltplanen wurden aufgerissen, teils spärlich bekleidete Njordener stürmten heraus und richteten den Blick gen Himmel. Wenn es Tevils gelungen wäre, den Blick von diesem seltsamen Himmelsfeuer loszureißen, hätte er wohl gedacht, dass ein Tumult ausgebrochen sei. Tatsächlich folgte jedoch ein jeder seiner abgestimmten Aufgabe, selbst wenn er dabei wie von Sinnen brüllte.

»Ich hätte nicht gedacht, dass wir um diese Zeit noch ein

Eislicht zu sehen bekommen würden.« In Jules' Stimme lag eine Spur von kindlicher Begeisterung, der Zigarillo verglühte vergessen in seiner Hand.

»Eislicht?« Tevils betrachtete mit vor Staunen offenem Mund, wie das Dunkel mit einem Tuch überspannt wurde, als habe jemand flüssiges Gold über den Himmel gestrichen. »Was genau ist das, Drachenfeuer vielleicht?«

Jules lachte auf, als habe er einen Schwips. »Niemand weiß, woher das Eislicht stammt. Aber es kommt herunter, und wir werden es uns holen. Komm schon, beweg deine müden Knochen. Die Plane muss vom Schlitten gezogen werden, mach schon! Ich besorge uns zwei Hirsche und sehe zu, ob sich einer der Hunde überreden lässt, uns zu führen. Dort drüben im Westen kommt das Eislicht herunter, siehst du?«

Angepeitscht vom anschwellenden Gejohle der Njordener und ihrer Tiere, die das wundersame Licht ebenfalls in seinen Bann gezogen hatte, machte Tevils sich am Schlitten zu schaffen. Dann half er Jules, zwei schneeweiße Hirsche einzuspannen, die voller Ungeduld ihre großen Geweihe schwenkten. Ein Hund, der eher an einen Wolf mit blassgrauem Fell erinnerte, lief aufgeregt voran, um dann zurückzutänzeln und nervös die beiden Hirsche anzukläffen, als könne er diese Trödelei einfach nicht begreifen. Vor lauter Gereiztheit wollte einer der Hirsche losstürmen, doch die Bremse des Schlittens war noch angezogen, und das Tier stieß ein wütendes Röhren aus.

Schließlich fuhren sie mit halsbrecherischer Geschwindigkeit über die Klippenkuppe, während der Schweif des Eislichtes die Landschaft mit einem glühenden Schimmer überzog, als wäre endlich die Sonne hervorgekommen. An einigen Stellen, wo der Wind die Schneeschicht fortgeweht hatte, glänzten von der Zeit sanft gewaschene Zacken von Eis, die von einem so tiefen Schwarz waren, als spiegelte es den

Nachthimmel. Bei jedem Buckel, über den der Schlitten flog, glaubte Tevils herunterzufallen und musste an die endlosen Risse denken, mit denen die Klippen durchzogen waren.

Trotzdem lachte und schrie er unentwegt, sogar noch, als ihm der eigene Atem auf den Lippen gefror, weil er vor lauter Übermut vergessen hatte, sich den Schal über das Gesicht zu ziehen. Selbst Jules schien es auf dem Bock zu kalt zu werden, denn er zog das Fell vom Sitz herunter, legte es sich über den Schoß und rutschte dicht an Tevils heran. Trotz des goldenen Lichts schimmerten seine nackten Hände, mit denen er entschlossen die Zügel hielt, bläulich. In einiger Entfernung vor ihnen preschten die Schlitten der anderen Njordener dahin, einen Schweif von Schnee hinter sich herziehend.

Als Tevils und Jules an der entscheidenden Stelle eintrafen, waren die meisten Njordener schon lange abgestiegen. Mit dünnen Drähten zwischen ihren Händen trennten sie eifrig die oberste Schicht des Schnees ab.

Hier, wo das Eislicht heruntergekommen war, strahlte der Grund am stärksten in einem satten Goldton, als wäre der Schnee durch die Berührung des Eislichts verwandelt worden. Jules hatte die Augen zu Schlitzen verengt, als würde ihn das Leuchten blenden, aber seine Gesichtszüge waren so entspannt wie kurz vor dem Einschlafen.

Tevils hingegen fühlte eine Verzückung wie ein kleines Kind, das zum ersten Mal eine Sternschnuppe sieht. Am liebsten hätte er mit der Hand auf das bezaubernde Naturphänomen gezeigt und dabei ein glockenhelles Lachen ausgestoßen. In seinen steif gefrorenen Fingerspitzen kribbelte es sehnsüchtig. Den von der Fahrt erschöpften Hirschen schien es nicht anders zu gehen, denn sie scharrten beharrlich mit den Vorderhufen. Dann ließen sie ihre Köpfe hängen, wobei es ihnen kunstvoll gelang, ihre Geweihe nicht ineinander zu verhaken, und leckten über den Boden. Zu Tevils' Erstaunen kauerten auch die vielen Hunde, die die Schlitten geführt hatten, ebenfalls nieder und ließen ihre rosa Zungen aufblitzen.

Jules, der die Verwunderung seines Freundes mitbekam, erwachte aus seiner Starre. »Was glaubst du, warum die Viecher es so eilig hatten, hierherzukommen? Sie lieben den Goldenen Staub noch mehr als die gierige Prälatin der Burgfeste. Du solltest auch einmal davon kosten. Es fühlt sich gut an, so als würde es alte Erinnerungen wecken, zu einem singen. Der Goldene Staub ist ein Netz, und offensichtlich fängt er mehr ein als nur das Maliande.«

Zuerst rollte Tevils mit den Augen, um seinem Freund klarzumachen, dass er sich nicht von ihm auf den Arm nehmen ließ. Doch Jules ging in die Knie und kratzte mit dem Fingernagel an der golden schimmernden Kruste und leckte den Staub ab. Ohne einen weiteren Gedanken zu verschwenden, sank Tevils ebenfalls nieder, und als sich der Goldene Staub auf seiner Zunge in eine samtige Flüssigkeit verwandelte, hätte er fast angefangen zu weinen, so warm und weich fühlte es sich an. Es war kein intensives Gefühl, das einen alles andere vergessen ließ, sondern vielmehr eine zarte Berührung wie ein Sonnenstrahl, der vom Wasser zurückgeworfen wurde. Unwillkürlich betastete er seine Lippen, und Jules warf ihm ein wissendes Lächeln zu.

»Man kann kaum glauben, dass auf so einem Hauch von Unschuld so viel Macht aufgebaut ist, was? Wir im Njorden-Eis nennen es deshalb auch Ale-Fehn – der Kuss des Schneekindes, eine Märchengestalt, die durch den Neuschnee tanzt. Das trifft es vielleicht besser als Goldener Staub.«

»Ja, das trifft es besser«, antwortete Tevils geistesabwesend, während seine seltsamerweise wohlig warmen Finger über den mit Goldenem Staub übersäten Boden glitten.

Kapitel 27

Der Abstieg vom Westgebirge war so ruhig verlaufen, wie Aelaris es sich in seinen kühnsten Träumen nicht erhofft hatte. Zum ersten Mal, seit die unerklärlichen Veränderungen an seinem Erscheinungsbild und Wesen ihren Anfang genommen hatten, konnte er alldem etwas Gutes abgewinnen: Wessen Gebiet er auch durchquert hatte, niemand war sich seiner Anwesenheit bewusst geworden. Die fremden Elbenstämme nahmen zwar eine mentale Präsenz wahr, von der sie spürten, dass sie nicht in ihre Breitengrade gehörte. Da sie jedoch so rasch wieder verschwunden wie aufgetaucht war, hatten sie sich nicht weiter um Klärung bemüht. Schließlich gab es dieser Tage mehr als genug, um das sich die Elben kümmern mussten. Das Gebiet, das unter der Herrschaft eines Dämonenbeschwörers stand, hatte Aelaris wohlweislich gemieden, und auf dem Grund und Boden der Menschen hatte er sich kaum noch bemühen müssen, unentdeckt zu bleiben. Während er ihre Nähe schon von Weitem wahrnahm, hatten die Menschen nicht einmal eine Ahnung, wer in der Dämmerung an ihren Höfen vorbeiging, denn ihre Hunde stellten zwar die Ohren auf, gaben aber keinen Laut von sich.

Die ersten Tage seiner Wanderung hatte Aelaris sich ganz von dem Hochgefühl treiben lassen, endlich eine Entscheidung getroffen zu haben. Dass sie ihn von den Seinen wegführte, war eine Erleichterung, keine Qual gewesen, nachdem die letzten Monate eher einer Gefangenschaft gleichgekommen waren. Rückblickend waren sie sogar noch grausamer gewesen als seine Zeit in Achatens Kerkern.

Sogar als die Gebirgslandschaft schon lange nicht mehr schwindelerregend steil und zerklüftet, sondern von baumbestandenen Hängen bestimmt war, hinter denen sich das Westgebirge wie ein dunkles Ungeheuer abhob, war ihm nicht schwermütig zumute gewesen. Endlich war er sein eigener Herr. Was genau das bedeuten mochte, würde er noch früh genug herausfinden. Nun ließ er sich erst einmal treiben und genoss die vielfältigen Eindrücke der Wanderung.

Wann immer sich die Gelegenheit bot, näherte er sich unbemerkt den Handelskarawanen, die auf der breiten, gepflasterten Straße in Richtung Süden unterwegs waren. Ihre fremdartigen, immerzu plaudernden Stimmen belustigten ihn genauso wie das Durcheinander der Karawane, bei der die eine Hand nicht wusste, was die andere tat. Bei seinen Erkundungen staunte er nicht schlecht über all den Schund, den die Menschen offensichtlich für wertvolle Ware erachteten. Schließlich wurden die Wagen von bewaffneten Reitern begleitet, deren Augen nicht müde wurden, die Umgebung zu beobachten. Nur den Elben, der sie mit einem spöttischen Zug um die Mundwinkel von einer Erhöhung aus betrachtete, den sahen sie nicht. Aelaris vermutete, dass die Söldner ausschließlich mit laut stampfenden Füßen und wildem Angriffsgejohle rechneten, wenn man die unzähligen Orkspuren bedachte, die sich abseits des breiten Handelsweges fanden. Warum sollten sie auch mit einem hochgewachsenen Elben rechnen, einmal davon abgesehen, dass sie nichts mit sich führten, das sein Interesse geweckt hätte? Sobald man das Westgebirge in seinem Rücken wusste, waren Elben so fern wie die Sterne am Himmel.

Schon bald erreichte Aelaris einen Landstrich, in dem die Berge sanft geschwungenen Hügeln wichen. Er war so gebannt von diesem Anblick, obwohl noch alles Grau in Grau war, dass er mit dem Gedanken spielte zu bleiben. Nicht mehr lang und der Frühling würde anbrechen. Zwar sah die Landschaft unter dem nicht einreißen wollenden Regenschleier zurzeit dunkel, ja fast trostlos aus. Aber es würde nur einige Sonnenstrahlen brauchen, um die Hügel mit einem Zauber zu überziehen. Warum sich nicht auf einen umgestürzten Baumstamm setzen und sich ganz in die schon bald aufblühende Schönheit vertiefen? Doch schon nach einigen Tagen verwarf er den Gedanken. Denn je länger Aelaris an diesem Ort verweilte, desto unruhiger wurde er. Mit jedem Schritt, den er tat, schien die Anzahl der umhereilenden Menschen zuzunehmen, Orkstimmen hallten durch die Täler, und immer häufiger waren kahle Stellen in die silbrig schimmernde Decke des Baumgeästs geschlagen.

Dass Aelaris fortwollte, lag allerdings nicht nur daran, dass dieser Ort im Wandel begriffen war, sondern es erinnerte ihn auch an seinen eigenen Zustand. Mit langen Schritten ließ der Elbe diese Gegend hinter sich in der Hoffnung, schon bald wieder auf ausreichend Zerstreuung zu stoßen. Doch es war zu spät: Ganz gleich, wie sehr er sich auch dagegen wehrte, seine Gedanken stahlen sich immer häufiger zu den Veränderungen, die er erfahren hatte. Zwar versuchte er, sich einzureden, dass es keine Rolle spielte, dass er nicht mehr zum Stamm der Gahariren gehörte und er sich deshalb auch nicht den Kopf darüber zerbrechen musste, was wohl der Auslöser für den Wandel gewesen sein mochte und wohin er führen würde. Er hatte sich losgesagt, hatte akzeptiert, dass er nicht mehr Teil eines Ganzen war. Und doch trieben ihn die Fragen immer weiter an, bis er eines Tages keinen Fuß mehr nach vorn setzen konnte: Er hatte das Meer erreicht.

Verwundert stand Aelaris da und blickte auf das ebenmäßige Wogen der Wellen, die das steinerne Grau des Himmels spiegelten. Schon vor Tagen hatte er den salzigen Geruch wahrgenommen, von dem der Wind durchzogen war, aber er hatte nicht begriffen, was das bedeutete. Er kannte die Küste und das Meer nur aus Liedern und von einigen Miniaturen, die den Stammesältesten gehörten. Stets hatte er damit eine Sehnsucht verbunden, die er nie zu fassen bekommen hatte. Aber er hatte nie zu jenen Elben gehört, die einer solchen Empfindung nachgegangen wären. Nun zwang ihn der Anblick des unendlichen Himmels, der in der Ferne mit dem Meer verschmolz, fast in die Knie, und er fasste sich an die Brust, ohne etwas gegen den Druck in seinem Innern ausrichten zu können.

Als er sich leidlich wieder in der Gewalt hatte, wanderte er den breiten Sandstrand entlang, während sein Blick immer noch voller Unglauben auf das Wellenspiel gerichtet war. Um welchen Preis hatten die Elben sich dem Maliande verschrieben, dass sie an das Westgebirge gekettet waren? Gleichgültig von welcher Schönheit die Höhen und Tiefen des Gebirges auch sein mochten, es gab mehr als das. Oder war auch dieser Gedanke nur ein Zeugnis des Wandels, von dem er erfasst worden war? Während der Wind ihm Strähnen seines Haares, das wie feine Fäden aus Bronze glänzte, in die Augen trieb, erkannte Aelaris, dass er vielleicht seinen Stamm verlassen hatte, aber noch lange nicht frei war.

Die Küste beschrieb einen weichen Bogen, und obwohl er es nicht wahrhaben wollte, drangen Menschenstimmen und das mit ihnen stets einhergehende Lärmen an sein Ohr. Trotzdem blieb er nicht stehen, auch nicht, als sich eine in den Sandstein gehauene Stadt abzeichnete. Emsig wie ein Ameisenhaufen. Wie magisch wurde der Elbe von den Schiffen angezogen, die auf den Wellen tanzten, so dass er keine Beachtung für die ersten Menschen hatte, die seinen Weg kreuzten.

Ihre weit aufgerissenen Augen, die von Ekstase und Schrecken kündeten, berührten ihn genauso wenig wie die Tatsache, dass es immer mehr von ihnen gab, je weiter er auf die Stadt zuschritt. Doch die Menschen wagten es auch nicht, sich ihm zu nähern, und nur einige kleine Kinder liefen ihm ein paar Schritte hinterher, wobei sie so erstaunt waren, dass ihnen kein Geräusch über die Lippen kam. Diese schlanke Gestalt, deren wie eine Flamme leuchtendes Haupt alle anderen überragte, versprühte einen Zauber, vor dem nur die Jüngsten sich nicht fürchteten. Die anderen sahen einem Mythos hinterher, von dem es hieß, er könne einem die eigenen Gedanken rauben, bis man vergessen hatte, dass sich unter Wasser nicht atmen lässt. Dennoch flüchteten sie nicht in ihre Häuser, denn obwohl sie vor Ehrfurcht kaum gewagt hätten, sich ihm in den Weg zu stellen, so war es, als würde allein sein Anblick ihnen etwas schenken. Davon war in den Geschichten über Elben nie die Rede gewesen, die man sich in der südlichen Hafenstadt Sahila erzählte.

Kapitel 28

Ganz wunderbar, dachte Nahim und verzog das Gesicht zu einer Grimasse. Er war so unvermittelt stehen geblieben, dass Lalevil, die in Gedanken versunken hinter ihm hergegangen war, fast in ihn hineingelaufen wäre. Nun standen sie mitten in einem Gang, obwohl die Prälatin sie bereits erwartete. Badramur hasste Verspätungen fast noch mehr als Widerworte, und Lalevil verspürte an diesem Abend nicht ansatzweise das Verlangen, wie eine Bittstellerin vor der Prälatin von einem Fuß auf den anderen zu treten, weil ihr zur Strafe kein Platz angeboten wurde.

»Was denn?«, fragte sie deshalb mit gereizter Stimme, als Nahim keine Anstalten machte, den Weg fortzusetzen.

Nahim lehnte sich mit dem Rücken gegen den Rahmen des Portals, hinter dem sich eine Art steinerner Garten befand – eines der vielen Kleinode, die zum Verweilen einluden und doch von den Menschen der Burgfeste so gut wie nie genutzt wurden. Zartgliedrige Birkenzweige verflochten sich mit Pappel und Esche zu einem Blätterdach aus rötlich-golden gesprenkeltem Granit.

Ungeduldig spähte Lalevil an ihm vorbei in den Garten, um einen älteren Mann von untersetzter Statur im Zwielicht zwischen den steinernen Bäumen auszumachen, der auf einer Bank saß und um seine Fassung rang. In einem fort knetete er seine großen Hände, und sein Kiefer bebte sichtlich. Doch die Kleidung stach noch mehr ins Auge: Die Ärmel seines Hemdes waren mit Lederstreifen umwickelt, und die Hosen schmiegten sich eng an seine Schenkel. Der Mann stammte aus dem fernen Montera, und etwas an seiner Haltung verriet, dass er kein geübter Botschafter war: Er war aufgeregt, und das schien ihm nicht zu schmecken. Vermutlich war er es eher gewohnt, dass seine Untergebenen ins Schwitzen gerieten, weil sie bei ihm vorsprechen mussten.

»Kennst du ihn?«, fragte Lalevil. Ein Blick auf die Leidensmiene ihres Freundes gab ihr eine raschere Antwort als Nahims immer noch vor Überraschung erstarrte Züge.

Nahim schlang die Arme um sich und nickte einige Male, bevor er sich endlich räusperte und zum Sprechen ansetzte. »Das ist Golfim, einer der Großpächter in Montera und ein Vertrauter Faliminirs. So ein verfluchter Mist aber auch!« Er trat mit der Ferse gegen das Portal. »Ich habe nicht die geringste Lust, mich mit den Bütteln meines Vaters herumärgern zu müssen.« Dabei hatte er so viel Kraft darauf verwendet, jedem Gespräch über Montera auszuweichen. Sogar Lalevil hatte er ein Redeverbot erteilt, gegen das die junge Frau sich ungewöhnlicherweise nicht aufgelehnt hatte.

Lalevil ließ ein böswilliges Lächeln aufblitzen. Obwohl schon einige Tage vergangen waren, nahm sie es ihm immer noch übel, mit welcher Selbstherrlichkeit er mit ihr in der Höhle bei den Wasserbecken umgesprungen war. Auch wenn sie es sich nicht eingestehen mochte, so hatte er ihrer Eitelkeit doch einen empfindlichen Schlag versetzt, als er sie nackt und allein im Wasser zurückgelassen hatte. Dass er im Nachhinein nicht einmal verwirrt reagiert hatte, sondern die Geschehnisse mit leichter Hand beiseiteschob, um sich wieder anderen Angelegenheiten zu widmen, hatte sie obendrein verletzt. Während sie sich immerzu mit der Frage quälte, wie es um sie beide bestellt war, schien für ihn alles geklärt zu sein.

»Hast du etwa Angst, dass dieser Golfim hergekommen ist, um dich in den Schoß deiner Familie zurückzuzuwingen?«, fragte sie deshalb scheinheilig. Als Nahim sich einfach zum Gehen abwenden wollte, hielt sie ihn am Arm fest. »Du kannst dich heute ruhig einmal allein mit Badramur herumplagen«, sagte er ausweichend. »Ich bin dir doch sowieso keine große Hilfe.«

Obwohl Lalevil wusste, dass es gemein war, sagte sie: »Hör auf herumzujammern. Was bist du: Mann oder Maus? Du kannst froh sein, dass du durch Zufall einen Blick auf diesen Kerl werfen konntest. Wahrscheinlich wollte Badramur ihn dir zum Nachtisch servieren und hätte sich dann köstlich darüber amüsiert, wenn dir bei seinem Anblick die Kinnlade heruntergeklappt wäre. Nun weißt du wenigstens, was dich heute Abend erwartet.«

»Ach ja?« Nahims Ton verriet, wie sehr er sich über ihre unkameradschaftliche Art ärgerte. »Was erwartet mich denn? Ein Bericht darüber, dass nun auch der letzte Olivenhain in Montera zum Wohle Achatens der Axt zum Opfer gefallen ist? Dass alles viel besser abläuft, seitdem mein Vater Lime gegen einen Ork ausgetauscht hat? Du hast nicht die geringste Ahnung, was mich heute Abend erwartet, Lalevil. Und du kannst es auch nicht ermessen, weil du dich einen Dreck um Familienangelegenheiten scherst. Der Einzige, der dich zu berühren vermag, ist doch dieser verdammte Drache. Über alles andere lachst du nur.«

Die Worte trafen Lalevil unerwartet hart. Obgleich ihr jede Form von Melodramatik verhasst war, griff sie sich an die Brust, als hätte er ihr einen Schlag erteilt. Zu ihrem Entsetzen gelang es ihr nicht, die Geste in etwas Spielerisches zu verwandeln, so dass sie ihn über ihre Empfindsamkeit hätte hinwegtäuschen können. »Du glaubst, Montera ist mir gleichgültig?«

»Nein, natürlich nicht. Schließlich ist es dem Orden nicht gleichgültig«, trat Nahim ungewöhnlich hart nach. Im nächsten Augenblick überkam ihn ein schlechtes Gewissen. »Es tut mir leid, Lalevil. Ich habe kein Recht dazu, dir Gefühlskälte zu unterstellen. Aber ich würde lieber mit meinem Hintern auf einem brennenden Stein sitzen, als mir anzuhören, welche hervorragenden Frondienste Montera für das mächtige Achaten geleistet hat. Ich will nicht wissen, was aus dem Land meiner Familie geworden ist und wie es Faliminir und den anderen ergangen ist. Ich will zurück ins Tal.«

»Blödsinn«, entgegnete sie mit harter Stimme. »Du wirst dich dieser Sache jetzt stellen, oder bist du vielleicht ein Feigling?«

»Was Besseres fällt dir nicht ein, um mich umzustimmen? Bin ich in deinen Augen wirklich nur ein dummer Junge, den man bloß bei seiner Ehre zu packen braucht?« Nahim ließ ein bitteres Lachen hören. Doch nach einem Blick auf Lalevils ungewöhnlich ernstes Gesicht besann er sich eines Besseren: Sie hatte recht. Seine Fantasien über ein zerstörtes Montera mochten schlimmer sein als sich der Realität zu stellen. Versöhnlich streckte er die Hand nach ihr aus, und Lalevil ließ es zu, dass er ihre Schulter berührte.

»Du solltest netter zu mir sein, Bauerntrampel«, sagte sie und hoffte inständig, dass er den flehenden Unterton in ihrer Stimme überhörte.

»Ja, aber nicht zu nett, das bekommt dir nämlich nicht.«

Während sie nebeneinander durch den Gang schritten, holte Lalevil mehrmals aus, um Nahim ihren Ellbogen in die Seite zu bohren. Schmunzelnd wehrte er ihre Angriffe ab, und sie musste sich eingestehen, dass es gar nicht so schlecht war, ihn zum Freund zu haben.

Als sie schließlich mit einiger Verspätung vor die Prälatin treten durften, bedachte Badramur sie lediglich mit einem strengen Blick und wies ihnen nach einigen Begrüßungsfloskeln mit der Hand die für sie vorgesehenen Plätze in ihrer unmittelbaren Nähe zu. Lalevil verbeugte sich knapp, machte ein verwirrtes Gesicht und schob dann Nahim in die andere Richtung, wo sie sich beide hinter einer Gruppe hochgewachsener Elben vom Stamm der Weißen Celistiden niederließen.

Bei diesem Fauxpas entfuhr dem Zeremonienmeister ein aufgebrachtes Schnauben, aber bevor er zu ihnen laufen konnte, um sie mit leisen Befehlen zu den vorgesehenen Plätzen zu treiben, winkte die Prälatin grimmig ab und besprach sich kurz mit ihrem Berater Schalkan, der in ihrem Schatten saß.

»Was habe ich dir gesagt?«, flüsterte Lalevil Nahim zu, der unruhig auf seinem Stuhl umherrutschte. »Dieses alte Biest hatte vor, dich diesem Mann aus Montera ohne eine Vorwarnung auf dem Tablett zu präsentieren. Je gelassener du bleibst, desto mehr wird Badramur sich ärgern.«

Nahim nickte unmerklich. »Dir ist doch wohl klar, dass wir uns nach diesem Abend nie wieder im Audienzsaal werden hinsetzen dürfen? Wir werden uns irgendwo dahinten in den ungeheizten Ecken die Beine in den Bauch stehen.« Trotz seiner Worte klang er gelöst, als würde er sich geradezu auf die ausstehende Auseinandersetzung freuen. Sogar der Prälatin gönnte er eines seiner seltenen Lächeln, als sie ihn mit schlecht verhohlener Neugierde musterte.

Abwägend kniff Badramur die Augen zusammen, während der Ausrufer Golfim aus Montera ankündigte, der beleibte Mann sich seinen Weg durch die Halle bahnte und räuspernd vor der Prälatin stehen blieb. Angesichts dieser offenkundigen Prüfung erfror Nahims Lächeln zusehends, aber er weigerte sich beharrlich, die Mundwinkel sinken zu lassen. Dann entschied er sich doch für einen Rückzug und verbarg sich im Schatten eines hochgewachsenen Elben. Mit einem säuerlichen Brummen wandte Badramur sich dem wartenden Golfim zu, der sichtlich darauf brannte, die formelle Begrüßung hinter sich zu bringen.

»Mein guter Golfim, ich danke Euch, dass Ihr meiner Bitte um einen Besuch auf der Burgfeste nach einigen Verzögerungen nachgekommen seid. Ich hoffe sehr, dass die Reise nicht allzu unangenehm verlaufen ist«, sagte die Prälatin mit einer Spur von Gleichgültigkeit.

Golfim verbeugte sich angemessen tief, wobei ihm sein wuchtiger Leib im Weg war. Auch ein leichtes Zittern seiner Mundwinkel war nicht zu übersehen. Es missfiel ihm offenkundig, einer Frau gegenüberzustehen, deren Macht die seine bei Weitem übertraf. Trotzdem strahlte der Mann eine Selbstsicherheit aus, die in der jahrelangen Vormachtstellung auf dem von ihm betreuten Land und Gut gründete.

»Nun, wie zu erwarten hatte sich auf der Reise die eine oder andere Widrigkeit aufgetan. In Montera regnet es dieser Tage ununterbrochen, so dass der Boden einem einzigen Sumpfgebiet gleicht. Aber ich will mich nicht beklagen, denn die Weizen- und Baumwollfelder werden das Nass während der Sommerzeit dringend benötigen.«

»Freut mich zu hören, dass zumindest die Witterung sich Eurem Willen fügt.« Badramurs Stimme hatte einen schneidenden Klang angenommen, bei dem sich die Härchen auf Nahims Unterarmen aufrichteten.

Warum auch immer die Prälatin einen Vertreter Monteras zu sich bestellt hatte, es war gewiss nicht geschehen, um ihm ihren Dank und ihr Wohlwollen auszudrücken. Auch Golfim schien ein ähnlicher Gedanke durch den Kopf zu gehen, denn er straffte die Schultern, als wolle er sich gegen einen Angriff wappnen. Badramur lehnte sich gegen die hohe Lehne ihres Stuhls und ließ die Anspielung wirken. In Golfims Gesicht arbeitete es deutlich, als wollten seine Lippen schon einmal die Erklärung ausprobieren, zu der er gleich ansetzen würde – allein schon, um das peinliche Schweigen im Audienzsaal zu brechen.

»Das gelingt nur Badramur, stolze Männer so zu behandeln, dass sie sich wie Schlachtvieh vorkommen, das seinen Schädel freiwillig auf den Hackklotz legen soll«, flüsterte Lalevil, wobei sie eine Hand auf Nahims Oberschenkel legte.

Obwohl Nahim den Blick nicht von Golfims verzweifelter Miene losreißen konnte, war er sich sicher, dass Lalevils Gesicht vor Begeisterung glühte. Auch wenn die Drachenreiterin keine Gelegenheit verstreichen ließ, um an dem Wesen der Prälatin herumzukritteln, so war sie doch zutiefst beeindruckt von dieser willensstarken Frau.

»Jede Veränderung braucht ihre Zeit, bis sie festen Grund unter den Füßen gefunden hat«, versuchte Golfim sich an einer vagen Rechtfertigung. »Es will mir nichts Ungewöhnliches daran erscheinen, dass man sich in Montera bislang noch nicht vollends Faliminirs Vorstellungen gebeugt hat.«

Badramur brachte ihn mit einer harschen Geste zum Schweigen. »Wir werden uns später noch in Ruhe über diesen unerfreulichen Aspekt unterhalten. Aber nun berichtet Ihr mir erst einmal darüber, wie sich der Ausbau der neuen Handelsroute von Montera nach Achaten ausnimmt. Geht es voran, seitdem die letzte Beschickung von Sklaven den Süden erreicht hat?«

Bei diesen Worten wäre Nahim fast von seinem Platz aufgesprungen, um das Gespräch an sich zu reißen. Doch er hatte in den letzten Tagen zu viel Zeit in Badramurs Nähe verbracht, um sich derartig gehen zu lassen. Aufgebracht krallte er stattdessen seine Fingernägel in die Stuhlkante, während er mit klopfendem Herzen versuchte, die versteckte Anspielung in Golfims Worten zu entschlüsseln. Offensichtlich war Faliminirs ausgeklügelter Plan, die Olivenhaine Monteras in Achatens Vorratskammer zu verwandeln, nicht gänzlich aufgegangen – das musste es sein. »Warum hast du mir nichts davon erzählt?«, fragte Nahim zwischen zusammengebissenen Zähnen Lalevil.

Als hätte er ihr einen Schlag auf die Hand gegeben, die immer noch auf seinem Oberschenkel ruhte, zog Lalevil sie abrupt zurück. »Du hast mir Redeverbot erteilt, schon vergessen? Außerdem hat sich Badramur darum bemüht, diese Geschichte unter Verschluss zu halten. Die Kunde, dass Montera die Versorgung Achatens angesichts der Blockade von Previs Wall nicht gewährleisten kann, wäre der guten Stimmung nicht unbedingt förderlich. Deshalb weiß ich auch so gut wie nichts darüber.«

Doch ihr Einwand klang wenig überzeugend. Sie wich Nahims aufgebrachtem Blick aus und konzentrierte sich darauf, einen aufgerauchten Zigarillo an ihrer Stiefelsohle nach allen Regeln der Kunst auszudrücken und anschließend mit dem Stumpen einzelne Dreckkörnchen wegzuwischen. Schließlich lenkte sie jedoch ein, als befürchte sie, ansonsten von Nahims drängender Ungeduld versengt zu werden. »Hör auf, mich anzustarren, als wäre ich eine elende Blenderin. Du warst in der letzten Zeit so verzweifelt, dass ich es einfach nicht über mich gebracht habe, dir von dem Widerstand gegen Faliminirs Pläne zu berichten. Dein Leben ist im Augenblick auch schon so kompliziert genug, ohne dass du mit dem Gedanken spielst, in dein Heimatland zurückzukehren und einen Haufen rebellischer Bauern anzustacheln.«

Nahim schüttelte fassungslos den Kopf. »Du bist so etwas von eigensüchtig, Lalevil. Du hast mir das verschwiegen, damit ich dich hier nicht allein sitzen lasse.«

»Unsinn!« Lalevils Stimme dröhnte laut durch den Saal.

Einen Augenblick lang setzte Golfim seinen Bericht noch fort, dann hielt er inne und starrte zu den Störenfrieden hinüber, die versuchten, sich hinter den verlegen dreinblickenden

Weißen Celistiden zu verstecken. Ein harter Zug legte sich auf sein Gesicht, als er Nahim erkannte. Doch bevor er den Sohn seines Herrn ansprechen konnte, deutete Badramur mit einer nachlässigen Handbewegung in Nahims Richtung.

»Ich vermute einmal, dass ich in einer Nachricht gegenüber Eurem Lehnsherrn Faliminir erwähnte, dass sein jüngster Sohn, das ehemalige Ordensmitglied Nahim, uns nun schon seit einiger Zeit mit seiner Anwesenheit beehrt?«

Golfim nickte zustimmend – allein diese Geste schien ihm schon ein hohes Maß an Selbstbeherrschung abzuverlangen, denn Kiefer und Halsmuskulatur waren zum Zerreißen angespannt. »Ihr wart so freundlich, in Eurer letzten Botschaft darauf hinzuweisen. Faliminir sendet Euch seinen besten Dank für diese Aufmerksamkeit.«

»Freut mich zu hören, dass Faliminir zur Dankbarkeit fähig ist. Daran hatte ich, ehrlich gesagt, schon leise Zweifel gehegt. Aber vor allem freue ich mich, weil es Eure Abreise sichtlich beschleunigt hat. Denn zwischenzeitlich hatte sich mir tatsächlich der Eindruck aufgezwängt, dass ich Eurer – trotz meiner eindringlichen Einladungen – nicht vor dem Frühling ansichtig werden würde.« Obwohl Badramur einen trockenen Ton angeschlagen hatte, schlich sich eine Mischung aus Genugtuung und Gereiztheit dazwischen.

Golfim wich unwillkürlich ein Stück zurück, was von dem anwesenden Hofstaat mit einem Raunen quittiert wurde. »Faliminir hofft darauf, dass Ihr Euren Einfluss auf den Jungen ausübt, damit er mich auf der Rückreise nach Montera begleiten wird. Um es direkt zu sagen: Nahim wird von seiner Familie bereits sehnsüchtig erwartet.«

»Darauf hofft Faliminir also. Nun, wir haben alle so unsere Hoffnungen. Im Augenblick halte ich es allerdings für das Beste, wenn wir uns nun alle der Speisetafel widmen.« Mit langsamen Bewegungen erhob sich die betagte Prälatin, während die anwesenden Gäste betreten zu Boden schauten. »Im Anschluss werden wir beide dann sehen, was wir füreinander tun können. Und bis dahin haltet Ihr Euch von unserem lieben Freund Nahim fern, Golfim.«

Nahim schickte sich an aufzustehen. Er konnte gar nicht sagen, was ihn mehr in Rage brachte: Dass Badramur ihn als Lockmittel missbraucht hatte oder dass in seiner Anwesenheit über ihn gesprochen wurde, als sei er lediglich ein zu verschachernder Gegenstand. Doch ehe er seinem Verdruss Ausdruck verleihen konnte, legte ihm Lalevil ihren Arm um die Schultern und riss ihn mit einem Ruck an sich. Gerade als er sich entrüstet gegen sie stemmen wollte, biss sie ihn kräftig ins Ohr. Nahim keuchte verblüfft auf, und für einige Atemzüge war der faule Pakt zwischen Badramur und Golfim vergessen.

»Spielst du jetzt vollkommen verrückt?« Ungläubig starrte Nahim die zufrieden lächelnde Lalevil an, die sich wieder in ihrem Stuhl zurücklehnte. Seine Ohrmuschel brannte, und als er sie mit den Fingern betastete, blieb Blut an ihnen haften.

»Ein schlichtes Dankeschön würde mir schon reichen.« Lalevil fischte einen Zigarillo aus ihrem Mantelärmel und steckte ihn zwischen die Zähne, während Nahim Golfim hinterherblickte. »Das Einzige, was du vor lauter Wut im Augenblick zustande gebracht hättest, wäre, dich gnadenlos zu blamieren. Dummes Benehmen kann Badramur nicht ausstehen, wahrscheinlich hätte sie dich wider besseres Wissen Golfim als Paket verschnürt überreicht, nur damit du dich in ihrer Gegenwart nie wieder gehenlassen kannst. Und genau aus diesem Grund werden wir beiden Hübschen jetzt ebenfalls an der Festtafel teilnehmen und unser bestes Benehmen an den Tag legen. Später werden wir uns umhören, was in Montera los ist und was Badramur von Golfim will. Dann ist immer noch genug Zeit für dich, um allen zu beweisen, dass du kein williger Spielball der Mächtigen bist.«

Im letzten Augenblick widerstand Nahim dem Verlangen, erneut das malträtierte Ohr zu betasten. Stattdessen strich er sich mit einer fahrigen Geste über seine vor Anspannung bebenden Lippen. »Gut«, sagte er. »So machen wir es. Aber wenn du mich das nächste Mal vor einer Dummheit bewahren willst, dann reicht es aus, mir kurz in den Arm zu kneifen oder auf den Fuß zu treten. Ansonsten läufst du noch Gefahr, dass der Hofmeister dich wegen ungebührlichen Verhaltens im Audienzsaal abmahnt. Er hat dich sowieso schon auf dem Kieker.«

Lalevil zuckte gleichgültig mit den Schultern, während ihre Finger mit Zigarillo und Zündsteinen spielten. Dabei fuhr ihre Zunge suchend über die Lippen, und als sie einen Hauch von Blut auf ihnen fand, schloss sie kurz die Augen. So schmeckte Nahim also.

Kapitel 29

Was auch immer Golfim im Auftrag Faliminirs zu erreichen erhofft hatte, er wurde empfindlich enttäuscht. Die Prälatin zeigte sich dazu entschlossen, ihn an der langen Leine zappeln zu lassen, solange er sich nicht bereit erklärte, die gewünschten Zugeständnisse zu akzeptieren – eine Lösung, zu der er offensichtlich nicht bereit war, wie die verhärteten Fronten bewiesen.

Seit seiner Ankunft saß Golfim jeden Abend auf einem Katzenplatz neben einem rußenden Ofen inmitten einer Schar gemeiner Höflinge und wurde zu keinem der Gespräche in unmittelbarer Nähe der Prälatin eingeladen. Jeder, der eine Zeit im Audienzsaal der Burgfeste verbracht hatte, konnte daraus mühelos ablesen, dass der Vertreter Monteras einen niederen Platz im Gefüge des Hofes einnahm und darüber hinaus bei der Prälatin in Ungnade gefallen war. Gelegentlich zitierte Badramur ihn, wenn man der Gerüchteküche Glauben schenken durfte, zu einem Gespräch unter vier Augen, doch diese geheimen Unterredungen führten nicht dazu, dass Golfim in der Rangordnung nach oben kletterte. Stattdessen wurde die Miene des stämmigen Mannes von Tag zu Tag finsterer, und das Knirschen seiner Zähne war mittlerweile im ganzen Saal zu hören.

Währendessen war Nahim hin- und hergerissen zwischen dem Wunsch, Neuigkeiten aus Montera zu erfahren, und dem Bedürfnis, Golfim aus dem Weg zu gehen. Nur im Audienzsaal, in dem er und Lalevil ebenfalls von einer abseitsliegenden

Ecke aus der Dinge harrten, beobachtete er den Mann, der ihn vom Erscheinungsbild her so sehr an seinen Vater erinnerte: das zurückgestrichene Lockenhaar, die sonnengegerbte Haut und die Aura eines Herrschers. Allerdings hatte Golfims Selbstsicherheit einen empfindlichen Dämpfer hinnehmen müssen, weshalb sein zorniger Blick die meiste Zeit über auf der Prälatin ruhte und sich nur gelegentlich zu Nahim verirrte. Doch wenn sich ihre Augen über die vielen Köpfe hinweg trafen, glaubte Nahim darin etwas wie ungeduldige Empörung zu lesen, wie man sie gegenüber einem bockigen Kind empfindet.

Nahim selbst konnte nur ahnen, was sich in diesen Momenten auf seinem eigenen Gesicht abspielte. Er sehnte sich danach, erhaben und überlegen zu wirken. Aber er vermutete, dass seine Züge außer Trotz nicht viel zu bieten hatten.

Golfims Anwesenheit erinnerte ihn schmerzlich daran, dass er bislang die Erwartung seines Vaters erfüllt hatte: Ohne seine Familie war er ein Nichts. Schließlich war es ihm nicht gelungen, einen eigenen Platz außerhalb Monteras zu finden. Weder hatte er im Orden Wurzeln geschlagen, noch war es ihm geglückt, die Liebesbeziehung zu Lehen am Leben zu erhalten. Auf der Burgfeste war er nur das geduldete Anhängsel eines Ordensmitglieds, das man auf unerklärliche Weise im Kerker aufgegriffen hatte. Außerdem machte er sich seit seiner Ankunft in Achaten zunehmend unbeliebt, da er als schlechter Einfluss auf Lalevil galt. Es grenzte an ein Wunder, dass die Prälatin sie beide im Audienzsaal überhaupt noch vorließ.

Für solche düsteren Gedanken hatte Lalevil lediglich ein verächtliches Augenrollen übrig. Vielmehr wunderte sie sich darüber, dass Nahim so wenig Ehrgeiz an den Tag legte, um an Golfims Zimmertür zu pochen und ohne Umschweife einen Lagebericht aus Montera einzufordern.

Tatsächlich hatte Nahim sogar versucht, in jenen Trakt der

Burgfeste vorzudringen, in dem der Mann untergebracht worden war. Zwar nicht, um eine Lagebeschreibung von Golfim zu erzwingen, sondern weil er hoffte, in der Kammer des Monteraners auf einen Flakon mit Maliande zu stoßen, der ihn einen Blick auf Faliminirs Gedanken und damit auf Montera werfen ließ. Ohne Zweifel kannte Faliminir die neueste Errungenschaft der Burgfeste bereits, und Nahim war sich sicher, dass er seinen Gefolgsmann vor der Reise entsprechend ausgestattet hatte. Doch der Trakt war mit einer magischen Pforte verriegelt, die ihn nicht passieren ließ, ganz gleich, was er auch anstellte. Nach einigen trotzigen Versuchen, das Spannungsfeld einfach zu durchschreiten, hatte er schließlich aufgegeben. Sein Körper hatte sich angefühlt, als ob er auseinandergenommen und wieder falsch zusammengesetzt worden wäre, sogar seine Zunge hatte sich über Stunden hinweg irgendwie verdreht angefühlt. Verdammte Drachenmagie, hatte Nahim geflucht und beschlossen, diese Geschichte lieber für sich zu behalten.

In einem Moment, als die Ungewissheit darüber, was in seinem Heimatland vor sich ging, ihn zu sehr quälte, fragte er Lalevil, wie er wohl an eine Phiole mit Maliande gelangen könnte.

»Du willst etwas Maliande haben? Was für eine glorreiche Idee«, entgegnete sie aufgebracht und stemmte dabei beide Fäuste auf die Hüfte, als befürchte sie, ansonsten etwas anderes mit ihren Händen anzustellen, das ihr später leidtun könnte. »Du entschwindest in einem Nebel aus golden schimmerndem Maliande, um ein paar widerspenstige Bauern gegen deinen eigenen Vater anzuführen, und ich erkläre der Prälatin in der Zwischenzeit, wie es dir gelungen ist, ihr Reich vollkommen spurlos zu verlassen. Ich befürchte allerdings, dass Badramur sich dieses Mal nicht mit einer hanebüchenen Ausrede abspeisen lässt. Aber mach dir bitte bloß keine Gedanken um mein Wohlergehen! Ich lasse doch gern die Folter über mich ergehen, wenn du nur deinem Herzen folgen kannst.«

Um Nahims Augen herum begann es heftig zu zucken, und es fiel ihm schwer, die angestaute Frustration nicht einfach herauszubrüllen. Obwohl Achaten der letzte Ort war, an dem er sich im Augenblick aufhalten wollte, schien es unleugbar keine Wahlmöglichkeit zu geben. Schleichend hatte sich die Burgfeste in ein Gefängnis verwandelt. Er konnte sich des Eindrucks nicht erwehren, dass sich eine Schlinge um seinen Hals gelegt hatte, und ganz gleich, ob er sich bewegte oder ob er stillhielt, sie zog sich stets ein Stück enger. Qualvoll schnappte er nach Luft.

»Was mache ich hier eigentlich, Lalevil?«

Zu seiner Verwunderung blickte Lalevil verstört drein. Im nächsten Moment wandte sie ihr Gesicht ab, so dass es im Schatten ihres Haars verschwand. Die Arme, die sie eben noch so energisch angewinkelt hatte, sanken nun erschöpft nieder. Dass sie ihn nicht sofort erneut verspottete, irritierte ihn jedoch noch mehr.

»Wenn ich eine empfindsame Seele wäre, könnte ich glatt glauben, du wärst sogar lieber in den brennenden Tiefen des Westgebirges als an meiner Seite.« Ihren Worten folgte ein heiseres Lachen, als wolle sie beweisen, dass es sich um einen Scherz handelte. Doch die Verletztheit, die wie ein tiefer Glockenton mitschwang, verriet sie.

Beklommen hob Nahim eine Hand an, um den anschwellenden Druck in seiner Brust auszugleichen. Die Bewegung zog Lalevils Blick auf sich, und er konnte für einen Herzschlag lang ihre Hoffnung erkennen, dass er ihr die Hand entgegenstrecken würde. Stattdessen wich er, einem Instinkt gehorchend, einen Schritt zurück.

»Was?«, fauchte Lalevil. »Glaubst du, ich will von dir tröstend in die Arme geschlossen werden? Ich habe deine ewige Grübelei so satt! Alles dreht sich nur um den leidenden Nahim und seine ewige Zerrissenheit. Es wundert mich keinen Deut, dass Lehen das Weite gesucht hat. Selbst die Tochter eines Bauern darf wohl mehr vom Leben erwarten als einen Jammerlappen wie dich!«

»Du glaubst, Lehen hat mich verlassen, weil ich als Mann nicht bestimmend genug bin?« Ohne sich dessen bewusst zu sein, hatte er Lalevil mit festem Griff an den Oberarmen gepackt. Als sie zurückweichen wollte, verstärkte er den Griff, bis seine Fingerkuppen unter dem Druck schmerzten. Gewiss würden sich am nächsten Tag seine Spuren auf Lalevils Haut abzeichnen. Doch anstatt aufzuschreien, sah sie ihm aufmerksam ins Gesicht.

»Sie hat dich also verlassen?«

Schlagartig hielt Nahim einen Moment lang inne. Er verspürte den Drang, die Frau vor sich durchzuschütteln oder sie gegen die Felsenwand zu schleudern. Die Erkenntnis, dass er Lalevil für ihre Frage tatsächlich bestrafen wollte, brachte ihn wieder zur Vernunft.

»Ja, Lehen hat mich verlassen«, gestand er schließlich. Sein Mund war wie ausgetrocknet. Geübt spürte er dem Schmerz nach, der ihn schon das ganze Jahr über gequält hatte, doch nun fühlte er nur noch Leere. Lehen hatte ihn verlassen, sie war ohne ein Wort gegangen. Ihre Liebe zu ihm war versiegt, ohne dass er auch nur eine Ahnung hatte, warum. Er war zurückgeblieben, den Kopf voller Fragen und mit einer Verzweiflung im Herzen, die ihn zu ersticken drohte.

Während er zum ersten Mal akzeptierte, dass ein gemeinsames Leben mit Lehen der Vergangenheit angehörte, war Lalevil ein kleines Stück auf ihn zugetreten, so dass aus seinem barschen Griff eine Umarmung geworden war. »Ist es dann nicht an der Zeit, einen Schritt weiterzugehen?« Ihre

Stimme klang tief und erregt, ihr sich an ihn drängender Körper war betörend warm.

Langsam löste Nahim seine Finger von Lalevils Armen. Eine Hand legte er um ihren Nacken, wobei die Berührung ihres Haares ein Prickeln auf seiner Haut hinterließ. Die andere Hand glitt bedächtig über ihren Rücken. Er blickte geradewegs in ihr Gesicht: Ihre Wangen hatten sich rot verfärbt, und ihre Lippen kamen ihm erwartungsvoll entgegen. Doch auf Nahims Gesicht spiegelte sich nicht eine Regung, es war zu einer ausdruckslosen Maske erstarrt. Nur der harte Zug um seine Augen verriet etwas über seine Innenwelt.

»Ich bin durchaus in der Lage, eine Entscheidung zu treffen. Ich werde einen Schritt weitergehen, und zwar nach Montera.« Mit diesen Worten löste er sich aus der Umarmung und ließ im Zwielicht des Gangs eine Lalevil zurück, die gegen die schroffe Felsenwand taumelte, als habe man ihr den Boden unter den Füßen fortgezogen.

Kapitel 30

Obwohl der Tagesritt durch die eintönige Steppe von Siskenland anstrengend gewesen und der Abend bereits weit vorangeschritten war, konnte Lehen sich nicht vom heruntergebrannten Lagerfeuer losreißen.

Damir schien es ähnlich zu gehen, denn obwohl Belars schon mehrere Male mit ungeduldigem Gesichtsausdruck zum Zelt hinausgeblickt hatte, verharrte er auf dem kargen Boden und hing schweigend seinen Gedanken nach. Sobald die Karawane in der einbrechenden Dämmerung zum Halten gekommen war, hatten sich die beiden abseits des Lagers einen verbissenen Streit geliefert. Offensichtlich hatte Damir in der Auseinandersetzung den Kürzeren gezogen, ansonsten hätte er wohl kaum gezögert, Belars' Zelt aufzusuchen. Als der Rabenmann sich genähert hatte, war Damir ihm fast an die Kehle gesprungen, um ihn fortzuscheuchen, wie Lehen interessiert beobachtete hatte.

Normalerweise hätte Lehen zugesehen, dass sie in einem der größeren Gemeinschaftszelte für die Nacht unterkam. Allein schon um zu vermeiden, dass ihr Anblick Damir auf dumme Ideen brachte. Doch seit ihrer Drohung, Belars das Geheimnis der Drachen anzubieten, wenn er sie weiterhin bedrängen sollte, war es zu keinen weiteren Übergriffen gekommen, so dass sie auf ihr Glück vertraute.

Außerdem machte der Schmied im Augenblick ganz und gar nicht den Eindruck, ein kurzweiliges Vergnügen zu suchen. Denn der Anführerin der Karawane war etwas gelungen, an dem sogar die lebhafte Allehe gescheitert war: Getrieben zwischen der Verantwortung für die Karawane und den Nächten mit der Njordenerin, war Damir dermaßen erschöpft, dass er beim gemeinsamen späten Essen einzunicken drohte. Die Lust, Lehen zu belästigen, hatte Belars ihm offensichtlich ausgetrieben.

Obgleich Lehen unter der stinkenden, trüben Steppe, Gliederschmerzen und dem Mangel an frischem Wasser litt, so hatte sie zu Beginn ihrer Verschleppung doch sehr viel Schlimmeres erwartet. Ihr Kummer, weil ihre Liebe zu Nahim zerbrochen war, geriet mehr und mehr in den Hintergrund, da sie seit einiger Zeit auf dem Hirschen des Jungen mitreiten durfte. Sie vermutete, dass Belars hier ihren Einfluss hatte spielen lassen, weil sie – Großzügigkeit in Liebesdingen hin oder her – nicht gewillt war, die kleinen Übergriffe ihres Liebhabers auf seine Schwägerin zu dulden. So war sie damit beschäftigt, das Gleichgewicht auf dem schnell dahintrabenden Hirsch zu halten und den Jungen mit Liedern und Geschichten zu unterhalten, was dieser ihr gelegentlich mit einem verhaltenen Lachen vergalt. Sogar die Handfesseln blieben ihr seit einigen Tagen erspart, da wohl niemand davon ausging, dass sie inmitten dieser Ödnis einen Fluchtversuch unternehmen würde.

Obwohl sie befürchtete, dass die Reise kein gutes Ende für sie nehmen würde, blieb sie in dieser Nacht dennoch am Feuer sitzen, da ihr die Gesellschaft zusagte. Der verwahrloste Junge, von dem Lehen herausgefunden hatte, dass er Tanil hieß, hockte vor ihr im Staub. Mit jener großen Geduld, die ihm zu eigen war, kokelte er Holzspäne an und malte mit der Kohle feine Muster auf ihren Handteller.

Zu Anfang hatte sich Lehen nicht recht erklären können, wie es ihr gelungen war, die Freundschaft dieses in sich gekehrten Kindes zu erlangen. Doch von Tag zu Tag war ihr mehr begreiflich geworden, dass Tanil sich ebenfalls um sie bemühte, eben nur auf seine Art und Weise. Sobald seine Aufgaben es ihm erlaubten, suchte er ihre Nähe und machte sie auf Dinge aufmerksam, die seiner Meinung nach Beachtung verdient hatten: Schwärme von kleinen Vögeln, Steine und Erdspalten, die giftig riechende, aber vielfarbig schillernde Lache auf einer Trinkstelle. Er machte ihr Geschenke aus weißem Hirschfell, Totenholz und dem robusten Gras, das auf dem ockerfarbenen Boden von Siskenland wuchs. Diese seltsam anmutenden Gebilde überreichte er ihr selten persönlich, sondern steckte sie ihr heimlich zu.

Auch in anderer Hinsicht war Tanil ein Geschenk: In den letzten Wochen wurde Lehen immer wieder von seltsamen Albträumen geplagt, in denen sie durch die Finsternis stolperte, obwohl sie doch ganz genau wusste, dass es keine Zeit zu verlieren galt. Flammenzungen leckten auf, drohten die alles umgebende Schwärze in Brand zu setzen. Und ganz gleich, wie sehr sie sich auch beeilte, sie fand ihr Ziel nie, während sich die Welt in ein Flammenmeer verwandelt hatte. Wenn sie dann mitten in der Nacht aufwachte und feststellte, dass sich der Junge im Schlaf an sie geschmiegt hatte, zerstoben die schrecklichen Traumbilder im Nu. Sein kindlich süßer Duft reichte aus, um ihren rasenden Herzschlag zu beruhigen.

Die Bindung, die so entstanden war, erfüllte sie mit Stolz und versüßte ihr die triste Reise durch das Siskenland. Zwar weigerte Tanil sich standhaft, sich von ihr verhätscheln zu lassen, und auch ihre Versuche, ihm Worte in der Alten Sprache beizubringen, stießen auf taube Ohren, aber das tat dem Vergnügen an seiner Nähe keinen Abbruch.

Tanil knurrte verdrießlich, als der Zweig, der ihm als Malstift diente, abbrach und deshalb eine Linie misslang. Eifrig begann er, die verschmierte Stelle mit dem Ärmel seines Hemdes zu bearbeiten. Als Lehen zu kichern begann, weil die

Berührung sie kitzelte, warf er ihr einen strengen Blick zu, der ihre Belustigung noch steigerte. Trotzdem zwang sie ihre Mundwinkel nach unten.

»Was bist du nur für ein ernsthafter kleiner Künstler«, sagte Lehen bemüht respektvoll und wurde von Tanil mit einem Nicken belohnt.

Während er das Zweiglein erneut über das Feuer hielt, betrachtete sie die Zeichnung auf ihrem Handteller: Im Zentrum der vielgestaltigen Linien glaubte sie ein lidloses Auge zu erkennen. Aber es konnte auch einfach ein schwarzes Rund sein, das zufälligerweise von zwei Balken umgeben war. Was auch immer die mysteriöse Zeichnung darstellen mochte, es gelang ihr, Lehen in den Bann zu ziehen. Ohne sich dessen bewusst zu sein, führte sie die Hand so dicht vor ihr Gesicht, bis ihre Nase plötzlich dagegen stupste. Vor Überraschung stieß sie laut den Atem aus und erntete ein Kinderlachen, als Tanil von seiner Arbeit aufschaute und ihre mit Ruß beschmierte Nasenspitze sah. Rasch wischte er den Fleck mit seinem Ärmel weg und machte sich wieder an der verschmierten Zeichnung zu schaffen.

Damir, der das Schauspiel bislang schweigend betrachtet hatte, kam trotz des langen Sitzens unvermutet geschmeidig auf die Beine. Bevor Lehen die Gefahr wittern konnte, stand er schon vor ihnen und zog Tanil am Kragen hoch. »Das reicht jetzt«, sagte er bestimmt und gab dem Jungen einen Schubs in Richtung der Zelte.

Als Lehen ebenfalls aufstehen wollte, drückte Damir sie mit einem festen Griff nieder. »Wir beide haben noch etwas zu besprechen, und wenn du nur einen Augenblick lang darüber nachdenkst, wirst du zu dem Entschluss kommen, dass der Junge jetzt besser schlafen geht.«

In einem Anflug von Panik blinzelte Lehen und spürte das Verlangen, notfalls auf ihrem Hintern von Damir fortzurutschen. Hauptsache, sie brachte eine Distanz zwischen ihre beiden Körper. Aber schon im nächsten Moment hatte sie sich wieder unter Kontrolle und deutete einem erstarrt dastehenden Tanil mit einem Lächeln und Handwinken an, dass er schon einmal vorangehen sollte. »Ich werde auch gleich schlafen kommen«, setzte sie nach. Doch die Worte kamen ihr so brüchig über die Lippen, dass sie befürchtete, sie könnten den Jungen noch mehr eingeschüchtert haben.

Unschlüssig stand das Kind da, und Lehen glaubte sich schon genötigt, ihm eine Grobheit antun zu müssen, bevor Damir die Geduld verlor. Aber Tanil drehte sich langsam um und trottete zu einem der Zelte.

Damir ließ sich in die Knie sinken, so dass er nicht einmal eine Armeslänge von Lehen entfernt war. Ihre hochgezogenen Schultern verrieten den Wunsch zur Flucht, während das vorgeschobene Kinn eine Trotzigkeit ausstrahlte, die ihn unter anderen Umständen sehr gereizt hätte. Aber sein Gesichtsausdruck war ernst, die Züge waren angespannt, und nirgends war eine Spur von diesem erwartungsfreudigen Funkeln zu entdecken, das ansonsten jedes Mal aufleuchtete, wenn Damir seine Beute in die Enge zu treiben gedachte. Zwangsläufig stieg in Lehen Unruhe auf, und sie wünschte sich fast, er würde versuchen, sie anzufassen, damit bloß diese Spannung durchbrochen würde. Doch Damir hockte nur auf seinen Fersen und schaute sie nachdenklich an.

»Obwohl eine Reise durch das Siskenland alles andere als angenehm ist, vergeht die Zeit unvorstellbar schnell«, sagte er schließlich. »Ist dir der dunkle Streifen am Horizont aufgefallen, der sich allmählich im Westen aufbaut? Unser Ziel, das Westgebirge, ist nur noch einige Tagesritte entfernt. Zwischen uns beiden steht noch eine Sache aus, bevor wir dort angelangen, Lehen. Die Frage ist nur, wie wir es angehen wollen: Soll ich mir das Geheimnis, wie man sich Drachen gefügig macht, mit Gewalt holen, oder wirst du es mir freiwillig offenbaren?«

Lehen wollte Damir schon erneut ihre Drohung, Belars einzuweihen, entgegenschleudern, doch dann hielt sie inne. Warum hatte Damir so lange mit dieser Frage gewartet, und warum stellte er sie ausgerechnet jetzt? Der Schmied tat nie etwas ohne Hintergedanken, das sollte sie besser im Hinterkopf behalten.

»Ich möchte dir gern eine Gegenfrage stellen«, sagte sie deshalb. »Warum wartest du nicht ab, bis wir in Achaten angekommen sind? Wenn ich das richtig verstanden habe, werden der Rabenmann, du und ich allein in die Burgfeste gehen, weil die Njordener sich strikt weigern, auch nur einen Fuß ins Westgebirge zu setzen. Einmal in der Burgfeste angekommen, hast du doch alle Zeit der Welt, mir das Geheimnis zu entreißen. Wozu die Eile?«

Damir hob eine Hand an und rieb sich mit dem Daumen die Unterlippe.

Je länger sich das Schweigen ausdehnte, desto sicherer war sich Lehen, was ihre Vermutung betraf. »Lass mich raten: Belars ist eine ausgesprochen gute Händlerin mit einem Instinkt dafür, ob ihrem Partner über den Weg zu trauen ist – besonders, wenn gerade neue und noch lukrativere Zeiten für den Handel mit diesem Goldenen Staub anbrechen. Wenn du und der Rabenmann also allein mit den Säcken voller wertvoller Ware in Richtung Westgebirge davonreitet, dann möchte Belars mit einem Pfand im Siskenland zurückbleiben. Da bietet sich deine verrückte Schwägerin, an der du sowieso ein seltsames Interesse hegst, ja geradezu an. Das Einzige, das ich zu tun brauche, ist stillzuhalten, bis du notgedrungen aufbrechen musst – ohne das Geheimnis. Dir sind die Hände gebunden, Damir. Also droh mir nicht.«

Zu ihrer Verwunderung lachte er – seine Augen brannten

vor Verachtung und nur schwerlich beherrschtem Zorn. »Du scheinst mich genauso wenig zu kennen wie Belars, wenn du glaubst, ich würde mir so leicht etwas nehmen lassen. Meinetwegen kannst du hier bei den Njordenern im Lager bleiben und mit deinem kleinen Freund spielen, aber du wirst mir das Geheimnis preisgeben – und zwar jetzt. Ich mache dir ein Angebot, Lehen: Wenn du mir gibst, was ich will, lege ich nie wieder Hand an dich. Solltest du mir allerdings Probleme bereiten, werde ich ganz schnell die Geduld verlieren und dich zutiefst bereuen lassen, dass du versucht hast, mich hinzuhalten.«

»Das ist nicht dein Ernst«, flüsterte Lehen, allerdings bedurfte es gar nicht erst Damirs spöttischen Blickes, um ihr klarzumachen, dass genau das seine Absicht war. »Du hast dich da in etwas verrannt. Willst du mich wirklich dazu zwingen, dir eine Lügengeschichte aufzutischen, damit du von mir ablässt? Obwohl es mich freuen würde, wenn diese Leute aus der Burgfeste dich mit dem Kopf voran von der höchsten Zinne baumeln ließen, weil du ihnen faule Ware angedreht hast. Aber ich kenne das Geheimnis nicht, du hast die falsche Person in den Hinterhalt gelockt, du verfluchter Gierhals!«

Bevor sie ihre Stimme ernsthaft anheben konnte und damit vielleicht einen der Njordener auf den Plan gerufen hätte, verpasste Damir ihr einen harten Schlag ins Gesicht. Dabei traf seine Handkante ihren Mund, und der brennende Schmerz brachte sie augenblicklich zur Räson. Mit zitternden Fingern streifte sie ihre Lippe und keuchte leise auf, als Blut an ihnen haften blieb. Unterdessen nahm Damir wieder seine Ausgangsstellung ein und beobachtete sie interessiert, wie sie die rasch anschwellende Oberlippe betastete. Wie eine Katze vor der gestellten Maus, dachte Lehen voller Abscheu und zwang ihre Hände zurück in den Schoß.

»Guter Versuch, mich von der Fährte abzubringen, aber ich

weiß es besser. Wo kam Tevils denn bitte im besagten Herbst so plötzlich her? Ja, da schaust du! Lehen, ich sage es dir ganz deutlich: Du sollst mich nicht unterschätzen. Ich bin nämlich durchaus in der Lage, eins und eins zusammenzuzählen. Dein Bruder ist mit einem Drachen ins Tal zurückgekehrt, und ihr habt dieses magische Geschöpf gegen alle Regeln dazu bewegt, die Orks in die Flucht zu schlagen. Es war also nicht Nahim, der dieses Geheimnis in unser Tal gebracht hat. Aber wenn du weiterhin darauf bestehen solltest, keine Ahnung zu haben, dann ist mir das auch recht. Schließlich schuldest du mir mindestens noch eine gemeinsame Nacht.«

»Damir, du machst einen großen Fehler, ich habe nicht die geringste Ahnung …«, versuchte Lehen hartnäckig entgegenzuhalten, während sich ihr die Kehle zuschnürte, weil sich in Damirs Augen nun doch das verräterische Funkeln schlich.

Der unterbrach sie barsch: »Lass es gut sein, Lehen. Wenn du darauf bestehst, mir in dieser Hinsicht nicht von Nutzen zu sein, dann kehren wir wohl am besten wieder zu unserem alten Spielchen zurück. Ich hatte ohnehin schon den Verdacht, dich in den letzten Wochen zu sehr vernachlässigt zu haben. Aber ich habe mein Versprechen nicht vergessen, Nahims Unvermögen auszugleichen.«

Ein feines Zittern durchfuhr Lehens Hände und breitete sich rasch über den ganzen Körper aus. »Haben sich die Vergnügungen in Belars' Zelt so rasch abgenutzt?« Sie hoffte darauf, dass aufgesetzte Kühnheit Damirs Vergnügen schmälern würde. Doch das Beben in ihrer Stimme verriet sie.

»Warum fragst du? Möchtest du dich mit ihr vergleichen, Lehen?« Damir schenkte ihr ein abschätziges Lächeln. »Ich befürchte, du würdest nicht bestehen. Aber ich kann dir gern einige ihrer Tricks beibringen. Wer weiß, wofür es gut ist.«

Mit einem panischen Aufkeuchen versuchte Lehen einen Ausbruch zur Seite, doch Damir hatte sie bereits an den Schultern gepackt und riss sie an sich. Mit voller Wucht stieß ihr Gesicht gegen seine Halsbeuge, und die Berührung seiner Haut fühlte sich an wie Säure. Sie wollte ein »Nein« ausstoßen, doch da drang Damirs verhasster Geruch in ihre Nase, und im nächsten Augenblick verlor sie die Kontrolle über ihren Körper. Sie war ein einziges Bündel aus zitternden Gliedern, unfähig, auch nur einen Arm zu heben und Damir fortzuschieben.

Voller Ungeduld zerrte er ihren Kopf in den Nacken und blickte in ihre angstgeweiteten Augen. »Das geht mir schon zu lange hin und her«, sagte er leise. »Dieses Mal werde ich mir endlich nehmen, was mir zusteht.« Dann küsste er sie. Zuerst grob, so dass es einer Züchtigung gleichkam. Aber als der erwartete Widerstand nicht einsetzte, wurde der Kuss leidenschaftlicher, fast trunken vor Begierde.

Lehen ließ es geschehen, konnte sich nicht rühren. Es war, als durchleide sie einen Albtraum, in dem sie außerstande war, ihren Körper zu beherrschen, obwohl sie in großer Gefahr schwebte. Ihr Herz raste, als würde sie enorme Lasten stemmen. Dabei war sie lediglich eine leere Hülle, nicht mehr als eine willenlose Puppe in Damirs Armen. Und tatsächlich war es ja ein Albtraum, vor dem sie sich seit Jahren fürchtete und gegen den sie den Kampf genau in diesem Augenblick verloren hatte. Vielleicht ist es ja auch besser so, schoss ihr der Gedanke durch den Kopf. Wenn Damir einmal hat, was er will, verliert er gewiss rasch das Interesse. Und ich bin dann endlich diesen an mir zerrenden Druck los, der mich in eine Schleuse verwandelt, die der Flut nicht länger gewachsen ist. Einfach in sich zusammenzubrechen und alle Empfindungen fortspülen zu lassen war beinahe eine Erleichterung.

Vollkommen gebannt von der Mühelosigkeit, mit der die Selbstaufgabe vonstattenging, ließ Lehen sich von Damir mit einem ruppigen Griff zu Boden drücken. Sie ertrug das schwere Gewicht seines Körpers, das ihr die Luft aus den Lungen presste, verfolgte die Berührungen seiner Hand, die sich einen Weg unter die Schichten von Stoff bahnte, während die andere Hand mit ihrem Haar spielte. Kurz flammten Ekel und Wut in ihr auf, doch sie wurden rasch von der alles betäubenden Resignation getilgt. So lag sie einfach da und betrachtete Damirs geschlossene Lider, während er sie immer noch küsste, als würde ihre Duldsamkeit ihn mehr erregen, als es einer willigen Gespielin gelungen wäre.

Lehen hatte mit einem schnellen Akt gerechnet, der ausschließlich auf ihre Erniedrigung abzielte. Doch nun staunte sie darüber, wie viel Zeit Damir sich ließ, um seine Hände über ihre Haut wandern zu lassen. Schließlich trennte er sich von ihren Lippen, um ihre freigelegten Brüste zu betrachten.

Voller Unglauben registrierte sie Damirs schwerer werdende Atmung und wie sich der Wunsch nach Bezwingung in Lust verwandelte. In diesem Augenblick gehörten die raffinierten Machtspiele der Vergangenheit an, waren ausgemerzt worden von dem ursprünglichen Bedürfnis, eine Frau zu nehmen, die ohne Gegenwehr unter einem Mann lag. Vermutlich hätte sie nur ein Mal abfällig lachen müssen, um Damirs Faszination zu brechen. All dies war Lehen bewusst, und doch konnte sie dem Ganzen kein Ende bereiten.

Stattdessen ertrug sie seine Lippen auf ihrem Busen, und als sein nackter Hüftknochen ihren Oberschenkel streifte, wünschte sie sich inniglich, wenigstens weinen zu können. Doch selbst dieser Beweis ihres Widerwillens blieb ihr verwehrt, während Damir ihre Wange streichelte und sie zärtlich ins Ohrläppchen biss. »Lehen«, raunte er in ihr Ohr, und dafür hasste sie ihn fast noch mehr als für alles andere, das er ihr antat.

Unwillkürlich drückte Lehen den Rücken durch, was

Damir missverstand. Keuchend streiften seine Lippen ihren Mund, und während er sich anschickte, sich zwischen ihre Schenkel zu legen, erklang unvermittelt ein weiteres Mal Lehens Name. Leise und fragend. Eine anmutig klingende Kinderstimme. Tanil!, schoss es Lehen schlagartig durch den Kopf. Augenblicklich kehrte das Leben in ihre Gliedmaßen zurück. Als habe er die plötzliche Zufuhr von Kraft wahrgenommen, hielt Damir in seiner Bewegung inne und blickte Lehen abwägend an. Doch bevor er zu einem Entschluss kommen konnte, versetzte sie ihm einen Stoß gegen die Rippenbogen. Mit einem Ruck flog sein Oberkörper nach hinten, als habe ihn ein Ork gerammt und nicht etwa eine Frau. Er fiel auf die Seite und blieb benommen liegen.

Mit einem Mal konnte Lehen den sternenklaren Nachthimmel sehen, doch schon im nächsten Moment wurde das Kobaltblau von unzähligen schwarzen Schatten aufgewirbelt. Sie brauchte einige Atemzüge lang, bis sie begriff, dass soeben Regnes Rabenschar aufgestiegen war. Allerdings ohne auch nur ein Geräusch dabei zu verursachen.

Hastig rappelte sie sich auf und wollte schon zu einem Lauf ansetzen, als sie doch noch einen Blick auf ihren Peiniger warf. Damirs Lider waren ein schmales Stück hinaufgerutscht, und sie zeigten lediglich das Weiß der Augen. Nein, berichtigte sie sich, es ist Rot, als würde sich das Lagerfeuer darin spiegeln. Zuerst glaubte sie, er sei tot. Aber dafür hob und senkte sich seine Brust zu eindeutig. Sie sah auf Damirs Seite, wo sie ihn soeben berührt hatte. Der Mantel und das geöffnete Hemd waren zur Seite gerutscht und offenbarten ein brandrotes Mal auf dem unteren Rippenbogen, von dem eine kaum merkliche Rauchsäule aufstieg. Da er weiterhin leblos dalag, überwand Lehen ihre Angst und beugte sich vorsichtig über ihn. In Damirs helle Haut war ein Zeichen gebrannt, das Fleisch war geschwollen und aufgeworfen. Es war ein Auge oder vielleicht auch nur ein Kreis mit zwei Balken darum …

Lehen wurde von dem rasselnden Atem zurückgerufen, der stoßweise ihren Lungenflügeln entwich. Entsetzt stellte sie fest, dass sie eine Hand ausgestreckt hatte, um das rote Mal auf Damirs Haut zu berühren. Mit zu viel Schwung riss sie die Hand zurück und verlor deshalb beinahe das Gleichgewicht. Dann öffnete sie die Hand, die Tanil noch vor Kurzem mit kindlichem Vergnügen bemalt hatte. Aber von ihrem Handteller rieselte lediglich Asche, nicht einmal ein feiner Rußfilm blieb zurück. Endlich schaute sie sich im Lager um, doch so weit der schwache Schein des Feuers auch reichte, es war niemand zu sehen.

Kapitel 31

Ich verstehe«, sagte Tevils und ließ zu, dass Jules ihm dabei half, eine vereiste Anhöhe zu erklimmen. Ein weiß-grau gestromerter Hund namens Nussel, der sie als Führer auf ihrer Wanderung begleitete, wartete oben bereits ungeduldig auf sie. »Es ist also nicht so, dass die Drachen unentwegt heitere Kreise über dem NjordenEis ziehen und dabei Glitzerstaub auf euch niederregnen lassen? Aber ihr kriegt sie schon gelegentlich zu sehen?« Die Hoffnung, die in seinen Worten mitschwang, war Tevils direkt ein wenig peinlich. Er hörte sich wie ein kleiner Junge an, der seinen großen Bruder um den Beweis anbettelte, dass alle Märchen wahr sind.

Jules schenkte ihm auch prompt ein Grinsen, das sich hart auf seinen hager gewordenen Zügen abzeichnete. Obwohl sich der Njordener allmählich mit dem Gedanken abzufinden schien, auf unabsehbare Zeit im NjordenEis bleiben zu müssen, gelang es ihm nach wie vor nicht, sich auf seine alte Heimat einzulassen. Ihn störte das Schweigen, mit dem die gemeinsamen Mahlzeiten eingenommen wurden, um Dankbarkeit für diese Gaben zu bekunden. Außerdem wollte sich seine Zunge einfach nicht an den eintönigen, stets tranigen Geschmack des Essens gewöhnen, nachdem sie in Previs Wall mit den aufregendsten Leckereien aus aller Herren Länder in Berührung gekommen war. Das Ergebnis bestand darin, dass Jules' Erscheinung noch prägnanter war als zuvor, denn die ohnehin hervorstehenden Wangenknochen waren inzwischen spitz und ließen die schwarzen Augen regelrecht glühen. Auch waren seine Glieder für einen jungen Mann eigentlich zu hager geworden, aber Jules bewegte sich auf solch elegante Art, dass es seiner Wirkung keinen Abbruch tat. Mit einer seltsamen Mischung aus Eifersucht und Bewunderung gestand sich Tevils ein, dass nicht einmal die andauernde Schwermut dem Charisma seines Freundes etwas anhaben konnte.

Seiner Niedergeschlagenheit hatte Jules allerdings den Kampf angesagt, und eine seiner Gegenmaßnahmen bestand darin, Tevils mit den Eigenarten des NjordenEises vertraut zu machen. Dem zukünftigen Ordensmitglied gefiel es in dieser frostigen Gegend nämlich überraschend gut, und da hielt Jules es für seine Pflicht, dieses noch schwache Band nach Kräften zu festigen – zumindest diesen Dienst konnte er der Botschafterin Kijalan noch erweisen, bevor sein Clan ihn für immer im Eis festsetzte. So waren sie an diesem Morgen sofort zu einer Wanderung aufgebrochen, als sich das erste trübe Tageslicht gezeigt hatte, denn es würde schon bald wieder erlöschen.

»Natürlich bekommen wir die Drachen zu sehen. Schließlich ist das NjordenEis ihre Heimat«, erklärte Jules immer noch grinsend, während er sich neben Tevils durch eine Senke kämpfte, in der eine wadenhohe Schneeschicht lag. »Aber wenn die Dunkelheit anbricht, ziehen sie sich zurück oder halten eine Art Winterschlaf. Du hast also eine Gemeinsamkeit mit den Drachen: Ihr mögt die Dunkelheit beide nicht.«

»Ach«, erwiderte Tevils leichthin. »Im Augenblick macht es mir noch nichts aus, dass die Tage so kurz geworden sind.«

Jules warf seinem Freund einen vielsagenden Blick zu, verkniff sich aber eine Anmerkung darüber, woran das wohl liegen mochte. Stattdessen widmete er sich wieder Tevils' anderem Lieblingsthema. »Es ist ja schon ein seltsamer Umstand, dass die Drachen ausgerechnet das NjordenEis vor langer Zeit als neue Heimat auserkoren haben. Ferner kann man der Magie von Rokals Lande gar nicht sein.«

»Ich habe, ehrlich gesagt, nie begriffen, wie die Drachen außerhalb des Westgebirges existieren können«, warf Tevils ein, dessen Stirn nachdenklich gerunzelt war. »Elben, Dämonenbeschwörer und was es noch alles an magischem Volk geben mag, hocken doch auch dort fest, als wäre das Westgebirge Festung und Gefängnis zugleich.«

Jules nahm sich einen Moment lang Zeit, Nussel hinter den dicht behaarten Ohren zu kraulen, bevor er zu einer vorsichtigen Antwort ansetzte. »Vielleicht liegt es ja daran, dass die Drachen nicht aus Rokals Lande stammen.« Als Tevils ihm einen entsetzten Blick zuwarf, zuckte Jules mit den Schultern. »Schließlich tragen sie ihre eigene Magie in sich und sind nicht auf das Maliande angewiesen.«

»Unfug«, erwiderte Tevils ungehalten und beschleunigte seinen Schritt. »Wie könnte Präae mit Lalevil verbunden sein, wenn sie beide nicht ein Teil von Rokals Lande wären?«

»Vielleicht sind sie das ja und zugleich auch wieder nicht.«

Jules' Worte waren von einem kaum hörbaren Lachen unterlegt, was Tevils dazu veranlasste, noch schneller zu gehen, um seine Wut nicht zeigen zu müssen. Obwohl er nicht recht sagen konnte warum, ärgerte ihn Jules' Anspielung. Während die Drachen für ihn, seit er Präae das erste Mal gesehen hatte und vor Ehrfurcht fast besinnungslos geworden war, einem wundervollen Geschenk an das Menschengeschlecht gleichkamen, neigte Jules dazu, etwas kaum Fassbares aus ihnen zu machen, ein Geheimnis, das nicht nur strahlende, sondern auch dunkle Seiten hatte.

Schnaufend blieb Tevils stehen, ging leicht in die Hocke und stemmte die Hände auf die Oberschenkel. Die Wanderung durch den Schnee war anstrengend, und die Luft war so klar, dass seine Lungen behaupteten, einfach nicht genug davon zu bekommen, während seine gerötete Nase brannte wie Feuer. Leichtfüßig kam Jules neben ihm zum Stehen und besaß wenigstens genug Anstand, seinen Mantelkragen hochzuschlagen und sich die Haare hinter die Ohren zu streichen, als wäre er aus der Puste gekommen.

»Du solltest dich wirklich nicht so aufregen«, sagte Jules leicht belustigt. »Niemand weiß etwas Genaues über Drachen, vermutlich noch nicht einmal die von dir so innig angebetete Lalevil. Schließlich widersetzen sie sich allen Regeln – zumindest in dieser Hinsicht ist Verlass auf sie. Aus diesem Grund habe ich dich auch in diese Einöde geschleppt: Da du doch über alle Maßen enttäuscht bist, dass du deine Präae nicht zu Gesicht bekommst und auch sonst keinen Drachen, wollte ich dir etwas anderes zeigen. Also lass das Geschimpfe, und spar dir den Atem, wir müssen nämlich noch ein Stück weit klettern.«

Zunächst wollte Tevils zu einer trotzigen Reaktion ansetzen, aber dann verkniff er sich die Widerworte, da seine Neugierde überwog. Jules wusste einfach nur allzu gut, wie er seinen Freund um den kleinen Finger wickeln konnte.

In diesem Augenblick tauchte Nussel hinter einer Biegung auf der nächsten Anhöhe auf und ließ ein aufgeregtes Kläffen hören. Voller Vorfreude tänzelte er umher, soweit der schmale Grat dies zuließ, und als Jules ihm etwas in der merkwürdig klingenden Sprache der Njordener zurief, legte er kurz den Kopf in den Nacken und stieß einen hohen Ruf aus.

»Was willst du mir denn zeigen?«, fragte Tevils und versuchte, seinen Freund am Ärmel festzuhalten, doch der entschlüpfte dem Griff mit der Geschmeidigkeit einer Katze und kletterte die Anhöhe hinauf. Tevils sah zu, dass er ihm folgte.

Der Grat, der an einer hohen Eiswand entlangführte, erwies

sich an vielen Stellen als äußerst schmal. Mit einem Anflug von Unbehagen sah Tevils in die sich auftuende Tiefe hinab, in der gewiss nicht nur Schnee, sondern auch die eine oder andere aufragende Eiskante einen Fall abfangen würde. Für gewöhnlich war er ein ausgesprochen guter Kletterer, schließlich hatte er seine halbe Kindheit damit verbracht, den steilen Pfad vom Trubur Hof hinab ins Westend rauf- und runterzuklettern. Aber Eis und Schnee waren eine gänzlich andere Unterlage, und die dicke Kleidung, auf die er unmöglich verzichten konnte, machten das Ganze nicht leichter. Trotzdem gelang es ihm, mit Jules Schritt zu halten, und mit einem Mal weitete sich der Grat zu einem kleinen Plateau.

Nussel, der ihnen eifrig vorausgelaufen war, saß bereits stocksteif da mit aufgestellten Ohren und stierte die steil vor ihm aufragende Wand an. Jules tätschelte dem Hund den Kopf, was dieser gar nicht zu bemerken schien. Dann trat er vor und rieb mit seiner blanken Hand über die Wand.

Tevils, der trotz der Kälte ins Schwitzen gekommen war, stellte sich neben ihn und blickte ins Tal, das sich zu ihren Füßen erstreckte. Doch so weit das Auge reichte, sah er nur eine im Zwielicht silbrig schimmernde Schneedecke, die ab und an von steil ansteigenden Hügeln unterbrochen wurde. Sogar das Lager der Njordener hob sich kaum in dieser endlosen Eiswüste ab, die am Horizont mit dem bleifarbenen Himmel verschmolz. Ihm gefiel der Anblick. Von allen Orten, an denen er bislang gewesen war, seit er sein einsames Tal verlassen hatte, gefiel ihm das NjordenEis am besten – ein Umstand, den Jules schlicht und ergreifend nicht verstehen konnte.

»Schön hier«, sagte Tevils und rieb sich die Wangen, auf denen der frische Schweiß sich bereits in eine dünne Eisschicht zu verwandeln drohte. »Aber mit dem Abstieg sollten wir nicht allzu lange warten. Sieht aus, als ob die Dämmerung bald anbrechen würde, und ich möchte nur ungern die Nacht auf diesem Berg verbringen.«

Jules lachte vergnügt, so dass Tevils sich verblüfft umdrehte. Solch ein Lachen hatte er von seinem Freund seit ihrer Suche nach dem Goldenen Staub nicht mehr gehört. »Keine Sorge, du würdest die Nacht nicht auf einem Berg verbringen, sondern auf dem hier.« Jules hatte die dünne Schneeschicht fortgewischt, mit der die Wand bestäubt gewesen war, und das darunterliegende Eis poliert, bis es wie ein handtellergroßer Spiegel glänzte.

Neugierig schaute Tevils durch die glänzende Fläche, sah jedoch nichts. Er wollte sich schon umdrehen und einen flapsigen Kommentar abgeben, da glaubte er, einen goldenen Fleck auf dem dunkelblauen Grund des Eises zu erkennen. Er schaute genauer hin, und aus dem Fleck wurde ein vielleicht daumennagelgroßer Drache, der zusammengerollt und regungslos dalag. Die eine Pranke hatte sich das Wesen über das Haupt gelegt, dennoch meinte Tevils, das Glimmen der brennenden Nüstern zu erkennen. Der Drache, auf dessen golden schimmerndem Schuppenkleid ein rötlicher Funkenflug tanzte, schlief tief und fest in einem Bett aus Eis. Überrascht blinzelte Tevils. Plötzlich war das kleine Fenster in das Schlafgemach des Drachen erfüllt von Gold, dann sah Tevils nur noch das spitz zulaufende Ende einer Kralle. Einer riesigen Kralle!

»Was …?«, brachte Tevils verwirrt heraus und stolperte einige Schritte zurück, so dass er beinahe über den Rand des Plateaus gestolpert wäre, wenn Jules ihn nicht geistesgegenwärtig zurückgerissen hätte.

»Ich sag es ja«, brachte Jules nuschelnd hervor, da ihm ein brennender Zigarillo zwischen den Zähnen steckte. »Drachen halten sich einfach nicht an die Regeln. In einem Moment nicht mehr als ein Winzling und im nächsten Moment ein

Riese. Kann einen regelrecht um den Verstand bringen, nicht wahr?«

Tevils nickte völlig benommen von den Eindrücken und starrte auf das kleine Fenster, das bereits wieder milchig angelaufen war. Er spielte mit dem Gedanken, seine Wollhandschuhe abzustreifen und mit der Wärme seiner Hände erneut einen Durchblick zu schaffen, aber dann wagte er es nicht. Dieses Wesen war mehr als eine faszinierende Attraktion, es flößte ihm Respekt ein. »Wir stehen auf einem schlafenden Drachen?«, fragte er deshalb mit einem Zittern in der Stimme.

Jules nickte zustimmend, dann schnipste er seinen Zigarillo so ab, dass die Asche vom Wind erfasst und fortgerissen wurde.

Obwohl er es mit eigenen Augen gesehen hatte, konnte Tevils es kaum glauben. »So groß ist Präae doch gar nicht.«

»Du meinst, so groß zeigt sie sich dir nicht«, berichtigte ihn Jules. Zwar tat er so, als berühre ihn dieses Erlebnis nicht, doch Tevils entgingen nicht die vor Aufregung geröteten Wangen.

»Wie lange schläft dieser Drache denn schon?«

Jules zuckte mit den Schultern. »Kann ich dir nicht sagen, wohl schon eine ganze Weile. Ein paar Jahrhunderte?«

Unwillkürlich drehte Tevils sich um und blickte mit anderen Augen auf die sich bis zum Horizont erstreckende Schneelandschaft, in der sich immer wieder einige Erhebungen auftaten. Ein Land voller schlafender Drachen. Was würde wohl passieren, wenn man eine ganze Schiffsladung von Maliande über das Eis gießen würde? Könnte man diese Wesen damit vielleicht wecken, damit sie wieder ihre Runden über Rokals Lande zogen und den Himmel mit ihrem Zauber zum Leuchten brachten? Wie eine Vision tat sich dieses Bild vor Tevils' innerem Auge auf: Feuer und Eis verschmolzen zu einer neuen Form. Doch die Gestalt, die sie annahm, ließ sich noch nicht erkennen. Die Vorstellung machte ihm Angst und erfüllte ihn zugleich mit Freude. Dann verschwand das Bild genauso schnell, wie es erschienen war.

Tevils stand schwankend da und schaute in das erschrockene Gesicht seines Freundes, der sich ihm voller Sorge zuneigte – so nah, dass er erkennen konnte, dass Jules' Iris tatsächlich tiefschwarz sein musste. Er konnte nicht einmal die Andeutung eines Reifes sehen. Waren das wirklich menschliche Augen?

Kapitel 32

Der Abend war schon weit fortgeschritten, und die einst üppig ausstaffierte Festtafel ähnelte mittlerweile einem Schlachtfeld. Einige Wochen nachdem der Botschafter Bolivian die Kunde von der ausgerufenen Blockade Previs Walls mithilfe des Maliandes übermittelt hatte, hatte er sich endlich selbst in der Burgfeste eingefunden. Auf dem Fest, das zu seinen Ehren gegeben wurde, genoss er die allgemeine Aufmerksamkeit mit einer an Beleidigung grenzenden Nonchalance. Nur die direkte Ansprache durch die Prälatin brachte etwas wie Haltung in Bolivians aufgeschwemmten Körper und zwang ihn, die vor Fett glänzenden Finger aus der stets gut gefüllten Schale zu nehmen.

Nichtsdestotrotz herrschte auf dem Festessen eine ausgelassene Stimmung, wie sie der riesige Bankettsaal mit seiner gewölbten Decke wohl schon lange nicht mehr erlebt hatte. Bolivians Eintreffen kam einem Startschuss gleich, als hätte die Kunde von der neuen Feindschaft mit der mächtigen Hafenstadt im Norden die Menschen der Burgfeste erst jetzt erreicht. Nachdem in den letzten Wochen die Strategen als Wortführer in der vordersten Reihe gestanden und eine Atmosphäre von emsigen Tierchen, die ihre Vorräte für den Winterschlaf zusammenklaubten, verbreitet hatten, schwangen sich nun die Jungen und Machthungrigen auf, die seit der schmachvollen Niederlage gegen die Gahariren ein Dasein auf den Hinterbänken gefristet hatten.

Die Bediensteten kamen kaum mit dem Nachfüllen der

Weinkelche hinterher, und die Vielzahl der lauten Stimmen hallte durch den Saal, bis sie zu einem ohrenbetäubenden Echo verschmolzen. Achaten feierte den eigenen Mut, Previs Wall die Stirn geboten zu haben. Aber in die Begeisterung über die eigene Tollkühnheit schlich sich rasch eine hitzige Note, da die freigesetzte Energie ins Leere strömte. Denn der Feind war außer Reichweite, und den Kampf würden zunächst einmal nur die Prälatin und ihre stillen Ratgeber führen. Da bot die Aussicht, dass es die Clans des Westgebirges auf Abstand zu halten galt, nur einen schwachen Trost. Zu zersprengt waren die ehemaligen Mitglieder des Verbunds von Olomin, viele von ihnen heillos in eigene Angelegenheiten verstrickt oder in unerreichbaren Höhen lebend, als dass sie noch als ernst zu nehmendes Feindbild getaugt hätten.

Beinahe tat Nahim die Prälatin an diesem Abend leid, da ihr die undankbare Rolle zufiel, diese euphorische Meute an der kurzen Leine zu halten. Ein junger Krieger, dessen Namen er zuerst nicht verstanden und der ihn im Laufe des Gesprächs auch immer weniger interessiert hatte, ergoss sich in weiteren Beschreibungen, in welchen Schritten Rokals Lande nach seiner Vorstellung zu formen sei. Nahim hatte sich auf seinem Stuhl zurückgelehnt und betrachtete die übertriebenen Gebärden seines Tischnachbarn. Mit jeder weit ausholenden Geste und jedem brennenden Blick wuchs die Verachtung in ihm, und nur mit Mühe konnte er sich beherrschen, den jungen Burschen nicht am Hemdkragen zu packen und ihm mit einigen klaren Worten zu sagen, was er von Hitzköpfen hielt, die glaubten, sich über jeden und alles hinwegsetzen zu können.

Als der Krieger, der Nahims finstere Miene als gespanntes Zuhören missverstand, gerade seinem neu gewonnenen Freund den Arm um die Schultern legen und mit ihm anstoßen wollte, wandte Nahim sich wortlos ab und schaute zu Lalevil.

Die Drachenreiterin war etwas von ihm entfernt platziert worden und hatte sich seit der Eröffnung des Festessens an ihrem Weinkelch und unzähligen Zigarillos festgehalten. Obwohl es eigentlich ihrem Naturell widersprach, wirkte sie in sich gekehrt, und ihre Tischnachbarin, eine ältliche Hofdame, hatte ihre Annäherungsversuche schließlich mit einer beleidigten Miene aufgegeben. Mittlerweile hatte Lalevil ihre Stiefelsohlen gegen die Tischkante gestemmt und schaukelte auf dem Stuhl vor und zurück, doch niemand – nicht einmal der stets überreizte Hofmeister – fühlte sich angesichts ihrer eisigen Ausstrahlung bemüßigt, sie auf ihr unziemliches Verhalten hinzuweisen.

Auch wenn er nicht weiter über den Grund für Lalevils Übellaunigkeit nachdenken wollte, so verspürte Nahim ein schlechtes Gewissen. Doch er versicherte sich selbst eindringlich, dass ihre Freundschaft noch mehr leiden würde, wenn er den Fragen nachgehen würde, die sie ihm aufgezwängt hatte. Seit ihrem Gespräch im Felsengang hatte sie ihn keines weiteren Blickes mehr gewürdigt, worüber er mehr erleichtert als betrübt war. Trotzdem fühlte er jetzt eine Gereiztheit in sich aufsteigen, und er dachte unwillkürlich an den Moment, in dem er mit unbeherrschter Gewalt Lalevils Arme umfasst hatte. Plötzlich wünschte er sich nichts sehnlicher, als dass sie zu ihm herüberschaute. Doch Lalevil schenkte ausschließlich ihren angewinkelten Knien Beachtung.

Während Nahim noch mit sich rang, ob er nicht zu ihr gehen und mit ihr sprechen sollte, sprang sie mit einem Mal leichtfüßig auf und hielt schnurstracks auf den Ausgang zu. Obwohl Badramur ihre Aufmerksamkeit auf das Zwiegespräch mit Bolivian richtete, konnte man sich sicher sein, dass ihr dieser Abgang nicht entgangen war.

Beklommen betrachtete Nahim seine Hände, dann atmete er tief durch und durchmaß schnellen Schrittes den Saal, bis er vor Golfim stand. Der Repräsentant Monteras hatte ihn mit jedem Glas Wein, das er in sich hineingeschüttet hatte, herausfordernder angeschaut. Nun, da eine Chance verstrichen war, hatte Nahim das Gefühl, eine andere wahrnehmen zu müssen. Denn im Felsengang hatte er einen Entschluss gefasst: Er würde seinem Leben eine neue Ausrichtung geben, allein schon damit er sich wieder selbst in die Augen sehen konnte. Er hatte Lehen verloren, aber für sein Heimatland konnte er vielleicht noch etwas gewinnen.

»Was ist es für ein Gefühl, Monteras Wein in den Hallen Achatens zu trinken?«, fragte er mit ruhiger Stimme.

Golfim schwenkte den Kelch, bis ihm einige Tropfen auf den Handrücken sprangen. »So berauschend wie erhofft«, stieß er zwischen zusammengebissenen Zähnen hervor. Dabei machte er den Eindruck, als würde er Nahim lieber eine Tracht Prügel verabreichen, als sich mit ihm ein Streitgespräch zu liefern. Demonstrativ spreizte er seine ohnehin schon breite Brust.

Nahim ließ sich davon nicht beeindrucken: »Und der Wein stößt Euch nicht bitter auf, da der Preis dafür doch noch zu zahlen ist?«

»Was weißt du denn schon über den Preis, Junge?«

»Zumindest so viel, dass er zu hoch ist. Denn ansonsten würdet Ihr wohl kaum noch im Schatten von Badramurs Ungnade sitzen und vor Angst schwitzen.«

»Der Einzige, der mit dem Schwitzen anfangen sollte, bist du.« Ein breites Grinsen verzog Golfims Gesicht zu einer gehässigen Fratze. »Ich werde dich an die Leine legen wie einen entlaufenen Köter und zurück in Faliminirs Schoß zerren. Obwohl ich nicht die leiseste Ahnung habe, warum du so wertvoll sein sollst – weder für Faliminir noch für Badramur. Du bist doch bloß ein Taugenichts, der Probleme macht, wo man nur hinschaut. Auf der ganzen Burgfeste zerreißt man sich das Maul über dich!«

Zu seiner eigenen Verwunderung waren Nahim diese Anschuldigungen gleichgültig. Vor einem Mann wie Golfim, verblendet von seiner eigenen Überheblichkeit, brauchte er nicht zu bestehen, das war ihm mit einem Mal klar. So hob er nicht einmal die Stimme an, als er ihm antwortete: »Wahrscheinlich schlage ich von meiner Art her nach den Taugenichtsen aus Montera, die Eurem allmächtigen Herrn das Leben schwer machen. Die müssen Euch ja ganz schön Feuer unterm Hintern gemacht haben, wenn die Prälatin erst ein Lockmittel einsetzen musste, damit Ihr Euch nach Achaten traut und hier Rede und Antwort steht. Worunter leidet Faliminir mehr: dass er sein eigenes Herrschaftsgebiet nicht unter Kontrolle hat oder dass er der Burgfeste Rechenschaft schuldig ist?«

»Na, zumindest dein vorlautes Mundwerk funktioniert noch. Weißt immer noch nicht, wie man sich Freunde macht, was?«

Nahim lehnte sich vor und betrachtete Golfims mit roten Adern durchzogenes Gesicht. Eine unsägliche Abneigung gegen diesen selbstherrlichen Mann stieg in ihm auf, doch es gab keinen Grund, seinen Gefühlen freien Lauf zu lassen. Er hatte in dieser Auseinandersetzung Oberwasser und beschloss, Golfim dies mit einer weniger respektvollen Anrede auch spüren zu lassen.

»Weder brauche ich deine Freundschaft, Golfim, noch schulde ich dir als Landsmann irgendetwas«, sagte er so ruhig, dass um ihn herum jedes noch so leise Geräusch unterdrückt wurde, da niemand auch nur ein Wort versäumen wollte. »Im Moment kann ich mir gut vorstellen, aus eigenem Antrieb nach Montera zurückzukehren und mir anzuschauen, was den stolzen Faliminir ins Straucheln bringt. Der faule Handel allerdings, den Badramur und du auf meine Kosten abzuwickeln gedenken, ist nichts weiter als Zeitverschwendung. Seit ich das Haus meines Vaters endgültig verlassen habe, bin ich mein eigener Herr. Der Einzige von uns beiden, der Badramur zu Willen sein muss, bist du. Und so wie es im Augenblick aussieht, kannst du dich noch so tief vor ihr bücken, ihr Wohlwollen wirst du nicht mehr gewinnen. Badramur braucht die Gewissheit, dass in Montera alles nach Plan abläuft. Aber das kannst du ihr offensichtlich nicht gewährleisten. Ich vermute, deine Zeit auf der Burgfeste wird dich noch lehren, was Demut vor einem wirklichen Herrscher bedeutet. Erzähl es Faliminir, von der Prälatin kann er noch viel lernen.«

Golfim funkelte ihn zornentbrannt an, setzte aber zu keiner Entgegnung an. Ein paar Atemzüge lang verharrte Nahim noch, dann richtete er sich langsam wieder auf. Er griff sich Golfims randvollen Weinkrug, prostete dem Mann zu und trank ihn bis zur Neige aus. Seine Sinne reagierten augenblicklich auf den leicht erdigen Unterton, der den Weinen Monteras zu eigen war, und verursachten einen Stich in seiner Magengegend. Abwesend ließ er seine Zunge über die Lippen gleiten, ganz versunken in das Bild der sanft geschwungenen Hügel Monteras, das vor seinem inneren Auge aufflackerte. Dann wandte er sich mit einem entschlossenen Ausdruck an den vor Anspannung blassen Mann: »Ganz gleich, was Achaten für diesen Wein hier zahlt, es ist bei Weitem nicht genug.«

Mit einem Knall stellte Nahim den Krug auf den Tisch und sah zu Badramur hinüber, die am erhöhten Ende der Tafel saß. Es überraschte ihn nicht, dass sie seinen Blick direkt erwiderte. Aus ihren zu Schlitzen verengten Augen stierte sie ihn abwägend an, da sie den Schlagabtausch zwischen Golfim und ihm auf diese Entfernung gewiss nicht hatte verstehen können. Kurz dachte Nahim darüber nach, was aus ihren Zügen zu lesen sei, doch dann zuckte er mit den Schultern, denn in diesem Moment kümmerte es ihn nicht. Ohne Verabschiedung oder Verbeugung verließ er mit langen Schritten den Saal.

Als das aufgeregte Flüstern hinter ihm verklungen war und die umhereilenden Bediensteten auf den Gängen weniger wurden, verlangsamte Nahim seinen Gang und blieb sogar einige Male unvermittelt stehen. Zwar schlenderte er in Richtung der Kammer, die Lalevil und er gemeinsam bewohnten, aber er hatte nicht vor, sie jetzt schon zu betreten.

In ihm tobte ein Durcheinander an Gedanken und Gefühlen, und solange er es nicht unter Kontrolle hatte, wollte er der aufgebrachten Drachenreiterin nicht unter die Augen treten. Im nächsten Moment schalt er sich für die bestimmt unnötige Rücksichtnahme. Wenn er doch soeben eins gelernt hatte, dann dass höfliche Zurückhaltung nicht zum Ziel führte. Als er vor Golfim nicht zurückgewichen war, hatte er sich das erste Mal seit langer Zeit mit sich im Reinen gefühlt.

Eine Welle der Euphorie überrollte Nahim, aber sie mischte sich zugleich mit der bitteren Erkenntnis, dass seinen eigenen Weg zu gehen offenbar Einsamkeit bedeutete. Man musste sich vollkommen auf sich selbst besinnen. So wie Lehen es getan hatte – kein Blick nach links und rechts, wo andere Menschen waren, oder gar zurück, wo es eine gemeinsame Vergangenheit gab. Und genau das hatte er soeben getan: Er war über seinen eigenen Schatten gesprungen, als er Golfim in seine Schranken gewiesen hatte. Was sprach also dagegen, nun noch einen Schritt weiterzugehen? Was hatte ihm seine ganze Zögerlichkeit und Nachdenklichkeit denn bislang eingebracht außer Kummer? Ein resoluterer Mann hätte Lehen vielleicht halten können, weil sie an seinen Wünschen nicht vorbeigekommen wäre.

Ohne sich dessen bewusst zu sein, war er vor der Kammer angelangt. Nachdem er eine Hand auf die Klinke gelegt hatte, hielt er einen Moment lang inne. Das Metall war kalt und fühlte sich rau unter seinem Griff an. Er zögerte. Ihm war, als habe er etwas Wichtiges vergessen, aber er konnte es nicht erfassen. Mit deutlich mehr Kraft als nötig drückte Nahim die Klinke herunter und trat in das Zimmer ein.

Lalevil stand vor dem schwach glimmenden Kaminfeuer und schaute ihn so wütend an, als habe er sie gerade bei etwas Wichtigem gestört. Sie trug lediglich Hemd und Hose, den zum Abendessen geflochtenen Zopf hatte sie aufgelöst, so dass ihr das Haar buschig über die Schultern fiel. Nahim glaubte eine Spur von verbranntem Haar riechen zu können, als habe eine vorwitzige Strähne die Glut des Zigarillos gestreift, der zwischen Lalevils Lippen steckte. Mit hochgezogenen Augenbrauen sah er auf ihre nackten Füße, doch er verzichtete auf einen Kommentar über den kalten Steinboden genauso wie auf ein Lächeln.

»Du solltest deine Sachen nehmen und zu Golfim ins Zimmer umziehen«, sagte Lalevil mit einer Stimme, die vor unterdrücktem Zorn ganz heiser war. Sie schnipste den halb aufgerauchten Zigarillo in die Glut und wendete sich ihm voll zu. »Wenn du brav bist, darfst du sicherlich auf dem Boden neben seinem Bett schlafen. Das wäre wenigstens ehrlich.«

»Ach, ja?«, erwiderte Nahim, während er langsam auf sie zuschritt.

Lalevil reckte angriffslustig das Kinn vor, und als er keine Anstalten machte, stehen zu bleiben, streckte sie drohend den Arm aus. Nahim ging trotzdem einen Schritt weiter, so dass seine Brust gegen ihre Hand stieß. »Ich bin absolut nicht in der Stimmung für irgendwelche dummen Spielchen«, ließ sie ihn wissen.

Nahim gab ein zustimmendes Brummen von sich. Dann hakte er seine Finger unter den Gürtel um ihre Taille und zog sie Stück für Stück an sich heran. Den Widerstand aufgebend, ließ Lalevil den Arm sinken, so dass Nahims Hand um ihre

Hüfte gleiten konnte. Als ihr Busen gegen seine Brust stieß, blickte Lalevil mit solch einem verblüfften Gesichtsausdruck an sich hinunter, als müsse sie mit eigenen Augen sehen, dass ihre beiden Körper sich wirklich berührten.

Währenddessen packte Nahim ihren dichten Schopf und zog ihren Kopf in den Nacken, damit er ihr Gesicht betrachten konnte. Um ihre schwarzen Augen lag ein verwirrter Zug, aber auf ihren Lippen spiegelte sich bereits die gleiche Erregung, die auch er spürte.

»Das traust du dich nicht«, sagte Lalevil leise.

Doch Nahim war sich sicher, dass sie genau darauf hoffte. Ihr fiel es so leicht, ihre jahrelange Freundschaft für einen Augenblick der Begierde zu opfern. Nur, wie konnte er sich so sicher sein, dass eine gemeinsame Nacht alles zerstören würde? Und schon im nächsten Moment presste er seine Lippen auf ihren leicht geöffneten Mund und küsste sie mit einer Leidenschaft, die für Zärtlichkeiten keinen Raum ließ. Lalevil keuchte kurz auf, dann erwiderte sie den Kuss. Dabei presste sie ihren Körper an Nahim, als wolle sie ihn zu Fall bringen. Ihre Finger zerrten an seiner Kleidung, als wolle sie sie in einzelnen Stücken von ihm reißen. Aber Nahim spannte die Muskeln an und hielt jedem ihrer Anstürme stand.

Dann löste Lalevil unvermittelt ihre Lippen von seinem Mund, so dass er ein wenig nach vorne stolperte, noch vollkommen orientierungslos vom gemeinsamen Ringen. Doch bevor er ihr nachsetzen konnte, spürte er ihre Nägel über seinen Rücken kratzen, als sie ihm das Hemd mit einem Ruck über den Kopf zog. Überrascht schnappte Nahim nach Luft, dann zog er sie mit einem groben Griff erneut zu sich und küsste sie.

Kurz darauf wand Lalevil sich aus seiner Umarmung, als würde ihr für derlei Zärtlichkeiten die Muße fehlen, und begann, an ihrem eigenen Hemd zu zerren. Da drängte Nahim sie in Richtung des Bettes und schubste sie unsanft darauf. Was scherte es ihn, ob sie ein Hemd trug? Er hatte keine Zeit zu verlieren. Denn selbst in diesem Augenblick, in dem das Bedürfnis seines Körpers nach Vereinigung alles andere verdrängte, rührte sich sein schlechtes Gewissens, dem er auf keinen Fall nachgeben wollte.

Willig hob Lalevil ihre Hüften an, als Nahim sich anschickte, ihr die Wildlederhose abzustreifen. Dann packte sie ihn ungeduldig an den Schultern und zog ihn zu sich. Einen Moment lang versteifte er sich ob dieser Rohheit, doch dann spürte er Lalevils Lippen auf seinem Hals. Zuerst sanft, dann so leidenschaftlich, dass es schmerzte. Trotzdem sprang der Funke ihrer Erregung auf ihn über. Morgen würde noch genug Zeit sein, um über die eigene rücksichtslose Lust zu staunen.

Unter seiner Wange spürte Nahim ein sanftes Auf und Ab, das seinem ruhigen Atem im Schlaf entsprach. Der Duft von warmer Haut stieg ihm in die Nase und weckte seine Sinne. Doch er öffnete die Augen nicht, um nachzusehen, auf welchem fremden Körperteil er sein Haupt gebettet hatte. Vielmehr genoss er das Gefühl, geborgen zu sein, während er zugleich ein wachsendes Verlangen spürte. Seine Hand lag weich, und als er sich auf sein Tastgefühl konzentrierte, kam er zu dem Ergebnis, dass sie auf einer Pobacke ruhte. Einen Moment lang spielte er mit dem Gedanken, zärtlich zuzugreifen. Aber er befürchtete, dass sich das Hinterteil als hager und durchtrainiert erweisen würde und nicht als rundlich weich wie erhofft.

Augenblicklich suchte Nahim ein brennender Schmerz heim, kroch die Kehle hoch und ließ ihn erstickt aufschluchzen. Seine ganze Kraft zusammennehmend, richtete er sich vorsichtig auf, öffnete die Augen und betrachtete im schwachen Schein des heruntergebrannten Feuers Lalevil, die auf dem Bauch schlafend vor ihm lag. Die Stelle an ihrer Schulter, auf die Kohemis eine schwarze Zeichnung in die Haut gestochen hatte, schimmerte rötlich, denn dort hatte eben noch sein Gesicht gelegen.

Lange Zeit saß Nahim da und sah die Frau an, die er letzte Nacht mit einer an Gewalttätigkeit grenzender Leidenschaft geliebt hatte. Deutlich spürte er noch die Stellen, an denen ihm Lalevil mit einer unbändigen Versessenheit zugesetzt hatte, als habe sie ihn mit ihren Liebesmalen als Eigentum kennzeichnen wollen. Als habe sie immerzu befürchtet, dass er jeden Augenblick versuchen könnte, sich aus ihrer Umarmung zu befreien. Allerdings hatte er ihr in nichts nachgestanden, auch wenn seiner Lust ein grimmiger Trotz innegewohnt hatte, so dass ihr nun ein schaler Beigeschmack anhaftete.

Nahim versuchte, in sich hineinzuhorchen. Doch eine tief empfundene Scham überdeckte jedes andere Gefühl. Er hatte seinem Leben unbedingt eine neue Richtung geben wollen und dabei Grenzen überschritten, die er nicht einmal erahnt hatte.

Langsam streckte er eine Hand aus und strich eine schwarze Strähne von Lalevils Schulter. Als er das Haar mit seiner rauen Struktur berührte, durchfuhr ihn ein Anflug von Unbehagen, so dass er die Hand wider Willen zurückzog. Das war also der neue Nahim, der sich ohne Zögern auf eine Liebesnacht mit seiner einzigen Freundin einließ, weil er sich als freier Mann wähnte. Eine Flut von Selbstekel drohte ihn zu überkommen, aber er hielt dagegen. Er hatte sich schon zu vielen Dummheiten hinreißen lassen, da war für Jammerei kein Platz mehr.

Als würde ihr mit einem Mal Nahims wärmender Körper fehlen, zuckte Lalevil zusammen und begann sich zu rekeln. Ein Arm kam zum Vorschein, und Nahim starrte gebannt auf die dunklen Fingerabdrücke, die sich um das Handgelenk abzeichneten. Unwillkürlich biss er sich in die Unterlippe, als könne er die beigebrachte Verletzung damit sühnen.

Mit einer trägen Bewegung drehte Lalevil sich auf den Rücken und blickte ihn aus schlaftrunkenen Augen an. »Guten Morgen«, sagte sie, die Stimme belegt und undeutlich. »Bist du schon lange wach?«

Nahim machte eine vage Bewegung mit dem Kopf, dann schluckte er und sagte tonlos »Ja«.

Plötzlich sah Lalevil sehr wach aus. Nachdenklich fuhr sie sich mit der Zunge über ihre geschwollenen Lippen und erforschte einen eingerissenen Mundwinkel. Dabei musterte sie ungeniert Nahims nackten Körper, was dieser regungslos geschehen ließ. »Sieht nicht so aus, als würden wir jetzt da weitermachen, wo wir gestern Nacht aufgehört haben.« Der Blick, den er ihr anstelle einer Entgegnung zuwarf, brachte sie kurzzeitig aus der Fassung: Sie presste die Hand auf die Augen und stöhnte auf, während sie mit dem Fuß gegen das Bettende trat, dass es krachte.

»Glaubst du wirklich, dass sie dich doch wiederhaben will?«

Nahim schwieg so lange, dass Lalevil schon fast nicht mehr mit einer Antwort rechnete.

»Darum geht es mir nicht«, sagte er schließlich in einem Ton, der jeden Zweifel ausschloss. »Ich liebe Lehen, daran hat sich in all der Zeit nichts geändert. Unser gemeinsames Leben ist vorbei, und ich werde tun, wozu du mir geraten hast. Aber ich kann mich nicht an dich binden, Lalevil.«

Bevor sie sich dessen überhaupt bewusst wurde, attackierte sie Nahim mit Tritten und Schlägen. Dabei stieß sie solch ein gequältes Stöhnen aus, das sehr viel mehr über ihre Gefühle verriet als ihr Wutausbruch. Nahim ließ beides über sich ergehen, aber als er schließlich ihre Handgelenke zu fassen bekam, hielt er sie entschlossen fest. Einen Moment lang kämpfte Lalevil noch verbissen, dann entspannte sie sich.

»Geht es wieder?«, fragte Nahim und lockerte seinen Griff.

»Du kannst mich mal«, erwiderte sie mit tonloser Stimme, machte jedoch keine Anstalten, weiter nachzusetzen. Wie Nahim hockte sie sich auf die Fersen und ließ die Schultern hängen.

»Lieber nicht.« Nahims Worte waren kaum zu hören, aber ihnen haftete etwas wie Zuversicht an. Darauf, dass zwischen ihnen nicht alles zerstört worden war.

Obwohl ihr kaum der Sinn danach stand, ging Lalevil darauf ein: »Du bist so ein elender Idiot, Nahim von Montera. Ich hoffe, aus dem Haken, den ich dir eben verpasst habe, wird ein kräftiges Veilchen.«

»Und ich kann mir beim besten Willen nicht vorstellen, dass ein Mann, der bei Sinnen ist, freiwillig das Bett mit dir teilt, Drachenreiterin. Mir tut jeder verdammte Knochen im Leib weh.«

Lalevil gab ein entrüstetes Schnaufen von sich und schlug hart, aber spielerisch nach ihm. Nahim fing den Schlag gerade noch ab und zog die widerspenstige Frau an seine Brust. Einen Augenblick verharrten sie in der Umarmung, dann löste sich Lalevil wieder, wenn auch nur zögernd. »Du weißt, dass ich dich liebe?«, fragte sie bedrückt.

Nahim schaute sie an, dann nickte er langsam. »Ja, das weiß ich.«

TEIL V

Kapitel 33

Seit dem frühen Morgen schon saß Maherind auf demselben von Salz und Sonne ausgeblichenen Baumstumpf. Auch wenn die Witterung an der Küste deutlich milder war als im Landesinneren, so wehte doch ein herber Seewind. Trotzdem konnte Kohemis sich nicht dazu durchringen, seinen Gefährten ins Haus zurückzubitten.

Seit seiner Ankunft vor einigen Wochen machte Maherind einen bedrückten Eindruck, aber er schien noch außerstande, seinen Bedenken Ausdruck zu verleihen. Kohemis kannte ihn lange und gut genug, um ihn in Ruhe zu lassen – auch wenn dies bedeutete, mit vor Sorge zerfurchter Stirn im Windschatten eines Mauervorsprungs auszuharren, weil er es kaum ertragen konnte, Maherind so zerrissen zu erleben.

Während Kohemis fröstelnd das Tuch enger um seine Schultern zog und sich einen unverbesserlichen Narren schalt, weil er sich für nichts und wieder nichts den Tod holen würde, kehrten seine Gedanken zu jenen Tagen zurück, in denen er vor einer halben Ewigkeit am Hof von Previs Wall Maherind kennengelernt hatte. Damals waren die Markierungen der menschlichen Siedlungen auf der Karte von Rokals Lande lediglich ein paar Tintenkleckse gewesen, und die meisten Menschen kannten das Westgebirge und die dort beheimatete Magie bestenfalls vom Hörensagen.

Mit einem Mal waren der strenge Wind und die Sorgen der Gegenwart vergessen, und Kohemis fand sich als junger Mann im gemütlich überschaubaren Rauchersalon der

Residenz wieder. Dort traf sich für gewöhnlich zur späten Stunde eine ausgesuchte Gruppe von Höflingen, Militärs und Emporkömmlingen, die das Wohlwollen oder zumindest das Interesse der Doppelspitze geweckt hatten, um den Tag Revue passieren zu lassen oder einfach nur Karten zu spielen.

An jenem Abend dünkte Kohemis die Gesellschaft besonders fad und dröge. Da er sich nach Herausforderungen sehnte, nahm er es seinem Schicksal ausgesprochen übel, gerade in diesen Zeiten leben zu müssen. Denn Feralsa, das eine Haupt der Doppelspitze, zeigte bereits deutliche Spuren der Vergreisung und umgab sich am liebsten mit Gesellen, die seine Ruhepausen respektierten und sich auch ansonsten durch keine auffallenden Eigenschaften auszeichneten. Zwar versuchte sein Gegenpart Ulrim, dieses Defizit auszugleichen, indem er einen Hang zu leicht überkandidelten Kreaturen offenbarte, doch von echter, geistig stimulierender Gesellschaft konnte in diesen Tagen nicht die Rede sein.

So saß Kohemis mit Kariv, einem Vertrauten Ulrims seit Kindheitstagen, über einer Runde Bra und verlor zum wiederholten Male. Nicht etwa, weil er das Spiel nicht beherrschte, sondern weil ihn Karivs naiv-dreiste Freude über den unverhofften Sieg mehr amüsierte als die Aussicht, den Kerl mit ein paar dahingeworfenen Zügen zu vernichten.

Während der strahlende Kariv gerade die Steine für eine weitere Runde in Position brachte, spielte Kohemis mit dem Gedanken, sich mit einer gerade noch als höflich geltenden Ausrede zu verabschieden. Sollte er vielleicht den üppig genossenen Wein oder kalte Füße vom Steinboden vorschieben? Sein Blick glitt über die vom Rauch umhüllten Gesichter, bis er unvermutet von einem wachen, ja, beinahe strahlenden Ausdruck gebannt wurde. Kohemis blinzelte vor Überraschung und betrachtete den jungen Mann, der ihn eben noch so unverblümt angeschaut hatte und sich inzwischen wieder seinem Gesprächspartner widmete.

Das Leben schoss Kohemis durch die Adern wie ein Lavastrom. Mit Mühe unterdrückte er den Drang, aufzuspringen und den Unbekannten dazu zu zwingen, all seine Geheimnisse mit einem Schlag preiszugeben. Doch bereits in jungen Jahren hatte er gelernt, sein Temperament zu zügeln, ansonsten hätte er es gewiss nicht so weit am Hofe gebracht. Also blieb er sitzen und dachte nach: Er hatte diesen schlaksigen Mann, dem das blonde Haar in die Stirn fiel und dessen Sprachmelodie sich keiner Himmelsrichtung zuordnen ließ, nun schon einige Male im Dunstkreis der Residenz gesehen. Irgendjemand hatte den Burschen einfach in diese erlesene Runde eingeladen, und keiner konnte sagen, was er hier im inneren Kreis des Hofes eigentlich verloren hatte, aber niemand schien sich weiter an seiner Anwesenheit zu reiben – außer Kohemis, dessen stets unruhiger Geist sich wie ein ausgehungertes Tier auf dieses wandelnde Rätsel stürzte.

Er entschied sich dazu, die Geheimnisse des Fremden Schritt für Schritt zu lüften. Fasziniert verbrachte er daraufhin Tage und noch mehr Abende damit, mit elegant übergeschlagenen Beinen und einer undurchsichtigen Miene diesen Mann namens Maherind zu beobachten, den wohl eine günstige Welle an Land gespült hatte.

Dieser Maherind verfügte, wie Kohemis schon bald herausfand, über die ungewöhnliche Begabung, an jedem Tisch der Stadt bestehen zu können, ohne sich seiner Persönlichkeit jemals untreu zu werden. Er trieb sich nicht nur in der Residenz herum, sondern war auch in den Hafenkneipen und auf dem unüberschaubaren Marktplatz wohlbekannt. Es stand außer Frage, dass Maherind die Gesellschaft liebte und überall seine neugierige Nase hineinstecken musste: von den Mauschelgeschäften des Hofkochs mit den besseren Gaststuben, den Liebeleien des obersten Admirals und der Verschwörung der Kehrichtjungen – nichts entging ihm. Und es kostete Kohemis einiges an Aufwand und Ideen, um all diesen Spuren zu folgen.

Doch der Umstand allein, es mit einem aufgeweckten Zeitgenossen zu tun zu haben, hätte die Begeisterung, die Kohemis' Sinne unablässig zum Vibrieren brachte, nicht weiter erklärt. Denn der Hof von Previs Wall war der einzige von Rokals Lande, der sich einer gewissen Größe rühmen durfte und dementsprechend viele helle Geister und gefeierte Persönlichkeiten – auch von jenseits des östlichen Ozeans – anzog. Nirgendwo sonst in Rokals Lande herrschte ein vergleichbares schillerndes Treiben wie in der Hafenstadt, kein anderer Ort bot so viel Abwechslung und Anregung. Fast hätte Kohemis deshalb auch das Interesse verloren und den nur schwer zu fassenden Mann jener Gattung zugeordnet, die sich jeder Hof als anregende Zier leistete.

Aber dann entdeckte Kohemis etwas, das ihn auch Jahrzehnte später noch fesselte: Maherind war nicht nur imstande, sorgfältig verhüllte Zusammenhänge aufzudecken, sondern es gelang ihm obendrein, diese zu beeinflussen. Allerdings ging er dabei so subtil vor, dass es den Betroffenen nicht einmal bewusst wurde.

Aber wer schaute in diesen Zeiten schon so genau hin wie Kohemis?

Previs Wall blühte und baute seine herausragende Stellung als Bindeglied zwischen den zerstreuten Siedlungen im Osten der Südlichen Achse und dem fruchtbaren Süden von Rokals Lande beständig aus. In diesen Zeiten voller Elan und Pioniergeist verschlug es die Menschen sogar in den unwirtlichen Norden, um mit dem dort lebenden Nomadenvolk erste, wenn auch wenig Erfolg versprechende Handelskontakte zu knüpfen. Im Dunstkreis dieser Stimmung hatte sich eine Gruppe von Abenteurern aufgemacht, um den sagenumwobenen Westen zu erobern.

Zu seiner Verwunderung hatte sich auch Kohemis' ältere Schwester Badramur dazu entschlossen, mit einem Pulk von Glücksrittern und Landlosen dorthin zu reisen, nachdem einige günstige Nachrichten aus dem Westgebirge die Hafenstadt erreicht hatten. Dabei hatte Badramur in der Residenz von Previs Wall eine beachtliche Karriere bestritten. Doch offensichtlich war sie zu der Überzeugung gelangt, dass ihre Persönlichkeit für den entscheidenden großen Sprung zur Doppelspitze wenig geeignet war: Es war Badramur schon immer leichter gefallen, sich den Respekt ihrer Mitmenschen zu erwerben als ihre Sympathien. Außerdem schmeckte ihr die Vorstellung nicht, einen anderen Herrscher neben sich zu dulden. Auch das lebendige Naturell der Hafenstadt stand ihrem ordnungsliebenden Charakter entgegen. Obgleich sie sich weigerte, es ihrem hochmütigen Bruder gegenüber einzugestehen, so war die Aussicht auf ein Stück Lehm, das sie nach ihren Vorstellungen formen konnte, lieber als die Notwendigkeit, an sich selbst zu arbeiten.

Nachdem Badramur die Hafenstadt also verlassen hatte, war ein ausgesprochen unbefriedigter Kohemis zurückgeblieben. Bislang hatte er die Pläne seiner ehrgeizigen Schwester unterstützt, doch die Vorstellung, sich im unbekannten Westgebirge mit Hunger, Ungewissheit und geheimnisvollen Mächten abplagen zu müssen, war ihm wenig verlockend erschienen. Er liebte den Anblick des Meeres und den Geruch von Salz und Algen. Der Gedanke, von grauem Stein eingekreist zu sein, gefiel ihm nicht.

Mit Maherind tat sich nun eine verlockende Aussicht auf. Voller Ungeduld wartete Kohemis einen günstigen Augenblick ab, um sich dem Fremden vorzustellen. Als der junge Mann in seiner schlichten, grauen Kleidung an einem Abend aus dem Rauchersalon trat, um auf dem Balkon frische Luft zu schnappen, folgte er ihm entschlossen. Er fand Maherind leicht über die Brüstung geneigt vor und offensichtlich in Gedanken versunken, denn keine Geste deutete darauf hin, dass er sich des Mannes in seinem Rücken bewusst war.

Für einen Moment wurde auch Kohemis von der Magie der warmen Nacht eingefangen und ließ seinen Blick über die nächtliche Stadt gleiten. Es war eine dieser Sommernächte, in denen die Luft immer noch ganz durchzogen ist von der Kraft des Sonnenlichts und alle sich leicht und vergnügt fühlen, gern mit einem Glas Wein in der Hand unter dem Sternenhimmel sitzen und ein Schwätzchen halten. Schweigend trat er an die Brüstung und legte beide Hände auf den steinernen Sims, der immer noch die gespeicherte Wärme des Tages abgab.

»Ist der Sommer in der Stadt nicht eine seltsame Angelegenheit?«

Die angenehm volltönende Stimme erklang dicht neben Kohemis, der den Blick nicht von den eigenen feingliedrigen Händen mit dem Silberschmuck löste. Einen Augenblick lang kostete er noch die Vorahnung aus, gleich den entscheidenden Schritt in ein neues Leben zu tun, dann erwiderte er sanft: »Wo sollte man den Sommer denn stattdessen verbringen?«

Aus den Augenwinkeln heraus beobachtete Kohemis, wie sich zwei breite Hände mit etwas zu kurz geratenen Fingern neben die seinen auf die Brüstung legten. Selbst im schwachen Schein der Kerzenleuchter, der durch die Fenster drang, sah die Haut deutlich dunkler aus als sein eigener Porzellanteint. Kohemis glaubte trotz der Dunkelheit, die Spur von sonnengebleichten Härchen auf dem Handrücken ausmachen zu können. Im Rauchersalon ertönte Lachen, jemand stimmte ein Volkslied an, und andere fielen leise mit ein.

Zwischen den beiden Männern breitete sich ein Schweigen aus, aber es war nicht im Geringsten unangenehm. Es war, als würde in der nächtlichen Ruhe ein Band geknüpft werden, für das es keiner Worte bedurfte.

»Ich kann mir vorstellen, dass es wunderschön ist, wenn man die Stadt verlässt und eine Zeit lang dem Saum der Küste folgt. Vielleicht dorthin, wo die Brandung gegen die Klippen schlägt … wo alles weiter ist und man die Dinge besser betrachten kann«, sagte Maherind.

»Ich hätte nicht gedacht, dass Euch der Trubel in der Stadt zu viel wird. Eher hatte ich den Eindruck, dass Ihr Euch umso wohler fühlt, je mehr um Euch herum los ist.« Da er nicht sogleich eine Antwort erhielt, warf Kohemis dem Mann einen Blick zu. Maherind betrachtete noch immer die von winzigen Lichtern erhellte Stadt, aber auf seinen Zügen lag ein Lächeln, das Kohemis berührte wie kein anderes zuvor.

Langsam wandte Maherind sich ihm zu, ohne den Versuch zu unternehmen, das Lächeln zu verbergen. »Ich habe auch eher an Euch gedacht.«

Seit dieser Sommernacht waren viele Jahre vergangen, aber wann immer Kohemis' Erinnerung daran zurückkehrte, so fühlte er sich jung und siegessicher. Es war ihm überraschend leichtgefallen, die Hand, die Maherind ihm entgegenstreckte, anzunehmen und ein anderes Leben zu beginnen. Lächelnd schüttelte er bis heute seinen Kopf, wenn er an die Naivität zurückdachte, die ihn damals glauben ließ, er würde Maherind einfangen und nicht umgekehrt.

In jenem fernen Sommer waren sie beide durch die Heide entlang der Steilklippen gewandert, und für Kohemis war es ein Gefühl des Nachhausekommens gewesen. In jenem Sommer hatte er ein Heim, einen Gefährten und eine Aufgabe gefunden, die ihn seitdem zutiefst befriedigte.

Die Erinnerung umhüllte Kohemis wie eine wärmende Decke, doch als ein seltsamer Schatten in der Ferne ihn in die

Gegenwart zurückholte, stellte er erschrocken fest, dass seine Zähne vor Kälte bibbernd aufeinanderschlugen. Von Maherind war nur noch ein Umriss zu erkennen, der zwischen den vom Wind schief gepusteten Stämmen des Birkenwäldchens spazieren ging.

Widerwillig wandte sich Kohemis dem Schatten zu, der am Rand der Klippe in seine Richtung wanderte. Da es einigen grellen Sonnenstrahlen gelang, sich einen Weg durch die Wolkendecke zu bahnen, beschirmte er notdürftig seine Augen. Trotzdem hatte er keine sonderlich gute Sicht. Wer auch immer sich dort aufhielt, war von hoher, schmaler Statur und bewegte sich rasch auf das Haus mit seinen rot leuchtenden Holzplanken zu. Gerade diese Kombination aus Schnelligkeit und Eleganz weckte Kohemis' Erstaunen, und er begann, der Gestalt entgegenzugehen.

Obwohl der Sessel großzügig gepolstert und mit dunklem Samt bezogen war, spürte Kohemis jeden Knochen im Leib. Erneut veränderte er seine Haltung und ärgerte sich darüber, so viel Schwäche zu zeigen. Doch es half alles nichts, die jahrelang erprobte Selbstdisziplin versagte angesichts seiner überreizten Nerven. Auch wenn sich in den starren Zügen seines Gegenübers nichts regte, so glaubte er eine Spur von Belustigung ausmachen zu können.

Unwillkürlich spitzte Kohemis die Lippen. »Es gibt also keine Möglichkeit, Euch etwas Gutes zu tun?« Mit der Hand deutete er auf das Tablett mit ausgesuchten Leckereien, das bislang unangerührt geblieben war. »Der Wein reizt Euch nicht, die kandierten Früchte lasst Ihr unbeachtet, von dem wunderbaren Käse ganz zu schweigen. Es ist Euch gleich, ob Ihr im kalten Wind steht oder nah beim Feuer platziert werdet.« Trotz aller Bemühungen konnte er nicht widerstehen, sich vor lauter Frustration ins Nasenbein zu kneifen. Dann seufzte er ergeben und sagte: »Ich habe Elben noch nie ausstehen können. Ihr seid einfach resistent gegenüber jeder Art der Versuchung.«

Ein Paar tannengrüner Augen funkelte ihn belustigt an, und der schmale Mund verzog sich tatsächlich zu einem leichten Lächeln. Es war, als würde eine Marmorstatue sich plötzlich regen. »Ich vermute einmal, genau das hat Euch so an uns Elben gereizt.«

Da Kohemis seine Beherrschung ohnehin schon verloren hatte, streckte er die Hand nach den kandierten Früchten aus und knabberte an einer mit Zuckerkristallen überzogenen Orangenschale. »Wer kann schon fleischgewordene Ideale ausstehen?«

Das Lächeln seines Gegenübers wurde breiter, und Kohemis musste zugeben, dass es den ebenmäßigen Zügen keinen Abbruch tat. Erneut musterte er dieses erhabene Geschöpf, nur dass er dieses Mal keinen Hehl aus seiner Neugierde machte. Zwar hatte er noch nie einen Elben zu Gesicht bekommen, dennoch war es ihm gemeinsam mit Maherind gelungen, diesen unberührbaren Wesen das eine oder andere Geheimnis zu entreißen. So wusste er zum einen, dass ihm auf jeden Fall ein Elbe gegenübersaß, obwohl dieser gegen jede Regel seines Volkes verstieß: Er wanderte … außerhalb des Westgebirges … allein! Außerdem hatte er bislang noch nicht versucht, in seine Gedanken einzudringen – nicht, dass es dem Elben geglückt wäre, dafür umgab sich Kohemis schon viel zu lange mit dem Maliande. Trotzdem war dies ungewöhnlich. Und dann das bronzene Haar, das schillernd sein Gesicht umkränzte. Die wenigen Zeichen, die überhaupt auf der weißen Haut sichtbar waren, kündeten alle nur von Gedanken und Gefühlen, aber keines berichtete über seinen Stamm und seinen Stand. Überhaupt: sein – warum war sich Kohemis so sicher, einen Elben und keine Elbin vor sich sitzen zu haben, wo man die Geschlechter doch kaum auseinanderhalten konnte? Nun, die scharf geschnittenen Konturen des Gesichtes und die tiefe Stimme ließen keine Fragen aufkommen, dennoch …

Der Elbe, der sich mit dem wohlklingenden Namen Aelaris vorgestellt hatte, schien Kohemis' wachsende Verwunderung zu erraten, denn das Lächeln verschwand, und für einen Moment schlug er die Augen nieder, nur um ihn darauf herausfordernd anzufunkeln.

»Nun ja«, sagte Kohemis und wunderte sich selbst über den entschuldigenden Ton. Er hatte vergessen, dass seine Stimme dazu überhaupt in der Lage war. Demonstrativ streckte er den Rücken durch und hob das Kinn in die Höhe. »So wie es aussieht, solltet Ihr Euch rasch jedwede Empfindlichkeit abgewöhnen, wenn Ihr von Menschen angestarrt werdet. Denn genau dem wird kein Sterblicher widerstehen können. Und wer könnte es ihm auch verübeln? Ihr seid ein wandelndes Rätsel, mein Guter. Habt Ihr dem Maliande abgeschworen, oder wie ist dieser seltsame Zustand, in dem Ihr Euch unleugbar befindet, zu erklären?«

»Ich würde eher sagen, dass das Maliande mir abgeschworen hat.« Obgleich die Stimme des Elben düster anmutete, so schwang unüberhörbar eine Spur von Stolz mit. »Erst durch das Maliande werden wir zu Elben, unser ganzes Sein baut darauf. Aber das wisst Ihr ja alles, nicht wahr?«

Kohemis nickte leichthin. »Wenn nicht ich, wer dann?«, fragte er bar jeder Bescheidenheit.

Während ihres ersten gemeinsamen Sommers an der Steilklippe hatte Maherind ihm von den Geschäften erzählt, die ihn nach Previs Wall gebracht hatten: Er führte eine kristalline Flüssigkeit namens Maliande mit sich, Form gewordene Magie. Wie er an den Flakon, in dem sie geborgen war, herangekommen war, blieb sein wohlbehütetes Geheimnis. Doch

Maherind hatte das Maliande nicht zum Kauf angeboten – weder in der Hafenstadt noch sonst irgendwo in Rokals Lande. Ihn hatten die Möglichkeiten interessiert, die dieses Elixier in sich barg.

Zu Anfang ihrer rasch enger werdenden Freundschaft hatte Kohemis zunächst keine Gelegenheit ungenutzt gelassen, Maherind nach seiner Herkunft auszufragen. Dabei hatte er ein wahres Feuerwerk an Aushorchmethoden abgefackelt. Doch mehr als die vage Auskunft, dass er gegenüber dem Westgebirge eine gewisse Bindung empfand, war einfach nichts aus dem Mann herauszubringen gewesen. Eine Zeit lang hatte Kohemis sich deshalb zu den wildesten Spekulationen hinreißen lassen, die sich Maherind gern angehört hatte, um seinen Freund anschließend mit noch verrückteren Theorien zu übertrumpfen. Für gewöhnlich hätte sich Kohemis durch so viel Geheimniskrämerei herausgefordert gefühlt, doch bei seinem Gefährten entlockte es ihm lediglich ein geneigtes Lächeln.

»Es ist kein Privileg der Elben, dank dem Maliande einander Gedanken und Gefühle mitzuteilen. Ehrlich gesagt, verdanke ich dieser Erkenntnis das schöne Leben, das ich hier in der Einsamkeit führen kann, ohne auf das Wissen, was in Rokals Lande vor sich geht, verzichten zu müssen.«

Der Elbe verzog spöttisch das Gesicht. »Was eure Kunst der Verbundenheit anbelangt, so ist sie genau solch ein schwacher Abklatsch unserer Fertigkeiten wie die Zeichen, die Ihr Euch gegenseitig unter die Haut stecht. Selbst wenn man Euch Menschen in Maliande baden würde, so wärt Ihr doch weiterhin eine Bande Sterblicher, die ohne Sinn und Halt durch die Geschichte torkelt.«

»So siehst du uns Menschen?«

Als habe er einen Schlag erhalten, wandte der Elbe hastig das Gesicht ab. Mit einer gleitenden Bewegung, um die Kohemis ihn beneidete, erhob er sich aus dem Sessel und ging zu einem der Fenster. Dort blieb er lange schweigend mit vor der Brust verschränkten Armen stehen.

Obwohl es noch früher Nachmittag war, erstreckte sich die Dämmerung schon über der Küste und tauchte das Meer in ein rauchiges Dunkelblau. Weit draußen am Horizont ging gerade ein kräftiger Schauer nieder. Aus der Entfernung sah es so aus, als würde sich die Regenwolke dagegen wehren, vom Meer angezogen und in die Tiefe gerissen zu werden. Von der Heide her breitete sich feiner Dunst aus und umwehte das Steinhaus.

»So habe ich die Menschen lange Zeit gesehen«, sagte Aelaris schließlich, ohne sich umzudrehen.

Unter halb geschlossenen Lidern konzentrierte sich Kohemis auf diesen seltsamen Elben, der in diesem Augenblick so zerbrechlich wirkte wie ein Schneekristall. »Bist du in mein Haus eingekehrt, weil du jemanden suchst?«, fragte Kohemis leise.

»Ja«, antwortete der Elbe nach einigem Zögern. »Ich suche nach jemandem, dessen Zeichen ich trage.«

Kapitel 34

Die vordem schwarze Linie im Westen von Siskenland war inzwischen zu einem riesigen Gebirge angewachsen, dessen unzweifelhafte Erhabenheit auf Lungen und Stimmung der Wanderer drückte. Wie Geschmeiß, das durch den Staub kriecht, kamen sie sich vor, und dem Gedanken, schon bald in diesen Stein gewordenen Schatten steigen zu müssen, wohnte eine Bedrohung inne. Es war schier unbegreiflich, dass Menschen jemals den Entschluss gefasst hatten, dieses Ungeheuer zu erkunden, ja, sogar zu erobern.

Sogar die Tatsache, dass die Temperatur nun stetig fiel und in der Ferne das ewig gleiche Ocker der Ebene sich im Weiß des Schnees verlor, konnte das Volk aus dem NjordenEis nicht der Lethargie entreißen, die sie fest im Griff hielt. Zu viele düstere Sagen kannten sie, die von der verzehrenden Magie des Gebirges erzählten, als dass sein Anblick ihnen keine Furcht einflößte. Selbst Lehen, die im Gebirge aufgewachsen war, litt unter der erdrückenden Wirkung des überwältigend hohen Westgebirges. Zugleich sehnte sie den Tag herbei, an dem sie endlich seinen Saum erreichten und Damir mit dem Goldenen Staub aufbrechen würde, um hoffentlich niemals zurückzukehren. Unentwegt quälte sie der Gedanke, dass dem Schmied im letzten Augenblick doch noch eine List einfallen würde, um sie zur Burgfeste zu verschleppen.

Gereizt rieb sie ihre gefesselten Handgelenke aneinander. Unter der Schnur mischte sich Schweiß mit dem allgegenwärtigen Staub und rief ein unangenehmes Brennen hervor.

Nachdem das Westgebirge am Horizont aufgetaucht war, hatte Belars sie aufgefordert, die Hände vorzustrecken.

»Wenn Damir wieder ins Lager zurückkehrt, werde ich sie dir abnehmen«, hatte die Njordenerin mit ihrer rauchigen Stimme erklärt, während sie den Strick sorgfältig verknotete. »Aber ich will nicht, dass du ihm in deinem Wahn hinterherläufst. Meine Leute haben Besseres zu tun, als auf dich achtzugeben.«

Wohlweislich hatte sich Lehen die Erwiderung verkniffen, dass sie lieber für den Rest ihres Lebens in einem Orkstollen hausen würde, als Damir hinterherzulaufen. Stattdessen hatte sie die stolze Frau nachdenklich angesehen. »Du machst einen Fehler, wenn du Damir über den Weg traust«, hatte sie schließlich ohne viel Hoffnung gesagt.

»Zumindest traue ich ihm mehr als dir. Was soll man schon von einer Frau halten, die einem Mann hinterherläuft, der sie nicht will?« Mit diesen Worten hatte Belars sich umgedreht und war gegangen, ohne Lehen eines weiteren Blickes zu würdigen.

Die letzten Tage der Reise hatten unter dem Banner des Schweigens gestanden: Damir hatte sich seit der Nacht am Lagerfeuer von ihr ferngehalten, nur gelegentlich hatte sie seinen eisigen Blick auf sich gespürt. Aber seinen Bewegungen haftete seitdem etwas Vorsichtiges, beinahe Ängstliches an. Wenn er einen der Hirsche bestieg, beobachtete sie voller Zufriedenheit, wie er ein Stöhnen unterdrückte, während er die Hand auf die gezeichnete Seite drückte. Dennoch konnte sie eine böse Vorahnung nicht abschütteln. Obgleich sich Lehen sicher war, dass der Junge ihr eine Art Abwehrzauber auf die Hand gemalt hatte, so konnte sie mit diesem Gedanken nichts anfangen. Denn Magie konnte nur jemand heraufbeschwören, der das wertvolle Maliande in seinem Besitz hatte. Doch wie sollte ein Junge aus dem NjordenEis an so etwas herangekommen sein? Vielleicht, überlegte sie, ist auch der Goldene Staub, den die Karawane mit sich führt, zu so etwas in der Lage.

Vorsichtig hatte sie versucht, in Tanil zu dringen, um herauszufinden, was sie Damir angetan hatte. Doch der Junge hatte sie bloß mit seinen großen schwarzen Augen angeblickt, als betrachte er eine Welt, die sich hinter Lehens äußerer Erscheinung verbarg und deren sie sich selbst gar nicht bewusst war. Zugleich erschien ihr Tanil seit jenem Erlebnis sehr viel anhänglicher, oftmals wirkte er während der langen Ritte benommen und kuschelte sich am Abend sofort schläfrig an sie, das Essen zu ihrem Leidwesen ignorierend.

Auch an diesem Abend war es nicht anders gewesen. Tanil hatte nicht einmal die Kraft aufgebracht, das Lagerfeuer zu entfachen, obwohl er diese Aufgabe offenkundig liebte. Das verfluchte Westgebirge bekommt ihm nicht, dachte Lehen grimmig, während ihre Finger über sein verfilztes Haar strichen. Es ist, als würde es mein Kind verzaubern, nur um ihm die Lebenskraft auszusaugen. *Mein* Kind, wiederholte sie bestürzt und blickte auf das schmale Gesicht des schlafenden Jungen hinab.

Die Erkenntnis traf sie vollkommen unvermittelt, doch bevor sie Freude darüber empfinden konnte, überkam sie Angst. Damir würde nicht von seinem Plan, das Geheimnis der Drachen an sich zu bringen und es in Macht und Reichtum zu verwandeln, abweichen. Ob er sie nun heimlich aus dem Lager entführte oder sie gegen den Erlös des Goldenen Staubs eintauschte. Allerdings bezweifelte sie auch, dass Belars sich auf einen Handel mit ihr einlassen würde. Wahrscheinlich würde diese Frau, die lediglich Verachtung für sie übrig hatte, ihre Geschichte als Versuch abtun, freizukommen, um Damir folgen zu können. Ganz gleich, wie ich es anpacke, dachte Lehen, sie werden mir das Kind nicht lassen. Fast hätte sie vor Verzweiflung aufgeschluchzt, doch Tanil wand sich bereits unruhig, und sie wollte ihn nicht wecken. Während sie über ihre Möglichkeiten nachsann, schweifte ihr Blick über das Lager der Karawane. Die meisten Njordener saßen still über ihrer Mahlzeit. Einige hatten sich in die Zelte zurückgezogen, um den dräuenden Anblick des Westgebirges nicht länger ertragen zu müssen. Weiter abseits standen Damir und Belars in ein geflüstertes Gespräch vertieft, während der Rabenmann um sie herumschlich und vorgab, seine Raben mit den restlichen Fetzen von getrocknetem Maderhörnchenfleisch zu füttern. Alle hofften sie darauf, mit dem Betreten der Burgfeste kein Maderhörnchen mehr sehen zu müssen, da dieses fade Fleisch selbst den genügsamen Njordenern mittlerweile zuwider war.

Unvermittelt blieb Regne stehen, als würde er Lehens nachdenklichen Blick auf seiner Haut spüren. Dann warf er seinen Raben die letzten Streifen hin und kam auf sie zu. »Was ist, Frau?«, fragte er missmutig und scheuchte einen aufdringlichen Raben mit der Hand weg, der in seinen Taschen nach Resten suchen wollte.

Lehen blickte ihn eine Zeit lang prüfend an, als läge die Antwort auf seine Frage irgendwo in seiner schäbigen Erscheinung. »Was weißt du über den Handel, den Damir auf der Burgfeste abschließen will?«, fragte sie schließlich.

Regne krächzte abweisend. Trotzdem blieb er zu ihrer Verwunderung sitzen und gab vor, die Reste des Eintopfs aus dem Kessel zu kratzen. »Einen Teil des Goldenen Staubs wird er wohl meistbietend verschachern und zugleich auskundschaften, wie die Zeichen der Zeit stehen. Die Prälatin gilt als kluge Geschäftsfrau, vielleicht ist ihr der Gedanke an einen Handelsweg an Sahila vorbei gar nicht so unlieb. Schließlich gibt es keine Garantie, dass die Hafenstadt des Südens nicht eines Tages mit Previs Wall gleichzieht.« Er hielt inne und warf ihr einen listigen Blick zu. »Wir sprechen doch vom Handel mit dem Goldenen Staub, nicht wahr?«

Lehen überschlug die Wahrscheinlichkeit, dass der Rabenmann vorhatte, sie ins offene Messer laufen zu lassen. Aber was konnte schon passieren, außer dass er sie bei Damir verpetzte? Anstelle einer Antwort schaute sie den wartenden Regne lediglich an, dann wechselte sie einfach das Thema: »Ich wusste gar nicht, dass man auch mit Goldenem Staub Magie beschwören kann.«

Regne blinzelte verwirrt, dann machte er eine wegwerfende Geste. »Dummes Zeug, kann man auch nicht.« Gereizt schleuderte er die Kelle in den leeren Kessel. »Ich habe nicht vor, meine Zeit mit dir zu verschwenden. Also, entweder du sagst mir jetzt, was du willst, oder …«

»Oder du kehrst wieder auf deinen Spitzelposten zurück?«

Die verletzte Eitelkeit, die Lehen in Regnes wettergegerbtem Gesicht erkannte, gab ihr die nötige Gewissheit. Nach wie vor spielte der Rabenmann in Damirs Aufstellung nur die zweite Geige, worunter dieser unleugbar litt. Genau diesen wunden Punkt gedachte sie sich zunutze zu machen. »Wenn sich Damir die Möglichkeit bieten würde, auf der Burgfeste zu bleiben und das Wohlwollen der Prälatin zu genießen, glaubst du, Belars würde ihre Karawane aufgeben und an seiner Seite bleiben?«

»Es gibt wohl keine waschechte Njordenerin, die sich freiwillig auf ein Leben in diesem Steinhaufen einlässt. Dieses Pack mag nämlich weder Steine noch Magie.« Er deutete ein verschwörerisches Lächeln an, das Lehen zurückzucken ließ. »Wenn du Damir in Versuchung führen willst, warum hast du ihm das Geheimnis der Drachen nicht einfach erzählt?«

»Weil er mir zum Tausch wohl kaum Tanils und meine Rückkehr ins Tal angeboten hätte.«

»Du willst dieses Kind haben?«

»Ja«, sagte Lehen mit fester Stimme. »Was sagst du dazu: Du gibst mir heute Nacht die Möglichkeit, mit Tanil zu fliehen, und ich verrate dir, wie man Drachen gefügig macht. Dann wärst du für Damir wieder von Wert, ihr wärt gleichberechtigte Handelspartner. Du hättest das Wissen, und er würde es meistbietend verschachern.«

Die Hände des Rabenmanns flatterten nervös auf und ab, während er einen inneren Kampf mit sich ausfocht. »Einverstanden«, krächzte er schließlich, als würden die Worte nur widerwillig seine Kehle hochsteigen.

Lehen atmete erleichtert aus. Mit einem Mal war alles so klar und leicht – gemeinsam mit dem Jungen würde sie die Ebene durchqueren und sobald sie das Tal erreicht hatten, keinen Gedanken mehr an diese Reise verschwenden, ganz gleich, wie qualvoll sie werden mochte. Tanil war diesen Preis wert, das würde Nahim gewiss auch so sehen.

Plötzlich streifte sie ein Luftzug. Kalt und klar, als wäre sie für den Bruchteil eines Atemzugs in einen Bottich mit Eiswasser gesprungen. Verwirrt starrte sie Regne an, dessen weit aufgerissene Augen in Richtung Westen starrten. Als Lehen seinem Blick folgte, sah sie, wie eine Feuersäule von den Höhen des Westgebirges gen Himmel aufstieg und ihre Zungen gierig in die Luft streckte. Dann wurde ihr Blick von unzähligen schwarzen Schatten gebrochen, die durch die Luft schossen: Regnes Raben hatten sie eingekreist, schlugen mit den Flügeln und stießen dabei unentwegt ein Krächzen aus. Fast verlor sie in dem Wirbelsturm das Gleichgewicht, so schwindelig wurde ihr von dem wilden Tanz der Vögel. Regne hingegen, der erstarrt an ihrer Seite stand, schien seine aufgebrachten Raben gar nicht zu bemerken.

Die Hirsche im Lager begannen zu brüllen, einige Tiere scherten in ihrer Panik aus der Herde aus und sprangen ohne Sinn und Verstand davon. Eins der Zelte, aus denen gerade einige schlaftrunkene Njordener kletterten, wurde dabei umgerissen, und auch die sorgsam abgedeckten Säcke mit dem wertvollen Goldenen Staub wurden durcheinandergewirbelt. Nun kamen endlich auch die Njordener auf die Beine, die bislang voller Staunen das rot gefärbte Westgebirge betrachtet hatten.

Lehen jedoch bemerkte das Chaos im Lager nicht. Auch die immer noch umherfliegenden Raben hatte sie mit einem Schlag vergessen. Denn der zu ihren Füßen liegende Tanil stieß plötzlich einen unwirklich lauten Schrei aus, während er sich beide Hände mit Gewalt gegen die eigenen Ohren presste. Ein Zittern durchfuhr den schmalen Körper, als würde die Erde unter ihm beben und das Kind von einer Seite auf die andere schleudern.

Lehen wollte sich schon zu Tanil niederknien, als sie von Regne an der Schulter zurückgerissen wurde. »Fass ihn nicht an!«, schrie der Rabenmann außer sich vor Angst. »Er brennt, das magische Feuer hat ihn entflammt!«

Mit einer ungeahnten Kraft befreite sie sich aus dem Griff und schlug blindlings mit den gefesselten Händen nach dem keifenden Mann. Kaum war Regne einige Schritte zurückgewichen, kauerte sie sich neben Tanil und streckte die Hände nach ihm aus. In diesem Augenblick riss das Kind, von Schmerzen gepeinigt, die Augen auf, und zu ihrem Entsetzen erkannte sie, dass hinter der gläsern gewordenen Iris tatsächlich ein Flammenmeer tobte. Tanils Innerstes brannte lichterloh, ein Feuer, das darauf drängte, die Welt zu verzehren.

Neben sich bemerkte Lehen eine Bewegung, als der Rabenmann davonstürzte. Du musst auch fliehen, schrien ihre Instinkte. Sofort! Begreif doch, dieses Feuer ist unlöschbar. Und tatsächlich begriff Lehen, aber sie floh nicht. Stattdessen berührten ihre Finger sanft die Wange des schreienden Kindes. Tanil blinzelte und schaute sie aus seinen kohlschwarzen

Augen an. Ohne zu zögern, ließ Lehen zu, dass der Junge sich in ihren Schoß legte und in Tränen ausbrach wie ein Neugeborenes. Und er ließ sich ohne jeglichen Widerstand von ihr trösten.

Lehen versenkte ihr Gesicht in seinem Haar, während sie langsam vor und zurück schaukelte. Unwillkürlich dachte sie an die Geschichte des verschwundenen Dämonenbeschwörers, die Regne ihr vor einiger Zeit erzählt hatte. Am liebsten wäre sie ebenfalls in Tränen ausgebrochen. Noch ein Geheimnis, von dem niemand erfahren darf, schoss es ihr durch den Kopf. Was würde die Prälatin wohl für ein Kind zahlen, in dem die Magie lichterloh brannte?

Das Lagerfeuer war bereits so weit heruntergebrannt, dass kaum mehr als ein rotes Glimmen durch den dünnen Stoff der Zeltplane drang. Nachdem sich die Aufregung im Lager wieder gelegt hatte, waren auch die meisten der entlaufenen Hirsche zurückgekehrt und die Schäden behoben worden. Niemand hatte sich bemüßigt gefühlt, noch über das magisch erleuchtete Westgebirge zu reden. Die Njordener wollten nicht einmal mehr nach Westen blicken, sondern legten sich unmittelbar zum Schlafen nieder. Um Tanils Zusammenbruch scherten sie sich herzlich wenig und überließen es Lehen, sich um das nur schwer zu beruhigende Kind zu kümmern. Nur eine der Frauen hatte sich dazu herabgelassen, Lehens Fesseln zu lösen, damit sie den Jungen in ihre Arme schließen konnte. Auch der Rabenmann hatte seine Furcht bezähmt und Lehen einen kurzen Besuch abgestattet. Er schien direkt ein wenig verlegen, wie sie ungläubig feststellte.

»Dieses magische Feuer hat meine Raben ganz verrückt gemacht, und das wiederum hat mich verrückt gemacht«, erklärte er ungefragt. Doch Lehen ging nicht darauf ein, sondern redete beruhigend auf Tanil ein, der sich an ihr festkrallte, als wolle ihn jemand mit Gewalt aus ihren Armen fortreißen.

Regne schaute sich kurz um, dann bückte er sich zu ihr herab. »Zumindest hatte der Aufruhr ein Gutes: Ich habe zwei Hirsche einfangen können, bevor sie ins Lager zurückkehren konnten. Heute Nacht werden alle in den Zelten liegen und sich die Decken über die Köpfe ziehen. Keiner von den Njordenern wird freiwillig auch nur einen Schritt hinaus in die unheimliche Welt tun. Falls du also an deinem Plan festhalten willst?«

Lehen nickte nur.

Nun lag sie beim Eingang eines Zeltes, den Leib eng an den schlafenden Tanil gepresst und seinem viel zu schwach gehenden Atem lauschend. Schon vor einiger Zeit war aus einem Zelt Belars' wütende Stimme erklungen. Wortfetzen waren über den Platz getrieben und hatten von zähen Absprachen der beiden gekündet, wie Damir mit dem Goldenen Staub zu verfahren habe. Doch Belars hatte – wie schon die letzten Tage zuvor – lautstark dagegengehalten, bis von Damir nur noch ein Knurren gekommen war. Schließlich waren die Stimmen bedrohlich leise geworden, und kurz darauf hatte Lehen durch den Spalt am Eingang beobachten können, wie der Schmied mit finsterer Miene über den Lagerplatz schritt, um in einem der anderen Zelte zu verschwinden. Einen Augenblick lang hatte sie befürchtet, dass er sich nach ihr umschaute. Aber als er nicht wieder auftauchte, beruhigte sie sich. Offensichtlich war ihm die Lust auf weibliche Gesellschaft für diesen Abend gründlich vergangen.

Als der Zelteingang dann doch in Bewegung geriet, schrie Lehen vor Entsetzen fast auf. Es war aber nur Regne, der ihr einen auffordernden Blick zuwarf, bevor er wieder verschwand.

Mit einiger Mühe gelang es Lehen, Tanil zu wecken und

ihm zu bedeuten, ihr lautlos zu folgen. Vor diesem Moment hatte es ihr am meisten gebangt, denn nach wie vor konnte sie sich nicht sicher sein, dass das Kind ihr gehorchte. Tanil verstand ihre Sprache nicht und hatte auch ansonsten seinen eigenen Kopf. Aber er trottete ihr mit halb geschlossenen Augen hinterher wie ein tapsiger Hund. Auf der Hälfte der Strecke hockte er sich jedoch einfach auf den Boden und nickte ein. Obwohl Lehen ihn schüttelte und so laut, wie die Umstände es erlaubten, auf ihn einredete, rührte der Junge sich nicht.

Besorgt blickte sie sich im Lager um, doch niemand war zu sehen. Es war, wie Regne gesagt hatte: Die Njordener verkrochen sich in den Zelten. Trotzdem mussten sie weiter. Sie ließ sich auf die Knie nieder, nahm das schlafende Kind in die Arme und kam dann gefährlich schwankend zum Stehen.

Der Gedanke an den bevorstehenden nächtlichen Ritt erschien ihr auf einmal vollkommen absurd. Damir wusste schon, warum er sich nicht besser um ihren Gewahrsam gekümmert hatte. Schließlich hielt er sie für eine vernünftige Frau, also eine, die auf keinen Fall eine Flucht durch die orkverseuchte Steppe auf sich nehmen würde und schon gar nicht mit einem Kind an ihrer Seite.

Abermals spürte sie dieses seltsame Zerren in ihrem Inneren, das sie dazu zwang, die Entführung des Jungen erneut zu überdenken. Hatte sie wirklich das Recht, Tanil einer solchen Gefahr auszusetzen? Andererseits: In was für einer Gefahr würde er sich wohl befinden, wenn man ihn ins Westgebirge verschleppen und der dortigen Magie ausliefern würde? Wenn er im Lager blieb, war es nur noch eine Frage der Zeit, bis Regne auf den gleichen Verdacht verfiel wie sie.

Mit laut pochendem Herzen schritt Lehen so hastig wie möglich aus, und schon bald stieß sie auf Regne, der bereits eine der Hirschkühe mit einigen schmalen Proviantbeuteln beladen hatte. Ein Rabe saß auf seiner Schulter und gab ein schlecht gelaunt klingendes Gezischel von sich.

»Sarab hier wird euch helfen, den Weg durch das Siskenland zurückzufinden«, erklärte Regne, um dessen Stimmung es nicht besser bestellt schien. »Ich hoffe für dich, dass du das Geheimnis wirklich kennst. Denn ich werde Damir davon überzeugen müssen, dass ich es wert bin, vor Belars' Zorn geschützt zu werden, wenn sie entdeckt, dass ihr hart erkämpftes Pfand samt dem billigen Handlanger auf und davon ist.«

Lehen schnaufte verächtlich, während sie den schlafenden Tanil vorsichtig auf den Boden gleiten ließ. Außer Atem stemmte sie sich die Hand in die Seite. »Als ob du vorhättest, dich schuldig zu bekennen. Belars hält mich für eine Verrückte, und von Tanil hält sie auch nicht allzu viel. Sie wird denken, dass das magische Feuer uns beiden den Restverstand eingeäschert hat und wir im Durcheinander der Nacht abhandengekommen sind.«

Obwohl es in seinem Gesicht merklich zuckte, ging Regne auf diese Worte nicht ein. Gerade hatte er dem zweiten Hirsch ein Geschirr angelegt und hielt die Zügel locker in der Hand. »Nun«, sagte er. »Damit habe ich meinen Teil der Abmachung erfüllt. Ich will jetzt meinen Lohn.«

Aber Lehen schüttelte den Kopf. »Zuerst wirst du uns ein Stück begleiten, damit ich mir sicher sein kann, dass du nicht einfach nach Verstärkung rufst, wenn du hast, was du willst.«

»Blödsinn«, erwiderte Regne ungehalten. »Ich bin doch kein Dummkopf und mache mir die Preise kaputt, indem jemand außer mir noch das Geheimnis kennt.«

»Das habe ich nicht bedacht.« Obwohl der Rabenmann ungeduldig von einem Fuß auf den anderen trat, stand Lehen nur da und betrachtete nachdenklich Tanils Züge, als könnten sie ihr einen Weg offenbaren. »Angesichts deiner Gerissenheit wirst du uns wohl einen zweiten Raben mit auf den

Weg geben müssen. Wenn Tanil und ich außer Reichweite sind, werden wir ihn mit dem Geheimnis zu dir zurückfliegen lassen.«

»Nein, nein, nein!« Außer sich vor Erregung wedelte Regne mit dem Zeigefinder in der Luft herum und kam erst zur Räson, als der Hirsch hinter ihm scheute.

»Auf mein Wort ist Verlass«, hielt Lehen entgegen, und der Blick, den sie ihm schenkte, sagte deutlich, dass er diesen Vorteil nicht für sich in Anspruch nehmen konnte. »Was bedeutet mir schon das Geheimnis der Drachen? Ich will nur zurück ins Westend mit meinem Kind. Sollen sich die Großen und Mächtigen ruhig die Finger an der Magie verbrennen, wenn sie so sehr danach lechzen. Warum zögerst du, Rabenmann? Du schenkst uns die Freiheit und ich dir eine goldene Eintrittskarte in die Burgfeste – so ist der Handel.«

Mit beiden Händen griff Regne sich ins struppige Haar und zog unwirsch daran. »Abgemacht«, sagte er, obwohl die Zuckungen seines Körpers eine andere Sprache sprachen.

Mit deutlichem Widerwillen half er ihr dabei, den leblosen Tanil auf einen der Hirsche zu hieven. Es war, als wolle er sich nicht die Finger an dem Kind verbrennen. Womit er vielleicht sogar recht hat, dachte Lehen. Dann saß sie ebenfalls auf dem Hirsch auf und verdrängte ihre Angst, als sie die Zügel in die Hand nahm. Sie hatte ihre Entscheidung getroffen, Tanil gehörte zu ihr. Sanft gab sie der Hirschkuh zu verstehen, dass sie sich in Bewegung setzen sollte, und zu ihrer Überraschung tat das Tier wie geheißen. Einer der Raben ließ sich meckernd auf ihrer Schulter nieder, als sie den Weg in Richtung Osten einschlug. Das Westgebirge in ihrem Rücken zu wissen beruhigte sie. Mit jedem Schritt der Hirsche schlugen Tanil und sie ihrem Schicksal einen Haken. Lehen lachte leise und trieb die Hirschkuh weiter voran.

Kapitel 35

Den ganzen Tag über schon surrte es in der Burgfeste wie in einem Bienenkorb. Auf den Fluren wurden hinter vorgehaltener Hand Gerüchte weitergetragen, die jungen Krieger tobten die allgegenwärtige Anspannung in den Übungshallen aus, Höflinge wanderten mit bedeutungsschwangeren Mienen umher, und die Berater wie auch die Prälatin machten sich mit einem Mal auffällig rar.

Offensichtlich war der Stamm der Gahariren fest dazu entschlossen, den Verlust des untersten Stollens der Turiden-Öfen nicht einfach hinzunehmen. Vor einigen Tagen hatte es einen Sabotageakt gegeben, bei dem einer der Stollen vor lauter freigesetzter Magie fast explodiert wäre. Die dabei entstandene Feuersäule hatte das ganze Westgebirge in die Farbe der Magie von Rokals Lande getaucht – ein glühendes Rot.

So mancher in der Burgfeste war in dieser Nacht zitternd und schlaflos in sein Bett zurückgekehrt, das Zeugnis der Macht der im Gebirge schlummernden Magie immer noch lebhaft vor Augen. Auch an den magischen Geschöpfen war der Ausbruch der Magie nicht spurlos vorübergegangen: Wie ein erregendes Streicheln hatten sie es empfunden, und alte Erinnerungen waren geweckt worden, die von dem Glanz längst vergessener Zeiten erzählten, als die Magie noch ungebunden war.

Obwohl die Gahariren bei ihrem Anschlag gewiss nicht damit gerechnet hatten, so beflügelte die Feuersäule doch die anderen Mitglieder des ehemaligen Verbunds von Olomin und verband sie miteinander – ein Umstand, der Badramurs hochtrabende Pläne zu gefährden drohte. So kam es auch, dass die Außenseiterrolle, die Lalevil leichtfertig provoziert und an Nahims Seite durchaus genossen hatte, kurzerhand wieder aufgehoben wurde. Einige Tage nachdem die Feuersäule den Nachthimmel in Brand gesetzt hatte, wurde sie nämlich zu einer Unterredung unter vier Augen in Badramurs Privaträume gebeten – mit dem unausgesprochenen Hinweis, dass Nahims Anwesenheit nicht erwünscht war. Entsprechend schlecht war die Stimmung der Drachenreiterin, als sie Badramurs Arbeitszimmer betrat.

»Ausgerechnet ich soll die Aufgabe einer Mittlerin übernehmen?« Es gelang Lalevil nicht, den Unglauben aus ihrer Stimme zu bannen, ganz gleich, wie verächtlich Badramur sie deshalb anstarrte.

»Ich nehme doch wohl zu Recht an, dass das deiner Aufgabe als Ordensmitglied entspricht«, hielt die Prälatin entgegen.

Hinter dem mächtigen Tisch aus poliertem Lavagestein, der bis auf einige Machtinsignien leer war, drohte die Prälatin aufgrund ihrer kurzen Körpergröße zwar verloren zu gehen, doch Lalevil ließ sich davon nicht täuschen – diesen Anfängerfehler würde sie bestimmt nicht begehen. Trotzdem wanderte ihr Blick unwillkürlich zu der unscheinbaren Tür im Hintergrund, hinter der sie das Schlafgemach der Prälatin vermutete. Die Vorstellung von einer ins Kissen schnarchenden Badramur zauberte der Drachenreiterin ein dreistes Lächeln aufs Gesicht.

»Nun ja«, setzte sie gedehnt an. »Ich dachte, nach dem kleinen Freundschaftsdienst, den ich Euch vor einiger Zeit erwiesen habe, wäre ich bei den Gahariren nicht sonderlich willkommen.« Als Badramurs Lippen sich zu einem farblosen Strich verhärteten, lenkte sie jedoch rasch ein. »Außerdem ist dieser Elbenstamm so außerordentlich stolz auf seine Herkunft, dass ich als Njordenerin einen besonders schweren Stand bei Verhandlungen haben dürfte.«

An der Eingangstür erklang ein schüchternes Klopfen, und gleich darauf erschien das von Narben zerfurchte Gesicht Schalkans im Spalt. Badramurs Finger klopften wie ein Trommelwirbel auf den Tisch, dann deutete sie mit einem Handwedeln an, dass er warten musste, was es auch immer Dringendes geben mochte. Als sie ihre Aufmerksamkeit wieder auf Lalevil richtete, wünschte diese sich, Badramur hätte sich anders entschieden. Bei dem Gedanken, auf Vertreter der Gahariren zu stoßen, verengte sich ihre Brust mit einem Mal schmerzhaft.

»Es ist die Aufgabe des Ordens zu vermitteln, und Ihr habt ein besonderes Geschick bewiesen, was den Umgang mit den Gahariren anbelangt«, erklärte die Prälatin, und alles an ihr deutete darauf hin, dass sie keinen Widerspruch duldete. »Es gilt, diese störrische Bande zu besänftigen, bis die Situation mit Achaten geklärt ist. Bis dahin ist Diplomatie angesagt, auch wenn mir eine solche Vorgehensweise zutiefst zuwider ist. Doch je weniger Maliande in dieser Umbruchzeit verschwendet werden muss, desto besser. Außerdem gilt es um jeden Preis vor den ehemaligen Mitgliedern des Verbunds von Olomin zu verbergen, dass die Vorräte an Goldenem Staub und damit an Maliande endlich sind. Solange wir in ein Kräftemessen mit Previs Wall verstrickt sind, können wir keine weiteren Krisenherde bewältigen, ohne selbst Schlagseite zu erleiden. Also setzt Euren speziellen Charme ein – falls Ihr ihn nicht bereits vollständig an diesen eigensinnigen Monteraner verschwendet haben solltet.«

Mit diesen Worten, die Lalevil eine ungewöhnliche Röte auf die Wangen zauberten, war die Unterredung beendet.

Zurück in der Kammer erzählte Lalevil Nahim von ihrem

Auftrag, wobei sie allerdings die Anspielung der Prälatin geflissentlich verschwieg. Nahim, der gerade damit beschäftigt war, einige Kleidungsstücke in einer Schale durchzuwaschen, zeigte sich nicht sonderlich überrascht von dieser Entwicklung. Als Lalevil schließlich geradeheraus fragte, ob er sie auf ihrer Mission als Mittlerin begleiten wollte, winkte er lediglich ab. Denn an dem Entschluss, nach Montera zurückzukehren, wollte er nicht rütteln. Im Augenblick war es gewiss am besten, wenn Lalevil ihren Aufgaben nachging und er den seinen.

»Ich habe gehört, dass in den nächsten Tagen eine Karawane über die Handelsroute Talemis in Richtung Süden aufbrechen wird. Ich will mich ihr anschließen«, erklärte Nahim, und Lalevil nickte, ohne ihm in die Augen zu schauen. Trotzdem sah er die Enttäuschung auf ihrem Gesicht.

Seit der Willkommensfeier von Botschafter Bolivian mied Nahim die größeren Hallen und erst recht den Audienzsaal. Er wurde das Gefühl nicht los, die Fantasien der Bewohner der Burgfeste zu sehr beflügelt zu haben – nicht nur durch seine rätselhafte Ankunft und den Einfluss, den er unleugbar auf die berühmt-berüchtigte Lalevil ausübte, sondern nun auch wegen seiner Auseinandersetzung mit dem Botschafter seines Heimatlandes. Zwar bemühte sich Nahim darum, die Blicke und das Gezische an sich abprallen zu lassen, aber sie verleideten ihm trotzdem jeden Spaziergang.

Dafür genoss er die wenigen Stunden, die Lalevil und ihm am späten Abend blieben, wenn sie von ihren Aufgaben frustriert zurückkehrte. Dann saßen sie in trauter Eintracht beisammen, jeder von ihnen den Schmerz und die Traurigkeit, die sie verband, akzeptierend. Auch wenn Nahim kaum damit gerechnet hatte, so hatte ihre Freundschaft die ungestüme Liebesnacht überstanden.

Am Abend, bevor Lalevil zu ihrer Mission aufbrechen sollte, saßen sie mit angezogenen Beinen nebeneinander auf dem Bett, tranken Wein und sprachen über die Zukunft von Rokals Lande, jedoch kein einziges Mal über ihre eigene. Der Abschied stand bevor, aber sie verloren kein Wort darüber.

Am folgenden Morgen suchte Lalevil schließlich schlaftrunken ihre Kleidung zusammen. Nahim hörte dem Rascheln und leisen Fluchen mit geschlossenen Augen zu, bis es mit einem Mal still wurde. Hastig richtete er sich auf, nur um Lalevil neben sich stehend vorzufinden, die ihn ansah. Bevor er etwas sagen oder gar tun konnte, raunte die Drachenreiterin ihm ein »Na, dann« zu und war auch schon zur Tür hinaus. Zögernd legte Nahim sich in die Kissen zurück und verschränkte die Arme hinter dem Kopf. Er bemühte sich darum, sich ein Lächeln abzuringen, weil Lalevil solch eine unverwüstliche Person war. Doch es gelang ihm einfach nicht.

Mit einem Beutel über der Schulter brach Nahim am Vormittag auf, um über eine endlose Wendeltreppe abseits der Außenfassade der Burgfeste hoch ins Gebirge zu steigen. Er wanderte ein Stück bergauf, bis die geschäftigen Geräusche verebbten und er auf eine kleine Lichtung traf, wo er sich auf einen Findling setzte. Irgendwo in der Ferne konnte er Ziegen blöken hören. Unmittelbar dachte er an die Hütte am Hang, die er gemeinsam mit Lehen hergerichtet hatte. Er ließ die Erinnerung zu, versuchte aber, sie als das zu betrachten, was sie war: bloß eine Erinnerung.

Obwohl er einfach nur dasitzen und sich die verschneite Lichtung genauer anschauen wollte, zog er die Handschuhe aus und schnürte den Beutel auf. Zwar hielt er die Kälte gewöhnlich recht gut aus, aber schon bald würden seine Finger zu zittern anfangen. Einen Augenblick schalt er sich einen Dummkopf, sein Vorhaben nicht einfach in der mollig warmen Kammer auszuführen. Doch er hatte es einfach nicht in

Badramurs Dunstkreis tun wollen. Hier draußen unter dem freien Himmel fühlte es sich richtig an, Kälte hin oder her.

Nachdem er die Utensilien vor sich auf einem Tuch ausgebreitet hatte, zog er seinen linken Arm aus dem Mantel hervor und krempelte rasch den Ärmel seines Hemdes hoch. Mit dem Zeigefinger fuhr er die verschlungenen Linien nach, die er jederzeit vor seinem geistigen Auge beschwören konnte, so vertraut waren sie ihm. An einem Ende jedoch wartete ein loser Faden darauf, weitergesponnen zu werden.

Obwohl es ihn fast in den Wahnsinn getrieben hatte, hatte Nahim Kohemis damals dabei zugesehen, wie dieser die schwarze Farbe in seine Haut gestochen hatte. Es waren nicht die Schmerzen gewesen, die seinen Widerwillen hervorgerufen hatten, sondern die Vorstellung, dass etwas Fremdes in ihn eindrang und ihn zeichnete. Als sich der erste schwarze Bogen unter dem hervorquellenden Blut abgezeichnet hatte, hätte er am liebsten vor Zorn und Ekel geschrien. Später jedoch, als Vennis ihm ein nasses Tuch zum Kühlen der geschwollenen Stelle gegeben und das Hemd ihm verschwitzt am Rücken geklebt hatte, hatte er die Zeichnung voller Zurückhaltung angeschaut und sich in ihr wiedererkannt. Kohemis wusste einfach immer, was er tat.

Nahim legte seinen Unterarm auf dem angewinkelten Knie ab und bog die Hand nach unten, so dass sich die Haut straffte. Dann goss er etwas hochprozentigen Alkohol über die empfindsame Innenseite des Unterarms, wobei er sich verwünschte, keine Flasche mit etwas Trinkbarem eingepackt zu haben. Bevor er die in Farbe getunkte Nadel ansetzte, konzentrierte er sich auf das Zeichen, das er nun schließen wollte. Jede Drehung, jede Gerade erzählte ihre Geschichte, sang zu ihm. Noch ehe er sich dessen bewusst wurde, stach er zu und ließ sich von seinen Empfindungen leiten.

Wäre es ihm möglich gewesen, sich während der Prozedur

selbst ins Gesicht zu schauen, wäre er gewiss überrascht gewesen über das ernste, doch zugleich verträumte Antlitz, das den brennenden Schmerz, den Nadel und Farbe hervorriefen, nicht zu bemerken schien.

Erst als seine klammen Finger die Nadel nicht mehr halten wollten, erwachte Nahim aus der Benommenheit. Hastig griff er nach der Flasche, um mit dem Alkohol das Blut und die überflüssige Tinte fortzuspülen. Die Zeichnung, die sich ihm offenbarte, hatte nur wenig mit der gemeinsam, die ihm eigentlich vorgeschwebt hatte. Er hatte einen Schlussstrich unter das Zeichen ziehen wollen, stattdessen beschrieb der Faden nun einen weichen Bogen, dessen Ende weiterhin offen war.

Gebannt blickte Nahim auf diesen Bogen und wusste nicht, was er ihm wohl sagen sollte. Einige Schneeflocken landeten sanft auf der geröteten Haut. Kopfschüttelnd zog er den Ärmel herunter und schob den Arm in den Mantel zurück. Und obwohl sich die Kälte wie ein Film über seine Haut gelegt hatte, die sich schmerzend zusammenzog, war er noch nicht bereit, den Weg zurück in die Burgfeste anzutreten. Ganz gleich, wo er hinschaute, immerzu flackerte der Bogen, den er sich soeben selbst in die Haut geritzt hatte, vor seinem Auge auf, als wolle er ihn zwingen, ihm eine Bedeutung zu geben. Doch das konnte Nahim nicht. Das Zeichen, das Kohemis ihm einst gestaltet hatte, stand für etwas Vergangenes, und seine eigene Arbeit sollte für seinen Entschluss stehen, die Vergangenheit endlich als abgeschlossen zu betrachten. Nur entsprach der Bogen dem einfach nicht.

In Gedanken versunken, wanderte Nahim einen Weg entlang, den er trotz der knöchelhohen Schneedecke gefunden hatte. Die Seiten waren gesäumt von Grasbüscheln, die sich unter der weißen Last bogen und bei jeder Gelegenheit ihr struppiges Haupt emporreckten. Ab und an stand eine Gruppe von Kiefern beisammen, die verkrüppelte Vorhut des weiter oben im Gebirge beginnenden Nadelwaldes. Doch auf dieser Höhe, nachdem man den Saum von Laubbäumen hinter sich gelassen hatte, traf man eher auf Gestrüpp und Büschel von Moosbeeren als auf einen imposanten Baum.

Immer wieder blitzte der Bogen auf, doch Nahim begriff dessen Bedeutung nicht. Das Zeichen verweigerte sich – oder war es vielleicht umgekehrt? Erfolglos versuchte er, diese Überlegungen beiseitezuschieben. Er war wie verbohrt, so dass er weder den Weg bemerkte, auf dem er entlangschritt, noch sich um die bedrohliche Wolkendecke scherte, die der auffrischende Wind über den Himmel fegte.

So blickte Nahim auch voller Verwunderung auf, als der Weg plötzlich vor einer eingezäunten Weide endete. Natürlich wusste er, dass hier oben im Gebirge die eine oder andere Ziegenherde gehütet wurde, wenn auch nicht, um den wachsenden Hunger der Burgfeste zu befriedigen. Diese Leckereien waren dem inneren Kreis des Hofs vorbehalten, der nichts gegen frisch gebratene Keulen einzuwenden hatte, während der gemeine Bewohner mit getrocknetem und gepökeltem Fleisch aus fernen Landen vorliebnehmen musste.

Doch die Tiere, die Nahim hier zu sehen bekam, waren ganz gewiss nicht als üppiges Festmahl gedacht. Obwohl von den beeindruckenden Hirschen selbst Bolivian satt geworden wäre. Mit ihrem weißen Fell verschmolzen sie beinahe mit dem im Schatten liegenden Weidegrund. Dicht an dicht drängten sich die fünf Tiere aneinander, um sich Schutz vor dem böigen Wind zu schenken. Zugleich streckten sie immer wieder genießerisch die Hälse, und Nahim konnte ihre aufgeblähten Nüstern sehen. Sie schwelgen in der aufkommenden Kälte, stellte er fest. Vielleicht fürchten sie nur das Gehege, weil es ihnen noch fremd ist.

Eine der Hirschkühe löste sich aus der Herde und trabte

auf ihn zu. Er zog den Wollhandschuh aus und hielt ihr die Hand hin, damit sie daran schnuppern konnte. In Gedanken vertieft, betrachtete er das dichte Fell des Tieres, während dessen raue Zunge über seinen Handteller glitt.

Sie müssen ein Geschenk aus Previs Wall sein, versuchte Nahim, sich dieses Rätsel zu erklären. Wahrscheinlich steht die Herde hier schon seit einigen Wintern als Beweis dafür, dass sich die beiden Mächte einst gewogener gewesen sind. Trotzdem beschlich ihn ein anderer Verdacht. In dieser Herde gab es weder Jungtiere noch halbwüchsige Hirsche, nur ausgewachsene und erstaunlich kräftige Tiere, die nicht unbedingt den Eindruck erweckten, die letzten Monate faul auf der Weide geäst zu haben. Was hatte es zu bedeuten, dass Hirsche aus dem NjordenEis im Westgebirge weideten? Sein Bauchgefühl verriet ihm, dass es sich um nichts Gutes handeln konnte.

Da wird Lalevil aber staunen, dachte Nahim, um im nächsten Moment einen scharfen Schmerz zu fühlen. Lalevil war nicht mehr da, und was auch immer sich gerade in der Burgfeste abspielen mochte, es ging ihn nichts an. Mit einem entschlossenen Gesichtsausdruck ließ er die Hände in den Manteltaschen verschwinden und blickte den Weg entlang, den er gekommen war, jeden Gedanken an die Hirsche verdrängend.

Doch bevor er auch nur einen Schritt tun konnte, trat eine hagere und windschiefe Gestalt hinter einem Verschlag hervor und blickte ihn abwägend an. Nahim klappte der Kiefer herunter, während sein Verstand der Gestalt einen Namen gab. »Regne!«, spie er voller Abscheu und Verwunderung aus.

Mit einem nicht enden wollenden Nicken hielt der Rabenmann auf Nahim zu, der, wie vom Donner gerührt, beim Gatter stehen blieb. »Wenn das nicht ein wundersames Wiedersehen ist!« Regne bemühte sich nach Leibeskräften, freundlich und zuversichtlich zu klingen, aber er konnte den Widerwillen, den er für Nahim empfand, nur schwerlich überspielen. »In der Burgfeste schwirren die Gerüchte, dass ein ehemaliges Ordensmitglied für Aufregung gesorgt habe. War nicht schwierig, eins und eins zusammenzuzählen. Ich dachte, ich sage einmal guten Tag.«

Mit einigen großen Schritten schoss Nahim auf den schmächtigen Mann zu und packte ihn an der Kehle. »Was verflucht noch eins treibst du denn hier?« Zunächst verstärkte er seinen Griff, als eine Antwort auf sich warten ließ. Doch dann begriff er, dass der zappelnde Regne kaum sprechen konnte, wenn ihm die Kehle zugedrückt wurde. Kurzerhand gab er den Hals des Rabenmanns frei und drehte ihm stattdessen den Arm auf den Rücken. »Also?«, fragte er ungeduldig.

»Bin freigelassen worden.«

»Ach, tatsächlich?«

»Ja, keine Strafe währt ewig, und die Westendler waren es leid, mich durchfüttern zu müssen.«

Diese Nachricht überraschte Nahim nicht sonderlich. Schon im vergangenen Sommer hatte es Debatten über die Gefangenschaft des Rabenmanns gegeben. Die Westendler waren ein friedliebendes Volk, das sich nur schwer damit abfinden konnte, ein Wahrzeichen seiner eigenen Torheit, wie es der Rabenmann verkörperte, stets vor Augen zu haben. »Sie haben dich also freigelassen, und jetzt willst du dein Glück in der Burgfeste versuchen?«

»Nicht nur ich«, erwiderte Regne. Als Nahim keine Anstalten machte, seinen Arm loszulassen, begann er, sich zu winden, um schließlich doch wieder stillzuhalten. »Interessiert es dich denn gar nicht, wer aus dem Westend noch nach Achaten gekommen ist?«

Einen Augenblick lang spielte Nahim mit dem Gedanken,

Regne einen Tritt in den Hintern zu verpassen und einfach fortzugehen. Doch der Name Westend übte eine ganz eigene Magie aus, und er konnte dem Zauber, der ihm Hoffnung machte, nicht widerstehen. Mit einem drohenden Knurren gab er Regne frei und drehte ihn sofort an der Schulter herum, um einen Blick in die Augen des Rabenmannes werfen zu können. Die Lider zuckten wie ein Fisch auf dem Trockenen, und Nahim glaubte, etwas Verschlagenes in ihnen aufleuchten zu sehen. Doch eigentlich hatte er auch nichts anderes erwartet. Regne setzte auf seine Hoffnung, wollte ihn damit ködern.

»Behalt dein großartiges Geheimnis ruhig für dich, ich will es gar nicht wissen«, sagte Nahim deshalb angewidert und drehte sich zum Gehen um.

»Damir ist auch auf der Burgfeste eingekehrt, hat mich quasi als Führer durch das Siskenland benutzt. Er hat ein Geheimnis aus dem Tal mitgebracht, das er der Prälatin zum Handel anbieten möchte. Ein Geheimnis, das deine Lehen lange Zeit mit sich trug.«

Nahim wirbelte herum, so dass er fast den hinter ihm herlaufenden Rabenmann umgestoßen hätte. »Was für ein Geheimnis?«

»Das Drachengeheimnis.«

»Lehen hat es Damir nicht verraten. Niemals!«

»Was weißt du denn schon? Warst doch gar nicht da, hast sie doch verlassen …«

Bevor Regne den Satz zu Ende sprechen konnte, hatte Nahim ausgeholt und ihm zwei kräftige Schläge in die Magengegend verabreicht. Nur mit Mühe erlangte er die Beherrschung zurück, denn sein Instinkt raunte ihm zu, dass er noch lange nicht mit Regne fertig war. Deshalb krallte er die Finger mit aller Kraft in die Schultern des Rabenmannes, bis dieser aufjaulte. Gleichzeitig zwang er sich, den Drang, Regne zu

Tode zu schütteln, zu unterdrücken, und stattdessen die Reste seiner Vernunft zu bemühen.

»Ist Lehen hier?«, fragte er atemlos.

»Lass mich los!«

»Zuerst antwortest du mir.«

»Einen Dreck werde ich tun«, keifte Regne voller Entrüstung.

Das klang schon eher nach seinem alten Bekannten als das freundliche Gesäusel, dachte Nahim. Kurzerhand schüttelte er den Mann durch, bis dessen Zähne klackend aufeinanderschlugen. Trotzdem gelang es Regne, die Worte »Ein … Tauschgeschäft« hervorzubringen, so dass er innehielt. Misstrauisch dreinblickend lockerte er den Griff um Regnes Schultern.

»Wenn du mich übers Ohr hauen willst, verhelfe ich dir zu einem Flug von der obersten Zinne der Burgfeste, Rabenmann«, drohte er vorsorglich.

Kaum freigelassen, setzte Regne hastig einen Schritt zurück und massierte sich die malträtierten Stellen. Als Nahim wieder drohend den Arm nach ihm ausstreckte, zuckte er zusammen, dann leckte er sich die ausgetrockneten Lippen.

»Was du willst, kann ich mir nach deinem Wutausbruch eben denken. Also reden wir zuerst über das, was ich will. Ich bin mit Damir hierhergekommen. Doch so, wie es aussieht, gibt es in Damirs Zukunftsplänen keinen Platz für mich. Zwar würde mir für meine Dienste noch Lohn zustehen, aber vermutlich ist dies nicht der beste Zeitpunkt, um darüber zu verhandeln. Also wollte ich einen der Hirsche in der Nähe der Burgfeste unterbringen, um mich am Morgen mit dem ersten Sonnenstrahl davonzumachen.«

Nahim presste seine Kiefer aufeinander, bis es knackte. »Mit dir zu reden ist doch die reinste Zeitverschwendung! Ich kehre einfach in die Burgfeste zurück und höre mich selbst um«, schimpfte er. »Wenn ich dann feststelle, dass du mich zum Besten gehalten hast, erspare ich dir die Flucht, indem ich dich persönlich beiseiteschaffe. Damir und das Geheimnis der Drachen – was für eine absurde Geschichte. Lehen wird ihm nichts erzählt haben, rein gar nichts!«

Als Nahim sich zum Gehen abwenden wollte, versperrte der Rabenmann ihm zitternd den Weg. »Hör mir doch zu: Damir hat Lehen bei sich – das ist so, als ob er das Geheimnis kennen würde. Allerdings wärst du ein Narr, falls du glauben solltest, dass Lehen ihn freiwillig begleitet hat und du ihr ohne Weiteres einen Anstandsbesuch abstatten könntest. Im Augenblick ist sie Damirs wertvollster Besitz. Ob es dir gefällt oder nicht, du brauchst mich, um an sie heranzukommen.«

»Lehen ist wirklich hier auf der Burgfeste?« Obwohl er sich bemühte, seine aufgebrachten Gefühle vor dem Rabenmann zu verbergen, bebte Nahims Stimme vor Verlangen und Furcht. Fast hätte er sich sogar dazu hinreißen lassen, den Arm des Mannes zu tätscheln, so sehr durchflutete ihn das alles mitreißende Gefühl der Hoffnung.

Regne lächelte wissend. »Ich zeige dir den Weg zu deiner Liebsten, und du versprichst mir, dass du Damir auf andere Gedanken bringst, so dass ich mich ungesehen aus dem Staub machen kann.«

Ohne zu zögern, nahm Nahim die ausgestreckte Hand des Rabenmanns und schlug ein.

Kapitel 36

Vennis betrachtete die Hühnchenkeule, die er in der Hand hielt, bevor er kräftig zubiss. Wie ein fein abgestimmtes Mahlwerk arbeitete sein Kiefer. Plötzlich hielt er inne, als wäre ihm mit einem Mal der Appetit vergangen, und legte die Keule mit einem Seufzen auf den Teller.

Entgegen seinem bisherigen Bestreben, der Botschafterin aus dem NjordenEis aus dem Weg zu gehen, war er dieses Mal einfach einer inneren Empfindung gefolgt und hatte zugesagt, als Kijalan ihn zu einem gemeinsamen Essen eingeladen hatte. Halbherzig versuchte er, sich einzureden, dass er lediglich seiner Pflicht nachging, obwohl er nur allzu deutlich spürte, dass sich seine Haltung gegenüber dieser bedächtigen Frau geändert hatte. Vielleicht lag es daran, dass Tevils mit Kijalans Novizen Jules unterwegs war, oder Vennis ernsthaft befürchtete, dass dem NjordenEis ungerechterweise eine harte Zeit bevorstand. Woran auch immer es liegen mochte, es gelang ihm auf jeden Fall nicht länger, die alte Schutzmauer, mit der er Kijalan stets auf Distanz gehalten hatte, weiterhin aufrechtzuerhalten. Erstaunlicherweise fühlte es sich nicht verkehrt an, sich ein wenig offener zu geben.

»Und, wie hat die Doppelspitze auf deine Bekanntmachung, ins NjordenEis zurückzukehren, reagiert?«, fragte Vennis deshalb auch geradeheraus.

Obgleich Kijalans Körperhaltung viel von der Anspannung verriet, unter der sie in den letzten Wochen gestanden hatte, lehnte sie sich nun im Stuhl zurück und massierte sich kurz die Schläfen, bevor sie zu einer Antwort ansetzte. Dass es ihr gelungen war, Vennis zu einem gemeinsamen Mittagessen zu überreden, galt ihr schon einmal als Sieg.

»Nun, das Wort Bekanntmachung ist vielleicht etwas zu stark gewählt. Eigentlich habe ich es eher zwischen den Zeilen in einen Bericht einfließen lassen. Es soll eine Art letzter Warnschuss sein, bevor ich tatsächlich meine Sachen packe und abreise. Das Angebot, das Previs Wall uns für unsere Ausfälle unterbreitet hat, ist vollkommen inakzeptabel. Man bietet uns nicht nur einen Hungerlohn für den Goldenen Staub an, mit der Begründung, dass ansonsten ja im Augenblick nichts damit anzufangen sei. Sondern droht auch damit, die Überwachung der Handelsroute Belavi schleifen zu lassen, damit jede Goldsucherseele in unser Land eindringen kann. Previs Wall scheint mehr und mehr der Überzeugung zu sein, dass es keiner Verbündeten bedarf, wenn es diese auch einfach versklaven kann. Der Gedanke der Selbstbestimmung, der die Hafenstadt einst groß gemacht hat, gehört längst der Vergangenheit an.«

Vennis deutete ein Nicken an, dann widmete er sich wieder dem Hühnchen. In diesem Moment ließ Kijalan sich zu einem stillen Lächeln hinreißen. Sie war dankbar dafür, dass er ihr die Zeit gab, die Worte in Ruhe zu wählen, und dass er die Höflichkeit aufbrachte, sich mit ihr an einen Tisch zu setzen, anstatt ihr lediglich eine knappe Audienz zwischen Tür und Angel zu gewähren. Auf derartige Zuvorkommenheit hatte sie seit dem Boykottausruf immer häufiger verzichten müssen.

Erneut schaute sie sich in der Wirtschaft mit dem verwitterten Holzboden um. An den blanken Tischen saßen gewöhnliche Leute, Angestellte und unbedeutende Ladenbesitzer, die mit hastigen Bissen ihre Mahlzeit herunterschlangen, während sie den neuesten Tratsch austauschten. Vennis hatte diesen Ort für ihr Treffen vorgeschlagen. Zuerst hatte Kijalan vermutet, dass er nicht mit ihr zusammen in der Öffentlichkeit gesehen werden wollte. Doch allmählich begriff sie, dass Vennis sich für diese Umgebung entschieden hatte, weil er sich hier wohlfühlte. Stets umgeben von Würdenträgern und den Gildemeistern, die sich nur allzu gern mit Pomp übertrafen, nutzte er jede Chance zu einer kleinen Flucht.

»Fühlst du dich auch so verlassen, seit dein Junge fort ist?«, fragte Kijalan, ohne nachzudenken, und errötete sogleich – nicht nur, weil sie das Gespräch auf eine private Ebene geführt hatte, sondern weil die Frage auch unangenehm viel über ihre Einsamkeit verriet.

Zuerst zögerte Vennis, dann wischte er sich die Hände an einem Leinentuch ab und erwiderte mit seiner ruhigen, tiefen Stimme: »Ich frage mich wirklich, was ich eigentlich noch in Previs Wall zu suchen habe. Alle hier sind ganz außer sich vor Begeisterung, als habe man Achaten bereits in die Knie gezwungen. Niemand will etwas von einem Ausgleich wissen, lieber debattiert man darüber, wie groß das Fell des Bären wohl sein mag und wer welches prächtige Stück bekommt. Maherind hätte hierbleiben sollen.«

»Nein«, widersprach Kijalan sanft. »Du bist der richtige Mann, denn ganz gleich, wie sehr sich alle dem vermeintlichen Siegesrausch hingeben, du lässt dich nicht verwirren. Es ist schon immer deine spezielle Gabe gewesen, das Ganze im Auge zu behalten und die richtigen Worte zu finden, um darauf hinzuweisen.«

Vennis lachte bitter. »Ein Flüstern im Sturm. Aber vielen Dank, Kijalan. Ich weiß das zu schätzen. Also, was tun wir zwei jetzt, der ewige Mahner und die Nörglerin? Ganz Previs Wall ist sich so verdammt sicher, dass die Burgfeste über kurz oder lang nachgeben wird. Es geht das Gerücht um, dass der Krieg mit den Gahariren kurz davorsteht, wieder aufzuflammen und die ausfallenden Schiffsladungen mit Getreide aus dem Osten nicht so einfach ausgeglichen werden können, wie zuerst angenommen. Allem Anschein nach ist in meinem Heimatland Montera einiges in Bewegung geraten. Eigentlich sollte ich dort sein und nicht hier, um mir die großspurigen Reden von Osanir und seinen Getreuen anzuhören.«

Nachdenklich betrachtete Kijalan den tönernen Becher mit Wein, der unberührt vor ihr stand, und fuhr mit der Fingerspitze den Rand entlang. Auf ihrer Stirn hatte sich eine Falte zwischen den buschigen Augenbrauen eingegraben, die sich während der weiteren Unterhaltung nicht wieder glätten sollte. »Von diesen Gerüchten habe ich auch gehört. Sie schwirren so lebendig umher, dass es eigentlich unmöglich ist, nicht über sie zu stolpern. Dabei kann ich nicht gerade behaupten, dass die Leute in der Residenz sich um ein Gespräch mit mir bemüht hätten.«

Zuerst setzte Vennis zu einer Erwiderung an, doch dann hielt er inne. Unwillkürlich legte sich seine Hand auf die erkaltete Pfeife auf dem Tisch, aber er zog sie sofort wieder zurück, da er genau wusste, wie sehr Kijalan der Geruch von verbranntem Tabak zuwider war. Also durchkämmte er seinen Bart mit den Fingern, während er nachdachte.

Zwar war es in einer solchen Situation durchaus normal, dass zahlreiche Geschichten über den baldigen Zusammenbruch des Gegners kursierten, aber diese zwei Gerüchte hielten sich seit Tagen hartnäckig, ohne dass sie einen fantastischen Zug annahmen. Nein, ihre knappe Kernaussage blieb stets die gleiche, egal, wer diese Gerüchte weitertrug. Und genau das machte Vennis stutzig. Offensichtlich handelte es sich nicht um bloßes Gerede, sie zeugten von Substanz und spiegelten ein Wissen über Achaten und seine Umgebung, über das kein gewöhnlicher Bewohner der Residenz verfügte. »Woher stammen diese Gerüchte, aus ein und derselben Quelle?«, fragte Vennis und staunte einen Augenblick lang darüber, wie leicht es ihm auf einmal fiel, mit Kijalan zu reden.

Die Botschafterin zögerte nur kurz. »Vom Gefühl her würde ich darauf tippen. Offensichtlich erhält jemand Nachrichten aus dem Westen.«

»Aber das kann nicht sein! Die Burgfeste dürfte überhaupt erst vor Kurzem von dem Boykott erfahren haben. Wie sollten die Nachrichten also schon ihren Weg in den Norden gefunden haben? Wir jagen Hirngespinsten nach.« Trotz allem klang Vennis wenig überzeugt von seinem eigenen Beschwichtigungsversuch, denn sein Instinkt flüsterte ihm unablässig Gegenteiliges zu. Spätestens in diesem Moment wäre ein Mann wie Maherind gefragt, der noch nie vor verzwickten Überlegungen zurückgeschreckt war. Wahrscheinlich hätte er sich mit großem Eifer auf jede noch so obskure Spur gestürzt.

»Spinnen wir den Gedanken doch einfach einmal weiter«, sagte Kijalan mit betont leichtem Tonfall, als würden sie beide ein lustiges Spiel spielen. »Angenommen, jemand erhält tatsächlich Nachrichten aus dem Westen, warum streut er sie lediglich, anstatt sie für sein eigenes Fortkommen einzusetzen? Die Doppelspitze wäre doch entzückt …«

Genau in dem Augenblick, in dem Kijalan mit einem Schnappen die Luft anhielt, kam auch Vennis eine Idee: »Es sei denn, die Gerüchte stammen von ganz oben.« Kaum waren die Worte ausgesprochen, erschienen sie Vennis wie das Dümmste, das je seine Lippen passiert hatte. »Allerdings bestünde in diesem Fall nicht der geringste Grund, die Quelle zu verschweigen. Es würde doch nur einen Machtzuwachs für die Doppelspitze bedeuten.«

Über Kijalans Lippen tanzte ein listiges Lächeln. »Nehmen wir einmal an, es wäre von Nachteil, die Quelle zu offenbaren. Stattdessen streut man einfach nur die Neuigkeiten, um die Stimmung anzuheizen. Dadurch vergibt man sich doch nichts, besonders, wenn nur eine Person diese Quelle kennt.«

»Osanir mag ein Hitzkopf sein, der oftmals nur schlecht damit zurechtkommt, immerzu von Narcassias ausgleichendem Wesen zurückgehalten zu werden«, sagte Vennis von einem plötzlichen Unwohlsein erfüllt. »Eine solche Quelle zu verheimlichen würde dem Grundgedanken der Doppelspitze widersprechen.«

Immer noch lächelte Kijalan, aber der Ausdruck verhärtete sich zu einer Maske. »Du hast also auch zuallererst an Osanir gedacht.«

Als sich Vennis schließlich von Kijalan verabschiedete, warf sie ihm noch einen verschwörerischen Blick zu. Zwar hatten sie das Thema über die Herkunft der Gerüchte fallen lassen, aber das Gespräch hatte sie für einen Augenblick lang zu Verbündeten gemacht. Widerwillig gestand Vennis sich ein, dass die Botschafterin des NjordenEises eine hellsichtige Frau war. Flugs wischte er diesen Gedanken beiseite, denn vermutlich hatte sie lediglich die Möglichkeit ausgenutzt, sich bei ihm einzuschmeicheln. Was half da noch besser als ein paar gezielte Komplimente? Eine gemeinsame Verschwörung. Kijalan stand in Previs Wall auf einem verlorenen Posten, und die Botschafterin war eine viel zu verantwortungsbewusste Person, um nicht alle Möglichkeiten, sich Verbündete zu schaffen, auszuprobieren.

Aber obgleich die Vernunft dafür sprach, dass Kijalan diese Diskussion lediglich aus Kalkül angezettelt hatte, spürte Vennis die Gewissheit, dass sie es ehrlich gemeint hatte. Jeden Gedanken bewusst verdrängend, schritt er durch die quirligen Straßen, bis er bei dem Verschlag ankam, wo er sein Pferd untergestellt hatte. Er hielt ein Schwätzchen mit dem Verpächter über das anhaltend kalte Wetter und die Hoffnung auf das baldige Frühjahr, während er seinem Wallach zärtlich den Hals klopfte. Aber kaum schlug er die Prachtstraße mit Blick auf die Residenz ein, zerbrach er sich erneut den Kopf darüber, wie Osanir wohl an Neuigkeiten aus dem Westgebirge gelangt war.

Als er seine Kammer betrat, hatte er bereits den Entschluss gefasst, Maherind eine Botschaft zukommen zu lassen. Sein alter Herr würde sicherlich Freude an diesem Gedankenspiel haben und sich dankbar dafür zeigen, dass Vennis ihm die einsame Zeit im Klippenhaus versüßte. Gewiss genoss Maherind die Gesellschaft von Kohemis, daran bestand kein Zweifel. Aber Maherind war ein Mann der Tat, es widersprach seinem Naturell, abseits des Geschehens zu stehen wie ein ausrangierter Schauspieler am Bühnenausgang.

Unwillkürlich musste Vennis seufzen. Wie konnte es nur sein, dass Maherind und er an Orte gebunden waren, an denen sie sich unnütz fühlten, und Angelegenheiten nachgingen, die sie nicht erfüllten. Mit einem Schlag stieg in ihm wieder jenes brennende Verlangen auf, das ihn seit Tevils' Abreise ins NjordenEis oft heimsuchte. Nachts wurde er davon geweckt und verschwendete seine Zeit damit, Wachträumen über ein Leben nachzuhängen, das zurzeit in unerreichbare Ferne geraten war.

Er träumte von einem großzügigen Stück Land im Herzen der Heide, nicht weit entfernt von Kohemis' Haus am Klippenrand und Previs Wall, so dass Tevils keine Ausreden finden konnte, ihn und Mia trotz seiner Ordensangelegenheiten nicht regelmäßig zu besuchen. Einen Garten, der ruhig verwildern durfte und die Rauheit des Landstrichs widerspiegelte. Ein schlichtes Haus, aber groß genug für seine Familie. Und falls der Platz doch nicht ausreichen sollte, konnte Nahim mit seiner Frau anbauen, warum auch nicht?

In diesen Momenten wurde Vennis bewusst, dass er seinen Neffen fast genauso schmerzlich vermisste wie Mia. Vielleicht sogar ein wenig mehr, denn Mia war die Seine, ihrer war er sich gewiss, auch wenn er die meiste Zeit von ihr getrennt war. Aber Nahim hatte sich ihm im Verlauf der letzten Jahre entfremdet, und Vennis war sich nicht sicher, ob überhaupt ein Weg zu dem jungen Mann zurückführte, den er liebte wie einen Sohn. Obwohl es ihm albern erschien, so hasste Vennis dieses namenlose Tal, das ihm Nahim gestohlen hatte. Eigentlich gab es in seiner Vergangenheit nicht viel, von dem er sich wünschte, es nachträglich ändern zu können. Aber hätte er die Zukunft damals gekannt, so hätte er dieses verfluchte Tal nicht einmal dann betreten, wenn ihm Orkscharen und Feuer spuckende Drachen auf den Fersen gewesen wären.

Ein weiteres Seufzen unterdrückend, schleppte Vennis sich zu dem Fenster, das eine beeindruckende Sicht auf Stadt und Hafen bot. Ein Ordensmitglied zu sein hatte tatsächlich so manchen Vorteil: Man erfuhr überall in Rokals Lande Gastfreundschaft und wurde in den besten Räumen einquartiert.

Dicht an dicht reihten sich die Dächer von Previs Wall, ein buntes Meer von Dachschindeln. Bei dem Anblick musste er jedes Mal verächtlich schmunzeln, denn anhand der Farbe der Dächer war genau auszumachen, wo die Reichen und aufstrebenden Wohlhabenden lebten: Wer etwas auf sich hielt, entschied sich für ein ausgefallenes Material, das aus dem Osten jenseits des Meeres eingeschifft wurde. Die älteste Stadt von Rokals Lande bemühte sich beinahe mit an Lächerlichkeit grenzendem Eifer darum, nirgendwo Material aus der Umgebung zu benutzen. Auch wurde das Dach nicht einfach gedeckt, sondern mit ausgefallenen Mustern verziert. Kunstvolle Schornsteine, überflüssige Erker und Terrassen, die nach Norden ausgerichtet waren, verrieten die Absicht, der Residenz einen lohnenden Anblick zu bieten.

Immer noch mit einem Anflug von Belustigung richtete Vennis den Blick auf das Meer, das in der Bucht lag wie ein im Schlaf zusammengerollter Drache, dessen Schuppenkleid dunkelblau funkelte. Die Punkte aus weißen Segeln waren Schneeflocken, an denen sich der Drache nicht störte.

Vorsichtig lehnte er seine Stirn gegen das Fensterglas und genoss die Kühle und den Moment, in dem die Gedanken ruhten. Doch kurz darauf drängte es ihn, seinen Aufgaben nachzugehen, so dass er sich vom Fenstersims abstieß, um unruhig im Zimmer auf und ab zu laufen. Dabei fischte er die Pfeife aus seiner Manteltasche und stopfte sie im Gehen, als fehle ihm schlicht die Zeit dazu, sich hinzusetzen.

Etwas war an diesem Ort in Bewegung geraten. Es war wie ein Stein, den jemand ins Wasser geworfen hatte, und die kreisförmigen Bewegungen auf der Oberfläche, die dadurch entstanden waren, berührten ihn. Sich dieser Empfindung hingebend, legte er die Pfeife aus der Hand und ging zu der bauchigen, gut gefüllten Kognakflasche, die auf dem Sekretär stand. Kaum hatte er sie entkorkt, stieg ihm ein brennender Geruch in die Nase, der alles andere als einladend war. Was auch immer der Inhalt einmal gewesen sein mochte, nun war er verdorben, das würde sogar eine Schnupfennase bemerken. Trotzdem goss Vennis ein Glas bis zum Anschlag voll, nur um daraufhin den Flaschenhals zu inspizieren. Dann kippte er nach und nach die Flasche um, bis ein Glasrohr aus dem Hals hervorrutschte, dessen Vennis sich mit spitzen Fingern annahm.

Nachdem er das Röhrchen mit einem Tuch gereinigt hatte, hielt er es gegen das Licht, das durch das Fenster fiel. Der goldene Körper des Maliandes zog träge an den Glaswänden in einer Strudelbewegung entlang. Wenn man genau hinsah, konnte man ein feines Glimmen erkennen wie Sprühfunken in einer Schmiede. Nur mit Mühe konnte Vennis dem Bedürfnis widerstehen, die Phiole zu streicheln, die ihm so angenehm warm in der Hand lag.

Er spielte mit dem Gedanken, all die seltsamen Eindrücke des Tages in das Maliande zu bannen und es mit einem Boten zu Maherind zu schicken. Sollte sein Herr sich ruhig den Kopf zerbrechen, während er den anderen Aufgaben nachging. Was konnte schon so Dringliches daran sein, hinter Osanirs geheimnisvolle Quelle aus dem Westgebirge zu kommen? Außerdem hegte er die stille Hoffnung, dass Maherind die Botschaft als Vorwand benutzen würde, um nach Previs Wall zurückzukehren.

Doch etwas in Vennis sperrte sich widerspenstig gegen diesen Gedanken. Diesem Geheimnis bist du auf die Schliche gekommen, flüsterte es voller inbrünstiger Überzeugung. Wenn überhaupt solltest du dich mit Kijalan besprechen. Nur das wollte er nicht. Es wäre ein zu drastisches Eingeständnis gewesen, wie sehr ihn ihr gemeinsames Gespräch gefesselt hatte. Vielleicht schmunzelte die Botschafterin bereits über die Abwegigkeit ihrer Worte, und er würde sich zum Narren machen, wenn er sein Interesse eingestehen müsste.

Erneut begann er in der Kammer auf und ab zu wandern, den Flakon mit dem Maliande fest umschlossen. Dann blieb er plötzlich stehen und stellte sich dem Gedanken, der sich ihm schon die ganze Zeit aufzudrängen versuchte. Er musste doch nur zu der Quelle gehen, die Osanir benutzte. Alles andere wäre zu kompliziert und zeitraubend. Nicht gehen, berichtigte Vennis sich, während das sanfte Glimmen des Maliandes seinen Blick fesselte. Wandeln.

Kapitel 37

Auf dem Weg zurück in die Burgfeste hatte Nahim mehrere Anläufe unternommen, seinen Handel mit dem Rabenmann zu hinterfragen. Doch seine Gefühle machten ihm einen Strich durch die Rechnung, indem sie ihm heiße Schauer über den Rücken jagten und seine Kehle zusammenpressten, so dass er regelrecht nach Luft schnappen musste. Außerdem quälte ihn unentwegt der Gedanke, was Damir in diesem Moment wohl mit Lehen anstellen mochte, um an das Geheimnis zu gelangen.

Sie durchschritten gerade einen schmalen Felsengang, als er, einer plötzlichen Eingebung folgend, den Rabenmann am Kragen packte. »Wenn Lehen nicht freiwillig zur Burgfeste gekommen ist, dann bedeutet das, dass du an ihrer gewaltsamen Entführung beteiligt warst«, sagte er bedrohlich leise.

»Nein, nein«, beeilte sich Regne zu erwidern, damit der schmerzhafte Griff wieder gelöst wurde. »Nachdem du deine Frau hast sitzen lassen, wollte sie auf Reisen gehen und ist Damir hinterhergelaufen. Das war ihm ganz recht, denn seitdem dieser Drache die Orks verscheucht hat, zerbricht er sich den Kopf über das Geheimnis. Was sich hinter Damirs Gutmütigkeit verbarg, hat Lehen deshalb auch erst herausgefunden, als es schon zu spät war.«

Langsam ließ Nahim die Hand sinken und stand einen Augenblick wie ein linkischer Jüngling da. Die eigentliche Frage, die ihn plagte, mochte er nämlich nicht mit dem Rabenmann besprechen. Trotzdem glaubte er sich nicht länger zurückhalten zu können, so sehr zerrte und riss sie an ihm. »Sind Lehen und Damir ein Liebespaar?«, fragte er schließlich atemlos.

Regne blickte verblüfft drein, dann verzog er abschätzig das Gesicht. »Von einem Liebespaar kann man bei den beiden wohl kaum reden. Würden sich am liebsten gegenseitig ins Essen spucken, wenn der andere gerade nicht hinschaut.« Bevor Nahim vor Erleichterung aufatmen konnte, setzte Regne voller Genuss mit einem Giftstachel nach. »Was allerdings nicht bedeutet, dass Damir sich nicht von Lehen genommen hat, was ihm als Mann zusteht. Wer weiß schon, was des Nachts passiert ist, wenn alle anderen längst schliefen?«

Ohne noch ein Wort zu verschwenden, ging Nahim weiter, das Gesicht kreidebleich und zu keinem weiteren Gedanken fähig. Er bedachte nicht einmal, dass es vielleicht von Vorteil sein könnte, sich sein Schwert und einige andere Waffen aus der Kammer zu besorgen, bevor er Damir gegenübertrat. Er hatte lediglich den sicheren Glauben, dass er erst wieder weiteratmen konnte, wenn er Lehen sah – ganz gleich, wie hoch der Preis dafür sein mochte.

Obwohl der Weg schon sehr bald uneben und abschüssig wurde, hielt Nahim den Blick auf den Nacken des Rabenmannes gerichtet, der ihn durch ein Labyrinth von dunklen Gängen führte. An diesem Ort, tief unter der Burgfeste gelegen, waren gemeine Bewohner, Dienerschaft und unwichtige Händler untergebracht. Ein kaum überschaubares Gewirr von Gängen, von denen unentwegt kleine Höhlen und Nischen abzweigten, ein stetes Auf und Ab im ewigen Zwielicht der Fackeln. In ihrem unsteten Licht wirkten die allgegenwärtigen Schatten wie Tänzer, so schnell bewegten sie sich. Wer sich in der Dunkelheit verbergen mochte und was für ein Leben in diesem felsigen Ameisenbau geführt wurde, blieb ungewiss. Aber die Stimmen, die von den Wänden zurückgeworfen wurden, das komplizierte Netz der Gerüche und die überall umherhuschenden Schatten erzählten genug, um die Fantasie eines Neuankömmlings zu beflügeln. Hier unten im Keller, wie diese Ebene der Burgfeste genannt wurde, schien der Einfluss der Prälatin genauso fern wie ihr alles ordnender Wille. Es herrschte ein kaum nachvollziehbares Machtgefälle, das den Eindruck erweckte, auf Faustrecht oder Anarchie zu gründen.

Doch Nahim wusste es besser: Maherind liebte den Keller der Burgfeste und hatte ihn nur allzu gern auf seine Exkursionen mitgenommen. Mit einer unnachahmlichen Begeisterung hatte er erläutert, an welchen Dingen hier unten der Rang eines Bewohners auszumachen war und welcher Schlag Mensch es in diesen finsteren Regionen überhaupt zu Ansehen bringen konnte.

»Womit handelt Damir eigentlich, wenn er nicht gerade Geheimnisse, die Rokals Lande verändern könnten, verscherbelt?«, fragte Nahim, während sie in einem Distrikt unterwegs waren, in dem die Höhlen weit auseinanderlagen und deren Eingänge mit stabilen Holztüren verbarrikadiert waren.

Wenn Damir hier eine eigene Höhle ergattert haben sollte, in der er Lehen gegen ihren Willen festhielt, dann war der Schmied bestimmt nicht zum ersten Mal in der Burgfeste. Man brauchte eine Zeit lang, um die ungekrönten Herrscher der schimmligen Zellen und der Fackel- und Frischwasservorräte in dem Gewirr aus Menschen ausfindig zu machen. Und auch wenn man sie kannte, so musste man etwas zu bieten haben, damit sie einen ebenfalls kennenlernen wollten.

»Das kannst du ihn gleich selbst fragen, wir sind nämlich da«, erwiderte Regne und deutete auf eine niedrige Ausbuchtung im Gang, die durch eine Tür aus massiven Querlatten versperrt war. Nirgends war ein Griff zu sehen.

Wie versteinert stand Nahim da und ertappte sich dabei, dass er angestrengt lauschte, als hoffe er darauf, Lehens Stimme hinter der Tür zu hören. Stattdessen nahm er nur das Echo eines fernen Murmelns und das Plätschern von Wasser in der Dunkelheit wahr. Unschlüssig leckte er sich über die Lippen.

»Mach die Tür auf, und geh da rein«, forderte er Regne auf.

Doch dieser schüttelte den Kopf. »So nicht – ich öffne dir die Tür, und dann mache ich mich sofort aus dem Staub. Ich verspüre nicht die geringste Lust, Damir noch einmal gegenüberzutreten.«

»Regne …«, sagte Nahim drohend. Als dieser eine störrische Miene aufsetzte, packte Nahim ihn und schleuderte ihn zwei Mal gegen die Tür. Der schwächere Mann versuchte, sich mit ruppigen Bewegungen zu befreien, doch Nahim ließ nicht nach. »Aufmachen«, forderte er, nachdem er Regnes ungelenk angewinkeltem Knie im letzten Augenblick ausgewichen war.

Mit einem Fluchen, das eher nach einem erbosten Rabenkrächzen klang, streckte Regne die Hand aus, und kaum berührte er das blanke Holz, wuchs eine Klinke hervor. Er drückte sie herunter, und die Tür schwang einen Spalt auf. Feiner Kerzenschein drang in den Gang.

Einen Augenblick lang zögerte Nahim, dann verpasste er Regne einen kräftigen Stoß, so dass dieser mit der Schulter gegen die Tür prallte, in den Raum torkelte und auf den Knien landete. Sofort setzte Nahim einen Schritt über die Schwelle, bevor die magische Tür vor seiner Nase zuschnappen konnte, und sah sich um. Ein kleiner Raum mit nackten Felswänden. Ein Leuchter mit zwei brennenden Kerzen auf einer Holzkiste. Ein schlichtes Lager, auf dem Lehen mit einem dunklen Bündel in den Armen kauerte und ihn voller Entsetzen ansah. Ihr Mund öffnete sich, doch bevor Nahim ihre Stimme hören konnte, wurde ihm schlagartig schwarz vor Augen.

Kapitel 38

Etwas schwoll an, drängte und presste, drohte alles einzureißen, sich einen Weg ins Freie zu sprengen. Die Wände dröhnten, wölbten sich wie unter einer Feuersbrunst. Dann setzte ein dumpfes Schlagen ein, nein, ein Pochen. Unangenehm und stetig … in meinem Kopf, dachte Nahim träge, während er aus der Bewusstlosigkeit aufstieg. Mein Kopf, er fühlt sich an, als würde er jeden Augenblick explodieren.

Als er jedoch die Hand anheben wollte, um seinen Schädel zu betasten, musste er feststellen, dass er sich nicht rühren konnte. Er konnte seine Hand zwar spüren, aber da war noch etwas anderes: Vom Gelenk darüber ging ein scharfes Brennen aus. Außerdem schienen sich seine Hände nicht vor, sondern hinter seinem Körper zu befinden.

Nahim sammelte seine Gedanken und versuchte, sich einen Reim auf das Ganze zu machen. Stück für Stück setzte die Erinnerung ein: Lehens entsetztes Gesicht tauchte auf, und er ahnte, dass er mit auf dem Rücken gefesselten Händen auf dem Boden lag. Auf dem nackten Boden, wenn er seiner vor Kälte brennenden Wange Glauben schenken durfte. Obwohl er angestrengt lauschte, hörte er lediglich ein lautes, rasselndes Atmen, von dem er sich sicher war, dass es ihm selbst gehörte. Mühsam zwang er seine Augen auf, erkannte zunächst jedoch nur ein milchiges Einerlei. Allmählich bildete sich ein dunkler Schatten heraus, der offensichtlich näher kam.

»Wie es aussieht, können wir unseren Besuch wohl in unserer Mitte begrüßen«, sagte eine dumpfe Stimme.

Nahim wurde auf die Seite gedreht. Dann griff ihm der Schatten unter die Achseln und zog ihn hoch, bis er zum Sitzen kam. Als er beinahe wie ein Sandsack zur Seite gekippt wäre, da er die Arme nicht zum Abstützen benutzen konnte, wurde er grob ein Stück zurückgeschoben, bis sein Rücken an einer Wand anlehnte. Kraftlos sackte sein Kinn auf die Brust, und er schloss erneut die Augen. Er spürte noch, wie sein Körper zur Seite glitt, und hörte ein dumpfes Murmeln, doch die Ohnmacht riss zu heftig an ihm. Er würde nachgeben, sich einfach in ihr verlieren …

Ein Schwall eisigen Wassers klatschte plötzlich auf sein Haar und mitten ins Gesicht, so dass seine Lungen instinktiv nach Luft schnappten. Überrascht rappelte Nahim sich auf und stellte fest, dass seine Sinne wieder funktionierten. Wenn auch immer noch leicht verschwommen, so konnte er nun den Schmied des Westends erkennen, der zwei Schritte von ihm entfernt hockte und ihn nachdenklich ansah.

»Kannst du mich verstehen, Schwachkopf?«, fragte Damir.

Nahim versuchte, einen Blick an Damirs Schulter vorbei von dem Raum zu erhaschen, doch der Schmied zwang seinen Kopf mit einer Ohrfeige in die alte Position zurück. Wütend winkelte Nahim das Bein an und wollte nach ihm treten, doch seine Bewegungen waren viel zu unkoordiniert. Entsprechend geschickt wich Damir aus, indem er aufsprang. Dann holte er seinerseits aus und rammte seine Stiefelspitze in Nahims Brust, so dass dieser keuchend vornübersackte. Damir riss Nahim am Schopf nach oben, bis er stöhnend auf die Knie kam. Dann packte er ihn bei der Kehle und zwang Nahim, ihn anzusehen.

»Dieses Spiel hier wird eine wahre Herausforderung für mich werden«, erklärte Damir mit solch einem Enthusiasmus, dass unmissverständlich deutlich wurde, wie viel Vergnügen es ihm bereitete, Nahim hilflos ausgeliefert vor sich zu haben.

»Seit ich dich das erste Mal gesehen habe, sehne ich mich danach, dir eine Abreibung zu verpassen. Du hast mir oft genug einen Strich durch die Rechnung gemacht. Deshalb wird die Herausforderung darin bestehen, es langsam angehen zu lassen. Denn wir wollen Lehen ja die Chance geben, uns zu guter Letzt doch noch das Geheimnis zu verraten.«

Endlich trat Damir einen Schritt zur Seite, so dass Nahim Lehen erblicken konnte. Sie saß auf einem Lager aus Decken und Fellen, ein Bündel in den Armen, das sich beim genaueren Hinsehen als ein schlafendes Kind herausstellte. Auf ihrem Gesicht schimmerten mehrere Blutergüsse, das Haar hing zerzaust über den Schultern, und ihre Kleidung sah zerschlissen aus. Doch der Ausdruck in ihren Augen schockierte Nahim mehr als ihr äußerer Zustand: Lehen stand offensichtlich unter solch einem großen inneren Druck, dass sie kurz davor war zu zerbrechen. Nahim kannte sie gut genug, um zu ahnen, dass ihr unendliches Leid zugestoßen sein musste. Und wie er sie so sah, verspürte er nur noch den Wunsch, einfach mit ihr zur Tür hinauszugehen. Er versuchte, ihren Namen auszusprechen, aber Damirs Hand hielt unerbittlich seine Kehle umfangen. Als er den Griff abschütteln wollte, drückte Damir nur fester zu.

»Regne hat dir ja bereits erzählt, worauf wir beide aus sind«, sagte er gepresst. Offensichtlich unterdrückte er das Verlangen, seinen Hass an Nahim auszutoben. Seine schmalen Nasenflügel vibrierten, als er um seine Selbstbeherrschung rang, während sich seine Finger tief in Nahims Fleisch krallten. »Um an unser Ziel zu gelangen, mussten wir Lehen in eine Falle locken – was, ehrlich gesagt, leichter war als gedacht. Aber dein Freund Maherind hat dir gewiss von Regnes Schauspielkünsten erzählt, als er den alten Mann damals zu dieser einsamen Fischerhütte gelockt hatte. Regne zeigte sich also ein wenig zugänglich, und Lehen ging mit ihm einen Handel ein, um mir zu entwischen: Als Lohn für eine arrangierte Flucht sollte sie einem verunsicherten Regne das Geheimnis der Drachen offenbaren.«

Er machte eine Pause, um sicherzugehen, dass Nahim seinen Worten auch folgen konnte. Als das Wort Drache fiel, schien Nahim ihm endlich zuzuhören, so verblüfft, wie er ihn anschaute. Damir lächelte selbstzufrieden. »Was soll ich sagen, sie hat sich gewissenhaft an die Absprache gehalten und ihm das Drachengeheimnis mit einem Raben geschickt. Doch ich hatte so meine Bedenken, ob ihren Worten auch wirklich zu trauen ist. Denn wenn man sich in Sicherheit wiegt, nimmt man es nicht mehr so genau mit der Wahrheit oder vergisst gerne einen wichtigen Bestandteil. Also haben wir Lehen kurzerhand wieder eingefangen, damit sie ihre Worte bestätigen kann. Regnes Raben sind uns dabei eine große Hilfe gewesen.«

Der Rabenmann krächzte irgendwo im Hintergrund, und Damirs Lächeln wurde immer breiter. Mittlerweile war er mehr als zufrieden damit, seiner Rachsucht, Nahim sofort das Gesicht einzuschlagen, nicht nachgegeben zu haben. Die vielfältigen Regungen, die mit dem Begreifen einhergingen, hätte er um keinen Preis missen wollen. »Nun ist es so«, fuhr er im Plauderton fort, »dass es mir gelungen ist, einen Kontakt zur Prälatin herzustellen. Und da möchte ich ganz sichergehen, dass unsere gemeinsame Freundin hier mir keine Lügenmärchen aufgetischt hat. Es wäre nämlich sehr unangenehm für mich, das gerade erworbene Vertrauen der Prälatin prompt wieder zu zerschlagen. Darauf, mich gründlich abzusichern, hat mich übrigens Lehen selbst gebracht. Sie ist sozusagen ein weiteres Mal über ihre eigene Schlauheit gestolpert. Leider ist es mir im Augenblick nicht möglich, Hand an unser Täubchen zu legen, und mit reiner Gewalt, wie Regne es probiert hat, ist ihr nicht wirklich beizukommen. Zwar behauptet sie steif und fest, die Wahrheit gesagt zu haben. Aber kann man ihr Glauben schenken?«

Damir hielt inne, um über die Schulter einen Blick auf Lehen zu werfen. Doch seinem Gesichtsausdruck nach zu urteilen, gefiel ihm ihre Reaktion nicht. Nahim konnte nur vermuten, dass Damir sich in diesem Augenblick des Triumphs eine ihn befriedigende Geste von Seiten Lehens erhofft hatte. Vielleicht ein entsetztes Stöhnen oder Wimmern. Doch Lehen fehlte schlicht die Kraft, um zu toben oder um Mitleid zu flehen – so viel hatte Nahim inzwischen begriffen. In seiner Enttäuschung presste der Schmied seine Lippen hart aufeinander und gab mit einem Mal Nahims Kehle frei.

Hastig sog Nahim Luft in seine Lungen und bemühte sich, das Brennen, das der bloße Atemzug verursachte, zu ignorieren. Er wollte hinausschreien, dass er das Geheimnis allzu gern verraten würde, wenn man sie beide nur endlich gehen ließe. Doch nicht ein Ton kam über seine Lippen, nur ein rauer Schmerz breitete sich in seinem Hals aus und ließ ihm einen Augenblick lang schwarz vor Augen werden.

Bevor er sich sammeln konnte, verpasste Damir ihm einen rabiaten Stoß, so dass er nach hinten kippte und schmerzhaft mit den Schulterblättern aufschlug. Außerdem landete er so unglücklich auf seinen gefesselten Händen, dass er vor Pein aufgeschrien hätte, wenn denn mehr als ein Krächzen seine ramponierte Kehle verlassen hätte. Damir umkreiste den sich am Boden windenden Mann und setzte ihm in einem günstigen Moment den Stiefel auf die Brust, um ihn zu fixieren. Der ursprüngliche Ausdruck von Schadenfreude war blankem Zorn gewichen. Zu lange hatte Damir auf diesen Augenblick gewartet, in dem er seinen verhassten Konkurrenten nach Belieben erniedrigen konnte und zugleich den Schlüssel zu Macht und Reichtum erhielt. Und doch schien ihn in diesem Augenblick beides nicht zu befriedigen.

»Eigentlich wollte ich Hand an jemand anderen legen, um Lehen unter Druck zu setzen, da ihr das eigene Wohlbefinden so wenig zu bedeuten scheint: dieses verrückte Balg, an dem sie sich unentwegt festhält, als hinge ihr Leben davon ab«, berichtete Damir mit unverhohlenem Abscheu in der Stimme, während sein vor Anstrengung zitterndes Bein verriet, wie gern er einige Male kräftig zugetreten hätte. »Aber leider hat der Rabenmann Anspruch auf den kleinen Njordener erhoben, und er ist strikt dagegen, dem Kind auch nur ein Haar zu krümmen. Vermutlich würde dieses kranke Geschöpf den letzten Atemzug tun, bevor Lehen zu sprechen anfängt. Von daher war es ein Glücksfall, als Regne erfahren hat, dass ausgerechnet du dich in der Burgfeste herumtreibst. Man scheint tatsächlich an jeder Ecke über dich zu tuscheln.« Er stieß ein heiseres Lachen aus. »Lehens entflohener Gefährte, dessen Verlust ihr für kurze Zeit den Verstand benebelt hat. Ich sollte dir dafür danken, dass du solch ein Feigling bist, der den Hof klammheimlich verlässt, um … für was hat er Lehen noch einmal verlassen, Regne?«

Unvermittelt sah Nahim einen Schatten neben sich auftauchen. Regne leckte sich über die Lippen, doch es ließ sich nicht deuten, ob vor Genuss oder Nervosität. »Es heißt, er habe die Drachenreiterin besprungen, mit der er auf der Burgfeste eingetroffen ist. Es war die Rede von seltsamen Spielen im Kerker, der bevorzugten Liebesspielwiese dieses Ordensmitglieds, wenn man den Gerüchten Glauben schenken darf.«

Wenn die Situation nicht so bedrohlich gewesen wäre, hätte Nahim aufgelacht, so abstrus war all das. Stattdessen brannten seine Wangen vor Demütigung, und er ärgerte sich maßlos darüber, Regnes Worte damit zu bestätigen.

»Eine Drachenreiterin, tatsächlich? Nun, irgendwie passend, nicht wahr?« Damir bewegte seine Schuhsohle auf und ab, bis Nahims Rippenbogen unter dem Druck zu knacken begann. »Lehen, was sagst du denn zu dieser kleinen dreckigen Geschichte? Unserem Freund hier ist die Zeit im Westend offensichtlich zu lang geworden, und er ist aufgebrochen, um neue Abenteuer zu bestehen. Es ist doch bestimmt ein Abenteuer, es mit einer Drachenreiterin zu treiben, oder? Ich deute dein Schweigen als ein Ja.«

Mit einem Mal rutschte Damirs Stiefel an Nahims Brustkorb ab, aber als dieser die plötzliche Freiheit nutzen wollte, um sich auf die Seite zu drehen, drückte seine Hüfte so schmerzhaft gegen die gefesselten Handgelenke, dass er den Versuch aufgab und in die Rückenlage glitt.

Damir schnaufte und trat einige Male wahllos gegen Seite, Schulter und Kopf und schimpfte dabei lauthals. Dermaßen gepeinigt, rollte Nahim sich schließlich auf den Bauch und zog die Beine unter den Leib. Seine Wange schabte über den rauen Steinboden, und er glaubte zu fühlen, wie zugleich eine Augenbraue aufsprang. Einen Atemzug später prasselten Schläge auf seinen Rücken nieder, und er konnte nicht sagen, ob es allein der Schmied war, der seiner Rage nun freien Lauf ließ, oder ob sich der Rabenmann dazugesellt hatte. Als Nahim die Worte »Hör auf, Damir, es reicht« von Lehen hörte, erschienen sie ihm wie eine Erlösung.

Widerwillig ließ Damir von dem leblosen Haufen Mensch ab. Zu Nahims Verwunderung wich er sogar ein Stück zur Seite, um Lehen Platz zu schaffen.

»Nahim wird dir das Geheimnis erzählen, und dann wirst du sehen, dass ich dich nicht belogen habe. Denn selbst wenn die Prälatin es kennt, wird sie nichts damit anfangen können: Es gibt keine Drachen im Westgebirge, die sie rufen könnte«, sagte Lehen mit einer müden Stimme, doch Nahim hörte den Rest ihrer früheren Bestimmtheit heraus. Unter Qualen drehte er den Kopf zur Seite und blickte an ihren schmutzigen, zerrissenen Röcken hinauf – sie stand nur eine Armeslänge von ihm entfernt, und doch war sie ihm noch nie so fern erschienen. Selbst wenn seine Hände nicht gefesselt gewesen wären, so hätte er es nicht gewagt, sie zu berühren.

Die kräftigen Hände des Schmieds packten ihn bei den Schultern und zerrten ihn hoch. Unsicher hockte Nahim sich auf seine Beine, darum bemüht, trotz der Schmerzen nicht die Macht über seinen Körper zu verlieren. Eine Mischung aus Schweiß und Blut lief ihm in die Augen, brannte und ließ sich kaum fortblinzeln. Einzelne Haare klebten auf seinen Wangen und trieben ihn fast in den Wahnsinn. Als er sich mit der Zunge über die Lippen fuhr, stellte Nahim fest, dass die Unterlippe aufgeplatzt und angeschwollen war. Dem bitteren Geschmack des Blutes wohnte etwas Vertrautes inne. Verstohlen sah er in Lehens Gesicht, und zu seiner großen Verwunderung erwiderte sie seinen Blick. Allerdings spiegelten sich darin weder Verzweiflung noch Angst, sondern nur kaum zu bändigende Ungeduld. Ihre Lippen formten die stumme Aufforderung »Sag es ihm«.

Nahim nickte, dann beeilte er sich, ihrer Aufforderung nachzukommen. »Wenn die Drachen mit Maliande in Berührung kommen, sind sie in der Lage, Wünsche zu begreifen. Vielleicht haben sie deshalb ja das Westgebirge verlassen, weil sie sich nicht missbrauchen lassen wollen.« Seine Stimme war kaum hörbar und so rau und brüchig, als gehöre sie einem alten Mann. Während er sprach, hielt er den Blick die ganze Zeit auf Lehens Gesicht gerichtet, die mit vor dem Körper verschränkten Armen dastand, als könne sie sich auf diese Art vor dem endgültigen Zerbrechen bewahren. Dann kehrte sie zu dem schlafenden Kind auf dem Lager zurück, ohne ihn weiter zu beachten, und Nahim spürte einen seltsamen Stich.

»Es wird Badramur nicht gefallen, wenn man ihr mit etwas Glitzerndem vor der Nase wedelt, das sie jedoch nicht zu fassen bekommen kann«, fügte er noch hinzu, was ihm der Schmied mit einer Kopfnuss vergalt.

Ohne ein weiteres Wort zu verlieren, winkte Damir den Rabenmann zu sich, der sich die Fingerknöchel massierte. Gemeinsam verschwanden sie durch die schwere Holztür, deren Knauf sofort wieder auf magische Weise verschwand.

Eine Zeit lang blieb Nahim reglos hocken, starrte die versperrte Tür an und hing der Hoffnung nach, dass Lehen zu ihm herüberkommen würde, um zumindest seine Fesseln zu lösen. Doch sie schien ihn vollkommen vergessen zu haben. Auch wenn er es ihr nicht verübeln konnte, so nahm die Sehnsucht, von ihr berührt zu werden und ihre Stimme zu hören, unerträglich zu.

»Lehen?« Der Name kam so unvermittelt über seine Lippen, dass er selbst erschrak. Er wusste nicht recht, was er eigentlich von ihr erwartete. Aber er fürchtete sich davor, dass sie ihn nicht erhören könnte. Der Gedanke, was passieren würde, wenn Damir zurückkehrte, konnte nicht einmal annähernd einen solchen Schrecken entfachen. »Lehen, bitte …«

»Lass mich in Ruhe, verflucht noch mal!«

In erster Linie war da Zorn herauszuhören, doch da war noch etwas anderes, das Nahim Hoffnung schenkte: Traurigkeit. Unbeholfen stemmte er sich empor und schlug dabei fast der Länge nach hin. Als er einigermaßen sicher stand, schaute er an sich hinab: Die Hosen waren zerrissen und gaben den Blick frei auf seine zerschlagenen Knie, die bedrohlich stark zitterten; das Hemd hing ihm zerfleddert und mit Blut und Wasser besudelt aus der Hose. Am armseligsten empfand er den Anblick seiner nackten Füße – einer der Männer hatte ihm außer dem Mantel auch die Stiefel ausgezogen, als er bewusstlos gewesen war.

Langsam ging er zu der Lagerstätte, wo Lehen das Kind

wieder in ihre Arme geschlossen hatte und das Gesicht abgewendet hielt. Trotzdem zischte sie Nahim drohend an: »Mach, dass du wegkommst.«

Nahim hatte kein Recht, sie zu bedrängen, dennoch ging er auf die Knie und vergrub sein Gesicht in ihrem offenen Haar. Sogleich umfing ihn Lehens vertrauter Geruch, und alle Sorgen und Schmerzen waren wie fortgewischt. Ohne sich dessen bewusst zu sein, rutschte er näher und schmiegte sich an ihren Rücken. Irgendwann bemerkte er, dass ein Zittern durch Lehens Körper ging, und es brauchte noch länger, bis er begriff, dass sie weinte.

»Nein, nicht doch, Lehen«, sagte er leise und verfluchte seine gefesselten Hände. Hilflos drängte er sich näher an sie, küsste ihre Wange, ihre Schläfe, bis sie sich gegen ihn sinken ließ. Kurz befürchtete er, das Gleichgewicht zu verlieren. Doch er hielt stand und redete beruhigend auf sie ein.

Kapitel 39

Eine kleine stickige Kammer war nicht gerade der Ort, an dem Vennis sich wiederzufinden erwartet hatte. Er brauchte sich nur leicht zu drehen, um sich einen Überblick zu verschaffen: ein sorgfältig gemachtes Bett, eine Truhe und ein lehnenloser Stuhl, eine geschlossene Tür und eine schmale Luke, durch die spärliches Licht sickerte. Irgendwo in sicherer Entfernung zu der Kammer glaubte er, Geräusche wie Geplapper und Türschlagen zu hören.

Auf Zehenspitzen eilte er zur Tür und öffnete sie einen Spalt. Draußen schaute er auf einen langen Flur, von dem unzählige Türen abgingen. Es brauchte nicht lange, bis ihm klar wurde, wo er gelandet war: dem Bedienstetentrakt der Residenz. Wie um seine Vermutung zu bestätigen, erschienen einige Waschmädchen, die ihn verlegen aus den Augenwinkeln betrachteten, weshalb er die Tür schleunigst wieder schloss.

Endlich beruhigte er sich, so dass er sich erst einmal vergewissern konnte, das Wandeln auch wirklich überstanden zu haben. Dann war noch genug Zeit zu erforschen, wohin das Maliande ihn eigentlich gebracht hatte. Vennis war schon seit vielen Jahren nicht mehr gewandelt und stellte angenehm berührt fest, dass es ihm offensichtlich nicht mehr so viele Probleme bereitete. Seine Augen brannten, als habe er Rauch abbekommen, und insgesamt fühlte sein Körper sich an, als wäre er zu lange ungeschützt den Elementen ausgeliefert gewesen. Aber das Gefühl, sich selbst beim Wandeln verloren zu haben, setzte nicht ein.

Mit gezücktem Schwert schritt Vennis auf die geschlossene Truhe zu und starrte sie an. Eine gewöhnliche Reisetruhe, die dafür gemacht worden war, auch ruppige Kutschfahrten und Unwetter zu überstehen. Ein altes Erbstück vielleicht, denn sie sah reichlich abgestoßen aus. Das Vorhängeschloss allerdings war neu und erwies sich bei einer näheren Untersuchung als äußerst robust. Bevor ihm Skrupel kommen konnten, setzte er seinen Stiefelabsatz an und trat so lange zu, bis der gesamte Verschluss aus dem Holzrahmen brach. Dann lauschte er angestrengt, doch weder Schritte noch Rufe deuteten darauf hin, dass sich jemand an dem Krach gestört hatte. Trotzdem legte er das Schwert und einen Dolch neben sich für den Fall, dass doch jemand überraschend auftauchen sollte.

Die Truhe enthielt nicht mehr als die schlichte Kleidung eines Mannes und etwas Waschzeug. Eine gründliche Inspektion ergab nichts weiter, als dass das gute Stück aus dem Osten der Südlichen Achse stammte, wie eine Gravur verriet. Deshalb durchforstete er systematisch die gesamte Kammer, ohne jedoch auf etwas Interessanteres als Mäusespuren zu stoßen.

Zunehmend erhärtete sich der Verdacht, dass das Maliande ihn in die Irre geführt hatte oder er einfach nicht fest genug an sein Ziel gedacht hatte. Mit einem Anflug von Erschöpfung ließ Vennis sich auf das schmale Bett sinken, das augenblicklich mit einem rostigen Quietschen reagierte. Auf dem Stuhl, der zu einem Nachttisch zweckentfremdet worden war, lag neben einem Kerzenstummel eine zerlesene Ausgabe von *Brennende Fluten unterm besternten Nachthimmel*, einem Roman, dem man überall in Rokals Lande begegnete.

Unwillkürlich musste Vennis an Maherind denken, der diese Liebesgeschichte gleich mehrmals verschlungen hatte und auf ausgedehnten Reisen gern ganze Passagen zum Besten gab. Diese Geschichte enthielte alles, was es über die Neigungen der Menschen zu erzählen gebe, wurde er nicht müde zu erklären, auch wenn seine Zuhörer eher dem Hufgeklapper lauschten – besonders Vennis, der Büchern, die von Menschenschicksalen berichteten, skeptisch gegenüberstand. Wer die Zeit fand, Seite um Seite mit Buchstaben vollzuschreiben, konnte nicht allzu viel über das Leben wissen, das außerhalb seiner Kammer stattfand. Und wer etwas erlebt hatte, das abseits des Alltäglichen lag, sollte wohl Besseres zu tun haben, als den Griffel zu schwingen.

Trotzdem schlug er das Buch auf, und einige lockere Seiten rieselten ihm entgegen. Fast hätte er es wieder zugeschlagen, um nicht noch größeren Schaden anzurichten, als ihm bewusst wurde, dass die hinteren Seiten recht unbeweglich waren, als er mit dem Daumen über sie fuhr. Vennis lachte vergnügt auf, denn der ramponierte Roman erwies sich als äußerst listig getarntes Kästchen. Er ahnte, was sich in der schmalen Kuhle unter dem Deckel verbergen musste: das Maliande, in das der Mittelsmann aus Achaten seine Gedanken bannte. Außerdem spürte er in den Fingerspitzen ein leichtes Vibrieren, das ihm durchaus vertraut war. Er war also fündig geworden. Doch seine Begeisterung verflog, als er feststellen musste, dass das Kästchen magisch verriegelt war. Elbenspielzeug, dachte er missmutig.

Plötzlich wurde es Vennis deutlich zu eng in dieser Kammer. Jemand, der seiner Behausung und der Kleidung nach zu urteilen unauffällig auftrat, besaß genug Verstand, um seinen größten Schatz so hinzulegen, dass kaum jemand Neugieriges hinlangen würde. Wer scherte sich schon um ein zerfleddertes Buch, das an jeder Straßenecke feilgeboten wurde? Und dieser Schatz lag in einem Kästchen, das von Elbenhand geschaffen worden war.

Vennis musste nicht länger nachdenken. Er verstaute das Kästchen in seiner Jackentasche, steckte Schwert und Dolch ein und schritt auf die Tür zu. Doch gerade in dem Moment, als er die Hand auf die Klinke legte, wurde sie von außen niedergedrückt, und es gelang Vennis gerade noch rechtzeitig, einen Schritt zurückzusetzen, so dass die aufschwingende Tür nicht gegen ihn stieß. Blitzschnell drehte er die eintretende Person herum, presste ihr eine Hand auf den Mund und hielt den Dolch an die Kehle.

»Keinen Laut«, sagte er drohend und setzte die Klinge noch ein wenig fester an. Die schmale Gestalt in seinen Armen stellte augenblicklich sogar das Atmen ein.

Behutsam schloss Vennis mit der Ferse die Tür, dann zog er die Hand vom Mund weg und sorgte dafür, dass sein Gefangener die Hände hinter dem Nacken verschränkte. Dabei blieb der Dolch die ganze Zeit über in der Nähe der Kehle, auch als er die Gestalt umkreiste. Vor ihm stand eine junge Frau in zu großer Männerkleidung, mit kurz geschnittenen, braunen Haaren und einem Gesicht, dessen angstverzerrte Züge Vennis bekannt vorkamen. Offensichtlich erkannte die Frau ihn ebenfalls wieder.

»Was tut Ihr in meiner Kammer, Ordensmitglied Vennis?« Dabei bemühte sie sich, möglichst flach zu sprechen, damit die Schneide sich nicht in ihrer Kehle versenkte.

»Peril – Bolivians Famulus, richtig?«, erwiderte Vennis. In dem Moment, als er erkannte, wen er vor sich hatte, fügte sich alles bestens zusammen. Er nahm den Dolch ein Stück zurück, deutete der jungen Frau aber an, die Hände hinter dem Nacken zu behalten. »Ich habe gar nicht gewusst, dass er dich bei seinem letzten Besuch an seiner Seite hatte – oder hast du dich vielleicht die ganze Zeit in seinem mächtigen Schatten versteckt?«

»Das versteht Ihr falsch. Schon bei meiner Ankunft in Previs Wall habe ich mich von Bolivian losgesagt, um hierbleiben zu können«, sagte Peril, deren Blick zum Nachttisch wanderte. Als sie das Fehlen des Buches bemerkte, funkelte sie Vennis zornig an. Der Eindruck einer verängstigten, fast noch mädchenhaften Frau war mit einem Schlag verschwunden. Vor Vennis stand ein Widersacher, den er besser nicht unterschätzen sollte.

Dieses Geschöpf ist durch Bolivians Schule gegangen, und er vertraut ihr genug, um sie als Spitzel zurückzulassen. Sie mag zwar keine Kämpferin sein, aber sie wird mir gewiss nicht freiwillig die Antworten geben, nach denen ich suche, wog er seine Lage ab.

Vom Flur ertönten zahlreiche Stimmen, offensichtlich Angestellte, deren Arbeit am frühen Abend endlich ihr Ende gefunden hatte.

»Ich denke, wir sprechen besser in meinem Zimmer weiter.« Als Vennis seine freie Hand an den Nacken der jungen Frau führte, versuchte sie, die Arme herunterzureißen, um ihn fortzustoßen. Doch Vennis war schneller: Ein gezielter Griff, und Peril wurde bewusstlos. Bevor sie auf den Boden sinken konnte, legte er sie sich über die Schulter und verließ die Kammer. Als er in eine Gruppe aus Küchenpersonal lief, die gerade auf dem Weg in ihre Kammern war, grüßte er freundlich und deutete auf die leblose Peril.

»Eine Schande, aber die Kleine verträgt halt nichts«, erklärte er leichthin und sah zu, dass er an den verblüfften Gesichtern schnell vorbeischritt.

Kapitel 40

Als die magische Tür mit einem schwachen Knarren aufglitt, konnte Nahim nicht sagen, wie lange er mit der an ihn geschmiegten Lehen dagesessen hatte. Erschöpft vom Weinen und dem Schrecken der vergangenen Tage, war Lehen in einen Schlaf gefallen, und auch Nahim war in einen Dämmerzustand versunken, in dem er nur die Wärme und den Duft der Frau wahrgenommen hatte, die er so sehr vermisst hatte. Nur ein Mal war er kurz hochgeschreckt, als sich das Kind mit halb geschlossenen Augen aufgerichtet hatte, um sich sofort wieder in Lehens Schoß zu kuscheln. Seltsam glühende Augen hatten aufgeleuchtet, aber Nahim war zu entkräftet gewesen, um sich daran zu stoßen.

Nun kehrten mit einem Schlag die Schmerzen in seinen misshandelten Körper zurück, und er verfluchte sich dafür, keinen einzigen Gedanken an ihre Situation verschwendet zu haben. Doch bevor er sich überhaupt regen konnte, stand Damir schon hinter ihm und zog ihn am Hemdkragen empor. Unwillkürlich schrie Nahim vor Pein auf, als das Blut in seine eingeschlafenen Glieder schoss. Währenddessen schlug Lehen unsanft auf dem Boden auf und blickte ihn verwirrt an.

Damir umfasste Nahims Oberkörper mit seinen kräftigen Armen, nachdem der Stoff des Hemdes mit einem spröden Reißen nachgegeben hatte. Voller Abscheu nahm Nahim Damirs nach Branntwein riechenden Atem wahr. Offensichtlich hatte der Schmied einen Anlass zum Feiern gehabt.

»Ich hätte nicht gedacht, dass du mir so sehr von Nutzen

sein könntest. Eigentlich schulde ich dir beinahe schon etwas«, sagte Damir, und der zufriedene Tonfall verhieß nichts Gutes.

Ehe Nahim etwas erwidern konnte, verpasste Damir ihm einen Stoß, so dass er unbeholfen nach vorne stolperte, um im nächsten Augenblick von zwei kräftigen Männern aufgefangen zu werden. Nahim stöhnte auf, als er die Uniformen von Badramurs Leibwache erkannte. Drei weitere Wachen hatten die Höhle betreten und schritten zielstrebig auf Lehen und das Kind zu. Lehen stand unerwartet resolut auf und erklärte: »Ich kann meinen Jungen selber tragen.«

»Nein!« Die Erwiderung fiel scharf aus und passte wenig zu dem hageren Rabenmann, der sich an der Wand entlang in die Höhle drängte, als wolle er den größtmöglichen Abstand zu den Wachen halten. »Das Kind gehört mir, es hat mit all dem nichts zu tun. Sag ihnen, dass sie das Kind nicht mitnehmen dürfen, Damir«, forderte Regne eifrig seinen Komplizen auf, der jedoch unbeteiligt in die Luft schaute, während Lehen den leblosen Tanil auf die Arme nahm. »Dieses Kind ist mein Lohn – niemand außer mir soll mehr die Hand an es legen. Sag ihr, sie soll es zurücklegen. Hörst du, Damir?«

»Wenn du mir Tanil nimmst, werde ich der Prälatin erzählen, was für ein elendiger Lügner du bist«, drohte Lehen atemlos. »Ich werde ihr erzählen, wie du dein ganzes Dorf ins Verderben stürzen wolltest ...«

»Sei still, Lehen«, forderte Damir sie mit bedrohlicher Ruhe auf, während er beobachtete, wie die Wachen Blicke austauschten.

»Das Kind ist mein Lohn! Du wirst mich nicht um meinen Lohn bringen, Schmied«, keifte Regne unterdessen unbeirrt weiter.

Damir wischte sich mit der Hand über den Mund und stierte Regne ungehalten an. Für einen Moment lang sah es so aus, als würde er vorpreschen und seinen Kompagnon beim Kragen packen und ordentlich durchschütteln. Doch er beherrschte sich und zeigte lediglich drohend mit dem Finger auf ihn. »Vergiss das Blag. Das geht doch in den nächsten Stunden sowieso vor die Hunde, so wie es aussieht. Wir kehren jetzt in die Gemächer der Prälatin zurück und besiegeln den Handel. Entweder du ziehst mit, oder ich breche dir eigenhändig das Genick wie einem deiner Raben, verstanden?«

»Du wirst mir gegenüber nicht wortbrüchig werden, du Hurensohn!«

Angesichts des tobenden Rabenmannes schloss Damir kurz die Augen und als er sie wieder öffnete, lag solch ein eindringlicher Ausdruck auf seinem Gesicht, dass Regne innehielt. »Wir gehen Schritt für Schritt vor, so wie wir es immer tun. Verstehst du mich?«

Obwohl Regnes Kinn noch vor Zorn bebte und aus seinen Augen der pure Zorn funkelte, nickte er. Mit zu Fäusten geballten Händen verließ der Rabenmann die Höhle, und die anderen folgten ihm auf dem Fuß. Badramurs Wachen schienen es eilig zu haben, mit den Gefangenen zu ihrer Herrin zurückzukehren.

Badramur empfing sie in einem der privaten Audienzräume, deren Felswände mit gewebten Stoffbahnen geschmückt waren. In der Mitte standen auf kostbaren Teppichen Sessel und ein Tisch, auf dem verschiedene Flaschen und Gläser aufgebaut waren. Zahlreiche Kerzenlüster schufen ein angenehmes Licht und spendeten zugleich Wärme. Doch der größte Vorteil dieser Räumlichkeiten bestand in einem geheimen Gang, der an allen neugierigen Blicken vorbeiführte und der Prälatin ermöglichte, Besucher zu empfangen, die sie eigentlich nicht empfangen sollte.

Als nun die Wachen mit ihrer Begleitung aus diesem Geheimgang traten, zuckte nur kurz die Braue der Prälatin leicht nach oben, als sie die Akte aus der Hand legte, in der sie bis eben gelesen hatte. Neben ihr saß der massige Bolivian auf einem Stuhl mit knirschenden Beinen und knabberte an seinen Fingernägeln. Im Gegensatz zur Prälatin gönnte er den Neuankömmlingen nicht einen Blick. Selbst als die Prälatin mit den Fingerknöcheln auf die Tischplatte klopfte, brauchte es einen Moment, bis er aufsah.

»Ihr könnt Euch jetzt zurückziehen und Euch Euren Angelegenheiten widmen, mein guter Bolivian«, erklärte Badramur in einem scheinbar leichten Tonfall, dessen gereizte Note jedoch kaum zu überhören war.

Trotzdem setzte sich der Botschafter nur widerwillig in Bewegung, und bevor er zur Tür hinaus verschwand, warf er Nahim noch einen Blick aus seinen geröteten Schweinsaugen zu. Nahim schluckte schwer, weil er darin eine Mischung aus Wut und Schadenfreude entdeckte. Was auch immer Badramur mit dem Geheimnis anzufangen gedachte, es widerstrebte dem Botschafter. Zugleich verspürte er jedoch auch eine Freude. Dann wurde Nahim von einer der Wachen in die Knie gezwungen.

»Eigentlich dachte ich, dass du uns verlassen hättest, um nach Montera zurückzukehren, Nahim. Zumindest behauptet das die eigentlich zuverlässige Gerüchteküche der Burgfeste«, eröffnete Badramur ihre Begrüßung. »Aber wer weiß? Vielleicht bist du ja auch einfach nur wieder einmal, ohne eine Spur zu hinterlassen, verschwunden?« Ihr Blick blieb lange an Nahims zerlumpter Gestalt hängen, doch kein Mienenspiel verriet, was ihr bei diesem Anblick durch den Kopf ging. »Unser Freund Damir hat mir von dem Vorfall in diesem namenlosen Tal berichtet. Sehr interessant. Du steckst voller Rätsel, Nahim. Wenn wir dieses hier erforscht haben, werde ich mir die Zeit nehmen, auch deine anderen Geheimnisse zu lüften.« Als Nahim auf diese Drohung nicht reagierte, wandte sich Badramur Lehen zu, die sich vor Erschöpfung mit Tanil auf dem Boden niedergelassen hatte. »Es geht ja die Sage um, dass die Njordenerinnen nicht viel auf Treue geben. Aber würde es Lalevil wirklich ungerührt lassen, wenn sie von deiner Frau und dem Kind wüsste?«

»Ich verstehe nicht, was Ihr von mir erwartet, Prälatin.« Nahim versuchte, den Griff der Wachen abzuschütteln, um Badramur entgegenzutreten, doch die packten nur härter zu. »Selbst wenn Lalevil irgendwie gewillt wäre, mir zuliebe ihren Drachen ins Westgebirge zu rufen, so würdet Ihr doch wohl kaum vor Präae treten und sie bitten, Euch einen Wunsch zu erfüllen.«

Die Prälatin lachte trocken. »Nein, das wohl kaum. Hältst du mich wirklich für so naiv, einen Drachen in die Burgfeste einzuladen, um dann festzustellen, dass dieser dahergelaufene Schmuggler und sein Anhang mir eine Lügengeschichte aufgetischt haben?« Damirs Mund schnappte kurz auf, als wolle er die Unterstellung von sich weisen, aber zu seinem Glück entschied er sich dafür zu schweigen. Badramur fuhr unbeirrt fort: »Ich denke, ich werde Lalevil nicht nur dazu auffordern, ihren Drachen herbeizurufen, sondern auch, ihm meinen Wunsch als den ihren mitzuteilen.«

Nahim schüttelte ungläubig den Kopf und bedachte die Prälatin mit einem Blick, als habe diese den Verstand verloren. »Lalevil ist nicht Eure willige Dienerin, sondern ein Ordensmitglied.«

»Ach, ja? Die junge Dame schien mir doch recht auf ihren Vorteil bedacht gewesen zu sein, als sie in den Kerker gestiegen ist, um diesen sturen Elben zum Reden zu bewegen. Wie mir scheint, muss man Lalevil nur den richtigen Anstoß geben, damit sie die Interessen des Ordens hintanstellt.«

»Badramur, Ihr solltet achtgeben, dass es nicht Euer Reich sein wird, das Lalevil den Drachenflammen übergibt, wenn Ihr sie zu erpressen versucht.«

Die Prälatin lächelte herablassend. »Offensichtlich unterschätzt du Lalevils Zuneigung für dich.«

Bei diesen Worten war Nahim zusehends blasser geworden und schaute schließlich zu seiner am Boden kauernden Gefährtin, die kaum etwas von der Unterhaltung mitbekommen hatte. Ihre Fingerspitzen ruhten am Puls des Kindes, auf dessen Wangen sich grellrote Flecken ausgebreitet hatten. Verängstigt sagte sie: »Tanil fiebert und ist furchtbar schwach.«

»Dann sollten wir uns wohl besser beeilen«, erklärte Badramur und wandte sich dem Hauptmann ihrer Leibgarde zu, der bislang unbeteiligt in ihrer Nähe gestanden hatte. »Schieben Sie die Stoffbahnen zur Seite, und helfen Sie unserer kleinen Familie, damit sie dort Platz nehmen kann. Dem Mann können Sie die Handfesseln lösen. Du möchtest deine Liebste doch sicherlich an dich drücken – oder etwa nicht, Nahim?«

Während Nahims Fesseln durchgeschnitten wurden, widmete sich die Prälatin einer schmalen Schatulle, in deren Deckel der Name Lalevil eingraviert war. Behutsam nahm sie einen Flakon mit Maliande heraus, dann sah sie schweigend zu, wie die Wachen die drei Gefangenen vor der nackten Felswand zusammentrieben und sich mit gezückten Waffen neben ihnen postierten. Als Badramur den Flakon öffnete, sah sie dieses Bild mit solch einer Intensität an, als wolle sie sich auch das kleinste Detail einprägen. Aus der Öffnung des Flakons stieg schimmernder Rauch auf, und auf das Gesicht der Prälatin schlich sich ein siegessicheres Lächeln.

Kapitel 41

Die schmale Sichel des Neumonds zeichnete sich am Nachthimmel ab. Sie hing so tief, als würde sie gleich die Zinne des Westgebirges berühren. Mit der einbrechenden Nacht hatte auch der Wind wieder aufgefrischt und trug den Geruch von Schnee mit sich. Als er Lalevils Wangen streifte, kam es ihr vor wie die Aufforderung, noch ein wenig wach zu bleiben. Eine willkommene Aufmunterung, denn ihre Augen waren vor Erschöpfung gerötet, und ihre Schultern waren so bleiern, als trage sie eine Eisenrüstung und nicht ihren bestickten Mantel.

Unauffällig bemühte sich Lalevil, sich zu strecken und zu dehnen, dann begriff sie, wie albern dieses Unterfangen war und bog ihren Rücken kräftig durch, während sie den Kopf kreisen ließ.

»Seid Ihr vielleicht schon erschöpft?«, fragte ihr Gegenüber mit süffisantem Ton.

Doch Lalevil beschloss, sich nicht von der schmalen Elbin mit den toten Augen reizen zu lassen. Schließlich versuchte die Botschafterin der Gahariren schon seit Stunden, sie aus dem Gleichgewicht zu bringen. Dabei wäre diese Esiles zu Beginn der Verhandlungen auch fast erfolgreich mit ihrer Taktik gewesen. Denn da war sie noch verstört gewesen wegen der Trennung von Nahim und hatte zugleich befürchtet, mit dem Elben aus dem Kerker oder zumindest mit seinem Verrat konfrontiert zu werden. Aber anscheinend scherte sich niemand von den Gahariren mehr um diese vergangenen

Geschehnisse. Deshalb hatte Lalevil auch rasch wieder zu ihrer alten Selbstsicherheit zurückgefunden. Allerdings ging ihr allmählich die Luft aus, denn diese Esiles schien genauso viel Ausdauer wie Sitzfleisch zu haben. Die Verhandlungen zogen sich unangenehm in die Länge.

Es brannte Lalevil auf der Zunge, geradeheraus zu fragen, was die Botschafterin wirklich wollte. Im nächsten Moment dachte sie sich, warum eigentlich nicht? Seit Tagen schleichen wir schon um die unausgesprochenen Fragen herum, wie die Katze um den heißen Milchbrei. Vielleicht ist es an der Zeit, die Taktik zu ändern. Mit einem Schlag fühlte sie sich hellwach und angriffslustig.

»Fassen wir doch einmal zusammen, was beide Parteien wissen: Achaten wird den untersten Stollen der Turiden-Öfen nicht freiwillig wieder herausgeben, und Euer Stamm ist der Überzeugung, nicht auf sein ehemaliges Territorium verzichten zu können. Nachdem die Schlacht fast zugunsten der Gahariren ausgegangen ist, glauben die Elben, Morgenluft geschnuppert zu haben. Dabei vergessen sie, dass der Prälatin bei einer Schlacht im Gebirge nicht noch einmal der gleiche Fehler wie zuvor unterlaufen wird. Wenn die Gahariren in den Kampf ziehen, werden sie auf Gebiet kämpfen müssen, das nun Achaten gehört. Der Ausgang einer Auseinandersetzung ist also keineswegs so gewiss, wie Ihr es mich glauben machen wollt. Aber wir sitzen hier noch aus einem anderen Grund beisammen und genießen ohne Unterlass die gute Nachtluft …«

Nachdem Lalevil ihren Haken ausgeworfen hatte, wartete sie auf eine Reaktion, doch auf dem Gesicht der Elbin war nicht die leiseste Regung zu erkennen. Ausdruckslos stierte sie in Lalevils Richtung, die jenes wunderliche Kribbeln spürte, wenn Elben ihre mentalen Netze nach einem auswarfen und an der Wand aus Maliande abprallten.

Lalevil seufzte frustriert und machte Anstalten aufzustehen. Da erst kam Leben in Esiles Züge, und sie streckte unwillkürlich die Hand aus, als wolle sie Lalevil festhalten. Stattdessen sagte sie: »Ihr seid ein Ordensmitglied und damit den Anliegen des Menschengeschlechtes in Rokals Lande verpflichtet. Glaubt Ihr wirklich, dass Ihr den Menschen einen guten Dienst erweist, wenn Ihr das machtverliebte Achaten so unvoreingenommen unterstützt?«

Langsam ließ Lalevil sich wieder auf das Lager zurücksinken. »Seit wann interessieren sich Elben denn für die Belange der Menschen, vor allem für jene, die außerhalb des Westgebirges leben?« Es fiel ihr ausgesprochen schwer, ihre Verblüfftheit im Zaum zu halten.

»Nun«, erwiderte Esiles gedehnt, als brauche sie Zeit, die richtigen Worte zu wählen. »Nicht alle Geister in der Burgfeste sind ausreichend durch das Maliande geschützt, so dass wir zwangsläufig die eine oder andere Neuigkeit aufschnappen: Der Titel als Prälatin der Burgfeste reicht Badramur nicht länger, sie streckt ihre gierigen Hände gen Osten aus. Und wir kennen Badramur inzwischen gut genug, um zu wissen, dass sie sich nicht mit dem zufriedengeben wird, das sie schon hat, solange sie noch atmet. Wenn der Orden also für alle Menschenbelange zuständig ist, müsste er eigentlich daran interessiert sein, ihren Bestrebungen Einhalt zu gebieten.«

»Ihr bietet dem Orden einen Handel an?« Lalevils Stimme klang scheppernd, und sie ertappte sich dabei, dass ihr Mund vor lauter Unglauben offen stand. Sie blinzelte mehrmals, als wolle sie einen Wachtraum verscheuchen. »Der Stamm der Gahariren bietet dem Orden tatsächlich Verhandlungen an? Als würden Menschen und Elben auf einer Stufe stehen?«

Diese direkte Formulierung rief selbst bei der stoischen Esiles eine Reaktion hervor, so dass sie nervös ihre feingliedrigen Hände rang. »Die Zeiten ändern sich«, erklärte sie leise.

Nachdem Lalevil in die Höhle zurückgekehrt war, die man ihr als Gastzimmer während ihres Aufenthalts bei den Gahariren zur Verfügung gestellt hatte, legte sie sich trotz ihrer Müdigkeit nicht hin, sondern stand reglos da und starrte auf den in Stoff eingeschlagenen Flakon, den sie achtlos auf einem Tisch hatte liegen lassen. Durch den fein gewebten Stoff schimmerte goldenes Licht. Lalevils scharf geschwungene Augenbrauen zogen sich so dicht zusammen, dass sie einander fast berührten. Badramur, dachte sie voller Widerwillen und Erschöpfung.

Die Prälatin der Burgfeste war in diesem Augenblick die letzte Person, mit der sie sich auseinandersetzen wollte. Außerdem widersprach es ihrem Naturell, sich der Wirkung des Maliandes auszusetzen. Es reichte ihr schon, stets von einem leichten Hauch umgeben zu sein, um sich die zudringlichen Elben vom Leib zu halten. Aber Badramur und ihre präzise formulierten Gedanken auf diesem Weg in ihren Geist einzulassen, rief einen bislang ungekannten Ekel in ihr hervor. Denn dabei verriet die Prälatin mehr von den Beweggründen ihrer Seele, als Lalevil lieb war. Noch mehr fürchtete die junge Frau sich jedoch davor, was sie der Prälatin über ihre eigenen Gedanken und Gefühle verraten konnte.

Der verhüllte Flakon strahlte eine Wärme ab, die ihre Fingerspitzen zum Kribbeln brachte. Das Maliande wollte berührt werden, rief nach ihr, und sein Zauber erwies sich schließlich stärker als Abscheu und Zweifel. Bevor Lalevil sich's versah, hielt sie den Flakon in beiden Händen und wäre, ihrem Instinkt gehorchend, beinahe aus der Höhle getreten, um den kalten Wind auf ihrer Haut zu spüren. Aber solche Dinge tat man auf dem Gebiet der Gahariren besser im Verborgenen, so viel Verstand war Lalevil gerade noch geblieben.

Ein wenig zu hastig zog sie den Deckel ab, so dass ein Tropfen der golden schimmernden Flüssigkeit auf ihren Zeigefinger sprang und sich dort mit einer geschmeidigen Bewegung ausbreitete. Wider besseres Wissen konnte sie der Versuchung nicht widerstehen und leckte den feinen Tropfen ab. Einen Herzschlag später bereute sie diese Dummheit zutiefst.

Ihr Geist wurde so rabiat aus ihrem Körper gerissen, dass sie sich sicher war, dass nicht mehr als eine leblose Hülle in der Höhle zurückgeblieben war. Ein erbarmungsloses Licht versengte ihren Geist zu einem Häuflein Asche, um ihn an einem fernen Ort wieder zusammenzufügen. Das Schwarz wich einem rötlichen Flimmern, aus dem sich ein erstarrtes Bild herausschälte. Lalevil betrachtete es, doch sie war immer noch viel zu schockiert von der überwältigenden Macht des Maliandes, als dass sie seinen Sinn hätte begreifen können.

»Tot« – das Wort schlug ein Echo, das einfach nicht verklingen wollte.

Lalevil begriff nicht, um was es ging. Stattdessen wehrte sie sich gegen das Maliande, in dem sie versunken war. Aber ganz gleich, wie sehr sie sich auch sträubte, das Bild wollte nicht weichen. Dann glaubte sie plötzlich etwas Vertrautes in dem roten Glühen zu erspähen: einen Schwung, einen Bogen, über den ihre Finger gefahren waren, einen Wangenknochen. Und als sie dies begriff, fügten sich weitere Linien ein und ergaben schließlich ein Gesicht – Nahims Gesicht.

Bevor Lalevil sich jedoch dem süßen Sehnen überlassen konnte, das Nahims Anblick in ihr hervorrief, erfasste ihr Geist das gesamte Bild, und die Sehnsucht wich schlagartig ungläubigem Staunen. Nahim hatte die Arme um eine fremde Frau gelegt, und zwischen ihren Leibern brannte ein lichterlohes Feuer.

»… sie … töten …«

Die Worte drangen nur mühsam zu ihr durch, und es brauchte noch länger, bis sie begriff, dass es Badramurs Gedanken waren, die zu ihr durchzudringen versuchten.

»Du willst Nahim und diese Frau verbrennen?«, fragte sie verwirrt zurück.

»Seine Frau.«

Es gelang Lalevil nicht, etwas auf diese Worte zu erwidern. Aber das brauchte sie auch nicht. Ihre Empfindungen waren so stark, dass es ihr auch unter anderen Umständen unmöglich gewesen wäre, sie vor Badramur zu verbergen. Dann strömten Badramurs Gedanken, Wünsche und Pläne mit solch einer Intensität auf Lalevil ein, bis diese sich nicht mehr sicher sein konnte, wer sie eigentlich war. Doch die Prälatin gab ihrem verzweifelten Geist nicht die Möglichkeit, sich zu besinnen.

»Wirst du tun, worum ich dich gebeten habe?«, fragte die Stimme der Prälatin, und in ihr schwang eine Siegessicherheit mit, die normalerweise Lalevils Trotz entfacht hätte.

Aber Lalevil schaute nur das zerschundene Gesicht des Mannes an, zu dem sie sich so unerträglich stark hingezogen fühlte, betrachtete die Mischung aus kaum verhohlenem Zorn und Furcht. In diesem Augenblick wusste sie, dass sie es nicht würde ertragen können, dieses Gesicht für immer verloren zu wissen. »Ja«, flüsterte sie. »Ich werde es tun.«

Irgendwo in ihrem Geist glaubte sie das trockene Lachen Badramurs zu hören. »Mach dir keine Sorgen, Mädchen«, sagte die. »Du gehörst ohnehin zu mir und nicht zum Orden. Du musst dich also nicht als Verräterin fühlen, wenn du mir zu Willen bist.«

Lalevil schwieg. Ihr Geist wurde von Flammen verschlungen, doch nun begegnete sie dem mit Gleichgültigkeit, genau wie dem Wiedereintritt in ihren leblos am Boden liegenden Körper. In ihren klammen Fingern hielt sie immer noch den Flakon, der auf wundersame Weise wieder verschlossen war. Als sie die Gewalt über ihre Gliedmaßen zurückerlangt hatte, kam sie am ganzen Leib zitternd auf die Beine und trat ins Freie.

Entgegen ihrem Empfinden, dass seit dem Erlebnis viel Zeit verstrichen sein musste, herrschte immer noch tiefste Nacht. In der Ferne konnte sie auf einigen Vorsprüngen, die eine günstige Aussicht auf den Sternenhimmel versprachen, die Schemen von Elben erkennen, die in Gespräche und Gesang vertieft waren. Niemand kümmerte sich um die Gestalt mit den eingezogenen Schultern, da die klare Winternacht solch wunderbare Sicht aufs Firmament erlaubte.

Lalevil trat bis an die äußerste Kante des Plateaus vor ihrer Höhle heran, schlang die Arme eng um ihren Oberkörper und schloss die Augen. Sie brauchte nichts weiter zu tun, das wusste sie nur allzu gut. Präae würde ihren verzweifelten Ruf längst gehört haben, sie konnte die Antwort des Drachen tief in ihrem Inneren spüren wie einen zweiten Herzschlag.

Irgendwann nahm sie wahr, dass sie nicht länger ungeschützt im eisigen Wind stand, und öffnete die Augen. Nur eine Armeslänge von ihr entfernt verharrte der riesige Drachenleib unbeweglich in der Luft, das Schuppenkleid glitzerte im tiefsten Nachtblau.

Eine warme Flut umspülte Lalevil, die Begrüßung und Trost zugleich war, eine Form von Magie, die Präae nur ihr gegenüber anwendete, da sie das einzige menschliche Wesen war, dem sich der Drache verbunden fühlte. Einen Augenblick lang gab sie sich der Wärme hin, dann streckte sie die zitternde Hand aus, in der sie den Flakon mit Maliande hielt.

»Es tut mir leid«, erklärte Lalevil, wobei sie um ihre Fassung rang. Ihre Kehle war wund und geschwollen, wollte die Worte nur widerwillig hinauslassen. Doch sie ließ nicht den kleinsten Anflug von Zweifel zu, denn die Prälatin hatte ihr die Folgen gezeigt, wenn sie deren Wünschen nicht entsprach.

Kaum hatte sie den Flakon geöffnet, da wurden die Lider der Drachenaugen schwer, und es legte sich ein verträumter

Zug auf Präaes Züge. Wie von selbst fand das schimmernde Maliande seinen Weg in die Nüstern des Drachen.

Lalevil konzentrierte sich auf den Willen der Prälatin, wobei sie sich bezwingen musste, Präae stattdessen nicht den Wunsch zu vermitteln, die gesamte Burgfeste in Schutt und Asche zu legen. Doch ganz gleich, welche seltsamen Wege Präae als magisches Wesen auch zu gehen vermochte, so war die Prälatin sehr deutlich gewesen, was passieren würde, wenn man in der Nähe der Burgfeste auch nur den Schatten eines Drachen sichten sollte. Aus diesem Grund verdrängte Lalevil alle eigenen Gefühle und ließ die Worte der Prälatin wie ein Echo immer wieder in sich aufsteigen.

Das vertraute Pochen in ihrem Inneren wurde lauter, bis es alles andere übertönte – dann setzte es mit einem Mal aus. Zurück blieb eine unbekannte Einsamkeit, denn seit Präae in den Tagen ihrer Kindheit zu ihr gekommen war, hatte es diese Verbundenheit gegeben. Augenblicklich unterbrach Lalevil ihre Konzentration und rief voller Furcht in ihrer Brust nach dem Drachen. Doch da kehrte das Pochen zurück – was auch immer Präae in Lalevil gesehen haben mochte, sie hatte die Verbindungen zwischen ihnen nicht gekappt.

»Ich werde dich begleiten«, sagte Lalevil, nachdem sie sich leidlich von dem Entsetzen erholt hatte, und streckte ihre Arme nach dem immer noch unbeweglich schwebenden Drachen aus.

Aber Präae wich so weit zurück, dass sie Lalevil aus ihren brunnengleichen Augen betrachten konnte. Was empfindet sie?, fragte sich Lalevil und spürte voller Unbehagen, wie die Furcht, von ihrem Drachen verlassen zu werden, abermals in ihr aufstieg. »Lass mich bitte nicht allein«, flüsterte sie.

Präae gab ein leises Brummeln von sich, das eine überraschend beruhigende Wirkung auf die verstörte Frau hatte, die sich vor Kummer kaum noch aufrecht halten konnte. Zu ihrer Verwunderung spürte Lalevil dabei nicht den leisesten Hauch von Abneigung. Der Drache blinzelte ihr sogar verschwörerisch zu, dann sank sein schlanker Leib langsam in die Tiefe der lichterlosen Schlucht hinab, als wäre Präae in einen Traum zurückgekehrt, dem sie für einen kurzen Augenblick entsprungen war.

Gebannt von diesem Anblick, blieb Lalevil stehen und ignorierte das verzweifelte Brüllen und Toben in ihrer Brust. Sie hatte eine Entscheidung getroffen und sie umgesetzt. Nun war es zu spät, um etwas zu bereuen. Ganz gleich, wie schmerzlich es sein mochte, sie würde nicht vor der Verantwortung zurückscheuen. Nein, das würde sie nicht. Diesen Gedanken stetig wiederholend, schleppte Lalevil sich wie eine schwer verletzte Kriegerin bis zu ihrem Lager, auf dem sie, zusammengekrümmt und jeden Wehlaut unterdrückend, liegen blieb. Am liebsten hätte sie in ihre ununterbrochen zu Fäusten geballten Hände beißen mögen, doch eine solche Erleichterung wollte sie sich nicht zugestehen. Wenn sie den Druck nicht ertragen konnte, dann sollte er sie zerreißen.

Kapitel 42

Mit einem Räuspern durchbrach Badramur die Stille in dem geheimen Audienzsaal. Mit einem Schlag kehrte wieder Bewegung in die Leiber der Wachen, die angesichts der Konzentration ihrer Herrin nicht einmal zu atmen gewagt hatten.

Auch Damir hatte die ganze Zeit über wie erstarrt dagestanden und versucht, sich einen Reim auf die Vorgänge zu machen. Allerdings konnte er es nicht erklären, hatte die Prälatin doch lediglich einen geöffneten Flakon in der Hand gehalten. Die andächtige Stille hatte aber auch ihn berührt, und er ertappte sich bei dem Gedanken, einfach durch den Geheimgang zu entschwinden und seine Entlohnung unter anderen Umständen einzufordern. Dem Rabenmann neben ihm ging offensichtlich etwas Ähnliches durch den Kopf, denn er war mit angstvollen Gesichtszügen bis an die Wand zurückgewichen. Nur die Gier in seinen Augen verriet, dass er dennoch ununterbrochen an den Jungen dachte.

In Nahims Augen spiegelten sich reines Entsetzen und Ungläubigkeit. Aber erst als Badramur den Flakon in die Schatulle zurücklegte, die Augen ungewöhnlich ausdruckslos, wandte Nahim sich schließlich ab und vergrub sein Gesicht an Lehens Schulter. Während Badramur vom Maliande gebannt gewesen war, war er wie betäubt gewesen, unfähig zu glauben, was er sah. Auch jetzt gelang es ihm nicht, einen klaren Gedanken zu fassen. Was hat Badramur nur getan?, fragte er sich unentwegt. Und wie hatte Lalevil sich bloß auf einen solchen

Handel einlassen können? Denn obwohl Badramur vollkommen geistesabwesend gewirkt hatte, so war er sich doch sicher, dass die Prälatin von der Drachenreiterin zugesichert bekommen hatte, was sie wollte. Sonst hätte sie gewiss ihren Wachen ein entsprechendes Zeichen gegeben, den Druck auf Lalevil zu erhöhen. Stattdessen hatte Badramur den Flakon wieder verschlossen und hinter dem Schreibtisch Platz genommen, als wolle sie sich wieder dem Studium der Akten widmen. Allerdings blieb sie lediglich reglos sitzen, so dass auch niemand anders sich zu rühren wagte.

Vor Nahims geistigem Auge tauchte die große Hafenstadt des Nordens auf, das lebendige, pulsierende Previs Wall mit seinen Hafenanlagen und der prächtigen Residenz. Was sollte Präae im Auftrag Achatens wohl heimsuchen? Sollte jedes einzelne Gebäude dem Drachenfeuer anheimfallen oder nur die Residenz samt ihren widerspenstigen Herrschaften?

Da kam ihm ein Gedanke, der alles andere ausblendete: Bei seinem letzten Besuch im Tal hatte Vennis davon gesprochen, eine längere Zeit in Previs Wall bleiben zu wollen. Tevils sollte ihn begleiten, damit er die sich zuspitzende Situation zwischen den beiden Mächten besser begreifen lernte. Vennis würde in der Residenz sein, wenn sich das alles verzehrende Feuer eines Drachen ausbreitete, der dem Wunsch des einzigen Menschen gehorchte, den er liebte.

Vennis, den Nahim zuletzt mit immer größerer Verzweiflung abzuweisen versucht hatte. Zu armselig war er sich unter dem musternden Blick seines Onkels vorgekommen, dem weder Lehens unwirsche Haltung noch Nahims unbefriedigender Alltag am Hang entgangen waren. Er hatte sich nicht anders zu helfen gewusst, als seinen einstigen Mentor und Vertrauten durch brüskes Verhalten vor den Kopf zu stoßen, bis dieser auch die zaghaftesten Annäherungsversuche aufgegeben hatte. Denn Nahim hatte sich zu sehr davor gefürchtet, dass Vennis ihm angesichts seiner Lage das Angebot machen könnte, wieder in den Orden und somit an seine Seite zurückzukehren. Doch noch viel weniger, als Vennis aus dem Weg zu gehen, hätte er es ertragen können, von ihm auf die Probe gestellt zu werden.

Eine unendliche Trauer stieg in Nahim auf, und in seiner Verzweiflung krallte er sich in Lehens Kleid, so dass der in Mitleidenschaft gezogene Stoff mit einem Knirschen nachzugeben drohte. Lehen, die sich Nahims Not nicht bewusst war, versuchte, seine Hände abzuschütteln. Ihre ganze Aufmerksamkeit war dem kranken Kind gewidmet.

Einer der Wächter, der die unvermittelte Bewegung bemerkt hatte, griff nach Nahims Arm und wollte ihn von Lehen fortziehen.

»Wag es ja nicht, mich anzufassen!« Voller Wut entriss sich Nahim dem Griff, sich nicht darum scherend, dass er dabei gegen Lehen stieß, die vor Überraschung aufschrie. Augenblicklich riss Tanil, der soeben noch in einem tiefen Fieberschlaf versunken schien, die Augen auf. Hastig bückte sich Lehen über ihn und verbarg das Kind so vor den Blicken der anderen. Doch die Mühe hätte sie sich nicht machen müssen, denn alle Augen waren auf den herausfordernd schnaubenden Nahim gerichtet.

Dem Wächter gelang es unterdessen nicht, seine Verblüffung über Nahims leidenschaftliche Gegenwehr zu überspielen. Gerade hatte der junge Mann noch neben seiner Gefährtin gekauert, als sei etwas in ihm zerbrochen, und nun strahlte jede seiner Bewegungen eine ungeahnte Kraft und Gewandtheit aus, die den Wächter verunsicherte. Nahim kauerte auf allen vieren wie ein Hund, den man ein Mal zu oft geschlagen hatte, und starrte den Wächter drohend an.

»Na, los. Aufstehen, Bursche, und Hände auf den Rücken«, forderte der Wächter ihn auf, doch Nahim reagierte nicht.

Der Wächter stieß ein verlegenes Lachen aus und schielte zu seinen Kameraden hinüber. Doch anstatt ihm zu Hilfe zu kommen, schenkten die ihm lediglich ein Achselzucken. Gewiss, er würde schon auch allein mit diesem widerspenstigen Kerl fertig werden und auch jede Gelegenheit nutzen, ihm die eine oder andere Tracht Prügel dafür mitzugeben, dass er ihn der Lächerlichkeit preisgegeben hatte. Trotzdem zögerte der Wächter.

Die Aufforderung des Mannes hatte Badramur aufhorchen lassen, und sie musste einige Male blinzeln, bis sie zu sich kam. Das Maliande hatte ihre Wahrnehmung durcheinandergewirbelt, da sie sich so tief auf die Formulierung ihrer Forderung eingelassen hatte, so dass sie ungewöhnlich lange brauchte, um ihre Sinne wieder zu beherrschen. Aber ganz gleich, wie unangenehm die Berührung des Maliandes auch gewesen sein mochte, es hatte sich gelohnt: Sie hatte die stolze Lalevil überrumpelt, daran bestand kein Zweifel.

Als Badramur nun begriff, was sich gerade um sie herum abspielte, flammte kurz ihr Zorn auf, da sie sich nach einem solchen Triumph mit derartig gewöhnlichen Angelegenheiten nicht abgeben wollte. Doch die Prälatin hätte niemals ihre Stellung erreicht, wenn sie ihre Empfindungen nicht unter Kontrolle gehabt hätte.

»Fesilum«, sprach sie den Hauptmann ihre Garde an, der in ihrer unmittelbaren Nähe Stellung bezogen hatte und nun neugierig das sich anbahnende Schauspiel beobachtete. »Ich bin gewiss ahnungslos, was die Handhabung Eurer Aufgabe anbelangt, aber dient es tatsächlich meiner Sicherheit, einen Gefangenen nicht unter Kontrolle zu haben? Bitte sorgt dafür, dass Nahim sich benimmt, und schafft die anderen zurück in ihre Räume. Ich habe mit unserem Freund aus Montera nämlich noch einiges zu besprechen.«

Als habe man ihn mit einem Peitschenschlag angetrieben,

nahm der Hauptmann Haltung an. Aber bevor er einen entsprechenden Befehl bellen konnte, nutzte Nahim die allgemeine Erstarrung angesichts Badramurs Tadels, um vorzupreschen und den neben ihm stehenden Wächter umzustoßen. Der Mann schrie überrascht auf und versuchte, noch im Fall seine Hellebarde auszurichten, aber da stieß er schon mit dem Hinterkopf an den Schwertknauf eines ihm zu Hilfe eilenden Kumpanen, der gerade seine Waffe blankziehen wollte.

Entschlossen entwand Nahim der leblosen Hand die Waffe und sah zu, dass er die Wand in den Rücken bekam, bevor er vollends von der Leibwache eingekreist wurde. Zwar wusste er nicht, was er eigentlich mit diesem hitzigen Vorstoß bezwecken wollte, doch es war ihm auch gleichgültig. Das Bild von einem im Drachenfeuer verglühenden Vennis und der Gedanke, gleich gewaltsam von Lehen getrennt zu werden, reichten ihm vollkommen aus.

Zwei Armeslängen von Nahim entfernt pirschte der Rabenmann sich dicht an der Wand entlang näher. Sein vor Anstrengung verzerrter Mund stand offen, und eine dunkle Zungenspitze lugte hervor. Als er den Arm vorstreckte, um nach dem Jungen auf Lehens Schoß zu greifen, schlug Nahim mit der Hellebarde zu. Allein der schmerzerfüllte Aufschrei des Rabenmannes war die ganze Auseinandersetzung wert gewesen, auch wenn die Wächter ihn dafür noch würden büßen lassen.

»Ich will nur, was mir zusteht«, keuchte Regne, während er die malträtierte Hand an die Brust drückte und sich Schritt für Schritt zurückzog. Aber Nahim hatte sich schon wieder den Leibwächtern zugewandt, damit sie seinen kurzen Ausfall nicht zu ihren Gunsten nutzen konnten.

Hinter sich hörte er Lehen, wie sie auf das Kind mit einem eigentümlichen Singsang einredete. Beruhigende, aber zugleich auch ermutigende Worte. Offensichtlich bekräftigte sie den Jungen in etwas, nachdem er wieder zu Bewusstsein gelangt war. Obwohl Nahim sich gern umgedreht und nachgesehen hätte, hielt er seine Stellung.

Drei Mitglieder der Garde hatten ihn mit gezückten Waffen umzingelt, während die anderen einen Schutzwall um die Prälatin bildeten. Er blickte zwar in lauter gereizte Gesichter, aber niemand sah ernstlich besorgt aus. Nahims Ausbruch war mehr eine peinliche als eine bedrohliche Situation. Das werde ich gleich ändern, dachte Nahim entschlossen.

Als hätten sie seine Gedanken lesen können, spiegelte sich plötzlich Furcht und Verwirrung auf den Gesichtern, und sie wichen tatsächlich ein Stück zurück. Doch während Nahim noch über seine einschüchternde Wirkung staunte, bemerkte auch er das seltsame Glimmen, das mit einem Mal den Audienzsaal durchflutete. Im nächsten Augenblick leckte eine brennende Zunge über seine nackten Füße, und er machte einen Sprung nach vorne, wobei er fast in ein ausgerichtetes Schwert gerannt wäre. Zu seinem Glück setzte der Gardist gerade selbst zur Flucht an und ließ die schwere Waffe einfach fallen.

»Dämonenbeschwörer, ein Dämonenbeschwörer greift an!«, brüllte eine der Wachen, bis ihm die Stimme den Dienst versagte.

Die Prälatin erhob sich und wedelte entschlossen mit der Hand in der Luft herum. »Nein! Die Burgfeste steht unter dem Schutz des Maliandes. Kein Dämonenbeschwörer kann auf diesem Grund seine Macht entfalten. Es wird gleich wieder aufhören«, erwiderte sie mit der Sicherheit einer Frau, die davon ausging, jederzeit aus einem Albtraum erwachen zu können, wenn sie es nur wollte.

Aber angesichts der verglühenden Stoffbahnen und der vor innerer Hitze zerlaufenden Felswände weigerte sich die Garde, sich der Meinung ihrer Herrin anzuschließen. Zwei Wachen ergriffen die Prälatin, um sie in Sicherheit zu bringen. Aber die alte Frau widersetzte sich verbissen. »Das ist unmöglich«, schrie sie. »Das ist gegen die Regeln!«

»Ihr dürft nicht fortrennen. Ihr müsst das Weib von dem Kind wegholen!«, krakeelte unterdessen der Rabenmann, der neben der offenen Tür stand, durch die Damir soeben entschwunden war. »Dieses verdammte Miststück lässt ihn brennen. Wenn ihr sie nicht fortholt, wird er uns alle vernichten. Na los, ihr Idioten.«

Doch niemand scherte sich um die Aufforderung des schmächtigen Rabenmannes. Dabei hätte ein prüfender Blick dessen Anschuldigungen bestätigt. Obwohl Lehen das Kind immer noch mit ihrem Leib verbarg, so war es eindeutig, dass es der Quell des magischen Feuers war.

»Du brauchst keine Angst zu haben, vertrau mir«, flüsterte Lehen unentwegt auf den Jungen ein, der sich in ihren Armen wie unter Schmerzen wand. Es klang, als wolle sie ihn über einen schmalen Steg locken, unter dem reißendes Wasser floss. »Es gehört zu dir, kämpf nicht dagegen an.« Um sie herum glühte bereits die Felswand in einem leuchtenden Rot, und die Luft barg eine solche Hitze, dass sie die Lungen zu verbrennen drohte.

Voller Entsetzen starrte Nahim das sich darbietende Bild an, und als die Erinnerung ihn einholte, glaubte er sich mit einem Schlag in die glühenden Hallen tief unter dem Westgebirge versetzt. Er spürte das Reißen der Magie, die wie eine Naturgewalt über ihn hinwegrollte und dabei alles aufzuzehren begehrte, das ihn ausmachte. Dieses Kind war nicht mehr als eine fleischliche Hülle für das reinste Maliande, das jemals in Rokals Lande eingefangen worden war. Wenn die Hülle barst, würde es hervorbrechen und sie alle vernichten.

Instinktiv wollte Nahim zurückweichen, doch seine Beine versagten ihm den Dienst, und er landete auf dem Hinterteil. Dabei spürte er einen scharfen Schmerz in der Hand, die immer noch die Hellebarde umklammert hielt. Mit den bloßen Füßen versuchte er, sich abzustoßen und von diesem Höllenfeuer wegzuwälzen, das den steinernen Raum aufzufressen drohte.

Auch die Wächter verfielen zusehends in Panik und zerrten die schreiende Prälatin aus dem Saal. Nur einer der Wächter raffte sich dazu auf, seine Hellebarde auf das Zentrum des Feuers zu schleudern, in dem, von der Hitze unberührt, die Frau mit ihrem Kind in den Armen saß.

Nahim brüllte auf, doch ehe die Waffe ihr Ziel erreichen konnte, verglühte sie spurlos. Ein Knistern fuhr durch den Raum, dann schoss die Hellebarde aus dem Nichts wieder hervor und rammte sich in den Rücken des Wachmanns, der nach seinem fehlgeschlagenen Angriff zur Flucht ansetzte. Der Schrei des Mannes versank in einem gurgelnden Geräusch, sein Leib ging in Flammen auf.

Lehen hob den Kopf und blickte verwirrt um sich, während der Junge sich mit aller Kraft an ihr festkrallte. Sein schmaler Körper bebte und zuckte, als würde er von einer unsichtbaren Macht durchgeschüttelt. Lehens Lippen bewegten sich, aber ihre Worte durchbrachen nicht die Mauer, die die Magie um sie herum geschaffen hatte.

Nahim erstarrte. Hinter ihm deutete ein wildes Fluchen und Getrampel an, dass die Garde von weiteren Angriffen absah und nur noch die Tür zu erreichen trachtete. Unter ihm strahlte der Boden eine solche Hitze ab, dass seine Fußsohlen zu verkohlen drohten, wenn er sich nicht rasch in Bewegung setzte. Doch er konnte sich nicht rühren. Er starrte auf Lehens Lippen und versuchte, von ihnen zu lesen, was er sich so sehr wünschte: seinen Namen.

Seine Schmerzen ignorierend, ging Nahim auf die Knie und krabbelte dann auf das Zentrum der Magie zu. Er konnte erkennen, dass das magische Feuer begonnen hatte, Lehens Konturen aufzuzehren, obwohl sie es selbst nicht wahrzunehmen schien. Und je näher er rückte, desto mehr unsichtbare Flammenzungen streiften seinen Körper und Geist, legten sich wie ein goldener Hauch über ihn, lösten ihn auf. Trotzdem zögerte er nicht einen Augenblick, als Lehen die Hand ausstreckte. Mit der verbliebenen Kraft stürzte Nahim sich nach vorn und schlang seine Arme um sie, während Tanil die Augen aufriss und das Flammenmeer in seinem Inneren offenbarte.

Nahim jedoch spürte nur den weichen Körper seiner Frau, der verwirrenderweise so klar wie Schnee duftete. Ein wohliges Kribbeln hüllte ihn ein. »Nach Hause«, dachte er glücklich, als Lehen seine Umarmung erwiderte.

Kapitel 43

Es ließ sich nicht öffnen! Ganz gleich, was er anstellte, es ließ sich, verflucht noch mal, nicht öffnen. In seiner Hilflosigkeit hatte Vennis das Kästchen sogar dem Kaminfeuer übergeben, doch lediglich die Buchattrappe war verbrannt, und zurückgeblieben war ein metallisch schimmerndes Kästchen, das keinerlei Verschlussmechanismus oder gar eine Fuge aufwies.

Peril war ihm nicht von Nutzen gewesen, seit sie wieder aus ihrer Ohnmacht erwacht war. Zuerst hatte sie sich übergeben und herumgestöhnt, aber als Vennis sich unnachgiebig zeigte, was ihre Handfesseln anbelangte, hatte sie sich schmollend in den Sessel verzogen. Die Stunden waren in einvernehmlicher Schweigsamkeit vergangen, nur unterbrochen von Vennis' gelegentlichem Fluchen und dem Schaben seiner Stiefelsohlen, wenn er zum wiederholten Mal gedankenversunken durch das Zimmer lief.

»Ihr werdet mir schon ein wenig entgegenkommen müssen, wenn Ihr etwas von mir erfahren wollt«, erklärte Peril ihm schließlich ungefragt, während er sich ein weiteres Mal an der magisch versiegelten Schatulle zu schaffen machte. Als Vennis nicht reagierte, setzte sie nach: »Je eher Ihr einseht, dass Ihr nicht ohne meine Hilfe an den Inhalt herankommt, desto besser für uns beide. Ihr spürt doch auch, dass das Maliande ruft. Oder kennt Ihr Euch etwa mit Elbenmagie aus? Wenn ich mir Eure schwarzen Haare und Augen so anschaue, dann bezweifele ich das. NjordenEis-Blut, nicht wahr? Es heißt, Njordener reagieren auf das Maliande wie Schafe auf Feuer.«

Vennis kümmerte sich nicht um das Gerede seiner Gefangenen, sondern konzentrierte sich auf das Kästchen, das tatsächlich eine unnatürliche Wärme ausstrahlte. Doch er fand nicht den geringsten Hinweis darauf, wie es zu öffnen war. Spiegelglattes Metall. Widerwillig drehte er es abermals zwischen den Händen.

»Offensichtlich haben wir beide ein Problem«, sagte er dann, die vor Müdigkeit brennenden Augen für einen Moment schließend. »Ich weiß, dass du in Previs Wall zurückgeblieben bist, um für Bolivian zu spionieren. Gleichzeitig versorgst du jemand Wichtigen in der Residenz mit Neuigkeiten aus Achaten – vermutlich, weil dich die Aussicht auf immerdar Bolivians rechte Hand zu bleiben, nicht glücklich macht. Ehrlich gesagt, ist mir das alles gleichgültig. Mich interessiert vielmehr, wie du dich mit Bolivian über die Entfernung hinweg austauschst. Ich wette darauf, dass das so gründlich gesicherte Maliande der Schlüssel zu diesem Rätsel ist. Hat man auf der Burgfeste dem goldenen Zaubertrank ein weiteres Geheimnis entrissen?«

Perils Mund formte sich zu einem überraschten O, doch bevor sie etwas erwidern konnte, klopfte es plötzlich an der Tür. Vennis zuckte bei dem unerwarteten Geräusch um diese nächtliche Zeit so heftig zusammen, dass ihm das Kästchen aus den Händen fiel. Mit einem hellen Klacken schlug es auf dem mit Teppichen ausgelegten Boden auf, ohne jedoch den geringsten Schaden davon zu erleiden, wie er freudlos feststellte. Kurzerhand verpasste er ihm einen Tritt, so dass es unter einen der Sessel schlitterte.

Bevor Peril auf die Idee kommen konnte, um Hilfe zu schreien, packte Vennis sie drohend am Hals und steckte ihr einen Knebel in den Mund. Als erneutes Klopfen erklang, stülpte er ihre Handfesseln über einen eisernen Wandhaken, so dass die junge Frau auf Zehenspitzen um ihr Gleichgewicht kämpfen musste und zugleich außerhalb des Sichtfelds von der Tür war.

Mit gezücktem Schwert brachte Vennis sich in eine günstige Position. Während er die Tür entriegelte, atmete er tief durch und sagte dann möglichst gelassen: »Herein, bitte.«

Die Tür öffnete sich, und Kijalan blieb auf der Schwelle stehen, das blanke Schwert betrachtend. »Ist es gerade ungünstig?«, fragte sie, die zum Gruß ausgestreckte Hand wieder zurückziehend.

»Ehrlich gesagt, ist die Situation gerade sehr ungünstig«, erwiderte Vennis und steckte das Schwert zurück in die Scheide. »Aber genau aus diesem Grund solltest du rasch eintreten und die Tür hinter dir schließen.«

Kijalan tat, wie ihr geheißen, doch sie bewegte sich nicht weiter von der Tür weg. Offensichtlich gefiel es ihr wenig, mit einem Mann in einem Raum eingesperrt zu sein, der eben noch seine Waffe zwischen den Händen gewrungen hatte, bis die Fingerknöchel weiß hervorgetreten waren.

»Tut mir leid, dass ich dich zu so früher Stunde aufsuche. Aber unser Gespräch von gestern Mittag ließ mir einfach keine Ruhe«, sagte sie, darum bemüht, etwas wie Normalität entstehen zu lassen. »Deshalb habe ich einige meiner Kontakte bis an die Grenzen ausgenutzt, um der Spur der Gerüchte zu folgen. Natürlich bin ich nicht bis zur Quelle durchgedrungen, dafür reicht mein Einfluss nicht aus. Aber es deutet tatsächlich alles auf Osanir hin.« Unmittelbar hielt Kijalan inne und musterte Vennis. »Wenn ich dich so anschaue, so hat dir unser Gespräch offensichtlich auch zu denken gegeben. Oder hat dich etwas anderes aus der Fassung gebracht?«

Vennis verzog das Gesicht, als litte er unter Schmerzen, dann durchschritt er den Raum, wobei er das Schwert samt

Gürtel achtlos auf das Bett warf. Kijalans Augen folgten ihm abwartend, als er sich bückte und das Kästchen unter dem Sessel hervorholte.

»Du hast recht. Mir ging es nach unserem Gespräch nicht anders als dir. Allerdings habe ich mich direkt auf die Suche nach Osanirs unbekanntem Spion gemacht. Das hier ist meine Beute«, sagte er, während er Kijalan das Kästchen hinhielt. Doch sie trat lediglich näher heran und betrachtete es, anstatt ihre Hand danach auszustrecken.

»Wem gehört es?«

»Der jungen Dame dort drüben«, erklärte Vennis ohne Umstände.

Wenn die Botschafterin aus dem NjordenEis beim Anblick der an die Wand gefesselten Peril einen Schrecken erlitt, so ließ sie es sich zumindest nicht anmerken. Im Laufe der Jahre hatte sie ausreichend Gelegenheit gehabt, sich darin zu üben, im entscheidenden Moment die Ruhe zu bewahren und schnell festzustellen, welcher Weg der beste für sie war. Mit einem kühlen Blick studierte sie die Gefangene, dann wandte sie sich wieder Vennis zu. »Wissen wir, wen sie hier in der Residenz mit den angeblichen Neuigkeiten aus Achaten beliefert hat?«

Überrascht stellte Vennis fest, wie nahtlos Kijalan zu einem »Wir« übergegangen war und wie wohl er sich selbst dabei fühlte. Noch vor Kurzem hätte er allein die Vorstellung, mehr als ein paar erzwungene Worte mit der Botschafterin aus dem NjordenEis wechseln zu müssen, entschieden von sich gewiesen. Doch mittlerweile verband sie nicht nur dieselbe Herkunft und das Gefühl von Einsamkeit, nachdem Tevils und Jules fortgegangen waren, sondern auch eine geheimnisvolle Verschwörung. Wenn die Lage nicht so angespannt gewesen wäre, hätte Vennis der Botschafterin gewiss kameradschaftlich auf die Schulter geklopft und ihr ein Glas Wein angeboten.

Doch er vermutete, dass es wohl keine Lage gab, in der eine Frau wie Kijalan ein Schulterklopfen zugelassen hätte.

»Viel wichtiger scheint mir im Augenblick zu sein, wie sie an die Neuigkeiten gelangt ist«, sagte Vennis.

»Maliande, oder?« Eine leicht pikierte Note schwang in der Stimme der Botschafterin mit, als würde sie über etwas Unanständiges reden – eine Haltung, die Vennis nur allzu gut nachvollziehen konnte. Peril wusste, wovon sie sprach, als sie auf Vennis' Herkunft angespielt hatte: Niemand, durch dessen Adern auch nur eine Spur Njordener-Blutes floss, trat dem Maliande gelassen gegenüber.

Kijalan setzte sich in einen der Sessel, während Vennis das Kästchen auf einem Tisch ablegte, da die Njordenerin es offensichtlich nicht zu berühren gedachte. Allerdings mochte Vennis es auch nicht länger in den Händen halten, denn das sanfte Vibrieren, das von dem Maliande ausging, machte ihn allmählich unruhig. Es lockte und stieß ihn zugleich ab.

»Ich gehe wohl recht in der Annahme, dass wir beide außerstande sind, dem Mädchen die Information mit Gewalt abzuringen?«, fragte Kijalan und blickte Vennis prüfend an. Anstelle einer Antwort schwieg Vennis, woraufhin die Botschafterin sich die Schläfen zu massieren begann. »Das habe ich befürchtet. Wenn ich das richtig sehe, dann können wir unserem Mäuschen auch nichts bieten, das sie zum Reden bringen könnte. Wer auch immer aus der Residenz ihre Dienste in Anspruch genommen hat, er wird sich gewiss selbst darüber Rechenschaft abgelegt haben, dass nicht nur Neuigkeiten von Achaten nach Previs Wall wandern.«

Vennis ertappte sich dabei, dass er wie ein gehorsamer Schüler nickte. Verärgert sprang er aus dem Sessel und begann, im Zimmer auf und ab zu gehen. »Es wird das Beste sein, wenn ich das Kästchen ins Haus an der Klippe bringe und Kohemis sich die Sache genauer ansieht. Niemand kennt sich mit Elbenmagie und den Geheimnissen des Maliandes so gut aus wie er. Der guten Peril sollten wir indes die Möglichkeit zugestehen, sich umgehend aus dem Staub zu machen. Denn ohne ihr Medium dürfte sie für beide ihrer Herren nutzlos sein.«

Kijalan machte eine beschwichtigende Handbewegung, dann deutete sie auf den leeren Sessel, und Vennis setzte sich widerwillig hin. »Wenn du tatsächlich glaubst, dass das Maliande in diesem Kästchen ein Geheimnis birgt, dann sollten wir versuchen, es zu öffnen.«

An der gegenüberliegenden Wand bemühte sich Peril darum, sich auf den Zehenspitzen tänzelnd umzudrehen, wobei sie sich fast die Arme auskugelte. Als es ihr schließlich gelang, blickte sie neckisch von der Botschafterin zu Vennis. Man brauchte ihr gar nicht erst den Knebel aus dem Mund zu nehmen, um sie zu verstehen. Peril wusste, dass es den beiden nicht von selbst gelingen würde, das Kästchen zu öffnen.

Mit einem Mal fühlte Vennis sich herausgefordert. Erneut nahm er das Kästchen zwischen seine Hände und spürte abermals dieses dringliche Pochen, das von dem Maliande ausging. Dann konzentrierte er sich auf die metallische Hülle. Elbenmagie, dachte er und ließ das Wort auf sich einwirken. Wie warmes Öl strich die Magie des Maliandes über seine Finger, liebkoste seine Haut. Auf seinen Instinkt vertrauend, griff Vennis in seine Jackentasche und zog seine eigene schmale Phiole hervor, in der noch ein Rest Maliande verblieben war. Mit den Zähnen zog er den Pfropfen heraus, dann ließ er einen Tropfen auf das Kästchen fallen. Wie ein golden schimmernder Hauch breitete sich das Maliande über dem metallenen Deckel aus und verlieh ihm den Eindruck von etwas Lebendigem.

Ohne sich dessen bewusst zu sein, fuhr er sich nachdenklich mit der Zunge über die Lippen. Die vor Nervosität bis auf die Sesselkante vorgerutschte Kijalan war ebenso vergessen wie die nun aufgeregt brummende Peril.

Elbenmagie – wie ein Zauberwort hatte sich der Begriff bei Vennis eingenistet, und während er ihn ein ums andere Mal wiederholte, bis nichts anderes mehr Platz in seinem Geiste fand, nahm das Pochen des verborgenen Maliandes zu und verband sich mit seinem Herzschlag. Der Deckel verwandelte sich in einen seidig glänzenden Spiegel, der Vennis' gesamtes Blickfeld ausfüllte. Auf dem Grund des goldenen Spiegels tanzte ein feiner Funkenregen, kaum wahrnehmbar – und doch fesselte er Vennis' Blick. Kreuz und quer sprangen die glühend roten Punkte, bis sie sich schließlich zu einem Bild verdichteten. Das Bild war mehr als nur eine schlichte Darstellung – es war ein lebendiger Gedanke, viel realistischer als jede Vision, die Vennis jemals durch das Maliande übermittelt worden war. Jemand schenkte ihm einen Einblick in seine Gedankenwelt. Nur einen gezielten Ausschnitt ... Und doch verbarg sich dahinter ein ganzes Universum von Gedanken und Gefühlen, die so vielfältig auf ihn einwirkten, dass er nur eine Ahnung davon bekam.

Vennis war so fasziniert von der Einzigartigkeit dieses Erlebnisses, dass er die Nachricht hinter dem Bild erst einige Atemzüge später entdeckte. Dabei war sie in ihrer Aussage schlicht und knapp gehalten, und als er sie schließlich erfasste, konnte er einen Schrei nicht unterdrücken.

»Flieh!«, lautete die Botschaft. »Die Residenz von Previs Wall wird einem Drachenangriff zum Opfer fallen.«

Kijalan war zu guter Letzt vom Sessel aufgesprungen und riss Vennis das Kästchen aus den Händen, das er mit schreckerfüllten Augen anstarrte. Sie warf es zu Boden, dann widmete sie sich Vennis. Mit einem kräftigen Griff packte sie ihn bei den Schultern und erzwang seinen Blick. »Was hast du gesehen?«, fragte sie ihn mit einer eindringlichen Stimme.

Vennis spürte, wie seine Glieder mit einem Zittern überzogen wurden, das er kaum zu beherrschen vermochte. »Badramur …«, setzte er an, doch die Stimme verweigerte ihm den Dienst. Im Hintergrund zerrte Peril verzweifelt an ihren Fesseln, wohl begreifend, dass das Maliande eine überaus wichtige Nachricht für sie enthalten hatte. »Badramur hat einem Drachen befohlen, die Residenz in Flammen aufgehen zu lassen.«

Kijalan sah aus, als habe man ihr grob ins Gesicht geschlagen. Unwillkürlich schüttelte sie den Kopf. »Das ist unmöglich, nur ein böser Trick. Niemand vermag einen Drachen zu leiten, das weiß doch jedes Kind.«

»Doch«, widersprach Vennis und unterdrückte den Drang zu lachen. »Es gibt eine Möglichkeit, und die Prälatin hat sie soeben nicht nur erfahren, sondern auch sofort Gebrauch von ihr gemacht. Bolivian hat diese Nachricht an seine Spionin hier gesendet, damit sie sich in Sicherheit bringen kann. Wir müssen die Menschen warnen!«

Bevor Vennis sich abwenden konnte, ließ ihn ein ohrenbetäubender Schrei in die Knie sinken. Kijalan, die dieses Geräusch sichtlich besser zu verwinden schien, lief auf das Fenster zu und riss die schweren Vorhänge zur Seite. Draußen herrschte tiefste Nacht, hinter einigen Wolkenfetzen verbarg sich der Neumond. Voller Furcht starrte Vennis ins Dunkel, als der Schrei mit einem Mal nachließ. Mühsam schleppte er sich zu Kijalan, die hektisch mit den Augen den Nachthimmel absuchte und doch nur ein paar bleiche Sterne fand. Vennis packte ihr Handgelenk und versuchte, sie mit sich zum Ausgang zu ziehen, aber die ältere Frau hielt sich entschlossen am Fensterrahmen fest.

»Wir müssen die Residenz sofort verlassen!« Dabei hörte Vennis kaum seine eigenen Worte, da das unerträglich eindringliche Schreien wieder einsetzte. Ein Warnschrei, ein

Wutschrei – er konnte es nicht sagen. »Lass uns gehen«, brüllte er verzweifelt.

»Es ist zu spät«, schrie Kijalan gegen das übermächtige Rauschen an. »Der Drache ist bereits da.« Mit dem zitternden Zeigefinger deutete sie auf einen Riss im Himmel, der sich im nächsten Moment in einen rot glühenden Drachenleib verwandelte, der wider jede Vernunft immer größer wurde, obwohl er nur ein Mal mit den Schwingen schlug. Ungläubig stierte Vennis das übermächtige Geschöpf an, das das Firmament mit seinem brennenden Leib auszufüllen schien.

Präae, schoss es Vennis durch den Kopf. Sie kann uns nichts antun, das kann sie einfach nicht. Und doch hatte dieses Wesen vor seinen Augen kaum etwas mit dem verspielten Drachen gemeinsam, der sich stets in Lalevils Nähe aufgehalten hatte. Was er dort sah, war eine Konzentration aus ursprünglicher Magie, die sich sammelte und dabei ein feines grünes Licht über den Himmel streute, so dass es mit einem Mal taghell war. Vennis' Gedanken flohen zu dem Maliande in der Schatulle, doch wenn er wandelte, konnte er niemanden mitnehmen.

Obwohl Präae kaum ihre Schwingen bewegte, breitete sich ein solcher Druck aus, dass sich in das Fensterglas ein Netz aus Sprüngen grub. Kijalan, die sich weiterhin weigerte, sich von diesem betörenden Anblick loszureißen, stieß ein leises Stöhnen aus, während die gefesselte Peril trotz ihres Knebels wilde Laute von sich gab. Unschlüssig, was zu tun sei, stand Vennis da. Aber ehe er noch eine Entscheidung treffen konnte, versank die Welt mit einem Schlag in Dunkelheit.

Kapitel 44

Nur schwerfällig kam Tevils durch die hohe Schicht frisch gefallenen Schnees voran. Leise fluchte er vor sich hin, als wäre das ständige Schimpfen nicht etwa eine reine Kraftvergeudung, sondern ein Quell, der dafür sorgte, dass er einen Schritt vor den nächsten setzen konnte. Jules, dem die Wanderung sichtlich weniger zu schaffen machte, achtete deshalb auch nur gelegentlich auf den Sinn der genuschelten Worte und unterließ es schließlich ganz. Solange er Tevils jammernde Stimme neben sich hörte, würde schon alles gut sein. Pfeifend schwang er die kleine Öllampe im Rhythmus seines Liedes und beobachtete den hüpfenden Lichtpegel, der die durchdringende Dunkelheit des Morgens nicht erhellen konnte.

Mit jedem Tag, mit dem die Spanne des Tageslichts kürzer wurde, nahm auch Tevils' gute Laune ab, was jedoch nicht sonderlich überraschend war. Schließlich hatte er einen langen Winter hinter sich, und da konnte man schon mal gereizt reagieren, wenn man statt mit ersten freundlichen Sonnenstrahlen mit noch mehr Dunkelheit konfrontiert wurde. Da konnten auch die warmen Arme der Njordenerinnen keinen Trost spenden.

Darum hatte Jules sich die Mühe gemacht, seinen Freund kurz vor der Dämmerung unter den molligen Decken und Fellen auf seinem Lager hervorzuziehen, was an und für sich schon einer Heldentat gleichkam, da ein schlaftrunkener Tevils fast so gefährlich war wie ein aus den Träumen gerissener Eisbär. Mit einem unterdrückten Stöhnen betastete Jules seine

Rippen, wo Tevils' Fersen ihn hart getroffen hatten, als er ihn an den Fußknöcheln gepackt und vom Lager auf den eisigen Boden gezogen hatte. Er konnte nur hoffen, dass sich der kleine Ausflug lohnen würde, ansonsten würde Tevils ihm diese Art des Weckens gewiss nicht so schnell verzeihen.

Mit einem wütenden Schrei sank Tevils bis zu den Oberschenkeln in einer Schneeverwehung ein, und Jules beeilte sich, ihn wieder zu befreien.

»Ich verstehe einfach nicht, warum wir uns das Spektakel nicht einfach vom Lagerplatz aus anschauen konnten«, brachte Tevils zwischen zusammengepressten Zähnen hervor, während er sich den feinen Schnee von der Kleidung klopfte. »Man sollte meinen, dass auch dort die Sonne aufgeht.«

»Tut sie ja auch. Aber wir müssen am Rand der Klippe stehen, wenn wir wenigstens ein schwaches Glimmen hinter der Wolkendecke erkennen wollen.« Jules bemühte sich um einen ruhigen Ton, dem nicht eine Spur von Ungeduld innewohnte. Vermutlich würde Tevils die kleinste Provokation zum Anlass nehmen, um sofort umzukehren und seine blau gefrorenen Füße an einem warmen Frauenschenkel zu reiben.

»Ein schwaches Glimmen?« Erneut fluchte Tevils. »Und dafür zerrst du mich durch die Dunkelheit? Das hast du nun davon, dass du aus lauter Eitelkeit niemals eine Mütze aufsetzen magst: Dein Oberstübchen ist vollkommen eingefroren, genauso eine Eiswüste wie alles um uns herum.«

Jules ignorierte die Anschuldigung und spähte stattdessen angestrengt in die immer noch herrschende Dunkelheit. Einen Moment lang ärgerte er sich darüber, keinen der Hunde mitgenommen zu haben. Aber es fiel ihm ausgesprochen schwer, sich einzugestehen, dass seine Sinne unter der kurzen Zeit, die er in Previs Wall gelebt hatte, so gelitten hatten. Das NjordenEis lag zu einem Großteil des Jahres unter einem schwarzen Himmel, da gehörte es zu den notwendigsten Fähigkeiten, sich auch blind auf dem Eis orientieren zu können. Aber es half nichts: Ganz gleich, wie sehr Jules sich auch auf die Bewegungen des Eises konzentrierte, es sang einfach nicht zu ihm. Mit einem frustrierten Schnaufen schnappte er sich eine Handvoll Schnee, formte eine Kugel und warf sie. Kein Geräusch erscholl, nur das leicht verschnupfte Atmen von Tevils war zu hören.

»Nur noch ein paar Schritte, dann sind wir nah genug am Rand der Eisklippe und können uns hinsetzen«, erklärte Jules.

Tevils packte ihn unerwartet schnell am Arm. »Gegenvorschlag: Wir bleiben einfach hier stehen und warten ab. Ich habe nicht die geringste Lust, den einen berühmten Schritt zu viel getan zu haben, weil du genauso nachtblind bist wie ich. Außerdem verspüre ich absolut nicht den Wunsch, mich hinzusetzen. Vermutlich würde ich sowieso nur festfrieren.«

Zuerst wollte Jules protestieren, doch dann gab er nach. Es war eine dämliche Idee gewesen, seinen Freund hinaus in die Nacht zu zerren, auch wenn es in der Hoffnung geschehen war, ihm etwas Gutes zu tun. Zwar hatte es die Nacht über geschneit, doch in den letzten Stunden hatte es aufgehört, und der Wind hatte eingesetzt. Die Chancen, dass die Wolkendecke etwas aufgelockert war, standen also gut. Jules griff in seine Manteltasche und zauberte statt der Zigarillodose einen silbernen Flachmann hervor und drückte ihn Tevils in die Hand, nachdem er fürsorglich den Deckel abgeschraubt hatte.

Ein wenig ungelenk hielt Tevils den Flachmann zwischen seinen behandschuhten Händen und schnupperte am Flaschenhals. Augenblicklich stiegen ihm die Tränen in die Augen. »Tauwasser am frühen Morgen – bist du dir sicher, dass das eine gute Idee auf nüchternen Magen ist?« Dann nahm er einen Schluck und hustete, während der ölig schmeckende Schnaps eine brennende Schneise in Richtung Bauch schlug.

»Gleich müsste es so weit sein, dort am östlichen Horizont wird die Sonne aufgehen, und du wirst dich über ihren Anblick gefälligst freuen«, sagte Jules und nahm darauf selbst einen tiefen Schluck von dem Tauwasser.

Mit schweren Augenlidern stierte Tevils in die Dunkelheit und wäre am liebsten im Stehen eingedöst. Das Tauwasser hatte ihn in eine trügerische Wärme eingelullt, und schon gab er dem Bedürfnis, die Augen zu schließen, nach. Hinter seinen Lidern blitzte es leuchtend grün auf.

»Was zum Henker …« Ein aufgebrachter Jules hatte ihn am Oberarm gepackt und zerrte ihn um die eigene Achse.

»Ist ja schon gut, ich gucke ja schon«, sagte Tevils mit schwerer Zunge. Aber vor ihm tat sich weiterhin ungebrochene Schwärze auf.

»Nein, verflucht!«, schrie Jules aufgelöst und riss weiterhin an Tevils herum. »Dreh dich endlich um, und schau gen Süden, du Esel.«

»Seit wann geht die Sonne im Süden auf?« Verwirrt versuchte er, den groben Griff seines Freundes abzuschütteln, als das grün schillernde Licht erneut aufflackerte. Augenblicklich verlor Jules' Griff an Kraft, aber es war auch gar nicht mehr nötig, denn endlich blickte Tevils in die südliche Himmelsrichtung. Ein seltsamer Druck breitete sich hinter seiner Stirn aus, als läge er auf dem Grund des Ozeans.

Der Horizont hatte sich in ein breites Band aus grünem Licht verwandelt, in dessen Mitte eine rotierende Kugel aufleuchtete, die mit einem Mal alle Helligkeit in sich aufnahm, bevor sie zerbarst. Tevils glaubte zu träumen. Für den Bruchteil eines Herzschlages herrschte absolute Dunkelheit, dann schlug das Schwarz in gleißendes Weiß um. Etwas berührte Tevils, berührte jede Stelle seines Körpers, umhüllte ihn und riss ihn von den Füßen, ohne dass er sich dessen bewusst war. Regungslos lag er im Schnee, ein feines Läuten in den Ohren.

Als er sich wieder aufsetzte, kroch gerade eine farblose Sonne im Osten über den Horizont, doch ihrem Erscheinen haftete nichts Freundliches an. Neben ihm lag Jules auf dem Rücken, die leblosen Augen weit aufgerissen, den Mund zu einem lautlosen Schrei geöffnet. Mit einer fahrigen Bewegung streifte Tevils die Fäustlinge ab, wobei er überrascht feststellte, dass seine Hände glühten, als hätte er sie in heißes Wasser gehalten. Kaum hatte er den Verschluss vom Flachmann abgeschraubt, goss er den klaren Inhalt in Jules' offenen Mund.

Hustend und spuckend richtete sein Freund sich auf und versuchte blindlings nach Tevils zu schlagen. Aber er beruhigte sich erstaunlich schnell und blickte sich orientierungslos um. Dann hob er eine zitternde Hand und berührte Tevils' Gesicht. Als dieser erstaunt zurückzuckte, räusperte sich Jules umständlich. »Wollte nur sicher sein, dass du auch wirklich da bist«, sagte er, ohne den Blick seines Freundes zu erwidern.

»Was – verflucht noch eins – war das?« Zum ersten Mal seit Jahren überschlug sich Tevils' Stimme.

Jules kniff die Augen so fest zusammen, dass es wehtun musste. Sein Gesicht war aschfahl, und schwarze Haarsträhnen klebten an seinen nass geschwitzten Wangen. »Ein Drachenangriff – würde ich mal sagen.«

»Ein Drachenangriff?« Tevils stieß ein heiseres Lachen aus. »Und jetzt sag mir bitte, dass diese Biester hier im NjordenEis öfter mal solche Spielchen veranstalten. Das war nämlich alles andere als angenehm.«

»Tevils, du Hornochse, dieser Angriff hat nicht im NjordenEis stattgefunden.«

Zuerst wollte Tevils zu einer beleidigten Entgegnung ansetzen, doch dann öffnete Jules die Augen, und er erkannte, dass Tränen in ihnen standen. In diesem Augenblick war ihm, als verschiebe sich etwas in ihm, das nie wieder an seinen alten Platz gelangen würde.

»Der Angriff galt Previs Wall«, sagte Jules kaum hörbar.

»Nein.« Tevils' Gesichtszüge verhärteten sich, und er richtete sich so schnell auf, dass er fast das Gleichgewicht verloren hätte. »Nein«, wiederholte er, obgleich er spürte, dass Jules die Wahrheit ausgesprochen hatte.

Jules schloss erneut die Augen und saß einfach da, die Hände im Schoß, die Schultern vor Anstrengung, ein Schluchzen zu unterdrücken, bebend. Tevils stand wie erstarrt da, als könne er sich erst wieder regen, wenn sein Freund es auch konnte. Er spürte, wie etwas sein Gesicht streifte, eine feine Berührung, so dass er zuerst dachte, es wäre eine Schneeflocke. Doch dann begriff er, dass es, was auch immer es gewesen war, nicht kalt war. Vor seinem Auge schwebten feine Tupfen, schneeweiß, und doch kein Schnee. Tevils griff sich eines dieser Teilchen und zerrieb es zwischen den Fingerspitzen. Feiner, weißer Staub, der auf das NjordenEis niederrieselte. Das war es, was sich niemals wieder in ihm zurechtrücken lassen würde: Previs Wall war von einem Angriff heimgesucht worden, der Staub, der von der Residenz übrig geblieben war, fiel auf sie nieder. Quälend langsam näherten sich Tevils' Gedanken denjenigen, die wahrscheinlich in der Residenz gewesen waren, als das grüne Drachenfeuer den weißen Stein zu Staub zermahlen hatte.

Doch noch bevor Trauer und Verzweiflung von Tevils Besitz ergreifen konnten, bemerkte er einen Streifen am südlichen Himmel, der sich farblich kaum von der grauen, leicht rötlich gefärbten Decke unterschied. Wie ein Band, das ein Kind an einem Stock entlang durch die Luft surren ließ, hielt der Drache auf das NjordenEis zu. Obwohl noch kaum seine

Umrisse zu erkennen waren, wusste Tevils, wer es war. »Es ist Präae«, sagte er, und als Jules nicht reagierte, sagte er es noch ein Mal lauter. »Es ist Präae, verstehst du mich nicht. Alles ist gut, ganz bestimmt.«

Widerwillig öffnete Jules seine Augen und folgte Tevils' ausgestrecktem Arm. Der Drache war inzwischen so nah, dass man das züngelnde Feuer in seinen Nüstern erahnen konnte. Sein schlanker Leib beschrieb einen steilen Bogen und durchbrach die Decke der Eisklippe, als handele es sich lediglich um einen Wasserspiegel. Ungläubig starrten die Jungen auf die Stelle, durch die der Drache gestürzt sein musste, doch sie erkannten lediglich ein wenig aufgewühlten Schnee.

Neben Tevils schwankte Jules leicht, so dass er ihn rasch unter den Achseln packte und an sich zog. »Du brauchst dir wirklich keine Sorgen zu machen«, redete Tevils beruhigend auf ihn ein. »Präae weiß, was sie tut. Vertrau mir. Das war bestimmt nur ein dummes Spiel.« Allerdings traute Tevils seinen eigenen Worten kaum, denn noch immer rieselte feiner Staub auf sie hinab.

Jules löste sich von Tevils und sah sich nachdenklich um. »Selbst wenn es ein Spiel war, jemand hat diesen Ruf gehört«, sagte er mit heiserer Stimme und deutete in Richtung Westen, wo sich eine schwarze Decke auszubreiten begann, die das gerade erst erleuchtete Morgenlicht verschluckte.

Epilog

Mit gnadenloser Gewalt riss eine Welle von Übelkeit Nahim aus seinem Schlummer. Als er sich auf die Seite drehen wollte, um würgen zu können, konnte er sich nicht rühren. Tapfer kämpfte er gegen seinen rebellierenden Magen an, dann besann er sich auf den Rest seines Körpers. Er zitterte am ganzen Leib vor Kälte, während ein Gewicht auf ihm ruhte, als sei er lebendig begraben. Doch das konnte nicht sein, denn hinter seinen geschlossenen Augenlidern brannte es rötlich.

Widerwillig öffnete Nahim die Augen, nicht wissend, was ihn erwarten würde. Dann blinzelte er in einen wolkenverhangenen Himmel. Ein Sonnenstrahl kämpfte sich durch, der seine Wangen freundlich streifte. Eingelullt von dieser sanften Berührung, schloss er die Augen wieder, bis eines seiner Lider gewaltsam nach oben gezerrt wurde. Ein kohlrabenschwarzes Augenpaar funkelte ihn neugierig an. Wenn Nahims Mund nicht so ausgetrocknet gewesen wäre, hätte er den dreisten Kerl kurzerhand angeknurrt. Doch so war er gezwungen, nach seiner Hand zu forschen, wenn er die Finger, die sein Lid hochhielten, wegschieben wollte.

Zu seiner Verblüffung musste er feststellen, dass er die lädierte Hand zwar ein wenig bewegen, aber nicht befreien konnte, da offensichtlich etwas Schweres auf ihr lag. Mit einiger Kraftanstrengung gelang es ihm schließlich, sie zu befreien. Bevor er allerdings den frechen Fingern an seinem Auge einen Klaps verpassen konnte, verschwanden sie von selbst.

Erschöpft von dieser Anstrengung, tat Nahim einige qualvolle Atemzüge – seine Lungen brannten und boten nicht genug Platz für den dringend benötigten Sauerstoff –, dann begann er, sein Gesicht und anschließend seinen Körper zu betasten. Er kam nicht weit, denn jemand lag auf ihm.

Ein Lächeln schlich sich auf sein Gesicht, als seine Finger über zerzaustes, doch feines Haar streichelten, das auf seiner Brust lag. Er ließ seine Hand über einen Kopf und dann über einen Rücken so weit hinabgleiten, bis sie auf einem rundlichen Hügel zu ruhen kam. »Lehen«, sagte er leise, das Kratzen in seiner Kehle ignorierend, als mit einem Mal Bewegung in den eben noch leblosen Leib kam.

»Wie spät?« Ihre Stimme klang schlaftrunken, und wie zum Beweis kuschelte sie sich noch fester an ihn, als würde sie hoffen, noch einmal einschlafen zu können.

Nahim lachte, hörte aber sofort auf, als es sich in ein Husten zu verwandeln drohte. Liebevoll legte er den Arm um Lehens Rücken und spürte, wie ihr Atem wieder ruhiger und tiefer wurde. So blieben sie eine Zeit lang liegen, bis er in der Nähe seines Kopfes ein Rascheln hörte. Nur widerwillig öffnete er die Augen und stemmte sich vorsichtig auf dem Ellbogen empor, darauf bedacht, seine Frau nicht zu stören.

Obwohl jede noch so feine Bewegung ihm Schmerzen bereitete, schaute Nahim sich um. Er lag mit Lehen in einem Bett aus zerdrücktem Schilfgras, dessen Nässe sich bereits durch seine Kleidung gesogen hatte. Vor ihm breitete sich ein großer, ruhiger See aus, an dessen gegenüberliegendem Ufer sich die Reste eines einst großen Wachturms in den Himmel streckten. Dahinter erhoben sich die weich geschwungenen Hügel der Olivenhaine von Montera.

Nur ein paar Schritte von ihnen entfernt hockte ein Kind mit zottigem schwarzem Haar auf einem Findling und warf kleine Steine in den See. Als habe er Nahims Blick bemerkt, drehte der Junge sich um und schenkte ihm ein vorsichtiges Lächeln.

Wir sind zu Hause, dachte Nahim und lächelte zurück.